Mina Kamp
Cherryblossom
Die Zeitwandler
Band 1

Mina Kamp

Cherryblossom

Die Zeitwandler

Band 1

VERLAG OLDIGOR

Mina Kamp, Jahrgang ’78, lebt mit ihrer Tochter und ihrem Lebensgefährten im ländlichem Einzugsgebiet Bremens. Nachdem sie als Kind den Traumberufen Kunstreiterin im Zirkus und Feuerwehrfrau abgeschworen hatte, träumte sie davon, Schriftstellerin zu werden. Tatsächlich erlernte sie zunächst den Beruf der Fotografin und kam erst im Jahre 2010 zur Schreiberei, nachdem sie unzählige Bücher verschlungen hatte, zumeist Urban Fantasy-Literatur. Ihr Debüt – der Jugendroman „Cherryblossom“ – ist eine Reise in die fantastische Parallelwelt, von der sie so gerne gelesen hat. Neben dem Schreiben gilt ihre Leidenschaft ihrer kleinen Familie und ihrer Irish Tinker-Stute Cherryblossom.

Deutschsprachige Erstausgabe August 2012
verlegt durch Oldigor Verlag
Drosteallee 25, 46414 Rhede

1. Auflage
Covergestaltung: Oldigor Verlag
Fotos: Mina Kamp + Fotolia
Lektorat: Matthias Kramm, Rostock
www.skriptberatung.de
ISBN 978-3-943697-12-4
www.oldigor.de

Dunkelheit, alles ist schwarz, bleiern und schwer ...

Etwas nimmt mir die Luft zum Atmen. Wie schweres warmes Öl, das sich über mich legt wie ein dunkles Tuch.

Ich höre Schritte und Schreie, die laut in mir widerhallen. »Emily!«, durchfährt es mich. Sie war doch gerade noch neben mir. Gleichzeitig spüre ich, wie die warme Flüssigkeit sich weiter über mir ausbreitet. Sie ist warm und es riecht nach Kupfer ... Mir wird schlecht, während vor meinen Augen schwarze Punkte in einem dramatischen Ballett tanzen ...

Das Rauschen in meinen Ohren wird lauter. Ich weiß: Es ist mein Blut, das meinen Körper einhüllt.

Emily schreit nicht mehr. Und das Baby, Sarah, weint auch nicht mehr.

Ich bin schwer und müde.

Die Dunkelheit wird verschluckt von einem Monster.

Ich bin fünf Jahre alt und weiß, dass ich sterbe ...

Nach dem Sommer

Ich schäumte vor Wut. Was bildete der Kerl sich überhaupt ein!? Erst meldete er sich die letzten sechs Wochen nicht einmal auf meine ganzen SMS und jetzt das!

»Jetzt sei doch nicht so sauer, Hanna! Dann geh ich jetzt halt mit Lea aus. Das mit uns war ja nun nicht grade der *Burner*, oder? Das musst du doch auch selbst gemerkt haben.«

Ich verdrehte die Augen und versuchte, mir nichts anmerken zu lassen.

»Nein, sicher! *Du* warst nicht gerade *der Burner*. Oder wie war der charmante Ausdruck, den du gewählt hast?«

Meine Freundin Maike, *best friend forever*, hatte mir gleich gesagt, ich solle lieber die Finger von Mark lassen. Er hätte *keinen Tiefgang* war eines der Argumente, die sie mir lieferte, neben *unzuverlässig* und *schnelllebig*. Nun hatte er bewiesen, dass die unglaubliche Seichtigkeit des Mannes auf ihn mehr als zutraf.

»Wir bleiben doch Freunde? Das wäre echt schön.« Als ich nicht antwortete, hakte er erneut nach.

»Hanna? Freunde? Ich fände es wirklich schade, wenn das jetzt zwischen uns stehen würde. Wir haben uns doch immer gut verstanden.«

Fassungslos kaute ich, um innere Gefasstheit bemüht, auf meiner Unterlippe. Er machte tatsächlich mit mir Schluss. Das war ein krönendes Finale für meine Sommerferien. Die hatte ich mit Onkel Henry in unserer alten Heimat England verbracht. Wir waren von Universität zu Universität getingelt und ich musste mit, weil Onkel Henry mir nicht zutraute, alleine in Hamburg zu bleiben. Eine unglaublich öde Angelegenheit, noch schlimmer, wenn man bedenkt, dass ich Spaß mit meinen Freunden hätte haben können. Einen ultra-coolen Sommer zum Beispiel, mit Partys, Schwimmengehen, Eisessen und ohne Lernen. Tja, da hatte ich Pech gehabt. Vor lauter Langeweile hatte ich so viel gelernt, dass mein Kopf mir schon vor Tagen zu platzen drohte, sollte ich in den nächsten Tagen ein Buch in die Hand nehmen. Außerdem war Henry der Meinung gewesen, dass mein Vater vermutlich etwas dagegen haben würde, mich alleine in Hamburg zu wissen. – Was einem mit achtzehn einen unglaublichen Kick fürs Selbstvertrauen geben kann, wenn einem so viel zugetraut wird!

Seit dem fünften Lebensjahr wohnte ich bei Onkel Henry Cherryblossom, Professor für Mythologie und Archäologie. Meinen Vater hatte ich höchstens einmal im Monat am Telefon. Solange ich denken konnte, kümmerte er sich um die Erziehung meiner Wenigkeit nur am Telefon und fällte im Grunde alle Entscheidungen, die mein Leben betrafen, in Eigenregie aus hunderten Kilometern Entfernung. Ich hatte versucht, ihn in seiner Firma *Dawn Enterprises America* anzurufen, um ihn zu fragen, ob ich mit achtzehn Jahren nicht vielleicht doch die Erlaubnis bekommen könnte, allein in Onkel Henrys und meiner Wohnung zu bleiben. Es wären ja schließlich nur die Sommerferien, in denen ich ganz auf mich gestellt wäre. Wozu gab es Telefon und E-Mail!? Ich hatte aber – wie fast immer – das Glück, seine hinreißende Sekretärin am Telefon zu haben, die mir versicherte, ihn zu informieren. Also hatte ich mich recht schnell in mein Schicksal gefügt und für England gepackt. Es war mir klar, dass der Rückruf meines Erzeugers nicht vor nächster Woche bei mir ankommen würde, da ihm mit absoluter Sicherheit irgendetwas Wichtigeres dazwischenkommen würde. Der Wetterbericht zum Beispiel, oder seine Sekretärin … Dann käme eine lapidare Entschuldigung à la … »*Du weißt ja, was bei uns los ist*« oder »*Mich hat die Nachricht, dass du dich gemeldet hattest, jetzt erst erreicht*«.

Wut scheuchte das Blut durch meine Venen.

Nach diesem Gespräch hängte ich schnaubend das Telefon ein, schnappte mir meine Jacke vom Haken und lief aus dem Haus. Mit einem lauten Scheppern knallte die alte Haustür hinter mir ins Schloss. In einem Satz sprang ich die Steinstufen zum Fußgängerweg hinunter. Eine kühle Brise streifte mein überhitztes Gesicht und langsam, mit jedem Schritt, den ich ging, beruhigte sich mein Herz. Es war bereits Anfang September und recht kühl für diese Jahreszeit. Die Bäume neigten ihr Haupt unterwürfig vor dem peitschenden Wind und ein paar Pusteblumenschirmchen wurden vor mir hergeweht. Das Wetter schien genauso aufgebracht zu sein wie ich. Mark schob sich immer wieder in meine aufgewühlten Gedanken. Ich war froh über die Tatsache, dass ich nicht sonderlich schlimm in ihn verliebt war. Ich machte mir lediglich Sorgen, wie hoch das Maß an Peinlichkeit in der Schule werden würde, wegen der unschönen Art, wie er mich abserviert hatte. Diese Art Tratsch machte bei uns schnell die Runde.

»Hanna!« Ich zuckte zusammen, verschluckte mich an meiner eigenen Spucke und prustete keuchend los. Onkel Henry kam hinter mir hergesprintet.

»Ich muss noch mal los, in die Uni. Ich wollte wissen, ob du deinen Schlüssel hast und ob du ein paar Stunden ohne mich zurechtkommst.« Ich versuchte, die restliche Spucke, die mir im Hals kratzte, loszuwerden und sah ihn mit Tränen in den Augen an, was ihn zu beunruhigen schien. Fragend runzelte er die Stirn und ein unsicherer Ausdruck machte sich auf seinem Gesicht breit. Er strich sich sein langsam ergrauendes Haar, das der Wind ihm ins Gesicht blies, zurück und rückte seine Brille zurecht.

»Ist es wegen des Jungen?« Er sah mich betreten an. Wahrscheinlich dachte er, ich würde ihm die Schuld daran geben, dass Mark mit mir Schluss gemacht hatte, weil ich die ganzen Sommerferien nicht hier sein konnte.

»Nein, alles in Ordnung«, krächzte ich angestrengt und verschränkte die Arme vor der Brust.

Zwischen Husten und Luftholen versuchte ich, möglichst sarkastisch zu klingen: »Meinst du nicht, Daddy hätte was dagegen, wenn du mich so viel alleine lässt?«

Mit einem schiefen Lächeln drehte er sich um in Richtung Auto. »Nicht so spät ins Bett, Hanna Cherryblossom! Morgen ist Schule, und das Abi naht.«

»Oh, ja, das Abi naht. Wolltest du, dass ich gut schlafe?«, grinste ich ihm frech hinterher. Er wusste genau, dass ich keine Probleme mit dem Stoff hatte. Allerdings spielten meine Nerven manchmal nicht mit, was ein größeres Problem darstellen konnte.

Ich fuhr im Bett hoch. Das Rauschen in meinen Ohren übertönte meinen wilden Herzschlag. Mühsam versuchte ich, Fetzen meines Traumes festzuhalten, aber sie begannen bereits zu zerfließen. Nur langsam wurde mein Puls ruhiger, meine Hand umklammerte meinen Anhänger und rieb ihn mechanisch. Ich hatte ihn als Glücksbringer von Henry zu meinem sechsten Geburtstag geschenkt bekommen und trug ihn so gut wie immer. Meine Finger glitten über den kleinen Kompass, berührten die feine eingravierte Kirschblüte auf der Rückseite und zogen ihre Linien nach.

Ich konnte mich an Angst erinnern und an Verrat. Besser gesagt: an das Gefühl, verraten worden zu sein in einer elementaren Sache. Keine Banalität. Ich war schrecklich müde und von einer unendlichen Traurigkeit und Hoffnungslosigkeit erfüllt, die bleiern an mir zog und sich in mir ausbreitete. Erste Erinnerungsfetzen an den Traum kehrten zurück: Ich wollte sterben, ins Wasser gehen und mich ertränken. Das Meer vor mir war grau, friedlich und tief. Jetzt sollte es mich mit sich in die Tiefe ziehen. Als ich mich in die Fluten warf, wurde das Wasser flacher. Das Meer warf mich aufbrausend wieder und wieder mit einer Vehemenz an die Oberfläche, dass mir ganz schwindelig wurde. Es wollte mich nicht. Mir wurde Erlösung verwehrt. Und doch glaubte ich, dass es die einzige Möglichkeit wäre, diesem grausamen inneren Schmerz zu entkommen, der mich dann und wann plagte wie eine leise Erinnerung.

Mein Blick glitt zur Seite, da sah ich ihn. Ich sah ihn seit Jahren regelmäßig in meinen Träumen, allezeit als stillen Beobachter, kalt und schön. Erhaben und mit verschränkten Armen vor der Brust stand er da. Sein intensiver Blick war dunkel und eindringlich auf mich gerichtet. Er war sicher nicht viel älter als ich, groß, mit athletischem und schlankem Körperbau. Seine hohen Wangenknochen verliehen ihm eine aristokratische Aura und sein Haar, das dicht und zerzaust von seinem Kopf abstand, hatte die Farbe von Bronze. Er war höchstens Mitte zwanzig, strahlte aber eine unglaubliche Überlegenheit und Präsenz aus. Ich wollte ihn anschreien, denn ich war so wütend über seine jahrelange Passivität, doch meinen Lungen entwich die Luft und ich hatte das Gefühl zu ersticken. Was mir eben so verlockend erschien, wandelte sich zu Schmerz, Schwere und unbeschreiblicher Panik. Mein Körper wand sich im Kampf um Luft und Leben. Der Tod klopfte an meine Tür und verlangte Einlass. Der Junge sah weiter auf mich herunter und runzelte die Stirn. Das war alles, woran ich mich erinnern konnte. Der Rest waren nur vage Gefühlsfetzen. Vielleicht sollte ich ein Traumtagebuch schreiben, um aus den ganzen Details, die ich noch greifen konnte, schlau zu werden.

Mit einem Seufzer ließ ich mich zurück in die Federn fallen und zog mir meine Hello-Kitty-Bettdecke bis zum Kinn hinauf. Mit geschlossenen Augen tastete ich nach meinem uralten Stoffhasen. Endlich gefunden, rieb ich ihn an meiner Nase und wurde wieder ruhiger. Ich liebte seinen Geruch, er roch vertraut, nach mir, nach Zuhause und Geborgenheit. Die Sonne ließ ihre frühen Strahlen bereits durch die Gardine gleiten und wie stets, wenn mich unruhige Nächte gequält hatten, war ich natürlich hundemüde. Ich ließ mich tiefer in die Kissen sinken und betete, dass mich der Schlaf noch einmal zurücknehmen würde. Doch ich wusste, gleich würde der Wecker klingeln, nur noch wenige Stunden bis zur Matheklausur. Die bleierne Müdigkeit lullte mich ein und ich hörte das leise, gleichmäßige Ticken des Weckers und spürte, wie ich hinüberglitt in den Schlaf, bis das Ticken in lautes Schnurren überging. Auch ohne die Augen zu öffnen wusste ich, was das bedeutete. Es war mein Kater November. Jetzt, wo ich wach war, freute er sich überschäumend auf sein Frühstück und versuchte, mich zu bewegen, ihm seinen Wunsch zu erfüllen. Langsam öffnete ich meine Augen und sah in zwei große blaue Katzenkuller, die mir interessiert entgegenglotzten. Mit der Überlegung hadernd, den Kater einfach von der Bettkante zu schubsen, schob ich mich murrend von ihm fort. Ich wusste, wie nachtragend er sein konnte, wenn man ihn ungebührlich behandelte. Also stand ich auf und machte mich mit einem schnurrenden Kater, der unnachgiebig um meine Beine strich, auf den Weg in die Küche.

»Hanna, Kleines, bist du schon unten?« Ich schrak zusammen, verschüttete die Milch, die ich gerade geöffnet hatte und schluckte einen Fluch herunter. November freute sich anscheinend über die Sauerei, denn er fing umgehend an, die Milch aufzuschlecken. Nun denn, *Frühstück*!

Onkel Henry hatte auf dem Küchentisch haufenweise Papiere

ausgebreitet und brütete darüber. Er sah aus, als hätte er die ganze Nacht daran gearbeitet. Seine Haare standen kreuz und quer und er brummelte unentwegt etwas vor sich hin, das ich nicht verstand.

»Morgen, Henry.«

»Morgen, Hanna. Gut geschlafen? Was hast du heute so vor?«

»Schule?«, entgegnete ich leicht genervt.

»Ach ja, richtig, natürlich … ich hab's.« Er stand auf und verschwand in seinem Arbeitszimmer.

Was auch immer er *hatte*. Es hatte nichts mit mir zu tun.

Ich versuchte derweil, mein Müsli herunterzuwürgen, was mir allerdings gerade so gar nicht gelingen wollte. Deshalb beschloss ich, mich ersteinmal einer ausgiebigen Schönheitspflege hinzugeben und mich aus dem verschwitzten Pyjama zu befreien. Da ich noch genügend Zeit hatte, verkrümelte ich mich unter die Dusche und genoss das warme Wasser auf meiner Haut. Nach dem Abtrocknen fiel mein Blick auf unseren Badezimmerspiegel und blieb an ihm hängen. Ich betrachtete meinen Körper, meine langen Narben an Schlüsselbein und Bauch. Sie juckten morgens immer unerträglich und meine Finger fuhren das harte ungleichmäßige Gewebe nach, das sich deutlich von der übrigen Haut abhob. Ich wusste aus Erzählungen, dass ich sie von dem Autounfall zurückbehalten hatte, bei dem meine Mutter gestorben war. Ein ewiges Andenken an den wahrscheinlich schlimmsten Tag meines Lebens.

Damals war ich fünf Jahre alt. Ich erinnerte mich an rein gar nichts mehr, auch nicht an meine Mum. Henry sagte, ich hätte wohl durch den starken Schlag auf den Kopf eine Amnesie erlitten. Es ist seltsam, seine Mutter nicht zu kennen. Es wurde auch nie über sie geredet … Nach einigen Versuchen, das Thema anzusprechen, wagte ich es irgendwann schließlich nicht mehr. Ich nahm an, dass es Henry zu sehr schmerzte, über seine einzige Schwester zu sprechen, die er verloren hatte. Seine Augen wurden immer beängstigend leer und gehetzt, wenn ich ihn nach meiner Mutter fragte. Anschließend flüsterte er nur leise vor sich hin: *Du siehst aus wie sie*. Danach hatte er immer fürchterlich viel zu tun und flüchtete vor mir, ließ mich mit meinen Fragen und einer tiefen Leere zurück. Also versuchte ich damit weitgehend abzuschließen und stellte ihm keine Fragen mehr darüber. Nachdem ich meine dunkelblonden langen Haare mit meinem Fön bearbeitet hatte und sie so gut wie trocken waren, versuchte ich, sie zu bändigen. Konzentriert nahm ich zwei Haarklammern, mit denen ich mir die Haare links und rechts aus dem Gesicht zwang. Ich sah in den Spiegel und schauderte, denn ich sah aus wie vierzehn. Meine großen goldbraunen Augen sahen mir seltsam entgegen, als würden sie fragen: »*Wer bist du, Hanna Cherryblossom?*«

Ich war Hanna, war achtzehn Jahre alt und wohnte mit meinem kauzigen Professor-Onkel in Hamburg-Altona in einem schönen Altbau in einer Seitenstraße. Wir bekamen fast nie Besuch, da Onkel Henry es fast immer schaffte, sich mit jedem, den er länger als zehn Tage kannte, zu verkrachen. So hält er sich Verpflichtungen vom Hals, wie er sagte. Was mich und meine Beliebtheit anging würde ich auf einer Skala von eins bis zehn auf eine Sechs tippen. Ich hatte meine beiden Freundinnen Maike und Evelyn und versuchte, für den Rest unsichtbar zu sein. Unsichtbarkeit brachte viele Vorteile mit sich, wenn man bedenkt, dass sie einem erlaubte, ruhig mal seine Hausaufgaben zu vergessen oder auch mit Pickeln in die Schule kommen zu können, weil es kaum jemandem auffiel. Oder wenn ein naiver Versuch, mittels Haarfarbe seinen Typ zu verändern, in die Hose gegangen war. Leider klappte es nicht immer so gut, wie ich es gerne gehabt hätte. Kaum gab es irgendwo Zoff oder Unstimmigkeiten, spürte ich auch schon Blicke auf mir lasten. Trotz meines eigenen inneren Aufruhrs in solchen Situationen spielte ich beinahe immer den Schlichter, mit mir unerklärlichem Erfolg – was es mir schwerer machte, einfach nicht hinzuschauen, wenn es wieder einmal im Klassenraum oder sonstwo kochte.

Für die Jungs war ich seit geraumer Zeit auch nicht mehr ganz so unsichtbar. Obwohl es beim Essengehen mit Henry immer noch manchmal vorkam, dass der Kellner mir aus Versehen die Kinderkarte gab, schien sich mein Körper doch langsam daran zu erinnern, dass ich eine Frau werden sollte. Wenn ich mich allerdings nicht schminkte, ging ich dann doch noch als Vierzehnjährige durch, was ziemlich frustrieren kann. Henry zog es sowieso vor, mein eigentliches Alter zu ignorieren und tat so, als sei ich *nicht* gerade volljährig geworden.

»Hanna!« Onkel Henrys Stimme klang jetzt noch weniger aufgeräumt als vorhin.

»Ich muss los jetzt! Kommst du bitte runter?«

Genervt verdrehte ich die Augen und zwängte mich in meine Klamotten. »Zwei Minuten, Henry!« Ich beeilte mich, meine restlichen Schulsachen zusammenzusuchen und polterte eilig die knarrende alte Holztreppe hinunter. Ich wusste, dass Henry Warterei nicht ausstehen konnte.

Eilig folgte ich ihm aus dem Haus. Er schien mich gar nicht richtig wahrzunehmen, sondern schloss seinen alten Toyota auf und setzte sich viel zu eilig für einen frühen Morgen ans Steuer. Ich öffnete die Beifahrertür und stieg ein. Die war noch nicht einmal geschlossen, geschweige denn mein Fuß richtig im Fahrzeug, da fuhr er auch schon an. Überrascht schnaufte ich auf und schlug die Tür etwas zu kräftig zu. Als Henrys Toyota auf den Schulparkplatz fuhr, war mir doch ein wenig mulmig. Ich war es gewohnt, häufig von Unsicherheiten eingeholt zu werden, die dann an meinen Knochen nagten wie eine Viruserkrankung. Henry bemerkte meine Unruhe und musterte mich besorgt.

»Hast du Angst? Hanna, du brauchst dir keine Sorgen machen, das weißt du. Dein Abi wird ein Klacks für dich.«

»Ja, mag sein. *Streber-Hanna* macht das schon. Aber das mit der Angst hab ich noch nicht ganz abgelegt. Aber ich arbeite dran.«

»Hanna, du weißt: Ängste sind wertvolle Wegbegleiter. Man muss nur lernen, die Angst in den Griff zu bekommen …«

»Ich weiß, bevor *die* einen in den Griff bekommt …«, fiel ich ihm ins Wort und zog eine Grimasse.

Henry machte eine lange Pause und besah seine Hände. »Viele Menschen haben Angst, Hanna. Es gibt auch verdammt viel, was einen da draußen ängstigen kann.«

Er sah angestrengt aus dem Fenster, kniff sich in die Nasenwurzel, bevor er sich wieder fasste und weitersprechen konnte. »Und tröste dich: Leute mit Angst sind meistens sehr intelligente und analytische Menschen. Das ist ein Vorteil, kein Nachteil.« Er rückte seine Brille zurecht und räusperte sich.

»Danke, Henry!«

Unvermittelt zog er mich zu sich heran und küsste mich auf die Stirn. »Hanna, es kann heute spät werden. Kommst du klar?«

Ich kicherte verlegen und griff nach meinen Schulsachen. »'Türlich. Gibt es so viel zu tun in der Uni? Ein neues Projekt?«, fragte ich neugierig.

Henry war in letzter Zeit wirklich sehr angespannt und abwesend mir gegenüber. Ich fragte mich kurz, ob ich mich sorgen musste, er war mit seinen achtundvierzig Jahren schließlich auch nicht mehr der Jüngste. Kopfschüttelnd verwarf ich den Gedanken genauso schnell wieder, wie er gekommen war. Das Sorgenmachen wollte ich lieber anderen überlassen. Gerade als ich dachte, er hätte mir nicht zugehört, antwortete er.

»Erzähle ich dir später, jetzt muss ich erstmal los.« Er sah mich an, als wollte er noch etwas ergänzen, schwieg dann aber.

»Du siehst aus, als wäre dir die Bahn vor der Nase weggefahren«, stellte ich lahm fest.

Ich wartete, Sekunden strichen langsam vorüber. Er wandte den Blick nicht ab. Sein Mund öffnete und schloss sich wieder, bis er sagte: »Tschüss, Hanna!«

Er war heute wirklich zerstreut – nun ja, das war er öfter. Wie es sich für einen anständigen Prof gehörte. Oder nicht?

Schule. Ich ging auf ein *Gymnasium für Gestaltung und darstellende Künste*. Die Leute denken meistens, an solchen Schulen müsste es irgendwie entspannter zugehen, mit der ganzen Kunst und Kreativität. Fakt war aber, dass es genauso viel Konkurrenz, Druck und Schikane wie auf anderen Schulen gab. Ich stand am Spind, hörte laute Absätze hinter mir, die sich näherten, und spürte schließlich, wie mich jemand von hinten umarmte. Es war Evelyn. Sie kicherte mir ins Ohr.

»Hanna, du unartiges Mädchen, wolltest du uns gar nicht erzählen, dass du mit Mark mehr als nur ...«, sie machte Knutschgeräusche, » … *das* gemacht hast?«

Mit einem eiligen Schubs schloss ich die Tür vom Spind, die klappernd ins Schloss fiel.

»*Wiiee bitte!?* Das wüsste ich doch.« Ich starrte mir offenem Mund in ihr gebräuntes Gesicht und wartete darauf, dass sie mehr vom Tratsch preisgab. Ihre feinen blonden Haare, die sie in ihrem grazilen Nacken zu einem klassischen Pferdeschwanz gebunden hatte, wippten durch ihr Lachen hin und her. Maikes hellbrauner Lockenkopf tauchte hinter ihr auf. Sie schnitt eine Grimasse, die ihr Gesicht runder erscheinen ließ, während sie Evelyn an den Schultern zur Seite schob. »Tja, meine Liebe, so, wie es aussieht, hast du wohl deine Jungfräulichkeit verloren und kannst dich nicht einmal dran erinnern. Was dann ja *nur* daran liegen kann, dass er so unglaublich schlecht war, dass du es verdrängt hast. Weißt du, nach traumatischen Ereignissen passiert sowas manchmal. Es heißt, der Geist versucht, sich selbst zu schützen, indem er belastende Geschehnisse ausblendet.«

Die Winkel ihres Schmollmundes zuckten verräterisch, als sie mit vorwurfsvoller Miene sagte: »Ich denke, du hättest es nicht vergessen dürfen, man muss ihm doch sagen, was er so alles falsch macht, sonst lernt der Arme ja nie, dass es sich noch nicht um Geschlechtsverkehr handelt, wenn man dem Mädchen die Zunge bis zu den Mandeln in den Hals steckt. Er muss doch furchtbar Angst haben, dass du schwanger sein könntest.«

»Ich hab's«, sagte Evi. »Wahrscheinlich hat er Lea deshalb sitzenlassen und erzählt überall herum, dass du diejenige bist, mit der er zum Schulball geht. Er hat quasi gesagt, dass wenn ein anderer dich fragen sollte, derjenige gleich sein Testament machen könnte.«

Jetzt verschluckte ich mich an meinem eigenen Lachen und mir entglitten meine Gesichtszüge. »Was war das, es darf mich kein anderer fragen?«, sprudelte es aus mir heraus. Ungläubig flogen meine Blicke zwischen meinen Freundinnen hin und her.

»Ich glaub, ich spinne, was glaubt der, wer er ist!?«

»Mark van der Poll halt, wir wissen doch alle, wie der tickt. Jetzt weißt du es auf jeden Fall auch«, stellte Maike neckend fest.

»Da vorne steht er, mit seinem Rudel kläffender Hunde, und schaut zu uns rüber.« Sie hob die Hand in seine Richtung und winkte mit einem zuckersüßen falschen Lächeln. Erschrocken fasste ich ihren Arm und drückte ihn zischend hinunter. »Spinnst du?«, flüsterte ich halb amüsiert, halb verärgert und sah über die Schulter zu dem Rudel Jungs. Und tatsächlich: Da stand er. Als wäre nichts gewesen, winkte er mir einnehmend lächelnd zu. Seinen Kopf leicht schräg in den Nacken gelegt, die muskulösen gebräunten Arme jetzt vor der Brust verschränkt, die sich deutlich von seinem weißen T-Shirt absetzten. Ein Kribbeln stieg in mir auf, Schmetterlinge in meinem Bauch stoben umher. Im Hintergrund hörte ich Maike noch fragen: »Was hast du vor?«, als meine Beine sich von ganz alleine in Bewegung setzten und ihre Stimme immer leiser wurde, als wäre sie schon meilenweit weg. Er sah unglaublich gut aus in seinem Retro-Vintage-Style und den flachsblonden Haaren, die er sich gekonnt nach hinten frisiert hatte.

Wie hypnotisiert sah ich auf seine Lippen und bewegte mich langsam auf ihn zu. Sah, wie sie sich bewegten. Er sagte irgendetwas, das sich anhörte wie *»Es tut mir leid, was war, Baby, aber wir können ja noch einmal von vorne anfangen. Das, was wir hatten, war doch toll? Oder?«* Ein inneres Rauschen übertönte beinahe seine Stimme und ich hatte Mühe, die Worte, die er sagte, in einen sinnvollen Zusammenhang zu bringen. Sein Lächeln war wie immer umwerfend und er taxierte mich dabei mit seinem Blick. Ich lächelte. Das Gefühl in meinem Bauch wurde eindringlicher, meine Fingerspitzen schmerzten leicht und brannten. Was es war, kann ich nicht genau definieren, Sehnsucht vielleicht. Langsam reckte ich mich ihm entgegen und hörte mich sagen: »Weißt du, Mark, vielleicht ein letzter Kuss, zum Abschied.« Unverhofft und eigentlich auch ungewollt presste ich meinen Mund auf seinen. Mir war nicht ganz klar, warum ich das brennende Bedürfnis verspürte, ihn zu küssen. Aber es fühlte sich so richtig an und ich gab mich dieser Situation hin. Als wäre es das Einfachste von der Welt, über alle Widrigkeiten unserer Beziehung und die Tatsache, dass es viel zu viele Zaungäste gab, hinwegzusehen. Für einen kurzen Moment taumelte er zurück, um mich anschließend gewähren zu lassen. Er umfasste mich ungeschickt an meiner Taille und öffnete seinen Mund. Ich ließ meine Zunge forsch hineingleiten. Meine Zungenspitze umspielte die seine, als er mich stärker an sich zog und ein leiser Seufzer seiner

Kehle entrann. Wie aus weiter Entfernung hörte ich seine Kumpels applaudieren, als mich Maike auch schon am Arm griff und über das Rauschen in meinem Inneren hinweg sagte: »Okay, okay, ihr zwei, lasst mal gut sein. Da hinten kommt Herr Lautmann, ihr wisst schon, Matheklausur.«

Ich löste mich widerwillig von Mark und raunte ihm zu: »Zum Abschied.« Dann drehte ich mich um, weil Maike an mir zog, und folgte ihr und Evelyn.

»Das war ja sooo cool! Seit wann bist du denn so abgebrüht, Fräulein Cherryblossom?«, fragte Evi und zwickte mich kichernd in die Seite.

In diesem Moment hörte ich ein schleifendes Geräusch und einen dumpfen Knall. Dann Schreie und viele Stimmen, die durcheinanderredeten. Hektisch flog mein Blick herum und ich traute meinen Augen nicht. Auf dem Boden lag Mark. Zögerlich schob ich mich an das Geschehen heran und drückte mich an einem seiner Freunde vorbei, die um ihn herumstanden. Mark war kreidebleich und sein Freund Paul klatschte ihm aufgeregt in seinem Gesicht herum. Ich wich einige Schritte zurück und blieb wie angewurzelt stehen, die unwirkliche Szenerie vor mir beobachtend. Herr Lautmann kam angerannt. Unsanft schubste er eine der umstehenden Schülerinnen aus dem Weg, die stolpernd und auf allen vieren auf dem Boden aufkam, und fühlte den Puls an Marks Handgelenk. Zumindest lebte er noch und es wurde ein Krankenwagen bestellt. Betroffen und randvoll mit Unbehagen stahl ich mich davon.

Maike, Evelyn und ich standen draußen am Sportplatz. Wir starrten alle drei mehr oder weniger Löcher in die Luft oder sahen uns wortkarg und ein wenig minderbemittelt an. Die Matheklausur war ausgefallen. Mark war wieder zu sich gekommen, wurde allerdings trotzdem ins Krankenhaus verfrachtet, da anscheinend das Thema Drogen im Raum stand. Er protestierte auf das Heftigste, was ihm allerdings wenig nutzte. Den Blick, den er mir durch die Menge zuwarf, ging durch Mark und Bein. »Lustige Redewendung.«

»Sag mal, Hanna, hast du den Jungen vorher überhaupt schon einmal richtig geküsst? Das hat ihn ja ziemlich umgehauen. Kannst du mir das auch beibringen? *Biiittee!* So küssen zu können, öffnet einem bestimmt so einige Türen.«

»Oh, Maike«, flüsterte ich. »Dein Herz ist so kalt wie eine Hundeschnauze.« Doch ich musste mir das Grinsen verkneifen, Lachen war gerade nicht angebracht. Also beschränkten wir drei uns vorerst wieder darauf, wie dumme Milchkühe Löcher in die Luft zu starren. Ein Pech, dass wir keine Raucher waren, dann hätten unsere Hände wenigstens etwas zu tun gehabt, da wir anscheinend alle nicht so recht wussten, wohin mit unseren Fingern. Evi knabberte am Daumennagel, Maike zupfte unablässig an einem losen Faden ihrer Jacke herum und ich knetete meine Hände, da ich annahm, Durchblutungsstörungen zu haben, weil meine Finger vorhin geschmerzt hatten. Mir dämmerte, warum so viele Leute und auch gerade Kids rauchten. Es lenkte wunderbar von Situationen ab, an denen man nichts zu sagen hatte und sich dumm und unsicher fühlte, weil einem nichts Gescheites einfiel, womit man unverfängliche Konversation betreiben konnte.

Es war jetzt etwa 14 Uhr, in fünf Minuten würde mein Bus gehen.

Von der Schule aus war ich noch in die Stadt gegangen. Ein paar Lebensmittel einkaufen, damit ich was zum Naschen zu Hause hatte. Bei Henry würde es ja spät werden. Da musste man schon mal planen, was man so alleine mit dem Englischaufsatz über *Wuthering Heights* anstellen wollte. Kochen kam für mich heute nicht infrage, daher gab es Tiefkühlpizza und Lakritz, so viel ich verkraften konnte, und das war in der Regel viel. Unruhig trat ich von einem auf das andere Bein und betrachtete die alten Gebäude mit ihrem Stuck und den schönen Fenstersprossen. Ich überlegte, wohin es mich wohl später verschlagen würde.

Onkel Henry wollte gern irgendwann wieder aufs Land ziehen. Von meinem fünften bis dreizehnten Lebensjahr hatten wir auf dem Land gewohnt, allerdings in England, in der Nähe von Cornwall. Henry ging davon aus, dass ich in Amerika studieren würde, bei meinem Vater. Und er wollte sich dann aufs Land zurückziehen. Am liebsten wäre ihm England, die *alte Heimat*, wie er es nannte. Ich hingegen fühlte mich ein bisschen wie das Fähnchen im Wind. Einen Tag war ich überzeugt, ich würde Mediendesign studieren, und den nächsten wollte ich lieber Einsiedlerin in den Bergen werden. Manchmal machte mir der Umgang mit Menschen Angst. Und was meinen Vater anging, ich konnte mir nicht vorstellen, in seiner Nähe sein zu wollen, versuchte aber, nicht so genau hinzuschauen. Zu ungemütlich waren die Gedankengänge, die ihn betrafen.

Jetzt stand ich an der Bushaltestelle, wartete auf die Linie 24 und beobachtete dabei eine junge Frau in einem Hauseingang, die umständlich ihre Einkaufstüten in den Hausflur zerrte. Immer wieder verlor sie die eine oder andere Sache aus ihren Tüten, bis eine riss und sie laut vor sich hinfluchte. Wie Sisyphus mühte sie sich ab. Mich überkam dabei ein seltsames Gefühl von Mitleid, was mich mit noch mehr Unruhe erfüllte und dazu zwang, fortzuschauen. Ich stritt mich noch mit dem Engel auf meiner rechten Schulter, der mir sagte, ich solle rübergehen und der Frau helfen, und dem Teufel auf meiner linken Schulter, der das Gegenteil vorschlug, als etwas anderes mein Interesse erregte. Es war kühl und dunkel geworden für Anfang September. Kurz bevor der Bus kam, nahm ich ein seltsames unwirkliches Flimmern auf dem Asphalt wahr. Wie dieses Hitzeflimmern auf den Straßen an extrem heißen Tagen, wenn die Sonne hell schien. Es irritierte mich. War es nicht Sonneneinstrahlung, die solch ein Flimmern entstehen ließ?

Doch es war recht dunkel, kein Sonnenschein. Mein Blick glitt höher auf die gegenüberliegende Straßenseite, als mein Herz einen schmerzhaften Satz gegen meine Rippen machte. Kaltes Erkennen kroch mir die Beine wie Eiswasser hoch und meine Finger prickelten vom Adrenalin. Auf der anderen Seite stand er. Kühl und schön lehnte er an einer Hauswand und schaute mich an, wie immer mit verschränkten Armen vor der Brust – eine nur allzu bekannte Pose. Sein bronzefarbenes Haar schien unwirklich zu leuchten in der hereinbrechenden Dämmerung und seine dunklen, interessierten Augen bohrte er in meine. Wie in meinen Träumen rührte er sich nicht von der Stelle, sondern starrte mich nur an. Meine Augen tränten, da ich es nicht wagte zu blinzeln und ihn somit auch nur eine Sekunde aus meinem Blick zu verlieren. Zitternd atmete ich aus und ballte meine Hände zu Fäusten. Seine Augenbrauen zogen sich hoch und verliehen seiner Miene etwas Erstauntes oder Spöttisches. Ich schluckte schwer.

Ein Windhauch erfasste mein Haar und der Bus rollte urplötzlich in mein Sichtfeld, stoppte und öffnete die Türen. Der Bann war gebrochen. Ich hatte weder das Nahen des Busses bemerkt, noch das Verschwinden des Typen richtig wahrgenommen. Hektisch sah ich mich um. Er war nirgendwo mehr zu sehen und es regnete mit einem mal, als hätte Poseidon persönlich die Schleusen geöffnet. Leute stiegen aus dem Bus und strömten an mir vorbei, stießen mich an oder schlugen einen Haken um mich herum. Ich stand wie erstarrt da. Der Busfahrer hielt die Tür geöffnet und sah mich auffordernd an.

»Mädchen, was ist? Willst du einsteigen oder nicht?«

Ich musste ihn angestarrt haben wie eine verschreckte Katze kurz vorm Fauchen, denn er hatte anscheinend das Gefühl, sich erklären zu müssen. »Es ist so: Wir haben Zeitpläne und du wirst klitschnass«, sagte er ruhig, tippte dabei mit seinem Zeigefinger auf einen Fahrplan und sah mich mitleidig an. Benommen torkelte ich in den Bus und zeigte die Fahrkarte vor. »Ist alles in Ordnung mit dir, Mädchen?« Er musterte mich eingehend.

»Natürlich, danke«, brachte ich atemlos hervor und ging zu einem der freien Plätze. Ich war tatsächlich ziemlich nass geworden und unterdrückte das Bedürfnis, mein Haar wie ein Pudel zu schütteln. Leicht bibberte ich vor mich hin, wobei mir nicht klar war, ob es Kälte war, die mich zittern ließ, oder die Aufregung. Um meine Einkäufe und meine Tasche ordentlich auf dem Boden zu arrangieren, beugte ich mich vor, als der Bus ein ziemlich starkes Bremsmanöver hinlegte. Der Busfahrer stieß einen Fluch aus und ich rumste unsanft mit der Stirn an die vordere Sitzreihe. Ärgerlich rieb ich mir den Kopf und ließ meinen Blick schweifen, bis er an dem großen Fahrplan hinter dem Busfahrer hängenblieb. Ich war immer noch völlig perplex und versuchte verzweifelt zu rekonstruieren, was ich eben gesehen hatte. Der Plan war hinter einer Scheibe aus Plexiglas, in der ich mein Spiegelbild sehen konnte. Meine weit aufgerissenen goldenen Augen blickten mir verstört entgegen, aber auch die interessierten Augen von jemand anderem. Er saß etwa drei Reihen hinter mir. Mein Atem ging rascher, neues Adrenalin wurde durch meinen Körper gejagt, als mein Nacken zu kribbeln begann. Wurde ich zum Teufel noch eins jetzt *gaga?* Oder was war das für ein Idiot, der mich verfolgte!?

Gefangen starrte ich weiter in die Spiegelung. Seine Mundwinkel zuckten leicht zu einem ironischen Lächeln. Er sah aus, als wüsste er, dass er mich beunruhigte und es schien ihn zu amüsieren. Zaghaft kam Wut mit ins Spiel und ich drehte mich mit einem Ruck um. Und da war … niemand!

Außer einer alten Dame, die mich freundlich anlächelte und andere Personen, die mich nicht zur Kenntnis nahmen. Ich lächelte gequält zurück und setzte mich wieder gerade auf meinen Platz. Mein Spiegelbild starrte mir entgegen. Außer dem Hut der alten Dame und einigen anderen Personen war nichts mehr in der Reflektion der Scheibe zu erkennen, was ungewöhnlich gewesen wäre. Ich hatte mich getäuscht. *Also, Hanna, ganz ruhig weiteratmen*, dachte ich mir aufmunternd. *Bloß nicht hyperventilieren!*

An seinem Verstand zu zweifeln, löst ziemlich starke Gefühlsregungen aus. Zum Ersten Angst, diese Gefühlregung kannte ich schon recht gut. Danach Wut, mit der kannte ich mich auch ganz gut aus. Henry sagte, ich war ein recht wütendes Kind. Auch heute noch konnte ich fluchen wie ein Kesselflicker. Zum Dritten Hilflosigkeit. Dieses Gefühl war mir zwar weithin bekannt, aber ich konnte mich an kaum eine Situation erinnern, an der es so intensiv wie eine sich brechende Welle über mir ergoss und mich zu ertränken drohte. Hatte ich mich getäuscht? War es nur Einbildung gewesen? Er konnte doch unmöglich existieren.

Ich versuchte, mich tiefer in die Federn meines Bettes fallenzulassen und betrachtete meine Zimmerdecke, an die ich im jüngeren Alter hunderte Leuchtsterne geklebt hatte. Henry war noch immer nicht zurück, aber es war auch erst früher Abend. Ich erwog die Möglichkeit, ihm von meinen Träumen und der eventuellen Begegnung mit dem Jungen zu erzählen, verwarf sie aber fast zeitgleich mit einem mechanischen Kopfschütteln und schloss müde die Augen. November sprang schnurrend zu mir aufs Bett und machte sich über die restlichen Krümel der Tiefkühlpizza her, deren Teller ich inmitten von Gummibärchentüten noch auf dem Bett stehen hatte. Regen prasselte laut und beständig an die Fensterscheibe und ich versuchte, mich von dem gleichmäßigen Klopfen der Tropfen auf das Glas einlullen zu lassen. Neben meinen Kopf lag noch mein aufgeschlagenes Exemplar von *Wuthering Heights*, dessen Buchecke mir jetzt unangenehm in die Wange drückte, sodass ich es murrend von mir schob. Ich hatte es schon mindestens dreimal gelesen. Neben *Jane Eyre* und *Stolz und Vorurteil* war es mein Lieblingsbuch. Nicht umsonst waren diese literarischen Klassiker schon unzählige Male verfilmt worden. Also war mein Aufsatz in Nullkommanix fertig gewesen und ich trieb in der Unsicherheit über meinen verqueren Geisteszustand umher. Jetzt lösten sich meine Gedanken wie beim Ringelreihen ab mit meinen ungesunden Selbstzweifeln, Cathy und Heathcliff aus *Wuthering Heights* und der Möglichkeit, dass der Typ vielleicht doch existierte. Aber jetzt geschah es endlich: Mein Körper wurde schwerer und schmiegte sich tiefer in die Kissen, nur wenige Millimeter. Die Gedanken zerrissen sich langsam gegenseitig und machten friedlicher Schwere Platz. Ich war noch wach genug, um mich darüber zu freuen und glitt in die warmen Arme des Schlafes, dem Bruder des Todes.

Ich stand auf einem Hügel. Der Sturm riss an meinen Kleidern und löste mehrere Strähnen aus meinem Haarknoten, die mir die Sicht verschleierten. Ich war außer Atem. Meine Beine schmerzten wie nach einem langen Sprint. Ich war diesen Hügel hinaufgerannt. Hier stand ich jetzt, so tief erschöpft, wie ich es nicht für möglich gehalten hätte. Mit Verzweiflung und stechendem Schmerz im Herzen krümmte ich mich vor Angst. Es fühlte sich an, als hätte mir jemand eine große Wunde in die Brust geschlagen, die mit jedem Herzschlag so brannte, dass das Atmen schwerfiel. So musste sich Cathy gefühlt haben, in ihrem Kummer über Heathcliff. Fühlte sich so Liebeskummer an? Ich war bereit, ein Opfer zu bringen und wusste nur nicht, welches. Meine Seele? Mein Herz? Ein Menschenleben, mein Leben? Ich drehte mich um und blickte zurück in ein Tal. Dort sah ich Feuer, alles brannte, aber es war weit weg. Ich fühlte mich schuldig, während mich Arme sanft von hinten umschlossen. Jemand zog mich an sich und ich verspürte Erleichterung, einen Hauch von Frieden. Er küsste meinen Nacken und ein Kribbeln breitete sich in meinem Körper aus, Energie durchflutete mich. Ich wollte ihn küssen, ich glaubte zu wissen, wer es war. Langsam schmiegte ich meinen Kopf an seine Brust, spürte seine Wärme, drehte mich ihm zu. Meine Finger glitten über seine Brust, hinauf über seinen Hals zu seiner Wange. Als ich aufsah, blickte ich in die dunklen Augen des Jungen, der mich verfolgte, in meinen Träumen und jetzt auch in der Wirklichkeit. Einen Augenblick verharrten wir in dieser Umarmung und sahen uns an. Er schien mir so vertraut. Ein Prickeln durchlief meinen Körper. Ich hatte keine Angst, aber Verwirrung packte mich so unvermittelt, dass ich mich selber aus diesem Traum herausriss, sofern das möglich war. Vor mir zuckten Blitze und es blieb nichts als das Gefühl, zu fallen.

Ich war wach und es war tiefe Nacht. Mein Atem ging schnell und stockend, als ich meinen Blick durch das Zimmer gleiten ließ. Mein Nachthemd klebte an meinem überhitzten Körper und ich befreite mich von der Decke. Das Mondlicht schien in mein Zimmer, verfing sich an meinem Kleiderschrank und der Kommode. Ein kalter Windhauch streifte mein Gesicht, dann meinen Hals, und jagte mir eine Gänsehaut über den Körper. Ein Wispern! Meine Augen suchten den Raum ab. Starr saß ich da, wagte nicht, mich zu bewegen. Mein Herz setzte aus, um anschließend umso wilder zu schlagen. Angestrengt lauschte ich in die Stille, die nur durch das Pochen meines Herzens unterbrochen wurde. Hastig drehte ich mich um und griff nach der Nachtlampe, während mir ein kleines Wimmern über die Lippen drang.

Das Zimmer war leer. Die Gardinen vor dem offenen Fenster bewegten sich sacht in der kühlen Nachtluft. Hatte ich das Fenster nicht geschlossen? Mein Kater November saß vor der Zimmertür, schaute zwischen mir und dem Fenster hin und her, während er mit dem Schwanz peitschte.

Als der Morgen dämmerte, kehrte die Angst zurück. Noch bevor der Wecker läutete lag ich in meinen zerknüllten Laken und die Furcht darüber, den Verstand zu verlieren, pulsierte dumpf in meinen Adern. Als der Wecker endlich klingelte, schwang ich mich aus dem Bett und torkelte wie eine Betrunkene ins Bad. Ich sah Sterne tanzen, verlor ständig irgendwelche Sachen und musste mich immer wieder bücken, um sie aufzuheben, was wiederum die Sternenpracht vor meinen Augen neu anfachte.

Es war keiner im Haus, außer dem Kater, der mit einem Zettel von Onkel Henry auf dem Küchentisch spielte. Ich nahm an, dass die Nachricht für mich sein sollte. Deshalb nahm ich sie aus den Krallen des Tieres, das mir ein langgezogenes, vorwurfsvolles Miauen entgegenbrachte. Onkel Henry war also doch gestern Nacht noch zu Hause gewesen und jetzt schon wieder fort. Wir würden uns erst Sonntag wiedersehen. Es war Freitag und ich würde bei Maike das Wochenende verbringen. Im Grunde hatte es mich sehr verwundert, wie leicht ich dieses Vorhaben bei Henry durchsetzen konnte und dass keinerlei Rücksprache mit meinem Vater getroffen wurde. Einen Moment war ich versucht, ihn zu fragen, ob er krank sei, weil er mich nicht wie sonst blockierte, wenn ich mich meinem Alter entsprechend frei bewegen wollte. Er benahm sich seit Kurzem doch etwas merkwürdig. Ich vermutete, dass er an einem sehr aufreibenden Projekt arbeitete. Vielleicht sah er aber auch endlich ein, dass er mich nicht ewig in einen goldenen Käfig sperren konnte. Er beschwor mich, keinen Unsinn zu machen, damit er seine Entscheidung nicht bereuen müsse, und schloss mit einer Ermahnung über den verantwortungsvollen Umgang mit Alkohol und anderen Rauschmitteln. Hinreichend hatte er mich über jegliche Arten von Drogen und deren Wirkung aufgeklärt. Alles war von allen Seiten beleuchtet und in abendfüllenden Unterhaltungen eruiert worden. Was allerdings die sexuelle Aufklärung anging, hatte er mir damals mit einem verlegenen Gesichtsausdruck ein Buch in die Hand gedrückt und einen Termin beim Frauenarzt gemacht.

Ich setzte mich an den unaufgeräumten Küchentisch und versuchte, einen Löffel Müsli herunterzuschlucken, aber mein Magen streikte erneut. In zehn Minuten musste ich los zum Bus. Meine Jacke hatte ich schon an, ein akzeptables Make-up hatte ich auch aufgelegt und lauschte nun auf das Ticken der Küchenuhr in Form einer skurrilen Kaffeetasse.

Der Bus war wie immer völlig überfüllt, als ich zustieg. Glücklicherweise sah ich Maike mir von hinten zuwinken. Ich zwängte mich durch eine Gruppe johlender Teenager, die sich irgendeine Schweinerei auf einem iPod ansahen, und bahnte mir meinen Weg. Maike drückte mich an sich und quietschte mir ins Ohr: »Heute Abend ist es soweit, wir haben Ausgang. Du, ich und Evi gehen in den angesagtesten Schuppen der Stadt, in's *Pandora*. Wir treffen Jasper und Paul. Pauls Tante ist dort Barfrau und deshalb können wir sogar die ganze Nacht abfeiern. Na ja, Paul ist ja auch schon zwanzig, von daher würde ich sagen sind wir ja eh in Begleitung eines Erwachsenen.«

Sie prustete los, ihre braunen Locken wippten um ihren Kopf und umspielten dabei ihre rosigen Wangen. »Das wird die geilste Nacht seit Langem. Wir müssen noch schauen, was wir anziehen. Oh, oh, weißt du schon, was du anziehst? Bringst du alles mit, was du so Neues hast? Vielleicht kann ich mir was borgen. Ziehst du dieses abgefahrene schwarze Kleid an? Das, was so ultra-retro aussieht? Trägst du die Haare dann offen oder geflochten oder …? Ich lass dich nicht zu Wort kommen, stimmt's …?« Verlegen sah sie mich an und ihre blauen Augen glitzerten vor Aufregung.

Ich musste lachen. Wenn Maike aufgeregt war, sprach sie ohne Punkt und Komma. Früher hat man sie regelmäßig bei Klassenarbeiten aus dem Raum entfernt, weil sie immer wieder anfing, vor Aufregung vor sich hinzubrabbeln und völlig selbstvergessen immer lauter wurde, bis nicht nur der Lehrer sauer war.

»Das ist ja der Hammer, wie hast du das denn wieder eingefädelt?«, fragte ich grinsend.

»Liebe Hanna, du hast das Glück, mit einem verkannten Genie befreundet zu sein.«

»Eigenlob stinkt«, ärgerte ich sie.

Maike verdrehte theatralisch ihre mit schwarzem Kajal umrandeten blauen Augen. Ich entspannte mich und fühlte mich endlich wieder gut. Erleichtert lauschte ich ihren Ausführungen über die angesagten Schminktrends und den No-Go's für diesen Sommer. Vorfreude auf den Abend machte sich breit. Und fast hatte ich das Gefühl, es würde alles bei mir stimmen.

Partytime

»Sag mal, willst du mich verarschen, Kleiner? *So* kommst du hier mit absoluter Sicherheit nicht rein«, motzte der Türsteher und sah kopfschüttelnd auf den Jungen vor sich herab. »Keine Turnschuhe und abgehalfterte Klamotten. Abendgarderobe, mein Lieber!«

Er sprach so langsam, als nähme er an, dass der Junge an arg ausgeprägter Begriffsstutzigkeit litt und musterte ihn abfällig von oben bis unten. Hanna trat näher, schob sich neugierig an die beiden heran und sah den Jungen genauer an. Er wirkte nicht im Geringsten beunruhigt und fixierte den bulligen Türsteher provokativ mit einem erheiterten Blick, bevor der auf Hanna traf. Verlegen sah sie fort und rückte wieder ab, näher an ihre Freundinnen, die fröhlich schwatzten. Sie standen jetzt schon fast zwanzig Minuten hier an, im kühlen Wind, der ihre Frisuren zugrunde richtete und jetzt ging es nicht weiter, weil dieser Typ sich nicht an die Kleiderordnung halten konnte. Ihre Blase drückte unerträglich. Evelyn, Maike und sie hatten jede fast eine Flasche Prosecco geleert. Und jetzt meinte sie, es bald nicht mehr aushalten zu können. Sie hatte mal irgendwo gehört, dass man an einer platzenden Blase sterben könne und nagte nervös an ihrer Unterlippe. Der Typ hatte vielleicht Nerven, in ausgelatschten Turnschuhen, löchrigen Jeans und uralter Lederjacke hier anzukommen. Er war ungefähr 1,75 groß und schob sich mit seiner beringten Hand das schwarze Haar, das ihm strähnig ins Gesicht fiel, aus der Stirn. Seine grünen Augen glitzerten amüsiert unter dichten schwarzen Wimpern. Er hatte schöne Augen und eine gerade aristokratische Nase. Seine glänzenden schwarzen Haare standen weich und geschmeidig von seinem Kopf ab. Und sein Jackett mit den Messingknöpfen und das schlichte elegante Hemd harmonierten wunderbar mit der schwarzen Anzughose. Moment mal … Sah der nicht eben noch anders aus? Der Türsteher wirkte einen Moment abwesend, bevor er ihn noch vor den Mädchen hereinnickte. Der Typ drehte sich noch einmal um und zwinkerte ihr zu. Hanna hätte schwören können, dass der Typ eben noch völlig schmierig aussah und jetzt wie ein Gentleman ihnen voraus in den Club stiefelte.

»Man, die können es auch echt übertreiben mit ihrer Kleiderordnung. Das war doch grad ein klassischer Fall von Schikane, oder, Hanna?« Maike schubste sie an und kniff ihr in die Seite. »Erde an Cherryblossom: Musst du nicht auch auf's Klo, Süße? Dann wäre es von Vorteil, wenn du dem netten Onkel da deinen Ausweis zeigst, dann können wir endlich rein, Liebes«, flüsterte Evelyn ihr zu.

Verwirrt kramte Hanna ihren Ausweis hervor. Sie hatte gar nicht bemerkt, dass sie danach gefragt worden war. Bald darauf wurde sie mit einem fließenden Strom in das Nachtleben des Clubs gerissen. Nachdem Hanna von der Toilette kam, sah sie sich fasziniert um.

Über dem gesamten Club hingen Schwaden von Trockeneisnebel, und das Spiel der farbigen Spots und Laser verwandelte die Tanzfläche in eine märchenhafte Parallelwelt.

Die Bässe von Katy B's Song hämmerten. Die Mädchen ließen sich vom Beat des Liedes treiben. Hanna fühlte sich frei. Sie vergaß alles um sich herum. Selbstvergessen schloss sie die Augen, ein verträumtes Lächeln umspielte ihren Mund, während sie die Partyatmosphäre in sich aufsog. Verzückt ließ sie sich von dem Rhythmus davontreiben. Ihr Herz schlug im Takt des Beats und ihr Körper bewegte sich ganz selbstverständlich.

Von der Bar aus beobachtete er die drei Mädchen vom Eingang. Ein hintergründiges Lächeln umspielte dabei seine Lippen. Sie waren ihm dort gleich aufgefallen, als er noch mit dem Türsteher beschäftigt war und mühsam seinen äußeren Schein veränderte, um in diesen Club gelassen zu werden. Besonders die Zierlichste von ihnen erweckte sein Interesse. Die Mädchen schwangen ihre langen Haare hin und her und tauchten in rotierendem Trockeneisnebel, wurden eins mit dem hämmernden Bass, ließen ihre Hüften kreisen, nackte, schweißglitzernde Haut wurde preisgegeben. Ihre Körper versprühten pure Lebensenergie, die sie strahlend umgab. Sie schien aus ihnen aus jeder Pore heraussickern wie Wasser und umgab sie schillernd bei jeder Bewegung.

Eine von ihnen würde noch heute ihm gehören. Er bräuchte sich nur noch eine auszusuchen. Die stärkste Energie strahlte aus der Zierlichsten der drei. *Ein hübsches junges Ding*, dachte er sich. Irgendetwas an ihr war anders. Beinahe konnte man meinen, sie wäre eine von ihnen. Aber dafür war die innere Kraft nicht stark genug. Vorfreude durchflutete seinen Körper und er leckte sich über die Lippen. Bald schon würde er sich an einer von ihnen laben und an sich reißen, was er haben wollte.

Als Paul und Jasper endlich zu den Mädchen stießen, sah Hanna auf die Uhr. Es war weit nach Mitternacht. Sie versuchte, so gut es ging, den Gesprächen der vier über die laute Musik hinweg zu folgen, gab es aber bald schon auf. Als Maike ihre Hand ergriff und sie durch die rotierenden Massen in Richtung Bar zog, folgte sie zufrieden. Sie waren ausgelassen und frei. Evi bestellte drei Prossecco, einen davon kippte Hanna durstig auf ex.

»Auf den Ex!«, brüllte Maike ihr entgegen und ließ die Gläser klirren. »Na, dann bräuchte ich ein paar mehr«, raunte Hanna. Es war ihr doch irgendwie unheimlich, dass Mark so einfach zusammengebrochen war. »Was hast du gesagt, Hanna?«

»Nix, schon gut. Gehen wir wieder tanzen?«

Hanna wartete die Antwort gar nicht erst ab, sondern nahm ihre beiden Freundinnen an den Händen und forderte sie auf, hinter ihr herzukommen, um wieder in den Trockeneisnebel einzutauchen. Wild und ausgelassen tanzten sie weiter und amüsierten sich köstlich, bis sich ein wenig die allgemeine Erschöpfung breitmachte. Sie zogen sich zurück, an den Tanzflächenrand zu den Jungs, und tranken etwas. Kurz darauf nahm Jasper Maike wieder mit auf die Tanzfläche, sie gluckste kurz freudig auf und verschwand in der wilden Menge. Hanna blickte ihr überrascht nach. Sie wandte sich Evi und Paul zu, die sich gerade daran machten, sich einen Sitzplatz weiter hinten zu sichern. Es sah fast so aus, als wäre Hanna auf sich allein gestellt gewesen. Sie nippte an ihrem Sekt, den Paul für die Mädchen besorgt hatte und wog leicht die Hüften zum Beat. Auf der gegenüberliegenden Seite war ein großer Spiegel und hin und wieder, wenn die pulsierende Menge sich teilte, konnte sie einen Blick auf sich werfen. Für einen Moment gefiel ihr, was sie sah. Ihre blonde Mähne hatte sie hochgesteckt und sich dramatische *smokey-eyes* passend zu ihrem schwarzen Cocktailkleid geschminkt. Sie war mit sich zufrieden und ein Lächeln zuckte in ihren Mundwinkeln. Der Typ vom Eingang schaute zu ihr herüber und prostete ihr listig lächelnd zu. Sie runzelte unbehaglich die Stirn und wandte den Blick ab. Irgendetwas missfiel ihr an diesem Kerl. Er sah gut aus, ja, schon fast zu gut, hatte aber eine klirrendkalte Ausstrahlung, die Hanna Unbehagen bereitete. Ihr Instinkt riet ihr dringend, Abstand zu halten, auch wenn er noch so freundlich flirtete. Unbewusst spielte ihre Hand mit ihrem Anhänger, der über ihrem Dekolleté hing, während sie weiter der Musik und ihren Bewegungen folgte. Plötzlich hatte sie das Gefühl, dass ihr Sichtfeld ausfranste. – Sie hielt inne. Die Luft schien zu flimmern und zu schwirren. Die Musik wurde dumpfer und die Menschen um sie herum wurden in ihren Bewegungen immer langsamer und wieder schneller, immer abwechselnd, wie bei einer kaputten Vorspultaste. Ihre eigenen Bewegungen waren schwerfällig, fast so, als hätte sie sich unter Wasser bewegen müssen. Sie ließ ihre Blicke durch den Raum schweifen und sinnierte noch über den Konsum von Alkohol und dessen Folgen, als ihre Aufmerksamkeit auf eine junge Frau fiel, die überirdisch schön war. Langes dunkelbraunes Haar floss über ihre Schultern und umrahmte ein Gesicht, das porzellanartiger nicht hätte sein können. Die Frau beugte sich mit einer fließenden Anmut zu einem Mann, ließ ihre rot lackierten Fingernägel an seinem Hals hinaufwandern und küsste ihn auf die Lippen. Hanna sah hastig fort, um deren Intimität nicht zu stören. Ihr Blick glitt über die Tanzfläche zur Bar und zum Eingang. Alles schien wieder normal, kein Flirren und Unbehagen mehr, und sie beruhigte sich.

Dann sah sie ihn! Sie war sich sicher, dass er es war. Vor Schreck entglitt ihr beinahe das halbvolle Sektglas. Dabei verschüttete sie einen Teil des Getränks auf ihrem Kleid. Sie murmelte einen Fluch und stellte es, ohne ihre Augen von dem Typen abzuwenden, auf einen der Stehtische. Anmutig schlenderte er in Richtung Bar, die Geschmeidigkeit, mit der er sich durch die Menge bewegte, fesselte Hanna. Er setzte sich auf einen der Barhocker und bestellte sich irgendetwas. Was wiederum bedeutete, dass er mit jemandem sprach. Mit jemandem, der ihn sehen, wahrscheinlich sogar berühren konnte. Was bedeuten hätte, dass ihr geistiger Zustand relativ in Ordnung gewesen sein müsste, abgesehen von den paar Überreiztheiten, die jeder sicherlich dann und wann einmal hatte. Sie beobachtete ihn und versuchte dabei, möglichst gleichmäßig weiterzuatmen. Sein weißes Hemd, das er locker in die schwarze Tuchhose gesteckt hatte, betonte seinen athletischen Körper und umspielte die kräftigen Arme. Mit einer flüssigen Bewegung fuhr er sich durch die dichten Haare, die ihm gekonnt verwuschelt von seinem Kopf abstanden. Er sah einfach unglaublich gut aus. Die Barkeeperin versuchte allem Anschein nach, mit ihm zu flirten. Sie zeigte ihm ein umwerfendes Lächeln und kokettierte mit ihren Reizen. Hanna konnte seine Reaktion nicht sehen. Lächelte er zurück? Flirtete er auch mit dieser Frau? Hannas Herz machte einen frustrierten Satz. Aber was sollte das denn bedeuten? Sie stand nicht auf ihn. Schließlich kannte sie ihn nicht, wusste weder seinen Namen noch irgendetwas anderes über ihn, und dieser Scheißkerl hatte ihr einen Heidenschreck eingejagt. Also warum so etwas wie Eifersucht? Sie runzelte die Stirn und wandte sich von ihm ab, versuchte, ihren wilden Herzschlag unter Kontrolle zu bringen und sah wieder zu der schönen Dunkelhaarigen. Die küsste ihren Freund noch immer. Diese Frau legte eine so laszive Leidenschaft und Intensität in diesen Kuss, dass Hanna beschämt wegschauen wollte, als ihr auffiel, dass der junge Mann, den sie küsste, sich nicht mehr rührte. Er war bleich, ein verträumtes Lächeln hing auf seinen Lippen. Fast leblos hing er auf seinem Stuhl, die Augen geschlossen und sein Körper gefangen in den Armen der Schönen. Die Luft begann erneut zu flirren und Hanna wurde mulmig.

Alle Bewegungen, die sie um sich herum sah, froren stockend immer wieder kurz ein, als würde man die Pause-Taste in einer Videoaufnahme drücken. Aber diese Frau bewegte sich fließend und löste ihre Lippen von dem Mann. Sie sah zu Hanna auf und eine kleine gespaltene Zunge zuckte kurz zwischen ihren Lippen hervor. Es schien, als umgäbe sie eine Aura, die zitterte, und durch ihre Schönheit schimmerte etwas anderes hindurch, etwas Kaltes, Unbarmherziges. Hanna zuckte zusammen, als sie verschlagen angelächelt und mit einem eisigen Blick fixierte wurde, der ihr den Atem raubte. Sie stolperte rückwärts, Unglauben und Panik machten sich in ihr breit. Die Bewegungen der anderen kamen immer mal wieder ganz zum Stillstand, bis sie sich zäh weiter bewegten, ihre eigenen dagegen fühlten sich langsam und unwirklich an. Sie fühlte sich wie in einer riesigen Blase, ihr Blut rauschte laut in den Ohren.

Entsetzen spiegelte sich auf ihrem Gesicht, als er sie erblickte. Er versuchte, ihren Blick gefangen zu nehmen, denn er wusste, was gleich geschehen würde: Die Zeit kam zum Stillstand. Nur für seinesgleichen lief sie weiter, hatten sie doch unbegrenzt viel von dieser Kostbarkeit. Zumindest solange sie bereit waren, diese Zeit oder Energie anderen zu stehlen. Angestrengt versuchte er Hanna mit seinem Blick weiter festzuhalten, sie brauchte nicht sehen, was jetzt geschah. Sie widersetzte sich. Sie war stark. Letzte Nacht war sie aus einem gewebten Traum ausgebrochen. Seine Verwunderung darüber war so groß gewesen, dass er beinahe nicht rechtzeitig aus ihrem Zimmer verschwinden konnte. Sie hatte ihn allem Anschein nach wahrgenommen und die dumme Katze auch. Oh, wie er Katzen hasste! Diese kleinen Biester blickten direkt in die Seele und nahmen absolut alles in ihrer Umgebung wahr, selbst wenn es die Koexistenzen der Nacht waren. Er spürte, wie sie ihm zu entgleiten drohte. Leise fluchte er vor sich hin und versuchte erneut, sie einzufangen.

Hanna sah ihm in die Augen. Sie atmete durch, ballte ihre Fäuste und wappnete sich. Am besten sollte sie zu ihm gehen und klären, was er von ihr wollte. Aber der Krach in ihrem Kopf und die flirrende Realität ließen nichts dergleichen zu. Das Schwarz seiner Augen lockte sie. Jetzt runzelte er die Stirn. In seinem Mundwinkel zuckte kurz ein Lächeln auf, bevor er den Blick leicht senkte, um ihn erneut mit einer gefährlichen Intensität mit ihrem zu verbinden.

Ein aufgeregtes Beben lief durch ihren Körper. Es war wie ein Sog, dem sie sich kaum entziehen konnte.

Plötzlicher ohrenbetäubender Lärm ließ sie stocken und die verstörend intensive Verbindung wurde unterbrochen. Zwei bullige riesige Männer, die über und über mit seltsamen Symbolen tätowiert waren, durchquerten den Raum. Die Zeit stand nun still. Nur diese eine Szene lief weiter ab. Wie ein Videoband, das man vergessen hatte auszuschalten. Die Typen rissen einen Jungen vom Barhocker, er schrie und trat um sich.

Es war der Junge, wegen dem Hanna am Eingang länger warten musste, der ihr zugezwinkert und vorhin zugeprostet hatte. Hanna sah die blanke Angst in seinen weit aufgerissen Augen und schluckte schwer. Die Typen zwangen ihn in die Knie, einer der Riesen nahm seinen Kopf und drehte ihn mit einem kräftigen Ruck in einen unnatürlichen Winkel. Ein Knacken wie von morschem Holz klang durch den Raum. Blut spritzte an die Theke und tropfte auf seine zerrissenen Jeans, als er ein letztes Mal zuckte. Entsetzt schrie Hanna auf. Panik hämmerte in ihrem Schädel und sie griff sich an die Kehle. Der Junge sackte vorne über und die Typen schleiften den leblosen Körper hinter sich her. Hanna drehte sich Hilfe suchend um, ein Wimmern drang über ihre Lippen. Sie sah zurück, es lag nur noch ein einsamer Turnschuh völlig deplaziert im Weg. Den Mund zum Schrei geöffnet, stand sie da und ließ ihre Augen durch den eingefrorenen Raum gleiten. Dabei blickte sie auch in das Gesicht der Dunkelhaarigen, die sie mit unverhohlener Neugierde betrachtete. Eiswasser schoss Hanna durch die Venen, ihr Kopf schmerzte, als würde ein Bienenschwarm im Inneren wüten. Die Welt kam mit einem Ruck wieder in Gang. Und ihre Welt versank in Dunkelheit ...

Weicher wattiger Nebel umhüllte mein Gehirn. Von Weitem hörte ich Stimmen und das Wummern von Musik. Ich konnte die Stimmen aber nicht greifen, nicht verstehen, was sie sagten. Ich wollte mich lieber wieder in die Dunkelheit abgleiten lassen. Die Welt war so friedlich. Ich wollte diesen Frieden so dringend, und nichts anderes. Ich hörte die Stimmen lauter werden, aufdringlicher. Jemand nannte meinen Namen. Ich hieß doch Hanna, oder etwa nicht? Mein Frieden wurde jäh zerrissen, als mein Arm durch Feuer verbrannt wurde. Schnell schlug ich die Augen auf und sah ungläubig auf ihn herab. Eine Nadel steckte in ihm und es wurde eine Flüssigkeit in die Vene injiziert. »Hanna, hier bleiben!« Ein Mann in weißer Kleidung schlug mir ins Gesicht und gab Befehle.

Etwas weiter hinter ihm lugte Maike mit ungesunder Gesichtsfarbe über seine Schulter. Sie hatte geweint, ihr Make-up war verlaufen und ihre Haare waren zerzaust. Sie drückte meine Hand.

»Du siehst schrecklich aus«, kam es krächzend aus meiner Kehle und ich schluckte trocken.

»Mein Gott, Hanna, dann musst du dich erstmal sehen«, erwiderte sie halb schluchzend, halb lachend und strich sich mit der Hand, die leicht zitterte, eine verirrte Locke hinters Ohr.

»Hanna, wir nehmen Sie jetzt mit ins Krankenhaus. Sie hatten einen Anfall und waren lange bewusstlos«, sprach der Mensch in Weiß, der eben noch versucht hatte, mir Gesichtsfarbe auf die Wangen zu prügeln.

Anfall? Wie meinte der das? Anfälle hatte ich öfter mal. Wutanfälle, Fressanfälle, Anfälle von Putzwahn ... Gut, die seltener, aber Anfälle kannte ich. Die Trage, auf der ich lag, wurde bereits vorwärtsgeschoben. Maike lief neben mir und lächelte mir aufmunternd zu, allerdings wollte es ihr nicht so recht gelingen.

»Wo ist Evi?«, krächzte ich weiter. Paul tauchte in meinem Sichtfeld auf. »Die kotzt, auf dem Klo.«

»Wo bin ich?«

»Wir sind noch im *Pandora*«, sagte Paul. Spätestens jetzt war mir auch nach Kotzen zumute.

Ich wachte vom pfeifenden Atem des Mädchens neben mir auf. Wir waren in einem schlicht eingerichteten Zimmer eines Krankenhauses, vermutete ich. Ich hatte bestimmt schon Stunden in diesem merkwürdigen Zwischenraum zwischen Schlafen und Wachen verbracht, in dem mein Gehirn sämtliche Eindrücke des letzten Abends auseinandernahm und in allen erdenklichen Variationen wieder zusammenfügte, was mir allerdings nicht wirklich half. Man hatte mir erzählt, dass ich ohne ersichtlichen Grund um zwei Uhr in der Nacht auf der Tanzfläche angefangen hatte zu schreien, als würde man mich mit siedendem Öl übergießen. Ich hätte um mich geschlagen und Jasper ein blaues Auge verpasst. Bis ich schließlich zuckend zusammengebrochen war. Nun ja, mir fiel da ein Grund ein, aber über den wollte ich dann doch lieber Stillschweigen bewahren. Sonst würden die Ärzte mir wahrscheinlich gleich eine Zwangsjacke verpassen und dann hieß es: Ade, normales Leben, guten Tag, bunte Pillen.

Evi und Maike hatten sofort einen Krankenwagen geordert. Paul hatte mich ins Büro des Clubs getragen, bevor die ganzen schaulustigen Nachteulen sich über uns hermachen konnten. Die Ärzte waren der Meinung, dass es sich eventuell um einen epileptischen Anfall gehandelt haben könnte. Deshalb wollten sie mich noch zu einigen Tests dabehalten. Onkel Henry hatte sich tierisch aufgeregt und wollte mich am liebsten gleich heute Morgen wieder mitnehmen. Lauthals hörte ich ihn mit der Ärztin streiten, bis er dann doch nachgab. Ich hatte gar nichts dagegen. Ein bisschen ausruhen und schlafen. Niemandem begegnen, mit dem man über diese Blamage reden musste. Gut so.

Das Mädchen neben mir war erst vierzehn und hatte sich bei einem Reitunfall die Gräten gebrochen. Sie quasselte ununterbrochen über Pferde und Ponyhof und Pferde und Ponys und nochmals Pferde. Es ist nicht so, dass ich Pferde nicht mochte. In England hatte ich selber eines. Einen superlieben Irish Tinker, mit dem ich über die heimischen Wiesen geflogen bin. Aber dieses Mädchen ging mir dermaßen auf die Nerven, dass ich Henry verfluchte, weil er nicht einfach die Ärzte niedergeschlagen und mich mit nach Hause genommen hatte.

Am zweiten Tag besuchten mich Maike und Evi endlich. Maike saß an meinem Bett und mümmelte mit viel Hingabe an den Schokoladenherzen, die sie mir mitgebracht hatte. Ihre lustigen Locken tanzten wieder leicht um ihr Gesicht, das glücklicherweise wieder ganz gesund aussah. Evi kitzelte mit ihrer schmalen kleinen Hand an meinem Fuß herum.

»Hey, Hanna, ich denke, du solltest mal ein bisschen mit uns spazieren gehen. Wir sind hier ja nicht auf der Fettweide. Und wenn ich mir Maike anschaue, könnte die auch ein wenig Bewegung vertragen.«

Maike verzog empört das Gesicht und brummelte mit vollem Mund: »Wie meinst du das?«

Wir prusteten alle drei gemeinsam los, bis uns die Tränen kamen und ich pellte mich aus dem Bett, um mir etwas überzuziehen.

»Wir könnten auch in die Cafeteria gehen und uns ein Stück Kuchen genehmigen.« Maike sah uns auffordernd an.

»Ich hab gar kein Geld hier.« Bedauernd verzog ich mein Gesicht.

»Ich lad' dich ein, mein Schatz.« Maike reichte mir meine Strickjacke und schob mich zur Tür. Wir schlenderten durch die tristen Krankenhausgänge und stiegen in den Fahrstuhl, um zur Cafeteria zu kommen. Ich hatte richtig Appetit auf ein großes Stück Kuchen mit ganz viel Sahne. Mir lief selbst bei dem simplen Gedanken daran das Wasser im Mund zusammen. Surrend setzte der Lift sich endlich in Bewegung und ich kam der Erfüllung meiner Träume immer näher.

In der Cafeteria angekommen, heftete ich mich sofort an die Scheibe der Kuchenauslage, studierte die einzelnen Stücke und entschied mich freudig für einen Apfelkuchen mit Sahne. Maike und Evelyn bestellten das Gleiche und kamen hinter mir her. Wir setzten uns an einen gemütlichen freien Platz am Fenster – na ja, so gemütlich, wie Krankenhaus-Cafeterien halt sein können, wenn man von dem ganzen Elend um sich herum einmal absieht. Ich fühlte mich noch nie sonderlich wohl inmitten von leidenden Menschen. Es belastete mich, machte mich traurig. Ich neigte dazu, über jeden Schmerz des anderen meine Tränen zu vergießen, was natürlich albern war, wenn man nicht auch begann, aktiv zu werden und zu versuchen die Probleme der anderen zu lösen. Was in den meisten Fällen unmöglich schien. Wenn ich mich zu sehr in das Leid eines anderen hineinversetzte, fraß es mich auf. Henry meinte, dass ich eine besondere Neigung zur Empathie hätte. Empathie nennt man die Befähigung, sich in die Gefühle und Bedürfnisse anderer Menschen hineinversetzen zu können. Er meinte, ich würde irgendwann glücklich darüber sein, dass es mir leichtfiel, mich in andere hineinzufühlen. Mir war nicht klar, was für Vorteile es mir bringen sollte, mit einem ständig blutenden Herzen herumzulaufen und doch nichts gegen das Leiden anderer tun zu können.

Wir aßen genüsslich und schnatternd unsere Kuchen auf. Maike lehnte sich stöhnend in ihrem Stuhl zurück und rieb sich ihren Bauch.

»Man, bin ich voll.« Sie gähnte herzhaft.

»Mark ist wieder in der Schule und hat nach dir gefragt.« Evelyn sah mich viel zu wachsam an.

Ich stocherte in meinen Sahneresten herum. »Gut, dass es ihm besser geht.« Ich spürte Evelyns Blick immer noch auf mir. Ich wollte nicht über Mark reden. Evelyn war von Anfang an nicht begeistert gewesen, dass ich etwas mit Mark anfangen wollte. Sie erwähnte ständig mir und auch anderen gegenüber, dass das niemals ein gutes Ende nehmen würde. Bei ihr waren meine empathischen Fähigkeiten beinahe nutzlos. Ihre Stimmungen wechselten häufig sehr schnell und meistens war sie sehr gut darin, eine kontrollierbare Maske zu tragen, die ihr heute aber zu entgleiten schien.

»Willst du eigentlich noch was von ihm?«, fragte sie seltsam unruhig und überspielte ihre angespannte Haltung mit einem albernen Lachen.

Ich war ein wenig verwirrt. »Nein, es ist aus zwischen mir und Mark.« Zögerlich schob ich den Stuhl zurück und stand auf.

»Ich glaub, ich sollte wieder auf's Zimmer, bald ist Visite.« Jegliche Lust auf Geplauder war unvermittelt versiegt und ich konnte nur noch an Mark und den Fremden denken. Also brachten die beiden mich wieder zurück auf mein Zimmer und verabschiedeten sich.

Nach einer Reihe von Untersuchungen war klar, dass mir nichts fehlte außer vielleicht einem neuen Gehirn. Allerdings war ich sehr zufrieden mit mir, denn ich hatte keine weiteren Halluzinationen. Zumindest ging ich mittlerweile davon aus, dass es nichts anderes war, was ich gesehen hatte. Ein Trugbild, verursacht durch Nervosität, weiter nichts. Es waren höchstwahrscheinlich die Folgen des Alkohols, gepaart mit irgendeiner Stresssymptomatik. Und einen Gehirntumor hatten die Ärzte der Klinik ja schließlich ausgeschlossen. Also war ich guter Dinge, als Henry in der Krankenzimmertür auftauchte, um mich mit nach Hause zu nehmen. Er hasste Krankenhäuser und war froh, dass er jetzt erstmal keines mehr von innen zu sehen bekam.

Henry hatte mein Zimmer schön hergerichtet und half mir beim Auspacken. Auf meiner kleinen roten Kommode standen zwei Blumensträuße. Ein prächtiger mit Veilchen und anderen Sommerblumen und ein kleinerer mit roten und weißen Rosen. »Die Blumen sind von deinem Vater.« Henry nickte flüchtig zur Kommode.

»Beide?«

»Beide?«, fragte er für einen Moment verwirrt zurück und kniff sich in die Nasenwurzel. Das tat er öfter, wenn er versuchte, seine Gedanken zusammenzuhalten.

»Nein, den mit den Rosen hat hier so ein Junge abgegeben. Da ist eine Karte bei. Liebes, ich bin sehr froh, dass du wieder hier bist.« Henry kam auf mich zu. Etwas unbeholfen stand er da und drückte mich dann überschwänglich an seine Brust. Mir blieb kurz die Luft weg von so viel Nähe. Ich hing irritiert mit von mir gestreckten Armen in seinem Griff, bis er mich auch schon wieder zügig freigab. Ich lächelte ihm unschuldig in sein etwas beschämt aussehendes Gesicht und knuffte ihn an die Schulter.

»Na, du wolltest mich ja schon den ersten Tag wieder mitnehmen. Warum hast du dich nicht einfach durchgesetzt?«, feixte ich vergnügt.

»Wieder mitnehmen?«, fragte er etwas unsicher.

»Du hast doch mit den Ärzten gestritten, weil du mich mitnehmen wolltest. Oder nicht?« Ich hielt inne und sah aufmerksam in sein verdutztes Gesicht.

»Das hast du mitbekommen?« Er nahm den leeren Koffer vom Bett und verstaute ihn auf dem Kleiderschrank.

»Nun ja, ich war nicht die ganze Zeit im Tiefschlaf, weißt du? Ich habe nur gehört: *unverantwortlich*, *vielleicht was Ernstes* und *mit nach Hause nehmen.*«

Er schüttelte abwesend den Kopf und verzog den Mund zu einem Strich, bevor er weitersprach. »Nein, Hanna. Das war anders. Dominik – dein Vater – wollte, dass ich dich mit nach Hause nehme. Er war der Meinung, hier würde es dir besser gehen. Und er hält nicht viel von den Ärzten hier. Er meinte, wenn du wirklich etwas hättest, würde er dich nach Amerika holen und dich von seinen Ärzten untersuchen lassen. Verrückte Idee.« Er lachte freudlos auf.

»Seit wann weiß Dominik, was gut für mich ist!?«, spie ich zornig hervor. Ich hatte einen bitteren Geschmack auf der Zunge und es sammelten sich Tränen der Enttäuschung und Wut in meinen Augen über die fehlende Präsenz meines Vaters. Schnell wandte ich mich ab und begann, meine Sachen vom Bett in den Schrank zu räumen. Er hatte mich nicht einmal im Krankenhaus angerufen und erdreistete sich, über mich entscheiden zu wollen.

»Henry, ich will nicht, dass *er* über mich entscheidet.« Meine Stimme bebte leicht.

»Ich weiß ...«, kam es leise zurück.

»Henry, es tut mir leid, dass ich dir … Probleme …«

Er unterbrach mich: »Es ist gut, Hanna. Dominik hat sich schnell wieder beruhigt. Du bist ja kein kleines Mädchen mehr. Du musst schließlich auch irgendwann erwachsen werden.«

Überrascht sah ich ihn an. Er schien seltsam aufgewühlt und verließ ausweichend hastig mein Zimmer. Machte er sich Sorgen, mich zu verlieren, wenn ich erwachsen werden würde? Wenn ich irgendwann nicht mehr mit ihm zusammenleben wollte?

Oder war da etwas anderes?

Ich sah aus dem Fenster, drückte meine Stirn an das kühle Glas, beobachtete das Geschehen auf der Straße. Es war stürmisch draußen. Der Wind riss an Bäumen und Menschen, die auf dem Fußweg vorübereilten. Einer Nachbarin, die ihren Müll an die Straße stellen wollte, riss der gelbe Beutel und unzählige weiße Styroporflocken flogen wie aufgewirbeltes Herbstlaub auf der Straße umher.

Verträumt sah ich ihnen zu, wie sie wild und ungestüm umhertanzten, während ich die Karte aus den Blumen in meinen Händen drehte und die Kanten des Papiers nachfuhr. Der Sommer ging seinem Ende zu und ich fühlte eine leichte Melancholie, denn ich liebte diese Jahreszeit. Abwesend nahm ich mir eine Rose aus dem Strauß und drehte sie unter meiner Nase hin und her. Die Blume duftete weich und zart nach Sommer und verströmte ihren Geruch im ganzen Zimmer. Vor mir erschien ein Bild: dunkle Augen, die mich interessiert anglänzten und so viele Gefühle widerspiegelten. Meine Finger strichen den Rosenstiel entlang. Unerwartet zuckte ich zusammen. Ein Dorn hatte sich in meinem Finger gebohrt und ein dicker dunkelroter Blutstropfen perlte an ihm herunter. Fasziniert beobachtete ich, wie er eine lange Spur über meine Hand zog und auf den Boden tropfte. Endlich riss ich mich aus meiner Starre. Ich ging zum Bad hinüber, spülte die Wunde mit Wasser aus und verzog mich mit der Karte auf mein Bett. Mit einer ungeduldigen Bewegung riss ich den Umschlag der Karte auf, zog den Brief heraus und begann zu lesen.

Liebe Hanna!
Ich hoffe sehr, dass es dir bald wieder besser geht.
Diese Rosen sollen zeigen, wie viel du mir bedeutest.
Lass uns reden.
Dein Mark

Was hatte ich erwartet?

Die nächsten Wochen nach dem Krankenhausaufenthalt waren geprägt von Unbehagen und Anspannung, aber vor allem von Peinlichkeit. Zu meiner Bestürzung befand ich mich im Zentrum des allgemeinen Interesses, was mich so gar nicht glücklich machte. Am ersten Tag in der Schule durfte ich freundlicherweise gleich eine Klausur und einen Hausaufsatz nachschreiben. Frau Clausen war unglaublich stolz auf sich, dass sie das koordinieren konnte. Und ich musste – mehrfach auf den Abend im *Pandora* angesprochen – immer wieder beteuern, dass ich wirklich gesund sei. Ich war froh, als ich den Schultag endlich hinter mir hatte.

Maike und Evi hatten schon früher Schulschluss gehabt und ich war auf mich alleine gestellt, inmitten einer Meute sensationshungriger Teens. Nun schlenderte ich gemächlich in Richtung Bushaltestelle, als ich hinter mir plötzlich das schnelle Klappen von sich nähernden Turnschuhschritten hörte. Ich versuchte, mich kleinzumachen und überlegte, ob, wenn ich die Augen schloss, ich mich dann in Luft auflösen konnte. Als Kind war ich beim Versteckspielen immer der unumstößlichen Meinung gewesen, dass, wenn ich die Augen geschlossen hätte, ich auch nicht zu sehen sei. Wenn Onkel Henry mich gefunden hatte, brachte er sein Gesicht dann immer ganz dicht vor meines. Ich hatte dann seinen Atem und seinen Bart gespürt, der mich kitzelte. Da ich die Lider immer noch fest zusammengekniffen hatte, war ich mir sicher, dass er mich noch nicht gefunden haben konnte. Irgendwann hatte ich dann immer losprusten und die Augen öffnen müssen. Onkel Henry sagte dann stets, dass er meinem Duft folgen könnte, da einer seiner Vorfahren ein Jagdhund war. Ich hatte ihn dann gefragt, ob er deshalb so zottelig aussehe.

Nun, ich denke, das mit dem Unsichtbarmachen funktionierte nicht wirklich, und als ich meinen Namen hörte, war ich mir sicher. Mark holte mich schneller ein, als mir lieb war.

»Hanna, hast du meine Blumen bekommen?« Er lächelte mich unsicher an.

»Ja, vielen Dank. Ich habe gehört, dass es dir auch wieder besser geht. Das ist … großartig!« Ich kaute angespannt auf meiner Lippe herum.

»Ja, danke, es ging mir eigentlich sofort wieder gut. Ich weiß nicht, was los war, so was ist mir noch nie passiert. Einfach umfallen …«, er schnalzte mit der Zunge und zog eine Grimasse. »Hast du mir das aus Solidarität versucht nachzumachen?«, scherzte er.

Ich schluckte und mein Blick huschte von ihm zur Bushaltestelle und wieder zurück. »Sehr witziger Einfall, Mark, aber *ich* nehme keine Drogen.«

Er runzelte die Stirn und schob sich eine blonde Haarsträhne zurück, die ihm die Sicht versperrte. »Ich auch nicht, das müsstest du doch wissen.« Er wirkte etwas ärgerlich.

»Ich weiß nicht wirklich viel über dich, Mark. Nur, dass auf der Liste der zehn Dinge, die du am besten kannst, *mit mir*

Schluss machen steht, dicht gefolgt von *Scheiße labern*. Wie war ich denn eigentlich so im Bett? Ich hab gehört, wir sind dort gelandet.«

Mark schaute zu Boden und ließ einen Kiesel über den Asphalt hüpfen. Ich verspürte einen kleinen Triumph über seine Verlegenheit. »Ich hab nichts dergleichen erzählt. Aber ich glaube, Lea war ziemlich sauer, als ich gesagt habe, dass ich gerne wieder mit dir zusammenkommen möchte und ich nehme an, sie hat …«

Jetzt war ich sauer. »Na, das entschuldigt natürlich so einiges! Und wie lange gedenkst du, mit mir *zusammenzusein*?« Ich malte Gänsefüßchen in die Luft. »Bis zu den nächsten Ferien, oder bis zum Abschlussfest?« Mit zusammengekniffenen Augen fixierte ich ihn bewusst kühl und wartete darauf, dass er aufgeben würde.

»Man, Hanna, du willst ja wohl nicht allen Ernstes einen *Heiratsantrag,* oder?« Er grinste verschlagen.

»Ich weiß nicht, ob ich überhaupt noch irgendetwas von dir will«, blaffte ich viel zu angefasst zurück, was mich vermutlich wie einen beleidigten Teenager klingen ließ. Ich versuchte mich zu sammeln und räusperte mich.

Etwas mehr Haltung, Hanna, sagte ich mir tadelnd. Er sollte nicht denken, dass es mich noch tangieren würde, dass wir kein Paar mehr waren.

»Würdest du morgen Abend mit mir ausgehen? Ich hol' dich so um sieben ab. Dann können wir in Ruhe reden.« Langsam trat er rückwärts. »Ich muss jetzt los.« Weg war er. Und ich hatte das Gefühl, von einer Dampfwalze überfahren worden zu sein.

Also fand ich mich den nächsten Abend im Park wieder, mit Mark an meiner Seite. Ich wusste, dass Maike und Evelyn nicht sonderlich begeistert waren und sich vielsagende Blicke über meinen Kopf hinweg zuwarfen. Mir hingegen war die Ablenkung und jede Form von Normalität recht. Auch wenn es für einige seltsam aussah, dass Mark und ich wieder etwas unternahmen und ich mir selbst nicht sicher war, was ich mir davon versprach. Wir waren Eisessen und sprachen uns aus. Wobei ich ihm das Reden überließ und mir das Eisessen. Gemütlich schlenderten wir Seite an Seite im Park nebeneinander her. Es war ziemlich menschenleer, obwohl es einer der letzten wärmeren Septembertage war. Ich hatte es sogar gewagt, eines meiner Sommerkleider anzuziehen. Mark versuchte zaghaft, mir seinen Arm um die Schultern zu legen. Doch ich tauchte unter ihm durch und tat so, als hätte ich einen interessanten Stein gefunden. Er stöhnte empört auf und schnappte mich an den Hüften, um mich im Kreis zu drehen. Wie vor dem Sommer, als alles noch unbefangen war. Ich jauchzte und ein glucksendes Lachen sprudelte aus mir heraus.

Ich hatte ganz vergessen, wie unbeschwert es mit Mark sein konnte. Mit ihm war alles so leicht. Er machte sich nie einen Kopf um irgendetwas und nahm die Dinge meistens so, wie sie kamen. Wenn er vor seinen Trottelfreunden nicht gerade den Macho mimte oder selber zum Trottel wurde, konnte er echt süß sein. Vor lauter Dreherei ließen wir uns lachend auf eine Wiese mit Pusteblumen fallen. Jetzt lagen wir nebeneinander und beobachteten die Schäfchenwolken. Er tastete immer wieder tollkühn nach meiner Hand, mit der ich ihm wieder und wieder lachend auf die Finger schlug.

Es dämmerte langsam und die Wolken bekamen einen tiefroten Schimmer. Wir saßen Rücken an Rücken und erzählten uns witzige Anekdoten aus dem Sommer, wobei er peinlichst darauf bedacht war, Lea Winter nicht zu erwähnen.

Ich saß in Blickrichtung auf ein kleines Wäldchen und zupfte an einem späten Gänseblümchen, als ich eine merkwürdige Frau entdeckte. Sie kam aus der Richtung des Waldes und hatte lange, fast weiße Haare, die ihr ins Gesicht fielen und es beinahe verdeckten. Ihr weißes Kleid sah sehr altmodisch und verschlissen aus, und ihre ganze Haltung, die Art, wie sie sich bewegte, ließ mich sie anstarren. Ich hatte das Gefühl, sie sei traurig, als sie mit gesenkten Schultern in unsere Richtung kam. Jetzt konnte ich auch erkennen, dass ihr anmutiger und feiner Körper leicht bebte, als würde sie weinen und von Schluchzern geschüttelt werden.

Mein Herz zog sich zusammen und ein Schmerz sammelte sich hinter meinen Augen, die sich mit heißen Tränen füllten. An meinen Rücken gelehnt hörte ich Mark erzählen, aber meine Aufmerksamkeit war völlig auf diese Frau gerichtet. Sie ging ungefähr fünf Meter vor mir an uns vorbei, als sie ihr Gesicht hob und mich traurig und ernst zugleich ansah. Beim Anblick ihrer Augen erstarrte ich, denn ihre Iris war leuchtend rot. *Wie bei einer Albinokatze*, dachte ich noch, als meine Gefühle aufwirbelten wie trockenes Herbstlaub und jetzt ungebremst durch mich hindurchstoben, bis sich ein Gefühl durchsetzte: Angst. Angst vor dem Tod. Aber warum?

Ihre Augen waren ernst und unendlich traurig. Seitdem ihr Blick mich berührt hatte, fühlte ich mich benommen und schwer, nicht in der Lage, mich zu rühren. Langsam wandte die Frau sich wieder ab, verschwand lautlos wie ein Geist hinter einer Baumgruppe und ließ mich mit einem tiefen Unbehagen zurück. Mein Herz klopfte bis zum Hals. Erst jetzt bemerkte ich, dass ich den Atem angehalten hatte. Eine Träne lief mir übers Gesicht. Ich fühlte mich weit weg, als Mark mich ansprach.

»Hanna? Hanna, du sagst ja gar nichts mehr.« Mark drehte sich zu mir, stockte und runzelte die Stirn.

»Man, was hast du? Hab' ich was Falsches gesagt? Man, Hanna, du bist wirklich kompliziert. Oder tut dir was weh?« Er stand auf und klopfte sich den Schmutz von den Klamotten. Dabei sah er angestrengt in eine andere Richtung, um mich nicht ansehen zu müssen. Ich katapultierte mich schnell ins Jetzt zurück und beeilte mich, die Situation zu retten, indem ich ihm klarmachte, dass ich nur was ins Auge bekommen hatte, was die Tränen verursachte. Da zeigte sich auch schon ein erleichtertes, ja strahlendes Lächeln in seinem Gesicht und er reichte mir die Hand, um mir aufzuhelfen.

Es wurde erstaunlich schnell dunkel. Also beschlossen wir, uns auf den Weg aus dem Park zu machen. Ein auffrischender Wind fuhr mir in mein Sommerkleid und wehte meine Haare ins Gesicht. Ich bekam eine Gänsehaut und rieb mir über die Arme. Vielleicht hätte ich doch eine Strickjacke mitnehmen sollen!

Mark zog mich an sich und drückte mich. »Ist dir kalt? Soll ich dich vielleicht wärmen?«, raunte er mir ins Ohr. Ein Lächeln schlich sich auf mein Gesicht.

Sein Mund war ganz nah. Ich war mir nicht sicher, ob ich ihn küssen sollte. Wir standen ganz ruhig und er sah mir unter halb geschlossenen Lidern in die Augen. Sein Blick glitt tiefer, bis zu meinen Lippen. Wollte ich ihn küssen?

Als die drei Frauen plötzlich neben uns auftauchten, wurde mir diese Entscheidung viel zu schnell abgenommen.

Sie kamen wie aus dem Nichts, was mich verblüfft die Luft einziehen ließ. Der Wind zerrte an meinen Haaren und die Luft flimmerte leicht. Nein, bitte nicht! Kein Flimmern, kein Flimmern, keine Halluzinationen, betete ich still in mich hinein und kniff für einen Moment die Augen so fest zusammen, dass sie schmerzten und ich kleine tanzende Punkte sah, als ich sie wieder öffnete. Stocksteif stand ich da. Mark drehte sich um und entdeckte die drei ebenfalls. Die Frauen musterten uns mit einem süffisanten Lächeln auf den Lippen.

Sie waren groß, schlank und erinnerten mich unglücklicherweise an eine meiner Halluzinationen aus dem *Pandora*, nämlich an die wunderschöne Frau mit ihrem feinen porzellanartigen Gesicht. Ich spürte meine Beine nicht mehr, so schwer breitete sich Unruhe in mir aus. Gleichzeitig hatte ich das Gefühl, meine Blase nicht mehr kontrollieren zu können.

»Nanu, wer sind denn die drei Hübschen?«, fragte Mark zu allem Überfluss auch noch mit einem einfältigen Gesichtsausdruck. »Sind das Freundinnen von dir, Hanna?«

»N... n... nein. Lass uns gehen«, brachte ich angestrengt hervor und zog an seinem Arm, um ihn hinter mir herzuziehen. Doch er bewegte sich kein Stück, sondern glotzte mit einem eigentümlichen Blick weiter auf die drei unbekannten Frauen.

»Es ist aber schade, dass wir keine Freunde sind«, trällerte die eine. Ihr pechschwarzes Haar wurde leicht vom Wind umweht und ihre Eisaugen durchbohrten mich. Eine Rothaarige kam mit einem berechnenden Lächeln auf mich zu, ließ ihre Hand vorschnellen und zog mich mit ausgestecktem Arm an meinem Haar.

Ich wich stolpernd zurück, versuchte mich zu befreien. Da

lachte sie klirrend auf, legte den Kopf schief und stierte mich mit einem eisigen Lächeln weiter an. Warum war es hier nur so menschenleer? Die Natur war so unheimlich still, es erschien alles so unwirklich.

Mark bewegte sich kein Stück. Das wirkte auf mich so, als sei er neben mir mit offenen Augen eingeschlafen.

»Wenn du ihn nicht mehr brauchst, Prinzesschen, dann werden wir ihn uns jetzt nehmen«, schnurrte die Dritte, die den anderen in Sachen Schönheit in nichts nachstand. Ich wollte gerne weglaufen, ich wusste nicht, wovon sie sprachen und was *zum Teufel* sie von mir wollten. Aber ich hatte ganz klar das Gefühl, dass sie anscheinend direkt vom Selbigen geschickt worden waren.

»Schert euch zur Hölle«, brachte ich hervor und versuchte, dabei möglichst selbstsicher zu klingen.

Ein Lachen, so hell und klar wie Eis, brach aus der Schwarzhaarigen heraus und ließ mich innerlich erstarren.

»Warum so unfreundlich? Du weißt doch offensichtlich nichts mit ihm anzufangen. Dabei ist er so … schmackhaft.«

Ich hoffte wirklich, dass Mark endlich wieder zu sich kam und tat, was ein Mann tun musste.

Die Rothaarige ließ von mir ab, zückte urplötzlich einen Dolch – wo auch immer sie den hergezaubert hatte – und trat lasziv auf ihn zu. Ich keuchte auf, als sie ihn an seine Halsschlagader drückte, woraufhin im nächsten Moment ein dunkelroter Strom an seinem Hals hinabrann. Er schien es nicht einmal zu bemerken, denn von Gegenwehr war nichts zu sehen. Im Gegenteil, er schien es zu genießen und strich der Frau, die dicht vor ihm stand, liebevoll das rote Haar hinter ihre Ohren. Diese lächelte ihn kühl an und schmiegte sich an ihn. Ungläubig starrte ich zu ihm herüber. Blitzschnell ließ sie ihre Zunge an seinem Hals hinaufgleiten und fing das Blut auf, um sich daraufhin gierig an ihm festzusaugen. Mark wehrte sich immer noch nicht. Stumm lächelte er vor sich hin, wie in Trance, und umfing sie dabei wie eine Geliebte. Ich ballte die Hände zu Fäusten und brüllte mich innerlich verzweifelt an, etwas zu tun.

Die Dritte, auch eine dunkelhaarige Schönheit, griff seine Hand und biss knackend in sein Handgelenk. Ängstlich schrie ich auf und stürzte auf die Frauen zu. Wie eine Furie ließ die Rothaarige von Mark ab, schnellte auf mich zu und packte mich blitzschnell am Hals. Sie fletschte die Zähne und warf mich mit nur einer Hand gegen einen Baum. Beim Aufprall entwich mir schmerzhaft alle Luft aus der Lunge und ich keuchte gequält auf. Panik raste durch meine Eingeweide und zog sie zusammen. Luft! Ich versuchte zu schreien. Nichts geschah. Ich kämpfte um jedes bisschen Sauerstoff, das durch meine eng zusammengepresste Kehle dringen konnte. Meine Beine strampelten wild in einem verzweifelten Versuch, mich zu befreien. Dumpfer Schmerz brannte in meiner Lunge, wurde dringlicher, schmerzhafter. Ich packte panisch den Arm, der mir die Luft abschnürte und versuchte, mich aus diesem tödlichen Griff zu befreien. Ihre kalten unbarmherzigen Augen brannten sich tief in meine. Verzweifelt wehrte ich mich gegen die Dunkelheit, die begann, mich einzuhüllen. Der Griff um meinen Hals wurde unbarmherzig verstärkt. Das Blut pochte mir laut in den Schläfen, begann zu dröhnen. Ihr eisiges Lächeln, tanzende Lichtblitze vor meinen Augen und dann Schwärze. Meine Hände, die kraftlos immer häufiger von der starken Hand um meinen Hals abrutschten. Mein Blick undeutlich. Das Dröhnen in meinem Kopf wurde schmerzhaft laut und drohte, mich zu überwältigen. Es wurde lauter und lauter. Ich wusste, dass es zu Ende ging.

Auf einmal wurde das Dröhnen von schrillem Reifenquietschen abgelöst. Kies und Steine spritzten herum und trafen auf mich. Ein Schatten, der an mir vorbeiflog und die Rothaarige mit einem Ruck mitriss. Ich fiel.

Rasselnd sog ich den Atem gierig durch meine wie Feuer brennende Kehle, wandte mich auf dem Boden, die Hand an meinem Hals und versuchte keuchend, meine Lungen mit Luft zu füllen. Vor meinen Augen tanzten noch immer Sterne und die eisigen Klauen der Angst lähmten und hatten mich fest im Griff. Schrille Wutschreie und lautes animalisches Gefauche drangen an mein Ohr.

Ein großer spitzer Stein unter meiner Hand. Mechanisch schloss ich die Finger um ihn, während ich aufsah und versuchte, klarer sehen zu können. Zwei der Furien kämpften mit einem

Mann. Ein Motorrad, das mit in der Luft drehendem Hinterrad auf dem Kiesweg lag. Mark! Das andere Monster ließ immer noch nicht von ihm ab. Mit dem Stein in der rechten Hand rappelte ich mich mühsam auf und wankte zitternd in die Richtung, in der Mark stand. Nach einem tiefen Atemzug stürzte ich mit dem Stein auf den Vamp zu. Doch sie wich blitzschnell zur Seite. Im selben Moment hörte ich ein widerliches, dumpf klatschendes Geräusch. Es echote laut in meinem Ohr! Die Frau, die ich hatte treffen wollen, stand mir sprungbereit wie ein Tier gegenüber. Unverletzt! Ein widerwärtiges Lächeln breitete sich über ihrem blutverschmierten Mund aus. Sie lachte schallend auf, ihren wissenden Blick auf mich gerichtet, drehte sie plötzlich ab und lief davon.

Noch immer zitternd sah ich ihr nach und bemerkte gleichzeitig, wie die anderen beiden sich dem Kampf mit dem Mann entzogen und ihr nachjagten.

Ich schluckte schwer und sah ungläubig auf den Stein in meiner Hand. Ein roter Blutstropfen fiel von ihm herab. Ungläubig blickte ich ihm nach, verfolgte, wie er in Zeitlupe sank, auf meiner Schuhspitze auftraf und sich rot auf ihr verteilte. Ich hörte ein jämmerliches leises Wimmern, das sich mit Schluchzen mischte. Es kam heiser aus meiner geschwollenen Kehle.

Langsam drehte ich mich zu Mark um und begriff, was geschehen war. Tränen verschleierten mir die Sicht, während ich meine Lungen tief mit Luft füllte und versuchte zu schreien. Ich hatte Mark den Schädel zertrümmert. Blut quoll aus seinem deformierten Kopf und seine Augen starrten blicklos in die Wipfel der sich vom aufkommenden Sturm windenden Bäume über ihm. In mir drehte sich alles und ich verlor das Bewusstsein für alles, was jetzt kam. Ich war nicht länger mit meinem Körper verbunden.

»Beruhige dich!«, raunte er mir zu. »Komm mit mir. Und beruhige dich endlich!« Er hatte mich an den Schultern gepackt und schüttelte. Ich schlug um mich. Er, der in meinen Albträumen nie eingegriffen hatte. Er, den ich für ein Hirngespinst gehalten hatte. Er, der mich an meinem Verstand zweifeln ließ, wie so viele andere Umstände. Nun sah er mir fest in die Augen, sein Mund war zu einer schmalen Linie verzogen.

Ich holte Luft und krächzte: »Ich hab ihn umgebracht!« Schluchzer schüttelten mich.

»Verdammt noch mal, beruhige dich endlich!!« Er sah mich mit zusammengepressten Lippen und mahlenden Kieferknochen gehetzt an.

Ich hatte mich oft gefragt, wie seine Stimme wohl klingen würde. Aber auch, wenn seine Stimme samtig, warm und weich war, selbst, wenn er mich wütend anraunte, vermochte sie nicht, mich aus diesem Zustand völliger Hysterie zu reißen.

KartenHäuser

Das Haus war ziemlich gut gelungen. Es war dreistöckig und ich versuchte gerade die letzten Dachschrägen einzusetzen. Langsam führte ich die letzten zwei Karten zueinander und hielt konzentriert den Atem an, als jemand meinen Tisch anstieß und mein Kartenhaus in einem Rutsch zusammenfiel.

Zischend ließ ich den Atem verärgert entweichen und verfolgte die davonfliegenden Karten mit den Augen. Ein paar Tische weiter machte ein wirres Mädchen einen riesigen Aufstand um irgendetwas und brüllte völlig unsinniges Zeug vor sich hin. Die beiden Pfleger, die den Saal heute Nachmittag beaufsichtigten, liefen zu ihr herüber, redeten auf sie ein und versuchten, sie zu beruhigen. Ich nannte die beiden Dick und Doof. Der eine war ein schwabbeliges ungepflegtes Ungetüm. Wenn er glaubte, ich bemerke es nicht, glotzte er mir auf den Arsch. Und sobald sich eine Möglichkeit bot, berührte er mich, wo es nur eben ging. Mal ganz zufällig am Arm oder der Hand oder aus Versehen an meinem Hintern. »Oh, entschuldige bitte, war keine Absicht«, kam anschließend aus seinem breiten Froschmaul und seine aufgequollenen Augen stierten mir anzüglich entgegen.

Der andere war normal gebaut, um die dreißig und schielte schrecklich. Wenn er mit mir sprach, wusste ich nie so genau, in welches Auge ich schauen sollte. Und mir wurde immer ganz schwindelig vom ganzen Hin- und Herschauen. Er wirkte recht anständig und manchmal war es ganz nett, mit ihm ein paar Sätze zu reden.

Hinter mir hüpfte Aylin vor Freude über den Tumult wie ein kleines Kind auf und ab und traf mit ihrem Teddybären immer wieder mein Tischbein. Was bedauerlicherweise zur Folge hatte, dass mein monumentales Bauwerk frühzeitig abgerissen wurde.

Aylin war ungefähr sechzehn und kicherte wie eine Fünfjährige dumm vor sich hin. Sie hatte ganz offensichtlich nicht mehr alle Tassen im Schrank. Dummerweise dachten das einige andere Leute nun auch von mir. Deshalb war ich hier. Ganze zwei Tage schon. Onkel Henry war noch kein einziges Mal hier aufgetaucht. Angeblich war er nicht aufzufinden, was mir unbegreiflich schien. Keiner wusste, wo er war und wann er wieder auf der Bildfläche erscheinen würde. In der Zwischenzeit hatte ich zwei Polizisten, einer Ärztin und meiner Zimmernachbarin ausführlich von dem Abend erzählt, an dem mein Freund Mark starb. Ich hatte eingeräumt, dass mich vermutlich eine gewisse Mitschuld an seinem frühen Ableben traf. Doch ich hatte ihnen dabei immer wieder versichert, dass es ein Unfall gewesen war und diese drei Frauen eine entscheidende Rolle gespielt hatten. Schließlich gab es doch einen Zeugen, der auf seinem schwarzen Motorrad dazugestoßen war und sich sogar mit den Frauen geprügelt und eine üble Schnittverletzung unterhalb der rechten Augenbraue davongetragen hatte und sicherlich bald eine Aussage tätigen würde, um mich zu entlasten. Dazu gab ich eine genaue Personenbeschreibung ab, da ich mit seinen Äußerlichkeiten ja hinreichend vertraut war. Schließlich sah ich ihn ja schon jahrelang in meinen Träumen, was ich natürlich für mich behielt. Manchmal fragte ich mich, wo mein Verstand war, als ich ihnen von der Sache mit den bluttrinkenden Vamps erzählt hatte. Diese kleine besondere Einzelheit hätte ich vielleicht lieber für mich behalten sollen. Die Polizei ging davon aus, dass Mark mich gewürgt haben musste, vielleicht zudringlich geworden war und ich ihn in Notwehr erschlagen hatte. Und ich jetzt eine ausgewachsene Psychose hatte und mich in eine Fantasie flüchtete, in der ich das wirklich Geschehene nicht zulassen musste.

Ich nahm an, dass die Ärzte mich noch etwas hierbehalten würden, also vertrieb ich mir die Zeit damit, Kartenhäuser zu bauen und mit dem Plastikbesteck seltene Kunstkonstrukte zu erschaffen. Es gab hier nur Plastikbesteck, falls einer der Anwesenden auf die Idee kam, dass sich so eine Gabel oder ein Messer hervorragend für einen schönen Luftröhrenschnitt eignete. Laut meiner Zimmernachbarin gab es vor einigen Jahren so einen Fall. Da sprang ein Mädchen urplötzlich auf und rammte sich lachend eine Gabel in den Hals. Keiner wusste, wieso sie das tat. Im Grunde war sie lediglich wegen ihrer Magersucht in Behandlung gewesen. Sophie, so hieß meine Nachbarin, hatte eine Dauerkarte für diese

Nervenheilanstalt und hatte schon viel miterlebt. Sie glaubte an Außerirdische, die ihr in regelmäßigen Abständen Postkarten schickten. Irre, nicht?

Falls ich noch wesentlich länger da drin geblieben wäre, hätte ich auch ganz gut so einen Luftröhrenschnitt gebrauchen können. Die Arme, die das ausprobierte, hatte ihn nämlich nicht überlebt. Und ich wollte nicht in solch einer Einrichtung leben, um keinen Preis der Welt. Allerdings fiel das jetzt flach, da ich das Gefühl nicht loswurde, dass es mit Plastikbesteck nicht funktionieren würde. Ich stach mir probeweise mit einer der Gabeln in den Arm, sie zerbrach fast augenblicklich. Und mich schüttelte ein verzweifeltes Lachen, das auch schnell in Geschluchze umschwenken konnte. Tränen schnürten mir schon die Kehle zu und ich versuchte angestrengt, sie wegzuschlucken. Erhängen fiel auch aus. Gürtel und ähnliches waren hier nicht erlaubt. Kurz musterte ich meine Fingernägel, die kämen auch nicht in Frage, um sich ernsthaft zu verletzen.

Ich fühlte mich so leer, verlassen und unendlich einsam. Wo zum Teufel war Henry? Er hatte mich noch nie im Stich gelassen. Warum tat er es jetzt! Oder war ihm am Ende etwas passiert? Und was zum Teufel war mit meinem Vater? Er könnte sich doch wenigstens einmal in meinem Leben nützlich machen und mich hier herausholen. Ich hatte noch nie Probleme verursacht. Also warum bemühte er sich nicht einmal nach Deutschland, wenn ich ihn schon mal brauchte? Er hatte sogar die richtigen Kontakte und Mittel, er bräuchte sicherlich nur mit den Fingern schnippen und könnte hier sein.

Weitere zwei Tage vergingen und Henry tauchte nicht auf. Sophie schaute mich manchmal stundenlang an. Mir lief es dann eiskalt den Rücken herunter und ich versuchte krampfhaft, so zu tun, als wäre nichts. Sie hatte sich mir gegenüber verändert, wirkte, als hegte sie irgendeinen Groll gegen mich. Von ihrer anfänglichen Freundlichkeit war nicht mehr viel zu spüren und ich hoffte inständig, dass sie keine Postkarte mit dem Vorschlag, mir irgendetwas Widerwärtiges anzutun, aus dem All bekam.

Dann geschah etwas außerhalb der Reihe. Unverhofft wurde

ich in das Zimmer der Chefärztin Frau Theodin gerufen. Ich hatte schon viele Gespräche mit ihr gehabt und sie war immer recht freundlich und geduldig mit mir gewesen. Aufgeregt trat ich in das Zimmer und war sicher, dass Henry da war oder man ihn zumindest ausfindig gemacht hatte und ich bald hier rauskonnte. Aber ich wurde bitterlich enttäuscht. Mir wurde eine Frau Dr. Hagedorn vorgestellt. Sie war wohl Ende dreißig und reichte mir freundlich die Hand. Ich konnte nicht sagen, was genau mich an ihr so tief alarmierte.

Die Art, wie sie mich ansah? Die Art, wie sie lächelte? Keine Ahnung.

Sie sah mich mit einer Mischung aus Neugier und Abscheu an, die ich nicht verstehen konnte und die sie versuchte zu verhehlen. Überfreundlich forderte sie mich auf, mich zu setzen und ließ sich erhaben mir gegenüber hinter Frau Theodins Schreibtisch nieder. Wir waren alleine.

»Fräulein Cherryblossom, oder darf ich *Hanna* sagen? Sie sind ja schließlich schon volljährig, da muss man ja die Form waren, nicht wahr?« Sie versuchte ein Lächeln.

Ich stutzte. »Bitte, in Ordnung, wenn Sie mir sagen, wann ich nach Hause kann.«

Sie überging meine Frage ohne die kleinste Regung im Gesicht. »Wie geht es Ihnen? Mir ist gesagt worden, Sie sind stabil und medikamentös eingestellt.«

Sie lehnte sich in ihrem Stuhl zurück und sezierte mich mit ihrem Blick. Nagende Unruhe machte sich in mir breit, als ich versuchte, mich auf meinem Stuhl größer zu machen. »Wie soll es mir gehen? Ich bin hier gegen meinen Willen.«

Die Frau brachte meine kindische, von Trotz gesteuerte Seite zum Vorschein, von der ich eigentlich wusste, dass sie mir rein gar nichts bringen würde. Sie war mir jetzt schon so sympathisch wie eine Giftnatter in meinem Bett.

»Hanna, ich bin Kriminalpsychologin. Wir werden uns ein wenig länger unterhalten müssen.«

»Da muss ich erst auf meinen Terminkalender schauen«, ätzte ich. Im Grunde war ich Autoritätspersonen gegenüber nicht so unverschämt, nur diese Frau brachte etwas in mir zum Schwingen.

»Hanna, wo ist Henry Cherryblossom?«

Jetzt war ich ernsthaft irritiert. »Ich dachte, das würden Sie mir sagen.« Ich runzelte die Stirn und verspannte meine Schultern zusehends, bis mein Nacken begann zu kribbeln.

»Er hat zwei wertvolle und gefährliche Artefakte aus dem Forschungslabor in Genf entwendet und ist nicht auffindbar. Ich hatte gehofft, Sie wüssten vielleicht, wo er sich aufhält.« Sie machte eine bedeutungsschwere Pause und drückte ihren Blick tiefer in meinen. »Und Ihr Vater, Dominik Dawn, ist auch nicht zu erreichen. Obwohl seine einzige Tochter in einer ziemlich, sagen wir mal, *prekären* Lage steckt.« Sie zuckte gleichgültig die Achseln und machte eine ironische Miene. Schön, dass sie das mit meiner Lage noch einmal ansprach, ich hatte fast vergessen, warum ich in der Anstalt war.

»Hanna, Sie haben Ihren Freund erschlagen. Sie sind in größeren Schwierigkeiten, als Sie vielleicht annehmen. Auch wenn alles nach Notwehr aussieht und Sie auch darauf plädieren werden. Es gibt Dinge, über die Sie Bescheid wissen sollten. Dinge, die Ihr Leben verändern werden.«

Mir wurde schlecht und meine Hände fingen an zu zittern. Die Art, wie sie *Dinge* aussprach, machte mir Angst. »Ich habe ihn nicht umgebracht, es war ein Unfall. Haben Sie den Zeugen immer noch nicht? Wie machen Sie eigentlich Ihren Job?« Mir entging das Funkeln in ihren Augen keineswegs. »Er hat mir geholfen und diese – diese Frauen verscheucht, er kann bezeugen, dass ich nicht Mark mit dem Stein treffen wollte. Ich wollte ihn retten. Ich …«

Unwirsch fuhr sie über den Mund und versuchte anschließend, ihre offensichtliche Feindseligkeit mir gegenüber mit einem milden Lächeln zu kaschieren. »Es gibt keinen mysteriösen Helfer, Hanna. Zeugen sagen aus, dass man Sie mit Blut an den Händen wimmernd vor Ihrem toten Freund gefunden hat. Und Sie hatten ein Motiv. Er hatte Sie verletzt, Hanna. Er hatte Sie kurz zuvor wegen einer anderen verlassen. Das tut weh. Vielleicht wollte er mehr Intimität als Sie, und die Lage ist eskaliert. War das ein Thema zwischen Ihnen?« Sie lehnte sich überlegen in dem Stuhl zurück, schlug die Beine übereinander und fixierte mich kühl.

»Großer Schwachsinn! Wenn Sie genügend recherchiert hätten, müssten Sie wissen, dass Mark so nicht ist …« Hart auflachend unterbrach sie mich.

»So *war* … er lebt nicht mehr.«

Ich konnte es nicht fassen, wie gezielt dieser Seitenhieb ausfiel und sie genau abwartete, wie ich darauf reagieren würde. Bloß einen kühlen Kopf behalten, sonst dreht die dir die Worte im Mund herum, dachte ich mir und versuchte, mich gerader auf meinen Stuhl hinzurücken.

»Er hat … Entschuldigung, *hatte* es auch nicht nötig, jemanden zu zwingen, will ich damit sagen. Und wir waren nur Freunde. Ich hatte kein Problem mit ihm. Und er nicht mit mir.« Mir blitzte kurz die Frage durch den Kopf, ob meine Argumentation klug war oder mich in noch mehr Schwierigkeiten bringen konnte, und ich schwieg.

»Großer Kummer kann einen psychotischen Schub auslösen. Vielleicht haben Sie halluziniert und Ihren Freund deshalb erschlagen? Ein paar Wochen zuvor sind Sie mit einer Art Nervenzusammenbruch ins *Sankt-Joseph-Krankenhaus* eingeliefert worden. Und bei Ihrer Vorbelastung …«

»Moment, *Verdacht auf Epilepsie*«, warf ich ein. »Es handelte sich nicht um einen Nervenzusammenbruch.«

Ich versuchte, den Kloß in meinem Hals runterzuschlucken. Unter gar keinen Umständen wollte ich weinen und dieser Frau zeigen, wie sehr ich mit dem Rücken zur Wand stand.

»Was meinen Sie mit *Vorbelastung*?« Meine Stimme brach ein wenig und ich räusperte, um mich zu sammeln.

»Ich meine Ihre Mutter, Hanna. Sie ist schließlich für Lebzeiten in einer solchen Einrichtung, wie Sie es zur Zeit sind.« Lauernd beobachtete sie mich, musterte mich mit ihren Blicken.

»Meine Mutter ist … tot«, meine Stimme zerfiel nun endgültig.

»Emily, ihre Zwillingsschwester, und Sarah sind tot. Ihre Mutter lebt.«

»Meine Mutter ist vor dreizehn Jahren bei einem Autounfall in Cornwall gestorben, ich habe schwer verletzt überlebt. *Und ich habe keine Schwester!*« Jetzt schrie ich, um meiner brüchigen Stimme Kraft zu verleihen. Mein Herz klopfte schmerzhaft.

Warum quälten diese Menschen mich mit solchen Lügen? Wollten sie sehen, ob ich ausrasten und ein Massaker anrichten würde? War das eine Art skurriler Test?

»Nein, natürlich nicht mehr. Ihre beiden Schwestern sind tot, Hanna! Emily war fünf, wie Sie damals. Und Sarah war grade einmal vier Monate alt. Sie wurden schwer verletzt, als Ihre Mutter Ihre Schwestern ermordete und auch Sie versuchte zu töten, Hanna.«

Ein Wimmern drang über meine Lippen und ich wog mich sacht vor und zurück. Meine Arme umklammerten meine Mitte, um mich vor dem auseinanderbrechen zu schützen. Warum nur war ich nicht sicher, dass diese Person log? In dem einen Augenblick versuchte ich noch, die Kontrolle über mich zurückzuerlangen, in dem ich angestrengt aus dem Fenster hinter Frau Hagedorn sah und mich zwang, die Blätter an der großen Eiche davor zu betrachten. Und dann brach der Sturm in mir los.

»*Warum erzählen Sie mir solche Lügen!?*«, brüllte ich und sprang so abrupt vom Stuhl, dass er scheppernd zu Boden fiel. Frau Hagedorns Augen weiteten sich, ein Lächeln zuckte in ihrem Gesicht und sie sprang ebenfalls auf. Sofort wurde eine Tür aufgerissen und ein Pfleger kam mit der Chefärztin herein. Frau Hagedorn musterte mich ruhig.

»Ich sagte Ihnen doch, Sie sollen behutsam vorgehen!« Wütend ging die Chefärztin auf Frau Hagedorn zu und forderte sie auf, zur Seite zu treten. Der Pfleger stand etwas abseits und lauerte darauf, dass ich einen Fehler beging.

»Hanna, möchtest du eine Beruhigungsspritze?«

»Nein.« Tränen standen mir in den Augen, ich sah hilfesuchend in Frau Theodins vertrautes und warmes Gesicht. »Ist das wahr, was Frau Hagedorn sagt, dass meine Mutter …«, meine Stimme brach und meine Lippen bebten.

»Hanna, wir wollen Ihnen etwas zeigen. Sie müssen jetzt stark sein. Es ist wichtig, dass Sie sich damit auseinandersetzen, dass Ihre Mutter krank ist und Ihnen und Ihren Schwestern etwas Furchtbares angetan hat.«

Es wurde ein Videoband abgespielt. Eine Frau saß in einem Raum, der mit Gummimatten ausgepolstert war, auf ihrem Schoss drei Puppen. Ihre ergrauten Haare standen wirr von ihrem Kopf ab und verdeckten durch ihre gebückte Haltung einen Teil ihres Gesichtes. Leise sang sie den Puppen etwas vor, schaukelte sie vor und zurück. Ihre weiche Stimme, mit der sie summte, traf mich wie ein Schlag in den Magen. Ich hielt die Luft an.

Plötzlich sah sie auf, direkt in die Kamera. Ich erkannte ihre Augen sofort wieder. Hunderte Male hatte ich Fotos von meiner Mutter gesehen. Auch, wenn ihr unsteter Blick und die Augen stumpf wirkten, ihr Gesicht alt und verbraucht aussah, wusste ich, dass sie meine Mutter war.

Nachdem Frau Theodin mich mit einer Beruhigungstablette ins Zimmer gebracht hatte, weinte ich lange still vor mich hin. Ich war allein und es war mir auch egal, ob Sophie da war. Ob mit oder ohne Instruktionspostkarten aus dem All. Vielleicht hätten die Außerirdischen ja eine Ahnung gehabt, wie ich das alles verkraften sollte und wie ich aus der Nummer wieder herauskam.

Die Ärzte zogen also die Möglichkeit in Betracht, dass ich schizophren oder so etwas war und deshalb Mark erschlagen haben könnte. Würgemale hin oder her. Schizophrene machen so etwas manchmal. Wenn sie zum Beispiel von einer nicht existierenden Person einen Befehl dazu bekommen oder zum Mord angestachelt werden. Oder wenn sich bedrohliche Szenen in ihrem Kopf abspielen und sie annehmen, nur ihre eigene Haut zu retten. Ich glaubte nicht an Fabelwesen wie Vampire. Ich glaubte auch nicht an Märchen. Und an *wenn sie nicht gestorben sind, dann leben sie noch heute.* Ich war nicht Schneewittchen, aber ich hatte das Gefühl, in einer Fabelwelt, aus der Märchen entspringen, gefangen zu sein. Ich war nicht Rotkäppchen, aber ich dachte dennoch, dass die Wölfe mich hatten. Die Ärzte waren der Meinung, ich hätte eine ähnliche Erkrankung wie meine Mutter. Allerdings war ich mir ziemlich sicher, nicht bekloppt zu sein. Aber ich habe mal gehört, dass alle wirklich Gestörten so von sich dachten. Betäubt lag ich auf meinem Bett. In meinem Kopf herrschte eine gähnende Leere, aber der Schlaf wollte sich einfach nicht einstellen. Ich versuchte, mich schwerer zu machen und betete, dass der Schlaf mich endlich, endlich mit in seine vertraute Tiefe riss.

Ich war wieder zwölf. Ich saß auf meiner Tinkerstute Piper und flog über die englischen Stoppelfelder. Der Wind riss an meinen Haaren und sie flatterten wie ein Umhang hinter mir her. Frei und unbekümmert genoss ich jeden Atemzug, den ich tat. Ein Jauchzen kam über meine Lippen, als Piper über einen kleinen Graben sprang. Sie wurde noch eine Spur schneller, als wir den Feldweg nach Hause erreichten, wie immer, wenn es nach Hause ging. Ich ließ die Zügel los, streckte die Arme wie Flügel von mir und schloss die Augen. Als ich sie wieder öffnete, flog ich mindestens zehn Meter über dem Boden. Ich hatte keine Angst, ich wollte höher hinaus, wie ein Vogel. Die Sonne schien greifbar nah und blendete mich, ließ glitzernde bunte Sterne vor meinen Augen leuchten. Unter mir entdeckte ich eine blühende Wiese mit blauen Blumen, dort wollte ich landen. Ich ging in einen Sturzflug, es war berauschend. Ich rollte weich in der Wiese aus und blieb auf dem Rücken liegen. Ich lachte und fühlte mich unglaublich stark. Friedlich pflückte ich einige der wunderschönen unwirklichen Blumen und band mir einen Haarkranz aus ihnen. Mit ein paar der blauen Blumen im Arm und dem Kranz wippend in meinem Haar, lief ich über die Wiese an einer Baumgruppe vorbei in Richtung unseres Hauses. Ich wollte Henry die Blumen zeigen und hüpfte vorwärts. Ich erhaschte eine Bewegung bei der Baumgruppe und blieb stehen. Als ich ihn sah, wie er lächelnd hinter einem Baum verschwand, verlor ich die Blumen aus meiner Hand.

Ich wachte auf. Mein Unterleib schmerzte. Meine Regel kündigte sich an. So konnte ich nicht weiterschlafen. Neben mir schnarchte Sophie leise vor sich hin. Der Wecker zeigte drei Uhr nachts an. Also wankte ich aus dem Bett, darauf bedacht, meinen schmerzenden Unterleib zu schonen. Ich würde zur Nachtschwester gehen und um ein Schmerzmittel bitten. Der Flur war schwach beleuchtet, am oberen Ende sah ich Dick und Doof an einem Tisch Karten spielen. Die beiden hatten also heute Nachtdienst.

Meistens hatten sie Dienst im Trakt der Jungen, die strickt von uns getrennt wurden, aber heute Nacht waren sie allem Anschein nach einmal mehr bei uns eingesetzt worden. Innerlich die Augen rollend ging ich von der Mitte des Ganges in Richtung Küche. Meine nackten Füße platschten über den kalten Linoleumboden, die Kälte kroch meine Beine empor und ließ meinen Unterleib sich erneut schmerzhaft zusammenziehen.

Die Nachtschwester hatte ich schon kennengelernt. Sie war ein mütterlicher Typ. Korpulent, mit sanften Augen und Grübchen, wenn sie lächelte. Mit einem Zwinkern drückte sie mir einen Becher mit Wasser in die Hand und bat mich, im Flur zu warten. Sie drehte sich um und verschwand tippelnd in die Küche, um eine Schmerztablette für mich zu holen, als mein Blick auf das untere Ende des Ganges fiel. Mein Magen sackte eine Etage tiefer. Der Becher mit dem Wasser glitt mir aus der Hand. Ich nahm wie in Zeitlupe wahr, wie der Becher polternd auf dem Boden aufkam und das Wasser sich über meine nackten Füße ergoss. Ich bemerkte gar nicht, wie ich mir vor Anspannung auf die Lippe biss und Blut aus der Wunde hervorquoll.

»Was ist los, Kind, wie ist das denn passiert?«, fragte die Nachtschwester beunruhigt.

Meine Augen weiteten sich, ich konnte den Blick nicht abwenden. Er stand am Ende des Ganges und nahm langsam seinen Zeigefinger an die Lippen. Eindringlich und ernst sah er mich an.

»Da ist er, der Zeuge, den die Polizei sucht! Sie müssen ihn sofort festhalten!«, wisperte ich der Nachtschwester eindringlich zu. Ich trat einen Schritt vor und wäre dabei fast über den leeren Becher gestolpert. Ich spürte es kaum.

»Tun Sie was, *sofort*! Er ist meine einzige Hoffnung!«, kreischte ich jetzt außer mir und wandte mich schließlich doch der stummen Frau neben mir zu. Sie sah erst mich unglücklich an, dann folgte sie meinem Blick und schüttelte mit dem Kopf. »Da ist niemand, Kind.« Verbissen packte ich sie am Arm und wollte sie mitschleifen. »Wir müssen verhindern, dass er verschwindet!«, schrie ich sie aufgebracht an.

Jetzt wurde sie laut.

»Beruhige dich jetzt! Außerdem blutest du am Mund. Wir sollten das versorgen«, sagte sie mütterlich und versuchte, mich zu beruhigen.

»Sie verstehen nicht!«, brüllte ich jetzt voller Wut. Im selben Moment hörte ich eilige Schritte hinter mir.

Dick und Doof packten mich an beiden Armen gleichzeitig. Ich holte aus und trat dahin, wo ich die Kronjuwelen des schwitzigen fetten Ungetüms vermutete, der mir seinen feuchten Atem in den Nacken keuchte. Doch meine Arme wurden schmerzhaft auf den Rücken gedreht. Tränen schossen mir in die Augen und verschleierten mir den Blick. Durch sie hindurch konnte ich ihn immer noch sehen, wie er die Szene beobachtete, mit zusammengepressten Lippen und einem leichten Kopfschütteln, die Hände in den Hosentaschen. Als ich die Augen schloss, ging ein Strom Tränen heiß über meine Wangen. Er sah bestürzt aus, als ich ihn ein letztes Mal ansah.

»*Ihr Schweine, lasst mich los, seid ihr denn vollkommen blind!?*«

Ich trat erneut um mich und wurde sofort mit einem energischen Ruck nach hinten gerissen. Ein brennender Schmerz raste durch meine Schulter, als mein Arm noch ein Stück höhergebracht wurde. Ich keuchte auf. Eine Nadel wurde mit einer Brutalität in meinem Arm versenkt, die ich nicht erwartet hätte, und meine Peiniger schleiften mich unnachgiebig hinter sich her. Ich wurde durch eine Tür gebracht und auf eine Trage gelegt. Lederfesseln schlossen sich hart um meine Fuß- und Handgelenke. Ich riss an ihnen und versuchte verzweifelt, mich zu befreien. Ich brüllte und brüllte mit jedem Atemzug, bis ich dachte, meine Lunge würde bersten. Sie hatten mir doch etwas gespritzt, sollte das Zeug mich nicht endlich müde machen oder so?

Schließlich verstummte ich erschöpft und schluckte schwer. Mein Hals schmerzte, als hätte ich Stacheldraht verschluckt. Endlich zerrissen sich meine Gedanken und die Wut wurde gedämpft. Ich starrte an die Decke und zählte die vertäfelten Kästchen über mir. Mein Herzschlag wurde langsamer und lullte mich ein. Der letzte Gedanke, den ich greifen konnte: *Ich bringe mich irgendwie hier raus.* Das Letzte, was ich noch vernahm, war mein Atem, der laut von den Wänden widerhallte. Dann schlief ich frierend ein.

Lennox

Sie hatten mich in einem Einzelzimmer untergebracht. Es war verschlossen und hatte ein kleines vergittertes Fenster, von dem aus man auf die gegenüberliegende Häuserwand sehen konnte. Der Ausblick war genau so grau und trist wie die Inneneinrichtung dieses Raumes. Ein Bett mit verblasster himmelblauer Bettwäsche, ein vergilbtes Waschbecken mit einem tropfenden Wasserhahn und ein Stuhl, der nicht wirklich vertrauenserweckend aussah, befanden sich hier drin. Wenn ich auf Toilette gehen wollte, musste ich klingeln. Glücklicherweise kam ich gerade von derselbigen und musste die nächsten Stunden niemanden mehr sehen.

Frisch geduscht hatte ich endlich wieder das Gefühl, ein Mensch zu sein. Es war schon dunkle Nacht, als ich, in meinem Bett liegend, Geräusche vor meiner Tür vernahm. Jemand stand davor und schloss sie leise klackend auf. Verdammt, ich hatte gedacht, man würde mich jetzt in Frieden lassen. Ich drehte mich zur Wand und gab vor zu schlafen. Schritte näherten sich sacht und die Tür schloss sich wieder mit einem leisen Klacken, wurde verriegelt.

»Ich hätte ja erwartet, dass du ein etwas klügeres Mädchen bist und nicht jedem von den ganzen unmöglich existierenden Dingen erzählst, die du gesehen hast«, hörte ich hinter mir eine sanfte, leicht stichelnde Stimme.

Mit einem Ruck fuhr ich auf, drückte mich mit dem Rücken an die kühle Wand und sah in die dunklen Augen eines umwerfend aussehenden jungen Mannes, der mich zu allem Überfluss auch noch spöttisch anlächelte.

»Wer bist du?«, hauchte ich überrascht.

»Lennox«, seine Augen funkelten belustigt und ich versuchte, meine Gedanken zu sammeln und zu fragen, was mir schon so lange auf der Seele brannte.

»Was bist Du? Du bist kein Mensch.« Ich war mir auf einmal so sicher, dass ich mit meiner Vermutung richtig lag.

»Ich bin menschlicher als du denkst.« Er lehnte sich an die gegenüberliegende Wand und verschränkte die Arme vor seiner

Brust. Der Spott war Ernsthaftigkeit gewichen.

»Wie kommst du hier rein?«

Jetzt sah er mich ein wenig wie ein begriffsstutziges Kind an. »Mit einem *Schlüssel*, durch die *Tür*«, raunte er mit hochgezogenen Augenbrauen.

»Du wirst ja wohl kaum zum Personal gehören, meine ich.« Ich kniff gereizt die Augen zusammen, was ihn nur noch mehr zu belustigen schien. Was für ein Mistkerl! »Du warst im *Pandora* und im Park, und du warst … in meinen Träumen?« Schützend verschränkte ich die Arme vor der Brust und verengte die Augen.

»Schuldig im Sinne der Anklage.« Er unterdrückte ein Schmunzeln.

»Was ist mit mir los? Warum sehe ich diese ganzen Sachen und dich? Andere sehen dich anscheinend nicht. Wie kann das sein? Ich habe Halluzinationen … ist es so?« Diese Möglichkeit jagte mir einen Schauer über den Rücken.

Er trat einen Schritt auf mich zu, hob beschwichtigend die Arme, was mich zucken ließ, und blickte mir intensiv in die Augen. »Du musst mir jetzt genau zuhören. Du steckst in einer Wandlung. Das ist nicht immer ganz einfach für Halbblüter.«

Ich schüttelte den Kopf und lachte leise auf. »Was meinst du mit *Halbblüter*?«

»Ich bin ein Zeitwandler. Und du auch, zur Hälfte zumindest. Deine Mutter ist ein Mensch. Ich bin im Auftrag deines Vaters hier, um dir zu helfen und dich zu ihm zu bringen.« Er trat noch einen Schritt auf mich zu und stockte kurz, als er die feindselige Haltung meinerseits bemerkte.

»Ich werde ganz bestimmt nicht zu meinem Vater gehen«, spie ich trotzig und ohne nachzudenken hervor. Ich saß kopfschüttelnd mit verschränkten Armen vor der Brust auf meinem Bett und kaute auf meiner Unterlippe herum. In meinem Kopf drehte sich alles. »Außerdem glaube ich dir kein Wort. *Zeitwandler*, was soll das sein?«

»Ich werde versuchen, es dir zu erklären. Kennst du die Momente, die man *déjà-vu* nennt?«

Ich nickte stumm.

Er sprach eindringlich weiter. »Wenn wir die Zeit zum Stillstand bringen, registriert das menschliche Gehirn einen Fehler. Und wenn die Zeit wieder anläuft, kommt es vor, dass der Mensch dieses Gefühl hat, diese Situation schon erlebt zu haben. Es ist wie bei einer Schallplatte, die kurz zurückspringt. Je nachdem, wie lange die Zeit hielt – und das kommt auf das Alter und die Macht des Dämons an, der die Zeit stoppt oder auch wandelt – wird dieses Déjà-vu-Erlebnis wahrgenommen oder nicht.«

»Dämon, du hast *Dämon* gesagt.« Ich versuchte, ihn spöttisch anzusehen und nicht spüren zu lassen, dass ich verunsichert war und geneigt, ihm vielleicht zu glauben.

Er verdrehte die Augen und sammelte sich. »Wir Zeitwandler sind Dämonen. Wir existieren so lange wie die Menschheit selbst. Wir erlangen unsere Fähigkeiten zwischen dem achtzehnten und fünfundzwanzigsten Lebensjahr und werden nahezu unsterblich.«

Völlig verblüfft starrte ich ihn an, meine Gedanken rotierten weiter in meinem Kopf und wechselten sich mit *Schwachsinn* und *irre* ab. »Wie kann es sein, dass ich dich in meinen Träumen sehe?«, fragte ich, kleinlauter, als mir lieb war.

Seinen Blick senkend ging er ein paar Schritte zurück und lehnte sich an die Wand. Seine Augen wanderten einen Moment unruhig durch den Raum, um dann wieder in meinen zu versinken. Seine Stimme wurde sanft. »Ich bin ein Nachtalb.« Ich stockte und musste sofort an ein Bild denken, dass ich auf einem Museumsausflug gesehen hatte. Der Nachtmahr von Füssli aus dem 18. Jahrhundert.

»Du meinst die Dinger, die einem nachts auf dem Rücken hocken und einem die Albträume bringen?«, quietschte ich leise.

Er schluckte. »Nein und ja, wir Zeitwandler brauchen *Energie.* Und durch die Träume Schlafender kann man sie bekommen. Das ist … kompliziert.« Nachdenklich verzog er sein schönes Gesicht und schob sich eine Locke aus der Stirn. »Wir rauben unsere Zeit in Form von Energie, um zu überleben. Jeder von uns auf seine Weise. Einige Dämonen trinken Blut, einige saugen Lebensenergie über einen Kuss. Wir Nachtalbe rauben Erinnerungen, schöne Träume. Das hält uns am Leben. Es ist meine Nahrung. Aber wir bescheren nicht unbedingt Albträume.« Er lachte kurz auf und schüttelte seinen Kopf, als hätte er lange nicht mehr so etwas

Dummes gehört. »Nun denn, wir können Träume beeinflussen, sie nach unseren Vorstellungen verändern, sie weben.« Jetzt sah er mich eifrig an. Ich spürte, dass er mir viel mehr erzählen wollte, aber nicht wusste, mit wie viel er herausrücken sollte.

»Du hast mich bestohlen?« Ich schluckte schwer und Traurigkeit flackerte in mir auf. Der Gedanke, dass er mir nicht wohlgesonnen sein könnte, betrübte mich auf irrationale Weise.

»Du hast doch auch schon jemanden bestohlen.« Er sah mich herausfordernd an und legte den Kopf schief, was seine Augen für einen Moment glitzern ließ. »Und nein, ich habe *dich* noch nie bestohlen. Obwohl deine unschuldigen kleinen Fantasien unglaublich köstlich sind.« Ein amüsiertes Lächeln huschte über sein Gesicht. Empörung über seine Offenheit machte sich in mir breit und meine Wangen glühten bei der Vorstellung, dass er jederzeit in meine Träume eingedrungen sein konnte.

»Ich habe nie jemanden … *bestohlen*, ich bin …«

»Ja, was bist du, Hanna Cherryblossom? Hast du nicht diesem jungen Mann – wie war so gleich noch sein Name ... Mark – mit einem Kuss gleich so viel seiner Lebensenergie ausgesaugt, dass er ins Krankenhaus musste? Weißt du, *das* wäre auch unauffälliger möglich gewesen.« Heiser lachte er auf und zog seine Augenbrauen wieder spöttisch hoch. In meinem Bauch summte die Wut und ich hatte unglaubliche Lust, diesem Lennox sein blödes Grinsen aus dem Gesicht zu prügeln.

»Ich hab nicht …, ich weiß ja nicht mal, wie das gehen soll.« Viel zu fest presste ich die Lippen aufeinander und suchte nach Worten.

»Aber du begreifst langsam schon, *was* du bist, oder?«

»Ich bin eine Person, die in ziemlichen Schwierigkeiten steckt und sich nicht einmal sicher ist, ob sie gerade mit einer Halluzination spricht.« Mein Lachen klang hysterisch in meinen Ohren.

Er verdrehte die Augen und seufzte leise auf. »Denk doch mal nach, Mädchen! Sei nicht töricht.« Ungeduldig sah er mich an. *Töricht*, hallte es in mir nach. Wer sagte eigentlich noch so ein Wort? Gerade als ich mich fragte, warum ich Zeit hatte, mir über so eine Nichtigkeit Gedanken zu machen, kam er viel zu schnell näher und sprach eindringlich weiter.

»Nachdem du diesen Mark angefallen hattest«, er malte Gänsefüßchen in die Luft, »konntest du das erste Mal die Zeitverschiebungen wahrnehmen. Außerdem hast du dich danach sehr wahrscheinlich ziemlich gut und ausgeruht gefühlt. Ist es nicht so gewesen, meine Liebe?«

Seine unglaubliche Arroganz, mit der er versuchte, mir die Lage beizubringen, schürte das Feuer in mir. Tief in meinem Inneren wusste ich, dass es stimmte, was er da von sich gab. Das würde aber bedeuten, das würde bedeuten … ja, was eigentlich?

»Was weißt du über meine Mutter?« Ich hielt die Luft an, als sein Blick trübe wurde, er zurücktrat und an der Wand in die Hocke ging.

»Es musste ja zu diesem unschönen Thema kommen, ich hatte gehofft, dass wir darüber ein anderes Mal sprechen könnten.« Es war mehr als Frage formuliert, aber in mir hallten nur die Worte *unschönes Thema* wider.

»*Unschönes Thema!*«, spie ich ihm entgegen.

»Also nicht?«, fragte er, bevor er weitersprach. »Dominik Dawn hatte mich im Sommer 1998 beauftragt, euch Kinder zu ihm zu bringen. Dich und deine Geschwister, Emily und Sarah. Dominik war schon seit einiger Zeit geschäftlich sehr eingebunden in Amerika und deine Mutter war alleine in England. Wir hatten den Verdacht, dass deine Mutter wusste, dass ihre Kinder nicht ganz das Erbmaterial trugen, wie sie es erwartete. Obwohl Dominik sich zusehends zurückzog und bereit war, den Kontakt vorerst ganz abzubrechen, war deiner Mutter bereits bewusst geworden, dass er nicht alterte. Dass sie so unerwartet und schnell reagieren würde, war niemandem klar. Ich kam schlicht und ergreifend zu spät.« Er zuckte mit den Achseln, kühl und anteilslos, als würde ihn das alles überhaupt nichts angehen.

Ich schluckte an einem Kloß in meinem Hals und fing an zu lachen. »*Zu spät gekommen*, so einfach ist das für dich. Meine Mutter ist mit einem Messer auf uns losgegangen und du sagst einfach völlig lapidar, dass du leider zu spät gekommen bist. Was ist passiert, hast du den Bus verpasst oder was?«

»Es war wohl eher so, dass keiner damit gerechnet hatte, dass deine Mutter zu so etwas fähig ist. Andererseits: Schon im Mittelalter haben die Menschen ihre Wechselbälger getötet.« Er schaute mich an und zuckte mit den Achseln. Kälte stieg in mir auf, ich sah rot und formte meine Hände zu Klauen. Mit einem Aufschluchzen sprang ich vom Bett auf ihn zu. Seine Teilnahmslosigkeit sollte er mir büßen, ich würde ihm ein paar Andenken in seinem schönen Gesicht hinterlassen für seine Kaltschnäuzigkeit. Ich sah seine Augen sich vor Verblüffung weiten und registrierte sein Verschwinden in dem Moment, als ich schmerzhaft gegen die Wand prallte. Als kräftige Arme meine Mitte umschlossen, entwich mir ein Keuchen. Wütend versuchte ich, um mich zu treten und wurde aufs Bett zurückkatapultiert. Mit einem festen Griff in meinem Nacken hockte er rittlings über mir. Sein Atem ging stoßweise und seine Augen funkelten mich zornig an, wie ein gereiztes Tier. Mit einem Griff in meinen Haaransatz zwang er mich, ihm in die Augen zu sehen. Ich spürte seine Hand an meinem Oberschenkel.

»Vorsicht, Cherryblossom«, stieß er halb wütend, halb erheitert hervor. »Ich könnte dir deine Unschuld rauben und die Erinnerung daran gleich dazu. Weißt du, jedes erste Mal in einem Menschenleben, ob schön oder grauenvoll, ist von unschätzbarer Energie. Der erste Schritt, der erste Kuss, der erste Sturz, der erste Liebeskummer. Köstliche kleine Wunder«, wisperte er mir drohend entgegen.

Ich hatte Mühe, seine Worte zu begreifen. Sein Gesicht war dicht genug, um seinen Duft einzuatmen. Er roch nach Winter, wie die frostige Luft an einem sonnigen klaren Morgen, an dem die Natur mit Raureif überzogen ist. Seine Hand wanderte an meinem Oberschenkel herauf. Mein Herz schlug schneller und ein Kribbeln bahnte sich von meinem Bauch aus seine Wege. Sein hungriger Blick glitt über meinen Körper, wurde weicher und blieb an meinen Lippen hängen, bevor er zu meinen Augen zurückwanderte. Ein Keuchen entrann meiner Kehle. Dachte er daran, mich zu küssen? Würde ich ihn beißen oder zurückküssen? In diesem Moment ließ er mich so abrupt los, dass ich unsanft mit dem Kopf an die Wand stieß.

»Was bist du nur für ein Arschloch!«, zischte ich wütend zwischen meinen Zähnen hervor und blickte etwas entrückt vor mich hin. Verblüfft sah ich dabei zu, wie er sich entspannte und einen völlig gesammelten Eindruck machte. Er sog die Luft tief ein und zog die Augenbrauen hoch, während er mich abgeklärt ansah.

»So, Cherryblossom, wir haben viel zu lernen. Erste Lektion: Sprich nicht mit unsichtbaren Leuten, wenn andere Personen zugegen sind. Zweitens: Nimm brav deine Tabletten, die werden eh nicht sonderlich viel bei dir bewirken und gestehe endlich ein, dass du verrückt bist. Dann bekommst du mehr Freiraum und ich kann dich hier rausholen. Dies hier ist der Hochsicherheitstrakt.« Er machte ein bedeutungsvolles Gesicht, nahm den Schlüsselbund und wedelte damit herum. »Es wird irgendwann auffallen, wenn die zu lange fort sind.«

Als ich hörte, wie die Tür von außen wieder verriegelt wurde, verfiel ich ein irrsinniges Kichern. Die Erkenntnis, dass ich tatsächlich anders war, sickerte wie Gift durch mein Bewusstsein. Ich wollte nie irgendetwas Besonderes sein, aber wenn ich nun mal kein normaler Mensch war, war es halt so. Deshalb gehörte ich noch lange nicht an solch einen Ort. Und ich würde jetzt alles tun, was nötig ist, um hier rauszukommen. Ich würde Henry und vor allem meinen Vater zur Rede stellen.

Am nächsten Tag konnte ich Frau Theodin von meiner Einsicht überzeugen. Ich nahm brav meine bunten Pillen, die nicht viel Wirkung zeigten, außer, dass sie mich ein wenig zu Dornröschen werden ließen. Brav ging ich zu meiner Therapiesitzung und erläuterte einsichtig die verschiedenen Varianten von Halluzinationen. Zur Belohnung wurde ich als *therapierbare Patientin* eingestuft und durfte wieder in mein altes Zimmer.

Am Abend machte ich mich noch einmal auf den Weg in Richtung Küche, um mir eine Flasche Wasser zu holen, bevor die offizielle Sperrstunde eingeläutet wurde. Eilig schritt ich den Flur entlang, der so gut wie verlassen war. Nur ganz am Ende stand eine Tür offen und ein Patient unterhielt sich mit einem Pfleger. Auf Höhe der Wäschekammer spürte ich urplötzlich Hände auf meinem Mund und um meine Taille. Ich verlor den Boden unter den Füßen. Meine Augen weiteten sich vor Schrecken und ich wurde unsanft durch eine Tür gerissen, die sich sofort wieder schloss. Panisch wehrte ich mich aufs Heftigste und trat mit voller Kraft um mich. Im selben Moment hörte ich ein Aufstöhnen. Unverhofft wurde ich freigegeben. Dabei verlor ich das Gleichgewicht und stürzte polternd in einen Wäscheständer.

»Meine Güte, Cherryblossom, sei noch ein wenig lauter und wir haben die Kavallerie am Hals. Ich dachte, du *wolltest* von hier verschwinden?« Lennox rieb sich stöhnend die Schulter und musterte mich mit seinen dunklen Augen im Zwielicht der Wäschekammer. »Meinst du, du bekommst das hin, mich nicht ständig umbringen zu wollen?« Ein schiefes Lächeln stahl sich auf sein Gesicht, was mich unerwartet berührte. Ich riss meinen Blick von ihm los.

»*In die Wäschekammer verschwinden*, toller Plan! Und jetzt? Ich hätte gedacht, dass du ein wenig kompetenter wärst, wenn mein Vater dich schon schickt. Normalerweise legt er gesteigerten Wert darauf, mit Leuten zu tun zu haben, die ihr Geschäft verstehen. Aber wenn ich es mir recht überlege, hast du bei den letzten Versuchen, mich zu retten, ja auch nicht sonderlich gut abgeschnitten.«

Er verdrehte die Augen, griff mich am Arm und stapfte wütend mit mir im Schlepptau weiter in die Wäschekammer hinein. Etwas weiter hinten nahm er das Gitter eines Belüftungsschachts ab und schaute mich mit hochgezogenen Augenbrauen und einem Nicken auffordernd an.

»Du erwartest jetzt keinen Applaus, oder? Das kann nicht dein Ernst sein. Warum machst du uns nicht einfach unsichtbar oder hältst die Zeit an?«, zischte ich ihn irritiert an.

»Weil ein einzelner Zeitwandler, noch dazu in einem so jungen Alter, nicht lange genug die Zeit anhalten kann, um deinen hübschen Hintern hier rauszukriegen. Und ich kann mich eine kurze Zeit mit einem Glanz versehen, damit man mich nicht wahrnimmt. Aber kannst du das auch schon?« Er schaute spöttisch und ungeduldig auf mich herab.

»Aber ich kann nicht ... wo führt das überhaupt hin?«

»Raus«, war alles, was ich als Antwort bekam. Er packte mich unvermittelt an den Hüften, was mir einen leisen Aufschrei entlockte, und stopfte mich kopfüber in den Schacht.

Mit einem Satz war er hinter mir und schob mich vorwärts.

»Lass deine Hände da, wo sie hingehören«, zischte ich ihm zu und hörte ein heiseres Lachen. »Schön, dass ich dich amüsiere.« Ich zog eine Grimasse und tastete mich vorwärts.

»Nun zier dich nicht so, beeil dich lieber und bitte leise! Du machst Lärm wie eine Horde aufgeschreckter Elefanten. Was glaubst du, wie lange es dauert, bis die merken, dass du nicht brav in deinem Bett liegst und anfangen, nach dir zu suchen?«

»Oh nein, ich hab die Tür nicht geschlossen, als ich mir Wasser holen wollte.« Ich hörte wieder ein heiseres Lachen und spürte erneut seine Hand an meinem Hintern.

»Na, wenn das so ist, schneller, wenn ich bitten darf.«

Mir kam die Zeit unglaublich lange vor, als wir da durch die staubigen Schächte rutschten. Wenigstens war es nicht so dunkel, wie ich angenommen hatte. Immer wieder musste ich dem Impuls zu schreien widerstehen, weil irgendein Insekt auf mir herumkrabbelte. Endlich kamen wir an einen Schacht, der ungefähr zwei Meter schräg in die Tiefe führte. Ich wollte gerade fragen, wie wir da hinunterkommen sollten, als ich schon einen Schubs bekam und mit angehaltenem Atem kopfüber hinunterschlitterte. Meine Hände brannten vom Abbremsen, als wir beide aus dem Schacht herausrutschten und zwischen leeren Kartons landeten. Lennox fiel halb auf mich drauf und mir wich alle Luft aus der Lunge. Still blieb ich liegen und atmete flach. Er stützte sich mit seinen Armen ab, sein Gesicht dicht über meinem, und blickte mich mit seinen unergründlichen dunklen Augen an. Einen Moment war ich wie in Trance, was an der harten Landung, wie aber auch an Lennox' Blick und der Nähe zu ihm lag.

Wir waren in einer Tiefgarage. Er zog mich wieder auf die Beine und brachte mich eilig zu einem Transporter. Dann wurde ich auf die Ladefläche geschubst, bevor er eilig hinterherstieg und die Tür schloss.

»Hier drin sind andere Klamotten, zieh dich um! Es ist zu kühl draußen, um mit Nachtkleidung herumzuspazieren.«

»Wie *hier*? Und du siehst zu?« Ich sah ihn empört und aufgeregt an.

»Nein, leider nicht, ich werde uns jetzt hier rausfahren, also sei leise!« Ein Grinsen zuckte in seinem Mundwinkel und er drehte sich fort. Wie konnte er nur die ganze Zeit so amüsiert sein? Es war ja nicht gerade so, dass wir uns auf einer gemütlichen Party befanden. Die Situation war meines Erachtens alles andere als ungefährlich, um nicht zu sagen heikel. Er kletterte nach vorne zum Fahrersitz und zog die Trennwand zwischen Ladefläche und Fahrerraum zu. Der Motor heulte auf und der Wagen ruckte so abrupt vorwärts, dass ich das Gleichgewicht verlor und umfiel. Flüche murmelnd rappelte ich mich wieder auf und machte mich daran, meine Kleidung zu wechseln. Der Transporter brummte aus der Tiefgarage und hielt an einer Sicherheitsschleuse.

»So spät noch unterwegs?«, hörte ich eine männliche Stimme aus einem Wärterhäuschen. Angespannt hielt ich den Atem an, machte mich klein und spähte nach vorne. Lennox gab ihm einen Ausweis. Die Sekunden verstrichen. Ich sah Lennox' ernste Miene im Rückspiegel. Der Mann ließ uns unglaublicherweise passieren. Seufzend atmete ich aus und rutschte beim Anfahren erneut über die Ladefläche. Nach ein paar Augenblicken kletterte ich auf den Beifahrersitz. Lennox sah nur kurz von der Straße zu mir. Seine Hände umschlossen das Lenkrad so stark, dass seine Knöchel weiß hervortraten.

»Und jetzt?«, fragte ich unsicher. Wo sollte und wo wollte ich hin?

»Jetzt verschleppe ich dich in meine Höhle.« Er blickte mich düster an. Ich überlegte kurz, ob ich beunruhigt sein sollte, beschloss dann aber, es nicht zu sein. Die Müdigkeit begann mich einzuhüllen. Lennox sah mich noch einmal tief und ernst an. Meine Augenlider wurden immer schwerer. Er beschleunigte das Tempo, das Brummen des Motors wurde lauter und gleichmäßiger. Mühsam versuchte ich, mich gegen den Schlaf zu wehren, hob meinen Blick und sah zu Lennox auf, der verbissen auf die Straße sah. Er war so schön. Seine erhabene Ausstrahlung fesselte mich. Ich blinzelte. Er erinnerte mich an einen jungen Adligen oder einen befehlshabenden Soldaten aus alten Zeiten, wie ich sie mir vorstellte. Obwohl sein junges Aussehen und seine zerzausten Haare eigentlich nicht zu der Autorität, die er versprühte, passten. Es hingen noch ein paar Spinnweben in einer Strähne seines Haares und an seiner Wange klebte etwas Schmutz. In mir wurde das Verlangen geschürt, den Dreck fortzuwischen und mit meinen Fingern sein Haar wieder in Ordnung zu bringen. Mit gequältem Blick schaute er wieder zu mir und ich fragte mich noch, was es sein mochte, das ihn quälte, als die Gedanken immer unklarer wurden. Müdigkeit zog an mir wie ein Mühlstein um meinen Hals.

»Machst du das?«, flüsterte ich matt, darum bemüht, ihn nicht aus den Augen zu lassen.

»Schlaf« war alles, was seine raue und zugleich sanfte Stimme mir sagte ...

Sie schlief immer noch tief und fest. Der Mond stand hoch am Himmel. Es war seine Zeit. Es wäre eine schöne Nacht gewesen, um ein wenig umherzustreifen. Nachdem er Hanna in den Schlaf geschickt hatte, war er so schnell wie möglich zu seiner kleinen Wohnung in der Hamburger City gefahren. Hier war das Wohnen ziemlich anonym. Keiner kümmerte sich um den anderen, anders als auf dem Land. Das gefiel ihm.

Als die Cherryblossoms noch ländlich in England gewohnt hatten, musste er mehrfach umziehen, weil den Leuten auffiel, dass er sich nicht veränderte. Sie schauten einfach zu genau hin. Es war lästig, aber er musste in Hannas Nähe bleiben, also hatte er sich arrangiert. Seit Henry Cherryblossom mit seiner Nichte nach Hamburg gekommen war, wurde es etwas entspannter für ihn, da die Anonymität der Großstadt ihn verschluckte. Und weil er meistens nachts aus dem Haus ging, lief er fast nie irgendwelchen Mitbewohnern über den Weg.

Er wachte nun schon seit so langer Zeit über Hanna, kannte so viel von ihr und doch so wenig. Es ist ein riesiger Unterschied, wie sich das Unterbewusstsein verhält und wie ein Mensch sich im wahren Leben gibt. Jetzt stand er in der Beifahrertür und ließ seinen Blick über das schlafende Mädchen wandern. Ein Schmun-

zeln huschte über sein Gesicht, als er daran dachte, wie sehr sie sich gegen den Schlaf gewehrt hatte.

Ihm war klar, was er jetzt zu tun hatte. Er musste Kontakt zu ihrem Vater aufnehmen und sie ihm schnellstmöglich ausliefern. Damit wäre sein Auftrag erledigt und er könnte sich endlich anderen Dingen widmen. Eine unbestimmte Wehmut streifte ihn bei dem Gedanken, sie vielleicht lange nicht mehr zu sehen. Er fühlte sich ihr verbunden, war sie doch seine einzige Konstante in den letzten Jahren gewesen. Ihr Wesen war einfach zauberhaft. Wobei es ihn immer wieder erstaunte, dass sie sich überhaupt nicht so wahrnahm. Sie war klug, kreativ und warmherzig. Sie hielt eine innere Stärke bereit, von der sie nichts ahnte. Dessen war er sich sicher.

Er nahm sie vorsichtig hoch und schloss die Tür des Transporters. Sachte trug er die zierliche Person zum Mehrparteienhaus. Sie war nicht gerade schwer, aber er hoffte trotzdem, dass der Aufzug endlich repariert war. Der Gedanke, sie in den dritten Stock zu tragen, reizte ihn nicht sonderlich. Er drückte auf den Knopf und siehe da, der Aufzug setzte sich knarrend in Bewegung.

In der Wohnung legte er das tief schlafende Mädchen in sein Bett. Er dachte, dass sie ohne die enge Jeans sicher besser schlafen würde. Er hatte sich in der Größe wohl doch etwas verschätzt. Sie sollte fest schlafen und nicht durch irgendeine Unannehmlichkeit wie eine zu enge Hose frühzeitig geweckt werden. Denn er musste noch fort, den Transporter loswerden und sich auf die Jagd nach Nahrung machen. Er begann vorsichtig, die Schlafende von ihrer Jeans zu befreien. Sie rührte sich und brummte irgendetwas vor sich hin. Er hielt inne und konzentrierte sich, um sie tiefer in den Schlaf zu schicken.

Vorsichtig streifte er die Hose ab und bemerkte dabei die große Narbe an ihrem Bauch. Er strich zart darüber und war einen Augenblick lang betrübt, weil er nicht hatte verhindern können, was damals geschehen war.

Er schloss vorsichtshalber das Türschloss seiner Wohnung zweimal ab und machte sich im Trab auf den Weg zum Transporter. Mit ordentlicher Geschwindigkeit fuhr er ihn aus der Stadt. Er wollte vor Sonnenaufgang wieder zu Hause sein. Nicht, dass dieses kleine quirlige Ding wach wurde, irgendeinen Blödsinn anstellte und ihm seinen Job noch schwerer machte. Als er endlich sein Ziel, einen abgelegenen Schrottplatz, erreicht hatte, war es fast drei Uhr morgens. Er lief ein paar Straßen zu Fuß weiter, wo ein Taxi schon seit einer Stunde auf ihn wartete.

Der Fahrer namens Arthur war ein Zeitwandler und einige Jahre schon ein Freund von ihm. Sofern man bei Zeitwandlern von Freundschaften sprechen konnte. Viele Zeitwandler verloren über die Jahre und Jahrhunderte ihre Menschlichkeit immer mehr. Also wurden Freundschaften oder auch Liebesbeziehungen schwierig. Wobei es bei Liebesbeziehungen noch ganz andere Problematiken gab. Arthur war auch ein Nachtalb, was die Kommunikation zwischen ihnen vereinfachte.

Er fuhr Lennox zurück in die Stadt, wo er sich sofort auf die Jagd begab. Aufgeregt sog er die Nachtluft ein, witterte. Seine Muskeln spannten sich unter der Haut. Er hatte Glück, fast augenblicklich nahm er das Aroma einer jungen Frau wahr, gar nicht weit weg. Wie ein Raubtier auf der Jagd folgte er konzentriert der Fährte eine Feuerleiter hinauf und kletterte gekonnt an der Häuserwand entlang, bis zu einem Fenster, das sich durch jahrelange Übung sofort lautlos öffnen ließ. Sie war alleine und schlief noch nicht lange. Lennox ließ sich still ins Zimmer gleiten und stieß die Brünette ungeduldig tiefer in den Schlaf. Normalerweise ging er behutsamer vor, aber er war hungrig und hatte keine Zeit. Leise seufzte sie auf, ihr Herzschlag wurde endlich ruhiger. Lennox trat an das Fußende des Bettes und lauschte auf die Geräusche in der Wohnung. Er würde sich völlig ungestört nehmen können, was er brauchte. Erwartungsfroh war er, als ihre Augäpfel sich unter den Liedern rascher bewegten. Er tastete nach ihrem Traum, und der war schön ... friedlich und voller Energie. Er konnte diese Energie in Wellen durch ihren Körper pulsieren sehen, wie wogendes regenbogenfarbenes Licht. Meistens brauchte er nur in der Nähe eines Opfers zu sein, um ihre Träume zu stehlen, aber nachdem er so lange Zeit durch das Sanatorium gewandert war, um bei Hanna zu sein, war er nach einer Menge schlechter Nahrung hungriger als ein Wolf.

Die Träume von psychisch Kranken waren nicht gerade nahr-

haft. Ein bedrohliches Grollen erklang aus seiner Kehle und seine Hände schlossen sich fester um die Bettkante. Es würde nicht mehr lange dauern und sie wäre im richtigen Schlafzustand. Hungrig fletschte er die Zähne und sprang. Mit einem Knurren fiel er sie an, seine dunklen Augen loderten gefährlich und er ließ sich über sie gleiten. Seine brennenden Fingerspitzen krallten sich in ihre Schultern und drückten sie tiefer in die Kissen. Sie bog mit einem Stöhnen den Rücken durch und mit einer unglaublichen Gewalt an Farben und Eindrücken explodierten Bilder vor Lennox' Augen, überfluteten ihn köstlich und stark, durchdrangen ihn, bis er sich gesättigt zurückzog und die blasse Frau in ihrem Bett zurückließ.

Als ich die Augen öffnete, fiel mir zuerst der weiße Himmel über meinem Kopf auf. Es war Stoff, der mich auch von allen vier Seiten umgab. Schlaftrunken stellte ich fest, dass ich in einem riesigen Himmelbett lag. Die weiße Satinbettwäsche streichelte kühl meine Haut und ich ließ meine Hände über die Decke streichen. Ich schloss die Augen. Es roch nach frühlingsfrischem Waschmittel und ich stieß einen wohligen Seufzer aus. Hier würde ich nie wieder rauskrabbeln, komme, was wolle. Hier war mein Königreich und ich würde es bis aufs Blut verteidigen. Wohlig brummend drehte ich mich um und zog die Beine an, um wieder tiefer in diesen wohligen Schlummer zu fallen, der mich immer noch einlullte. Langsam drang das störende Klappern von Geschirr in mein Bewusstsein und versuchte, ihn wie eine lästige Biene zu verscheuchen. Dann sickerten die Geschehnisse der letzten Tage zu mir durch und zuletzt die Flucht, Lennox, der Transporter und die bleierne Müdigkeit.

Ich streckte den Arm nach dem Vorhang aus, zog ihn sacht zur Seite und linste um die Ecke. Ich war in einem kleinen Loft. Geschmackvoll eingerichtet mit einer offenen Küche im Blickfeld, wo ich Lennox geschäftig mit Geschirr herumhantieren sah. Interessiert ließ ich meinen Blick langsam weitergleiten und musterte die Bilder, die an den Wänden hingen. Das eine oder andere Bild kannte ich, darunter erschreckender Weise auch das Bild an das ich gedacht hatte, als Lennox mir offenbart hatte ein Nachtalb zu sein. Ein teuer aussehendes weißes Ledurecksofa stand vor einem Kamin und in der anderen Ecke vor einem Fenster ein schöner antiker Sessel mit Blümchenmuster, auf dem meine Hose fein säuberlich gefaltet lag.

Meine Hose … langsam lüpfte ich die Decke, sah auf meine nackten Beine und zupfte mein T-Shirt tiefer. Ich spürte, wie mir langsam das Blut in die Wangen kroch.

»Ich bin fast nackt.« Ruckartig setzte ich mich auf, zog die Bettdecke höher und sah hinter dem Vorhang vor. Lennox hob nicht einmal den Blick.

»Nein, wirklich? Dann hätte ich vielleicht doch genauer hinsehen sollen.« Unbeirrt hantierte er weiter mit Tellern und Tassen. *Also gut, dann schnell*, dachte ich mir und wollte mir meine Hose beschaffen. Ich rollte mich herum, bis meine Beine auf dem Boden standen und schob den Vorhang zur Seite.

Lennox ließ ein leises Pfeifen über seine Lippen kommen, ein Glitzern lag in seinen Augen und er grinste mich frech an. »Dornröschen ist nun endlich erwacht?«, scherzte er und klapperte mit seinem Geschirr weiter. Na dann, Gegenangriff! »Mmh, ich bin mir nicht sicher, aber ich könnte mir vorstellen, dass du an meiner Müdigkeit nicht ganz unschuldig warst. Oder?«, stellte ich kühn fest. Er zuckte mit den Schultern und ließ ein Schnaufen hören. Auf unsicheren Beinen wackelte ich mit der Jeans über dem Arm auf ihn zu. »Da ich davon ausgehe, dass du dir außerdem einen Überblick über meinen Körperbau verschafft hast, wirst du mir sicherlich nachsehen, dass ich erneut versuchen werde, dich umzubringen?« Überrascht sah er auf und ein schiefes Lächeln huschte über seine schönen Gesichtszüge.

»Na gut, einmal hast du noch frei, aber erst nach dem Frühstück.« Ich war gefangen von diesem Lächeln. Alles war auf einmal leer in meinem Kopf und ich konnte nur noch benommen vor mich hinblinzeln, als er mit zwei großen Tellern mit belegten Brötchen und einem unwiderstehlichen Strahlen in den Augen auf mich zusteuerte. Verlegen wich ich seinem Blick aus. »Im Bad sind ein paar von deinen Sachen, Liebes. Und bitte, lass nicht wieder die Zahnpastatube offen!«

Eilig wandte ich mich ab. »Mmh, witzig…«, presste ich viel zu schnell hervor. Er war also zum Scherzen aufgelegt. *„Liebes"*, hallte es in mir nach. Seine samtige Stimme und dieses Wort ließen ein Lächeln über mein Gesicht schleichen. Schnell setzte ich mich in Bewegung, weil ich nicht wollte, dass er es sah und versuchte, wieder sauer auf ihn zu sein, weil er mich einfach meiner Jeans entledigt hatte.

Unsicher tapste ich in die Richtung, in der ich das Badezimmer vermutete und Bingo! Ich sah sofort ein paar meiner Klamotten und sogar einen Kulturbeutel mit meiner Zahnbürste, Schminkzeug und allem, was ein Mädchen so braucht. Wirklich mit allem!

Nach einer intensiven Dusche inklusive Beinrasur, Haarkur und Zähneputzen durchforstete ich meine Klamotten. Zwei meiner coolsten Jeans, einen ziemlich kurzen Rock, eine Strumpfhose, zwei Pullover und drei T-Shirts. Ein paar dazu passende Ballerinas und Turnschuhe. Eins musste man diesem Lennox lassen, er hatte Geschmack. Die Sachen waren nicht wahllos eingepackt worden und ein paar von meinen Accessoires waren auch dabei, was allerdings bedeuten musste, dass er sich ganz gut bei mir zu Hause umgesehen hatte. Als ich fertig war, ging ich zurück ins Zimmer. Mein Bauch knurrte und meldete Hunger an.

Lennox hatte ein Frühstück hergerichtet und sich anscheinend sogar Mühe gegeben. Es sei denn, er frühstückte immer frische Brötchen, Croissants und Rührei, verschiedene Früchte und Müsli und und und …

Ich lächelte ihn verlegen an und griff mir ein Brötchen, bevor mein Magen wieder zum Löwen werden würde.

»Du warst bei mir zu Hause. Und du hast mir meine Sachen mitgebracht, sehr wahrscheinlich auch meine Schubladen durchwühlt und …«

»Gern geschehen, du brauchst dich nicht zu bedanken.« Er sah mich eindringlich und verärgert an. »Weißt du, du bist ein ganz schön undankbares Biest. Ist es nicht so, dass ich gerade ziemlich viel Zeit und Energie investiert habe, um dich aus dem Sanatorium rauszuholen?« Mit einem Ruck stand er auf und presste den Kiefer zusammen. Er ging wütend in die Küche zurück und begann mit dem Aufräumen. Unbeholfen stolperte ich hinter ihm her. Sein Blick war kalt. »Was willst du?«, fragte er entnervt.

Seine abweisende Art schüchterte mich so ein, dass meine Worte weniger scharf klangen, als ich es beabsichtigte.

»Es ist ja nicht gerade so, dass du verhindert hast, dass es soweit kommt.« Ich schluckte schwer. »Du hättest viel früher mit mir reden müssen. Damals im Bus zum Beispiel.«

Er zog erstaunt die Augenbrauen hoch und kniff dann die Augen zusammen. »Und du hättest mir zugehört«, fuhr er mir spöttisch über den Mund. Er sah mich aufmerksam und abwartend an.

Nervosität machte sich in mir breit und ich knetete unruhig an meinen Händen herum. »Ich … na, ich denke mal, es wäre auf einen Versuch angekommen.« Mein Versuch, versöhnlicher zu klingen, misslang kläglich. Er nahm mich an den Schultern und schob mich zum Sofa. Mein Körper prickelte bei seiner Berührung. Nachdrücklich setzte er mich aufs Sofa und drückte mir ein Brötchen in die Hand.

»Iss jetzt erst etwas und ich versuche, dir ein paar Dinge nahezubringen. Also, erst einmal bin ich davon überzeugt, dass du mir nicht geglaubt hättest an diesem Tag im Bus. Im *Pandora* hatte ich nicht mit dir gerechnet. Du hättest nicht da sein sollen.« Er stockte.

»Was ist im *Pandora* passiert? Ich meine, anscheinend ist die Zeit angehalten worden, aber warum laufen da irgendwelche Leute rum und bringen andere um?« Bestürzt sah ich ihn an. Beim Gedanken an diesen Typen, dem mal eben so das Genick gebrochen wurde, rebellierte kurz mein Magen und ich verzog das Gesicht.

»Nein nein, der Zeitwandler wurde nicht getötet«, beeilte er sich zu sagen. »Er ist ein Trickster und dazu ein nicht besonders gesetzestreuer, er hatte sozusagen einen Gerichtstermin versäumt und …«

»Und deshalb haben die ihn umgebracht?«, fiel ich ihm mit großen Augen ins Wort.

»Du hörst mir nicht zu, Fräulein Cherryblossom!« Seine Haltung versteifte sich. »Er wurde ruhig gestellt und zum Rat gebracht. Wir sterben nicht so einfach, wenn unsere Kräfte voll entwickelt sind. Unsere Wunden heilen schnell, wir brauchen nicht zwingend Nahrungsmittel oder Luft zum Überleben. Es kann uns nur wenig umbringen.»

»Was zum Beispiel?«, hakte ich nach.

»Warum willst du das wissen?« Ein Grinsen zuckte in seinem Mundwinkel und seine Augen glitzerten amüsiert.

Ich starrte ihn an, seine kalte Schönheit schmerzte und ich vergaß zu atmen. »Was ist ein *Trickster*?«, hauchte ich leise, bemüht, beim Thema zu bleiben.

»Meist sind Trickster ziemlich hinterlistige Zeitgenossen. Sie stehlen die Energie der Menschen, zum Beispiel über Sex. Sie haben eine ausgeprägte Libido und um an ihr Ziel zu kommen, setzen sie meistens Lug, Betrug und rohe Gewalt ein. In Märchen und Volkssagen taucht der Trickster in den meisten Fällen als geprellter Teufel auf. Er kann die Menschen blenden, hat Eigenschaften eines Chamäleons. Wenn du so willst, ist er also ein Gestaltenwandler. Ich zum Beispiel kann meine Gestalt nicht verändern, ich kann die Menschen allerdings glauben lassen, dass ich nicht da bin. So, als wäre ich unsichtbar. Das funktioniert allerdings auch nur für eine gewisse Zeit, je nach Kraft, die mir noch bleibt, nach meiner letzten Nahrung.« Das Wechselspiel seiner Miene war fesselnd. Wenn er sprach und vergaß, seine kühle Maske aufzusetzen, geschah so viel in seinem Gesicht, dass ich ihn wie hypnotisiert anstarren musste.

»Die Frauen im Park – was waren sie?«, fragte ich aufgeregt.

»Sie sind Nymphen, wie du auch …«

Ich fuhr zusammen, als hätte er mich geohrfeigt und machte mich stocksteif. »Ich bin nicht so … ich meine, das ganze Blut.« Ich arbeitete angestrengt daran, mein Brötchen bei mir zu behalten.

»Nein, es gibt viele verschiedene Lillithkinder. Die Nymphen sind sehr vielfältig. Die drei, mit denen du es zu tun hattest, waren Baobhan-Sith, sie sind Blutsauger und Waldnymphen. Ich nehme an, dass du eher zu den Naturgeister-Nymphen gehörst, wie zum Beispiel die Nymphen der Elemente. Feuer, Wind, Wasser, Erde. Du stiehlst durch einen Kuss, das ist sehr…wie war das Wort noch gleich ... *sexy*.«

Seine unglaublichen Augen funkelten mich belustigt an und

meine Hände wurden unruhig. »Das ist ja sehr beruhigend«, brachte ich ironisch hervor und pulte an meinen Fingernägeln herum. »Was ist, wenn wir nicht stehlen?«

»Das ist sehr schwierig. Ab einem gewissen Alter müssen wir es tun. Der Hunger ist fast nicht auszuhalten. Außerdem würden wir wieder anfangen zu altern, was, wenn man erstmal ein paar hundert Jahre alt ist, dann auch schneller abläuft als normalerweise. Der körperliche Verfall würde rasend voranschreiten.«

»Wie alt bist du? Ich meine, wann war deine Entwicklung abgeschlossen?«

»Ich bin einundzwanzig, die Wandlung fing bei mir mit neunzehn an und abgeschlossen war sie dann mit … lass mich überlegen … einundzwanzig.« Er legte den Kopf in den Nacken, was sein Haar vorwitzig auf seiner Stirn tanzen ließ und lachte klar auf.

»Und wie alt bist du wirklich?«, fragte ich beharrlich und beugte mich ihm, ohne, dass ich es bewusst wahrnahm, entgegen. Er zog eine Augenbraue hoch und brachte sein Gesicht näher an meines heran. »Einundzwanzig«, hauchte er. Ob er wusste, dass er begann, mich aus der Fassung zu bringen?

»Also hat mein Vater damals einen achtjährigen zu meiner Rettung vorbeigeschickt? Sehr effektiv«, spottete ich und entzog mich der Nähe zu ihm, indem ich mich wieder zurücklehnte.

»Wenn ich dir mein wahres Alter verraten würde, würdest du niemals mit mir ausgehen.« Jetzt lehnte er sich auch wieder zurück, funkelte mich an und ich versuchte, mich zu entspannen. Sein dunkler Blick bohrte sich in meinen und mir stockte erneut der Atem.

»Flirtest du mit mir?«, fragte ich erstaunlich mutig und wunderte mich über mich selbst. Einen winzigen Moment flackerte Schmerz in seinem Gesicht auf, bevor es sich zu einer kühlen Maske versteinerte.

»Du solltest jedenfalls nicht mit mir flirten«, raunte er gefährlich, stand auf und räumte die restlichen Frühstückssachen zusammen. Mir war nicht ganz klar, was da gerade passiert war, warum er mit einem Mal so kalt und unfreundlich war. Ich verspürte den Wunsch zu gehen und stand auf. »Ich will nach Hause.«

»Wollen wir nicht alle irgendetwas, Hanna?«, fragte er, jetzt wieder ganz abgeklärt und kühl, was mich wütend machte.

»Ich muss wissen, wo Henry ist und ich muss nach meinem Kater schauen. Er ist, wer weiß wie lange schon, auf sich allein gestellt.«

»Und ich muss dich zu deinem Vater bringen«, warf er ein, ohne mich anzublicken.

Jetzt war ich wirklich gereizt. »Ich werde nach Hause gehen und nach meinem Kater sehen!«

Er zog überrascht die Augenbrauen hoch. »Du wirst gleich mit mir einen Ausflug machen. Wir haben etwas zu erledigen und deinem Kater geht es sicher gut. Wo Henry ist, wirst du nicht erfahren, indem du in eurer Wohnung herumlungerst. Ganz andere Leute finden nicht heraus, wohin er verschwunden ist.«

Ich versteifte mich. »Du bist … so was von *bestimmend*!« Ich hatte nicht übel Lust, trotzig mit dem Fuß aufzustampfen, konnte diesen Impuls aber gerade noch unterdrücken. »Nur damit du es weißt, ich werde ganz sicher nicht zu meinem Vater gehen. Da kannst du dich mit deiner scheißarroganten Art auf den Kopf stellen.«

Schnell sprang ich nach vorne und rannte zur Tür. Ich sprach ein Stoßgebet zum Himmel, dass die Tür bitte nicht verschlossen sei und drückte die Klinke. Sie war offen! Hastig stürzte ich in den Hausflur und anschließend die Treppenstufen hinunter. Hinter mir hörte ich Geschirr klirren und ein wütendes Knurren: »*Hanna!*« Ein atemloses Lachen entglitt mir auf meiner Flucht über diesen kleinen Sieg.

Unten angekommen zog ich eilig die Tür auf und trat auf die Straße. Ich hatte keinen blassen Schimmer, wo ich war und zu allem Überfluss goss es auch noch in Strömen. Ich rannte in den Regen hinein, sprintete die Straßen entlang, sprang über Pfützen und fluchte über meine kaum vorhandene Orientierung. Eine Seitenstraße erweckte den Eindruck, als würde ich sie kennen und ich bog hinein. Es erwies sich leider als Irrtum und ich schob mir einige nasse Haarsträhnen aus dem Gesicht. Ich lief schon einige Minuten, als ich weit entfernt eine Straßenbahnstation sah. Die Straßennamen und Wege kamen mir immer noch nicht bekannt vor. Mir war nicht klar, was ich jetzt als Nächstes tun sollte. Alleine mit der Bahn nach Hause fahren wäre eine Option. Aber was dann? Ein plötzliches Reifenquietschen ließ mich herumfahren. Das Fenster eines großen Volvos surrte herunter und Lennox lehnte sich zu mir herüber.

»Steig ein, Hanna.«

Ich antwortete nicht und überschlug meine Möglichkeiten.

»Ich kann dich auch zwingen«, drohte er.

Abrupt blieb ich stehen und unterdrückte einen wütenden Aufschrei. Beim Einsteigen versuchte ich, mein letztes Bisschen an Würde zu wahren und sah stur an ihm vorbei, klatschnass und unsicher darüber, wie es für mich weitergehen sollte. Ich hasste es, von diesem verwirrenden Typen abhängig zu sein. Eilig fuhr er an und machte sich daran, die Heizung anzustellen.

»Du bist klatschnass, aber um deinen sturen Kopf zu befriedigen, werden wir jetzt gleich zu dir fahren und du kannst nach deinem Kater sehen. In Ordnung?«

Halb verärgert, halb amüsiert sah er mich von der Seite an und räusperte sich. Das unruhige Tippen seines Fingers auf dem Lenkrad machte mich nervös und mein Blick huschte unfreiwillig immer wieder zu ihm. Man konnte merken, dass es ihm nicht behagte, dorthin zu fahren. Da ich aber auf keinen Fall eine neue Diskussion über dieses Thema entfachen wollte, schwieg ich und fragte nicht, was er so beunruhigend fand. Eine Zeit lang saßen wir schweigend nebeneinander. Er wirkte angespannt.

»Darf ich dich etwas fragen?«

»Immer doch.« Er sah mich leicht genervt an, was mich mehr kränkte, als ich für möglich gehalten hätte.

»Warum tust du das alles? Ich meine, bezahlt mein Vater dich dafür, dass du den Babysitter spielst?« Ich presste meine Lippen zusammen. Er versteifte sich kurz, um gleich wieder seiner lässigen Haltung Platz zu machen.

»Es ist ein Job, gut bezahlt, bis vor Kurzem mit flexiblen Arbeitszeiten. Und ich nehme meinen Job sehr ernst.« Seine Augen ruhten einen Moment kühl auf mir. Als ich spürte, wie mir meine Verletzlichkeit übers Gesicht huschte, meinte ich, einen winzigen Moment etwas anderes in seinem Blick zu sehen als die kalte Abweisung. Er atmete hörbar aus. »Anderes Thema: Als du deine ersten Zeitverschiebungen erlebt hast ... wie war das für dich?«

Ich entspannte mich ein wenig und war dankbar für den Themenwechsel. »Du meinst, davon abgesehen, dass ich einen Nervenzusammenbruch hatte, weil ich einen widerwärtigen Mord und seltsame Kreaturen gesehen hatte?« In dem Versuch, eine Augenbraue hochzuziehen, um spöttisch auszusehen, bot ich ihm die Stirn. Es gelang mir wohl weniger gut, weil ich beide Augenbrauen hochzog, was mir eher einen verblüfften Gesichtsausdruck verliehen haben musste, denn er beeilte sich, weiter auszuholen.

»Ist es so, dass du dich in diesen Momenten nicht frei bewegen kannst?«, fragte er ernsthaft interessiert.

»Es ist … als würde man sich im Wasser bewegen, oder als wenn … alle Gliedmaßen an Gummibändern hängen würden. Es ist ein schwerfälliges Gefühl, denke ich.« Ich konnte es kaum beschreiben, mir fehlten die passenden Worte für diesen seltsamen Zustand, der sich so beklemmend anfühlte.

»Okay, dann ist deine Entwicklung gerade erst am Anfang. Es wird vermutlich Jahre dauern, bis du ausgereift bist. Von deiner emotionalen Entwicklung einmal abgesehen.« Jetzt lächelte er mich neckend an und in seinen Augen leuchtete es belustigt. Seine kalte Schönheit schmerzte beinahe und ich versuchte zaghaft zurückzulächeln.

Er versteifte sich und seine Hand schloss sich fester um das Lenkrad. Sein Lächeln verschwand und wich verwirrender Härte.

»Was ist mein Vater? Ich meine, er kann ja schlecht eine Nymphe sein, oder doch?« Der Gedanke erheiterte mich und ich musste schmunzeln.

»Nein, er ist vieles. Wir Zeitwandler entwickeln unsere Fähigkeiten und Vorlieben je nach Charakterzug. Das bedeutet, es entscheidet nicht nur die Vererbung, was du wirst, sondern letztendlich dein Wesen. Dein Vater ist vieles…« Er sah angestrengt aus und hatte seine vollen Augenbrauen grüblerisch zusammengezogen. »Unter anderem ist er Ratsmitglied. Wenn du so willst, *das Gesetz der Zeitwandler*. Du wirst ihn bald kennenlernen.«

»Und wenn ich das nicht will?«

Ich verschränkte die Arme und sah ihn herausfordernd an.

»Tut mir leid für dich, dieser Tatsache wirst du wohl kaum aus dem Weg gehen können.«

Er sah mich nicht einmal an, machte aber mit seiner Stimme und Haltung unmissverständlich klar, dass ich keine Wahl hatte. Geräuschvoll stieß ich meinen Atem aus und sah aus dem Fenster. »Du sagtest, uns kann nicht viel umbringen? Was kann uns umbringen?«

»Oh, *dich* kann noch so einiges umbringen. Andere Zeitwandler zum Beispiel. Es gibt bösartige Kreaturen unter uns, die gerne den in der Wandlung stehenden Zeitwandlern die Energie rauben, weil sie so stark ist. Und meistens töten sie bei der Gelegenheit auch. Es ist so, dass wir Zeitwandler uns gegenseitig spüren können. Einige suchen auch nur aus Neugierde den Kontakt. Andere haben aber auch anderes im Sinn.«

Prüfend sah er mich an und ich versuchte, mir nicht anmerken zu lassen, wie sehr mich das erschreckte.

»Außerdem bist du ein halber Mensch, man weiß nie, wie viel Kraft ihr bekommt. Die meisten Zeitwandler sind reine Dämonen. Sie werden als Mensch geboren und wandeln sich dann ganz selbstverständlich. Es braucht lediglich einen Elternteil dämonischer Herkunft, um die Kräfte zu vererben. Allerdings gibt es nicht gerade sehr viele von uns, was vermutlich daran liegt, dass sich selten Beziehungen zwischen uns entwickeln. Das nennt man wohl natürliche Artenkontrolle und Ressourcenpflege.«

Er lächelte mich matt an und erzählte weiter: »Außerdem kann dich erstmal alles Mögliche noch umbringen, schwere Verletzungen zum Beispiel, und Feuer. Feuer kann uns alle umbringen.« Den letzten Satz sprach er ganz leise aus und sein Blick schien dabei weit in der Ferne zu hängen. Dachte er an jemanden?

»Warum Feuer?«

»Es ist das alles verzehrende Element. Warum auch immer. Es gibt immer Dinge zwischen Himmel und Erde, die man nicht erklären kann. Jedes Wesen braucht einen natürlichen Feind, eine Gefahr … Ich denke, es geht um das Gleichgewicht des großen Ganzen. Sonst wären wir eventuell so etwas wie Götter. Und das darf es nicht geben. Nicht wir.«

Er verfiel in Schweigen und ich wagte es nicht, etwas zu sagen. Ich stellte das Radio leise an und beobachtete still die vorbeiziehenden Bäume, Fahrzeuge und Menschen.

Vertraute Gewässer

Wir waren angekommen. Lennox hielt vor unserem Haus. Es lag einsam und verlassen zwischen den anderen Altbauten. Henrys Auto war nicht zu sehen. Lennox hielt mir meinen Schlüssel vor die Nase. »Nicht zu lange, Cherryblossom.« Er schaute mir prüfend in die Augen. Ich nickte und wandte mich um, stieß die Tür des Volvos auf und stand auf dem Fußweg. Langsam ging ich die vordere Treppe hinauf. Der Briefkasten quoll über und die Zeitungen stapelten sich aufgeweicht vor der Haustür. Ich schob sie mit dem Fuß zur Seite und schloss die Tür auf. Der vertraute Geruch unseres Haus wehte mir entgegen und ich ging den Flur entlang, an der Garderobe vorbei in Richtung Küche. Ich sah mich nach November um. Das Haus war unendlich still.

»Miez, miez, November!« Der Kater war nirgendwo zu sehen, das Haus schien völlig verwaist zu sein. Auf dem Küchentisch lag meine Kette mit dem Anhänger. Mich weiter umblickend nahm ich sie an mich und steckte sie in meine Hosentasche. Konzentriert lauschte ich, rührte mich aber nicht. Die Luft schien dicker geworden zu sein und meine Härchen im Nacken stellten sich auf. Ich hörte mein Herz laut gegen meine Brust schlagen. Ein Scheppern erklang und ich drehte mich blitzartig um. November war durch die Katzenklappe ins Haus gesprungen und kam jetzt maunzend auf mich zu. Ich stieß mit einem Seufzen die aufgestaute Luft aus und bückte mich, um ihn zu begrüßen.

»Hast du mich erschreckt, du kleiner Racker. Bin ich froh, dich wiederzuhaben«, und hob ihn liebvoll auf. Als ich ihn fest an mich drückte, quittierte er dies mit einem Fauchen. Sonst war das nicht gerade seine Art.

»So unfreundlich, mein Kleiner?« Vorsichtig kraulte ich sein Fell. Er schien aufgeregt und fahrig zu sein. Was ja auch kein Wunder war, schließlich musste er sich eine ganze Zeit selbst verpflegen und hatte erheblich an Gewicht eingebüßt. Ich hielt ihn trotz seiner Zappelei weiter auf dem Arm, als mit einem weiteren Krachen die Küchentür gegen die Wand schlug und Lennox mit einem gehetzten Blick neben mir erschien.

»Wir müssen fort … *jetzt*!«, raunte er mir zu und nahm meine Hand. Mir fiel fast der Kater herunter, der sich mit gesträubtem Fell in meinem Arm klein machte.

»Was ist los?«, zischte ich, während ich mich von Lennox fortziehen ließ.

»Wir sind nicht alleine!«, flüsterte er mir ins Ohr. Sein unruhiger Blick ging durch die Räume, als er mich vor sich herschob. Ich stolperte die Treppe zur Straße vor ihm her. Eilig trat er an mir vorbei, riss die Tür des Volvos auf und warf mich mitsamt dem Kater auf den Beifahrersitz. Dann rannte er blitzschnell zur Fahrerseite und stieg ein. Der Motor heulte auf, er legte den Rückwärtsgang ein. Mit quietschenden Reifen schleuderte der Wagen herum und preschte dann auf der Straße vorwärts. An einer Kreuzung nahm er zwei Fahrzeugen die Vorfahrt, die wütend hinter uns herhupten. Ich hielt die Luft an.

»Was ist denn los?«, bekam ich endlich heraus. Ich hatte vorher die Zähne so fest zusammengebissen, dass mir jetzt Kiefer und Kopf schmerzten. Langsam entspannte seine Körperhaltung sich ein wenig, als wir mehrere Querstraßen weiter waren. »*Was ist los, zum Teufel!*«, schrie ich jetzt. November fuhr die Krallen aus und sprang mit einem Satz auf die Rückbank. »Aua, Scheiße!«

»Als du im Haus warst, habe ich etwas wahrgenommen. Ich hatte gleich so eine Ahnung. Es war jemand im Haus, Hanna. Jemand von uns. Ich weiß nicht, ob er immer noch dort war, aber wir durften kein Risiko eingehen.« Er war voller unterdrückter Wut und fluchte leise vor sich hin.

»Aber das ist doch vielleicht gar nicht so schlimm?«, versuchte ich mich selber zu überzeugen. »Vielleicht war da nur jemand *neugierig*?« Er ignorierte mich und kramte ein Handy heraus. »Hallo, Merryweather hier, stellen Sie sofort Kontakt her!« Pause und seine wütende Miene. »Ich werde in einer Stunde online sein!«, sprach er angespannt auf englisch ins Handy.

»Mit wem hast du gesprochen?« Er ignorierte mich immer noch. Ich hatte Angst. Doch er hörte mich nicht, schien mich nicht einmal wahrzunehmen.

»Du hast gesagt, dass sie uns spüren können, vielleicht war er oder sie ja harmlos.« Jetzt schäumte ich vor Wut und Verzweiflung und kniff Lennox kräftig in den Oberarm. Er verriss leicht das Lenkrad, der Wagen schlingerte dadurch einen Augenblick gefährlich hin und her. Lennox knurrte mich mit funkelnden Augen an. »Hanna, es war ein Wendigo und jetzt halt einfach mal kurz den Mund und tu das, was ich dir sage! Ist das ausnahmsweise einmal möglich, ohne Diskussion?«

»Was ist ein Wendigo?«, fragte ich alarmiert.

Er verdrehte die Augen. »Das willst du nicht wissen.«

»Doch, ich will …« Ich unterbrach mich. Er war so tief in Gedanken und seiner Gereiztheit nach zu urteilen, war es vernünftiger, abzuwarten. Außerdem hatte ich durch meinen Wutanfall gerade einen Beinahe-Unfall verursacht und schämte mich. Mit rotierenden Gedanken sah ich auf die Straße und meine Unruhe wuchs. Langsam begann ich, mich zu orientieren, wir fuhren wieder in Richtung Innenstadt. Lennox war wieder ganz der Alte und drehte jetzt die Musik lauter, ich vermutete, um nicht mit mir reden zu müssen. Mit einer zornigen Bewegung stellte ich das Radio ab und sah ihn herausfordernd an. Er schüttelte den Kopf und schmunzelte. »Also lässt du es nicht einfach gut sein?«

»Nein.« Ruhig und aufmerksam, mit unterdrückter Wut, sah ich ihm in die Augen.

»Natürlich nicht.« Lennox schüttelte den Kopf, halb wütend, halb erheitert.

»Ein Wendigo ist ein ziemlich mächtiger Dämon. Er bezieht seine Energie über menschliches Fleisch. Er ist ein Kannibale, er tötet und es gefällt ihm. Sie sind so ziemlich die Unberechenbarsten.« Er sah mich aufmerksam und durchdringend an. »Deshalb bin ich ein wenig beunruhigt.«

Mir wurde schlecht. Verständnis machte sich in mir breit. Lennox fuhr in eine Parkbucht und stoppte den Wagen.

»Hanna, du musst mir jetzt ein paar Fragen beantworten.« Ernst sah er mir in die Augen und seine Hand zuckte kurz zu meiner, bevor er sie wieder zurückzog. »Weißt du, an was dein Onkel gearbeitet hat?«

»Nein, nicht genau. Es ging, glaube ich, um Sagen und Mythen. Er ist halt Professor für Mythologie. Woran wird er schon gearbeitet haben?« Ich blickte ihn mit großen Augen an und mir war absolut nicht klar, worauf er hinauswollte. »Es könnte sein, dass der Wendigo nicht hinter dir her war, sondern hinter Henry.«

»Du hattest den Verdacht, dass er hinter mir her sein könnte«, japste ich.

Er sog scharf die Luft ein. »Hör mir zu, Cherryblossom. Es gibt ein Artefakt, mit dem man Dämonen ihre Kraft entziehen kann, und umgekehrt ihre Kräfte auch stärken kann. Weißt du irgendetwas darüber?«

»N... n... nein, wo... woher denn?«, stotterte ich verwirrt. »Bis vor kurzer Zeit war ich noch ziemlich selig ahnungslos«, flüsterte ich. »Ich weiß nur, dass Henry angeblich zwei Artefakte aus irgendeinem Forschungslabor oder so gestohlen haben soll, das hat mir diese Kriminalpsychologin erzählt.«

»Eine Kriminalpsychologin?« Er zog die Augenbrauen hoch und dachte nach.

»Seltsam.« Er wirkte für einen Moment abwesend.

Auf dem Rücksitz machte sich November bemerkbar, indem er ein langgezogenes Miauen hören ließ.

Lennox runzelte die Stirn. »Was machen wir mit dem Kater?«

»Du magst ihn nicht, oder?«

»Nein, nicht besonders.« Er legte den Kopf schief und versuchte sich an einem Lächeln, was ihm etwas Jungenhaftes verlieh.

»Wir müssen ihn aber mitnehmen«, versuchte ich es. »Er kann ja nicht alleine bleiben.«

»Auf keinen Fall.« Er machte ein ziemlich erschrockenes Gesicht, was in einer anderen Situation zum Schreien komisch hätte sein können, und beeilte sich, mir diese Idee auszureden.

»Wir werden nicht mehr lange in meiner Wohnung sein und dann können wir ihn nicht mitnehmen. Hast du niemanden, dem du das Teufelstier anvertrauen kannst?« Halb mitleidig, halb angewidert sah er auf November auf meinem Schoß. Ich überlegte angestrengt.

»Meine Freundin Maike vielleicht, sie hat selber eine Katze und wohnt nur ein paar Straßen weiter. Außerdem möchte ich meine Freunde eh noch mal sehen, bevor ich auch nur in Erwägung ziehe, mich von dir nach Amerika verschleppen zu lassen.« Lennox sah mich ernst und nachdenklich an. »Hast du schon mal darüber nachgedacht, was deine Freundinnen sagen, wenn du mir nichts, dir nichts bei ihnen auftauchst? Sie denken doch sicher, dass du immer noch im Sanatorium bist, oder etwa nicht? Wie haben sie es überhaupt aufgefasst, dass du verdächtigt wirst, einen Mitschüler ... sagen wir mal ... *erledigt* zu haben? Ich nehme an, sie wissen von dieser Kleinigkeit?«

Seine ganze Körperhaltung versprühte Spott und Hohn. Ein wütendes Beben ging durch meinen Körper und ich hatte alle Mühe, vor Zorn nicht loszuheulen. Wie konnte er nur so ein Ekel sein? Natürlich hatte ich auch schon darüber nachgedacht, wie sie reagieren würden. Ich wusste nicht, wie viele Details oder nähere Umstände sie über Marks Tod kannten.

»Ich weiß schon, was ich tue«, ätzte ich zurück und hoffte inständig, dass dem auch so war. Mit einem tiefen Seufzer startete er den Motor und sah mich noch einmal ernst an. »Also haben wir einen Deal? Du siehst deine Freunde noch einmal, bringst den Kater unter und anschließend machst du mir keinen Ärger und kommst brav mit?«

Feierlich hob ich meine Hand zum Schwur und setzte mein unwiderstehlichstes Lächeln auf.

»Wo müssen wir hin?«, fragte er voller neuem Tatendrang.

»In die Nähe des *Pandora*, Neulanderweg 46.«

Er beugte sich vor und machte sich an der Amatur zu schaffen. Ich vermutete, dass er die Adresse in ein Navigationssystem eingab. Einige Momente später waren wir schon auf der Schnellstraße. Angestrengt überlegte ich, ob Maike wohl schon zu Hause sein würde. Es war drei Uhr nachmittags, also standen die Chancen, sie alleine zu Hause anzutreffen, ganz gut.

Vor der Haustür meiner Freundin war mir mulmig. Mein Magen stach und innerlich stieg ein kleines Beben in mir auf. Meine Freunde waren das einzig Vertraute, was mir im Augenblick noch geblieben war. Wenn sie sich von mir abwandten, bliebe mir vorerst nichts mehr. Lennox wollte im Wagen warten.

Er war der Auffassung, dass es weitgehend ungefährlich sei, mich kurz mit Maike alleinzulassen, wenngleich ein kurzes Misstrauen in seinem Blick aufflackerte. Ich tat so, als hätte ich es nicht wahrgenommen.

Nun stand ich hier auf der Türschwelle, vor einem Teil meines alten Lebens, und wartete auf Einlass. Unruhig wippte ich auf meinen Zehen und sprach leise kurze Gebete vor mich hin. Ich hörte Schritte und die Tür schwang langsam auf. Unwillkürlich hielt ich die Luft an, der Kater zappelte schmerzhaft ungeduldig auf meinem Arm und sprang mir fast herunter. Maike stand in der Tür, das Telefon am Ohr. Sie hatte ihre braunen Locken oben auf dem Kopf zusammengebunden und eine herausgerutschte Locke tanzte vorwitzig auf ihrer Stirn herum. Sie lächelte über irgendetwas, das jemand am Telefon gesagt haben mochte. Ihr Leben war noch völlig normal und ein kleines bisschen Neid erfasste mich. Jetzt schnellte ihr Blick vor die Haustür und im Erkennen wich ihr Lächeln einer Mischung aus Bestürzung und Misstrauen. Ich spürte einen heftigen Stich in meiner Brust und blickte verlegen zu Boden.

»Ich muss auflegen. Ich ruf später zurück.« Sie ließ das Telefon sinken. Zaghaft versuchte ich ein Lächeln, das mir, wie mir schien, kläglich misslang.

»Ich hab dir ja schon oft gesagt, du sollst durch den Spion schauen. Das hält unliebsame Gäste aus dem Haus, weißt du? Man kann sich dann noch einmal überlegen, ob man öffnet.«

Ich fühlte mich jede Sekunde unwohler und war dankbar, als Wärme sich auf ihrem Gesicht ausbreitete und sie zaghaft lächelte.

»Komm rein!« Sie ergriff überraschend fest meinen Arm und zog mich samt Kater durch die Tür, die hinter uns klackend ins Schloss fiel. November sprang auf den Boden und schüttelte sich. Ich hätte es ihm gerne gleichgetan, um meine Anspannung wegzuschütteln. Maike schaute mir tief in die Augen und trat vorsichtig auf mich zu. Hinter meinen Lidern brannten Tränen und ich musste schwer schlucken. Ihre lieben zarten Hände schlossen sich zart um mein Gesicht, als sich die erste Träne löste. Angestrengt biss ich mir auf die Unterlippe, die verdächtig anfing zu beben.

»Meine Hanna … komm, wir setzen uns.« Sie zog mich hinter sich her in die Küche. Vorsichtig nahm sie mich in die Arme, um sich schnell wieder zu lösen und mir einen Stuhl unter den Hintern zu schieben.

»Wie geht es dir? Du bist also wieder entlassen? Und warum hast du November dabei?« Sie blinzelte unsicher vor sich hin und spielte entrückt mit einer ihrer Locken, die sie immer wieder fest um einen Finger wickelte.

»Ja, natürlich bin ich entlassen«, log ich. »Ich wollte dich fragen, ob es möglich ist, dass du November eine Zeit lang nimmst. Henry und ich werden eine Weile nicht hier sein und wir können November nicht mitnehmen.«

Wie aufs Stichwort kam der Kater hereingestiefelt. Im Schlepptau Maikes Katze Fay, die weniger begeistert über den Eindringling zu sein schien. Sie peitschte aufgeregt und zornig mit ihrem Schwanz hin und her.

November schien das nicht zu imponieren, er setzte sich vor uns und miaute laut und klagend.

»Ich fürchte, er hat Hunger«, stellte ich schuldbewusst fest.

»Ist der kastriert?«, fragte Maike grinsend. Als ich nickte, sagte sie überschwänglich: »Klar kann ich ihn nehmen. Und wann bist du wieder da? Musst du noch in eine andere Klinik und eine Therapie machen, oder so?«

Ich schaute sie prüfend an und nickte. In Situationen, in denen ich log, nahm ich gern jede Vorlage, die ich kriegen konnte.

»Hanna, was ist wirklich passiert, als Mark gestorben ist? Es wird erzählt, dass du … « Sie unterbrach sich und schaute hilflos aus dem Fenster.

»Es war ein Unfall, wir wurden überfallen. Ich wollte ihm helfen und in diesem ganzen Gemenge habe ich ihn aus Versehen ... «, ich machte eine lange Pause. »... getroffen ... mit einem Stein und es war zu kräftig … der Schlag.« Ich erzählte ihr eine glaubhafte Version dessen, was geschehen war und lenkte das Thema wieder auf das Tier. Mir war elend und ich hatte auf einmal unglaubliche Angst vor Maikes Reaktion.

Steif saß ich auf dem Stuhl und mein Bein fing vor Anspannung leicht an zu zittern. Maike war ruhig und wandte sich mir zu. Ich versuchte, in ihren Augen zu lesen, was mir nicht gelang.

»Ich glaube dir.« Sie rückte einen Stuhl zu meinem heran und setzte sich mir gegenüber.

»Übermorgen ist seine Beerdigung.«

Schwer schluckend erschauderte ich einen Moment. »Oh«, war alles, was ich farblos hervorbrachte.

»Hanna, weißt du, dass man dich gestern gesucht hat?«

Jetzt wurde ich hellhörig. »Nein, wer hat mich denn vermisst?«, fragte ich scheinheilig und versuchte, meine Unruhe mit einem Lächeln zu überspielen.

»Ich denke, Henry? Da hatte so ein Mann bei uns geklingelt. Es war schon ziemlich spät und meine Mam war an der Tür. Der Typ war ein Arbeitskollege von deinem Onkel. Henry war noch im Labor oder der Uni oder so. Anscheinend hatte er versucht, dich telefonisch zu erreichen, aber du bist nicht ans Telefon gegangen. Da hat er den Kollegen gebeten, nach dir zu sehen, weil es dir ja noch nicht so gut geht. Und da du nicht zu Hause warst, hat Henry dich hier vermutet. Seit wann bist du denn eigentlich wieder zu Hause?« Ich war verwirrt. Wer konnte das gewesen sein? Henry war doch verschwunden, oder nicht? Abwesend plapperte ich vor mich hin: »Aber Henry kann doch unmöglich auf der Arbeit gewesen sein.«

Maike verstand meine Äußerung falsch.

»Ach, Hanna, mach dir nichts daraus. Ich fand es auch ein Ding, das der dich allein lässt, schon so früh. Ich meine, mir war ja klar, dass du noch nicht lange wieder zu Hause sein konntest. Das hätte sich sicher schnell herumgesprochen. Du bist ja im Moment das Gesprächsthema Nummer eins. Aber das ahnst du sicherlich selber. Meine Mutter hat gemeint, als sie vorgestern Henry an der Uni gesehen hatte, ist er quasi vor ihr geflüchtet. Sie wollte ihn nach dir fragen, weil es so wenige Informationen gab. Ich denke, er hatte ein schlechtes Gewissen. Erwachsene halt, vergessen manchmal einfach, was wichtiger ist …«

In meinem Kopf drehte sich alles. Die Informationen, dass Henry gestern noch in der Uni gesehen worden war, irgendjemand kurz nach meinem Ausbruch anscheinend mein näheres Umfeld durchkämmt hatte und dann auch noch völlig falsche Fakten als

Grund nannte, machten mich außerordentlich flatterig.

»Hanna, geht es dir gut? Du sagst ja gar nichts mehr und bist irgendwie bleich gerade.« Ich winkte wortlos ab und versuchte, weniger überfahren rüberzukommen.

»Ich werde jetzt erstmal deinem Kater was zu essen geben und du bekommst ein großes Glas Cola.«

Sie lächelte mich so lieb und fürsorglich an, dass ich mich für einen Augenblick fast geborgen fühlte. Der Kater strich bereits laut schnurrend um ihre Beine, als sie die Katzenfutterdose aus dem Kühlschrank nahm.

Meine Cola leerte ich in einem Zug und kämpfte mit der Kohlensäure. Intensiv überlegte ich, wie ich Lennox dazu bringen sollte, mit mir zu Henrys Arbeitsplatz zu fahren. Vielleicht gab es dort einen Hinweis auf seinen Verbleib. Ich verwarf die Idee ziemlich schnell wieder, ihn überhaupt einzuweihen. Mir wurde klar, ich würde allein dort hinfahren müssen, Lennox würde sich auf keinen Fall darauf einlassen. Er hatte seine Prioritäten und ich meine. Ich würde ihn später wieder finden, schließlich kannte ich seine Adresse. Und er könnte sich hinterher aufregen und mich anschnauzen.

»Kommst du auch hin? Zur Beerdigung?«, fragte Maike unvermittelt und ich wurde aus meinen Überlegungen gerissen. Mit einem plötzlichen Gefühl von Übelkeit dachte ich darüber nach. War ich es ihm nicht schuldig, ihm die letzte Ehre zu erweisen? Ich hatte ihn wirklich sehr gerne gehabt, ich war sogar ein wenig in ihn verliebt gewesen. Aber ich würde auf seine Eltern treffen und die waren bestimmt der Meinung, dass ich an dem Tod ihres geliebten Kindes schuld sei.

»Ich weiß noch nicht, ich könnte mir vorstellen, dass man mich da nicht haben will«, flüsterte ich kraftlos. Mit einem furchtbar nagenden Schuldgefühl knetete meine Finger, um nicht zu heulen. Genau genommen war ich ja auch Schuld an seinem Tod.

»Ich muss jetzt los, Maike.« Langsam und etwas unsicher auf den Beinen stand ich auf. Maike kam auf mich zu und umarmte mich. Ein wenig zaghafter als früher, aber trotzdem so vertraut, dass ich wieder einen Kloß im Hals spürte und Tränen hinter meinen Lidern anfingen zu brennen. Ich verschwand noch einmal kurz auf der Toilette und fasste einen unvernünftigen Plan.

»Maike, ich würde gerne hinten raus, wenn das in Ordnung ist?«

»Klar, aber warum?« Sie runzelte verwirrt die Stirn und legte ihren Lockenkopf schief.

»Na ja, vielleicht muss nicht jeder sehen, dass ich hier war und durch den Hof ist es ein bisschen ruhiger, weißt du?« Langsam gewöhnte ich mich an die Lügen und Ausreden und kam in Fahrt.

»Na klar, wie dumm von mir. Und mach dir keine Sorgen um deine Mieze. Lässt du was von dir hören?«

»Sicher, sobald es möglich ist.« Ich zwinkerte ihr zu, was ihr ein kleines Kichern entlockte.

Langsam setzte ich mich in Bewegung und ließ mich zur Hintertür bringen. Nachdem wir uns ein letztes Mal in die Arme fielen, öffnete ich die Tür, ging zügig hinaus und trat die fünf Stufen hinunter in den Hof. Mein Blick war weiterhin auf meine Freundin gerichtet, die ich vielleicht lange nicht mehr sehen würde und die mich sanft anlächelte, als sich unvermittelt ihr Lächeln in Verblüffung wandelte. Auch mein Gesichtsausdruck änderte sich schlagartig und ich folgte Maikes Blick. Da stand Lennox, umwerfend schön und mit einem strahlenden Lächeln auf den Lippen kam er auf mich zu.

»Da bist du ja endlich, Liebes.« Sein Arm legte sich sanft um meine Schulter und seine Hand streichelte über meinen Arm. Stockend hielt ich den Atem an. Ein Kribbeln lief durch meinen Körper, lenkte mich von meinen Gedanken ab und ich gab mir alle Mühe, nicht zu entrückt dreinzublicken. Ich drehte mich wieder zu Maike und versuchte, möglichst unverkrampft zu gucken. Maike blickte mit halbgeöffnetem Mund zu uns herunter. Völlig selbstvergessen schwang sie die Tür immer leicht hin und her und ihre Fußspitze versuchte, ein Loch in den Boden zu bohren.

»Das ist Lennox, er hat mich gefahren«, versuchte ich die Situation zu erklären und sah zerknirscht zu Boden. Lennox gab mir einen Klaps auf meinen Hintern, was mich empört aufschnaufen ließ. »Sehr erfreut«, schnurrte er. »Du musst Maike sein. Hanna hat viel von dir erzählt.« Seine Stimme war samtig und dunkel, er trat auf Maike zu und gab ihr höflich die Hand. Mich hatte er mit seinem Arm gut im Griff. Er drückte mich sanft an sich. Die Situation hatte etwas Bizarres.

»Hat sie das?« Maike war ziemlich sprachlos, was ich bei ihr selten erlebt hatte, aber gut nachvollziehen konnte. Sie grinste ihm verlegen entgegen und bedachte mich mit anerkennendem Zwinkern. Lennox beugte sich zu mir herunter und hauchte mir einen Kuss auf den Haaransatz, was meinen Herzschlag rasant beschleunigte. Ich sah langsam zu ihm auf. »Wir müssen jetzt leider gehen, Hanna«, schnurrte er weiter.

Mein Blick ruhte auf seinem und die Welt um mich begann sich aufzulösen. In seinen Augen lag ein so unglaubliches Strahlen von einzigartiger Kraft, und der Klang seiner Stimme war ein überwältigender Lockruf. Ich vergaß erneut zu atmen und verlor mich in seinen Augen. Durch die gefährliche Dunkelheit, die in ihnen lag, schimmerte etwas anderes hindurch. Es zog mich an, nahm mich gefangen. Es schien wie eine innere Sanftheit, die im Verborgenen schlummerte, als würde sie hinter einer verschlossenen Tür nur darauf warten, herausgelassen zu werden. Ein innerer Drang, der es mir unmöglich machte, nicht weiter danach zu forschen, hielt mich, bis er seinen Griff verstärkte.

»Hat mich gefreut, Maike«, er lächelte ihr nochmal zu und drehte mich zum Gartenausgang. Benommen wand ich mich noch einmal zu Maike um, die völlig aufgeregt ein *Wow!* mit den Lippen formte und mir den Daumen anerkennend entgegenreckte. Ich grinste ihr schief zu, als wir um die Ecke bogen. »Ich wollte nur … was holen«, brachte ich atemlos hervor.

»Ich weiß, was du wolltest, Hanna.« Seine Stimme klang immer noch samtig, aber es schwang auch etwas Gefährliches in ihr mit. Also hielt ich es für das Beste, den Mund zu halten. Er öffnete die Tür vom Volvo, seine Hand glitt zärtlich über meinen Rücken, was in mir einen wohligen Schauer auslöste, bevor er mir einen wütenden kleinen Ruck gab. Diese schnellen Änderungen seines Verhaltens verpassten mir ein emotionales Schleudertrauma. Irritiert stieg ich ein und er beugte sich über mich, griff nach dem Anschnallgurt und machte sich daran, mich festzuschnallen.

»Ich kann das selber«, brachte ich stockend hervor und suchte fahrig nach dem Gurt.

»Ich weiß nicht, Cherryblossom, eben hast du nicht mal den richtigen Weg zum Auto zurückgefunden.« Sein Gesicht war nur wenige Zentimeter von meinem entfernt, ich roch den Winterduft, der mich weich werden ließ. Seine kühlen Augen ruhten auf meinen und wanderten kurz über meinen Mund. Ich schluckte schwer. Ein Lächeln glitt über seine Züge, das so schnell wieder verschwand, wie es gekommen war. Unnahbar zog er sich zurück und schloss energisch die Beifahrertür, um sich anschließend ans Steuer zu setzen.

»Wir müssen in die Uni fahren. Maike hat gesagt, man hat Henry gestern dort gesehen!«, stammelte ich und zog aufgeregt an meinem Gurt herum.

»Das kann nicht sein, das ist unmöglich«, erwiderte er unwirsch.

»Ich wusste, dass du so reagierst, das war mir so was von klar, deshalb wollte ich alleine dort hin!« Jetzt brüllte ich fast.

»Sakrileg, womit habe ich es verdient, solch ein dummes und stures Frauenzimmer zu beaufsichtigen!« Ernsthaft getroffen sah ich ihn an. Er schlug mit der Hand auf das Lenkrad ein. Mein Kopf war wie mit Watte gefüllt und ich starrte Lennox an. Er verschwamm immer mehr vor meinen Augen, bis ich ihn beinahe nicht mehr sah. Erst jetzt bemerkte ich, dass ich ihn durch Tränen sah.

»Oh nein! Tu das jetzt nicht, Hanna.« Er legte den Kopf schief, seine Lippen presste er fest zusammen. Seine Hand machte sich auf den Weg zu mir und hielt wenige Zentimeter vor meiner Wange, an der heiße Tränen hinabrannen, inne. »Schon mal daran gedacht, dass es vielleicht nicht Henry war, der dort gesehen worden ist, sondern nur jemand, der *in dem Moment* so aussah wie dein Onkel?« Er sprach bemüht sanft.

»Du meinst jemand wie einen Gestaltenwandler, wie der ... wie heißt der noch gleich?«

»Trickster zum Beispiel, oder Wendigos.« Er wurde ganz ruhig und lehnte sich im Sitz zurück, den Blick fest auf die Straße gerichtet.

»Ich muss in ein Internetcafé und jemanden kontaktieren. Dann erfahren wir vielleicht etwas Neues über deinen Onkel.«

»Was zum Teufel geht hier eigentlich vor? Würdest du mir endlich mal erklären, was das alles soll? Das *dumme sture Frauenzimmer* würde nämlich sehr gerne einfach nur ein paar Dinge besser verstehen. Dann wäre sie nämlich nur noch halb so dumm und vielleicht auch weniger stur«, schniefte ich. »Und warum suchen die aus der Klinik bei meinen Freunden nach mir? Machen die bei jedem entsprungenen Patienten gleich so einen Aufriss? Und warum sagen die dann nicht, *warum* sie nach mir suchen, nämlich weil ich getürmt bin? Warum diese Geheimniskrämerei? Das ist doch alles seltsam und ich bin mir sicher, du erzählst mir nicht alles, was ich wissen sollte.« Ich war beinahe zu aufgeregt, um zu bemerken, dass Lennox anhielt und den Motor abstellte. Er sah mich an. »Wer hat nach dir gesucht?«

»Ich weiß nicht, er hat sich als Arbeitskollege von Henry ausgegeben, ich wüsste nicht, wer das sein sollte. Henry hat keine Kollegen, die er mit privaten Dingen betraut.«

»Das ist tatsächlich seltsam, aber nicht unmöglich. Dass jemand nach dir sucht, meine ich. Immerhin hast du jemanden erschlagen. Auch, wenn es aus Notwehr gewesen sein sollte, wie sie sicher annehmen. Dann können die Rechtshüter schon mal aktiv werden.«

»Schön, dass du mich dran erinnerst, danke auch. Ich hatte ganz vergessen, mich deswegen schlechtzufühlen«, ätzte ich, ballte wütend meine Hände zu Fäusten und wischte mir die restlichen Tränen von den Wangen.

Er verspannte sich wieder und fixierte mich mit eisigem Blick. »Wir hatten einen Deal, Cherryblossom. Weißt du eigentlich, was man noch vor ein paar hundert Jahren mit Leuten wie dir gemacht hat, die einen Vertrag gebrochen haben? Denen hat man die Zunge herausgeschnitten.«

»Ich hab keinen Vertrag gebrochen«, kam es viel zu eingeschüchtert aus mir heraus.

»Doch, du hast sogar geschworen. Aber das Schlimme ist, dass du von Anfang an nicht vorhattest, dich dran zu halten, nicht wahr?« Böse funkelte er mich an und ich rutschte unruhig auf meinem Sitz hin und her.

»Das stimmt nicht!« Mein Protest fiel kleinlaut aus.

»Das nennt man Betrug, mit Vorsatz. So etwas bei den falschen Personen, meine Liebe, und du könntest in der Feuerkammer landen.«

»Feuerkammer?« Ächzend wand ich mich unter seinen Worten und befürchtete, er würde mir weitere Abscheulichkeiten meines zukünftigen Lebens erzählen. Ich wollte nichts mehr darüber hören. Zumindest nicht gerade jetzt.

»Der Rat hat für Verbrecher eine hübsche kleine Feuerkammer eingerichtet, mit deren Hilfe er sich Gesetzesbrecher vom Hals schafft. Das kannst du dir dann ja mal ganz genau von deinem Herrn Vater erklären lassen. Wenn du ihn dann endlich kennenlernst.«

Ich musste ziemlich schockiert ausgesehen haben, denn er hatte Erbarmen mit mir und beeilte sich zu sagen: »Okay, wegen kleinerer Delikte, wozu deines meines Erachtens wohl auch gehört, wird man nicht gleich in die Hölle geschickt.« Unter intensiven Blicken beugte er sich zu mir herüber und raunte mir streng und unmissverständlich zu: »Noch so eine Aktion und das Ganze hat ein Nachspiel. Ich habe eigene Möglichkeiten der Bestrafung, Cherryblossom.« Ich atmete bebend vor Aufregung aus und versuchte, mich seiner Nähe zu entziehen. Sein Blick ließ keinen Zweifel daran, dass er es ernst meinte.

Lennox hatte über eine Chatverbindung Kontakt zu einem Vertrauten von Dominik Dawn hergestellt. Ihn irritierten die Komplikationen, die sich anzubahnen schienen. Es war beinahe so, als fühlte er ein kommendes Unwetter. Leider Gottes konnte er nicht viel Neues erfahren. Henry war immer noch verschwunden mitsamt den Artefakten, die Dominik Dawn ebenso gerne in den Händen haben wollte, wie diverse andere Leute.

Man hatte ihm einen Kontaktmann genannt, den er noch heute Nacht im *Pandora* treffen sollte, um Hanna endlich aus Deutschland herauszubringen. Diese Person hatte die Möglichkeit, ein

Schiff zu ordern, das von Hamburg aus nach Amerika steuern sollte. Natürlich suchte die Polizei schon nach Hanna. Und einige Zeitwandler hatten sie bestimmt auch schon wahrgenommen und waren ihrer Spur gefolgt. Lennox wollte keine Komplikationen und hoffte, dass jetzt alles schnell über die Bühne gehen würde. Hanna hatte während der Autofahrt die ganze Zeit geschmollt und ihn keines Blickes gewürdigt. In diesen Momenten merkte man ihr die Unreife sehr an. Aber der Gedanke, dass sie ihn hassen musste, versetzte ihm einen Stich.

Er kannte sie durch ihre Träume in den letzten Jahren doch schon recht gut. Trotzdem war sie in der Lage, ihn immer wieder zu überraschen. Was ihre neue Situation anging, war sie doch erstaunlich zäh, aber anstrengend und bissig. Ihre Sturheit ging ihm ziemlich auf die Nerven, aber ihre hitzige mutige Art berührte ihn manchmal auch tief. Es belustigte ihn, wenn sie nicht mehr weiterwusste und nach Luft schnappte wie ein kleiner Fisch. Erstaunt spürte er die Faszination, die in ihm wuchs, und er versuchte, sie auszusperren. Sie war auf ihre Art noch so unschuldig. Und Unschuld war in seiner Welt selten und hinderlich. In den letzten Jahrzehnten hatte er nie intensive Beziehungen zu Frauen gehabt. Sie waren ihm meist schlichtweg zu anstrengend. Er hielt es mehr mit lockeren Affären als mit tiefergehenden Geschichten.

Als sie bei ihm zu Hause ankamen, stiegen sie schweigend nebeneinander die Treppe hinauf. Während Hanna eine Stufe übersah und drohte zu stürzen, fasste er blitzschnell ihren Arm, um sie zu stützen, was sie mit einem giftigen Blick quittierte. In der Wohnung wurde die Stimmung nicht gerade besser. In dem Moment, in dem er ihr nahelegte, sich auszuruhen, da sie nachts ins *Pandora* mussten, wurde die Stimmung noch eisiger, wenn das überhaupt noch möglich war. Der Streitereien um Henry, die Uni und die Abreise nach Amerika müde geworden fing er an, sie in den Schlaf zu schicken. Sie stand ihm gegenüber und beschimpfte ihn, während sie immer müder und wackeliger wurde. Er sah sie nur an, sie wehrte sich gegen die Müdigkeit. Er schmunzelte in sich hinein, als der letzte Satz, den sie herausbrachte, ein „Lass das sein“ war.

»Träum süß!«, flüsterte er mit einem Lächeln auf dem Gesicht.

Sie war sich völlig bewusst darüber, dass er ihr die Müdigkeit brachte. Ihre Beine knickten ein und er fing sie blitzschnell auf. Sie war so leicht und wirkte so zerbrechlich. Ihm war absolut nicht klar, wie eine so zarte Person so fluchen und wüten konnte. Wenn sie wütend war, bekam sie eine kleine Zornesfalte auf der Stirn, die ihn an ein Mädchen erinnerte, das er als Jüngling geglaubt hatte zu lieben. Diese Zeit schien Jahrhunderte entfernt zu sein, als wäre sie nie wirklich Teil seines Lebens gewesen. Und wenn sie lächelte, schien die Welt um sie herum sich langsamer zu drehen. Ihr Wirkungskreis wurde in andere, leuchtendere Farben getaucht. Und es schien ihr nicht im Geringsten bewusst zu sein, welche Wirkung sie auf andere haben konnte.

Vorsichtig schlug er die Decke des Himmelbettes zur Seite und legte sie sanft ab. Sie sah recht friedlich aus mit ihrem blonden langen Haar, den weich geschwungenen Lippen, den langen Wimpern und der zarten frechen Nase. Sie beobachtend deckte er sie zu. Ihr Atem ging gleichmäßig und ruhig. Von Zorn war in ihrem Gesicht nichts mehr zu sehen. Er machte sich daran, Vorbereitungen zu treffen. Sorgfältig legte er Kleidung heraus und packte zwei Rucksäcke. Außerdem legte er zwei Butterfly-Messer und einen kleinen Dolch zurecht, falls es irgendwo unangenehm werden sollte.

Er war noch im Bad, als er Hanna etwas murmeln hörte. War sie schon wieder wach? Das dürfte eigentlich nicht sein. Er ging ins Zimmer und sah aufs Bett. Sie hatte sich anders hingelegt, sah aber sonst so aus, als würde sie schlafen.

»Lennox«, hörte er sie nuscheln. Sie träumte von ihm. Er runzelte ungläubig die Stirn und versuchte, es zu ignorieren. Es war ja schließlich nicht ungewöhnlich, dass man von jemandem träumte, den man seit einiger Zeit um sich hatte. Natürlich hatte sie schon oft von ihm geträumt. Aber da war er schließlich wortwörtlich in ihre Träume eingedrungen, als Beobachter, oder er hatte selber Träume für sie gewebt. Was er selten getan hatte, zu groß schien ihm die Einmischung. Manchmal, in schlimmen Zeiten, hatte er friedliche Träume gewebt, die sie stärkten, wenn sie es brauchte, wie im Sanatorium. So etwas kostete unendlich viel von seiner Kraft. Er musste selber positive Energie erzeugen und die eigene Gier in Schach halten, was wahrlich nicht einfach für ihn war, besonders dann, wenn er sich selbst zu wenig ernähren konnte. Er hörte sie wieder seinen Namen murmeln. Neugierde machte sich breit und Lennox bemerkte kaum, wie er näher an sie herantrat und sich mit aufs Bett legte. Interessiert beobachtete er, wie sich ihr Brustkorb leicht hob und senkte und überlegte, ob er ihren Träumen nachspüren sollte. Würde er in ihrem Traum auf einen Doppelgänger stoßen?

Gedankenverloren ließ er seinen Blick über ihren Körper wandern, der sich durch die dünne Decke abzeichnete. Zärtlich ließ er seinen Blick über ihre Rundungen, die Wölbungen und Einbuchtungen gleiten, den Ansatz ihres Dekolletés. Er musterte ihre sinnlichen Lippen, die leicht geöffnet waren. Er spannte sich an und eine ungewohnte Aufregung durchfuhr ihn. Seufzend zwang er sich zurück und riss seinen Blick von ihr los. Rücklings legte er sich ganz an die Seite des Bettes und vermied es, sie weiter anzusehen. Dumm und töricht kam er sich vor und schimpfte sich einen Narren, tatsächlich darüber nachzudenken, die Tochter von Dominik Dawn zu verführen. Da könnte er sich ja gleich in die Feuerkammer begeben oder seinem Leben anders ein Ende setzen.

Schöne Frauen hatte er viele gesehen und in seinen Betten gehabt. Sie war noch nicht einmal sehr weiblich, eher wie eine Blume, die gerade erst zu erblühen begann. Warum nur nahm sie ihn so gefangen? Im Grunde war alles bis aufs Äußerste anstrengend mit ihr. Alleine der Umstand, ständig reden zu müssen, missfiel ihm. Unterhaltungen hatten sich in den letzten Jahrzehnten auf ein Minimum beschränkt. Zeitwandler pflegten untereinander kaum Konversation. Er konnte Unterhaltungen, die länger als eine Minute andauerten, nicht ausstehen. Sich in jemand anderen hineinzuversetzen, das schien ihm beinahe unmöglich. Es beliebte ihm auch nicht, ständig jemanden um sich zu haben und Blicke auf sich zu spüren. Dennoch war da diese Neugierde auf ihre Lebendigkeit, ihre authentische Art. Ihre Mimik und Gestik, in der man lesen konnte wie in einem Buch. Ein fesselndes Buch von einer Intensität, die nur so vor Farben zu schillern schien. Sie war etwas Besonderes.

»Das zieh ich ganz bestimmt nicht an«, zischte ich ihm zu. Mit fragend hochgezogenen Augenbrauen hielt ich einen kurzen schwarzen Rock in die Luft.

»Hanna, zieh es erst mal alles an, dann sehen wir weiter.« Er warf mir einen bittenden Blick zu und ich machte mich murrend daran, mich anzukleiden.

Kurze Zeit später stand ich in einem nicht mal knielangen schwarzen Rock und blickdichten Strümpfen, einem eng anliegenden grauen T-Shirt mit tiefem V-Ausschnitt und hohen Stiefeln vor ihm. Die Stiefel hatten keine Absätze und die enge Military-Jacke, die ich drüberziehen sollte, war nicht gerade der Stil, den ich zum Ausgehen bevorzugte. Ich murrte noch einmal kurz, bis mein Blick an Lennox hängenblieb. Er hatte eine dunkle Hose, Hemd und eine dazu passende Military-Jacke mit vielen Messingknöpfen an. Es sah edel aus und ich musterte ihn verstohlen. Mir wurde klar, dass diese Aufmachungen einem bestimmten Zweck dienten. Der Stoff war robust und mit seinen und meinen Schuhen konnte man rennen und sah trotzdem gut aus.

Langsam glaubte ich, begriffen zu haben, warum er diese Kleidung gewählt hatte, als er auf mich zukam und sich vor mir auf den Boden kniete. Ich zuckte zusammen, als seine Hände mein Bein hochfuhren und an meinem Oberschenkel einen Lederriemen mit einem Heftchen für ein Messer befestigten.

»Wozu brauch ich denn das?«, fragte ich verwirrt.

Er hielt mir ein kleines Messer hin. »Ich will, dass du dich wenigstens ein wenig verteidigen kannst, wenn wir nachher im *Pandora* sind. Es werden auch einige Zeitwandler dort sein. Und ich werde dich vielleicht einen kleinen Augenblick alleinlassen müssen, um mit unserem Kontakt zu sprechen. Man weiß nie, wann man so was mal braucht.« Er zuckte mit den Achseln und ließ sich aufs Bett fallen. Mit schräggelegtem Kopf klopfte er auffordernd auf die freie Seite des Bettes. Ich schlurfte auf ihn zu und zögerte.

»Hat dir niemand beigebracht, dass man nicht mit Schuhen ins Bett geht?«, scherzte ich und setzte mich ungelenk neben ihn. »Wie kommt es eigentlich, dass du ein Himmelbett hast? Ist das nicht irgendwie ziemlich … unmännlich?«, fragte ich neckend.

Belustigt straffte er sich und sah mir fest in die Augen. »Was denkst du, Cherryblossom? Die Frauen, die ich kenne, wissen das richtige Flair zu schätzen.« Amüsiert sah er mich weiter an. Es versetzte mir einen leisen Stich, so offensichtlich mit der Nase darauf gestoßen zu werden, dass ich nicht im Geringsten besonders war, weil ich in diesem Bett geschlafen hatte.

»Du hast es also nur, um Frauen zu beeindrucken?« Ich versuchte, meiner Stimme einen abwertenden Ton zu verleihen und blitzte ihn an, was ihm ein Lachen entlockte.

»Nein, im Ernst? Ich liebe Himmelbetten einfach. Jetzt aber zu den wichtigen Sachen. Also, plangemäß sollte es so laufen, dass wir zwischen ein Uhr und zwei Uhr unseren Kontakt treffen. Er wird uns weitere Instruktionen geben, inklusive falscher Pässe und Passagierscheine für ein Schiff. Wir werden dann wahrscheinlich morgen schon auslaufen.«

»Also werden wir nicht mehr nach Henry suchen?«, fragte ich streitlustig. Es war mir zwar fast klar gewesen, dass Lennox sich nicht darauf einlassen würde, nach Henry zu suchen, dennoch machte es mich traurig. Er musste wissen, wie wichtig es mir war.

»Dein Onkel ist *ganz sicher* nicht mehr in Deutschland. Und es ist *ziemlich sicher*, dass es für dich in naher Zukunft hier *sehr* gefährlich ist. Wegen der Sache, die dein Henry sich geleistet hat und wegen deines Ausfluges ins Sanatorium. Außerdem sitzt du, was Informationen und Möglichkeiten für eine Suche nach deinen Onkel angeht, bei deinem Vater an der Quelle. Wenn jemand was herausfinden kann, dann er.« Er wich meinem Blick aus und sah an mir vorbei.

»Die Sache mit den Artefakten meinst du? Was hab ich denn damit zu tun?«

Er räusperte sich. »Ich meine ja nur, man könnte versuchen, dich als Druckmittel einzusetzen. Vielleicht weiß irgendjemand was über den Aufenthaltsort deines Onkels, und um die Artefakte zu bekommen ... «, er unterbrach sich achselzuckend. Ich schluckte und stand auf, wanderte ans Fenster und starrte hinaus. So hatte ich das noch gar nicht betrachtet. Die Reise nach Amerika wurde immer verlockender. Allerdings hatte ich eigentlich noch ein paar Sachen zu erledigen. Da war die Beerdigung von

Mark, und ich wollte gerne noch einmal in unser Haus, um ein paar persönliche Dinge mitzunehmen.

»Was ist mit Marks Beerdigung? Die ist morgen Mittag.«

»Ich sehe, was sich machen lässt.« Lennox stand auf und stellte sich hinter mich. Ich spürte etwas Kühles an meinem Hals, meinen Anhänger. Er legte ihn mir um.

»Weißt du eigentlich, was er bedeutet?«, fragte er leise in mein Ohr.

»Es ist ein Kompass, er ist winzig und er ist kaputt. Er funktioniert nicht richtig.«

Ich drehte mich nicht um. Er stand sehr nah, ich konnte seinen Atem in meinem Nacken spüren.

»Er ist nicht kaputt. Wenn die Zeit gestoppt wird, dreht die Nadel sich im Kreis. So lange, bis sie wieder normal weiterläuft. Es ist ein Institio. Das bedeutet so viel wie *Stillstand.*«

»Ich habe ihn von Henry bekommen, als ich sechs war. Er sagte immer, ich soll ihn stets tragen, er soll mich beschützen.« Meine Gedanken kreisten und ich hatte das Gefühl, mir würde etwas Wichtiges entgehen, bis Lennox es aussprach: »Henry wusste, was du bist.«

Fluchten

Er ließ mich am Fenster stehen. Langsam erhellten die Straßenlaternen mit ihrem Licht die Umgebung, während das Grau der Dämmerung der Dunkelheit des stillen Abends wich, als es geschah. Zuerst registrierte ich sie gar nicht, doch dann beobachtete ich, wie sie mit zwei Männern, nicht weit weg von Lennox' Wohnhaus, die Gegend beobachtete und mit Passanten sprach.

»Lennox«, rief ich beunruhigt und versteifte mich. »Da draußen ist Frau Hagedorn.« Eine böse Vorahnung kroch in mir hoch.

»Wer ist Frau Hagedorn?«, fragte Lennox alarmiert und runzelte die Stirn. Sein Blick glitt an mir vorbei zum Fenster. »Die Kriminalpsychologin, sie steht draußen mit zwei bullig aussehenden Typen rum und …« Ich stockte, meine Augen weiteten sich. »Sie kommen auf das Haus zu.«

Lennox stieß einen Fluch aus. Im selben Moment stürzte er vorwärts, warf mir meine Jacke zu, schnappte sich einen Rucksack. Dann kniete er sich kurz vor mir hin, um das Messer in das Heftchen an meinem Oberschenkel zu schieben. Anschließend sprang er sofort wieder auf und zog mich eilig hinter sich her.

Mein Sichtfeld franste aus, meine Beine stolperten schwerfällig vorwärts und ein Flimmern umgab urplötzlich den Raum. Es ging also schon wieder los: Die Zeit stoppte. Wie gebannt sah ich auf meinen Anhänger, stoppte und stellte dabei erstaunt fest, dass Lennox recht hatte: Die Nadel drehte sich wie wild im Kreis.

»Wir müssen hier raus, zum Auto! Ich kann die Zeit nicht lange halten.« Lennox riss mich aus meiner Starre, indem er mich an der Hand mit einem Ruck hinter sich her zog. Es war, wie durch Wasser zu gleiten. Mit einem letzten Blick aus dem Fenster registrierte ich, dass Frau Hagedorn und ihre zwei Freunde fast die Haustür erreicht hatten und nun in einer Starre verharrten, genau wie die fahrenden Autos auf der Straße und die vorbeifliegende Fledermaus vor der Fensterscheibe. Wir erreichten den Fahrstuhl und Lennox sah den Treppenaufgang hinunter.

»Ruf den Fahrstuhl und halte die Tür auf, wenn er da ist. Ich kann die Zeit nicht mehr halten!« Er schloss die Wohnungstür ab. Meine Bewegungen wurden leichter, mit einem Ruck lief die Zeit an und ich schlug mit Wucht auf den Fahrstuhlknopf. Mit einem Surren setzte sich der Aufzug in Bewegung. Ich betete, dass er nicht ganz unten sein mochte. Die Fahrstuhltür schob sich in dem Moment auf, als sich unten mit einem Klicken die Haustür öffnete und Schritte auf dem Weg nach oben zu vernehmen waren. Lennox zog mich leise und bestimmt in den Aufzug und drückte auf Keller. Die Fahrt nach unten schien endlos zu dauern. Er spannte sich an, seine Kieferknochen bewegten sich unruhig. Ich wusste, dass er damit rechnete, dass vor der Tür jemand stand. Mit unstetem Blick hielt er ein Messer in der Hand und wartete wie ein Raubtier, das zum Sprung ansetzte. Ich beobachtete die Szene und fühlte mich wie bei einem Film – nicht wirklich am Geschehen beteiligt – obwohl mir mein Herz bis zum Hals schlug.

Die Tür surrte auf und vor uns ragte ein Wäschekorb auf, dahinter eine Mitbewohnerin des Hauses. Ich atmete aus und Lennox' Haltung entspannte sich ein wenig. Verhalten nickte er der Frau kurz zu und ließ das Messer unauffällig verschwinden. Die Frau drückte sich an uns vorbei und stieg in den Aufzug. Lennox war schon fast draußen, als ihm auffiel, dass ich mich immer noch nicht bewegte. Er schnellte zurück und zog mich mit einer flinken und kräftigen Bewegung an dem Wäschekorb vorbei aus dem Fahrstuhl heraus. So schnell wie möglich liefen wir zum Hinterausgang und schoben vorsichtig die Tür auf. Von da aus rannten wir, uns immer wieder umschauend, zum Wagen. Lennox riss die hintere Tür auf, schmiss mich und den Rucksack auf den Rücksitz und eilte dann zur Fahrertür. Kurz darauf fuhr er zügig, aber nicht zu auffällig in die Nacht.

»*Woher wussten die, wo ich wohne, verdammt noch mal!*« Er spulte eine Fluchtirade herunter, die derber nicht hätte sein können und schlug dabei mit der Hand auf das Lenkrad ein. Sein Aufruhr machte mich nervös.

»Das bedeutet doch nur, dass die Polizei mich sucht«, sagte ich etwas dümmlich dreinblickend.

»Nein, Hanna, das bedeutet, dass uns irgendjemand verpfiffen hat!«

Mir war nicht klar, was er damit meinte. Wer hatte einen Vorteil davon, wenn ich wieder im Sanatorium festsaß? Mir rauchte der Kopf vom Grübeln, doch so langsam wurde mir klar, dass Lennox mir nicht alles erzählte und es Zusammenhänge geben musste, wo ich keine vermutete.

Wir fuhren direkt zum *Pandora*. An einer Seitenstraße parkte er seinen Volvo. Lennox beschloss, dass wir noch einige Zeit im Wagen verbringen sollten, bis wir hineingehen würden, und drückte mir ein Brot in die Hand. Es war noch zu früh. Und keiner von uns beiden verspürte Lust auf Gesellschaft.

»Wann hast du die denn gemacht?«, fragte ich freudig überrascht und lächelte ihn an. Ich hatte nämlich wirklich einen Mordshunger.

»Iss einfach, Hanna«, zischte er mir genervt zu und ich zuckte leicht zurück. Ich war über seine Unfreundlichkeit erstaunt und drückte mich unbehaglich tiefer in den Rücksitz.

»Danke«, raunte ich zurück. »Du wirst sicherlich ziemlich froh sein, wenn du mich los bist.«

Ein überraschter Ausdruck huschte über sein Gesicht, bevor er sich wieder sammelte. Er senkte den Blick. »Ja, sicher. Dann werde ich mich wieder um meine Angelegenheiten kümmern können. Ich habe in letzter Zeit mein Leben kläglich vernachlässigt.« Ich verschluckte mich fast an meinem Brot und würgte es hastig trocken herunter.

»Warum ersparst du dir nicht die ganze Tortur, deine Zeit mit mir zu vergeuden und lässt jemand anderen den Job erledigen und mich nach Amerika bringen?« Ich funkelte ihn an. Angst, dass er zustimmen könnte, kroch mir ins Bewusstsein und ich versuchte, sie abzuschütteln.

Er drehte sich mir zu, blickte forschend drein und kletterte mit einer überraschenden Schnelligkeit zu mir nach hinten. Schnell zog ich mich zurück und sah ihn aufmerksam an, damit beschäftigt, mich nicht erneut zu verschlucken. Zögernd nahm er meine Hand, was mich noch mehr überraschte.

»Hanna, wir ziehen das hier jetzt gemeinsam durch.« Er starrte mich mit einem unergründlichen Ausdruck an, der meinen Puls beschleunigte.

»Ich gehe dir auf die Nerven ... das alles hier, oder?« Ich ließ angespannt die Luft aus meinen Lungen entweichen und blinzelte unsicher. Ein kurzer Schmerz flackerte in seinen schönen dunklen Augen auf. »Hanna, du verstehst nicht ...« Er unterbrach sich und blickte angestrengt aus dem Fenster in die Dunkelheit der Nacht, um mich danach mit starker Intensität anzusehen. »Ich fühle mich dir verbunden und wir werden das hier meistern und alles wird gut«, sagte er so sanft, dass ich das Gefühl hatte, ich müsste mich weinend in seine Arme werfen. Ich senkte den Blick und sah verlegen auf meine Hände, doch er legte seinen Finger unter mein Kinn und hob mein Kopf sacht an. Schüchtern versuchte ich kurz, seinem Blick auszuweichen und sah jetzt doch in seine funkelnden Augen. Ich schenkte ihm ein zaghaftes Lächeln und wurde mit einem frechen Grinsen belohnt, das eine tiefe Wärme in mir entfachte. Er lehnte sich zufrieden zurück und nahm sich auch ein Brot. Ich wurde wieder ruhiger und stillte nun auch wieder meinen Hunger.

»Erzähl mir was von dir. Ich finde es ein wenig ungerecht, du weißt so viel über mich, Dinge, die ich vermutlich nicht einmal selber weiß. Und ich weiß gar nichts über dich«, stellte ich fest.

Schmunzelnd sah er mich an. »Ist das so, ja?«

»Ja, so ist das.« Ich lächelte ihn auffordernd an und unterdrückte den Impuls, ihm einen Knuff in die Seite zu geben.

»Was willst du wissen, Cherryblossom?« Seine Hand schnellte vor, ich hielt den Atem an und er wischte mir behutsam einen Krümel aus dem Mundwinkel. Ich schloss unwillkürlich die Augen und wich ein wenig zurück.

»Wo bist du geboren? Ich habe gehört, wie du den Namen Merryweather gebraucht hast«, brachte ich konzentriert heraus. Nach einem kurzen Räuspern setzte er sich aufrecht hin, um mir ins Gesicht sehen zu können. »In England, Wales. Später lebten wir in Essex.«

»Und wieso kannst du so gut Deutsch sprechen?«

»Ich spreche auch Französisch«, feixte er überheblich grinsend, strich sich sein dichtes Haar aus dem Gesicht und fuhr dann fort: »Na gut. In Deutschland habe ich schon rund fünfzig Jahre gelebt, in den vierziger Jahren war ich hier hergezogen.«

»Wie alt bist du wirklich?«

»Das hatten wir doch schon, Cherryblossom.«

»Ja … ich weiß. Warum willst du es mir nicht sagen?« Ich bebte innerlich vor Neugierde.

»Ich bin zweihundertundelf.« Danach lehnte er sich zurück, verschränkte die Arme vor der Brust und wartete auf eine Reaktion.

»Wow, dann hast du in der viktorianischen Zeit gelebt. Ich bin beeindruckt«, lachte ich und zog anerkennend die Augenbrauen hoch.

»Das braucht dich nicht zu beeindrucken. Es war nicht so romantisch, wie es sich anhört.« Er verspannte sich leicht, sein Gesichtsausdruck war nachdenklich und ernst.

Stockend hielt ich kurz die Luft an, bevor ich es wagte, die nächste Frage zu stellen. »Was ist mit deinen Eltern?«

Sein Blick war aus dem Fenster hinaus irgendwo in die Ferne gerichtet, weit weg. »Meinen Vater habe ich nie kennengelernt. Meine Mutter war eine Nymphe. Ein Naturgeist, ähnlich, wie du einer zu sein scheinst. Als ich acht war, habe ich sie verloren. Damals gab es vereinzelt Hexenprozesse in Essex und Umgebung. Das Tragische daran ist, dass meine Mutter ihre französische Heimat verlassen hatte, um solch einer Gefahr zu entgehen. Du musst wissen: In England, Schottland und Irland gab es wenige Menschen, die an so etwas wie *Hexenwerk* glaubten. Vielmehr war es der Glaube an Elfen und Kobolde, der verbreitet war. Diese mythischen Wesen wurden dort für seltsame Vorkommnisse aller Art verantwortlich gemacht, nicht Hexen oder Vampire.« Seine Stimme klang jetzt monoton und leise, ich hatte eine Ahnung von dem Schmerz, den er über den Verlust seiner Mutter verspürt haben mochte. Schwer schluckend sah ich angestrengt auf meine Hände. Wie schwer mochte es für ihn sein, darüber zu sprechen, wo er doch sonst so gut wie nichts von sich preisgab. Er erzählte weiter.

»Dann begann die Zeit der industriellen Revolution und der Kinderarbeit.« Er wandte sich mir kurz zu, sein Blick glitt an mir herab, wanderte wieder zum Fenster und verdunkelte sich um eine weitere Nuance. »So habe ich überlebt, bis sich meine Kräfte entwickelten. 1819, nach einem Unfall in einem der Bergwerke, in denen ich arbeitete, wurde einer von uns auf mich aufmerksam. Er arbeitete als Arzt und erkannte, was ich war. Nachdem er mich zusammengeflickt hatte, übergab er mich meinem zukünftigen Tutor. Der war ein Trickster. Er nahm sich meiner an und das war mein Glück. Mein Schlüssel zur Schulbildung und der Weg zu einem lebenswerteren Dasein. Er war ein ziemlicher Verbrecher, aber ich brauchte ihn. Mir war nichts darüber bekannt, was mit mir geschah. Ich war gerade neunzehn und meine Kräfte entwickelten sich rasant. Er war damals Handelsvertreter und ein echtes Schlitzohr.«

Sein Gesicht erhellte sich und er lachte kurz über etwas, vielleicht eine Erinnerung, bevor er weitersprach. »Nachdem ich im Ersten Weltkrieg gedient hatte, stand ich in der Gunst eines Adligen und hatte so die Möglichkeit, mich finanziell abzusichern und meine Bildung weiter voranzutreiben.«

»Du warst im Krieg?«, hörte ich mich einfältig fragen und wollte mir am liebsten auf die Zunge beißen.

»Ja, Cherryblossom. Damals mussten alle jungen Männer in den Krieg. Auch, wenn ich schon fast einhundert Jahre alt war, hätte man mir das wohl kaum abgenommen. Reicht das erstmal?« Er versuchte zu lächeln, was jedoch eher gezwungen wirkte.

»Wie oft muss ein Zeitwandler eigentlich Energie rauben?«

Lennox war sichtlich erleichtert, dass die Frage allgemeiner ausfiel und konnte mir wieder mit seiner normalen Aufgeräumtheit ins Gesicht blicken. »Das kommt darauf an. Wendigos töten meist ungefähr einmal im Jahr, um sich an der Energie des Fleisches zu laben … Nymphen rauben manchmal weniger als einmal in der Woche, und ihre Opfer bemerken kaum mehr als kurzweilige Schwäche. Die Baobhan-Sith manchmal öfter, aus Blutgier. Sie töten ihre Opfer aber eigentlich nie. Trickster nähren sich meist im Überfluss. Sie sind gierig und maßlos. Ich muss ungefähr alle ein bis zwei Wochen einen Träumenden aufsuchen. Ich kann allerdings auch über Körperkontakt Erinnerungen stehlen. Und je nach dem, wie anstrengend mein Leben ist, werde ich dann früher oder später wieder hungrig.« Er sah mich vielsagend an und hob eine Augenbraue, was mich schmunzeln ließ.

»Oh, du meinst also, ich bin anstrengend und du hättest jetzt übel Lust, meine Energie zu rauben?«

Ich grinste provokativ und er blitzte mich an, bevor sie sich seine Miene wieder verdunkelte. »Du meinst, ob du Angst haben musst, dass ich jeden Augenblick über dich herfallen könnte?« Er rückte näher an mich heran, sein Blick lag kühl auf meinem und sprühte vor Intensität. Mein Herz setzte kurz aus, bevor es doppelt so schnell weiterschlug. »Hast du Angst? Ich kann deinen Herzschlag wahrnehmen und er flattert wie ein kleiner Vogel im Käfig.« Seine Hand berührte mich sacht oberhalb meiner Brust unter der mein Herz pochte und sein umwerfendes schiefes Lächeln legte sich auf seine Züge. Ich spürte, wie ich ihm, ohne es zu beabsichtigen, näherkam.

» Wieso kannst du so etwas wahrnehmen? Ich meine meinen Herzschlag. Kannst du ihn hören?«, flüsterte ich und meine Hand berührte seinen Handrücken.

»Ja, das kann ich. Deine Sinne werden auch schärfer werden mit der Zeit.« Er kam wenige Zentimeter näher, kaum merklich. Der Winter hüllte mich ein und betäubte meine Sinne, verzauberte mich. »Was hat das zu bedeuten, Hanna?« Seine Stimme war nicht mehr als ein leises Wispern. Er blickte mich mit seinen unergründlichen Augen an und meine Hand machte sich ganz langsam und behutsam auf den Weg zu seiner Wange. Als ich seine kühle Haut sanft berührte, blieben meine Finger an seinen Lippen hängen, strichen sanft darüber. In meinem Körper tobte ein Beben und ein Sturm von unglaublichem Verlangen bahnte sich seinen Weg an die Oberfläche. Ich wollte ihn küssen, in seiner Winterwelt versinken. Langsam, ganz langsam bog ich meinen Rücken durch und meine Lippen näherten sich seinen.

Sein Atem ging schwerer und beschleunigte sich, ich spürte ihn an meinen halbgeöffneten Mund. Er sah mich durch halbgeschlossene Lider an, rührte sich nicht. Schmetterlinge in meinem Bauch schwirrten hoch, ich gab meinem inneren Drang nach und beeilte mich, seine Lippen zu finden, als er unvermittelt meine Handgelenke wie ein Schraubstock packte und sich zurückzog.

»Denk nicht mal dran, Cherryblossom«, raunte er mir mit vor Wut blitzenden Augen zu. Er gab mich ruckartig frei, als hätte er sich an mir verbrannt. Mit fest zusammengepressten Lippen machte er die Tür auf und stieg aus.

Vor Verletztheit und Schock saß ich wie versteinert da und ließ meinen Atem zitternd aus der Lunge entweichen. Ich rieb meine furchtbar schmerzenden Fingerspitzen und versuchte, das Beben meiner Unterlippe unter Kontrolle zu bringen. Tränen brannten hinter meinen Lidern und ich blinzelte sie mühsam fort. *Super, Hanna!* Was zum Teufel hatte ich mir dabei gedacht, ihn küssen zu wollen? Wie blöd konnte man sein!

Das konnte ja nur schiefgehen. Dieser arrogante Kerl hatte mir ja schon oft genug gezeigt, dass er mich gar nicht für voll nahm. Was ja auch kein Wunder war, schließlich war er ja fast zweihundert Jahre älter als ich. Ich hatte nicht übel Lust, im nächsten Mauseloch zu verschwinden oder besser noch, mich einfach auf Nimmerwiedersehen in Luft aufzulösen wäre auch gut gewesen.

Lennox stand mit verschränkten Armen vor der Kühlerhaube und starrte Löcher in die dunkle Nachtluft. Ich wusste nicht, auf wen ich mehr sauer war. Auf mich wegen meiner Dummheit, oder auf ihn wegen seines Arschlochverhaltens. Zögerlich schob sich eine andere Ahnung in mein Bewusstsein. War es möglich, dass er glaubte, ich wollte ihm Energie rauben? Ich war mir sicher, nichts dergleichen im Sinn gehabt zu haben. Aber was wusste ich schon darüber. Ich beschloss, mir möglichst wenig anmerken zu lassen und schon mal ins *Pandora* zu stiefeln. Also öffnete ich geräuschvoll die Tür, schlug sie nicht minder laut zu und ging langsam an ihm vorbei, ohne ihn anzusehen. Meine Wangen brannten immer noch vor Scham, was man in der Dunkelheit glücklicherweise nicht so deutlich sah.

»Hanna … es tut mir leid … es ist nicht deine Schuld.« Seine Stimme klang kraftlos und flehend. Ich blieb unsicher stehen und sah stur weiter geradeaus zum Club. Die ersten Gäste traten schon nacheinander ein. Ich schloss meine Arme um meinen Körper, um mich besser zusammenzuhalten, als ich seine nahenden Schritte hörte. Lennox trat neben mich. »Du möchtest schon reingehen, stimmt's?«, fragte er versöhnlich mit weicher Stimme. Ich antwortete nicht und sah ihn nicht an, weil ich immer noch befürchtete, mich in ein Häufchen Elend zu verwandeln. Er ging voraus und ich folgte ihm unwillig. Hatte ich eine Wahl? Wohl kaum.

Wir konnten sofort durchgehen. Lennox war anscheinend bekannt, denn man nickte ihm höflich zu und winkte uns durch. Er streckte seine Hand nach hinten aus und ergriff wie selbstverständlich meine. Ich ließ es geschehen, meine Hand lag schwer in seiner, die meine sacht drückte. Von seinem wechselhaften Verhalten bekam man definitiv Schwindelanfälle. Ich war mir nicht sicher, was ich empfinden sollte, aber ich war dankbar für den Halt, den er mir in diesem Moment durch seine Hand bot.

Wir traten ein in die flimmernde Welt von Bässen, Trockeneisnebel und rotierenden Lasern. Kurz schwappte die Erinnerung an den letzten Besuch dieses Ladens in mein Bewusstsein und ich schauderte. Es sah alles genauso aus wie an dem Abend.

Lennox zog mich mit sich zur Bar und bestellte ein Mineralwasser. Die Frau hinter der Theke sah mich auffordernd und unfreundlich an. Stirnrunzelnd wegen ihrer offensichtlichen Feindseligkeit bestellte ich mir gleich zwei Sekt, was Lennox mit einem unerfreuten Gesichtsausdruck hinnahm.

Die Frau nickte und kam wenig später mit den Getränken zurück. Mir brachte sie die zwei Sekt und knallte danach das Mineralwasser so hart auf den Tresen, dass ein nicht unwesentlicher Teil überschwappte und sich auf die Tischplatte ergoss. Lennox murmelte genervt irgendetwas vor sich hin und taxierte die Frau beim Bezahlen mit Blicken, sodass diese ihn nach einem letzten giftigen Lächeln ignorierte.

»Na, mit der hast du es dir wohl verdorben«, stichelte ich und kippte meinen ersten Sekt auf ex. Er schnaufte einmal auf und sah mich spöttisch an.

»Du redest also wieder?«, fragte er interessiert.

»Sieht so aus«, erwiderte ich frostig. Die Situation mit unserem Beinahe-Kuss zog immer noch große Kreise in mir und ich versuchte, nach passenden Worten zu kramen, um es möglichst nebensächlich anzusprechen. »Wegen eben …«, er winkte ab und ich stockte.

»Belassen wir es dabei.« Ich nickte und spürte die Gekränktheit, die ich mühsam fortgedrängt hatte, zurückschwappen.

»Ich hatte mal kurz was mit ihr.« Erheitert nickte er zu der Barfrau und sah mich abwartend an.

»So, wie es aussieht, hast du ein Händchen für Frauen«, meinte ich ironisch und sah ihn provokativ an.

»Sie ist ein Mensch, nicht wahr?«, fragte ich neugierig, obwohl es mir unpassend von ihm erschien, mir das jetzt zu erzählen. »Ja, richtig.« Er setzte sein Glas an die Lippen, um sein Grinsen zu unterdrücken.

»Du müsstest jetzt ja auch in der Lage sein, die Zeitwandler zu erkennen, oder?«, fragte er, um das Thema zu wechseln. Ich widmete mich meinen nächsten Sekt und bemerkte kurz darauf bereits das wohlige warme Ziehen des Alkohols im Magen und in den Gliedern. Ich entspannte mich und meine Zunge wurde lockerer, was gefährlich werden konnte.

»Warum ein Mensch? Ich meine, wenn man mal vom Offensichtlichen absieht. Sie ist schön, hat tolle Haare und … Brüste …« Lennox schmunzelte mich an und seine Hand flirtete mit meinem Rocksaum. »Warum willst du das denn wissen?«

»Sag es doch einfach«, beharrte ich und tat dennoch gleichgültig, meinen Blick in die tanzende Menge vertieft.

»Herrgott, was willst du hören, Cherryblossom? Ich bin auch nur ein Mann.« Amüsiert blitzte er mich an, als ich kurz zu ihm aufsah und mich dann schnell wieder abwandte.

»Jetzt mal was anderes: Kannst du mir sagen, wen du hier als Zeitwandler erkennst?« Aufmerksam sah ich mich um. An der Bar saßen zwei Männer, die sich unterhielten, offensichtlich menschlich. Ich ließ meine Augen über die Tanzfläche schweifen. In den Nebelfeldern konnte ich mehrere Paare erkennen und fünf Frauen, die alleine tanzten. Nur eine war auffällig. Sie bewegte sich lasziv, war hochgewachsen und das, was man im Allgemeinen als *schön* bezeichnete. Sie ließ ihre Hüften kreisen und strahlte eine starke Überlegenheit aus, die einen nahezu einschüchterte. »Die da vorne ist ein Zeitwandler.«

»Ausgezeichnet, Cherryblossom.« Er hob die Augenbrauen und nickte anerkennend. »Und was für einer?«

»Vielleicht eine Nymphe?«

Ich riet wild drauf los, aber anscheinend hatte ich recht, denn

Lennox nickte. »Und, fällt dir noch jemand auf?«

Ich suchte den Raum weiter ab. Vor dem DJ-Pult stand eine Gruppe Männer, die wie gebannt einer Frau lauschten, während sie affektiert irgendetwas erzählte. Sie hatte kurze schwarze Haare und nicht die grazile Anmut der anderen Frau, aber sie sprühte nur so vor Kraft und besaß eine einnehmende Präsenz, der man sich kaum entziehen konnte.

»Was ist mit der dort in der Traube von Männern? Vielleicht auch eine Nymphe?«

»Auch richtig, aber sie ist eine Baldanders. Jeder dieser Männer sieht in ihr eine andere Frau, jeder sieht, was er sich unter seiner Traumfrau vorstellt. Sie lullt sie ein und kann dann jeden dieser Männer mit nach Hause nehmen. Na ja, und dann … den Rest kannst du dir denken.« Er warf mir einen vielsagenden Blick zu.

»Was ist mit dem dort drüben, den mit den ganzen Tätowierungen?«, fragte ich und musterte eingehend den skurrilen Typen in Lederkluft und Piercings auf dem Barhocker. Neben mir hörte ich einen heiseren Laut, der sich irgendwie nach einem Erstickungsanfall anhörte, und stellte fest, dass sich Lennox vor Lachen den Bauch hielt.

»Ein Mensch. Nur, weil jemand bekloppt aussieht, ist er noch lange keiner von uns«, krächzte er und richtete sich unter zuckenden Lachern wieder auf. Unzufrieden nahm ich mein Glas, leerte es und stellte es schwungvoller als beabsichtigt auf dem Tresen ab.

Lennox musterte mich weiter von der Seite, während ich mich auf den Weg zur Tanzfläche machte. Ich bewegte mich langsam im Takt der Musik, schloss die Augen, begann, mich um die eigene Achse zu drehen. Den Kopf in den Nacken gelegt, ließ ich mich vom Rhythmus treiben. Meine Haare hatte ich links und rechts nur zu einfachen mädchenhaften Zöpfen zusammengebunden. Ich ließ mich von der Musik mitreißen und versuchte dabei, alle negativen Gefühle abzuschütteln. Mir waren Lennox taxierende Blicke nur allzu bewusst und so drehte ich mich von ihm fort, versuchte tanzend, den Kopf freizubekommen und mich vom wummernden Bass mitnehmen zu lassen, als ich plötzlich Hände auf meinen Schultern spürte und herumwirbelte. Mit angehaltenem Atem blickte ich in Lennox' etwas entrücktes Gesicht.

»Du erregst zu viel Aufmerksamkeit«, hauchte er mir ins Ohr. Seine Hand spielte mit einer verirrten Strähne meines Ponys. Ich sah ihm wie hypnotisiert ins Gesicht. Nur mühsam drang mir seine Bitte, mich zu setzen und auf ihn zu warten, ins Bewusstsein.

»Ich muss kurz fort, bin aber gleich wieder zurück.« Vom Tanzen und wohl auch vom Sekt etwas benommen ließ ich mich zu einem bequemen Sessel in einer Sitzgruppe schieben und hatte Mühe, mich auf seine Worte zu konzentrieren. Ein wenig unruhig setzte ich mich und lehnte mich in dem bequemen Sessel zurück.

Die Zeit verging. Die schnellen Bässe wechselten zu langsameren Songs. Ich beobachtete ein Pärchen, das auf der Tanzfläche engumschlungen tanzte und ließ mich dabei tiefer in den Sessel sinken. Sie bewegten sich intim und vertraut im selben Rhythmus. Das Paar küsste sich immer wieder und sie waren so völlig ineinander versunken, dass ich dachte, nichts könnte sie aus diesem Zauber herausreißen, auch kein Weltuntergang.

Ich seufzte, als ich die beiden gerade um ihre Normalität beneiden wollte, als mir auffiel, dass ich nichts über diese beiden wusste und mich fragte, ob sie überhaupt ein normales Leben führten. Ein Stuhl wurde vor mich zurechtgezogen und die Nymphe, die vorhin so lasziv getanzt hatte, setzte sich mir gegenüber. Sie lächelte mich neugierig an und bleckte dabei ihre viel zu weißen Zähne. Ich versteifte mich unwillkürlich und meine Nackenhärchen stellten sich unangenehm auf. Nach Luft schnappend versuchte ich, möglichst ungezwungen zurückzulächeln.

Wo blieb Lennox bloß?

»Ich hab dich schon mal hier gesehen.« Sie beugte sich zu mir und ihre Lippen umspielte ein hintergründiges Lächeln. »Ich weiß, was du bist.« Ich verkrampfte mich, meine Hand glitt unauffällig unter meinen Rock und legte sich an den kühlen Schaft des Messers, das Lennox mir gegeben hatte. Hatte er solche Situationen gemeint? Konnte das hier brenzlig werden?

»Deine Lebensenergie ist so stark, es strömt unaufhörlich aus dir, wie Blut aus einer offenen Wunde. Jeder Zeitwandler sollte dich schon von Weitem wahrnehmen.« Sie schien mich abzuschätzen und grinste mich dabei an. Als sie sich eine ihrer schwarzen Haarsträhnen hinters Ohr schob und sich noch näher zu mir herüberlehnte, legte sie den Kopf schief, ohne mich aus den Augen zu lassen. Ihre Art hatte etwas von einem Raubtier an sich, wie sich mich fixierte. Mir wurde unangenehm warm und ich zog an dem Messer, es lag jetzt fest in meiner Hand.

»Irina, schön, dich zu sehen.« Lennox war hinter mir aufgetaucht. Erleichterung durchflutete mich, ein dankbares Lächeln zuckte in meinen Mundwinkel und ich ließ die angestaute Luft zischend aus meinen Lungen weichen. Mein Messer ließ ich hastig zurück in das Heftchen gleiten.

»Zu schade, dass du jetzt leider wegen mir den Platz räumen musst.« Seine Stimme klang freundlich, zumindest oberflächlich. Ich konnte allerdings die unterschwellige Drohung heraushören, die hart nachklang.

»Ach, so ist das, sie ist dein«, sinnierte sie. »Was hast du denn mit ihr vor, Nachtalb? Lässt sie dich noch in ihre Träume, oder bist du schon Traum ihrer schlaflosen Nächte?« Sie machte eine anzügliche Geste und ich verzog mein Gesicht.

»Vorsicht, Irina, ich habe heute keinen besonders guten Tag. Also verzieh dich, bevor ich meine Manieren vergesse.« Er lächelte sie kalt an und ihre Blicke duellierten sich für unendlich lange Sekunden. Als sie dann doch endlich aufstand, machte ich innerlich drei Kreuze. Sie warf mir einen Handkuss zu und trällerte: »Viel Glück, Kleines! Du wirst es brauchen.« In mir zog sich alles zusammen. Lennox verschränkte die Arme vor der Brust, sah ihr nach und die Frau verschwand in der tanzenden Menge.

»Na, du kannst wirklich toll mit Frauen, hm?« Er ignorierte meinen Kommentar, nahm er meine Hand und zog mich vom Sessel hoch.

»Wir müssen weg, unser Kontakt ist nicht erschienen.« Lennox' Bewegungen gerieten fahrig und er zog mich nachdrücklich mit sich.

»Was soll *das* heißen, der ist nicht gekommen?«

»Das heißt, er ist nicht anwesend«, erwiderte er gereizt und zog unangenehm an mir.

»Aber vielleicht kommt er ja noch?«

»Wohl kaum«, raunte er mir ungehalten zu. Wir gingen in Richtung Ausgang, als Lennox plötzlich so abrupt stoppte, dass ich in ihn hineinlief. Scharf sog er die Luft ein und drehte sich hektisch in alle Richtungen um. Es war mittlerweile ziemlich voll und ich konnte nur Schultern und Rücken anderer Leute sehen, die mir die Sicht versperrten. Mit einer fließenden Bewegung drehte Lennox sich zu mir und nahm mich völlig überraschend in die Arme. Mein Herz tat einen überraschten Satz, ich versteifte mich, um dann ganz weich in seinem Arm zu werden. Mein Kopf ruhte an seinem Schlüsselbein und ich spürte eine Hand meinen Rücken hinauf- und hinabwandern, ganz leicht und zart. Ich schloss die Augen. Er brachte seine Lippen an mein Ohr und hauchte: »Ganz ruhig, Cherryblossom, aber deine Freundin, die Kriminalbeamtin, steht ein paar Meter vor uns am Eingang und zeigt ein Foto herum. Ich nehme an, es ist ein hübsches kleines Portrait von dir. Sie scheint ganz schön hartnäckig und gut informiert zu sein.«

Ich riss die Augen auf und mein Puls, der gerade ganz ruhig geworden war, beschleunigte sich rasant. Mit einem Aufseufzen drehte Lennox mich in seinem Arm in Richtung der Toiletten. »Wir nehmen einen anderen Ausgang, durch den Keller.« Er zog mich die Treppen hinunter und ich stolperte aufgeregt an den Menschenmengen vorbei hinter ihm her. Wir passierten die Toiletten und ein Schild, auf dem *Notausgang* stand. Zaghaft deutete ich auf das Schild und sah ihn fragend an. Lennox grinste verschlagen. »Wenn man weiß, wie man dieses Etablissement auf anderem Weg verlässt, scheint es, als löse man sich in Luft auf. Es ist gut möglich, dass vor dem Hinterausgang noch jemand auf uns wartet. Denkst du nicht auch?«

»Du meinst auf *mich*.« Meine Stimme geriet holprig, beinahe weinerlich. Er sah sich kurz besorgt nach mir um.

»Nein, ich meine auf *uns*. Sie wissen, wo ich wohne und ich glaube, sie wissen, dass du bei mir bist. Ich weiß nur nicht, woher.« Er zog mich durch eine kleine Tür, hinter der eine Treppe steil nach unten führte. Unsicher kam ich auf dem Treppenabsatz zum Stehen und sah die steilen dunklen Stufen hinab. Es roch moderig und abgestanden.

»Was ist?« Lennox sah mich fragend an. »Du vertraust mir doch, oder?«

Das war zur Abwechslung mal eine super Frage, da ich ja nie so genau wusste, woran ich bei ihm war. Unsicher und zugleich entschuldigend verzog ich mein Gesicht. Ich hasste Dunkelheit. Und diese Treppe fühlte sich an wie die Treppe zu einer Gruft. Zaghaft tastete ich mit dem Fuß die ersten Stufen hinab, als die Tür auch schon hinter mir ins Schloss fiel und wir urplötzlich im Stockdunkeln standen.

Ein Wimmern kroch über meine Lippen. Von außen wummerten die Bässe hohl in diesem Raum. Lennox trat näher an mich heran, ich spürte seinen Körper an meinem, seine Hand umschloss sanft meinen Nacken und die freie Hand tastete über meiner Schulter an der Wand entlang. Er gab mich frei, als mit einem Surren und Knacken flackernd das Licht einer Neonröhre aufflammte.

»Das hätten wir schon mal.« Aufmunternd lächelte er mir zu und zwinkerte gewitzt. »Nun schau nicht so.« Er legte den Kopf schief und berührte auffordernd meine Hand, die ich zur Faust geballt hatte.

»Wir müssen hier runter, dort um die Ecke ist ein alter geheimer Gang, von dem aus wir in das Nachbarhaus gelangen.«

»Woher weißt du davon?«, fragte ich erstaunt.

»Dieser Club gehört jemandem, den ich gut und lange kenne und als Zeitwandler ist es manchmal nützlich, wenn man mehrere Optionen hat, um abzutauchen.«

Wir setzten uns in Bewegung, er eilig voraus, ich wackelig hinterher. Tatsächlich ging ein schmuddeliger Gang durch die Kellerwand in einen anderen Keller.

»Wem gehört dieser andere Keller?«

»Glücklicherweise auch dem Clubbesitzer.« Seine Stimme klang jetzt ein bisschen gehetzter und er beschleunigte die Schritte.

»Mmh«, brachte ich hervor.

»Meine Mutter wurde als Hexe auf einem Scheiterhaufen verbrannt, das war zwar im neunzehnten Jahrhundert, aber es hat sich nicht viel daran geändert, dass Menschen, wenn sie etwas wahrnehmen, was sie nicht verstehen, dazu neigen, radikal zu reagieren.« Er war jetzt todernst und mir jagte ein kalter Schauer über den Rücken.

»Leise jetzt, hier hinten ist die Tür und wir kommen sofort auf die Straße.« Ich tat, wie mir geheißen und drückte mich dicht an Lennox, der vorsichtig durch den Türschlitz spähte. Auf der Straße schien es ungefährlich zu sein. Es stand nur ein Grüppchen Teenager an einer Straßenecke und sie ließen eine Tüte wandern, bedacht darauf, nicht erwischt zu werden. Der Haschischgeruch kitzelte mir in der Nase und ich unterdrückte ein Niesen. Ich wunderte mich darüber, ihn aus dieser Entfernung wahrzunehmen. Sollten meine Sinne tatsächlich schärfer werden, oder stand der Wind einfach gerade günstig?

Verstohlen traten wir auf die Straße und liefen in Richtung unseres Volvos, als mir auffiel, dass jemand auf der anderen Straßenseite den Wagen observierte. »Wäre es möglich, dass die Hagedorn uns über dein Nummernschild gefunden hat?« Meine Frage hing wie ein Damoklesschwert über uns. Lennox wurde langsamer und beobachtete den Mann auf der anderen Straßenseite. Auch ich blieb schließlich stehen. Der Wagen stand noch ungefähr achthundert Meter von uns entfernt. Lennox drehte sich kurz zu mir um und fluchte leise.

»Mein Laptop ist da drin, und mein Handy. Scheiße!«

Er nahm meine Hand und wechselte die Richtung. »Wir nehmen die U-Bahn.«

Der Wind pfiff um die Häuserecken, ich zog meine Schultern hoch und versuchte, das Zittern zu unterdrücken. Mir war entsetzlich kalt. Der Mond stand hoch am klaren Nachthimmel. Es war bestimmt schon mindestens zwei Uhr morgens und mir wurde meine Müdigkeit bewusst. Doch Lennox' Griff um meine Hand war hart und unerbittlich. Er zog mich beschleunigten Schrittes unnachgiebig weiter und ich stolperte lustlos hinterher.

»Wo gehen wir denn jetzt überhaupt hin? Wenn du einen Plan hast, würde ich ihn gerne hören.«

Mir wurde das alles langsam zu viel. Warum ließ mein Vater sich nicht auch persönlich hier blicken, oder schickte einen Helikopter oder sonst was? Warum war das alles so kompliziert und verworren? Ich war langsam, aber sicher hundemüde und gereizt.

»Wir fahren jetzt zu einer alten Bekannten von mir, sie schuldet mir noch was. Dort ruhst du dich aus und morgen sehen wir weiter.« Lennox sah sich nicht nach mir um, sondern lief stur weiter. Ich nickte nur schwach, was er sowieso nicht sah, da er den Blick weiter geradeaus gerichtet hatte. Als wir endlich in die U-Bahn-Station eintauchten, konnte ich meine Füße kaum noch spüren.

Es war vollkommen menschenleer da unten. Die bläuliche kalte Bahnsteigbeleuchtung ließ Lennox noch blasser erscheinen als sonst. Ich setzte mich auf eine der Bänke und rieb mir über die Arme, in der Hoffnung, etwas Wärme zurück in meine Glieder zu bringen. Lennox sah besorgt auf mich herunter und kniete sich vor mich. »Ich werde jetzt nach einem Fahrplan suchen, damit ich weiß, wann die nächste U-Bahn in unsere Richtung geht, und dir etwas zu trinken besorgen. Keinen Sekt sicherlich, aber eine Cola oder ein Kaffee wird dir sicherlich guttun. Weiter oben habe ich einen Automaten gesehen.« Er sprach sanft und strich mir dabei eine verirrte Strähne hinter mein Ohr.

»Das wäre schön«, antwortete ich matt. Mir zuzwinkernd wandte er sich ab und ging. Einige Sekunden später war er verschwunden.

Müde sah ich in die Reflektion einer Werbetafel und musterte mich. Meine Haare schienen hell und die dunklen Augen blickten mir klagend entgegen. Während ich meine Stiefel musterte ließ mich ein Schlurfen und Klappern aufhorchen, das näherkam. Unbehaglich versuchte ich, mich auf meiner Bank kleinerzumachen und starrte angestrengt in die Richtung, aus der die Geräusche zu kommen schienen. Das würde auch noch fehlen, wenn meine Verfolger hier unten auftauchen würden. Aber würden sie solch einen Krach verursachen? Die Werbetafel versperrte mir die Sicht. Das Tapsen und Schlurfen wurde lauter und eine Gestalt bog um die Ecke. Es war ein alter Mann, ein Obdachloser, der sein ganzes Hab und Gut mit sich herumschleppte. Erleichtert atmete ich aus und setzte mich wieder gerade hin.

Der Alte schob die löchrige Mütze auf seinem zerzausten Kopf zurrecht und sah mich erstaunt an.

»Oh, besetzt.« Er deutete auf die Bank, lächelte ein wenig und entblößte dabei einen gelben hervorstehenden Zahn. »Nein, nein«, versuchte ich mich zu beeilen. »Sie können ruhig die Bank haben.«

Der Alte tat mir leid in seiner gekrümmten Greisenhaltung und seiner ungesunden fahlen Gesichtsfarbe. Er schien auch zu frieren, denn er zitterte leicht und ich machte mich müde ans Aufstehen, um ihm Platz zu machen.

»Lass nur, Kindchen, ich nehme eine andere Bank.« Er sah mich zögerlich an, als würde er über ein Rätsel nachdenken. »Du solltest nicht so spät alleine hier unten sein.« Milde lächelnd wandte er sich ab, um sich gleich darauf mir noch einmal zuzuwenden. Zögerlich kam er wieder einige Schritte näher heran. Er legte den Kopf schief und schien mich für einen Augenblick zu studieren. Meine Beine wurden schwach und ich setzte mich erneut. »Hast du vielleicht etwas Kleingeld?«, fragte er, mich immer noch interessiert musternd. Ich hoffte, er würde bald wieder verschwinden. Seine Alkohol- und die übrigen Körperausdünstungen drangen zu mir herüber und ich musste mich anstrengen, nicht die Nase zu rümpfen. Eifrig wühlte ich in meiner Jackentasche, da ich der Meinung war, vorhin dort Geklimper gehört zu haben. Bedauernd den Kopf schüttelnd hob ich den Blick und war beunruhigt über die Art, wie er sich prüfend in der Gegend umsah.

Unvermittelt wurden seine blutunterlaufenen Augen hart und undurchdringlich. Mir brach kalter Schweiß aus, als sich ein eiskaltes Grinsen auf seinem Gesicht ausbreitete. Ich erstarrte in meiner Bewegung, konnte den Blick nicht mehr von ihm loskriegen. Von der anfänglichen Freundlichkeit war keine Spur mehr zu sehen. Erst jetzt nahm ich seine Präsenz so richtig war. Ähnlich wie bei Lennox oder den Zeitwandlern, die ich bis dahin sah, umgab ihn dieses leise Flimmern dann und wann, wie zuckende Wellen.

Er kam näher und ich spürte, wie Panik meinen Magen in einen Eisklumpen verwandelte. Mit einem Ruck sprang ich auf, doch der Alte wuchs urplötzlich über sich hinaus. Doppelt so groß wie eben noch ragte er über mir empor und entblößte eine Reihe spitzer gelber Zähne. Sein Arm schnellte vor, ich sprang zur Seite, stürzte zu Boden und schob mich auf den Rücken. Er verfehlte mich nur um Haaresbreite und hockte jetzt wie ein Tier sprungbereit auf der Bank.

Ein heiseres grausames Lachen brach aus ihm heraus, das mich aufstöhnen ließ. Er wirkte immer größer, als würde er weiterwachsen. Angsterfüllt robbte ich rücklings von ihm weg und rappelte mich hastig auf. Ich wimmerte, holte tief Luft. Zitternd stand ich vor dem greisen Ungetüm, während mein Schrei schrill die Stille der U-Bahn-Station durchbrach. Ich taumelte hektisch weiter rückwärts, bis ich über den Fuß der Bank stolperte und fiel genau in dem Moment zu Boden, als das Monster sich auf mich stürzte. Hastig rollte ich mich weg von ihm. Auf dem Bauch versuchte ich, fortzurobben. Ein Schmerz im Bein ließ meinen Blick zurückfliegen. Seine klauenartigen Finger bohrten sich in meinen Unterschenkel. Ein geiferndes Knurren aus seiner Kehle, sein Gesicht, das einer pulsierenden Fratze glich. Zitternd füllte ich erneut meine Lungen mit Luft und schrie Lennox' Namen. Meine Finger krallten sich in den Betonboden. Meine Nägel brachen schmerzhaft und die Haut meiner Finger riss auf. Der Alte zog mich an meinem Bein zu sich heran. Hektisch strampelte ich mich auf den Rücken. Während ich ihm in sein widerwärtiges Antlitz sah, trat ich mit meinem freien Bein verzweifelt um mich. Ein ersticktes Schluchzen entwich mir.

Die geifernde Fratze des Alten grinste mir unbeirrt entgegen. Ein Speichelfaden zog sich bis zu seinem Kinn, tropfte zäh zu Boden. Seine Augen waren kohlrabenschwarz und hatten jegliche Menschlichkeit verloren.

Erneut packte er mit seinen knochigen Fingern wuchtvoll zu. Ich glaubte, meine Knochen brechen zu spüren und brüllte los. Er brachte sein Gesicht mit den widerwärtigen gelben Zähnen immer näher an meines heran. Ich roch fauligen Gestank seines Atems. Sein kehliges Grollen dröhnte mir laut entgegen. In dem Glauben, dass er mich jetzt töten würde, schloss ich zitternd die Augen, presste sie fest zusammen.

Da geschah das Unglaubliche: Er ließ urplötzlich wieder von mir ab. Verwundert über das ausbleibende Ende sah ich wieder auf. Als sei er überrascht, fuhr der Alte auf einmal hoch und brach in gurgelndes Gestöhne aus. Seine schwarzen, eitrigglasigen Augen weiteten sich, als er auf einen sich rasch ausbreitenden Blutfleck auf seiner Brust starrte. Ich robbte zitternd weiter von ihm zurück, trat nach ihm und er gab mich endgültig frei.

Lennox ragte über dem Ungetüm auf, in seiner Hand das Messer, welches er dem Monster von hinten in den Rücken gerammt hatte. Der Alte fuhr herum und stürzte auf Lennox zu. Ich hielt mir die zitternden Hände vor den Mund und verschluckte einen Aufschrei. Lennox verpasste ihm einen kraftvollen Tritt in den Bauch, der ihn stoppen ließ. Seine gurgelnden Laute verstummten und er brach vornüber vor Lennox zusammen.

Ich starrte ungläubig auf das, was sich vor mir abspielte. Lennox holte mit versteinertem Gesicht ein weiteres Mal mit dem Messer aus und ließ es auf den Alten niederfahren. Dann sprang er über den leblosen Körper hinweg auf mich zu und kam federnd vor mir zum Stehen. Mein Sichtfeld wurde immer kleiner, ich sah ihn am Ende eines schwarzen Tunnels, wie er mit mir sprach. Aber ich konnte ihn nicht verstehen, verfolgte nur die Bewegungen seiner Lippen. Dann erfasste mich eine Welle voller Schwärze und riss mich nieder ...

Lennox hatte zwei Fahrkarten bis in die Neustadt besorgt und eine Cola aus dem Automaten gezogen. Die U-Bahn würde in fünfzehn Minuten abfahren und er befand sich gerade auf dem Rückweg, als er den markerschütternden Schrei hörte, der ihm das Blut in den Adern gefrieren ließ.

Sofort ließ er die Coladose fallen und stürzte kopflos vorwärts. Angst kroch in sein Herz und er versuchte, abermals seine Schritte voranzutreiben. Er dachte gerade darüber nach, die Zeit zu stoppen, da nahm er die Präsenz des Zeitwandlers bereits wahr. Demjenigen, der Hanna angriff, würde es nicht im Geringsten einen Nachteil verschaffen, wenn er die Zeit stoppte. Ihn würde es nur

Kraft kosten und der Angreifer könnte sich trotz Zeitwandel genauso schnell bewegen wie er selbst. Und Hanna? Sie würde nicht einmal mehr flüchten können. Er fluchte zwischen zusammengebissenen Zähnen und schalt sich einen Idioten, weil er sie alleingelassen hatte.

Als er um die Ecke bog, sah er den Wendigo, der Hanna in seiner Gewalt hatte. Ihre panischen Schreie traten einen ungewohnten Schmerz in ihm los. Voller Wut zog er sein Messer im Laufen und stürzte sich ohne nachzudenken auf den Zeitwandler. Dieser war so in wilder Mordlust, dass Lennox den Überraschungseffekt für sich nutzen konnte. Er stieß das Messer gekonnt bis zum Schaft in seinen Rücken direkt bis zum Herz. Das würde ihn zumindest eine gewisse Zeit außer Gefecht setzen.

Der Wendigo drehte sich benommen zu ihm um und in dem Moment des Erkennens brach er vornüber zusammen. Lennox hieb ihm noch einmal ins Herz und stürzte zu Hanna.

Sie lag rücklings an eine Säule gelehnt, ihr Atem kam viel zu rasch und stoßweise. Ihre Augen waren weit aufgerissen, sodass man das Weiße deutlich sah.

»Ganz ruhig, ganz ruhig atmen. Hanna, langsam.« Eindringlich redete er weiter. Ihre Lider flatterten leicht und sie sackte in sich zusammen.

»Ruhig, Hanna. Ich bin hier.«

Behutsam drückte er ihren Kopf an seine Schulter und wiegte sie sacht hin und her, während er unentwegt auf sie einsprach. Warum nur hatte er sie alleingelassen?! In dem Moment rollte die U-Bahn ein. Er zog seine Jacke bis zum Hals zu, um die Blutflecken zu verdecken, die von dem Wendigo auf sein Hemd gespritzt waren. Vorsichtig hob er Hanna auf und nahm sie auf die Arme. Schnellen Schrittes trug er sie zur U-Bahn. Die Tür öffnete sich und er trat ein, Hannas Kopf auf seine Schulter gebettet. Eilig setzte er sich mit Hanna auf einen großen Platz. Es war keiner in diesem Abteil und auch draußen war alles gespenstisch leer. Er behielt sie auf seinem Schoß, horchte auf ihren Ruhigerwerdenden Atem und streichelte ihr über ihr helles seidiges Haar. Aufgewühlt betrachtete er ihr verschwitztes Gesicht und die kleinen Schürfwunden. Wie töricht er gewesen war! Sie hätte sterben können!

Die Bahn setzte sich ruckelnd in Bewegung. Als er durch das Fenster auf den Bahnsteig sah, entdeckte er den Wendigo, der sich gerade aufrappelte und sich langsam zur Bahn umdrehte. Mit seinem lodernden mörderischen Blick sah er ihm direkt in die Augen. Die Wut darin ließ Lennox stocken, schnell wandte er den Blick ab. Rachegelüste machten sich in ihm breit. Er sollte später noch einmal zurückfahren und es zu Ende bringen. Durch seine Ausbildung hatte er durchaus Möglichkeiten, solch eine widerwärtige Kreatur zu erledigen. Und die Autorisierung hatte er allemal. Gerade, was Hanna betraf, hatte er so einige Möglichkeiten, die gegebenen Gesetze zu umschiffen.

Zwei Stationen später stiegen einige Leute zu und beäugten die beiden misstrauisch. Der Schaffner kam und murmelte irgendetwas über junge Leute und zu viel Alkohol. Anscheinend war er der Auffassung, dass Hanna nur zu viel getrunken hatte. Gut so, solange keine weiteren Fragen gestellt wurden. Der Schaffner hatte wohl so seine Erfahrungen gemacht im Laufe seiner Bahnkarriere, denn er bat Lennox zuzusehen, dass sie ihm nicht den Zug vollkotze. Der Nachtalb nickte stumm und hoffte, dass er nun in Ruhe gelassen würde.

Olivia

Es war bereits fünf Uhr morgens und es wurde heller, als sie endlich ohne weitere Zwischenfälle an der Zielstation ankamen. Er trug Hanna fast zwei Häuserblocks bis zu dem Haus, wo seine Vertraute Olivia wohnte. Das Mädchen hing schwer in seinen Armen, ihr Kopf war an seine Brust gelehnt. Hanna rührte sich langsam. Er hielt inne und setzte sie behutsam auf den Stufen zum Haus ab. Besorgt hockte er sich vor sie und hielt sie an den Schultern fest. Flatternd öffneten sich zaghaft ihre Augen.

»Bin ich tot?«, flüsterte sie benommen.

Ihm wurde warm ums Herz, als er ihre helle Stimme hörte. Ihm war gar nicht bewusst, dass er noch zu solch menschlichen Gefühlsregungen fähig war. Diese Erkenntnis radierte das Lächeln auf seinen Lippen erschreckend schnell aus und er spannte sich unwillkürlich an.

»Hanna, du musst jetzt wach werden«, sagte er viel strenger als beabsichtigt. Als sie ihn ansah, konnte er in ihrem Gesicht lesen, wie die Erinnerungen und damit das Entsetzen zurückkehrten. Ein gequältes Wimmern kroch über ihre Lippen. »Schschschh, alles ist in Ordnung. Der Wendigo ist weg und wir sind vor dem Haus meiner Freundin Olivia«, versuchte er sie zu beruhigen.

Sie starrte ihn weiter an. »Du hast ihn umgebracht«, hauchte sie mit weit aufgerissenen Augen.

Passanten kamen eilig vorbei und er legte seinen Finger als Ermahnung an ihre Lippen. »Hätte ich warten sollen, bis er das mit dir gemacht hat?«, fragte er leicht gereizt. »Außerdem ist er nicht tot, er ist in hervorragender Verfassung und ziemlich sauer. Aber das braucht dich nicht zu interessieren. Komm, lass uns jetzt reingehen, bevor noch jemand auf uns aufmerksam wird.« Er half ihr auf und sie gingen langsam die Steinstufen hinauf zum Hauseingang. Bevor er auf die Klingel drückte, hauchte er Hanna einen Kuss auf den Haaransatz, was sie gar nicht zu bemerken schien.

Der Türöffner summte und Lennox drückte die Tür des modernen Mehrparteienhauses auf.

Im zweiten Stock stand Olivia in der Tür und musterte die beiden. Ihr überraschter Gesichtsausdruck machte schnell einem verärgerten Platz.

»Hey, Olive, lässt du uns bitte rein?« Er versuchte ein Lächeln, das ihm ziemlich Kraft kostete.

Doch Olivia machte keine Anstalten, die Tür ganz zu öffnen, stattdessen ließ sie die Zeit einfrieren und raunte ihm zu: »Ich hab schon gefrühstückt, danke, und du kannst wieder gehen und deinen kümmerlichen Snack wieder mitnehmen.«

Lennox verdrehte genervt die Augen. »Olive, sie kann dich *hören*, sie ist ein Halbdämon.«

Sie ließ die Zeit wieder los und riss erstaunt die Augen auf. Ihre Lippen formten ein erstauntes *Oh mein Gott* und sie versuchte ein verlegenes Lächeln. » Du hast recht … jetzt spür ich es auch. Aber nicht ganz eindeutig, oder? Ist sie in der Wandlung?« Lennox schob sie forsch zur Seite und bahnte sich mit Hanna im Schlepptau einen Weg in die Wohnung. »Oh, *natürlich,* komm ruhig rein, Lennox, mein Haus ist dein Haus.« Sie verzog ironisch ihr hübsches Gesicht und verschränkte die Arme vor der Brust.

»Olive, du schuldest mir was, richtig? Du weißt schon, der klitzekleine Gefallen, den ich dir und deinem Hexerfreund erwiesen habe?« Er funkelte sie böse an. Einen Augenblick maßen sich ihre Blicke, bevor sich ein milder Ausdruck auf Olivias Miene schlich. »Okay, was kann ich tun?«, fragte sie missmutig.

»Als Erstes musst du mir helfen, Hanna schlafenzulegen und eine Weile alleine auf sie achtgeben, ich muss dringend jagen.«

»Du willst sie einfach hierlassen, dieses … Mädchen …«

Ihr Gesicht verzog sich verächtlich. Hanna murrte kurz auf. »Redet nur über mich, als wäre ich nicht da. Au, mein Kopf.« Sie drückte die Handfläche gegen ihre Stirn und sackte nach vorne über. Lennox nahm sie mit Schwung auf und trug sie in ein Zimmer. Olivia eilte ihm nach und schlug die Decke eines Futonbettes zurück. Er legte Hanna vorsichtig ab. Ihre Augen fielen zu.

»Warum nimmst du nicht einfach etwas von ihrer Energie? Ich meine, sie hat viel davon. Ungewöhnlich viel, in diesem desolaten Zustand. Und sie schläft schon … fast …?«

Lennox seufzte und verdrehte die Augen. Er hatte keine Kraft für lange Erklärungen.

»Olive, sie ist die Tochter von Dominik Dawn.«

»Das ist unmöglich, das weißt du genauso gut wie ich. Dawns Töchter sind tot. Das weiß jeder.« Mit geweiteten Augen blickte sie ihn prüfend an und begriff, dass er die Wahrheit sagte. »Du meinst, sie hat überlebt? Haben die anderen beiden auch …?«

Lennox unterbrach sie mit einem Kopfschütteln. »Sie ist die Einzige.« Er sah sie ernst an und schluckte schwer.

»*Sie* ist deine ach so geheime Sache, der du dich das letzte Jahrzehnt gewidmet hast.« Ein triumphierendes Lächeln huschte über ihre Lippen, bevor sie Lennox' verzweifelten Gesichtsausdruck bemerkte.

»Und es muss weiter geheim bleiben.« Verstehen lag in ihrem Blick. Sie winkte ihn aus dem Schlafzimmer.

»Warum bringst du sie überhaupt her?«

»Es ging nicht anders. Wir hatten einen Zwischenfall mit einem ziemlich unangenehmen Wendigo. Er hat sie verletzt, bevor ich ihn außer Gefecht setzen konnte. Ich denke, es wird schnell heilen, aber sie braucht ein wenig Ruhe.« Lennox hoffte, damit würde es erst einmal gut sein.

»Ich werde auf sie achtgeben und sie hüten wie einen Schatz, versprochen.« Er erkannte die Aufrichtigkeit in ihrem Blick und stürzte sich kopfüber in die restliche Nacht, um seinen Hunger zu stillen. Er hatte unheimlich viel Kraft verloren und sich die letzten Minuten in Hannas Gegenwart ununterbrochen kontrollieren müssen, um sie nicht anzufallen. Ihre Energie lockte ihn mit einer Kraft, die beinahe körperliche Schmerzen verursachte. Nun war er für kurze Zeit frei und würde sich holen, was er bekommen konnte.

Ich mühte mich aus dem Schlaf. Sonnenlicht stach mir scharf in die Augen und ich sah mich blinzelnd um. Wieder ein neues Schlafzimmer, in dem ich wach wurde. Schwungvoll schlug ich die Bettdecke zurück. Ich erinnerte mich sofort, in wessen Wohnung ich mich befand und katapultierte mich in meine neue Welt mit Monstern und Gewalt hinein. Eine Gänsehaut zog sich über meinen Rücken und ich schüttelte mich.

Angestrengt lauschte ich in die Stille, ob ich Lennox vertraute

Stimme irgendwo hören konnte. Aber es war still, verdammt still. Olivia musste eine Baobhan-Sith sein. Mir war die Ähnlichkeit zu den anderen blutsaugenden Nymphen nicht entgangen. Ihre Anmut, die porzellanartige Haut. Sie war Asiatin, ihre schönen Mandelaugen hatten mich scharf gemustert und mir die Härchen im Nacken aufgestellt. Mir war nicht wohl dabei, in Olivias Revier zu sein, schon gar nicht, wenn Lennox nicht in der Nähe war. Mit fliegendem Puls trat ich aus dem Raum und stand mitten in einem geräumigen weiß gehaltenen Wohnzimmer. In einem Sessel der dazugehörenden Sitzgruppe saß Olivia und musterte mich in dem Moment, als meine Füße über die Schwelle traten. Lange Zeit sagte sie gar nichts und ich hatte das Gefühl, angewachsen zu sein. Suchend ließ ich meinen Blick schweifen.

»Er ist nicht da, Hanna. Aber du brauchst dir keine Sorgen zu machen. Lennox wird bald wieder zurück sein.« Ihr Blick hing kühl und schwer an mir, aber ich spürte die Bemühungen der Nymphe, möglichst freundlich zu sein.

»Ich habe nicht oft menschlichen Besuch, also verzeih bitte meine Befangenheit.« Würdevoll erhob sie sich und lächelte mich an. Ihr weites seidenes Kleid schwang bei jedem Schritt schmeichelnd um ihre Hüften. Ich blickte betreten auf den gefliesten Boden und wusste nicht so recht, wohin.

Olivia berührte mich beim Vorübergehen leicht an meiner Hand und löste mich aus meiner Starre. Mit einem Nicken bedeutete sie mir, ihr zu folgen. Sie versprühte unterschwellig eine solch starke Autorität, dass ich ihr sofort hinterherlief.

»Du musst hungrig sein.« Sie kramte Obst, Müsli und Orangensaft aus den Küchenschränken und stellte es auf dem Küchentisch ab. Süffisant lächelnd setzte sie sich an den Tisch. Ich zog mir einen Stuhl zurecht, setzte mich dazu und nahm mir einen Apfel. Während Olivia mir ein Glas Saft eingoss, beobachtete sie, wie ich meinen Apfel aß.

»Ich habe gehört, es gab einen Zwischenfall mit einem Wendigo?« Mir wurde flau im Magen und ich verzog mein Gesicht bei dem Gedanken an das Ungeheuer, an die Angst und den Schmerz.

»Und du bist also eine halbe Nymphe?« Sie legte eine bedeutungsvolle Pause ein und grinste bis über beide Ohren. »Dann sind wir ja so was wie Schwestern, nicht wahr?« Sie lehnte sich in ihren Stuhl zurück und blickte aus dem Küchenfenster. Ich runzelte die Stirn.

»Ich glaub schon«, setzte ich unsicher an und wich ihrem taxierenden Blick aus.

»Ich weiß nicht viel über die Zeitwandler.«

Jetzt sah Olivia interessiert auf und ein Glitzern trat in ihre schönen braunen Mandelaugen. »Nein? Wie weit bist du in deiner Metamorphose? Bist du denn schon hungrig?« Sie sprühte nur so vor Neugierde, was mir unangenehm war.

»Ich weiß nicht genau, ich habe einmal … durch einen Kuss …« Ich unterbrach mich, der Gedanke an Mark schmerzte und ich presste die Lippen aufeinander. Heute würde seine Beerdigung sein.

Olivia zog die Augenbrauen hoch und sprach unbeirrt weiter. »Du hast durch einen Kuss geraubt? Wie lange ist das her?«

»Vielleicht zwei Wochen«, stammelte ich unsicher. Mir war jegliches Zeitgefühl abhandengekommen. Wie lange war es her, dass ich Henry das letzte Mal gesehen hatte?

Olivia runzelte die Stirn. »Und du warst noch nicht wieder hungrig?«, fragte sie ungläubig.

»Ich weiß nicht, ich weiß gar nicht genau, wie es sich anfühlt. Ist es so, als wenn man Hunger auf Pizza hat?«, fragte ich vorsichtig und bereute es sofort.

Jetzt umspielte ein spöttisches Lächeln Olivias weiche Lippen. Ich sank beschämt und zornig auf meinem Stuhl zurück. Diese Frau war so was von überheblich. Ihre gesamte Ausstrahlung wurde von Arroganz dominiert. »Nein, Liebes, es ist mehr wie … Leidenschaft und Schmerz … ja, die schmerzenden Hände und Finger sind wohl bei allen Zeitwandlern das prägnanteste Merkmal. Und von Leidenschaft weißt du wohl auch noch nicht viel, wie mir scheint.«

Der spöttische Unterton ging in meinem Gedankenstrom unter. Schmerzende Fingerkuppen. Ich fühlte diesem Schmerz nach, erinnerte mich an ihn und mir fiel es wie Schuppen von den Augen. Was wäre, wenn ich gestern tatsächlich unbeabsichtigt Lennox' Energie rauben wollte, als wir uns beinahe geküsst hätten? Ich ließ den Gedanken zitternd in der Luft hängen und konzentrierte mich wieder auf Olivia.

»War nicht so gemeint, du bist noch jung«, entschuldigte sich Olivia, die meinen entrückten Gesichtsausdruck fehlinterpretiert hatte.

»Schon gut.«

»Wie war dein erster Raubzug denn so?«, bohrte Olivia weiter.

»Verstörend? Der Junge, den ich geküsst hatte, ist dabei zusammengebrochen.« Bei der Erinnerung verzog ich das Gesicht. Olivia fing so plötzlich schallend an zu lachen, dass ich zusammenzuckte und sie mit großen Augen anstarrte. »So etwas in der Art ist mir das erste Mal auch widerfahren. Ich hatte ein Schlückchen zu viel Blut von meinem ersten Opfer genommen und der Ärmste in meinem Bett wollte und wollte einfach nicht mehr wach werden. Das ist ein höchst sonderbares Gefühl, ich dachte, ich hätte ihn ins Jenseits befördert. Glücklicherweise erholte er sich innerhalb der nächsten Stunde und ich konnte ihn aus meinen Räumen verweisen. Ich hatte mir schon fieberhaft Gedanken gemacht, wie ich mich seines Leichnams entledigen könnte. Da es sich um einen jungen Herren aus gutem Hause und nicht um einen Obdachlosen handelte, hätte ich ihn ja wohl kaum im Untergrund an irgendwelche dubiosen Medizinstudenten oder Apotheker verschachern können.« Ihr plötzlicher Gefühlsausbruch überrumpelte mich und ich musste mitlachen, was wirklich befreiend war. Es schien ein winziges dünnes Band der Gemeinsamkeit zwischen uns geflochten worden zu sein und wir blitzten uns verschwörerisch an.

»Woher kennst du Lennox?«, fragte ich unvermittelt und biss mir gleichzeitig auf die Zunge für meine Neugierde.

Olivia musterte mich spitz. »Wir waren in den fünfziger Jahren für kurze Zeit ein Paar.« Sie wartete gespannt auf meine Reaktion und fuhr dann fort: »Es funktionierte nicht, wie meist zwischen Zeitwandlern.« Sie zuckte mit den Schultern und lehnte sich in ihrem Stuhl zurück. Bemüht, den leisen Stich der Eifersucht in meiner Brust zu ignorieren, fragte ich weiter: »Warum, wie meinst du das mit den Zeitwandlern?« Olivia bedachte mich mit einem vielsagenden Blick und holte tief Luft. »Wir Zeitwandler tragen alle einen ziemlich mächtigen Dämon in uns. Er sorgt dafür, dass wir nicht sterben, nicht zerfallen, nicht krank werden. Er heilt uns, fordert im Gegenzug aber sehr viel unserer Menschlichkeit. Und er braucht Energie, die wir stehlen müssen. Hast du dich noch nie gefragt, warum es doch relativ wenig Zeitwandler gibt, im Gegensatz zu Menschen? Ich meine, wir sind viel zäher, gesünder und stärker. Aber von uns gibt es nur etwa hunderttausend auf der ganzen Welt.«

Verblüfft sah ich auf und pulte angespannt an meinem Daumennagel. »Weißt du, ich hatte noch nicht viel Zeit mir über so was Gedanken zu machen. Aber ich meine, Lennox hatte so etwas erwähnt. Dass es nicht so viele von uns gibt und das Zusammenleben schwierig sei.«

Olivia ließ ihren Blick schweifen. »Es liegt unter anderem daran, dass wir untereinander kaum Nachwuchs bekommen. Wir *können*, aber da es sehr selten zu Beziehungen kommt, gibt es auch wenig Nachwuchs. Bei so viel Nähe, wie zum Beispiel beim Sex, kommen die Dämonen sich leicht mal in die Quere und es entsteht ein hässlicher Machtkampf um die Energie des jeweils anderen.« Ihre Augen funkelten aufgeregt beim Erzählen und ein vieldeutiges Lächeln umspielte ihre engelsgleichen Züge.

»Du meinst, die Zeitwandler fallen sich gegenseitig an?« Ich war erstaunt. Wie mochte das wohl aussehen? Ob es zu einem richtigen Kampf kam, wenn die Dämonen sich bekriegten? »Und deshalb seid ihr kein Paar mehr, du und Lennox?« Olivias Blick hing in der Ferne. »Nicht nur deswegen, wir sind eigentlich mehr *Freunde*, soweit das bei unserer Gattung möglich ist.« Sie runzelte die Stirn, als würde sie über eine schwierige Frage nachgrübeln.

Mir fiel die merkwürdig gespaltene Zunge ein, die mir bei den Baobhan-Sith, die ich bislang gesehen hatte, aufgefallen war. Bei Olivia kam sie mir ganz normal vor. Als ich versuchte, genauer hinzuschauen, runzelte Olivia die Stirn und sah mich fragend an. »Was starrst du mich so an?« Sie legte ihren hübschen Kopf schief, sodass die schwarzen Haare ihres Pagenschnittes ihre Schulter berührten.

»Ich hab nur … überlegt. Dieses Zungending …« Ich stammelte, kam mir dabei einfältig vor und zeigte meine Zungenspitze.

»Du willst wissen, warum wir manchmal eine gespaltene Zunge haben? Hab ich recht?«

Ich nickte stumm und verschränkte die Arme vor der Brust. Gespannt wartete ich auf eine Erklärung, als Olivia rasant ihre Zunge hervorschnellen ließ und ich zusammenfuhr. Sie war mit einem Mal so dünn und flink wie die einer Schlange. Und gespalten. Erschrocken rückte ich zu hastig ab und kippte dabei gefährlich mit dem Stuhl nach hinten, was Olivia ein raues Lachen entlockte. Es war irgendwie widerlich und faszinierend zugleich.

»Es ist Teil unserer Magie und unserer Natur, wir können es zwar kontrollieren, aber meistens passiert es von selbst, wenn wir rauben oder daran denken, es zu tun.«

Ich versteifte mich auf meinem Stuhl. Ihre Stimme war zu einem unheimlichen Singsang geworden. Olivia lächelte versonnen und wechselte abrupt das Thema: »Und du bist also die einzige überlebende Tochter von Dominik Dawn. Da muss ich mich wohl ziemlich geehrt fühlen, dir hier Unterschlupf zu gewähren.« Olivia sah mich herausfordernd mit einem kühlen hochnäsigen Lächeln an.

»Ich kenne meinen Vater nicht und will ihn auch gar nicht kennenlernen, dummerweise besteht Lennox darauf.«

Erstaunen wich Empörung in Olivias Haltung. »Du weißt schon, wer dein Vater ist, oder?«

»Eigentlich ist mir das ziemlich egal, er hat sich nie um mich gekümmert«, platzte es provokativ aus mir heraus.

»Er hat einen seiner fähigsten Männer die ganze Zeit über dich wachen lassen. Und ich nehme an, wenn er dir mehr Aufmerksamkeit gewidmet hätte, dann wäre es längst kein Geheimnis mehr, dass eine seiner Töchter überlebt hat. Das hätte für alle Beteiligten sehr unschön werden können. Kinder sind leicht zu töten. Und es gibt viele böse Monster da draußen.« Olivias Lächeln geriet schief und sie sah aus dem Fenster.

»Und wir sind die *guten* Monster, oder was willst du mir jetzt damit sagen?« Meine aufkommende Gereiztheit übertrug sich auf Olivia.

»Bevor du urteilst, solltest du mehr wissen, kleiner Halbdämon«, sagte diese schnippisch und stand auf.

»Mir erzählt ja keiner was«, schoss ich hastig zurück. Mir war klar, dass sie vermutlich recht hatte mit dem, was sie sagte. So hatte ich das alles noch nicht betrachtet, aber dennoch ärgerte mich die Art, wie sie mit mir umging.

Olivia hatte sich wieder gefangen und rückte ihr strahlendes Lächeln zurecht, als sie sich mir erneut zuwandte. »Du armes Ding, ich bin doch dabei, oder etwa nicht?« Sie ließ mich ihren eisigen Blick erneut beinahe körperlich spüren, bevor sie fortfuhr. »Also, Hanna. Dein Vater ist einer der ältesten und mächtigsten Dämonen des Rates, unserer Gesetzgeber, wenn du so willst. Er ist weit mehr als fünfzehnhundert Jahre alt.« Sie nickte mir bedeutungsschwer zu.

»Was heißt das, *Gesetzgeber*? Was für Gesetze haben Zeitwandler?« Ich sah neugierig in Olivias fein geschnittenes Gesicht, das von ihren ausdrucksstarken Mandelaugen beherrscht wurde.

»Nur ein paar offensichtliche: Unauffälligkeit zu unserem eigenen Schutz. Also die Straßen nicht mit Leichen pflastern und niemandem von uns erzählen. Das Wichtigste ist jedoch Loyalität gegenüber dem Rat. Auf Hochverrat steht der Tod durch die Feuerkammer.« Sie verschränkte die Arme und schien auf eine Reaktion zu warten.

»Ja, von der habe ich schon gehört.« Ich räusperte mich und stand auf, um zum Fenster zu gehen. Ich sah auf die Straße hinunter und beobachtete einige Blätter, die vom aufkommenden Wind umhergetragen wurden. Hoffentlich kam Lennox bald wieder.

»Vermisst ihn schon, mh?« Olivias Frage riss mich aus meinen Gedanken.

»Wen?«, fragte ich unschuldig.

»Lennox natürlich.« Olivia musterte mich viel zu wissend von der Seite. »Was läuft da eigentlich zwischen euch?«

Diese Frage ließ mir Wärme ins Gesicht steigen. »Nichts läuft da«, brachte ich zu hastig hervor. Luftholend wandte ich mich ihr zu. »Ich möchte gerne duschen«, brachte ich betont lässig hervor. Meine eigene Stimme hallte in mir nach und mir wurde bewusst, wie wenig authentisch sie gerade klang.

»Natürlich, geh, die erste Tür rechts, dort ist das Bad. Es liegt alles bereit für dich.« Sie grinste mich bis über beide Ohren an. »Und übrigens, Hanna, ich glaub dir kein Wort.«

Das Bad war riesig und mit Marmor ausgelegt. Onkel Henry und meins hätte hier bestimmt dreimal hereingepasst. Ich schloss die Tür hinter mir und sah mich um. Unzählige Tiegelchen standen herum, beim Prunkspiegel Puderdosen und Schminkutensilien, bei der Badewanne Tiegelchen mit Badeperlen, Körperbutter und Lotionen. Olivia hatte mir Handtücher und Zahnputzutensilien bereitgestellt und mich überkam ein Anflug von Dankbarkeit. Die Badewanne lockte mich, der Gedanke, entspannend in die warme Schwerelosigkeit des Wassers einzutauchen, reizte mich ungemein. Ich entschied mich dann aber doch lieber für die schnellere Variante und ging in die Dusche.

Ich ließ den warmen Regenschauer über mich hinwegfließen und schloss für einen Moment die Augen. Mein geschundener Körper schmerzte leicht. Meine Finger waren aufgerissen und mit einer dicken Borke versehen. Mein rechtes Bein hatte einen riesigen Bluterguss, der allerdings aussah, als würde er schon mindestens fünf Tage alt sein. Er wurde bereits gelb. Ich überlegte, ob es möglich war, dass die Heilung bei mir schneller als üblich vonstattenging. Aber nach dem, was ich in den letzten Tagen über die Art meiner Existenz erfahren hatte, schien es mir wahrscheinlich. Mit Ekel konnte ich mich unschwer daran erinnern, dass der Wendigo mich schon ziemlich übel zu fassen bekommen hatte und erinnerte mich unweigerlich, wie schlimm der Schmerz gewesen war, der mir durch mein Bein jagte. Ich hob es und besah meine Fußfessel. Sie war auch grüngelb verfärbt und pochte noch leicht. Sorgfältig drehte ich den edel aussehenden Wasserhahn wieder zu. Im selben Augenblick entdeckte ich durch den dunstigen Nebel des heißen Duschwassers eine Gestalt im Badezimmer. Ich zuckte zusammen. Von Überraschungen hatte ich in den letzten vierundzwanzig Stunden allemal genug gehabt. Eine wütende Anspannung stieg in mir auf. Wer auch immer es war, sollte er Anstalten machen, mich angreifen zu wollen, würde ich demjenigen zuvorkommen. Mit einem Ruck zog ich die Duschkabinentür auf und funkelte gereizt in Olivias aufgeräumtes Gesicht. Sie hielt mit einem Lächeln einige Kleidungsstücke hoch. »Du brauchst etwas Neues zum Anziehen. Lennox hat mich gebeten, mich darum zu kümmern.«

Mein *Super!* geriet unwirsch. Ich spürte den Wassertropfen nach, die sich einen Weg über meinen Körper bahnten, und fühlte mich einfach nur gestört und nackt. Was ich ja auch zweifelsohne war. »An einen Moment Privatsphäre ist wohl nicht zu denken, oder?«, brummte ich.

Doch Olivia lächelte mir entgegen und trällerte: »Wir sind doch Schwestern?« Ohne ihr zu antworten, hüllte ich mich in ein Handtuch und trocknete mich eifrig ab. Aus den Augenwinkeln sah ich ihre zauberhafte Gestalt neben mir und machte mich daran, den Spiegel freizuwischen. Ich betastete eine kleine Schürfwunde unterhalb meines rechten Auges und sah sie mir näher an, bis mein Blick an Olivias Spiegelbild hängenblieb. Sie schillerte förmlich: Ihr seidiges Kleid, das ihrem Körper rieb, ihr rabenschwarzes glänzendes Haar und ihre Mandelaugen leuchteten in einer so starken Brillanz, wie ich sie noch nie zuvor gesehen hatte. Sie war wunderschön. Mein Blick galt nun wieder mir. Blass und müde sah mir mein Mädchengesicht entgegen, und für einen Moment hasste ich Olivia aus tiefstem Herzen.

Sie pfiff mir zu und warf mir ein schwarzes enges Kleid, eine schwarze Strumpfhose, Strickjacke und Spitzenunterwäsche zu. Ich hielt ihr das Höschen entgegen und runzelte die Stirn.

»Danke, aber das ist Reizwäsche. Wozu brauch ich das denn in meiner jetzigen Situation? Ich habe gerade andere Sachen im Kopf, als jemanden zu verführen. Ich würde lieber meine Sachen anziehen«, sagte ich schroff.

Olivia machte ein erschüttertes Gesicht. »Deine Sachen sind nicht mehr zu gebrauchen, außerdem sollte man immer etwas Schönes drunterhaben. Man weiß ja nie.« Sie blinzelte mich verschwörerisch an. »Hanna, du siehst zwar irgendwie noch aus wie ein Kind …«, sie rümpfte die Nase, was mir ein unwilliges Schnauben entlockte, »... bist es aber offenbar nicht mehr. Also solltest du auch anfangen, wie eine Frau zu denken.«

Mein Mund öffnete und schloss sich wieder, ohne dass ein

Wort über meine Lippen drang, während sie verschwand. Sie begann ernsthaft, mich wütend zu machen. Was bildete sich diese arrogante Kuh nur ein? Eilig zwängte ich mich in die neuen Klamotten. Das Kleid war wirklich eng. Ich versuchte, flach zu atmen und stellte mich vor Olivias großen Prunkspiegel. Es war kurz, hatte lange Ärmel und betonte die Figur viel zu sehr. Ich hatte definitiv einen zu kleinen Busen für diesen Fummel, doch ich versuchte, diese Tatsache einfach zu ignorieren, kämpfte mich in die Strumpfhose und anschließend in meine schwarzen Stiefel, weil ich hoffte, diese Wohnung nach Lennox' Rückkehr umgehend verlassen zu können. Mein Haar türmte ich schlicht zu einem Knoten am Hinterkopf auf, bevor ich meine Kette umlegte. Leise drückte ich die Tür auf und schlich in den Flur.

Ich hörte Lennox' aufgeregte Stimme auf Olivia einreden. Es fiel der Name meines Vaters und irgendetwas über Artefakte. Ich beschleunigte meine Schritte und platzte in eine Situation, in der die Luft sich zum Schneiden dick anfühlte. Die Blicke der beiden flogen mir zu, Lennox' Augen weiteten sich erstaunt. Er bedeutete mir, mich zu setzen und sah mich ernst an. »Hanna, ich kann deinen Vater momentan nicht erreichen. Es sieht so aus, als wäre er persönlich auf der Suche nach deinem Onkel und den Artefakten.«

Olivia machte ein besorgtes Gesicht und rang ihre schönen Hände, bevor sie sich einmischte. »Lennox, du musst ihr sagen, was es mit den Artefakten auf sich hat.«

»Olive, halt dich da raus«, zischte er sie so intensiv an, dass ich erschrak.

»Was hat es denn mit den Artefakten auf sich?«, fragte ich kleinlaut.

Lennox beugte sich ein Stück näher zu mir, bevor er Olivia von der Seite einen wütenden Blick zuwarf. »Es gibt jeweils zwei dieser Artefakte auf jedem Kontinent der Welt. Sie sind zwei Gegenstücke, so wie Ying und Yang, Für und Wider, Dunkel und Hell. Nur zusammen können sie Magie wirken. Sie können unseren Dämon stärken oder töten. Die Dämonen in uns sind eigenständige Existenzen. Sie sind mit uns verankert und leben mit uns in einer Art Symbiose. Geht es ihnen gut, geht es uns gut und umgekehrt. Wenn wir, egal ob Vollblut oder Halbblut, geboren werden, schlummert diese Existenz in uns. Wenn sie erwacht und ihre Kräfte mit uns teilt, sind wir miteinander verbunden, wie siamesische Zwillinge, metaphorisch gesehen. Sollte man versuchen, den Dämon zu töten oder ihn von uns zu trennen, weiß keiner, ob der andere, der menschliche Teil, überlebensfähig wäre. In manchen Fällen ist er es, in den meisten jedoch stirbt er.« Er machte eine kurze Pause und kniff die Augen einmal zusammen. »Die Artefakte sind sehr mächtig, sie können noch viel mehr. Zwei dieser Gegenstücke sind bei einem Zeitwandler in Afrika und zwei in Australien. Die in Amerika sind im Besitz deines Vaters, die aus Asien sind verschollen, keiner weiß, wer sie hat, und die aus Europa sind nach neuesten Erkenntnissen tatsächlich in den Händen deines Onkels. Und keiner weiß so genau, was er damit vorhat. Fakt ist, dass so ziemlich jeder Zeitwandler solch ein Artefakt gerne besitzen würde, und möglicherweise bereit ist, alles dafür zu tun. Dann gibt es auch noch andere machthungrige Kreaturen und Menschen, denen es nach diesen Schätzen verlangt. Es könnte sein, dass dein Onkel diese Artefakte aus einem ganz bestimmten Grund an sich gebracht hat. Und der Rat denkt nicht, dass er es wegen ihres Verkaufswertes getan hat.« Er blickte mir fest in die Augen, so ernst, als hoffte er, ich würde jetzt von selber wissen, worauf er hinauswollte.

»Der Rat denkt, er hat es wegen dir in seine Hände gebracht.« Olivia sah mich an, als müsste ich jeden Moment vor Panik schreiend aufspringen, aber in mir pulsierte mein Herzschlag ruhig und gefasst.

»Aber warum wegen mir?« Jetzt sahen mich beide an, als wäre ich eine begriffsstutzige Fünfjährige.

Lennox sprach so langsam und eindringlich, als hätte er es mit einer geistig Zurückgebliebenen zu tun. »Sie denken, er beabsichtigt, dir deine dämonische Kraft zu entziehen.«

Ein euphorisches Gefühl wärmte mich von innen. »Aber das ist doch gar nicht schlecht, oder?« Ein Lächeln breitete sich auf meinem Gesicht aus.

»Ich könnte wieder ein ganz normales Leben führen, wieder zur Schule gehen und …« Ich unterbrach mich, als ich Lennox' unglückliche dunkle Augen sah, die auf mir ruhten. Mein Lächeln entglitt mir. »Oder nicht …?«, hörte ich mich vorsichtig fragen.

»Hanna, so einen Prozess überlebt kaum einer«, er machte eine lange Pause. »Das war es, was ich gerade versucht habe zu erklären. Sollte jemand versuchen, deinen Dämon zu töten, spielt er mit deinem Leben. Henry weiß viel über unsere Welt. Er forscht sogar seit Jahren in eigener Regie und gab sich schon lange nicht mehr mit dem zufrieden, was wir ihm zu offenbaren bereit waren. Ich denke, er weiß um die Risiken.«

Es dauerte eine Weile, bis diese Worte zu mir durchdrangen und mit voller Wucht in mein Bewusstsein einschlugen. »Nein, Henry würde mir nie etwas antun.« Ich schüttelte bekräftigend meinen Kopf und versuchte, die Tränen wegzublinzeln, die lästig meine Augen füllten. Allein der Gedanke, Henry *könnte* sich gegen mich stellen, nahm mir die Luft zum Atmen.

»Und wenn Henry der Meinung ist, der Tod sei besser als ein Leben als Halbdämon?« Lennox sprach diese ungeheuerliche Vermutung viel zu gleichgültig aus.

»Wie könnt ihr nur so was denken und aussprechen!? Ihr kennt Henry gar nicht, ihr wisst nicht das Geringste über ihn!« Jetzt fauchte ich beinahe, meine Unterlippe zitterte verdächtig.

Lennox und Olivia tauschten einen vielsagenden Blick. Ich stand auf und ging zum Fenster, sah den vorbeifahrenden Autos nach, heftete meinen Blick an alles Mögliche und versuchte, mich zu fangen. Eine schmerzhafte Unsicherheit blieb in mir zurück wie eine eiternde Wunde und ich krallte meine Hände in das Fensterbrett. Würde Henry meinen Tod riskieren? Immerhin hatte meine eigene Mutter, seine Schwester, versucht, mich umzubringen. Ihre eigene Tochter!

Stuhlbeine scharrten über den Fußboden, als jemand aufstand und schnellen Schrittes die Küche verließ. Ich wusste, dass es Lennox gewesen war. Hände legten sich auf meine Schultern, ich versuchte, sie abzuschütteln und drehte mich um.

»Lennox, packt eure Sachen! Er hat mit dem Mann gesprochen, auf den ihr gestern gewartet hattet. Ihr sollt heute Abend an der Elbe sein, bei Jork. In der Nähe gibt es einen stillgelegten Containerhafen, von dort aus beginnt eure Reise. Und vorher fahrt ihr noch zur Beerdigung deines Freundes.« Sie sah mich ohne jede Gefühlsregung an und gab mir dabei ein Lächeln, das ihre Augen nicht erreichte.

»Wie kannst du über die Beerdigung meines Freundes reden und nicht ein bisschen Mitgefühl zeigen?«, fragte ich fassungslos und verletzt.

Sie sah mich ruhig an und ihre Mundwinkel zuckten. »Unsereins hat einen völlig anderen Blickwinkel auf das Leben. Wir altern nicht, leben vielleicht ewig, unsere sozialen Kontakte haben andere Schwerpunkte als ein menschliches Leben.« Sie belächelte mich immer noch genauso teilnahmslos. »Denk mal drüber nach.« Sie drehte sich fort und ging, um ihre Küche in Ordnung zu bringen.

»Ich will niemals so werden wie sie«, hauchte ich an die Fensterscheibe. Kälte breitete sich in meinen Gliedern aus, ich fror und unterdrückte ein Zittern. Lennox stand schon mit einem Rucksack in der Tür, bereit zu gehen. In mir nagte Heimweh nach meinem alten Leben.

Beherrscht wich er meinen Blicken aus, als wüsste er, dass eine neue Diskussion über unsere Abreise entbrannte, wenn auch nur ein Wort fallen würde. Ich wollte nicht aus Hamburg fort, wusste aber, dass es keine andere Option gab. Was nicht hieß, dass ich es akzeptierte.

»Wann sehen wir uns wieder, Lennox?«, fragte Olivia beiläufig. Lennox hob gleichgültig die Schultern. »Ich werde Hanna nach Amerika bringen und danach sicher erstmal für eine Zeit nach England zurück.«

Er blickte durch mich hindurch, als wäre ich Luft. Die Verdeutlichung meiner Lage schmerzte wie Tausende von Bienenstichen. Er würde das *Paket* bei Dominik Dawn abgeben, sich aus dem Staub machen und wieder seinen eigenen Angelegenheiten widmen. Ich fühlte mich allein, irgendwie unliebsam und machtlos. Olivia lächelte mir versucht aufmunternd zu, allerdings kam es Gefrierbrand gleich, als ihr Blick mich traf. Möglichst gefasst trat ich über die Türschwelle und hob mit zusammengepressten Lippen meine Hand zum Abschied. Ich brachte keinen Ton heraus.

»Alles Gute, Hanna!« Es klang tatsächlich aufrichtig und ich wandte mich ihr ein letztes Mal zu, bevor ich mich auf den Weg nach draußen machte. Lennox folgte mir. Die Herbstsonne schien aus voller Kraft und wärmte meine Glieder. Es war mittlerweile spätsommerlich kühl geworden. Der Wind ließ sacht einige Blätter tanzen. Ich ließ die Luft tief in meine Lungen hinein und spürte meinem Herzschlag nach. Das Bewusstsein über die extremen Veränderungen in meinem Leben drohte mich innerlich zu ersticken. Verzweifelt versuchte ich, irgendwo in mir eine Kraftquelle zu finden, aus der ich schöpfen konnte, um nicht verrückt zu werden. Aber wohin ich auch griff, ich griff ins Leere.

Während der ganzen Busfahrt zur Beerdigung herrschte eisiges Schweigen zwischen mir und Lennox. Ich hielt meinen Kopf an die kühle Fensterscheibe gelehnt und nahm mein vertrautes Hamburg in mich auf. Die mir bekannten Straßen, die Kirche, die wir passierten, die Altbauten, die ich so mochte. Wann würde ich es wiedersehen? Wie wird mein Vater sein? Werde ich Henry wiedersehen, oder meine Freunde? Würde ich ihnen trauen können? Wem konnte ich überhaupt trauen?

Ich versuchte, die unzähligen Fragen aus meinem Kopf zu verdrängen, indem ich ein Schlaflied vor mich hinsummte. Für einen Moment spürte ich Lennox' Blick auf mir ruhen, wandte mich ihm aber nicht zu. Sein Anblick würde nur weitere Fragen in mir aufwerfen. Fragen, denen ich nicht bereit war, entgegenzutreten, da sie neue ungewohnte Gefühle betrafen und mein Innerstes noch extremer in Unordnung gebracht hätten. Wenn das in meiner jetzigen Lage überhaupt noch möglich war. Die ganze Zeit, seit dem Verlassen von Olivias Wohnung, rechnete ich damit, irgendeinem anderen Zeitwandler oder Monster zu begegnen. Aber alles blieb so unglaublich normal. Ich sog diese Normalität in mich auf, wie ein trockener Schwamm das Wasser, und blendete alles andere aus. Nur für ein paar Minuten war mein Kopf völlig leer, bis Lennox mich sanft anstieß, weil wir aussteigen mussten.

Wir waren angekommen.

Es standen viele Autos vor dem Friedhofstor. Mir war mulmig, als wir das große schmiedeeiserne Tor passierten. Lennox kam mir in einigen Metern Abstand hinterher, ich war weit weg mit meinen Gedanken und lief weiter voraus. Wir gingen vorbei an unendlich vielen Reihen großer und kleiner Grabsteine. Die Statue eines weinenden Engels blickte mich vorwurfsvoll an. Ich knickte um und kam strauchelnd wieder zum Stehen, den Blick weiterhin auf diesen Engel gerichtet. Vor mir schwangen sich einige Raben aufgeschreckt krächzend in die Luft und ließen sich auf einen naheliegenden Baum nieder, um mich aus ihren Vogelaugen zu mustern. Mir war, als würden sie mich alle auffordern, diesen Ort zu verlassen – der Engel und die Vögel.

Mein Herz klopfte angestrengt. Nachdem wir einen langen sandigen Weg hinter uns gelassen hatten, kamen wir um eine bewaldete Kurve, hinter der ich eine Traube von schwarz gekleideten Menschen an einem offenen Grab stehen sah. Ich blieb stolpernd stehen und schluckte schwer, nagende Unruhe stieg in mir auf. Von Weitem erkannte ich Marks Eltern und ein paar Schulkameraden. Lennox trat hinter mich und wie aus weiter Ferne hörte ich ihn leise reden.

»Mach keine Dummheiten, die wollen dich vielleicht nicht hier haben. Du solltest nicht näher herangehen, wir brauchen auch keine *Polizei*. In Ordnung?« Ich nickte benommen. »Wir sollten uns im Hintergrund halten.«

Ich starrte weiter geradeaus und nickte wie betäubt ein zweites Mal. Dann hörte ich meine Schritte auf dem Kiesweg, die sich rasch beschleunigten. Mein Blick haftete weiter auf der Szene vor mir. Ein großer brauner Sarg wurde in das Grab hinabgelassen. Tränen bahnten sich ihren Weg in die Freiheit und ich konnte nur schwer atmen. Ein Gewicht drückte auf meine Brust und zog schmerzhaft an meinem Herzen. Dort lag der Junge, den ich getötet hatte. Alles in mir fühlte sich taub an. Meine Beine setzten ihren Weg fort, Schritt für Schritt dem Jungen und seiner Familie entgegen, die ich so dringend um Vergebung bitten wollte. Lennox an meiner Seite. Wie aus weiter Ferne hörte ich ihn auf mich einreden, hörte ihn protestieren.

Der Wind frischte auf und ich spürte die Tränen, die über meine Wangen liefen, kalt auf meiner Haut. Ich hatte das Gefühl, immer dichter an das Grab heranzuschweben. Ich erkannte Maike und Evelyn, Marks Eltern, die Erde auf den Sarg niederrieseln ließen. Seine Mutter, wie ihre Schultern leise von Schluchzern geschüttelt wurden. Noch nie war ich auf einer Beerdigung gewesen, es war erdrückend. Ich fühlte mich, als würde ich durch eine Milchglasscheibe auf diese Leute schauen, als ich plötzlich spürte, wie jemand aus der Menge mich bemerkte. Lennox' Hand zog an mir und ließ mich stoppen.

Maike sah mich überrascht an. Ich war bis auf wenige Meter an die Begräbnisstelle herangetreten. Als Evelyn ihrem Blick folgte und in meine Richtung starrte, folgten ihr weitere. Mir stockte der Atem. Maike schüttelte leicht und sorgenvoll den Kopf und beschwor mich, stumm zu gehen. Ich war jedoch wie festgewachsen, und als Marks Mutter sich mir zuwandte, war es wie ein Schlag in den Magen. Lennox verstärkte seinen Griff. Er wollte, dass wir verschwanden, doch ich schüttelte ihn ab.

Langsam kam Marks Mutter auf mich zu, ihr Gesicht eine kontrollierte Maske. Ich sah auf den Boden, wich ihr aus und kramte angestrengt nach den richtigen Worten. Ich wühlte immer noch verzweifelt, als sie schon vor mir stand mit verweinten Augen und einem bitteren Zug um ihren schmalen Mund. Gleichzeitig spürte ich, wie alle anderen Trauergäste mich anstierten. Dann ging alles ganz schnell. Ich setzte zum Sprechen an und im selben Moment holte sie mit vor Wut und Trauer verzerrtem Gesicht aus, griff mich mit beiden Händen an meiner Jacke, schüttelte und zerrte zornig an mir, schrie mich an. Mir war es unmöglich, den Sinn ihrer Worte zu erfassen, während ich taumelte. Meine Augen weiteten sich vor Schreck, ein Keuchen drang aus mir heraus. Ich nahm das Flimmern in der Luft kaum wahr. Lennox fluchte hinter mir auf.

Ich sah einen Knopf meiner Jacke wie in Zeitlupe vor meinem Gesicht davonfliegen. Die Menschen am Grab bewegten sich langsam und schwerfällig, wandten die Köpfe uns zu, einige traten in unsere Richtung, andere wandten sich ab. Ich sah eine weiße Taube auffliegen und sich unendlich langsam in die Luft erheben. Eine seltsame Erregung erfasste mich urplötzlich, verschlang alle anderen Gefühle, die mich eben noch beinahe besinnungslos machten, und ich grub für einen Moment meine schmerzenden Finger in den Arm der Frau. Ihr erstarrtes Gesicht blickte mir mit trostlosen Augen entgegen. Ein Strom von Energie durchbrach eine Mauer zu mir und flutete mich, als mich ein starker Arm zurückriss und ich wankend zum Stehen kam. Lennox knurrte mir irgendwas ins Ohr, aber das Rauschen in mir übertönte alles. Marks Mutter sah mich einen Moment verstört an und sammelte sich wieder.

»Mach, dass du hier verschwindest! Du hast hier nichts verloren!«, zischte sie mir müde zu.

Ihr Mann war an ihre Seite geeilt, nahm sie am Arm und stützte sie, damit sie nicht zusammensackte. Er tat, als wäre ich nicht da. Mein Atem ging zitternd und ich hatte das Gefühl, ins Bodenlose zu fallen. Evelyn war hinter den beiden aufgetaucht und blieb unmittelbar vor mir stehen. Sie sah mich an, aber es war anders als sonst.

»Evi, ich ...«

Sie hob die Hand, um mich zu unterbrechen und lächelte eisig. Ich runzelte verwirrt die Stirn und verengte die Augen, als könnte ich dadurch genauer sehen und vielleicht erkennen, was so anders war.

»Ich soll dir von Maike sagen, du sollst draußen am Hintereingang auf sie warten. Sie steht hinter dir, und du sollst tapfer sein.« Ich versuchte, mich ein wenig zu entspannen. Meine Beine zitterten schon leicht vor Überanstrengung, so verkrampft war alles.

»Danke, ich weiß gar nicht ...«

Doch sie fiel mir kühl ins Wort: »Bemüh dich nicht, Hanna. Maike magst du ja täuschen.« Aus ihren Augen blitzte Verachtung, als sie weitersprach: »Aber *mich* nicht. Ich weiß, dass du Mark umgebracht hast. Vielleicht sogar einfach nur aus Rache, weil er dich nicht so wollte wie du ihn. Ich wusste schon immer, dass etwas mit dir nicht stimmt. Du warst schon immer so *anders,* hattest so viele Geheimnisse. Bei mir brauchst du nicht auf Vergebung hoffen. Wie bei fast allen anderen hier auch nicht.« Bevor sie sich zum Gehen wandte, warf sie mir einen letzten, hasserfüllten Blick zu und sagte dabei: »Ich hoffe, du wirst dafür bezahlen!«

Das tue ich schon, dachte ich und spürte, wie ich mich leicht krümmte unter ihren Worten. Lennox' Arm legte sich um meine Schultern und er führte mich in Richtung Ausgang.

»Kannst du mir erklären, warum du im Augenblick jede Katastrophe anziehst oder deine Ausflüge in letzter Zeit mit dem Beinahetod enden?«, raunte er mir sanft zu.

Ich wusste für einen Moment nicht, ob ich lachen oder weinen sollte. Wir setzten uns vor dem Friedhof auf eine Bank, ich war ruhiger und konnte wieder freier atmen. Lennox musterte mich besorgt. »Hanna, wir sollten gehen, du musst dir so etwas nicht antun. Wem bringt das hier was?«

»Nein, ich muss Maike noch einmal sehen.« Ich blickte stur geradeaus.

Lennox seufzte leise neben mir auf. »Ich weiß nicht, was da gerade …«, unsicher unterbrach ich mich, um die Eindrücke erneut zu sortieren. »Was da gerade passiert ist, ich fühlte mich so seltsam und …« Ich suchte nach den passenden Worten.

»Du hast die Zeit beeinflusst und diese Frau bestohlen. Ich habe eingegriffen, damit du nicht zu viel Aufmerksamkeit erregst.« Er sah mich aufmerksam an, seine dunklen Augen tauchten tief in meine ein.

»Oh, aber wie habe ich … ich meine, ich wollte gar nicht.« Betreten sah ich zu Boden.

»Du hast es nicht unter Kontrolle. Als Halbblut ist es schwerer, in diese Gabe hineinzuwachsen. Die Verbindung zu dem Dämon ist zuerst ein wenig schwächer als bei reinen Zeitwandlern. Aber das wird besser. Ich nehme an, durch die emotionale Belastung und den Schrecken ist es einfach geschehen. Du musst nach und nach lernen, es zu dosieren, damit du nicht auffällst. Mach dir keine Vorwürfe. Der Frau geht es den Umständen entsprechend gut.«

Mein Blick hing in den Wolken, die sich verdichteten und ich stieß zischend meinen Atem durch die Zähne aus. »Du meinst die Umstände, dass ich ihren Sohn getötet und sie auch noch angefallen habe?«

»Hanna, hör auf damit! Dich trifft keine Schuld – du bist, was du bist. Wir sind, was wir sind!« Seine Stimme klang leicht gereizt.

»Sie haben dich nicht gesehen, oder?«, fragte ich ihn jetzt, als mir klar wurde, dass man ihn nicht beachtet hatte.

»Nein, ich habe sie glauben lassen, ich sei nicht da.« Er lächelte mich warm an und ich fühlte, wie sich mein Körper entspannte. »Kannst du das auch bei mir?«

»Du meinst, dich glauben lassen, ich sei nicht hier, obwohl ich direkt neben dir stehe?« Seine Augen blitzten amüsiert.

»Ja, genau das meine ich.«

Für eine Sekunde spielte ein verträumtes Lächeln um seinen Mundwinkel, bevor er sich wieder fasste. »Nein, das klappt nicht mehr«, sagte er bedauernd und sah mich mit einem Hundeblick an.

Ich musste schmunzeln und verpasste ihm einen Knuff in den Arm. »Du Schuft, wann hast du es denn das letzte Mal gemacht? Mich heimlich beobachtet.«

Seine Augen leuchteten vor Belustigung. *»Der Gentleman genießt und schweigt.«* Er zog die Augenbrauen hoch und seine Mundwinkel zuckten erneut verräterisch. Ich versank in seinen Augen und musste mich daran erinnern zu atmen, als sich sein Gesicht kurz verzog und seine kühle Maske zurückkehrte.

»Nein, im Ernst, Hanna. Ich habe, so gut es ging, deine Privatsphäre gewahrt. Ich habe dich meistens in deinen Träumen beobachtet. Du hast es manchmal bemerkt, was auch schon ungewöhnlich war. Das hätte eigentlich nicht sein sollen.« Er lehnte sich dichter zu mir. »Du bist *ganz schön* ungewöhnlich, Hanna Cherryblossom.« Wir versanken ineinander, bevor er abrupt aufstand und den Zauber brach.

»Seit deine Entwicklung eingesetzt hat, bist du sehend.«

Ich lächelte kurz und fragte mich gleichzeitig, ob ich mich darüber freute, dass ich *sehend* war. Dass ich *ungewöhnlich* war. Ich wusste es nicht.

Schwarzes Wasser

Maike kam um die Ecke geschossen. Sie sah uns und winkte, ihre Locken wippten wild um ihr hübsches Gesicht, als sie auf uns zustürmte. Ich erhob mich von der Bank und ging auf sie zu.

»Hanna, du bist gar nicht entlassen worden, stimmt's?« Sie stoppte kurz vor mir, blickte mir vorwurfsvoll entgegen und beobachtete mich genau, als könnte sie in meinem Gesicht die Wahrheit finden.

Ich konnte gerade keine Reue oder andere intensive Gefühle empfinden. Resigniert wartete ich nur darauf, dass sie mich auch verstoßen und aus meinem Leben verschwinden würde. Also bewahrte ich Haltung und presste die Lippen aufeinander.

»Es stimmt, oder?« Ungläubig und sauer reckte sie mir ihr Kinn entgegen. Sie musterte Lennox. Dabei trat sie unsicher von einem Bein aufs andere und spielte mit ihrem Schlüsselbund in der Hand.

Lennox fixierte sie mit seinem Blick. »Und was wirst du jetzt tun, Maike? Laut nach der Polizei rufen?«, fragte er abgeklärt und taxierte sie unerbittlich.

»Nein, das haben schon andere getan«, sagte sie erstaunlich schnippisch. Sie drehte sich zu mir. Ich sah, wie sie ihr Gehirn zermarterte und sie sich nicht so recht entscheiden konnte, was sie tun sollte.

»Wie meinst du das?« Lennox zog mich an sich und in mir machte sich erneut Beunruhigung breit.

»Die Polizei ist schon da … und ich werde jetzt was sehr *Dummes* tun.« Ihre angespannte Maske fiel ab und sie strahlte mich an. »Ihr müsst hier weg, nehme ich mal an, mein Auto steht gleich um die Ecke, ich fahre euch.« Beim letzten Satz warf sie Lennox einen misstrauischen Blick zu, den er zu ignorieren versuchte. »Ich erwarte natürlich eine Erklärung.«

Ich nickte und lächelte, erleichtert darüber, dass ich meine letzte Freundin nicht verloren hatte, zumindest jetzt noch nicht. Wir schauten uns vorsichtig um und pirschten unauffällig an den Baumreihen entlang Maikes Wagen entgegen. Schnell stiegen wir ein und fuhren los. Ich saß auf dem Beifahrersitz und drehte mich nach hinten zu Lennox, er sah angestrengt immer wieder durch die Heckscheibe und das Seitenfenster. Er rechnete anscheinend damit, dass wir eingeholt werden könnten. »Seit wann hast du denn endlich den Führerschein und ein Auto?«, fragte ich Maike erstaunt und bemüht, Lennox' Unruhe nicht auf mich übergreifen zu lassen. Sie blinzelte überrascht und strahlte mich anschließend an: »Seit vorgestern!«

Von hinten hörte ich ein leises Aufstöhnen und ich grinste breit.

»Das ist ja großartig, Maike, herzlichen Glückwunsch!« Ich nahm ihre Hand und drückte sie kurz.

Sie kicherte leise vor sich hin und machte ein stolzes Gesicht, bevor sie ins Grübeln kam. »Wo soll ich euch denn jetzt hinfahren?«

»Wir müssen nach Jork, zu einem alten Containerhafen«, antwortete Lennox knapp.

Maike zog fragend die Augenbrauen hoch und sah mich an. »Und was wollt ihr da? Also bist du wirklich aus der Klinik getürmt, wie alle sagen? Und der da auch?« Sie nickte bedeutungsschwer in Lennox' Richtung. »Mein Gott, ich bin mit zwei Irren unterwegs. Wie geil ist das denn?« Sie lachte glucksend auf.

Überrollt von allem holte ich tief Luft und wollte gerade etwas erwidern, als Lennox mir ins Wort fiel: »Ich werde unser Fräulein Hanna von dort aus zu ihrem Vater bringen. Ihr Onkel kann sich derzeit nicht um sie kümmern. Und nein, ich bin nicht aus einer Irrenanstalt entflohen. Unsere gute Hanna hier allerdings schon.« Er grinste Maike über den Rückspiegel frech an und zwinkerte ihr zu.

»Fräulein Hanna!«, äffte sie ihn nach. »Ist der immer so?« Maike sah mich an, als wenn sie sich nicht entscheiden konnte, ob sie amüsiert oder verunsichert sein sollte.

»Ich bin nicht krank, Maike, das ist alles viel zu … verfahren, um es zu erklären. Ich muss einfach zu meinem Vater. Wenn du uns nach Jork bringen könntest, wäre ich dir sehr dankbar.«

Sie sah mir forschend ins Gesicht und formte tonlos mit den Lippen *Bist du dir sicher?* Ich nickte bestimmt und schaute in den

Rückspiegel, in dem ich Lennox' wachsamen Blick auffing.

»Ich bin mir nicht sicher, ob ich das Richtige tue. Ich meine, ob ich dir wirklich damit helfe, indem ich das tue. Wie dem auch sei, ich konnte dir noch nie einen Wunsch abschlagen und ich hoffe, du verzeihst mir, falls ich die falsche Entscheidung getroffen haben sollte.« Ihr fragender Blick war so voller Zerrissenheit, dass es mich schmerzte und ich mich abwenden musste.

»Du rettest mich damit, Maike«, kam es mir leise über die Lippen. Dann sah ich aus dem Fenster.

Nachdem ich Maike mit Lennox' Hilfe eine plausible Geschichte aufgetischt hatte, war sie zufrieden und entspannte sich voll und ganz. Wir legten noch einen kleinen Zwischenstopp bei McDonald's Drive In ein, weil wir alle einen gehörigen Hunger verspürten, und machten uns dann auf den Weg in Richtung Jork.

In einem abgelegenen Wäldchen machten wir Rast, saßen dabei vor Maikes Opel und breiteten unser Essen vor uns aus. Es war hier windgeschützt und auch gar nicht so kalt wie befürchtet. Das leise Rauschen der Bäume hatte eine beruhigende Wirkung auf mich und ich aß mit viel Appetit meine Pommes. Maike musterte Lennox immer wieder verstohlen von der Seite, ich denke, ihr fiel seine Besonderheit auf. Ich nahm an, seine intensive Präsenz und die Tatsache, dass er atemberaubend gut aussah, waren ihr nicht entgangen. Lennox stand auf, um sich ein wenig die Beine zu vertreten und beschwor mich stumm, artig zu bleiben. Ich nickte ihm kaum merklich zu.

Maike erzählte, was sich in der letzten Zeit so alles zugetragen und was ich verpasst hatte. Danach musste ich unbedingt loswerden, was Evelyn zu mir gesagt hatte. Hinterher fühlte ich mich ein klein wenig leichter. Maike wirkte betroffen. »Lass es nicht an dich heran, Hanna. Es ist nicht ganz einfach für alle Beteiligten. Evi war lange in Mark verliebt.«

»Das wusste ich nicht«, stöhnte ich auf. Sie zuckte mit den Achseln und blickte in den Wald hinein. Wenige Minuten später wandte sie sich wieder mir zu und grinste mich vielsagend an.

»Lennox? Ja, ich weiß, er sieht gut aus«, ich lächelte zurück.

»Ich glaub, der steht auf dich.« Maike sah mich verschwörerisch an, ihre Augen leuchteten aufgeregt.

»Nein, das glaub ich nicht. Er fühlt sich nur für mich … verantwortlich …«, erwiderte ich unbehaglich.

»Aber du stehst auf ihn«, stellte sie unerbittlich fest. Ich sah zu Boden und suchte nach den richtigen Worten, meine Mundwinkel zuckten, während ich zaghaft den Kopf schüttelte. »Nein … es ist eher … wir haben einiges gemeinsam … und ...« Ich brach mir völlig einen ab.

»Ich kenne dich, Hanna Cherryblossom, du bist in ihn verknallt. Das sieht doch ein Blinder. Alleine, wie du ihn manchmal ansiehst.« Sie imitierte einen tiefen Augenaufschlag und ich gab ihr lachend einen Schubs. Gleichzeitig versuchte ich, Maike zu bedeuten, leiser zu sein, doch es war schon zu spät. Ein Knacken drang hinter uns aus dem Unterholz. Ich zuckte zusammen und drehte mich um die eigene Achse, um in Lennox' still vor sich hinschmunzelndes Gesicht zu blicken. Er tat unbeteiligt und sah sich weiter um. Mir schoss das Blut in die Wangen. Ich war mir fast sicher, dass er uns gehört hatte.

Angestrengt versuchte ich, mich abzulenken und horchte auf das Singen der Vögel, darauf bedacht, keinem in die Augen zu schauen. Maike bemerkte meine Verlegenheit und begann, die Essensreste und den Müll zusammenzusuchen. Danach zog sie sich ins Auto zurück.

Mit verschränkten Armen hinter dem Kopf legte ich mich auf den Rücken und betrachtete, wie die Baumwipfel hin- und herschwangen, als ob sie sacht in den Abend hineintanzten. Ich schloss die Augen und stellte mir vor, wie ein Blatt davongetragen zu werden, versuchte dabei, mich leichtzumachen, damit ich mich entspannen konnte. Ich spürte eine Bewegung neben mir und öffnete wieder die Augen. Es war Lennox. Er legte sich neben mich, auf den Ellenbogen gestützt, mir zugewandt, und sah mich an. Ein leises Ziehen durchlief meinen Körper, während ich mich zu ihm wandte. Sein Gesicht war nur wenige Zentimeter entfernt von meinem, sein Blick jetzt tief und ernst in meinem versenkt. Zögernd näherte sich seine Hand meinem Gesicht. Ich hielt den Atem an. Er fuhr behutsam mit seinen Fingern über meine Wange, dann weiter herunter zu meinen Lippen, strich zart mit dem Daumen über meine Unterlippe. Meine Lider senkten sich unvermittelt von alleine und ich ließ leise meinen zitternden Atem entweichen, bevor ich wieder die Augen öffnete. Er sah mich mit einem unergründlichen Blick an und beugte sich näher. Seine Lippen schwebten dicht über meinen, berührten sie … aber nur fast. Ich spürte seinen warmen unregelmäßigen Atem, wie er über meine Lippen strich und schloss erwartungsvoll die Augen. Ich bemerkte gerade noch, wie er sich mir entzog. Er rollte elegant auf die Füße und reichte mir zerknirscht die Hand. Und meine Schmetterlinge im Bauch wandelten sich in Verwirrung und Zorn. Spielte er mit mir? Was war das jetzt schon wieder gewesen? Mit zusammengepressten Lippen fasste ich einen Entschluss: Ich würde ihn mir nicht mehr zu nahekommen lassen.

Es dämmerte bereits, als wir uns auf den Weg zum Containerhafen machten. Maike war recht guter Laune und sang fürchterlich falsch ein Lied aus dem Radio mit. Ich versuchte, meinen Zorn auf Lennox runterzuschlucken und starrte aus dem Fenster. Wir hatten Jork schon passiert und waren auf direktem Weg zum Alten Hafen. An mir zogen Autos vorbei, Bäume, Radfahrer, Häuser und Menschen. All diese Dinge waren nur vage fremde Eindrücke ohne Belang, ein Versuch, meinen Kopf mit anderen Gedanken zu füllen. Als ich etwas Bekanntes aus den Augenwinkeln wahrnahm, horchte mein Geist auf. Eine Frau in einem weißen Kleid mit weißen Haaren. Sie blickte mir für einen Moment fest mit ihren glutroten Augen entgegen, bevor sie aus meinem Blickfeld verschwand. Ich verrenkte mich auf meinem Platz, um sie nicht zu verlieren. Alarmiert sah ich mich nach Lennox um. Er nickte mir zu und in mir ballte sich gleichzeitig ein harter Klumpen im Magen zusammen. Sofort war alles wieder da.

»Was war das? Ich hab sie schon mal gesehen«, platzte es aus mir heraus.

Lennox' Haltung war verwirrend hart und die Luft zum Zerreißen gespannt.

»Was war was?«, schaltete sich Maike jetzt irritiert ein. Sie hatte den plötzlichen Stimmungsumschwung wahrgenommen und rutschte jetzt unruhig auf dem Fahrersitz hin und her.

Lennox brachte mich unwirsch zum Schweigen, indem er das Wort ergriff und mir einen ernsten Blick zuwarf, der keinen Widerspruch duldete. »Wir haben nur eine alte Bekannte wieder gesehen, die wir hier nicht vermutet hätten.«

Die Sonne versank hinter den Wolken am Horizont und es wurde kalt. Es schien, als wären nicht nur wir drei aufgewühlt, sondern die ganze Natur. Ein stürmischer Wind kam auf und Blätter stoben wild umher. Die Sicht wurde schlechter und Maike hatte als Fahranfängerin ziemlich damit zu kämpfen, den Wagen ruhig in der Spur zu halten. Die Straße, auf der wir nun weiterfahren mussten, war nicht viel mehr als ein holpriger Weg. Alter brüchiger Asphalt spannte sich seinen Weg durch Buschwerk und Farne. Der Wagen hüpfte unruhig bei jedem Schlagloch hin und her. Ich kämpfte gegen aufkommende Übelkeit.

»Hoffentlich komme ich hier auch wieder alleine weg«, zischte mir Maike jetzt doch sichtlich angenervt zu.

Endlich gab es eine weite asphaltierte Fläche vor uns. Es standen einige verrostete Container herum, die Farben verblasst und die Schriftzüge kaum noch leserlich. Auf der rechten Seite stand ein altes Containerschiff und rostete auf diesem Friedhof vor sich hin. Weiter vorn ging es zu einem alten Anleger, der sich über die Elbe erstreckte. Maike hielt den Wagen an und seufzte schwer auf.

»Okay, nehmt es mir nicht übel, aber hier wären wir und ich möchte mich, so schnell es geht, auf den Heimweg machen. Meine Mum wird sich sonst bald Sorgen machen, wenn ich zu lange fortbleibe.« Sie lächelte verlegen und ließ dabei die Kupplung aus Versehen los. Der Wagen ruckte vorwärts und der Motor erstarb mit einem jämmerlichen Seufzen. Lennox und ich stiegen aus und gingen hinüber zur Fahrerseite, um uns zu verabschieden. Maike schüttelte Lennox die Hand und drohte ihm alle möglichen Strafen an, falls er nicht gut auf mich aufpassen würde und forderte, dass wir möglichst bald etwas von uns hören ließen.

Ich fiel ihr in die Arme und küsste sie auf die Wange. »Danke. Und pass gut auf November auf. Ich melde mich, sobald ich kann. Und …« Ich wusste nicht, was ich sagen sollte. Ich fragte mich, ob dies ein Abschied für immer sein könnte? Sie drehte die Zündung und der Wagen sprang schnurrend wie ein Kätzchen an. Um Fassung bemüht, winkte ich ihr zu und sie warf mir noch ein Dutzend Handküsse zu, bevor sie eilig auf der schmalen Straße verschwand.

Lennox zog mich mit sich in Richtung des verrotteten Schiffes. Ich war noch zu sehr mit dem Abschied von Maike beschäftigt, um mich darüber zu ärgern, wie er mich hinter sich herschleifte. Schließlich kletterten wir auf das alte rostige Schiff, er flink und gekonnt, ich schwerfällig und ungeschickt. Der Wind riss an meinem Haar, als ich oben angekommen war und wir zogen uns eilig in das Steuerhaus zurück. Erst dort schlich sich die weiße Frau wieder in mein Gedächtnis. »Was war das für eine Frau? Ich hab sie schon mal gesehen, kurz bevor die Baobhan-Sith Mark und mich angegriffen hatten. Du hast sie auch gesehen. Sie hat dich beunruhigt«, sprudelte es aus mir heraus. Lennox verzog sein Gesicht. »Sie ist eine Banshee.«

»Das bedeutet was? Ist sie auch ein Zeitwandler?«, fragte ich gereizt und versuchte, eine gelöste Haarsträhne zurück in meinen Haarknoten zu schieben.

»Nein, sie ist eine Todesfee, sie kündigt den Tod eines Nahestehenden an.«

»Wie *nahestehend*?« Mir lief es kalt den Rücken herunter und meine Bewegung erstarrte. »Also hat sie damals Marks Tod angekündigt, richtig?«

»Richtig.« Lennox' Gesicht war ausdruckslos. Er sah an mir vorbei.

»Und es könnte also sein, dass jetzt bald jemand stirbt – du oder ich?« Ich rang angespannt meine Hände.

Er schüttelte den Kopf und zuckte mit den Achseln. »Nein, eher ein Mensch.«

Mir versagte die Stimme und ich hatte einen Bienenschwarm im Magen. Ich räusperte mich.

»Du meinst, ein mir nahestehender Mensch könnte in sehr naher Zukunft sterben? Ein Mensch wie Maike zum Beispiel?« Kälte kroch mir durch die Adern und ich versuchte, nicht loszuschreien.

»Nein. Ja, rein theoretisch könnte es Maike treffen. Da sie jetzt aber nicht mehr mit uns zusammen ist, verbessern sich ihre Überlebenschancen auf siebzig Prozent. Die unmittelbare Gefahr sind wir.« Er schaute mir sachlich ins Gesicht und verzog keine Miene, fast so, als hätte er mir gerade die Bruchrechnung erklärt.

Meine Ohrfeige traf ihn mitten im Gesicht. Mehr überrascht als ernsthaft schmerzlich getroffen fasste er sich mit vor Unglauben geweiteten Augen an seine rote Wange.

»Wofür zum Teufel war das denn jetzt?«, flüsterte er fassungslos.

»Für die restlichen dreißig Prozent, mit denen du meine Freundin ihrem Schicksal überlässt. Alleine! Und mich kein Stück in die Entscheidung mit einbeziehst.« Betroffenheit huschte über seine Züge, die aber schnell von Wut abgelöst wurde.

»Ich habe die Verantwortung für dich. Und für niemanden sonst. Ich bin niemandem Rechenschaft schuldig, auch nicht Ihnen, Fräulein Unvernunft!«

Ich wandte mich von ihm ab und ertrank in selbst gemachten Vorwürfen. Niemals hätte ich Maike mit in meine Welt ziehen dürfen. Draußen war es fast dunkel und der Wind heulte um die losen rostlöchrigen Schiffswände. Meine Gedanken kreisten und ich vergrub jammernd den Kopf in meinen Händen. Lennox sah etwas betreten auf mich herab. Als er meinem zornigen Blick begegnete, wandte er sich schnell wieder ab und sah an mir vorbei. Die nächsten Minuten krochen zäh wie Teer vorüber. Traurig horchte ich auf den Wind dort draußen und verfluchte alle Zeitwandler dieser Welt, mich eingeschlossen. Ich hoffte, dass Maike gesund und munter auf dem Weg nach Hause war, bis ich plötzlich ihre Stimme hörte. Oder meinte, sie gehört zu haben. Zweifelnd versteifte ich mich und lauschte angestrengt. Die Stimme war Spielball des Sturms und wurde undeutlich zu uns herübergetragen. Aber tatsächlich: Es war eindeutig Maike, die meinen Namen rief. Mein Blick traf Lennox, der mich wachsam ansah. Ich sprang auf und wollte rauslaufen. Gleichzeitig sprang er auf und seine Hände umfassten meine Handgelenke wie ein Schraubstock. Ich keuchte auf und mein Blick flog in sein angespanntes Gesicht. Er sah mir bittend in die Augen und schüttelte dabei mit dem Kopf. »Kannst du bitte einmal machen, was ich dir sage, Hanna?«, presste er mühsam hervor.

»Vielleicht hat ihr Auto eine Panne und sie braucht Hilfe?« Ich sah ihm unbeugsam ins Gesicht, schob mein Kinn trotzig vor und sah auf eine Hand, die viel zu fest mein Handgelenk umklammerte. »Ich kann sie nicht im Stich lassen«, fauchte ich ihn an.

Die Banshee geisterte durch meine Gedanken und Angst um meine Freundin fraß sich ätzend in mich hinein. Aber Lennox' Griff um meine Handgelenke verstärkte sich und ich stöhnte unter dem Schmerz auf. »Du tust mir weh«, keuchte ich. Unvermittelt gab er mich frei, wandte sich ab und raufte sich fluchend die Haare. Er nahm mich am Arm und schob mich vor sich, rauf zum Schiffsdeck. Ich spähte um die Ecke und dann entdeckte ich Maike, alleine und deplatziert in der asphaltierten Wüste stehend. Ohne Auto weit und breit stand sie unsicher im Wind, der immer wieder kleine Sandwirbel über den Platz trug, vor denen sie sich mit den Armen zu schützen versuchte, und rief wieder meinen Namen.

»Siehst du? Sie hat wahrscheinlich eine Panne. Ihr Wagen ist nicht da.«

»Sie sollte lieber alleine klarkommen. Das ist besser für sie«, brummte er vor sich hin.

Ich machte mich zielstrebig an den Abstieg vom Schiff, Lennox folgte dicht hinter mir. Vorsichtig hangelte ich langsam an der Treppe herunter, übersah die letzte Stufe und kam unsanft auf dem Boden auf. Ein Schmerz zuckte durch meinen Knöchel. Zischend sog ich die Luft ein, wankte aber trotzdem unbeirrt durch den Wind auf Maike zu. Ich rief ihr zu und winkte. Sie stand nicht unweit der alten Container und winkte zurück, um sich anschließend die Hände vors Gesicht zu werfen. Der Wind riss an meinem Haarknoten und löste einzelne Strähnen, die mir jetzt ins Gesicht wehten und mir immer wieder die Sicht nahmen. Ungeduldig hielt ich sie mit der Hand aus der Stirn, ich wollte Maike nicht aus den Augen verlieren. Lennox legte eine Hand auf meine Schulter und drehte mich zu sich herum. Ungehalten hob ich die Arme, um ihn abzuwehren. Er ließ von mir ab.

»Wir sollten gehen, wir beide! Sie ist ohne uns besser dran!

Warum willst du das nicht verstehen?« Er presste die Lippen aufeinander und sah sich unruhig um. Ich warf ihm einen abweisenden Blick zu, dann wandte ich mich um und ging weiter auf meine Freundin zu. Nur kurz sah ich zu ihm zurück, in der Hoffnung, er würde einfach aufgeben und mir folgen. Lennox blieb einen Moment mit sich hadernd stehen und ich atmete erleichtert aus, als er sich besann und mir nacheilte.

Maike starrte zu Boden. Irgendetwas an ihrer Haltung irritierte mich. Als ich bis auf drei Meter herangekommen war, sah sie auf. Sie wirkte zerzaust und hatte geweint, ihre Wimperntusche war verlaufen.

»Was ist passiert?« Ihr Anblick traf mich bis ins Mark. Sie verzog ihr Gesicht und schluchzte auf. »Es tut mir leid, Hanna.« Tränen lösten sich aus ihren Augen, sie trat rückwärts, was mich plötzlich lähmte. In dem Augenblick schob Lennox mich unsanft hinter sich, zeitgleich hörte und sah ich den Wagen auf uns zurasen. Er legte eine Vollbremsung hin und drei Türen flogen auf. Frau Hagedorn und zwei Männer in dunklen Anzügen stiegen aus. Fassungslos sah ich Maike an. Einer der Männer eilte zu ihr, nahm sie ruckartig zur Seite, schob sie fort von uns und setzte sie ins Auto. »Maike!« Ich machte ein paar Schritte hinter ihr her. Sie sah sich verzweifelt immer wieder nach mir um, Tränen liefen ihr über die Wangen. Ihre Lippen bewegten sich unaufhörlich und sprachen stumm mit mir. Lennox atmete schwer und versuchte, mich weiter hinter sich zu drängen. Frau Hagedorn hob beschwichtigend die Arme und sah mich ersuchend an. »Hanna, wir wollen Ihnen nur helfen. Sie stecken in großen Schwierigkeiten.«

Ich wappnete mich und holte tief Luft. »Sie wiederholen sich, Frau Hagedorn«, sagte ich so kontrolliert wie möglich. »Hanna, Sie müssen jetzt mit uns kommen! Ihnen wird nichts geschehen, wenn sie jetzt vernünftig sind und einlenken!«

»Gar nichts wird sie!«, stieß Lennox zwischen zusammengepressten Zähnen hervor und fasste mich fester.

Frau Hagedorns Blicke gingen unruhig zwischen mir und Lennox hin und her. »Hanna, wissen Sie eigentlich, mit *wem* Sie es hier zu tun haben? Ihr feiner Freund hier ist ein gesuchter Schwerverbrecher.« Ich wandte mich zu Lennox und befreite mich aus seinem Griff. Er verzog sein Gesicht und runzelte die Stirn. »Lüge!«, stieß er hervor. »Hanna, hör ihr nicht zu«, raunte er mir entgegen.

Frau Hagedorn fixierte mich mit ihren Augen und kam langsam, aber stetig, weiter auf uns zu. »Haben Sie überhaupt eine Ahnung, *was* er mit Ihnen vorhat?« Ich wollte gerade sagen, dass er mich zu meinem Vater bringen wird, dass er den Auftrag persönlich von ihm hat, als sich Lennox' Griff um meinen Arm besitzergreifend verstärkte. Ich versuchte, ihn abzuschütteln. Gleichzeitig kam mir die Frage wieder in den Sinn, warum mein Vater sich nicht selber darum gekümmert hatte, mich abzuholen. Warum er sich nicht wenigstens telefonisch mit mir in Verbindung gesetzt hatte, wie sonst auch. Warum ich keine Bestätigung von ihm erhalten hatte, was Lennox anging. Frau Hagedorn bemerkte meine Unsicherheit. »Hanna, Ihr Onkel ist wieder da und möchte Sie sehen.«

Ich versteifte mich, wusste nicht, zu wem ich sehen sollte. Maike, die ich in dem Wagen kaum sah, die einschüchternden Männer in Uniformen, die mir nichts sagten, Frau Hagedorn, die beschwichtigend die Arme hob. Lennox flüsterte mir ins Ohr: »Sie lügt, Hanna, glaub ihr kein Wort! Wir müssen sofort hier weg.«

In seinen Worten lag eine enorme Dringlichkeit, aber ich war verunsichert. Ich trat einen Schritt von ihm zurück und wandte mich ihm zu, um in sein Gesicht sehen zu können. In seinen Augen lag ein intensives Flehen. Warum war er so in Aufruhr? Er war in jeder Situation, in der wir uns schon befunden hatten, nicht einmal so aus der Fassung geraten, egal wie ungünstig sie gewesen war. Selbst beim Angriff des Wendigos war er scheinbar immer Herr der Lage gewesen, zumindest soweit ich mich daran erinnern konnte.

Wieder forderte Frau Hagedorn mich auf: »Kommen Sie jetzt mit uns und Sie sind in Sicherheit. Dann kann sich noch alles zum Guten wenden.« Dabei lächelte sie mich an. *Das Lächeln einer Hyäne, bevor sie ihr Opferlamm reißt*, schoss es mir durch den Kopf. Ich wirbelte zu Lennox und fasste seine Hand fester. Es kam plötzlich Bewegung in die Meute. Ich hörte Frau Hagedorn Befehle brüllen und gleichzeitig Maikes entsetzten Aufschrei.

Schnell riss Lennox mich mit sich in Richtung der Container. Ich sah das Flimmern, wusste, dass er die Zeit anhielt und stürzte vorwärts. Wir rannten durch die Containerreihen. Er zog mich wie durch Wasser hinter sich her, wenngleich ich mich ein wenig leichter vorwärtsbewegen konnte als das letzte Mal.

Ich drehte mich nach meinen Verfolgern um und Eiswasser schoss mir durch den Körper. Hatte ich eben nur ein- oder zweimal einen Knall gehört und sich daraufhin eine ungute Vorahnung in mir breitgemacht, wurde es jetzt zur entsetzlichen Gewissheit, dass man soeben auf mich und Lennox geschossen hatte. Ich registrierte Maike, wie sie vor dem Wagen um sich geschlagen haben musste, den Mund zu einem verzweifelten Schrei geöffnet. Einer der Männer hielt sie in seinem erstarrten Griff, der andere zielte mit einer Waffe auf uns. Ich sah die Projektile in der Luft hängen. Wie zwei Todesboten waren sie auf direktem Kollisionskurs mit meinem Kopf.

Ein Schrei entrann meiner Kehle, ich strauchelte mit meinem angeknacksten Knöchel und fiel. Lennox wirbelte zu mir herum, sah auf unsere ineinanderverschränkten Hände und mit vor Schreck geweiteten Augen hinter mich, als ein Schmerz durch meine Knie geschickt wurde. Ich schrammte mit ihnen über den brüchigen Asphalt und versuchte, mich an Lennox' kräftigem Arm wieder hochzuziehen. Stolpernd kam ich auf die Beine und er zog mich ruckartig in die Kurve, um einen Container herum.

»*Die schießen auf uns!*«, schrie ich noch völlig entsetzt und mir wurde die Tragweite dessen klar.

Mit einem Ruck kam die Zeit wieder in Gang und ich hörte die Projektile unweit von uns einschlagen. Lennox zog mich brutal mit sich, auf direktem Weg zu einem alten Schiffsanleger der Elbe. Ich hörte das Wasser schon von Weitem rauschen und gurgeln. Der Sturm riss an mir, als wir aus dem Windschatten des Containers direkt zum tosenden Wasser rannten. Mein Bein erlahmte. Ich wurde langsamer. Lennox wirbelte beim Laufen zu mir herum, sein Blick bohrte sich gehetzt in meinen.

»Hanna, wenn ich *jetzt* sage, springst du ins Wasser!« Ich nickte. Angst schnürte mir die Kehle zu. Meine Schritte hallten hohl auf dem alten Steg wider. Hinter uns hörte ich die Verfolger aufholen.

Ich sah das schwarze Wasser unter mir schäumen und stockte. Wie erstarrt sah ich erst in die Tiefe und dann über die Schulter zu meinen Verfolgern.

»Spring, Hanna! Die sind nicht von der Polizei! Sie wissen, was du bist!«, schrie Lennox mir über das Heulen des Windes hinweg zu und zog mich mit einem Ruck über die Kante des Steges. Ich war zu überwältigt, um zu schreien. Am schlimmsten war das Gefühl, ins Nichts zu fallen. Mein Magen verkrampfte sich, als ich Lennox sah, in dessen Gesicht sich ein Ausdruck von Panik breitmachte. Ich hörte ihn schreien, als mich ein unglaublicher Ruck durchfuhr, mich wild erschütterte und ich mit einem Mal einen brennenden Schmerz wahrnahm, der meinen Körper wie Feuer peinigte, bevor ich ins eiskalte Wasser eintauchte.

Lennox sammelte seine Kraft, um die Zeit erneut zu stoppen, denn er sah die Angreifer zwischen den Containern aufholen. Er packte Hanna fester und zog sie mit sich in die Tiefe, als er den Schuss hörte und den Ruck sah, der durch ihren Körper jagte. Sie war getroffen! Er war zu unkonzentriert gewesen, um die Zeit schnell genug zu stoppen. Er sah ihre Überraschung und den Schmerz, unter dem sich ihr Körper im Fallen wand. Er schrie, Angst flutete sein Herz in atemberaubender Intensität. Was, wenn sie stirbt? Sie glitten ins bedrohlich unruhige Wasser und versanken im Schwarz. Die Angst um Hanna ließ seinen Puls jagen und er gewann aus ihr neue Kraft. In der Tiefe des Wassers herumwirbelnd, hielt er die Zeit und schlang seinen Arm um Hannas Körper. Prustend brachte er sie an die Wasseroberfläche. Sie hing leblos in seinem Griff. Verzweifelt kämpfte er sich mit ihr durch die starren Fluten. Seine Glieder fühlten sich taub und lahm an. Mühsam verstärkte er die Bindung zu seinem Dämon, konzentrierte sich, schrie der Existenz entgegen, die Zeit fest im Griff zu behalten. Gleichzeitig spürte er, wie sie die Kraft aus seinem Körper zog, ihn auslaugte. Seine Verfolger würden hoffentlich flussabwärts nach ihnen suchen. Er nahm sich zusammen und mühte sich – Hanna fest im Arm – dem Ufer zu. Er keuchte unter der Anstrengung, legte Hanna in den Ufersand. Die Verbindung mit dem Dämon konnte jederzeit abreißen, jeden Moment könnte ihm die Zeit entgleiten und vorwärtsrucken.

Lennox nahm Hanna vorsichtig auf und lief mit ihr einige Meter über die Asphaltwüste des Hafens zu einem kleinen, mit Buschwerk bewachsenen Stück Land. Sie hing bleiern in seinen Armen, tropfnass wie eine halbertränkte Katze. Ihre Lippen waren blau und aus einer Wunde in ihrer Brust pulsierte Blut.

Lennox' Herz krampfte sich zusammen. Ein erstickter Laut drang aus seiner Kehle und er presste sie fester an sich, als er ins Dickicht eintauchte. Die Zeit riss sich los und er sank mit Hanna auf den sandigen Boden. Von weiter weg hörte er die Verfolger sich Befehle zurufen.

Sie machten einen Heidenkrach, der sich offenbar entfernte. Sehr wahrscheinlich folgten sie zuerst dem Flussverlauf. Aber wie lange würde es dauern, bis sie hier auftauchen würden?

Er sah in Hannas weißes Gesicht und fühlte ihren Puls. Der ging schwach, aber regelmäßig. Lennox strich die nassen Haare aus ihrem sandverschmierten Gesicht und überprüfte die Atmung. Mit seinem nassen T-Shirt legte er Hanna, so gut es ging, einen Druckverband an, nahm sie auf und bettete ihrem Kopf vorsichtig an seiner Schulter. Sie mussten so schnell wie möglich hier weg. Zornig, aber konzentriert schlug er sich durch das verwilderte Gestrüpp. Sanft bewegten sich seine Lippen an Hannas Haaransatz. Leise Beschwörungen raunte er ihr zu. Er überraschte sich dabei, dass er betete. Seit beinahe hundertfünfzig Jahren hatte er kein Gebet gesprochen und jetzt sprudelte es einfach so aus ihm heraus. Er trug sie in Richtung Straße und hoffte, dass Maikes Wagen dort noch irgendwo zu finden war. Es war nicht viel Zeit vergangen zwischen dem Moment, als Maike gefahren war und dem, als diese Leute sie abgefangen haben mussten.

»Hanna«, seufzte er leise. Sein Herz jagte in einem schmerzhaften Rhythmus, Adrenalin strömte durch die Venen. Er war jetzt bestimmt einige Kilometer neben der Straße, auf der sie gekommen waren, versteckt im Dickicht hergelaufen. Erschöpfung machte sich beißend in seinen Gliedern breit. Hanna wurde immer schwerer und er schnaufte. Endlich sah er den kleinen Wagen am Rand des Weges schief im Dickicht stehen und beschleunigte seine Schritte. Die Fahrertür stand noch offen.

Lennox ging um den Wagen herum, lehnte Hanna dagegen und öffnete die Beifahrertür. Vorsichtig legte er das bewusstlose Mädchen auf dem Sitz ab. »Verlass mich nicht, Hanna!«

Er konnte nicht mehr klar sehen, ein erstickendes Gefühl schnürte ihm die Kehle zu. Behutsam strich er über ihre Wange, als sich eine Träne aus seinen Wimpern löste und auf seinen Handrücken traf.

Ungläubig starrte er darauf, als ein Ruck ihn in die Realität holte, er die verschleierte Sicht unwirsch mit der Hand beseitigte und sich ans Steuer schwang. Der Schlüssel fehlte, also machte er sich routiniert daran, den Wagen kurzzuschließen. In einem hatte Frau Hagedorn recht: Er war tatsächlich in vielerlei Hinsicht kriminell, allerdings war er nie, nicht ein einziges Mal in Erscheinung getreten. Also konnten Polizei, diese Frau Hagedorn oder sonstwer unmöglich etwas über ihn wissen. Es sei denn, die Frau war nicht das, was sie vorgab zu sein. Mit einem Schnurren sprang der Kleinwagen zuverlässig an und rollte auf die Straße. Lennox verzichtete vorerst auf Licht. Zu groß war die Gefahr, von den falschen Leuten entdeckt zu werden. Der Mond brach langsam durch die Wolkendecke und er gewann mehr Sicht.

Hanna rührte sich ein wenig und ein Aufstöhnen drang über ihre Lippen. Lennox sah zu ihr rüber und griff nach ihrer Hand, streichelte sie. Sie war eiskalt und das T-Shirt über ihrer Schusswunde hatte sich blutdunkel gefärbt. Seine linke Hand spannte sich fester um das Lenkrad, verbissen beschleunigte er das Tempo, peitschte den Motor des Kleinwagens hoch. Endlich bogen sie auf die Hauptstraße ein und er schaltete das Licht an. Mit Vollgas donnerte er in Richtung Hamburger City.

Hannas Körper kämpfte mit der Wunde. Er versuchte, sie zu

schließen, war aber noch nicht genügend ausgereift, um die Heilung voll und ganz zu vollziehen. Die Wunde brach immer wieder auf. Es war möglich, dass eine Arterie getroffen war, die nicht zusammenwachsen wollte. Sie verlor immer wieder ziemlich viel Blut, was mehr als beunruhigend war. Lennox wusste nicht, wie lange es gutgehen und Hanna in keinen zu kritischen Zustand kommen würde. Wobei er sich nicht sicher war, wie kritisch ihr Zustand bereits war. Er musste zu Olivia zurück, aber er konnte schlecht mit diesem Wagen bei ihr vorfahren. Ebenso gut hätte er ein Schild aufstellen können, das ihren Aufenthaltsort preisgab.

Es waren ganz sicher die *Occulus Videns* gewesen, die hinter Hanna her waren. Aber warum? Und wer hatte sie verraten? Es war ihm gleich seltsam vorgekommen, dass diese Leute immer dort auftauchten, wo er und Hanna zu finden waren. Sie mussten irgendwelche Kontakte zu Zeitwandlern haben. Dieser fanatische Haufen war unberechenbar. Das letzte Mal, als er mit dieser Gruppe zusammentraf, gab es drei tote Zeitwandler und über fünfzig unschuldige tote Kinder und Frauen. Es war 1921 in Frankreich gewesen. In Ausführung seiner Pflichten gegenüber des Rates hatte er versucht, einer kleinen Gruppe verfolgter Nymphen das Übersetzen nach England zu ermöglichen. In der Nacht vor der Abreise kam es zur Katastrophe. Die Occulus Videns verübten einen Brandanschlag auf das Kloster, in dem die Nymphen untergebracht waren. Es war grauenvoll gewesen.

Nichts verlief nach Plan, ähnlich wie damals. Es gab so viele Ungereimtheiten, seltsame Ereignisse. Die Artefakte, Dominik Dawn, der nicht zu erreichen war, und jetzt eine Organisation, die sich das *Sehende Auge* nannte und zum zweiten Mal die Abreise verhinderte. Warum wollten sie Hanna? Wollten sie sie tot oder lebendig?

Lennox dachte darüber nach, wie er Hanna jetzt sicher zu Olivias Wohnung bringen konnte. Er wollte ungern andere Zeitwandler mit einbeziehen. Schließlich konnte er nicht wissen, wem er wirklich trauen konnte. Als sein Blick auf die Tanknadel fiel, würgte er an einem Fluch und bog auf die Schnellstraße, die ihn direkt zu Arthurs Taxizentrale führte. Sein Handy war ihm im Wasser verlorengegangen, also hatte er keine andere Möglichkeit.

Erleichtert atmete er auf, als er auf den Hof fuhr und er Arthurs Taxi vor dem Haus stehen sah.

Eilig stürzte er aus dem Fahrzeug, rannte in die Taxizentrale und sah im nächsten Moment in Arthurs völlig erschrockenes Gesicht.

»Mein Gott, Lennox! Was machst du hier? Ist das Blut?« Er saß – die Füße auf dem Tisch – auf seiner alten Couch und hatte den Fernseher laufen, den er jetzt nicht mehr weiter beachtete. Die Kippe hing ihm aus dem Mund, die Asche fiel auf sein vergilbtes Hemd und er versteifte sich, als Lennox mit verbissenem Gesichtsausdruck auf ihn zustieß. Er zog ihn unsanft von der Couch, der Tisch kippte mit einem lauten Krachen zu Boden und sein Bier ergoss sich auf den ohnehin mit Flecken besudelten Teppichboden.

»Ich brauche dein Taxi und deine Verschwiegenheit«, rief Lennox ihm hektisch entgegen und zog Arthur hinter sich her zu dem kleinen Opel draußen auf dem Parkplatz. Lennox öffnete die Autotür und zog Hanna vom Beifahrersitz. Sie schlug einmal kurz die Augen auf und sah ihn mit einem verschleierten Blick an.

»Es tut weh«, wimmerte sie schwach. Übelkeit stieg in ihm auf, ein Gefühl, das er seit Jahrzehnten nicht mehr verspürt hatte. Mit einem Zittern sank sie wieder in die Bewusstlosigkeit.

»Mach schon, wir müssen los!«, knurrte er Arthur laut und wütend entgegen. Arthurs Blick verengte sich misstrauisch. »Wer ist das und was genau geht hier vor? Ich hab keine Kapazitäten für irgendwelche Schwierigkeiten.« Er stierte Lennox argwöhnisch ins Gesicht. Man sah ihm an, dass er überlegte, wie er sich dieser Sache entziehen könnte.

»Entweder ich schlage dich jetzt sofort nieder und du siehst dein verfluchtes Taxi nie wieder, oder *du* fährst mich *jetzt sofort* zu Olivia!« Lennox brüllte ihm voller Zorn ins Gesicht. Arthur wich vorsichtig zurück und hob beschwichtigend die Arme. Lennox' Blick streifte das blasse Bündel in seinen Armen und Entsetzen machte sich auf seinen Zügen breit. »Sie darf nicht sterben.« Er betonte jedes einzelne Wort ganz genau.

»Ich fahre euch ins Krankenhaus«, brummte Arthur und schloss sein Taxi auf. Lennox platzierte sich mit Hanna auf dem

Rücksitz und rief dabei: »Arthur, nicht ins Krankenhaus, zu Olive. Nun fahr schon!« Der Wagen rollte los und Lennox atmete kurz auf.

»Sie ist ein Dämon in der Wandlung, hab ich recht?« Arthur sah interessiert in den Rückspiegel seines Wagens. »Ich hab noch nie einen gesehen. Ich meine, einen in der Wandlung.« Er machte eine Pause, aber als Lennox nicht antwortete, sprach er unbeirrt weiter und runzelte dabei die Stirn: »Was genau ist sie und wer hat ihr das hübsche Loch in der Brust verpasst?« Lennox sah auf und erhaschte Arthurs neugieriges Gesicht im Rückspiegel.

»Umso weniger du weißt, desto besser. Nur eins musst du wissen: Den kleinen Opel, mit dem ich gekommen bin ... lass ihn verschwinden, wenn du keine Probleme haben willst.« Lennox Stimme war kraftlos und er hoffte sehr, dass er auf seinen alten Freund zählen durfte. Aber Problemen ging Arthur gerne aus dem Weg.

»Du steckst in größeren Schwierigkeiten, wie mir scheint.«

Lennox nickte verhalten und starrte den Rest der Fahrt auf Hannas blasses Gesicht. Er versuchte, den Gedanken, dass sie sterben könnte, nicht zuzulassen, aber er kam immer häufiger und verursachte eine schwebende Leere in ihm. Ihre Augenlider flatterten wieder wild auf und ihr Atem kam unregelmäßig.

Es war bereits drei Uhr morgens, als sie endlich vor Olivias Haus eintrafen. Arthur half Lennox, Hanna ins Haus zu bekommen und hielt die Türen auf. Im ersten Stockwerk öffnete sich die Tür und Olivia stand sprachlos und mit beinahe erschüttertem Gesichtsausdruck in der Tür. Sie zog sich ihren Morgenrock fester um die Schultern und winkte die drei herein. Arthur machte sich steif und schritt langsam zurück. Eine Verabschiedung murmelnd ließ er die anderen in ihrem Dilemma zurück. Die Tür krachte hinter Lennox ins Schloss. Olive dirigierte ihn in Richtung Wohnzimmer, wo er sie ächzend vor Anstrengung auf das Sofa bettete.

»Was zum Teufel ist passiert?« Olivia sah verwirrt auf Hannas Schusswunde und schüttelte den Kopf. »In was stecken wir hier alle drin?«, fragte sie streng. Lennox presste die Hände vor sein Gesicht. »Ich weiß es nicht, aber sie könnte sterben, wenn wir nichts unternehmen. Ihr Körper schafft solch eine Art Verletzung vielleicht noch nicht alleine.« Olivia sah verstört auf Lennox hinunter und sie zog sich einen Moment wortlos zurück. Er hörte sie in der Küche auf und ab wandern, bevor sich ihre Schritte eilig wieder näherten.

»Warum bist du so außer dir? Wenn sie stirbt, sei es drum. Dann ruhe sie halt in Frieden. Oder wird man dich zur Rechenschaft ziehen?« Lennox knurrte zornig auf und raufte sich die Haare. Olivia nahm sich in aller Ruhe ein Glas aus ihrer Vitrine und schenkte sich Cognac ein.

»Ben ist da, vielleicht kann er …« Sie hatte nicht einmal ihren Satz beendet, da fuhr Lennox schon hoch.

»Der Schuldner persönlich, wie praktisch! Warum sagst du das nicht gleich? Wo ist er?« Unbehagen spiegelte sich auf ihrem Gesicht. Unsicher legte sie den Kopf schief und runzelte ihre zarte Stirn.

»Lennox, ich weiß, dass es schwierig zwischen euch ist, seit du ihm und mir damals diesen Gefallen getan hast. Nun, er hat sich tatsächlich nie ganz dankbar gezeigt, aber er ist ein stolzer Mann. Was erwartest du? Du kennst doch die Hexer.« Wütend durchmaß er den Raum und kam auf sie zu. Beschwichtigend hob sie die Hände und lachte befangen auf. »Im Schlafzimmer.«

Lennox sprang auf und rannte mit einem Poltern beinahe die Tür des Schlafzimmers ein. Ben schrak aus dem Schlaf hoch und blinzelte ihn verwirrt an.

»Aufstehen, Hexer, ich hoffe, der Gefallen, den ich dir erwiesen habe, hat sich gelohnt! Du hast zu tun!« Mit Schwung riss Lennox Ben aus dem Bett, der ächzend auf dem Boden aufkam und sich unbeholfen aufrappelte.

»Verdammt, geht es dir noch gut?!«, brüllte er Lennox an. Der wiederum ballte die Faust und trat auf Ben zu. Bevor es zwischen den beiden weiter eskalieren konnte, drängte Olivia sich dazwischen und zischte sie sauer an: »Auf meinem Sofa verblutet ein Mädchen und ich halte den Geruch von Blut in meiner Wohnung nicht länger aus! Ich bin hungrig, also würde jetzt jemand etwas tun!?«

Ben sah sie irritiert an und stürzte nach kurzem Zögern in Richtung Wohnzimmer, dicht gefolgt von Lennox, der zwischen zusammengebissenen Zähnen hervorknurrte: »Tu was! Ansonsten wird es dir leidtun.«

»Oh, ja. Unter Druck arbeite ich besonders gut!« Ben funkelte Lennox ironisch an.

Er kniete sich vor das Sofa und fühlte Hannas Puls. Dann löste er den provisorischen Verband. »Ich brauche eine Schere.«

»Du sollst sie zusammenflicken und nicht mit Messer oder Schere bearbeiten, Hexer!« Lennox trat wütend einen von Olivias Chippendalesesseln um, der krachend durch den Raum flog.

»Was ist der so hysterisch, verdammt!?«, fragte Ben in Olivias Richtung. Sie war sichtlich aus der Ruhe gebracht und hielt mit einer Schere in der Hand auf ihn zu. Ben schnitt das Kleid auseinander und schob es sachte nach unten, um die Wunde zu begutachten.

»Es ist ein glatter Durchschuss, aber es wurden Gefäße und Adern verletzt.« Er legte seine Hand über die Wunde und schloss die Augen. Seine Hand begann zu schimmern. Erst ganz leicht, dann immer intensiver, bis sie zu einem glitzernen Strahlen wurde, das sich auf die Wunde übertrug.

»Ich versuche, die Gefäße zu heilen und die Wunde zu schließen.« Ben schloss die Augen fester und konzentrierte sich. Kleine Schweißperlen traten auf seine Stirn und die Anstrengung ließ seine Hand zittern. Hinter ihm ging Lennox unruhig auf und ab.

Ich träumte, ich wäre immer noch im kühlen Wasser, das den brennenden Schmerz in meinem Körper in Schach hielt. Ich hatte gespürt, wie wir in das dunkle Tief eingedrungen waren. Wie es meine Lungen geflutet hatte und sich daraufhin samtige Schwärze in mir ausgebreitet hatte. Jetzt hörte ich Stimmen wie aus weiter Ferne zu mir sprechen. Lennox, er hörte sich ängstlich an. Er stöhnte auf und sagte meinen Namen. Ich wollte antworten, ihm sagen, dass ich hier bin, dass ich ihn hören kann, aber es ging nicht. Ich war unter Wasser und ich brach nicht an die Oberfläche. Ich konnte nicht atmen, dann spürte ich Druck auf meiner Brust. Die Schwärze, in der ich mich befand, verlor ihre samtige Sanftheit. Der Schmerz flammte so unvermittelt auf und schoss durch meine Adern, dass ich meinte zu explodieren. Ich tauchte aus dem

Wasser, schnellte heraus aus der tiefen Schwerelosigkeit und schnappte nach Luft. Auf den Schmerz folgte weiterer, aber tieferer Schmerz, ich schnellte weiter hoch und schrie auf. Kühle Hände drückten mich zurück.

»Ihr müsst sie fest halten, die Heilung wird ihr sehr zusetzen. Sie *muss* still liegen!«

Ich hörte diese sachliche weiche Stimme, konnte sie aber nicht zuordnen.

»Hanna, Hanna, … alles wird gut.« Lennox Stimme war voller Angst, er war ganz nah und hielt meine Arme fest nach unten gedrückt.

»Kannst du nichts dagegen machen, dass sie sich so quält?«, fragte eine Frau. Olivia, ihre glockenklare Stimme. Ich wand mich unter den festen Griffen und schrie erneut auf, als das Feuer durch mich hindurchraste.

»Es tut so weh!«, heulte ich zwischen zusammengebissenen Zähnen auf.

»Ich weiß, Hanna. Halt durch, du hast es gleich geschafft.« Der Schmerz in meiner Brust wurde schlimmer und ich warf mich hilflos gegen die Hände, die mich unten hielten. Olivia redete beruhigend auf mich ein. Ich verstand ihre Worte nicht, aber ich spürte, wie sie meine Beine hielt und mir monoton entgegenraunte. Langsam ließ es spürbar nach, doch mir drohte zeitgleich das Bewusstsein wieder zu entgleiten, aber ich wollte nicht wieder im Wasser versinken. Nicht wieder in diese namenlose Dunkelheit abgleiten. Ich sah Lennox undeutlich vor mir, er fixierte meine Arme und sah mir in die Augen. In seinem Gesicht lag so viel Sorge. Ich mühte mich, an der Oberfläche zu bleiben.

»Es ist vollbracht«, hörte ich eine triumphierende Stimme. »Sie ist so gut wie geheilt, den Rest muss ihr Körper selbst machen. Sie wird einige Zeit hohes Fieber bekommen.«

»Lennox, bleib bei mir.« Unsicher darüber, ob ein Laut über meine Lippen gekommen war, sah ich mich mit verschleiertem Blick nach ihm um, und ich sah ihn, sein wunderbares Lächeln. Er nickte mir zu.

»Schlaf ruhig« war das Letzte, was ich noch wahrnahm, bevor ich wieder davontrieb.

Ben

Hanna sank langsam auf dem Sofa zurück und verfiel in einen tiefen Schlaf.

»Danke«, hauchte Lennox in die plötzliche Stille des Raumes und strich Hanna eine feuchte Strähne aus dem Gesicht. Langsam stand er auf und drehte sich zu den anderen um.

Ben hob die Augenbrauen und zuckte mit den Achseln. »Ich gehe mich dann mal anziehen.« Langsam ging er rückwärts, er wollte Lennox nur ungern den Rücken zukehren.

»Gut, wir müssen darüber nachdenken, wie es weitergehen soll. Ich meine, hier ist irgendetwas Seltsames in Gang und es schmeckt mir nicht, dass sich ein Teil davon in meinen vier Wänden abspielt.« Olivia sah Lennox vorwurfsvoll an. Sie wirkte ernsthaft sauer. »Aber erstmal werden wir uns um Hanna kümmern. Sie muss aus der zerfledderten Kleidung raus.« Sie machte ein geschäftiges Gesicht und fing an, Lennox und Ben herumzukommandieren. Lennox schien erleichtert, dass Olive augenscheinlich beschlossen hatte, ihnen zu helfen. Ben holte einmal tief Luft, um zu protestieren, stockte dann aber, als er Lennox' angrifflustiges Funkeln in den Augen entdeckte. Es kam ihm nicht geheuer vor, dieses verwundete Mädchen lange dazubehalten. Was wusste er schon über die Umstände, wegen denen das Mädchen so zugerichtet war?

»Erstmal rüber ins Bett mit ihr«, kommandierte Olivia. Ben trat an Lennox vorbei auf Hanna zu und wollte sie gerade hochnehmen, als Lennox ihn energisch zur Seite schob.

»Ich mach das schon, danke, Ben.« Seine Stimme klang samtig, aber das Drohen in ihr war nicht zu überhören. Er hob Hanna besitzergreifend auf und trug sie ins Schlafzimmer. Verdutzt sah Ben ihnen nach und spähte in das Zimmer. Olivia hatte das Bett schon hergerichtet und ein frisches T-Shirt in der Hand. Lennox legte die Schlafende ab, wurde dann aber unwirsch von Olivia nach draußen verfrachtet. »Das ist Frauensache.« Die Tür schloss sie direkt vor seiner Nase und sperrte die Männer wie Dorftrottel aus. Eilig ging Ben in das andere Schlafzimmer, schnappte sich das weiße T-Shirt, warf es sich über seinen zerzausten braunen Lockenkopf und mühte sich in die blauen Jeans. In Gedanken versunken trat er wieder zurück in den Flur, wo Lennox immer noch vor der verschlossenen Tür stand und wartete.

Langsam kam wieder Leben in Lennox. Er wandte sich um, ging, ohne Ben anzublicken, in die Küche und öffnete den Kühlschrank. Mit zwei Bierflaschen in der Hand kam er zurück, öffnete sie und drückte Ben eine davon in die Hand.

»Frieden. Zumindest für heute.« Die beiden Flaschen klirrten kurz aneinander und Lennox nahm einen großen Schluck. Jetzt standen sie da wie zwei Schuljungen, belämmert dreinblickend vor einer verschlossenen Mädchenschlafzimmertür. Ben brach das unangenehme Schweigen als Erster. »Sie wird wieder ganz gesund.« Lässig lehnte er sich an den Türrahmen.

»Was ist sie? Sie ist kein Mensch, aber irgendwie auch nicht ganz Dämon. Ich habe es bei der Heilung gespürt«, wagte er zu fragen und erntete ein genervtes Schnauben. Wie es schien war Lennox immer noch genauso sozial inkompetent wie vor sechzig Jahren, als er ihn kennengelernt hatte.

»Hanna, sie ist einfach Hanna«, kam es knapp zurück. Also war er nicht bereit, sein Wissen mit ihm zu teilen. Innerlich verdrehte Ben die Augen.

Die Tür öffnete sich und Olivia schwebte heraus, mit Hannas ruinierten Kleidern auf dem Arm.

»Sie ist ein Halbdämon in der Wandlung«, rückte sie die Tatsachen zurecht, während sie die Tür wieder schloss. »Und du schuldest mir bald einen Haufen Klamotten.« Sie hielt ihm das Kleid entgegen, welches sie Hanna erst vor Kurzem gegeben hatte, und wedelte damit herum.

Lennox bedachte sie eines vorwurfsvollen Blickes, auf den sie sofort reagierte.

»Lennox, hör auf damit! Wir stecken hier alle mit drin. Ben hat deinem *Projekt* gerade das Leben gerettet. Außerdem gehen im Augenblick viele seltsame Dinge vor sich. Irgendwas ist in Gang, das alle Zeitwandler angeht.« Sie ging in die Küche, setzte sich und winkte die anderen beiden zu sich. »Was meinst du …was geht vor sich?« Lennox sah Olive perplex an, setzte sich geräuschvoll und verschränkte abwartend die Arme. Ben und Olive tauschten einen viel zu langen Blick, bevor Olivia anfing zu sprechen.

»Gestern Nacht ist ein Anschlag auf den Besitzer des *Pandora* verübt worden. Also *nachdem* du und Hanna dortgewesen wart. Sein Haus ist aus unergründlichen Ursachen in Flammen aufgegangen und nun ist er tot. Wenn du mich fragst ... das ist kein Zufall.« Lennox verkrampfte sich zusehends und ballte seine Hände zu Fäusten.

»In Amerika und England gab es in der letzten Woche vermehrt solche *Unglücksfälle,* bei denen Zeitwandler ums Leben kamen. Ich finde das *ziemlich* beunruhigend.« Ben lehnte im Türrahmen der Küche, zog die Augenbrauen hoch und musterte Lennox aufmerksam.

»Occulus Videns«, raunte Lennox.

»Es war die letzten Jahre sehr ruhig um diese Sekte geworden. Wieso sollten sie gerade jetzt in Aktion treten?« Olivia sah betreten in die Runde. Sie wusste, wie gefährlich diese Menschen für ihresgleichen sein konnten.

»Ich bin mir sicher, dass sie es sind, die uns schon seit Längerem verfolgen und auch auf Hanna geschossen haben. Ich denke, sie haben schon im Sanatorium Kontakt zu ihr gesucht«, sinnierte Lennox laut und sah angestrengt durch Ben hindurch. Ben versuchte seine Gedanken zu ordnen, aber sie flirrten wie kleine Staubkörner durch die Luft und er schüttelte sich.

»Das *Sehende Auge* also? Die halten sich aber meist im Hintergrund und lassen andere die Drecksarbeit für sie machen. Zumindest die letzten hundert Jahre, nicht wahr? Außerdem, was sollten sie von deiner Halbdämonin wollen? Halbdämonen waren bislang nicht sonderlich interessant für sie. Viel zu unspektakulär. Ja, sie ist ziemlich hübsch, aber reicht das aus, um Jagd auf sie zu machen?« Ben sah provokativ zu Lennox herüber und trank einen Schluck Bier, um den spöttischen Zug um seinem Mund zu verdecken. Die augenscheinliche Bindung, die Lennox zu dem Mädchen hatte, irritierte ihn. Außerdem nahm er ihm das alles nicht ab. So ahnungslos, wie er tat, konnte er unmöglich sein. Schließlich arbeitete er schon seit fast hundert Jahren für den Rat und musste einfach die wichtigsten Informationen von ihm erhalten haben. Und der Rat war schließlich so gut wie allwissend. Er dachte zurück an die Zeit, als er Lennox kennenlernte. Schon damals war er ein richtiger Geheimniskrämer gewesen. Dennoch hätte er ohne Lennox den Status als Hexer wahrscheinlich noch nicht erreicht. Somit war er ihm etwas schuldig und wollte ihn eigentlich nicht provozieren. Das Problem war nur, dass er diesen selbstgefälligen Typen nicht im Geringsten leiden konnte.

Lennox hatte, Olivia zum Gefallen, seine Kontakte spielen lassen und dafür gesorgt, dass er die Zeremonie der Artefakte durchlaufen konnte, um seine Kräfte zu entfesseln. Dominik Dawn persönlich hatte sie geleitet und ihn zum Hexer gemacht. Er selber hatte keine Kontakte und hätte lange warten können, bis er die Gelegenheit bekommen hätte. Wer weiß schon, wie alt er hätte werden müssen, oder ob er es je geschafft hätte. Ohne die komplizierte Prozedur der Artefakte wird niemand zur Hexe oder zum Hexer.

Ben zog sich einen Stuhl zurecht und setzte sich zu den anderen an den Tisch.

»Was hast du denn mit ihr zu schaffen, ich meine, was für ein *Projekt* ist sie?«, fragte er Lennox. An Olivia gerichtet fuhr er fort: »Du sagtest doch soeben *Projekt*. Oder, Olive?« Lennox verspannte sich und warf Olivia einen finsteren Blick zu, doch sie hatte bereits zu reden angefangen. Er verdrehte die Augen und unterdrückte ein Aufstöhnen.

»Sie ist die einzig überlebende Tochter von Dominik Dawn und Lennox soll sie zu ihm bringen, was sich allerdings wohl schwerer gestaltet als angenommen.« Sie ignorierte Lennox' wachsende Unruhe und war im Begriff, weiter zu erzählen, doch sie wurde durch das Zerbersten einer Bierflasche auf den Küchenfliesen unterbrochen und schrak zusammen.

Die Flasche war Ben aus der Hand gerutscht und er sah Lennox völlig entgeistert an.

»Das darf nicht wahr sein, du meinst, sie ist eine Cherryblossom?« Er wagte es nicht, Lennox aus den Augen zu lassen und vergaß darüber sogar die Sauerei auf den Fliesen, die seine halbvolle Bierflasche dort angerichtet hatte. Er wollte jede kleinste

Regung seines Mienenspiels analysieren.

»Ja, und? Sie hat damals überlebt. Ich habe die letzten Jahre auf sie achtgegeben und hatte von jeher Anweisung, sie nach Amerika zu bringen, wenn ihr Dämon erwacht.« Lennox starrte irritiert zurück.

»Du weißt es nicht … sie haben es dir *nicht* gesagt«, sprach Ben seine Überlegungen laut aus. Und jetzt hatte er die volle Aufmerksamkeit der beiden. »Sie ist eine Hexe … die Cherryblossoms sind eines der mächtigsten Hexengeschlechter seit Anbeginn der Zeit. Sie haben immer weibliche, überaus starke Hexen hervorgebracht. Die sind ja zurzeit ziemlich rar ...«, sinnierte er weiter.

»Komm auf den Punkt! Was willst du mir damit sagen?«, zischte Lennox jetzt voller Zorn. Ben legte seinen Kopf in den Nacken und stieß ein heiseres Lachen aus. »Ich will damit sagen, dass sie genau den richtigen Trottel geschickt haben, um auf sie aufzupassen. Einer, der den Rat niemals hinterfragt, immer loyal ist, nicht mächtig genug, um Aufmerksamkeit zu erregen und so mit sich selbst beschäftigt, dass er die Flöhe nicht husten hört.«

Lennox wurde blass vor Zorn, sprang auf und warf mit voller Wucht seine Bierflasche nach dem herausfordernd grinsenden Hexer. Blitzschnell hob Ben seine linke Hand und eine Druckwelle ließ die Bierflasche vor ihm zerspringen. Die Splitter bahnten sich ihren Weg in alle Richtungen mitsamt des restlichen flüssigen Inhaltes, als sie unvermittelt in der Luft schwebend verharrten. Lennox und Olivia hatten beide gleichzeitig die Zeit gestoppt, um sich vor den fliegenden Splittern in Sicherheit zu bringen.

Die Zeit ruckte vorwärts, als Lennox Ben schon von hinten ergriff und mit einem Poltern zu Boden riss. Der Hexer schrie halb amüsiert, halb ängstlich auf, als er in Lennox' wütendem Griff auf den Boden sank und ihn mit einer erneuten Druckwelle von sich stieß. Dieser prallte mit einer enormen Wucht in die Küchenzeile, riss polternd mehrere Töpfe zu Boden und kam, wie eine Katze auf allen Vieren und nach Luft ringend, auf dem Boden auf, seinen Gegner mit zornigen Augen fixierend.

Ben kam blitzschnell auf die Beine und starrte auf Lennox mit einem listigen Funkeln hinab. Der sammelte sich schnell, hielt die

Zeit an und sprang auf Ben zu, der ihn erst sah, als der kräftige Kinnhaken ihn schon mit voller Kraft traf. Sie rollten in einem wütenden Knäuel über den Boden, Stühle kippten um, bis überraschend ein eiskalter Wasserschwall die beiden traf und der Balgerei ein jähes Ende setzte. Olivia stand mit Zornesröte im Gesicht über den beiden und hielt einen noch tropfenden Eimer in der Hand.

»Ich habe Nachbarn und wir haben einen Gast, der Ruhe braucht! Also könntet ihr euch ein wenig zivilisierter auseinandersetzen, sonst muss ich leider einen von euch töten.« Sie lächelte eisig, ließ ihre gespaltene Zunge hervorblitzen und straffte sich.

»Ich denke, wir sollten uns den eindeutig wichtigen Dingen zuwenden und diese Kindereien lassen.«

Verachtung huschte kurz über ihre Miene. Das Unverständnis über diese Torheit und Unbeherrschtheit stand ihr deutlich ins Gesicht geschrieben, sie hatten schließlich ganz andere Dinge zu regeln. Sie begann, die Schweinerei in ihrer Küche zu beseitigen. Lennox und Ben guckten sich betreten an und begannen, nachdem sie sich ein wenig abgetrocknet hatten, ebenfalls mit aufzuräumen.

»Wir sind vielleicht alle ein wenig überreizt«, trällerte Olivia beherrscht und strich sich elegant eine ihrer schwarzen Haarsträhnen hinters Ohr. Sie zauberte ein strahlendes Lächeln auf ihre engelsgleichen asiatischen Züge. »Wenn wir hier fertig sind, gehen Lennox und ich jagen. Danach müssen wir uns dringend überlegen, was weiter zu tun ist.«

Die Autorität in ihrer Stimme ließ Ben und Lennox zustimmen. Sie versuchten, Blickkontakt zueinander zu vermeiden und sich nicht in die Quere zu kommen.

»Wir müssen alle unser Wissen offenbaren, vielleicht einmal umdenken und zusammenarbeiten, uns nicht als Konkurrenten sehen.« Sie sah die beiden mit gefährlichem Blick an.

Hanna lag zitternd im Bett und atmete schwer, sie fieberte hoch. Lennox trat vorsichtig näher und setzte sich auf die Bettkante. Ein wütendes Brummen drang über ihre Lippen und er stutzte. Er wrang den feuchten Waschlappen über der Schüssel mit kühlem Wasser aus und tupfte ihr vorsichtig den Schweiß von der Stirn. Nach einer kleinen Auseinandersetzung mit Olive über die Frage, wann sie weitere Pläne schmieden sollten, hatte er durchgesetzt, sich vorerst um Hanna zu kümmern und später wieder dazuzustoßen.

Ihn hatte nach dem Jagen eine so starke Unruhe gequält, dass er es einfach nicht mehr aushielt, nicht bei ihr zu sein, bis es ihr wieder besser ging. Ben versicherte zwar, dass ihr nichts geschehen konnte, dass es lediglich seine Zeit bräuchte, bis das Fieber sank, aber er konnte nicht anders, er wollte jetzt bei ihr sein. Das Fieber war eine leidige Begleiterscheinung des schnellen Heilens, ob durch Zauber oder durch den Dämon. Wäre sie schon voll ausgereift, hätte sich das Fieber natürlich niemals so schwer und lange gehalten. Er konnte nur versuchen, es erträglicher zu machen. Vorsichtig legte er sich mit aufs Bett und begann, ihr behutsam mit dem kalten Lappen das Gesicht zu kühlen. Ihre feinen blonden Haare klebten in einem spinnennetzartigen Gewirr auf ihrer schweißnassen Stirn. Hanna wand sich unruhig auf der Matratze und ihre Hände hielten dabei verkrampft die Bettdecke. Ihre Augen gingen unruhig unter ihren Lidern, sie träumte schlecht.

Lennox zögerte nicht länger und spürte ihren Träumen nach, er würde sie ruhiger schlafen lassen, die bösen Träume nehmen und etwas anderes für sie weben. Gerade genährt war er voller Energie, es würde leicht für ihn sein, ihr positive Gedanken zu schenken.

Vorsichtig drang er in ihr Unterbewusstsein und sah, was sie sah, roch, was sie roch, fühlte, was sie empfand.

Ihre Angst und die Traurigkeit trafen ihn tief und unvermittelt, ihm stockte der Atem. Sie stand wieder auf diesem Hügel, auf dem sie so oft in ihren Träumen stand. Der Wind riss an ihren Kleidern und an ihrem langen Haar. Neben ihr dieser seltsame Baum, beinahe weiß, skelettartig und kahl, dessen Äste wie die Spitzen nasser Pinsel nach oben zeigten. Es roch verbrannt, unter ihr im Tal brannte es lichterloh. Gequälte Schreie drangen zu ihr hoch und sie wurde von Schluchzern geschüttelt.

Sie riss ihre Hände vor ihre Augen, ließ sich zitternd auf die

Knie sinken und krümmte sich wie unter starken Schmerzen zusammen. Langsam und bedacht trat er auf sie zu. Er wollte sie nicht erschrecken. Er würde sie von diesem Hügel fortbringen, weg von diesem Tal und dem Feuer. So, wie er es schon so oft tun wollte. Meist tat er es nicht, weil ihm zu viel Einmischung nicht als gut erschienen war. Dann, als er es doch wollte, befreite sie sich urplötzlich selbst aus dem Traum. Damals wollte er die Gelegenheit nutzen und über ihren Traum Kontakt zu ihr aufnehmen, damit sie ihm vertrauen konnte, wenn sie sich in der Realität begegnen würden. Aber sie war ihm unglaublich schnell entglitten.

Er dachte kurz an die Anspielungen von Ben. War er vielleicht wirklich nicht mächtig genug und naiv? Konnte es wirklich sein, dass Hanna von seltenem Hexengeschlecht war?

Es gab nur noch sehr wenige Hexen und Hexer, was Lennox und den anderen Zeitwandlern allerdings ganz recht schien, hatten sie doch mittlerweile fast die alleinige Herrschaft über ihre parallele Welt. Sie lebten friedlich neben den Menschen her, denen es gar nicht bewusst war, dass es noch etwas anderes außerhalb *ihrer* Realität gab. Doch die Occulus Videns, die wussten von ihnen, hatten sich aber nach vielen Jahrhunderten der Hexenverbrennungen und -verfolgungen die letzte Zeit friedlich verhalten.

Lennox konzentrierte sich wieder auf Hanna und ihren Traum, kniete sich vor sie in die staubige verbrannte Erde. Hier oben auf dem Hügel heulte der Wind grell auf und er musste sich gegen ihn lehnen, um nicht ins Tal gerissen zu werden. Sand und Asche wirbelten um sie beide herum, er kniff die Augen zusammen, um bessere Sicht zu erlangen.

»Hanna, gib mir deine Hand!« Behutsam nahm er ihre Hände von ihren Augen fort und sie sah ihn überrascht an. Stumm stand sie da, mit Entsetzen im Gesicht und unfähig, sich zu bewegen. Die verschmierte Asche in ihrem Gesicht, auf dem ihre Tränen zwei weiße Streifen zurückgelassen hatten, verlieh ihr etwas Geisterhaftes. Ein Gedanke, so dunkel wie die schwärzeste Nacht, wollte herein. Lennox sperrte ihn aus. Er wollte ihn nicht denken, geschweige denn sich ausmalen. Aber er kam dennoch und bahnte sich seinen Weg in sein Bewusstsein. Was wäre, wenn dieser

Traum, der immer wiederkehrte, eine Ahnung ist? Wenn Hanna tatsächlich eine Hexe war, wäre es nicht ungewöhnlich, wenn sie Visionen hätte und somit anstehende Ereignisse prophezeien könnte.

»Ich wollte das nicht«, stöhnte sie nun auf und sah ihn mit bebenden Lippen an. Neue Tränen sammelten sich in ihren Augen und liefen über ihre Wangen. Er wusste nicht, was genau sie meinte. Wollte sie ihm sagen, dass sie für die Zerstörung, die sie umgab, verantwortlich war? Er half ihr auf und stützte sie. »Alles ist gut«, raunte er ihr sanft zu und stellte sich hinter sie, umschloss sie mit seinen Armen.

»Schließ die Augen«, flüsterte er, seinen Mund dicht an ihrem Ohr. Sie verlor den Boden unter den Füßen und ließ sich vertrauensvoll in seine Arme sinken. Er flog sie fort, übers Meer, über Berge hinauf in einen blauen Himmel. Er schenkte ihr Freiheit, Frieden und sorgenfreie Tage ihrer Kindheit und ließ sie glücklich in einer heilen gewebten Welt zurück.

Aus ihrem Traum zurück, beobachtete er sie. Sie lag jetzt still da, mit rosigen Wangen und entspannten Zügen. Um ihren Mund spielte dann und wann ein zaghaftes Lächeln. Lennox legte sich neben sie. Die Arme hinter seinem Kopf verschränkt, spähte er zu ihr herüber und besah ihr hübsches Gesicht, auf dem jetzt so viel Frieden lag. Ihre helle Haut in der Farbe von Alabaster glänzte vom Fieber und ihre blassrosa Lippen bewegten sich, als würden sie ihm etwas erzählen wollen. Sie rührte sich und brummte leise vor sich hin, drehte sich ihm zu und ihre kleine Hand fand ihn. Er stockte und hielt die Luft an. Murmelnd schob sie sich an ihn heran. Langsam schmiegte sich ihr heißer fiebriger Körper an ihn und ihre Hand wanderte über sein T-Shirt am Bauch hoch zu seiner Brust, wo sie nun ruhte. Sacht löste er seinen rechten Arm unter seinem Kopf und legte ihn instinktiv um ihre zarten Schultern, was sie mit einem zufriedenen Schnurren quittierte. Sie schob sich noch höher an ihn heran. Ihren Kopf auf seine Brust gebettet, wurde sie wieder ruhiger. Er wagte kaum zu atmen, so viel Nähe war er nicht gewohnt und es machte ihn für einen Moment unruhig. Unfreiwillig spannte er sich erneut kurz an, bevor ihr ruhiger Atem ihn einlullte. Ruhig und im Einklang mit diesem für ihn besonderen Mädchen schloss er die Augen. Er wurde schwer und sank tiefer in die Kissen, er spürte, wie sein Kopf langsam den von Hanna berührte und er gab sich der warmen Schwere des Schlafes hin.

Ich schwebte sacht mit den Schneeflocken umher, ließ mich treiben und sinken. Alles war weiß, weich und hell. Meine nackten Füße kamen auf dem Boden auf und tauchten in die glitzernde kalte Pracht. Menschenleer und friedlich lagen die Straßen vor mir. Ich sank hinunter und ließ mich rücklings in den wattigen Schnee fallen, schwang mit den Armen und Beinen wie mit Flügeln und machte einen Schneeengel. Dabei sah ich in den Himmel und verfolgte die Schneeflocken auf ihrem Weg nach unten. Entzückt schloss ich die Augen und öffnete meinen Mund. Die Schneeflocken schmolzen auf meiner Zunge und ich bekam Durst. Drängenden Durst. Der Schnee um mich herum wurde wärmer, unangenehm und ich spürte etwas Schweres auf meiner Brust lasten. Eine Bettdecke! Meine Augen öffneten sich vorsichtig und ich erkannte Olivias Schlafzimmer wieder. Keiner war bei mir, ich war allein. Meine Zunge klebte an meinem Gaumen und mein Haar an meinem Kopf. Ich brauchte dringend eine Dusche. Die Erinnerung begann schon, mich einzuholen und ich hielt inne, um sie in kleinen Dosen durch mein Hirn ziehen zu lassen. Meine Glieder fühlten sich steif an, aber mein Geist jagte jetzt davon, wirbelte umher, zeigte mir Bilder. Grauenvolle Bilder und Eindrücke. Vorsichtig tastete ich nach meiner Brust, wo der Einschuss hätte sein sollen. Und ich spürte *nichts*. Sollte ich mir alles nur eingebildet haben? Den Schmerz, das viele Blut, die Sorge in Lennox' Blick? Ich war mir sicher, dass Lennox an meinem Bett gewesen war und sich um mich gekümmert hatte, so liebevoll, wie ich es nicht für möglich gehalten hätte. Ich musste hohes Fieber gehabt haben, es war alles so unwirklich erschienen. Wie durch Watte oder Milchglas hatte ich alles wahrgenommen. Vielleicht hatte ich mir das eine oder andere tatsächlich nur eingebildet.

Ich tastete bis zur Bettkante und setzte mich auf. Taumelnd stand ich auf, in meinem Kopf drehte sich für ein paar Sekunden alles, ich drückte mir die Hand an die Stirn und versuchte, das Gleichgewicht zu halten.

Die Sternchen wurden wieder weniger und das Licht gewann wieder die Oberhand. Langsam schlich ich zur Tür und drückte lautlos die Klinke nach unten. Leise Stimmen drangen aus der Küche zu mir herüber. Ich wollte noch ein wenig die Lage sondieren und mich so unbemerkt wie möglich fortbewegen. Man könnte es auch *lauschen* nennen, aber ich meinte, es wäre eher so etwas wie *nicht stören wollen.*

Wie dem auch sei, als ich nahe genug gekommen war, horchte ich angestrengt auf die Stimmen.

Eine war mir unbekannt. Die Stimme eines Mannes, weich und freundlich. Olivia und Lennox erkannte ich sofort, sie schienen eine Meinungsverschiedenheit zu haben.

»Du hast *was*? Mit Hanna geschlafen!? Warum rettest du sie erst, wenn du dann durch *so etwas* ihr Leben riskierst!?« Die fremde Stimme klang irritiert und unerfreut. Mir stockte der Atem. Hatte ich mit Lennox geschlafen? Was hatte ich noch alles vergessen? Ich wusste, dass er mit in meinem Bett gewesen war, bei dem Gedanken, dass dort mehr passiert sein könnte, durchlief mich ein aufgeregtes Kribbeln und ich schalt mich einen Dummkopf. Lennox stieß ein genervtes Stöhnen aus und Olivia ergriff erneut das Wort: »Nein, du Trottel, er hat *geschlafen*. Neben ihr, wie ein Baby. Der Nachtalb, der *schläft.*« Ein glockenklares Lachen drang zu mir herüber. Ich war verwirrt, ich war der Meinung, Zeitwandler schliefen nicht. Sie brauchten es nicht mehr. Konnten sie überhaupt schlafen? Lennox knurrte leidig auf.

»Du hast wirklich geschlafen, Lennox?«, fragte die unbekannte Stimme erheitert.

»Mein Gott, macht doch nicht so eine Sache daraus«, knurrte Lennox.

Ich beschloss, mich zu zeigen, denn ich hatte wirklich Durst und unbemerkt ins Badezimmer zu gelangen war sowieso unmöglich. Ein letztes Mal zupfte ich mein T-Shirt zurecht und trat in die Küche. Alle Blicke flogen mir zu. Lennox stand auf und schob scharrend den Küchenstuhl über den Boden.

»Hanna, wie geht es dir, warum hast du nicht gerufen?« Er kam auf mich zu und schaute mich einen Moment unsicher an, bevor er sich auch schon wieder gesammelt hatte und sich abwandte, um mir ein Glas Wasser einzuschenken. Olivia bedachte mich eines kühlen Blickes, drehte dabei eine Kaffeetasse in ihrer Hand und der Unbekannte stand auf und stellte mir seinen Stuhl hin. Er hatte dunkelbraunes Haar und gebräunte Haut, das dicke Haar fiel ihm leicht ins Gesicht. Seine athletische Statur, ähnlich der von Lennox, und die Körperhaltung verliehen ihm die kraftvolle Ausstrahlung einer Raubkatze. Lennox und er ähnelten sich auf eine undefinierbare Weise, was ihre Präsenz anging, und waren doch so unterschiedlich wie Tag und Nacht. Seine Augen, ein klares Braun in der Farbe von gegerbtem Leder, sahen tief in meine, während er mir den Stuhl anbot. Ich setzte mich zu ihnen und spürte, wie der Fremde hinter mir mich beobachtete. Lennox tauchte neben mir auf und gab mir das Wasserglas. Ich lächelte dankend zu ihm auf. Seine Mundwinkel zuckten kurz, bevor sein Blick sich verhärtete und er auf einen Punkt hinter mir starrte. Ich drehte mich um und da stand der Fremde, legte mir fürsorglich eine Decke um die Schultern. »Ich bin Ben Wallner, es ist sehr schön, dich endlich kennenzulernen«, sagte er sanft und sah mir freundlich ins Gesicht.

Ich lächelte unsicher zurück und biss mir auf die Unterlippe, als ich Lennox' abfälliges Aufschnauben hörte. Unauffällig drehte ich mich ihm zu. Er fixierte immer noch den Mann hinter mir. Olivia ergriff das Wort und durchbrach dadurch das Kräftemessen der beiden, das eine unangenehme Intensität annahm. »Ben hat dich wieder zum Leben erweckt, könnte man sagen.«

»Ich dachte, ich hätte eine Wunde in der Brust gehabt«, stammelte ich. Meine Hand wanderte unwillkürlich an diese Stelle und ich sah Olivia fragend an.

»Hattest du auch, eine ziemlich üble Schussverletzung. Du kannst dich doch daran erinnern, was geschehen ist?«, fragte sie beiläufig und stellte die Tasse auf dem Tisch ab.

»Ich glaub schon, aber an meiner Brust ist nichts, keine Wunde oder Narbe …«

»Ben ist ein Hexer, er hat es geheilt. Da bleibt nichts zurück, du hast also keinen Makel, der dich entstellt. Zumindest keinen augenscheinlichen.«

Ihre Stichelei ließ mir die Röte ins Gesicht schießen und ich wandte mich hastig ab. Vermutlich wäre es ihr lieber, ich würde verschwinden oder wäre gar nicht erst in ihrem Leben erschienen. Ich konnte das ja auch verstehen und ihr nicht einmal übelnehmen. Anscheinend brachte ich nur Verwüstung und Tod mit mir.

Die Luft war mir hier entschieden zu dick, also beschloss ich, duschen zu gehen. Ich zog die Decke fester um mich, stand auf und tapste wortlos ins Badezimmer.

Als ich das Wasser abstellte wurde mir klar, dass jemand im Bad auf mich wartete. Mal wieder war meine Privatsphäre empfindlich gestört. Ich unterdrückte eine Verwünschung und spähte um die Duschkabinenwand.

»Entspann dich, ich bin es nur.« Olivia schwenkte mit einem herausfordernden Lächeln neue Klamotten vor sich hin und her. Allem Anschein nach war es eine schlechte Angewohnheit von ihr, anderer Leute Bedürfnisse nicht im Mindesten zu respektieren.

»Nimm nicht so ernst, was ich manchmal sage. Es ist die Art, wie wir Zeitwandler miteinander umgehen. Wir sind nicht gerade … *sentimental* und … *zart* miteinander, wenn du verstehst. Du wirst noch dahinterkommen.« Sie blickte mich kurz versöhnlich an und zwinkerte mir dann wieder überheblich zu. Ich war mir nicht sicher, ob das jetzt eine ernstzunehmende Entschuldigung sein sollte, oder nur eine weitere Spitze, die sie zu verteilen versuchte. »Außerdem geht es mir auf den Keks, dass du die beiden Männer da drinnen so kirremachst. Die brüllen sich schon wieder an.«

Ich schlang mir ein Badetuch um und machte ein verstörtes Gesicht. »Worüber streiten die sich?«

»Sie sind sich nicht einig, was jetzt mit dir geschehen soll.«

Unruhe erfasste mich. »Ich soll doch zu meinem Vater

gebracht werden, oder nicht?«, fragte ich zaghaft.

»Zieh dich an und komm in die Küche, wir müssen viel bereden, es ist kompliziert«, brachte mir Olivia spitz entgegen und verschwand aus dem Bad.

Schwer schluckend machte ich mich eilig daran, in die Kleider zu kommen. Wie ich dieses Wort nicht mehr hören konnte – *kompliziert*. Verdammt!

In der Küche angekommen sah ich die beiden Männer sich gegenübersitzend böse anfunkeln. Sie maßen sich mit Blicken. Ich setzte mich dazwischen, Olivia gegenüber. Lennox sah sie eindringlich an und eröffnete das Gespräch. »So, wie es aussieht, sind die Occulus Videns hinter dir her.«

Ich machte große Augen. »Da klingelt nichts.«

»Es handelt sich um eine für Zeitwandler und Hexenwesen gefährliche Gruppierung von Menschen«, erläuterte Olivia. »Wir wissen nicht, was sie von dir wollen. Klar ist nur, dass du kein einfacher Halbdämon bist. Du bist außerdem eine Hexe, sehr wahrscheinlich«, setzte Lennox befangen hinzu. Ben beugte sich vor und sah mir fest ins Gesicht. Er strahlte so viel Wärme und Mitgefühl aus, ich konnte mich seinem Blick nicht entziehen. »Die Cherryblossoms sind eine alte und mächtige Familie von Hexen. Wir nehmen an, dass dein Vater und der Rat deine Mutter womöglich ganz gezielt ausgewählt hat. Somit hat sich das Blut eines extrem mächtigen Zeitwandlers mit dem eines ziemlich starken Hexenclans vereinigt …«

Ich fiel ihm ins Wort: »Meine Mutter ist keine Hexe … das müsste ich doch wissen. Und wäre Henry dann nicht auch …?«

»Hanna, wie gut kannst du deine Mutter schon kennen? Und … nein …die Cherryblossoms haben ihre Kraft von jeher nur an die weiblichen Nachkommen weitervererbt«, stellte Lennox sachlich und kühl fest.

»Aber …«

»Deiner Mutter war es sicher nicht klar, was sie ist, so wie den meisten. Es ist nur die Frage, warum der Rat es so geheimgehalten hat und warum sie dich und deine Schwestern überhaupt gezüchtet haben.« Bei dem Wort *gezüchtet* drehte sich mir endgültig der Magen um. Hektisch presste ich mir die Hand vor den Mund und zwang die Galle zurück in meinen Magen. Ben bemerkte meine Lage, wechselte beunruhigt einen Blick mit Olivia und goss neues Wasser in mein Glas. Dankend nahm ich einen großen Schluck und atmete tief durch.

»Dein Vater und seine Leute sind zurzeit nicht erreichbar. Es gibt im Augenblick einige Anschläge auf das Leben von Zeitwandlern, dann die Jagd nach den Artefakten und nach dir. Wir wissen einfach nicht, wie sich das Puzzle zusammenfügen lässt. Und wir kommen an keine brauchbaren Informationen.« Lennox hob unglücklich den Blick in meinen. »Meine Kontakte sind nicht sicher, wir sind wahrscheinlich schon zweimal verraten worden.« Er sah durch mich hindurch in die Ferne.

Olivia mischte sich energisch ein. »Kannst du dich an die Nacht erinnern, als deine Schwestern gestorben sind?«

Lennox und Ben schauten sie erschrocken an, bevor sie abwartend zu mir sahen. Meine Miene versteinerte und ich konnte ein unbehagliches Kribbeln in meinem Rücken spüren.

»Ich kann mich an rein gar nichts erinnern. Nicht an die Zeit davor, nicht an den Moment, als es geschah, nicht an meine Mutter und wie es dazu kam.«

Ben sah Olivia vorwurfsvoll an und schüttelte ganz leicht mit dem Kopf.

»Nun macht doch mal halblang, Jungs! Sie ist ja nicht hysterisch geworden. Hört mal zu, es gab da mal ein Gerücht. Es besagte, dass es nicht die eigene Mutter war, die ihre Kinder damals umgebracht hat. Überlegt doch mal, ist es nicht ein wenig seltsam, dass Hanna so viel an Erinnerung fehlt?«

»Du meinst, jemand hat ihre Erinnerungen blockiert, weil sie vielleicht etwas gesehen oder gehört hat, was irgendjemanden womöglich in Schwierigkeiten bringen könnte?«

Mir rauschte der Kopf, zu viele neue Möglichkeiten rasten ungebremst hindurch.

»Wir sollten nach Berlin fahren, zu meinem Tutor. Er ist Hexenmeister und kann gegebenenfalls solch eine Blockade aufheben.« Ben lehnte sich stolz auf seinem Stuhl zurück und verschränkte die Arme hinter seinem dunklen Wuschelkopf. Ungeduldig musterte er die anderen.

»Vielleicht sollten wir Hanna erstmal fragen, ob sie das will. Ich meine, es wird sicher ziemlich hart, das alles noch einmal zu durchleben, besonders, wenn es alles wie neu auf sie einfällt. Habt ihr schon mal daran gedacht?« Lennox machte einen verärgerten Eindruck und kniff die Augen ernst zusammen.

»Verdammt noch mal, es geht hier doch längst nicht mehr nur um Hanna, du sturer Esel!«, spie Olivia zischend hervor, schlug mit der flachen Hand auf den Küchentisch und ließ die Tassen klirrend umfallen.

Es entfachte sich ein neuer Streit zwischen den dreien und meine Gedanken entfernten sich Stück für Stück von dem wütenden Geraune und Gebrumme. Sie stritten über meine Zukunft, als wäre ich gar nicht anwesend. Durchsichtig und unmündig, so war ich in diesem Moment.

Mein Vater hatte mich und meine Schwestern *gezüchtet*, es war keine Liebesbeziehung gewesen. Sehr wahrscheinlich zumindest nicht. Und irgendjemand wollte mich und meinen Geschwister damals tot sehen und das war vielleicht gar nicht mal unsere Mutter gewesen. Denn irgendjemand wollte mich *jetzt* auch am liebsten tot sehen.

»*Ich mach's!*«, brüllte ich laut in die Runde und der Streit verstummte augenblicklich. Alle Blicke ruhten jetzt auf mir. Lennox schluckte schwer, Olivia lächelte und Ben sah zufrieden aus. »Ich möchte mit euch zu diesem Hexentyp fahren und dann sehen wir, was sich machen lässt.« Ich war völlig gefasst, mein Puls ging ruhig und sachte, ließ mein Blut gleichmäßig durch meinen Körper fließen, ich fühlte mich mit einem Mal ausgeglichen und gefasst. Wir hatten einen Plan und würden sehen, was die Zukunft bringt.

Hungrig stand ich auf und machte mich daran, den Kühlschrank zu plündern. Entspannt nahm ich mir etwas zu essen und hörte zu, wie die anderen beschlossen, am nächsten Tag mit mir nach Berlin zu fahren. Sie verteilten Aufgaben, die noch erledigt werden mussten und trugen eifrig Informationen zusammen. An der Art, wie sie es taten, konnte man unschwer erkennen, dass es nicht zu den Stärken von Zeitwandler gehörte, in einem Team zu arbeiten, da sie es für gewöhnlich wahrscheinlich auch nie taten.

Ben fiel das alles wesentlich leichter und er machte die meisten Zugeständnisse.

Satt und zufrieden ging ich zurück in das Schlafzimmer und beschloss, mich ein wenig auszuruhen. Ich war noch etwas müde und spürte leichte Kopfschmerzen hinter meinen Schläfen pochen. Schläfrig rollte ich mich gerade auf dem Bett zusammen und wollte die Decke zu mir heranziehen, als ich hörte, wie die Tür aufgedrückt wurde. Dann blickte ich in Lennox' verschmitztes Lächeln. Ein leises Ziehen durchlief meinen Körper, ich ließ die Decke selbstvergessen los und musste auch lächeln. Er setzte sich gegenüber aufs Bett ans Fußende, ließ mich nicht aus den Augen und seine Hand strich über mein ausgestrecktes Bein. Er war mir so nahe, mir stockte der Atem und Aufregung erfasste mich so gnadenlos, dass ich ein Zittern unterdrücken musste.

»Wir sind allein.« Er machte eine lange bedeutungsschwere Pause und sah mir aufmerksam ins Gesicht. »Die anderen müssen viel organisieren und Leute treffen. Wir sind fast vierundzwanzig Stunden allein.« Wieder eine Pause, ich sah ihn nur an und mein Puls beschleunigte sich, als er näher an mich heranrutschte. Es war schwer, einen sinnvollen Gedanken zu fassen, wenn er mich so ansah und dabei so nahekam.

»Hanna, ich muss mit dir reden.« Sein dunkler Blick versank in meinem und er rückte noch dichter. Er hob sachte die Hand und strich mir unendlich sanft über meine Wange, bevor er sie in meinen Nacken legte. Die andere machte sich auf den Weg zu meinem Rücken, strich sacht darüber und zog mich unendlich langsam zu sich heran. Ich fühlte mich willenlos in seinen Armen, er hob mich an, dichter an sich heran, um mich dann rücklings auf das Bett zu legen. Überrascht keuchte ich leise auf und erwiderte seinen warmen Blick, sah ihm abwartend und aufgewühlt ins Gesicht. Er schwebte halb über, halb neben mir, sein Bein angewinkelt mit meinen verschränkt. Ich sah in seine lockenden Augen, bevor er sie schloss und sich ganz langsam zu mir herunterbeugte, immer näher. Er ließ seine Nase sanft vom Kinn zu meinem Ohr gleiten. »Ich glaube, ich habe mich in dich verliebt«, flüsterte er. Langsam ließ ich meinen Atem entweichen und senkte die Lider. Mein Herz ließ einen Schlag aus und hämmerte danach viel zu schnell. Seine Stimme war nicht mehr als ein heiseres Murmeln. »Ich denke, du empfindest ähnlich. Dein Herz flattert wie ein gefangener Schmetterling umher. Oder du hast Angst? Dann lass ich dich jetzt allein und werde dir nicht mehr zu nahe treten.« Er zog sich leicht zurück und sah mich fragend und zögerlich an.

Meine Hände legten sich schnell in seinen Nacken und ließen ihn nicht weiter zurückweichen. Mir fiel es schwer zu sprechen. Ich sah ihm in seine unergründlichen Augen und seufzte leise auf. »Ich habe keine Angst«, brachte ich wie in Trance hervor. Mit einem glücklichen Lächeln drückte er seine Lippen sacht in die Senke unterhalb meines Ohrs. Ein Kribbeln durchfuhr mich und ich schlang meine Arme fester um seinen Nacken. Er hob den Kopf, entzog sich ein Stück und sah mir forschend in die Augen. Ich wollte ihn küssen. Sein Atem ging schnell, ich spürte ihn auf meinem Gesicht. »Ich werde dich nicht bestehlen«, wisperte ich ihm zu.

Seine Mundwinkel zuckten leicht. »Es gibt da einiges, was du wissen musst, Hanna, es ist nicht ungefährlich, wenn du mich angreifst ... wenn dein Dämon mich angreift.« Ich konnte nicht klar denken, spürte in mir nach. Keine Schmerzen in den Fingern, also hätte keine Gefahr bestanden, ich wollte nur eines, ihn endlich küssen.

»Ich habe es im Griff«, murmelte ich atemlos. Ich zog ihn sacht weiter zu mir und spürte, wie seine Lippen sanft und weich auf meine trafen.

Die Schmetterlinge in mir stoben ungestüm auf und verteilten sich elektrisierend in meinem ganzen Körper. Langsam führte er seine Hand in meinen Nacken und griff in meine Haare, senkte seine Lippen eindringlicher auf meine und küsste mich mit ganzer Leidenschaft, die mein Herz rasen ließ. Unwiderstehlich schmiegten sich seine fordernden Lippen an meine. Mit einem lustvollen Aufseufzen öffnete sich mein Mund und ich umspielte seine Zunge sanft mit meiner, als er sich plötzlich keuchend von mir zurückzog. Noch immer völlig benommen sah ich ihn an. Er lächelte zerknirscht und ließ sich neben mir aufs Bett sinken.

»Du bringst mich noch um, Cherryblossom«, sagte er leise. Ich war noch viel zu aufgewühlt, mein Herz schlug noch laut. »Warum hörst du auf?« war alles, was mein hormonbeladenes Ich herausbrachte.

Er nahm mich in den Arm und zog mich an seine Brust. »Es ist sehr gefährlich, wenn wir uns nahekommen, bevor du ausgereift bist.«

»Hat Ben das vorhin gemeint, als er dachte, du hättest mit mir geschlafen?«, fragte ich verwirrt.

Er gab mich ein wenig frei, um mich ansehen zu können. «Du hast gelauscht?« Er runzelte die Stirn und ich spürte, wie mir die Röte ins Gesicht stieg.

»Na ja, das kann man so nicht grad sagen …«, stammelte ich herum und suchte nach einer passenden Verteidigungsstrategie.

Mit einem breiten Grinsen legte er sich zurück und zog mich an sich. »Es ist so, wenn wir uns nahekommen, wie eben, dann sind wir Zeitwandler sehr *instinktiv.* Unser Dämon nimmt schnell einen großen Platz in unserem Bewusstsein ein.«

»Olivia hat mal so etwas erwähnt ... die Dämonen greifen sich gegenseitig an oder so ähnlich«, flüstere ich und wartete neugierig.

»Ja, so ähnlich. Du bist nun mal halb menschlich. Wenn mein Dämon sich provoziert fühlt, weil du mir – meinetwegen unabsichtlich – Energie stehlen willst, weiß ich nicht, ob ich stark genug wäre, ihn in Schach zu halten. Er könnte dich angreifen. Und er könnte deinen Geist schädigen oder zu viel Kraft auf einmal rauben. Es könnte im schlimmsten Fall sogar tödlich sein, wenn dein menschlicher Teil nicht stark genug ist, den Dämon auszuhalten.« Ein unergründlicher Ausdruck huschte über seine schönen Züge.

»Aber wenn du und dein Dämon richtig zusammengewachsen seid, wird es nicht mehr ganz so gefährlich für dich sein. Zusammen werdet ihr sozusagen unverwundbar. Es wäre allemal kräftezehrend, wenn die Dämonen sich miteinander messen«, flüsterte er nun in mein Haar.

»Und mit Menschen ist das anders?«

»Sie haben keinen Dämon, der mich angreifen könnte, also ist es ziemlich ungefährlich, weil die Kontrolle bei mir bleibt.

Der Dämon schläft tief in mir und wird nicht wach.«

»Ich verstehe …«, ich kuschelte mich tiefer in seine Armbeuge und schloss die Augen.

»Wir müssen nur ein wenig warten, bis du *gereift* bist.« Er sprach das Wort mit einem breiten Grinsen und ich kniff ihn dafür in die Seite.

»Du warst so ... *unnahbar*, ich kann nicht glauben, dass du … mich magst«, sagte ich tonlos.

»Es tut mir sehr leid, Hanna. Ich wusste nicht so genau, was mit mir los war. Ich wollte nicht so empfinden, für dich. Ich fand es beängstigend.« Er blickte angestrengt ins Leere, bevor er diese Worte aussprach.

»Noch dazu ist dein Vater mein Vorgesetzter und Befehlshaber einer ganzen Kultur…« Er unterbrach sich und ein schelmisches Lächeln zuckte in seinen Mundwinkeln. »Er wird bestimmt nicht begeistert sein, dass ich daran denke, seine Tochter zu verführen.« Jetzt strahlte er mich mit einer Intensität an, die mir wieder einen Schauer über den Rücken jagte und meine Schmetterlinge neu anheizte. Er hob den Blick und sah zum Fenster. »Ich muss mich auch erst wieder an die menschlicheren Gefühle gewöhnen. Als Zeitwandler existiert man anders. Unser Sein hat andere Prioritäten, das Dämonische spielt dabei eine nicht unwesentliche Rolle. Ich kann es schlecht erklären.« Er setzte sich lässig auf und funkelte mich fröhlich an. Mir wurde ganz warm ums Herz, ihn so jungenhaft und unbeschwert lächeln zu sehen.

»Wo waren wir denn stehengeblieben, bevor mein Betragen so unerhört wurde und ich vorhatte, dir deine Tugend zu stehlen?«, scherzte er.

»Du wolltest was? Du Schuft!« Ich warf ein Kissen nach ihm, was er galant abfing, um sich im nächsten Moment auf mich zu stürzen und mich zu schnappen. Ich schrie lachend auf, als er mich vom Bett hob und trug, als wäre ich federleicht. Losgelöst drehte er uns einmal durchs Zimmer, um sich mit mir wieder aufs Bett fallenzulassen. »Ach ja, ich hab's. Ich wollte dich gerade über die nächste Vorgehensweise aufklären«, sagte er fröhlich.

»Was der Plan ist, meinst du? Du meinst, wann wir fahren und wohin und so weiter?«

»*Oui, ma petite chérie.*«

Ich verdrehte gespielt entnervt die Augen und musste lachen. »Diese Wortspielerei mochte ich in Bezug auf meine Wenigkeit noch nie.« Ich rümpfte pikiert die Nase.

»Ich weiß! Also, wir fahren morgen Abend los in Richtung Berlin. Dort in der Nähe wohnt Bens Tutor Magnus Gutenberg, er hat dort ein altes Herrenhaus im Wald, etwas abgelegen von Berlin. Er ist – wie schon erwähnt – Hexenmeister und hat sich telefonisch bereit erklärt, uns zu helfen.«

»Telefonisch? Das ist nicht dein Ernst. Gibt es nicht so was wie Hexenfunk oder so?«, platzte es aus mir heraus, was mir einen ungläubigen Blick von Lennox bescherte. Ich musste lachen und biss mir auf die Zunge.

»Nein!? So was gibt es nicht.« Er zog mich an einer Locke und grinste breit.

»Du wirst irgendwann bemerken, dass wir nicht viel mit den Fantasien irgendwelcher Drehbuchautoren zu tun haben.«

»Okay…« Behutsam strich Lennox mit seinem Daumen über meine Denkfalten. Wieso sollte es so etwas nicht geben, schließlich gab es auch Monster. Und war ich nicht auch irgendwie eines von ihnen?

»Wir drei sind morgen Nacht zu einer Feierlichkeit eingeladen. In dieser Zeit wird er versuchen, deine Blockade zu lösen. Wir hoffen, dass wir mehr über die Hintergründe erfahren können, wer genau versucht, an dich heranzukommen und warum. So kann ich dich besser beschützen. Dein Vater und seine Leute sind wie vom Erdboden verschwunden, ebenso Henry. Es gibt viele Gerüchte, aber nichts Konkretes.« Der Ernst unserer Lage hatte uns wieder und Lennox' besorgte Miene kehrte zurück. Ich atmete tief durch und nickte. »Es wird bestimmt nicht ganz leicht für dich, aber ich bin bei dir. Und Ben und Olive mögen dich auch und stehen hinter uns. Sogar Olive lässt es sich nicht nehmen, uns zu begleiten.« Lennox zog mich näher an sich heran und gab mir einen Kuss auf die Stirn. Sofort war ich wieder völlig abgelenkt und konnte mich nicht mehr vor morgen fürchten.

»Wie hast du meinen Vater damals kennengelernt?« Meine Hand spielte mit seinem Hemdsärmel.

»Er hat mich nach dem Ersten Weltkrieg in die Dienste des Rates geholt, mich gefördert und unterstützt. Er war immer sehr … anständig.«

»Wie ist er so? Ich kenne ihn nur von den wenigen, eher kurzen Telefonaten jeden Monat.« Ich war begierig darauf zu erfahren, wie er meinen Vater sah und lauschte angespannt auf seine Antwort.

»Er ist … sehr charismatisch … meistens korrekt und … ich weiß nicht. Du solltest ihn selber kennenlernen. Versuche, ihn als Zeitwandler zu sehen, nicht nur als deinen Vater. Er ist vielleicht nicht der Vater, den man sich als Mensch so vorstellt.« Er sprach zögernd und wich meinem Blick aus.

»Das hab ich schon gemerkt, aber magst du ihn? Ist er nett?«

Lennox wurde ruhiger, seine Augen wurden fest. »Ich habe sehr viel Respekt vor ihm. Es ist besser, du machst dir dein eigenes Bild.« Seine Ablehnung diesem Thema gegenüber ließ mich stutzen, aber ich beschloss, es gut sein zu lassen, vorerst.

»Also gehen wir morgen auf eine Party?«, fragte ich, um das Thema zu wechseln.

»So sieht es aus.« Er zog mich fester an sich, es war so friedlich. Er streichelte mir sanft über den Rücken und ich wurde schläfrig. Lange lagen wir einfach nur da, auf den Herzschlag des anderen horchend.

»Lass es uns noch mal tun«, raunte er mir zu. Ich blinzelte verwirrt.

»Zusammen einschlafen. Diese Wärme des Schlafes, das ist so … *angenehm* ... und schön, ich hatte ganz vergessen, wie sich das anfühlt.«

Ich lächelte ihn verträumt an. »Ich dachte, du meinst was anderes.«

Er öffnete die Augen. In ihnen lag dieser vertraute Glanz, der mich so faszinierte. Lennox' Mundwinkel zuckten amüsiert. »Du liebst es gefährlich, wie mir scheint.« Er nahm meine Hand, legte sie auf seine Brust und schloss die Augen. Ich spürte seinem Herzschlag nach und mein Puls wurde wieder ruhiger.

»Ich dachte, du *kannst* nicht schlafen?«, raunte ich mit halbgeschlossenen Lidern.

»Ich kann, ich brauche es nur nicht.« Er zog mich näher an sich. »Mmh…«, brummte er und ich schloss die Augen. Langsam ließ ich mich tiefer in seinen Arm fallen und spürte meine Glieder schwerer werden, spürte, wie der Schlaf kam und mich einlud, mit ihm in die Fluten des weichen Nichts zu versinken. Ich hörte Lennox' leisen gleichmäßigen Atem und fragte mich noch, ob er schon schlief, als ich davontrieb.

Neue Erkenntnisse

Wir würden bald losfahren, alle Sachen waren bereits in Bens Wagen verstaut und die Angespanntheit der Aufbruchstimmung war beinahe greifbar. Die letzten Stunden mit Lennox waren wundervoll gewesen. Ich war trotz der widrigen Umstände glücklich und konnte es nicht fassen, dass dieser sagenhaft aussehende, charismatische intelligente Typ mich wollte. Mein Leben hatte sich völlig auf den Kopf gestellt und ich schwebte tatsächlich in dieser unmöglichen Situation im siebten Himmel. In Gedanken schüttelte ich meinen Kopf über die kuriose Situation, in der ich mich befand.

Konnte das gutgehen? Ich wusste es nicht. Ich wollte es auch gar nicht wissen. Ich hatte noch nie so intensiv empfunden und wollte einfach nur immer mehr von diesen rauschartigen Gefühlen. So genoss ich es, süchtig zu werden und zelebrierte sie in vollen Zügen.

Ben und Olivia hatten sich in der Zeitwandlerszene umgehört und in Erfahrung gebracht, dass der Rat angegriffen worden war. Es war allerdings nicht klar, von wem und wann genau. Mal sollten es die Occulus Videns gewesen sein, mal eine Hexervereinigung namens *Der Orden des Blutmondes.*

Mittlerweile war bekannt, dass alle Ratsmitglieder lebend entkommen waren, aber der jetzige Aufenthaltsort geheim war, was erklärte, warum Lennox niemanden erreichen konnte. Sie mussten sich erst neu organisieren und sichere Kommunikationsmöglichkeiten schaffen.

Also machten wir uns auf den Weg nach Berlin, zu neuen Erkenntnissen.

Lennox und ich saßen bequem auf der Rückbank von Bens VW. Ben fuhr und fachsimpelte mit Olivia über irgendwelche Vollmondrituale und Zaubertränke. Lennox spielte mit meiner Hand und ich kam nicht umhin zu bemerken, dass Ben immer wieder in den Rückspiegel sah und scheinbar missbilligend auf unsere Vertrautheit herabsah. Ich fragte mich kurz, ob es einen Grund dafür geben konnte, als Lennox aber seinen Arm um mich legte und mich an sich zog, verschwamm die Frage wie eine Spiegelung im aufgewühlten Wasser.

Aus dem Fenster sehend betrachtete ich die vorüberziehenden Bäume, blickte in den Himmel und staunte über die sich herabsenkende rote Sonne. Eine unbestimmte Melancholie streifte mich kurz und unerwartet. Ich dachte an Maike, wusste nicht, was mit ihr geschehen war und hatte keine Möglichkeit, es herauszufinden. Von Henry ganz zu schweigen. Ich war für einen Moment von Traurigkeit erfasst, unterdrückte ein Aufseufzen und schloss die Augen. Mühsam sperrte ich die Gedanken aus und klammerte mich an andere. Es war schon September und es wurde langsam kalt draußen. Ich war gespannt auf Magnus Gutenberg, den Hexer, fürchtete mich aber auch vor dem, was ich dort erfahren würde. Der Hexer würde eine kleine Party für Hexenwesen und Zeitwandlerdämonen geben. Ben sagte, allerlei seltsame Kreaturen wären dort geladen und wir müssten auf der Hut sein. Olivia hatte diesen Satz mit einem Schnaufen quittiert und ihr schwarzes Haar geschüttelt. Ich war mir beinahe sicher, dass sie sich vor rein gar nichts fürchtete. Sie drehte mit ihren Fingern in ihrem seidigen Haar, sah zu uns zurück und lächelte mich einige Male erstaunlich mädchenhaft an. Es wirkte irgendwie einstudiert, wie für eine Rolle. Ich war mir nicht sicher, ob sie mich akzeptierte, mögen tat sie mich eher nicht. Vermutlich hatten die Männer sie gebeten, auf meine menschlichen Seiten Rücksicht zu nehmen und mir weiterhin mit Freundlichkeit zu begegnen, obwohl man spüren konnte, dass ich ihr langsam, aber sicher missfiel.

Ihr Lächeln erwidernd versuchte ich, es positiv zu sehen. Sie half mir, hatte mir noch kein Blut abgezapft, obwohl ich schwören könnte, sie dachte manchmal daran, wenn ich ihre kleine gespaltene Zunge hervorblitzen sah – und sie war um Freundlichkeit zumindest bemüht.

Es war stockdunkel, als wir bei einer kleinen Pension ankamen. Olivia und ich gingen hinein und ließen uns die Schlüssel für das einzige freie Zimmer geben, ein Vierbettzimmer. Die anderen beiden kamen mit dem Gepäck hinterher. Olivia tänzelte wie eine Ballerina vor mir her und drehte ganz unverhofft eine Pirouette, sodass Ben in mich hineinlief, weil ich so abrupt stoppte.

»Ob man da auch tanzen kann?«, trällerte sie aufgeregt. Ihre Mandelaugen leuchteten. Man sollte meinen, dass einen Zeitwandler, der schon so einiges gesehen haben sollte, so etwas Banales wie eine Party nicht mehr in solch eine freudige Erregung versetzt. Olivia allerdings war in heller Aufregung.

»Schließ doch einfach erstmal das Zimmer auf«, seufzte Ben genervt und hielt ihr einen der schweren Koffer vorwurfsvoll entgegen.

Ich musste mir ein Kichern verkneifen. Zwei Leute kamen uns entgegen und zogen einen Koffer hinter sich her. Sie nickten uns freundlich zu, sie schienen auszuchecken. »Da geht es hin, das Abendessen«, feixte Olive mit theatralisch verdrehten Augen weiter, drehte eine weitere Pirouette und schloss anschließend unter energischen Stößen von Ben die Zimmertür auf.

»Hat sie was genommen?«, fragte Lennox mit einem ironische Zug auf den Lippen.

Die offene Tür gab den Blick in ein eher schäbiges Zimmer frei, mit alten vergilbten Vorhängen und verblasster gemusterter Tapete. Die Betten hatten auch schon bessere Zeiten gesehen, was mich im Augenblick nicht mehr weiter störte. Ich streckte mich als Erstes auf einem der tristen Betten aus, um meine Knochen nach der langen Autofahrt wieder an die richtigen Stellen zu schieben. Ben verstaute das Gepäck in einem Schrank und schaltete den Fernseher ein. Er ließ sich neben mir aufs Bett fallen, verschränkte die Arme hinter dem Kopf und musterte mich eingehend. Seine dunklen Haare fielen ihm leicht in die Stirn und verdeckten sein linkes Auge. Ich wurde unsicher unter der Intensität, mit der er mich ansah. »Bist du aufgeregt, wegen gleich?«, fragte er warm lächelnd.

»Nein … oder doch … ein bisschen.« Ich nagte unsicher auf meiner Unterlippe herum und senkte meinen Blick.

»Dir wird nichts geschehen«, sagte er weich und stand auf, um sich etwas zu trinken zu holen.

»Ich werde jetzt etwas zu essen besorgen, ihr könnt euch schon einmal umziehen.« Lennox hatte sich vor mir aufgebaut und hauchte mir einen Kuss auf die Stirn.

»Mach dich hübsch«, flüsterte er mir zu und lächelte verhalten.

Sein Blick streifte Ben und Olivia im Vorbeigehen.

Er verschwand und ich spürte mit einem Mal ernsthaften Hunger. Die Tatsache, dass die anderen sich anders ernährten als ich, machte das für mich nicht gerade angenehm. Ich zappte mit der Fernbedienung ungeduldig die Programme durch und versuchte, die Unruhe zu verdrängen, die der Hunger in mir verursachte. Olivia saß auf dem anderen Doppelbett und lackierte sich konzentriert die Fußnägel in einem knalligen Rot. Fasziniert beobachtete ich sie. Mir war schleierhaft, warum sich einige Frauen so gerne bunt anmalten. Ich riss meinen Blick wieder von ihr los. Ben stand an der Minibar und kramte geräuschvoll Getränke hervor, reihte sie auf dem Tisch auf und sah zu mir rüber. Hastig sah ich fort, wich ihm aus.

»Hanna, willst du was trinken?« Er lächelte mir zu, als ich zu ihm herüberguckte und schwang dabei eine der Flaschen hin und her. Durst, ich hatte Durst! Wieso hatte ich das nagende Gefühl in mir nicht gleich als *Durst* definiert? Hastig stand ich auf und ging auf ihn zu. Er lächelte mich freundlich an, seine warme Art bezauberte mich. Seine braunen Augen funkelten, es lag eine Tiefe in ihnen, die mich anzog. Ich stand dicht vor ihm. Sein Ausdruck veränderte sich, Verwunderung stand in seinem Gesicht, als ich meine Hände an seine Wangen legte. »Hanna … «, sagte er leicht drohend, was völlig an mir vorbeiging und mich nicht weiter beunruhigte. Seine Augen weiteten sich und mit einem Ruck entlud sich Energie, die wie ein Blitz von ihm aus in meinen Körper jagte. So *stark* und *unbändig*. Es war wundervoll. Ich schloss die Augen, hieß sie willkommen, drückte mich an ihn, lächelte und genoss. Die Energie verebbte urplötzlich, viel zu schnell. Enttäuschung. Meine Hände wurden heiß, sie brannten. Ein scheußlicher Schmerz durchzuckte mich. Angefangen an der Hand, die Ben berührte, durch meinen Arm in sämtliche Glieder, die ich besaß. Mit Entsetzen riss ich meine Hände zurück und die Augen auf.

Ben sah mich aufmerksam mit zusammengepressten Lippen an, hob beschwichtigend die Arme und ich konnte ihn nur anstarren.

Hinter mir hörte ich Olivia in schallendes Gelächter ausbrechen, das sich anfühlte wie eine Ohrfeige. Ben formte mit seinen Lippen bedauernd ein *Tut mir leid!* und lächelte zerknirscht.

»Ben lässt sich nicht so einfach berauben, Honey. Nur, wenn er dafür bekommt, was er will. Ein wenig Sex vielleicht? Oder Vorteile. Oh, Einfluss und Macht. Das mag er auch. Wonach ihm gerade gelüstet.«

Hämisch grinsend musterte mich Olivia. »Ich spreche da aus Erfahrung, nicht wahr, mein Lieber?« Sie fixierte Ben mit einem überlegenen Blick, den dieser kurz erwiderte, bevor er mir wieder in die Augen sah.

»Ich wollte nicht … es tut mir leid«, stammelte ich betreten und sah entschuldigend zu Ben auf. Meine Hand zitterte leicht, ich hob sie an, besah sie und zog mich weiter zurück. Mir war diese Situation furchtbar peinlich und ich wollte mich ein weiteres Mal gerne in Luft auflösen.

»Ich weiß. Es ist in Ordnung. Aber zurzeit brauche ich meine Energie selber.«

Sein Blick streifte Olivias mit einer Härte, die ich ihm nicht zugetraut hätte, bevor er mich wieder anblickte und mit einem Lächeln versuchte, die Situation zu entschärfen.

»Wenn alles anders wäre, unter anderen Umständen, wer weiß, vielleicht würde ich dich dann meine Energie rauben lassen. Ein wenig zumindest.« Er grinste verhalten, trat einen Schritt auf mich zu und ich zuckte irritiert zurück. Olivia schnaubte verächtlich auf, was Ben mit einem noch härteren Blick in ihre Richtung quittierte. Mir wurde die Stimmung ernsthaft zu ungemütlich und ich wich zurück, um mich aufs Bett zu setzen. Ich hatte die Schmerzen in den Händen und Fingern ignoriert, hatte sie nicht wirklich registriert. Wenn ich bei Lennox auch so unvorsichtig war, könnte es ernsthaft gefährlich werden. Mechanisch schüttelte ich leicht benommen meinen Kopf und sah auf meine beiden Hände hinunter.

Ben kam mir nach, setzte sich neben mich und hielt mir ein Glas entgegen, das ich dankend entgegennahm. »Du wirst es bald raushaben, wie du es steuern kannst, mach dir keine Sorgen.«

Seine liebe Art berührte mich und ich versuchte, innerlich Abstand zu nehmen. Ich leerte das Glas in einem Zug, kämpfte gegen die Kohlensäure und machte mich auf den Weg ins Bad. Etwas durcheinander und aufgewühlt zog ich mir ein graues

Cocktailkleid an, das Olivias blauem, was sie schon trug, vom Schnitt her sehr ähnlich sah. Mit dem kleinen Unterschied, dass sie es besser ausfüllte. Sie hatte einen recht großen Koffer voll mit verschiedensten Kleidern und Accessoires aus ihrem Kleiderschrank mitgebracht.

Ich begann, meine langen Haare zu einem kunstvollen Knoten zusammenzubinden. Mit kleinen schwarzen Samtblumen verzierte ich das Ganze und zupfte mir eine Haarsträhne in die Stirn. Wenn man es genau nahm, waren meine Haare gar nicht mehr dunkelblond, sondern sehr viel heller geworden. Lennox hatte mir erklärt, dass sie heller wurden, wenn ich mir Energie stahl. Sie würden irgendwann vermutlich fast weiß werden. Und jetzt schimmerten sie noch mal heller. Das musste bedeuten, dass Ben mir eine ganze Menge Energie gegeben haben musste, bevor er mich aufgehalten hatte. Oder vielleicht hatte er sich nicht rechtzeitig wehren können und ich hatte ihn überrumpelt.

Ich würde Lennox erzählen müssen, was ich getan hatte.

Als Lennox zurückkam, waren wir schon fertig angezogen und frisiert, selbst Olivia, die gefühlte Ewigkeiten mit ihrem Schminktäschchen verschwunden war. Fehlte also nur noch Lennox. Während ich eine Pizza verspeiste, zog er sich im Bad um. Als er in einem umwerfenden Smoking wiederkam, verschluckte ich mich an meinem Rest Pizza und versuchte, mein Make-up durch die aufkommenden Tränen nicht zu ruinieren. Ich tupfte vorsichtig mit einem Taschentuch an meinen Augen herum, als Olivia neben mir auftauchte und es mir aus der Hand nahm. »Du verschmierst es noch, ich mach das.« Sie grinste mich breit an und befahl mir, die Augen zu schließen. Ich hatte den Eindruck, dass sie die Gelegenheit nutzte, um mein Make-up zu verfeinern, was sich beim nächsten Blick in den Spiegel auch bestätigte. Meine zuvor dezent geschminkten Augen waren um einiges dramatischer geworden. Wenige Minuten später waren wir auf dem Weg zur Party.

Wir fuhren durch einen tiefen Nadelwald, am Rand blitzten die Augen von Tieren im Scheinwerferlicht geisterhaft auf und fesselten mich.

Eine schmale Einfahrt, die wir fast verpasst hätten, führte einen Hügel hoch auf ein mit Laubgehölz bewaldetes Areal, auf dem ein altes hellblaues Herrenhaus thronte. Es standen schon einige Fahrzeuge, die verschiedener nicht sein konnten, auf einem großzügigen Parkplatz. Dort waren Limousinen neben VW-Bussen, deren Alter über meinem lag, und Audis neben Toyota Corollas und Fiat Pandas. Wir parkten unseren VW ein Stück abseits am Waldrand. Laute Musik dröhnte uns aus dem Haus entgegen und der Eingangsbereich war mit bunten Lampions geschmückt, was eine freundliche, fast schon romantische Stimmung verströmte. Es war eine sternenklare Nacht und ich legte meinen Kopf in den Nacken, um sie auf mich wirken zu lassen. Die Luft war kühl und rein. Ich sog sie tief in mich hinein, bis Lennox mich sacht vorwärtsschob. Draußen auf der Veranda des Hauses saßen zwei Baobhan-Sith zigarrerauchend und verstummten, als wir uns näherten. Ich fand den Anblick der hübschen grazilen Frauen mit diesen qualmenden Ungetümen in den Händen völlig skurril und zog unbeabsichtigt die Stirn in Falten. Sie musterten mich eingehend und viel zu interessiert. Ich hatte das Gefühl, sie versuchten zu analysieren, wer oder viel mehr *was* ich war.

Lennox trat an meine Seite, legte behutsam und schützend den Arm um mich und blickte wachsam zu den beiden Frauen hinüber. Als wir über die Türschwelle traten, wurden wir sofort von der intensiven Stimmung gefangen genommen, die hier eine ganz eigene Dynamik hatte. Wir vier tauchten in das Nachtleben der Zeitwandler und Hexer ein. Die Atmosphäre war eine völlig andere, als man sie von einer Party her kannte, düsterer, irgendwie unwirklich. Sogar ein wenig bedrohlich. Überall standen Leute, die sich unterhielten, mit Drinks in den Händen und in ausgelassener Stimmung, eigentlich ganz normal. Sah man aber genauer hin, wurde man von der starken Präsenz jedes Einzelnen spontan überrollt. Fast jeder der Anwesenden sprühte vor Kraft und einer durchdringenden Aura. Bei einigen war dieses Scheinen, das sie umgab, irgendwie hell und weich, bei anderen dunkel und wabbernd wie farbiger Teer. Es war seltsam. Bei Olivia und Lennox passte der Schein oder die Aura, wie sie es nannten, perfekt zu ihnen. Olivias zartes und anmutiges Erscheinungsbild umfloss ein kühles hellschimmerndes Blau. Lennox' Aura war beinahe silbern und völlig durchscheinend. Man nahm es nur wahr, wenn er sich schnell bewegte. Doch es gab auch Personen, die bunt und fröhlich wirkten, mit Grübchen in ihren runden Gesichtern und warmen Augen, deren Aura aber wabbernd und dunkel war und eine gewisse Boshaftigkeit verströmte, die verstörend war. Ich schluckte und sah mich nach den anderen um. Jemand fehlte, Ben war verschwunden. Ich zuckte mit den Achseln und umfasste Lennox' Hand. Der Gastgeber hatte allem Anschein nach keine Kosten und Mühen gescheut, um diese Party zu einem Erfolg werden zu lassen. Olivia bewegte sich im Rhythmus der Musik, als ich Ben aus der Menge zu uns zurückkommen sah. Er hatte vier Drinks in den Händen, die er nun an uns verteilte.

»Das wäre dann wohl eine der legendären Partys des Magnus Gutenberg. Hier soll es ja immer sehr heiß zugehen«, vernahm ich Olivias Feststellung und brachte ein abwesendes *Hhh* hervor.

Mir war ein wenig mulmig, gleichzeitig fühlte ich mich auch wie in einem Sog aus dieser ausgelassenen Energie, der mich mit sich zu ziehen schien.

Wir kamen in einen Saal, der jedem Ballsaal Konkurrenz gemacht hätte. Am Ende war ein modernes DJ-Pult aufgestellt und der in weiß gehaltene Saal war eine einzige bebende Tanzfläche. Auf der anderen Seite stand ein großes Ecksofa, auf dem sich mehrere Pärchen herumlümmelten, sich küssten oder ich weiß nicht was taten. Verschiedener konnten diese Leute gar nicht aussehen. Von leger gekleideten, sportlich aussehenden Gästen über Ökohippies und Anzugträger war alles dabei.

Ich leerte meinen Drink und sah mich mit großen Augen weiter um. Eine kleine pummelige Frau mit feuerroten Dreadlocks und kunterbuntem Hippiekleid flirtete mit einem großen schwarzen Mann im Anzug, der ihr immer wieder mit den Fingern an die Nase stupste und sie anschließend ansah, als wolle er sie fressen. Und ich meine das wörtlich, nicht im übertragenen Sinne. Ich konnte nur schwer einschätzen, wer hier welche Art von Zeitwandler darstellte. Es war grotesk. Auf dem Sofa saß eine Frau, die so durchscheinende Haut hatte, dass man fast ihr gesamtes Aderngeflecht durchschimmern sah, was wiederum einem gutaussehenden blassen Typen mit Glatze zu gefallen schien. Er stierte die meiste Zeit zu ihr herüber, ließ sie kaum eine Sekunde aus den Augen. Sie nahm die Aufmerksamkeit durchaus wahr und kokettierte damit. Dabei warf sie ihm immer mal wieder abwechselnd kühle und dann wieder herausfordernde Blicke zu. Dennoch konnte der Mann sich nicht dazu durchringen, zu ihr zu gehen, obwohl er es ganz sicher gerne tun wollte.

An eine Wand gelehnt stand ein Mann, der sich die Augenpartie weiß geschminkt hatte. Es sah fast so aus, als hätte er eine weiße Augenbinde um. Seine strahlend blauen Augen leuchteten dadurch viel zu intensiv, harmonierten aber mit seinem blauen Anzug und lenkten von allem anderen ab. Auch von seiner Raubvogelnase.

»Ich werde jetzt Magnus suchen, bleibt ihr hier unten. Es kann ein Weilchen dauern.« Ben zwinkerte uns zu, kehrte uns den Rücken und war sehr schnell in der Menge verschwunden. Ein neuer Song wurde angespielt, exotisch mit viel Drum'n'Bass. Olive bewegte sich in Richtung tanzender Massen und schnappte sich meine Hand. Mit einem überraschend echten Lächeln zog sie mich bestimmend mit in Richtung der Tanzfläche. Von ihrer plötzlichen Offenheit mir gegenüber viel zu überrumpelt vergaß ich, mich zu widersetzen und befand mich umgehend im Strom der tanzenden Leute. Olivia ließ sich leiten und riss mich mit ihrer Begeisterung mit. Zufriedenheit machte sich in mir breit und ich ließ los, ließ meinen Körper sich bewegen im Takt der euphorisierenden Musik.

Lennox beobachtete uns schmunzelnd mit vor der Brust verschränkten Armen. Olive zog mich mit, umtanzte mich mit ihren weichen Bewegungen. Ich tat es ihr gleich und in wenigen Sekunden waren wir eine Einheit aus Bewegungen. Ich legte meinen Kopf in den Nacken und schwang meine Hüfte zum Beat, spreizte die Arme ab, fühlte mich frei. Kurz dachte ich daran, was wohl in den Getränken so dringewesen sein mochte, als die Musik wechselte und etwas Ruhigeres angespielt wurde.

Lennox trat hinter mich, ich hatte ihn gar nicht kommen sehen, und hauchte mir ins Ohr:

»Darf ich?« Er drehte mich schwungvoll zu sich herum und fing meine Drehung sacht ab. Seine beinahe schwarzen Augen übten einen unwiderstehlichen Sog auf mich aus, dem ich mich nicht entziehen konnte und auch nicht wollte. Verträumt versank ich in diesem weichen glänzenden Schwarz. Aus den Augenwinkeln nahm ich das vielsagende Kopfschütteln von Olivia wahr, bevor sie sich absetzte. Ab da galt meine Aufmerksamkeit nur noch ihm. Er nahm meine Hände, legte die eine um seine Hüfte, zog mich näher zu sich heran und nahm die andere Hand in seine.

»Amüsierst du dich?«, raunte er an meinem Ohr. Mir fiel es schwer, auch nur einen Ton über die Lippen zu bekommen, deshalb nickte ich nur leicht und lächelte in mich hinein, sah über seine Schulter und brachte mich näher an ihn heran.

Zärtlich drückte er mich an sich und tanzte mit mir ruhig im Gleichklang der Musik. Er ließ seine Lippen, zart wie die Berührung eines Schmetterlings, an meinem Hals entlanggleiten. Ein Kribbeln schoss wie ein Feuer durch meinen Körper und brachte mich aus der Fassung. Ich unterdrückte einen Seufzer. »Lennox …«, hauchte ich.

»Ja?« Es war ein leises Flüstern direkt an meinem Ohr. Ich brachte ein wenig Abstand zwischen uns, um wieder etwas klarer denken zu können, und sortierte meine Worte. Mühsam sammelte ich mich, war mir der Blicke einiger Anwesender nur allzu bewusst. Besonders der missbilligende von Ben, den ich aufgefangen hatte, ließ nicht zu, dass ich mich weiter von Lennox und meinen mit ihm verbundenen Gefühlen davontragen lassen konnte.

Ein verwunderter Ausdruck trat auf sein Gesicht. »Was … hab ich was falsch gemacht?«

Immer noch aufgelöst sah ich ihn an, Schmetterlinge flirrten in meinem Magen umher und ließen die Hitze in meinem Körper nicht abflauen. »Nein, ganz im Gegenteil.« Aufgewühlt versuchte ich an etwas anderes zu denken, versuchte, diese überschäumenden Gefühle zurückzudrängen. »Du machst mich verrückt … aber die ganzen Leute hier …« Ich sah verlegen zu Boden.

Er dachte kurz darüber nach, bis sich ein triumphierendes Grinsen auf seinem Gesicht breitmachte und er mich sanft wieder an sich zog. »Und ich dachte schon, du hättest ein ungutes Gefühl, was mich angeht, oder du hättest Angst, mich anzufallen.« Ich dachte kurz darüber nach und war mir nicht sicher, wie er das mit dem *Anfallen* meinte.

Als er mich freigab musste ich mich bemühen, das Gleichgewicht zu halten, meine Sinne spielten eindeutig verrückt. Lächelnd nahm er meine Hand und zog mich mit zur Bar, wo Olive und Ben schon auf uns warteten. Noch immer etwas benommen atmete ich auf und schüttelte die Aufregung von mir ab.

Olivia hatte sich an Ben gelehnt, sie umarmte ihn und ihre feinen Hände spielten mit seinen dichten dunklen Haaren. Was Ben zu stören schien, denn als wir näherkamen befreite er sich unauffällig von Olive, die das wiederum ziemlich zu belustigen schien. Irritiert wandte ich den Blick ab und ließ ihn durch den Partyraum schweifen.

»In einer halben Stunde sollen wir vorne, die Treppe hoch, zu seinem Arbeitszimmer kommen«, verkündete er ziemlich selbstbewusst. Lennox nickte ihm kurz zu und sah mir anschließend mit Sorge forschend ins Gesicht.

»Mir geht es gut, ich schaff das schon«, versuchte ich mich selbst zu beruhigen und knetete meine Hände. Langsam zählte ich innerlich bis zehn und sah mich weiter um. Ben sah zu mir herüber und ich erwiderte zaghaft sein aufmunterndes Lächeln.

Olivia hatte sich unterdessen einen jungen Mann angelacht und kokettierte, was das Zeug hielt. Er schien von ihr angetan zu sein und bemühte sich, ihr zu gefallen. Ihre Hand lag flirtend an seinem Hemdkragen und ihre Lippen waren nur Millimeter von seinen entfernt, als ich ein leichtes Flirren wahrnahm. Ihre gespaltene Zunge huschte für einen Sekundenbruchteil zwischen ihren Lippen hervor, was mich den Blick nicht abwenden ließ und ich sah, wie ein verträumter Glanz in seine Augen trat. Olivia lächelte kühl und bemerkte mich, wie ich sie musterte. Sie zwinkerte mir kurz zu und ließ einen Finger mit einem fingerhutähnlichen Gegenstand sacht an seinem Hals entlangfahren, bevor sie die Spitze in seiner Halsschlagader versenkte. Er zuckte nicht einmal, sondern schloss die Augen und gab sich ihr hin. Halb fasziniert, halb angewidert verfolgte ich ihr Treiben. Sie konzentrierte sich wieder auf ihr Opfer und sah auf das Blut, das langsam hervorquoll und sich zu einem Tropfen formte, bevor es in einen roten Fluss überging und den Hals entlangrann. Ein entzückter Ausdruck huschte über ihre engelsgleichen Züge. Blitzschnell ließ sie ihre Zunge über seinen Hals gleiten, um die Blutstropfen abzufangen, die sich auf den Weg zum Hemdkragen gemacht hatten. Sie presste sich nun fester an diesen Mann und ihr Mund saugte sich an die Wunde. Ihre Hände legten sich mit leidenschaftlicher Intensität um seinen Hals. Sie standen dort wie Liebende, die sich hielten und liebkosten. Lennox bemerkte meinen entrückten Blick und stupste mich sacht an.

»Ist er ein Mensch?«, fragte ich, perplex den Blick von den beiden losreißend.

»Ja, einige Menschen laufen hier auch herum«, antwortete er, als wäre es selbstverständlich, für das Wohl der Gäste zu sorgen, indem man ihnen die Möglichkeit gab, sich an Menschen zu bedienen.

»Wissen sie …?« Mir fehlten die Worte und ich sah ernüchtert in sein Gesicht.

»Einige vielleicht, die meisten eher nicht.« Er zuckte teilnahmslos mit den Achseln, was mich irgendwie ärgerte.

»Ihnen geschieht nichts. Das weißt du, oder?«

»Bis auf die Tatsache, dass man ihnen ihre Kraft raubt und womöglich Tage oder Wochen ihres Lebens«, sinnierte ich unbehaglich.

»Es bringt sie ja nicht gleich um«, grinste mich Lennox leicht schuldbewusst an.

»Aber vielleicht … sollten sie eine Wahl haben, immerhin ist die Energie und die damit verbundene Lebenszeit unwiderruflich fort. Die bekommen sie nie wieder. Nicht wahr?« Jetzt sah Lennox mich entrückt an, sein Blick ging in die Ferne.

»Denkst du, wir könnten überleben, wenn wir jeden Menschen erst fragen würden?« Er sah immer noch gedankenversunken in die Ferne. »Der bei Olive weiß übrigens Bescheid, aber er ist eine der Ausnahmen. Es würden sich kaum Scharen von Menschen dazu bereit erklären, sich ihre Lebensenergie stehlen zu lassen. Und wenn sie alle über uns Bescheid wüssten, würde sehr wahrscheinlich die Jagdsaison auf uns eröffnet sein.«

Mein Blick glitt wieder zu Olive, die sich von dem Mann löste. Der Zauber war gebrochen. Er sah sie ehrfurchtsvoll an und seine Hand legte sich auf ihre Wange. Von der Wunde am Hals war nicht mehr als ein kleiner roter Punkt zu sehen. Sie lächelte ihn strahlend an und küsste ihn so voller Leidenschaft, dass ich mich abwandte.

»Warum lässt er es zu, wenn er es weiß?«, fragte ich ungläubig.

»Vielleicht verspricht er sich irgendetwas davon. Einige Menschen versprechen sich einen Teil der Macht, die unsere Welt besitzt, oder Einfluss, oder andere Dinge. Wer weiß schon so genau, was einen Einzelnen bewegt.« Sein Blick ruhte nun wieder friedlich auf mir.

»Müsstest du nicht auch hungrig sein? Wir könnten vielleicht jemanden für dich finden. Das würde uns ein wenig mehr *Freiraum* bieten, wenn du eine Zeit ganz sicher keine Nahrung bräuchtest. Du würdest mich sicher nicht so schnell berauben wollen.« Ein verschlagenes Lächeln spielte um seine Mundwinkel und seine Augen leuchteten vor innerer Erregung.

»Du willst mich zum Diebstahl verführen, damit wir ungefährlicher rumknutschen können? Du bist *niederträchtig*.« Ich sah ihn gespielt entsetzt an und musste mir ein Grinsen verkneifen. Wenngleich mir der Gedanke nicht gefiel, jemanden anzufallen, gefiel mir der Gedanke, dass Lennox es genauso wenig abwarten konnte, mir nah zu sein.

»Ich habe da hinten jemanden gesehen, der dir gefallen könnte.«

Er war schon dabei, meine Hand zu nehmen und mich fortzuziehen, als mich Panik vor einem Raub an einem Fremden ergriff und es aus mir heraussprudelte: »Nein, ich hab schon gerade eben.« Ben sah wie aufs Stichwort interessiert zu uns herüber.

»Wie meinst du das, du hast schon?« Lennox sah mich irritiert an, hielt inne und runzelte fragend die Stirn.

»Ich habe vorhin … Energie …« Ich nickte mit Unbehagen in

Bens Richtung. »Ben… ich habe Ben bestohlen.« So, nun war es raus. Die Katze aus dem Sack. Lennox stockte und sah zwischen mir und Ben hin und her. Er blinzelte und sammelte sich, Ben lehnte sich an der Bar zurück und lächelte scheinbar freundlich zu uns herüber, aber irgendetwas anderes schwang in diesem Lächeln mit, das ich nicht definieren konnte. Ich konnte den Hauch einer Provokation in seinen Augen wahrnehmen und war beunruhigt.

»Und du hast sie gelassen.« Ben lächelte Lennox nur müde an und setzte zu einer Erwiderung an. »Nur ein wenig.« Und zwinkerte mir zu, was mich für einen Moment erschrocken wegschauen ließ.

»Ich … es ist einfach passiert. Ich hab ihn berührt und dann…« Bemüht um Frieden sah ich Lennox beschwichtigend ins Gesicht und ließ meine Hand an seinem Arm herabgleiten.

Sein Blick zuckte kurz zu mir, anschließend fixierte er Ben kalt. Mir war nicht klar, was die beiden für ein Problem hatten. Ganz offensichtlich war es etwas, das schon längere Zeit präsent war. Lennox griff nach meiner Hand und zog mich grob mit sich. Überrascht sah ich erst zu Lennox, dessen Gesicht ich nicht mehr sah, weil er vorauseilte, und dann zurück zu Ben. Mit einem zornigen Blick quittierte Ben meine grobe Behandlung und kniff kaum merklich die Augen zusammen, als Lennox auch schon knurrend zurückfuhr und mich freigab.

»Wir müssen uns jetzt auf den Weg machen«, sagte Ben ernst, an uns beide gewandt.

»Versuch das nicht noch mal, Hexer!«, knurrte Lennox ihn zwischen zusammengebissenen Zähnen an.

»Ich werde Olive Bescheid geben«, erwiderte Ben überheblich und wandte sich in die Richtung, in der sie stand. Ich wusste nicht, was er getan hatte, aber irgendetwas hatte er getan. Lennox versuchte, seine Wut nicht zu zeigen, aber ich registrierte seine zu Fäusten geballten Hände und zog mich etwas zurück. Ben hatte Olive an der Hand und bedeutete uns, ihm zu folgen, was wir auch taten. Wir gingen wieder zum Eingangsbereich in Richtung Treppe, vorbei an herumstehenden Hexern und einigen Gruppen, die sich gebildet hatten. Ben ging mit Olivia an der Hand die Treppe herauf und Olivia drehte sich zu mir und Lennox um. Sie nahm den Stimmungswechsel zwischen uns wahr und zog fragend ihre Augenbrauen hoch. »War was, als ich nicht da war?« Lennox und ich schüttelten gleichzeitig den Kopf und sahen uns an. Auf seinem Gesicht spiegelte sich für einen Moment meine Unsicherheit, bevor er seinen Arm schützend um mich legte, verhalten lächelte und mich die Treppe hinaufschob. Ich atmete erleichtert auf und wappnete mich für das, was jetzt kommen mochte. Als wir oben angekommen waren, gingen wir einen kleinen Flur entlang, an dessen Wänden unzählige alte Familienportraits hingen. Ich betrachtete sie ehrfürchtig; dieses Haus hatte Geschichte, die sich in fast jedem Detail der Einrichtung hier oben wiederfand. Ben klopfte an eine wuchtige alte Holztür am Ende des Flures und auf sein Zeichen hin traten wir in den Raum hinein.

Es war beeindruckend. Der Raum sah aus wie eine Mischung aus Labor und Museum. An den Wänden standen riesige Regale, vollgestopft mit alten Büchern, ein kolossaler alter Schreibtisch vor dem Fenster, auf dem stapelweise Papiere lagen und auf der anderen Seite Gläser, Phiolen und andere Laborgegenstände, wie ich sie auch von Henry kannte. Bei dem Gedanken an meinen Onkel krampfte sich schmerzhaft mein Herz zusammen und Traurigkeit huschte über mein Gesicht, was Lennox nicht entging. Er beobachtete mich, seitdem wir eingetreten waren, überaus aufmerksam und drückte mich kurz an sich, um mir mit seiner Hand beruhigend meinen Rücken herauf- und runterzustreichen. Ich sah mich weiter ehrfurchtsvoll in diesem seltsame Zimmer um und entdeckte einen Mann in einer Ecke, der ein dickes Buch aus einem Regal zog und sich daranmachte, murmelnd auf uns zuzusteuern. Er sah aus wie Anfang vierzig, mit leicht silbrigem kurzem Haar, einem Ziegenbärtchen, freundlichen braunen Augen und einer leicht schiefen kleinen Nase. In seinem schwarzen Hemd, das bis zum vierten Knopf offenstand und den Blick auf eine mit silbrigen Haaren bewachsene Brust freigab, und der schwarzen Hose sah er nicht wie ein Zauberer aus, eher wie alles andere. Er widmete sich uns und lächelte reserviert.

»So so. Da wären sie ja, die Freunde meines lieben Studenten Ben.« Er schwang leicht den großen Wälzer vor unseren Nasen, kniff die Augen zusammen, ging an uns vorbei und schloss die

Tür hinter uns. Die Musik, die eben noch laut zu uns heraufdröhnte, verklang sofort. Ich war irritiert, diese Lautstärke konnte unmöglich einfach durch eine einzige Tür absorbiert werden. Magnus Gutenberg fing meinen ungläubigen Blick auf und reagierte.

»Ein Schallzauber. Wir möchten uns doch sicher ungestört und gepflegt unterhalten.« Sein Blick bohrte sich unverhofft intensiv in meinen und ich wich zurück. »Du bist Hanna Cherryblossom. Ben hat mir von dir erzählt, junge Dame … von eurem Problem.« Er machte eine ausladende Bewegung und reichte mir dann seine Hand.

Seine erhabene Ausstrahlung verleitete mich zum Knicksen und Olivia musste ein lautes Lachen unterdrücken.

Bens Haltung versteifte sich augenblicklich, er boxte ihr tatsächlich in die Rippen und sah sie vorwurfsvoll an. Angestrengt begann sie den Boden zu mustern und fing sich wieder. Peinlich berührt schluckte ich, das Blut pochte mir in den Wangen und ich nagte angespannt auf meiner Unterlippe herum.

»Vielen Dank, dass Sie sich die Zeit nehmen«, sagte Lennox galant, überspielte die Situation und reichte ihm die Hand. »Ich bin Lennox Merryweather und ich habe den Auftrag, Hanna zu ihrem Vater zu bringen. Aber wie Sie bereits wissen, gibt es im Augenblick einige Ungereimtheiten, die unsere Abreise erschweren und die dringend der Klärung bedürfen.« Lennox sah ihm ernst und abwartend in die Augen.

»Ich werde sehen, was mir möglich ist und was ich für euch tun kann, mein Freund.« Der Hexenmeister legte eine bedeutungsschwere Pause ein und sah mit einem glasigen Blick in die Ferne, bevor er weitersprach. »Die Tochter von Dominik Dawn also.«

Er bedeutete uns, uns zu setzen, ging zu seinem Schreibtisch, legte den schweren Wälzer auf ihm ab und schlug ihn auf. Versunken las er einige Minuten, bevor er damit zu mir kam und mir gebieterisch die Hand reichte. Erst blickte ich unsicher um mich, bevor ich sie ergriff. Er führte mich zu einer kleinen Chaiselounge und forderte mich auf, mich zu setzen. Zögerlich nahm ich Platz, in meinen Magen ziepte es unangenehm vor Aufregung. Der Hexenmeister zog sich einen Stuhl heran, um sich mir gegenüber zu setzen und war mir mit einem mal viel zu nah. Er roch nach Muskat und Wein.

»Ich werde sehen, ob es eine Blockade in deinen Erinnerungen gibt, mein Kind, und sie gegebenenfalls versuchen zu lösen. Es könnte sehr unangenehm, vielleicht schmerzhaft werden. Bist du bereit dafür?« Sein Blick ruhte geduldig auf mir, bis ich nickte. Wie bereit konnte man schon für so etwas sein.

»Ben, du kommst auf meine Seite. Du wirst sie in Trance versetzen. Das ist eine gute Gelegenheit, deine Fähigkeiten zu schulen.« Der Hexenmeister schob Ben vor sich, während er konzentriert in irgendeinem Getränk herumrührte. Ich sah zu Lennox herüber und er zuckte kurz, bevor sich Olivias Hand auf seine Schulter legte und ihn zurückhielt. Sie war wie immer vergnügt und sichtlich gespannt auf das, was jetzt geschehen würde. Ich hatte nicht übel Lust, sie rausschmeißen zu lassen, so zornig machte mich ihre freudige Anspannung. Wie eine Kinovorstellung besah sie mich interessiert, fehlte nur noch das Popcorn in ihrer Hand.

Nachdem ich die bittere Flüssigkeit heruntergewürgt hatte, die Magnus Gutenberg mir nun zu trinken gegeben hatte, legte ich mich auf der Chaiselounge zurück und versuchte, ruhiger zu werden. Der Hexenmeister zog den Stuhl ans Kopfende, setzte sich hinter mich und legte seine kühlen Hände an meinen Kopf. Die Berührung war mir erst unangenehm, doch ich zwang mich zur Ruhe und ließ mich trotzdem darauf ein.

Ben saß mir jetzt sichtlich angespannt gegenüber und ließ ein Pendel vor meinen Augen hin- und herschwingen. »Entspann dich und schaue einfach auf das Pendel. Versuch, dich auf meine Stimme zu konzentrieren«, raunte er mir zu und lächelte zaghaft. Für einen Augenblick musste ich mich zwingen, die ganze Situation nicht albern zu finden und lachend aufzuspringen. Ben sprach mit ruhiger monotoner Stimme auf mich ein. Mir fiel einmal mehr auf, welch beruhigende Sanftheit seine Stimme haben konnte. Dennoch hatte ich Schwierigkeiten, mich zu konzentrieren, war ich doch von einer immensen Unruhe erfasst. Er sprach eindringlicher, fordernder, bis ich angestrengt das Pendel vor mir verfolgte. Nach und nach folgten meine Augen dem Pendel von ganz alleine und ich begann, Bens wunderbarer Stimme zu folgen, die mich leitete, mich hinter sich herzog. Nach und nach wurde ich leichter und seine Stimme nahm mich mit in die Schwerelosigkeit. Die Hände von Magnus Gutenberg an meinen Schläfen wurden warm, sehr warm, beinahe heiß. Vor meinen Augen erschien urplötzlich glutrotes Licht und ich ließ mich fallen. Es rotierte, schneller und immer schneller. Ich steuerte darauf zu, ließ mich davon anziehen, bis es in vielen Farben zu explodieren schien.

Dann war es verschwunden, ich lag in der Dunkelheit. Ich war nicht länger in Magnus Gutenbergs Haus, sondern in einem alten Kinderbett. Über mir das kleine Holzmobile mit den lustigen Schäfchen auf rosa Wölkchen. Ich war wieder fünf Jahre alt und dämmerte zwischen der Schwere des Schlafes und dem halbwachen Zustand eines Kindes mitten in der Nacht.

Emily lag neben mir und ihr kleiner Fuß drückte sich gegen meinen. Schläfrig seufzte ich zufrieden und wollte gerade wieder in den Schlaf abgleiten, als ich die Stimme meiner Mutter hörte. Wärme flutete mein Herz und ein Lächeln glitt über mein Gesicht. Meine Mama – ich liebte sie mehr als alles andere auf der Welt. Ihre Stimme, wenn sie uns vorsang, die Art, wie sie uns ansah und an sich drückte und uns sagte, dass sie uns lieb hat, jeden Tag. Wie sie mich tröstete, wenn ich gefallen war und mir wehgetan hatte. Ihr Geruch, wenn ich mich an sie drückte, wenn wir kuschelten und ich auf ihren Herzschlag lauschte.

Ich hörte sie noch einmal, diesmal lauter. Ich lauschte und blinzelte müde, bevor ich die Augen wieder schloss. Sie klang irritierend anders als sonst, ich hielt den Atem an und lauschte angestrengter. Sie weinte und ihre Schritte näherten sich. Leise wurde die Tür zu unserem Kinderzimmer aufgeschoben und ein wenig Licht fiel vom Flur ins Kinderzimmer. Ich hörte ein Schluchzen, öffnete die Augen und wollte gerade nach meiner Mami rufen, die sich so traurig anhörte, als ich zwei weitere Schatten sah und eine tiefe donnernde Stimme vernahm, die mir das Blut in den Adern gefrieren ließ.

»Tu es, *jetzt!*«, zischte die schneidend kalte Stimme. Ich riss die Augen auf und starrte angestrengt in die Dunkelheit zur Tür. Es zeichneten sich nur die Schatten der Personen vor der geöffneten Tür ab, durch die das seichte Zwielicht aus dem Flur hineinfiel. Ich wusste nicht wieso, aber mein Instinkt befahl mir eindringlich, mich nicht zu rühren, so unauffällig wie möglich zu bleiben. Er raunte mir unmissverständlich zu, dass etwas ganz entschieden nicht stimmte und ich in Lebensgefahr schwebte. Emilys Atem ging ruhig und regelmäßig neben mir.

»Ich kann nicht«, wimmerte meine Mutter von der Tür aus. »Tut mir das nicht an! Ich mache ja alles, was ihr wollt, nur das könnt ihr nicht verlangen!«

»Du weißt, was aus ihnen werden wird. Sie werden sterben, so oder so. Wenn du uns nicht deine Loyalität hier und jetzt unter Beweis stellst, werden wir dich und deine ganze Familie auslöschen müssen, angefangen mit deinem Bruder.« Die gefährliche Stimme war schneidend und kalt wie zerbrochenes Glas.

Mit einem Mal löste sich ein urgewaltiger Schmerzensschrei aus ihrer Kehle, sie preschte auf unsere Betten zu und riss fahrig Sarah, das Baby, an sich.

»*Nein, lauft ...!*«, schrie sie uns Kindern aus voller Kehle zu. Ruckartig schoss ich im Bett hoch, sah gerade noch im Halbdunkeln, wie meine Mutter brutal mit dem brüllenden Säugling im Arm auf den Boden gerissen wurde. Ich öffnete meinen Mund zu einem Schrei und sah den monsterhaften Schatten auf mich zustürzen, bevor mich in Bauch und Brust ein heißes und stechendes Gefühl durchfuhr.

Als das Monster so nah vor mir stand, sah ich nur das tätowierte Auge auf seiner Stirn und konnte meinen Blick nicht abwenden. Meine Stimme erstarb, bevor sie aus mir herausbrechen konnte und ich sank, überwältigt von dem brüllenden Schmerz, der in mir tobte, zurück in die Kissen.

Emily schrie nun aus voller Kehle, als hätte meine Zwillingsschwester meinen Schrei aufgegriffen, um ihn jetzt mit meinem mir schwindenden unbändigen Leben zu erfüllen. Sarah verstummte abrupt und Emily wurde neben mir mit einem unglaublichen Ruck fortgerissen. Ich sah, wie ihr kleiner Kopf in ihren Nacken flog, als ihr Körper an mir vorbeigeschleudert wurde und wollte schreien. Es war nicht möglich. Etwas Warmes versperrte mir die Atemwege. Ich drückte das warme Blut aus meinem

Mund und versuchte angestrengt, meine Augenlider offenzuhalten, die sich schwer nach unten schoben. Emilys Geschrei schwoll an und erstarb genauso urplötzlich wie das von Sarah. Ich konnte nicht atmen, alles wurde schwer. Ein fürchterlicher Kampf um Luft tobte und riss an mir, verdunkelte mir zusehends die Sinne. Das Entsetzen wich bleierner Schwärze und ich sank hinab, begleitet von Schmerz und Angst.

Nach einer Dunkelheit, die schwärzer nicht sein konnte, schnellte ich zurück an die Oberfläche. Meine Mutter hob mich bebend an ihre Brust. Sie schluchzte und war über und über mit Blut besudelt. Meine Lunge rasselte, ich bekam noch immer zu wenig Luft und mein Bauch schmerzte wie Feuer. Mein Blick war verhangen und undeutlich und das Blut rauschte laut in meinen Ohren. Ich hatte keine Kontrolle über meinen Körper, der mich bleiern nach unten zog.

Unkontrolliert rollten meine Augen in ihren Höhlen. Es war mir kaum möglich, irgendetwas zu fixieren. Dann traf ich auf Emily. Sie befand sich einige Meter von mir entfernt auf dem Teppich. Völlig reglos und unnatürlich verdreht lag sie da, die Augen leer zur Zimmerdecke gerichtet. Unter ihr war ein großer dunkler Fleck, der sich auszubreiten schien.

Meine Mutter weinte laut, wog sich und mich sachte vor und zurück und drückte mich an sich. »Du musst durchhalten, mein Schatz«, wimmerte sie verzweifelt. Ihre Lippen zitterten stark und ihre Augen schwammen in Tränen. Ich wollte ihr sagen, dass alles wieder gut werden wird, ihr sagen, sie solle nicht traurig sein und nicht weinen, als ich aus den Augenwinkeln plötzlich sah, wie die Tür aufschwang und ein Mann eintrat. Keiner der Glatzköpfigen mit dem tätowierten Auge auf der Stirn, aber nicht minder Unheil verkündend ragte er vor uns auf. Mühsam versuchte ich, den Kopf zur Tür zu drehen und mehr zu erkennen, als das Weinen meiner Mutter erstarb und sie von einer Druckwelle erfasst wurde, die sie von mir fortriss.

Mit einem Ächzen fiel ich zurück. Mein Kopf schlug hart auf den Boden auf und sehr viel Blut hüllte erneut meinen Körper ein. Es drang aus mir heraus, schien aus mir hinauszuströmen mit jedem weiteren schwachen Herzschlag, wie mein Leben selbst.

Der unbekannte Mann trat ins Zimmer, auf mich zu und streckte seine Hände hastig nach meinem Kopf aus. Sie legten sich hart an meine Stirn und mein Kopf sackte im nächsten Augenblick schwer zur Seite. Erschöpft trieb ich davon, ins namenlose zähe Nichts.

Ich katapultierte mich mit solch einer Urgewalt aus dieser Tiefe eines wahren Albtraums in die Realität, dass ich meinte, ersticken zu müssen. Keuchend, zitternd und orientierungslos fuhr ich hoch, als mich Bens Arme umschlossen, um mich zu beruhigen. Ich sog scharf die Luft ein und schluchzte laut auf. Ein Beben durchlief und erschütterte mich bis in die Tiefen meiner Seele. Verzweifelt versuchte ich, den inneren Schmerz über das, was ich gerade erlebt hatte, zu unterdrücken, krümmte mich zusammen, jaulte erstickt auf und grub meine Hände haltsuchend in Bens Arme. Ben drückte mich vorsichtig zurück in die Kissen und sprach ruhig auf mich ein. Ich konnte den Sinn seiner Worte nicht erfassen, zu aufgewühlt war ich. Kraftlos sank ich zusammen und ließ mich zurückschieben.

Es dauerte, bis ich mich wieder gesammelt hatte und ruhig atmen konnte. Vielleicht Sekunden, vielleicht Minuten, ich wusste es nicht. Alle waren still und warteten. Vier Augenpaare waren fragend auf mich gerichtet. Ich setzte mich vorsichtig auf, rechnete mit Schwindel oder Übelkeit, aber nichts dergleichen kam. Vorsichtig atmete ich probeweise tief durch, ich konnte mich noch zu gut an den Schmerz in der Lunge entsinnen, der in meiner Erinnerung so präsent war.

»Meine Mutter wollte uns Kindern nichts tun. Sie hat versucht, uns zu retten.« Meine Stimme klang fremd in meinen Ohren, hart und gefasst.

»Was hast du gesehen, mein Kind?«, fragte Magnus Gutenberg vorsichtig. Sorgfältig berichtete ich ihnen von den grauenvollen Ereignissen dieser Nacht. Von den Männern mit dem tätowierten Auge auf der Stirn, von meiner Mutter und dem Mann, der zuletzt dazugekommen war.

Es herrschte betroffenes Schweigen, das den Raum einnahm und mich zu erdrücken schien. Abrupt stand ich auf und brachte mich eilig wieder in Ordnung, meine Frisur genauso wie meinen Geist.

»Könnte ich einen Schluck Wasser bekommen?«, fragte ich so aufgeräumt, wie es mir möglich war und blickte in die abschätzenden Blicke der anderen. Ben stand auf und brachte mir ein Glas Wasser. Lennox beobachtete mich besorgt, als Olivia das Schweigen mit ihrer Unverblümtheit durchbrach. »Entspannt euch, die Kleine ist taffer, als ihr denkt«, sagte sie und grinste mir entgegen.

»Es waren die Occulus Videns, die euch tot sehen wollten – *das Wissende Auge*«, stellte Magnus sicher fest.

»Aber warum? Und was wollten sie von ihrer Mutter?«, fragte Ben drängend.

Lennox hatte sich in seine eigenen Überlegungen zurückgezogen und schwieg. Mit einem Zug leerte ich durstig das Wasserglas und setzte mich wieder auf die Chaiselonge.

»Ich vermute, dass die Vereinigung von solch mächtigem Dämonenblut wie Dominiks mit dem stärksten Hexenblut der Welt nicht jedem behagte.« Magnus sah herb in die Runde und ging im Zimmer auf und ab. »Kannst du den Mann beschreiben, der zuletzt dazugekommen ist, Hanna? Er muss ein Hexer gewesen sein. Die Druckwelle gegen deine Mutter, anschließend die Blockade in deinem Kopf …« Er steuerte auf mich zu und sah ernst zu mir herab.

»Ich weiß nicht genau, ich denke, er war so um die fünfzig, vielleicht sechzig, mit fast weißem Haar. Sein Gesicht konnte ich nicht wirklich erkennen.« Ich fühlte mich erstaunlich gut. Es tat so unglaublich gut zu wissen, dass es nicht meine Mutter war, die mich und meine Schwestern angegriffen hatte. Erleichterung und Glück drückten sich wie starke Sonnenstrahlen durch die dunklen Wolken des schrecklichen Traums, in dem ich mich befand, und löste den angespannten Knoten in meinem Magen. Lennox kam zu mir, setzte sich neben mich und nahm meine Hand. Ich lächelte ihn zufrieden an und kramte weiter in meinem Kopf nach Einzelheiten, fand aber keine mehr.

»Nun gut, jedenfalls ein sehr alter Hexer, so extrem viele gibt es ja nicht mehr. Vielleicht hat er die Occulus Videns in ihrem

Vorhaben gestört. Es sieht ihnen jedenfalls nicht ähnlich, eine Sache so unabgeschlossen zurückzulassen.« Magnus blickte nachdenklich in die Runde und zupfte an seinem schmalen Kinnbart herum. »Ich bin mir sicher, sie hätten sich vergewissert, dass alle tot sind, bevor sie gehen.«

Lennox nickte zustimmend. »Als ich mit dem Fall betraut wurde, kam ich nur wenige Stunden nach dem Unglück in England an. Es wurde berichtet, dass die Mutter mit ihren toten Kindern im Arm von der Polizei aufgefunden worden war. Die Nachbarn hatten Alarm geschlagen, als sie Schreie mitten in der Nacht aus dem Haus vernommen hatten. Hanna kam sofort ins Kinderkrankenhaus und lag dort drei Wochen auf der Intensivstation. Ihr Onkel Henry Cherryblossom nahm sich unter Anleitung Dominik Dawns ihrer an.«

Magnus Augen weiteten sich. »*Henry*, er hat die Artefakte gestohlen und damit einen ganzen Rattenschwanz verschiedenster Verfolger hinter sich. Diese Neuigkeit hatte sich vor ein paar Tagen bis zu mir herumgesprochen. Die Occulus Videns besaßen sie zuletzt. Es ist allen ein Rätsel, wie er überhaupt so nahe an die Artefakte herankommen konnte. Könnte es sein, dass dein Onkel seit jeher näheren Kontakt zu dem *Wissenden Auge* hat?« Sein Blick durchbohrte mich nun regelrecht.

Ich stutzte und wich seinen Augen unsicher aus. »Woher soll ich das wissen?«, fragte ich unbehaglich und sah an ihm vorbei. Magnus stand auf und ging langsam zum Fenster. Mit einem leisen Brummen drehte er sich wieder zu uns um. Sein Blick war undurchdringlich und reserviert.

»Zum einen solltet ihr wissen, dass uns ein Krieg ins Haus steht.« Eine unangenehme Pause entstand. »Es gibt einige Hexer, die mit der Macht der Zeitwandler nicht einverstanden sind. Sie nennen sich *Orden des Blutmondes*. Schon einmal davon gehört?« Magnus sah in die Runde.

»Natürlich. Es gab aber neue Verhandlungen die Artefakte betreffend. Und es wurde meines Erachtens eine Einigung erzielt.« Lennox straffte sich.

»Und was ist, wenn es nur eine scheinbare Einigung war? Auf der anderen Seite stehen die Occulus Videns, die es sowieso gerne sehen würden, wenn wir alle, die *besonders* sind, von der Welt verschwinden oder uns *gegenseitig* zerfleischen würden.« Lennox Stimme geriet gefährlich, als er hektisch aufstand und sich vor mich stellte. »Und auf welcher Seite stehen Sie?« Vorsichtig bewegte er sich auf den Hexenmeister zu.

Olivia und Ben hielten sich zurück und beobachteten verunsichert die Lage. Magnus sah sich kühl zu ihm um, bevor er beschwichtigend die Arme hob.

»Vorsicht, mein Lieber. Sie sind auf dem Holzweg. Ich bin auf gar keiner Seite. Wenn ich etwas gegen die Zeitwandler hätte, würde ich sie dann in mein Haus bitten?« Er lächelte halb entrüstet, halb amüsiert.

»Ich bin wie die Schweiz, neutraler Boden.« Er setzte sich entspannt an seinen Schreibtisch und zündete eine Zigarre an. Ben stand auf, trat unbehaglich neben Lennox und nahm ihn am Arm. Lennox knurrte ihn wütend an und ließ den Hexenmeister weiterhin nicht aus den Augen. »Wir sollten seine Zeit nicht länger in Anspruch nehmen als nötig«, raunte Ben ihm zu, sichtlich ungehalten über die gekippte Stimmung, die nun schwer in diesem Raum hing. Lennox schüttelte ihn unwirsch ab und wandte sich mir zu. In seinen Augen lag Ratlosigkeit. Olivia war schon an die Tür getreten und sah sich nach uns um.

Ben trat an seinen Meister heran und verbeugte sich kurz, der wiederum erhob sich und tätschelte ihm im Vorbeigehen wohlwollend die Schulter. Bedächtig trat er auf Lennox und mich zu und musterte uns beide eingehend, bevor er sprach: »Ihr solltet mehr über ihre Herkunft erfahren, ich habe einen Freund in England, er hat eine eigene kleine Privatbibliothek. Dort könntet ihr erfahren, ob es irgendwelche Besonderheiten in der Familienchronik der Cherryblossoms gibt. Das könnte der Schlüssel sein«, sinnierte er weiter und blies uns seinen Zigarrenrauch ins Gesicht. Ich kniff die Augen zusammen und versuchte, dem Qualm auszuweichen, als er flink seine Hand vorschnellen ließ und mir ein Stück Papier mit einer Adresse in England in die Hand drückte. Irritiert sah ich auf meine Hand. »Hier könntet ihr vielleicht mehr erfahren, mein Kind.« Er bedeutete uns zu gehen und trat an mir vorbei zur Holztür. Wir bedankten uns und öffneten sie.

Ein Anschlag

Ich erwartete, eine Welle von lauter Musik, Gelächter und Stimmen zu hören. Was allerdings auf meine Ohren und die der anderen traf, war um einiges lauter und hatte nicht im Geringsten mit Musik oder einer Party zu tun. Mein Blick flog zu den anderen, in deren Gesichtern sich der Unglauben und die Panik, die auch ich empfand, widerspiegelten. Wir rannten erschrocken zur Treppe und machten uns, ohne darüber nachzudenken, an den Abstieg. Beißender Qualm drang uns entgegen. Wo vorher noch Musik und Gelächter zu uns heraufgedröhnten, knisterten und brüllten jetzt Flammen um die Wette und wurden vermischt mit Panik und Schmerzenschreien der flüchtenden Leute. Ich hörte wütende Flüche von Lennox und ein angsterfülltes Aufschreien von Olivia hinter mir. Ich stockte auf der Treppe, starrte auf die Flammen und war wie gelähmt.

Mit unglaublicher Rücksichtslosigkeit und Gewalt versuchten dic Leute durch die Haustür zu entkommen und rannten sich gegenseitig nieder. Sie war versperrt oder klemmte. Die aufgeschreckte Meute schob sich aufgebracht zusammen und versuchte, sie zu öffnen und zu entkommen. Sie schubsten und stießen sich, trampelten sich einfach nieder. Von links lief eine lebende Fackel wild brüllend und um sich schlagend an uns vorbei. Mein Magen sackte noch etliche Etagen tiefer und mein Mund öffnete sich zu einem stummen entsetzten Schrei, als mein Blick ihr folgte. Ich spürte Galle auf der Zunge und schlug mir die Hände vors Gesicht. Einige Personen versuchten, ein Fenster zu öffnen, als auch schon mit lautem Geklirre etwas durch die Fensterscheiben geworfen wurde. Das Glas regnete in kleinsten Teilen in den Raum hinein und hinterließ ein unwirkliches Bild feuerrot glitzernder Scherben, die die Flammen reflektierten.

Andere Personen versuchten, zur Seite zu springen, wurden aber von brennenden Geschossen getroffen, die durch die Fenster geworfen wurden. Sie versuchten verzweifelt, das Feuer an ihren Leibern zu löschen, sprangen und stolperten angsterfüllt jaulend umher. Die Luft war stickig, voller Qualm und heiß, geschwängert von unzähligen entsetzlichen Schreien, die sich tief in meine Seele brannten. Mein Hals schnürte sich zu, ich bekam kaum noch Luft. Der Schmerz und das Entsetzen der anderen drang tief in mich hinein und ließ mich zusätzlich aufkeuchen.

Über den Boden rollten etwa faustgroße silberne Kugeln. Ein Hexer versuchte, eine Gruppe von Zeitwandlern mit Druckwellen vom Feuer zu befreien. Er ließ die Wellen über die Leute rollen und schaffte es beinahe, die Flammen zu ersticken, doch dann explodierten einige dieser Kugeln und entfachten eine neue Feuerwalze, die uns brüllend entgegenfuhr. Ich riss die Arme schützend vor meine Augen und taumelte zurück, als Lennox schon meinen Sturz auffing. Immer wieder flimmerte die Luft und die Flammen blieben kurz stehen. Verzweifelte Versuche, durch ein Zeitfenster aus dem Flammenmeer zu entkommen. Aussichtslos.

Die junge Frau mit der durchscheinenden Haut, die ich vorhin beobachtet hatte, stand gefasst und stockstarr in den Flammen und beobachtete, wie die Flammen auf sie übergriffen und an ihrem Körper nagten. Ich sah den Schmerz, der sich über ihrem Gesicht ausbreitete. Sie schien sich ihrem Schicksal zu ergeben, schloss gleichmütig die Augen und ertrug stumm die sich labenden Flammen. Ich schluchzte auf und schlug mir wieder die Hände vors Gesicht.

Der Gestank des Qualms und der Geruch von verbranntem Fleisch drangen mir unvermittelt in die Nase und ich musste würgen. Lennox griff meinen Arm. Mein Blick wirbelte zu ihm und er zog mich die Treppe wieder hinauf. Ben und Olive liefen bereits auf Magnus Gutenberg zu, der uns hektisch zu sich heranwinkte.

Blind vor Tränen stolperte ich und hing einen Moment in der Luft, Lennox' kräftigen Griff um meinen Arm. Durch den Sturz warf ich einen Blick auf den hoffnungslosen Kampf, der sich am Fuße der Treppe abspielte. Ich sah einen anderen Zeitwandler, der jetzt auch zur Treppe rannte, gefolgt von weiteren. Ich sah nach vorne und stolperte an Lennox' Hand vorwärts.

Wir liefen durch den ersten Stock und trafen auf eine neue Treppe, der wir folgten. Die Zimmerdecken waren hier niedriger. Der Rauch hatte sich schon bis nach hier oben geschoben und machte das Atmen immer noch schwer. Magnus schloss hastig mit fahrigen Bewegungen eine kleine Tür zu einem Turmzimmer auf und glitt durch eine fast unsichtbare, wie Wasser schimmernde Barriere. Er streckte die Hand hindurch und half erst Ben, dann Olivia hindurch. Mit geweiteten Augen sah er uns an, wurde hektischer und sein gehetzter Blick flog zu einem Ziel hinter uns. Lennox und ich ergriffen beide gleichzeitig seine Hand und wurden mit einem Ruck durch ein waberndes Kraftfeld gezogen.

Hinter mir hörte ich einen lauten Aufprall und drehte mich panisch in Richtung des Ursprungs. Lennox umfasste mich und zog mich an sich. Erschüttert sah ich in die verbrannten entstellten Gesichter der Personen, die uns hoffnungsvoll gefolgt waren. Sie wurden durch das Kraftfeld ferngehalten und sahen mir ungläubig mitten ins Gesicht. Verzweifelt stemmten sie sich immer wieder dagegen. Die Lippen einer Frau, deren rechte Gesichtshälfte fast bis auf die Knochen verbrannt war, bewegten sich unaufhörlich. Sie sagte irgendetwas mit flehendem Ausdruck in den Augen. Ich stolperte schaudernd zurück.

Ein anderer weiter hinten öffnete ein Fenster und sprang in seiner Mutlosigkeit einfach hinaus ins Ungewisse. Magnus schloss vor meinen Augen unbeirrt die Tür. Der flehende Blick dahinter verschwand.

»Wir müssen ihnen helfen!«, schrie ich aufgebracht. Lennox hielt mich fest an sich gedrückt. »Das geht nicht«, sagte Magnus, sachlich und kurz, darauf bedacht, mich nicht anzuschauen.

Ich glaubte nicht, was ich da hörte und versuchte, mich gegen Lennox' Griff aufzubäumen, was meine Lunge allerdings mit einem Hustenanfall quittierte.

»Wir müssen hier raus, und das möglichst unauffällig. Wie unauffällig sind wir mit so vielen Personen? Es wird so schon riskant genug. Und ich denke, wir haben alle kein Interesse daran, vom Regen in die Traufe zu kommen.«

»Wie meinen Sie das? Das Feuer ist ja auch nicht gerade unauffällig! Vielleicht ist die Feuerwehr schon da draußen und kann uns hier rausholen?« Ich sah in die ratlosen Gesichter, die mich umgaben.

»Hanna, hier wird uns niemand so schnell helfen, eher im Gegenteil. Ich denke, Magnus ist davon überzeugt, dass draußen noch Unangenehmeres auf uns warten könnte.« Begriffsstutzig sah ich Lennox an. Ben stöhnte schwer auf und half seinem Tutor, ein kleines altes Fenster zu öffnen.

»Gott sei Dank«, murmelte Olivia, die nicht mehr ganz so furchtlos wirkte wie sonst, als sie das Stahlseil entdeckte. Es war vom Fenster aus bis in den angrenzenden Wald gespannt. »Gott hat damit nichts zu tun, meine Liebe. Das nennt man Vorsicht und vorausschauende Lebensweise.« Magnus Gutenberg lächelte stolz, was in Anbetracht der Umstände etwas Groteskes hatte. Konzentriert gab er Olivia und Ben eine Rolle mit zwei Lederschlaufen daran in die Hand.

»Ihr müsst sie euch teilen, ich hab nur drei. Verhaltet euch ruhig und wartet unten auf uns.« Mit einer flüssigen Bewegung warf er Lennox und mir auch eine zu und schubste Olivia und Ben an, die nun mit einem Surren das Stahlseil hinunterrasten. Olivia kreischte kurz auf und der Hexenmeister verzog sein Gesicht.

»Was genau hat sie nicht an *ruhig verhalten* verstanden?« Er schüttelte langsam den Kopf und schob die Augenbrauen zusammen, was ihm einen zerstreuten Ausdruck verlieh.

Lennox schob mich auf seinen Rücken. Ängstlich klammerte ich mich mit einem Würgegriff um seinen Hals und schlang meine Beine um seine Taille, als es auch schon in atemberaubender Geschwindigkeit bergab ging.

Mein Herz schlug mir wie wild bis zum Hals, ich konnte nicht atmen, mein Magen wurde zusammengepresst. Die Bäume kamen schnell näher und ich fragte mich gerade, womit man dieses Ding stoppen würde, als wir mit einem Krachen durchs Geäst brachen. Ein Baum raste direkt auf uns zu. Ich riss die Beine von Lennox' Taille, spürte den Boden unter meinen Füßen und versuchte zu bremsen, ohne viel Erfolg. Ich stolperte, ließ Lennox los und noch im Fallen bemerkte ich meinen Fehler. Mit großer Wucht kam ich auf dem trockenen Waldboden auf, die Luft blieb mir weg und ich sah Sterne vor meinen Augen tanzen. Der Wald drehte sich, ich rollte mich mühsam auf den Rücken und sah gerade noch Magnus federnd und elegant vor mir aufkommen. Zweifelsohne hatte er das schon öfter gemacht.

Hinter mir hörte ich Lennox ächzen und wand mich, auf dem

Rücken liegend, mühsam in seine Richtung. Er klopfte sich den Schmutz von den Klamotten und reichte mir anschließend die Hand, um mir aufzuhelfen. Mit einem unerwarteten Ruck zog er mich auf die Beine, sodass mir ganz schwindelig wurde und ich wankend zum Stehen kam.

»Alles okay?«, flüsterte er mir zu und zog mich an sich.

Ich nickte, mein Blick zum Flammenmeer des Hauses gerichtet. Olivia und Ben starrten auch wie gebannt in die Flammen. Der Nachthimmel war hell erleuchtet, roter Rauch stieg in den Himmel auf und verbarg die sternenklare Nacht, die wir vorhin noch bewundert hatten. Das Haus brannte lichterloh. Von Weitem hörte man Sirenen, die sich rasch näherten. Im Schein des Feuers sah man einige Gestalten sich vom Haus entfernen. Man konnte allerdings nicht sagen, ob es die Attentäter oder flüchtende Opfer waren.

»Wir müssen eine Zeit untertauchen, und das meine ich wortwörtlich.« Magnus machte sich an einer versteckten Luke im Waldboden zu schaffen und zog sie auf.

»Voilà, hereinspaziert!« Ein Knacken im Unterholz ließ uns ungewollt zusammenfahren und wir machten uns ohne Zögern an den Abstieg in diese Gruft.

Eine steile rutschige Treppe führte tief ins Erdreich. Magnus ließ glücklicherweise in dem Moment, in dem er die Luke schloss, eine Taschenlampe aufleuchten. Ich klammerte mich etwas ängstlich an Lennox fest, um nicht zu stürzen, und folgte den anderen in die muffige Tiefe. Einen Aufschrei unterdrückend, wischte ich mir hektisch ein Spinnennetz aus dem Gesicht und stolperte hastig an Lennox vorbei.

Magnus ging zielsicher voraus. Im unruhigen Licht der Taschenlampe konnte ich erkennen, dass der Weg eine Kurve einschlug. »Was zum Teufel ist das? Das hier ist wie ein verdammtes Grab«, knurrte Olivia vor sich hin und ich musste schwer schlucken. Es machte mich nervös, wenn Leute wie Olivia, die sonst immer die Ruhe und Ironie selbst waren, unruhig wurden.

Lennox ergriff meine Hand und drückte sie. Als Magnus um die Ecke verschwand, wurde das Taschenlampenlicht unwirklich und schwach. Die plötzliche Anspannung der anderen, die mit einem Mal zum Greifen war, schwappte auf mich über und ich biss die Zähne aufeinander, um ein Klappern zu verhindern.

Langsam kamen wir auf die Kurve zu, das Licht schien schwach um die Ecke und wurde mit einem Mal heller. Hinter der Kurve lag ein etwa zehn Quadratmeter großer Raum, der in Stein gehauen war. Es waren dort zwei Feldbetten mit Decken aufgestellt. Ein Schrank mit Wasser und Lebensmitteln stand an der Wand und es ging ein weiterer Gang von diesem Raum aus ab. Magnus hatte eine kleine Petroleumlampe entzündet und sah uns stolz entgegen. Seine Augen glitzerten amüsiert, als er unserer Anspannung gewahr wurde.

»Es führen zwei weitere Ausgänge von hier aus nach oben, außerdem gibt es drei Belüftungsschächte hier über uns.« Er deutete über unsere Köpfe. »Wir können die Nacht hier untertauchen und uns in ein paar Stunden in der Dämmerung unbemerkt davonstehlen.« Er sagte das so routiniert, dass ich mich automatisch fragte, ob er Übung hatte im Untertauchen.

»Du bist gut vorbereitet«, brachte Ben Magnus entgegen. »Wieso überrascht mich das nicht?« Ben runzelte die Stirn und ließ sich auf eines der Feldbetten fallen, ohne seinen Tutor aus den Augen zu lassen.

»Nun ja, mein Junge. Ich hatte da so eine Ahnung. Seit Jahren hatte ich da so ein unbestimmtes Gefühl, dass diese Vorkehrung einmal von Nutzen sein könnte. Die Träume, du verstehst?« Magnus ließ sich aufgeregt neben Ben nieder, strich über sein kurzes graues Haar und sah ihn eindringlich an. »Du meinst Vorahnungen«, sagte Ben langsam, flüsterte beinahe ehrfürchtig. »Ja, mein Junge. Die hat der eine oder andere von uns manchmal. Und da ist noch etwas, es werden auf dich schwierige Zeiten zukommen.« Düster sah er in die Runde und musterte uns einen nach dem anderen. »Auf uns alle«, brachte er dann ernst hervor. Sein kühler Blick blieb an mir haften, ausgerechnet an mir, bohrte sich tief in meine Seele. Ein Beben durchlief mich und ich spürte meine Beine schwach werden, bevor er sich von mir löste.

»Ist dir kalt?«, fragte Lennox besorgt, nahm eine Decke von einem der Feldbetten und legte sie mir um. Sacht zog er mich mit sich auf das Feldbett und nahm mich in den Arm. Es war still hier unten, erdrückend still. Ich fror tatsächlich in dem kurzen Cocktailkleid, drückte mich näher an Lennox heran und vergrub mein Gesicht an seiner Brust. Hoffentlich war der Albtraum bald vorbei, dachte ich im Stillen und sprach stumme Gebete.

Olive schien die Kälte nichts auszumachen, sie setzte sich missmutig hinter Ben und betrachtete genervt ihre Fingernägel. Recht undamenhaft knabberte sie an einem eingerissenen Nagel herum und ärgerte sich offensichtlich darüber, ihr Maniküreset nicht dabeizuhaben. Magnus gab jedem eine Flasche Wasser und einen Müsliriegel. Ich knabberte lustlos daran herum und verfolgte die unruhigen Schatten an den Wänden, die zwei Kerzen erzeugten, welche Magnus noch zusätzlich aufgestellt hatte.

Der Hexenmeister setzte sich uns allen gegenüber und begann zu erzählen. »Es gibt eine Legende über eine der Cherryblossom-Hexen. Hat einer von euch sie schon einmal gehört?« Prüfend und abwartend sah er uns an. »Nein? Ich möchte sie euch gerne erzählen.« Er räusperte sich, sah allen noch einmal abschätzend ins Gesicht und nahm dann eine der Kerzen auf, um sie in der Hand zu halten.

Hundemüde überlegte ich kurz, was jetzt wohl für eine unangenehme Neuigkeit über mich hereinbrechen würde, und drückte mich näher an Lennox heran. In dem Glauben, dass es nicht wirklich schlimm sein konnte, da es womöglich Jahrhunderte her war – es handelte sich schließlich um eine Legende – legte ich mich bequemer auf das Feldbett. Lennox strich mir liebevoll über mein Haar.

Ben hüstelte kurz auf, bevor er Olive näher an sich heranzog. »Nee, ist klar«, knurrte sie genervt, ließ es aber dennoch zu, dass er sie in den Arm nahm.

Nachdem Magnus beschwörend auf die Kerze eingesprochen hatte, was ich ziemlich witzig fand, stellte er sie vor sich auf und begann, beharrlich murmelnd die Hand über die Flamme kreisen zu lassen. Die Flamme züngelte höher und höher, meine Augen weiteten sich vor Verblüffung. Neugierig verfolgte ich das Schauspiel, als das Feuer die Farbe wechselte, von rot zu gelb, von gelb zu grün, und in einer schimmernden Rauchwolke verschwand.

Deren Schwaden wandelten sich zu Bildern und begannen, eine Geschichte zu erzählen. Fasziniert starrte ich in die sich gestaltenden Landschaften. Der Rauch gebar Menschen, Tiere und Kinder. Ein ganzes mittelalterliches Dorf entstand vor unseren Augen in diesem Kellerloch.

»Es war damals, im sechzehnten Jahrhundert«, setzte Magnus' rauchige erhabene Stimme ein. »Zwei Cherryblossom-Schwestern, jung und rein von Sünde, lebten in einem Dorf, weit von den Städten entfernt. Sie waren gerade erst ermächtigt worden, durch das uralte Ritual der Artefakte, mithilfe der Zeitwandler. Sie wollten einige Jahre in diesem Dorf leben und lernen, unerkannt unter den Menschen. Es waren Valerie und Isabelle Cherryblossom. Sie waren zwei der wenigen weiblichen Hexen auf dieser Welt, schön wie kleine Elfen.« Zwei Gesichter entwickelten sich langsam im Rauch, wie ein Polaroid, das den chemischen Prozess der Entwicklung durchlief und an Schärfe gewann.

»Das ist Hanna!«, kam es perplex von Olivia. Ben starrte ungläubig in den Rauch, ich machte mich unwillkürlich kleiner.

»Es sind zwei … eineiige Zwillinge«, hauchte Lennox.

»Die eine verliebte sich verbotenerweise in einen Jungen und beschloss, unauffällig unter den Menschen im Dorf zu leben. Die andere widmete sich den Lehren, heilte und half den Dorfbewohnern, wo sie konnte, mit kleinen Liebeszaubern, Tränken gegen Warzen und Gicht.« Der Rauch teilte sich, auf der einen Seite sah man ein Dorffest und Valerie in einem wunderschönen langen Kleid mit einem jungen Mann eng und ausgelassen tanzen. Auf der anderen Seite sah man Isabelle mit einem Korb durch die Wälder streifen, verletzte Tiere heilen und Kräuter sammeln.

»Es begab sich zu der Zeit, dass immer wieder Hexenverfolgungen stattfanden und die Angst vor dem Teufel ins Unermessliche geschürt wurde. Dem Geliebten von Valerie gefiel die enge Bindung nicht, die sie zu ihrer Schwester hatte. Er hatte Angst, sie könnte ihn wegen ihrer Schwester verlassen. Diese Angst war sicher nicht unbegründet, denn die Schwestern wussten, dass sie irgendwann zu ihresgleichen zurückkehren würden. Gier nagte an seinem Herzen. Er wollte Valerie für sich allein. Sie wollte ihn nicht heiraten. Wut und Eifersucht flammten in ihm auf und er bezichtigte Isabelle heimlich der Hexerei. Nach einigen Missernten war die Stimmung zwischen den Dorfbewohnern und Isabelle gekippt. Sie bat Valerie, früher als geplant mit ihr fortzugehen, was Valerie jedoch nicht ganz leichtfiel. Dennoch hatten sie einen frühen Morgen verabredet, an dem sie davonziehen wollten. Valerie wollte eine letzte Nacht mit ihrem Geliebten verbringen, als die Hexenjäger ins Dorf einfielen. Ihr Geliebter schloss sie ein, um zu verhindern, dass sie mit ihrer Schwester floh. Isabelle spürte die Angst ihrer Schwester und eilte ins Dorf, wo die Dorfbewohner schon auf sie warteten und der Hexerei anklagten.«

Der Rauch zeigte Isabelle auf dem Dorfplatz, gepackt von bulligen kahlköpfigen Männern. Auf der Stirn der Männer prangte das tätowierte Auge der Science Lumen. Ich atmete scharf ein. Isabelle schlug um sich und Valerie stürmte mit einem Mal aus einem der Häuser auf sie zu, dicht gefolgt von ihrem Geliebten, der panisch versuchte, sie zurückzuhalten.

»Noch bevor Valerie zu einem Zauber ausholen konnte, traf sie ein Pfeil mitten ins Herz und sie brach mit vor Entsetzen aufgerissenen Augen direkt vor ihrer Schwester zusammen.«

Man sah Isabelles fassungsloses Gesicht und ihren zum Schrei geöffneten Mund, als sie durch einen Schlag auf den Hinterkopf zusammenbrach. Der Rauch sammelte sich und aus einem Strudel entstand ein neues düsteres Szenario. Ein Scheiterhaufen auf dem Dorfplatz. Schaulustige, die herumstolzierten, Kinder, die grölend tanzten. Isabelle, angepflockt wie ein Opferlamm auf dem Podest des Scheiterhaufens. Menschen, die sie mit faulem Gemüse bewarfen, Frauen, die hasserfüllt vor ihr ausspuckten. Der Geliebte ihrer Schwester, der zusammen mit den Hexenjägern Fackeln in das trockene Reisig des Scheiterhaufens versenkte.

»Sie sollte brennen, die Dorfbewohner geiferten nach ihrem Tod und tobten. Das Feuer fraß sich blitzschnell hoch. Als Isabelle bemerkte, dass man eine Bahre mit dem Leichnam ihrer Schwester heranbrachte, um sie mit ihr den Flammen zu übergeben, geschah etwas. Isabelle stellte sich aufrecht hin und hob die Arme über ihren Kopf, so weit es die Fesseln zuließen. Sie schrie ihre Trauer und ihren Zorn über die Köpfe der Dorfbewohner hinweg und senkte schlagartig die Arme. Das Feuer schlug nach unten und wurde mit der ungeheuren Kraft einer riesigen Feuerwalze über das gesamte Dorf gesandt. Frauen und Kinder standen in Flammen, Mann und Maus brannten lichterloh. Es gab kein Entkommen. So schnell, wie die Feuerwand das Dorf verschlang, so schnell schlug sie zornig züngelnd zurück und verschlang die Schwestern in wenigen Minuten.«

Die grünen Flammen loderten noch einmal auf und zogen sich plötzlich mit einem Zischen wieder zurück in die einfache rote Kerzenflamme.

Stille. Alle hielten den Atem an. Mir standen Tränen in den Augen, die ich heimlich fortwischte.

»Es war noch nie und ist nie wieder vorgekommen, dass jemand das Element Feuer kontrolliert hat. Es ist nur eine Legende, es könnte auch sein, dass der Wind oder eine Druckwelle der Hexen das Feuer angefacht und über das Dorf getrieben hat. Aber viele haben beschworen, dass das Feuer kontrolliert wurde. Es könnte ein Hinweis sein, der Hanna so interessant macht. Nicht wahr?« Magnus setzte sich auf und löschte mit zwei Fingern die Flamme der Kerze.

»Mein Meister hat mir die Geschichte im Jahre achtzehnhundertvierundfünfzig erzählt. Ich weiß das deshalb so genau, weil es der Abend vor der großen Hochzeit war. Die Hochzeit von Kaiser Franz und seiner Sissy, auf die mein Meister eingeladen war. Ich wollte nur zu gerne auch daran teilhaben, was mir leider versagt geblieben war. Zum Trost verbrachten wir die Nacht zuvor in Bayern, in seiner Villa, mit einem besonderen Wein und vielen Geschichten, die er dort mit mir teilte, unter anderem diese.«

Ich stutzte. »Sind Hexer auch unsterblich?«

»Ach nein, mein Kind. Es verhält sich vielmehr so, dass wir nicht so schnell altern. Wenn ein Mensch zehn Jahre gealtert ist, sieht es bei uns wie maximal ein Jahr aus.« Er zwinkerte mir nett zu, ich sah zu Ben, der mich nachdenklich musterte. Olivia grinste mich eifrig an und beeilte sich, mir eine Erklärung zu liefern. »Ben hatte seine Ermächtigung mit zwanzig und ist seitdem nicht mehr als fünf Hexerjahre gealtert. Tatsächlich ist er aber beinahe siebzig. Ist das nicht ekelhaft, mit was für alten Säcken du dich hier umgibst?« Sie blitzte mich provokativ an und Ben schnaufte auf, sich von ihrem Arm befreiend.

»Willst du wissen, wie alt *ich* bin?«, fragte sie belustigt. Mein Mund öffnete sich, um zu reagieren, aber sie wartete meine Antwort gar nicht erst ab und sprach munter weiter. »Ich bin beinahe genauso alt wie Ben. Ich finde ja, wir passen wirklich hervorragend zusammen.« Sie beugte sich zu ihm und küsste ihn mitten auf den Mund. Seine Augen weiteten sich überrascht, dennoch ließ er es geschehen und erwiderte ihren Kuss, der jetzt an Leidenschaft gewann. Ich konnte den Blick nicht abwenden und wurde innerlich aufgewühlt. Olivia löste sich von ihm und sah mich neugierig an, als wenn sie auf eine bestimmte Reaktion hoffte. Unbehaglich schluckte ich und senkte den Kopf. Lennox zog mich an sich und ich sah auf, in seine wunderbaren Augen. Sein Winterduft hüllte mich ein und ich befeuchtete unwillkürlich meine Lippen. Ich verspürte eine dringliche Sehnsucht nach ihm und musste ein Seufzen unterdrücken. Ein Lächeln umspielte seine Lippen und er hauchte mir einen Kuss auf die Stirn, der mir so gar nicht genügen wollte.

Ich hatte Mühe, bei mir zu bleiben und mich nicht von meinen Gefühlen davontreiben zu lassen.

»Wie wird ein Hexer oder eine Hexe ermächtigt?«, wollte ich wissen.

»Es ist ein Ritual, an dem die Zeitwandlerdämonen beteiligt sind. Die Artefakte, von denen dein Onkel zurzeit zwei in seinem Besitz hat, sind so etwas wie ein Werkzeug. Es ist in der Lage, die Energie des Dämons eines Zeitwandlers zu nutzen, um die Kraft der Hexenwesen zu erwecken. Vor Anbeginn der Zeitrechnung gab es unzählige Zeitwandler, erschaffen von den Engeln selbst. Sie spielten mit den Existenzen, probierten sich aus wie kleine Kinder mit Puppen. Es heißt, es gab noch viele andere Kreaturen, grausame und liebliche und andere, die widernatürlicher nicht sein konnten. Als sie begannen, Gotteskinder unbarmherzig zu unterjochen und sie sterben ließen auf bestialische Weise, griff der Erzengel Uriel ein. Er machte sich das Element Feuer zu eigen und löschte den Großteil der Existenzen aus. Die Welt gehörte wieder den Menschen. Uriel ließ die friedlicheren Wesen am Leben und sie mussten sich Gesetzen und dem Feuer unterwerfen. Uriel erschuf die Artefakte, damit die Zeitwandler ihre Fähigkeiten mit einigen gezeichneten Menschen teilen konnten. Sie sollten für Gerechtigkeit und Gleichgewicht unter den Erdbewohnern sorgen.«

»Was bedeutet *gezeichnet*?« Magnus räusperte sich und sprach weiter.

»Es heißt, Uriel habe die emotional stärksten Menschen ausgewählt und sie gezeichnet. In ihnen und ihren Nachfahren schlummert von jeher die Kraft der Elemente und die Stärke des Sehens. Es sind allerdings bruchstückhafte Überlieferungen alter Zeiten. Keiner weiß wirklich, wie wir alle entstanden sind. Es gibt auch andere Theorien.« Er schien für einen Moment weit weg zu sein, bevor er erneut zu reden begann.

»Ja, Kinder, ihr solltet unbedingt mehr über die Familie Cherryblossom herausfinden«, sinnierte Magnus Gutenberg vor sich hin, kritzelte eine Adresse auf ein Stück Papier und stand auf, um es Lennox in die Jacketttasche zu stecken.

»Danke, wir wissen das alles hier zu schätzen«, bedankte er sich bei dem Hexer. Ich sank langsam tiefer, war entsetzlich müde und konnte die Augen nicht mehr aufhalten. Der Schlaf übermannte mich so schnell und fließend, dass ich nichts dagegen tun konnte.

Sie sank in den Schlaf und wurde schwer in Lennox' Arm. Er zog sacht die Decke höher, damit sie nicht fror. Magnus stand auf und lief in dem kleinen Raum wie ein Tiger im Käfig auf und ab. »Ich möchte jetzt die Lage draußen sondieren. Die Morgendämmerung wird bald anbrechen. Ich möchte einen Zeitwandler dabeihaben, wenn es möglich ist.« Er sah Lennox auffordernd an.

»Ich kann auf die Frauen achtgeben«, schlug Ben etwas zu eifrig vor, was Lennox dazu veranlasste, sich zu versteifen.

»Ich kann auch mitkommen, ein wenig frische Luft wäre toll.«

Den ironischen Unterton konnte sich Olivia beim Aufstehen allem Anschein nach nicht verkneifen. Sie sah spöttisch auf Lennox hinab.

Magnus nickte und machte sich, gefolgt von Olivia, auf den Weg nach oben.

»Warum machst du das?«, fragte Ben gereizt.

»Warum mache ich bitte was?« Lennox zog verächtlich die Augenbrauen hoch und reckte unbeugsam das Kinn vor.

»Du weißt genau, was ich meine«, zischte Ben ihm drohend zu. »Du hast kein Anrecht auf sie. Also warum nimmst du sie so in Beschlag? Denkst du, ihr habt eine Zukunft?« Bens Augen funkelten herausfordernd.

»Ich empfinde sehr viel für sie … und solange ihr es gefällt, werde ich bei ihr sein.«

Ben schnaufte verächtlich. »Kann es sein, dass du da was verwechselst, Zeitwandler? Wir wissen doch beide genau, wie es um die Gefühle eurer Spezies bestellt ist. Sie ist ein intensiver Auftrag für dich, mehr wohl kaum.« Bens Augen glitzerten zornig.

»Du täuschst dich, ich empfinde weit mehr für sie, als du dir vorstellen kannst, und ich werde mich nicht von ihr fernhalten, auch nicht, wenn mein Auftrag erfüllt ist.« Ben stutzte kurz, suchte vielleicht nach Worten, bevor er aufstand und auf Lennox zuging, der die schlafende Hanna fest in seinem Arm umschloss. Vor dem Feldbett kniete er, betrachtete Hannas entspanntes Gesicht und ihre ruhigen Atemzüge, bevor er den Blick hob und in Lennox bohrte. Lennox' Kiefer mahlte vor Anspannung. »Darf ich dich an die alten Verträge der Dämmerung erinnern?«

Lennox wandte sich ab. Ihm schlug das Herz ungewöhnlich dumpf in der Brust. Ben schien seinen eigenen Triumph zu bemerken. Um seinen Mund zuckte ein eisiges Lächeln. Er stand auf und ging mit verschränkten Armen vor der Brust in dem kleinen Raum langsam auf und ab. Die Schwere der Stille lastete auf Lennox, bevor Ben wieder das Wort ergriff.

»Hexer haben den ersten Anspruch auf jede neugeborene und erweckte Hexe. Es ist vertraglich streng vom Rat geregelt. Es gibt zu wenige unserer Art und viel zu selten weibliche Hexen. Das weißt du, so gut wie ich.«

Ben drehte sich zu Lennox und fing dessen düsteren Blick auf.

»Ich wusste von Anfang an, seitdem du wusstest, dass sie eine Hexe ist, dass du sie für dich beanspruchen würdest«, spie Lennox voll unterdrücktem Zorn zischend hervor. »Nein … vielleicht wollte ich sie, seitdem ich sie das erste Mal gesehen habe, als du sie wie eine halbersäufte Katze bei Olive angeschleppt hast.« Bens Augen funkelten listig und verschlagen.

»Du hast recht. Im Grunde wollte ich sie erst, als ich wusste, was sie ist. Wobei mir ihre Ausstrahlung auch vorher nicht entgangen ist. Und hübsch ist sie auch noch, nicht wahr?« Ben ging vor dem Feldbett in die Hocke, seine Stimme ein leiser Singsang, und streckte die Hand nach eine von Hannas blonden Locken aus, um sie um seinen Finger zu wickeln. In Lennox zog sich alles zusammen und er versuchte, nicht zu explodieren.

»Du vergisst, dass sie auch ein Dämon ist. Sie wird für sich selber entscheiden können, für welche Arterhaltung sie sich einsetzt.« Lennox lächelte und sammelte sich. Er könnte es später immer noch versuchen, Ben umzubringen, wenn dieser es wagen sollte, Hanna anzurühren.

Eine Stunde verstrich, als sich endlich Schritte näherten und beide angestrengt in Richtung des Tunnels sahen, bis sie Olivias Stimme hörten. Freudig kam sie um die Ecke. »Die Luft ist rein, wir können los! Es ist unglaublich, dieser geniale Hexenmeister hat mindestens drei weitere Fluchtmöglichkeiten von hier aus geplant und an wirklich alles gedacht. Er hat das alles vorausgeahnt. Unglaublich!« Sie schüttelte versonnen mit ihrem Kopf und eilte auf Hanna zu. »Liebes, aufstehen«, trällerte sie. Hanna öffnete die Augen. Benommen setzte sie sich auf und rieb sich die Augen. Lennox schüttelte seinen Arm, der unter Hannas Gewicht eingeschlafen war.

Magnus kam herein und forderte sie bestimmt auf, ihm leise zu folgen. Sie nahmen diesmal einen anderen Tunnel, der Lennox unglaublich lang vorkam. Olivia war völlig aufgekratzt und flüsterte die meiste Zeit irgendetwas von *Abenteuer* vor sich hin. Lennox verdrehte mehrfach völlig entnervt die Augen und verkniff sich sarkastische Bemerkungen.

»Ich weiß nicht, wie es dir geht, Olive, aber ich muss nächste Nacht jagen gehen. Dein *Abenteuer*, wie du es so schön nennst, kostet ziemlich viel Kraft«, brummte er.

»Ich hab auch Hunger«, murrte Hanna missgelaunt in den Tunnel hinein und hatte in weniger als zwei Sekunden vier Augenpaare auf sich gerichtet. »Auf einen Cheeseburger, okay!?«, fauchte sie gereizt und wirkte irritiert. Olivia prustete ein kurzes Lachen hervor. Lennox schmunzelte leise in sich hinein und legte seinen Arm um sie. Ben unterhielt sich mit Magnus, der ihm die weitere Vorgehensweise erklärte. Sie hatten vor, mit einem von Magnus bereitgestellten Fahrzeug nach Berlin zu fahren und erst einmal in einem Hotel unterzukommen.

Als sie aus dem Tunnel traten, blendete die frühe Septembersonne so stark, dass sie die Augen fest zusammenkniffen. Olivia jammerte urplötzlich auf, ließ sich auf den Waldboden fallen und krümmte sich wie unter Schmerzen zusammen. Mit aufgerissenen Augen fuhr sie zu Hanna hoch und griff nach ihr. »Die Sonne, sie wird mich umbringen, ich verbrenne …!« Hannas Augen weiteten sich vor Schrecken. Sie taumelte zurück und sah sich panisch nach irgendetwas um, was Olivia vor der Sonne schützen könnte. »Hilf mir, Hanna …!«, ächzte sie. Hanna erstarrte im Eingang der Höhle, als sie das erstaunte Gesicht von Magnus und das missbilligende von Ben entdeckte. »Lass den Scheiß, Olive!«, knurrte Lennox hinter ihr.

Olive sprang auf, klopfte sich ein wenig Laub von der Kleidung und grinste Hanna amüsiert an. Ein ersticktes Kichern drang aus ihrer Kehle, als würde sie gleich vor Lachen in Tränen ausbrechen. Hanna blickte ihr ungläubig und immer noch erstarrt hinterher.

»Tut mir leid, so ist sie eben«, flüsterte Lennox ihr mit einem kleinen Zucken in den Mundwinkeln zu.

»Wenn du jetzt noch lachst, werde ich wieder anfangen, deinen Tod zu planen«, scherzte Hanna halb erheitert, halb beleidigt. Mit den hochhackigen Schuhen in einer Hand trat sie barfuß auf den mit Tau überzogenen Waldboden. Einer der Hacken war bei der Flucht abgebrochen.

Sie befanden sich mitten im Wald. Durch die Baumwipfel

konnte man südlich ihres Standpunktes eine noch schwelende Rauchsäule erkennen. Hanna stapfte den anderen hinterher. Lennox hielt sich dicht hinter ihr. Als sie umknickte, hielt Ben sie blitzschnell am Arm, damit sie nicht stürzte, und lächelte sie warm und freundlich an. Sie lächelte dankend zurück. Lennox' Hand legte sich auf ihre Schulter. Er hielt sie sacht zurück, ließ seine Hand ihren Rücken herunterfahren. Erstaunen lag in ihren Augen, als er sie zu sich drehte. Er trat näher und hielt inne. Lächelnd ließ er seine andere Hand zu ihrer Wange gleiten und brachte sein Gesicht ganz nah an ihres. Hitze breitete sich wie ein Lauffeuer in ihm aus, als er seine Lippen an ihre Schläfe presste, ihren Geruch in sich aufnahm und sie erneut ansah. Ihre aufmerksamen braunen Augen ruhten auf ihm mit einer Intensität und Schönheit, die ihn berauschte.

»Mmh … ich werde dich wohl lieber tragen, bevor du dir noch was tust«, brummte er nun wieder an ihrem Ohr.

»Ich habe schon … ganz andere Sachen … überstanden, Lennox«, stammelte sie in ihrer unverwechselbaren Art, wenn sie nervös wurde. Ihre Wangen bekamen diesen rosigen Schimmer, den er so liebte, und ihre Augen versuchten den seinen schüchtern auszuweichen, bevor er ihren Blick endgültig einfangen konnte.

»Es ist doch nur … ein Waldspaziergang.« Ohne ihre Einwände zu beachten, hatte er bereits mit einem Satz einen Arm unter ihre Kniekehlen geschoben, mit dem anderen an ihren Rücken gefasst und sie hochgehoben. Mit einem leisen Aufschrei kicherte sie, an seine Schulter gebettet, vor sich hin und er strahlte sie glücklich an. Unbeschwert trug er sie, ohne das kleinste Zeichen von Müdigkeit, den ganzen Weg bis zum Auto des Hexenmeisters.

Dort angekommen, schloss Magnus den am Waldrand versteckten VW-Bus auf und schwang sich ans Steuer. Lennox setzte das Mädchen mit Schwung ab und beobachtete Ben, der auf die Rückbank rutschte. Hanna stieg hinterher. Olivia versperrte Lennox mit einem listigen Grinsen den Weg und zwängte sich an ihm vorbei, um neben Hanna Platz zu nehmen. Diese runzelte angestrengt die Stirn und schlug mit der Faust gegen das Autodach. Olivia bereitete es offensichtlich ungemeine Freude, die Zwistigkeiten um Hanna weiter anzufachen. Lennox ging, sich ergebend, um den Wagen herum und ließ sich auf den Beifahrersitz fallen.

Magnus startete den Wagen und rollte den kleinen Weg entlang auf die Hauptstraße zu. Von ihr aus konnte man die qualmenden Überreste des ehemaligen herrschaftlichen Gebäudes gut sehen. Ein Feuerwehrwagen stand noch davor und einige Leute waren vage zu erkennen, die sich auf dem Grundstück bewegten.

»Wie viele haben sich wohl retten können?«, warf Olivia nachdenklich ein. »Ich denke, es dürften mehr als zwanzig Leute gestorben sein. Aber Genaueres werden wir den Zeitungen entnehmen können.« Magnus' Hände schlossen sich fester um das Lenkrad. Als sein Blick sein zerstörtes Zuhause streifte, lag Traurigkeit in seinen stahlgrauen Augen.

»Ich habe dieses Haus mit meinen eigenen Händen erschaffen. Ich habe hier seit vielen Jahren immer wieder gelebt. Es ist wirklich ein Jammer, dieses Haus so zu sehen. Man sollte meinen, dass es mir eher leichtfallen sollte, ahnte ich doch schon lange, dass es so kommen würde«, sinnierte Magnus leise vor sich hin. Die Bäume rauschten nur so an ihnen vorbei und die Sonne stieg immer höher. Berlin war nicht weit. Sie fuhren schon sehr bald auf die Autobahn. Auf halber Strecke wurde ein Zwischenstopp bei McDonald's eingelegt, von wo sie sich erst einmal etwas zur Stärkung mitnahmen. Die Mitarbeiter vom Drive-in-Schalter schauten ziemlich irritiert in den Wagen, weil sie alle rußverschmiert waren und nach Rauch nur so stanken. Lennox befürchtete, dass man sie darauf ansprechen könnte oder irgendwelche Schlüsse ziehen würde und war heilfroh, als sie endlich weiterfahren konnten. In einer kleinen Zimmervermietung, die eher nach einem Stundenhotel aussah, nahmen sie sich zwei Zimmer.

Magnus verabschiedete sich eilig und gab Ben die Adresse von einem Club, in dem es einen Kontakt gab, der in der Lage war, gefälschte Pässe herzustellen. Und diese wiederum würden ihnen das Reisen ungemein erleichtern. Sie würden, sobald es möglich war, mit dem Zug zurück nach Hamburg fahren und von dort mit dem Schiff nach Dover übersetzen. Die Überfahrt würde etwa zwanzig Stunden dauern. Von Dover aus würde ihre Reise sie in die Nähe von Gillingham nach Blue Bell Hill führen. Dort wohnte der Mann, den sie treffen mussten: Roger Whitkamp. Ein Hexer, der in seiner privaten Bibliothek aller Wahrscheinlichkeit nach eine Chronik der Familie Cherryblossom hatte. Lennox versuchte weiter vergebens, per Handy Kontakt zum Rat herzustellen, was die Stimmung auf den Nullpunkt sinken ließ.

Ich stand unter der mit Schimmel und altem Schmutz behafteten Dusche der Zimmervermietung und ließ mir das Wasser heiß über den Körper rinnen. Der Wasserdampf hüllte das kleine Bad in Nebel und ich sah dem rußverfärbten Wasser nach, wie es langsam im Abfluss verschwand. Lennox hatte schon vor mir ausgiebig geduscht und ich spürte schon das Wasser kühler werden, was vielleicht auch ganz gut war, denn eigentlich hätte ich besser kalt duschen sollen. Als Lennox mit nacktem Oberkörper im Zimmer herumgelaufen war, hatte ich vor Faszination und lauter wilden Gedanken die Hitze in den Adern gespürt.

Ich glaubte, er hatte es bemerkt, denn als er langsam mit einem zuckersüßen Lächeln auf den Lippen auf mich zukam, war mir sein selbstsicherer Ausdruck in den Augen aufgefallen, als er mich hatte an sich ziehen wollen. Ich hingegen hatte in Anbetracht seiner Sauberkeit und seines umwerfenden Aussehens die Flucht ins Bad ergriffen, denn ich kam mir im verdreckten Zustand überhaupt nicht passabel vor.

Das Wasser wurde kalt und ich drehte den Hahn zu. Olivia war schon unterwegs, um für uns alle neue Klamotten zu beschaffen, was mich ungemein erleichterte. Ich hätte nicht wirklich Lust gehabt, mit einem ruinierten, nach Rauch riechenden Cocktailkleid shoppen zu gehen. Olive schockte so schnell nichts und sie hatte sich relativ schnell bereiterklärt, als Lennox ihr fünfhundert Euro in die Hand gedrückt hatte. Lennox hatte eine nie versiegende Geldquelle. Immer, wenn er an einen Bankautomaten ging, kamen unerhört viele Scheine heraus.

In ein Handtuch gewickelt, trat ich aus der Dusche und wischte den Spiegel frei, um mich zu betrachten. Ich sah wieder ganz in Ordnung aus, ein wenig müde, aber sauber mit rosigen Wangen. Grob bürstete ich meine nassen Haare mit einer Hotelbürste durch und fluchte, als ich mir einige Härchen aus Versehen auszupfte.

Aufgeregt verließ ich das Bad, immer noch in das große Badetuch gewickelt, und sah Lennox dabei zu, wie er mit freiem Oberkörper auf dem schäbigen Bett saß, die Bettdecke bis zum Bauchnabel, und mit der Fernbedienung zappte. Ich stand unsicher auf halben Weg zum Bett und wusste nicht so recht, wohin mit mir. Immerhin war ich so gut wie nackt und er auch. Vielleicht sollte ich unauffällig wieder ins Bad verschwinden und dort so lange bleiben, bis Olive die Kleider gebracht hatte. Das neugierige hormongesteuerte Mädchen besiegte die vernünftige schüchterne Hanna und ich bewegte mich zielsicher auf das Bett zu. Lennox wandte sich mir überrascht zu, seine Augen weiteten sich und er schlug die Bettdecke neben sich ein Stück zurück, um mir einen Platz anzubieten. Seine ganze Aufmerksamkeit galt mir und ich nahm aus den Augenwinkeln wahr, wie seine Aura intensiv aufflackerte. Er lächelte mich verschlagen an, als ich ungelenk unter die Bettdecke kroch, darauf bedacht, das Handtuch genau so an meinem Körper zu lassen, wie ich es festgezurrt hatte. Verschmitzt studierte er mich eingehend. Es machte mich nervös und ich musste mich räuspern, mehr aus Verlegenheit, als dass mein Hals gekratzt hätte.

Lennox' Blick wurde weicher und er bot mir seinen Arm, in den ich mich legen konnte. Unbeholfen rutschte ich an ihn heran und kuschelte mich an seine Schulter. Ich roch seinen Wintergeruch und spürte das vertraute Kribbeln in mir aufsteigen. Er roch so gut, so unwiderstehlich. Ein Seufzen drang mir über die Lippen. Als wäre es ein Signal gewesen, beugte Lennox sich zu mir herüber, über mich. Seine Finger ruhten sanft an meinem Kinn, hoben es dann ein wenig an. Ich sah tief in seine dunklen Augen, die ernst in meine sahen. Wie verzaubert verfolgte ich seinen Blick, der an mir herabglitt und an meinem Mund hängenblieb. Unwillkürlich befeuchtete ich meine Lippen und reckte ihm mein Kinn entgegen. Ich vergaß zu atmen.

»Du meinst, wir sollten uns jetzt küssen?« Seine Stimme war nicht mehr als ein sanftes Murmeln. Ernsthaft horchte ich in mich hinein – keine schmerzenden Finger. Ich nickte langsam und sah ihn unter halbgeschlossenen Lidern an. Seine Lippen schwebten Millimeter über meinen, ich konnte seinen stockenden Atem auf ihnen spüren. Sein unergründlicher Blick wurde dringlicher, bis er seine Augen schloss und seine Lippen auf meine senkte. Ein tiefes Seufzen entrann meiner Kehle, als unsere Zungenspitzen sich berührten. Sein Kuss wurde härter, fordernder. Ein Feuer durchlief mich und ich presste mich an seinen Körper. Sein Atem geriet schwer und ich versuchte, mich zu erinnern, was ich nicht fühlen durfte. Ich zwang meine Leidenschaft für einen Augenblick zurück, um auf mich zu horchen. Es war alles still, kein Schmerz in den Händen oder Fingern. Also ließ ich los und sank in den betörenden Kuss dieses Mannes zurück. Seine Hand fuhr in meinen Nacken, hielt ihn zurück, als er sich kurz von mir löste.

»Wir sollten aufhören«, flüsterte er heiser. Ich sah den inneren Kampf auf seinem wunderschönen Gesicht, aber ich wollte nicht aufhören. Meine Hand wanderte über seine nackte Brust, über seinen Hals, hin zu seinem Nacken, krallte sich in seinen Haaransatz. Bestimmt zog ich ihn zu mir zurück, umschloss seine heißen Lippen mit meinen. Er rollte sich über mich. Seine Hände seitwärts neben mir abgestützt, küsste er mich, dringlicher diesmal. Ich fühlte sein Gewicht auf mir und bog mich ihm entgegen, bewegte mich sacht unter ihm, als er sich mit einem Keuchen von mir löste und etwas Abstand zwischen uns brachte.

Lennox legte sich neben mich, seine Nase an meine Wange gepresst. Zitternd versuchte ich, wieder zu Atem zu kommen. »Hanna, kannst du mich vielleicht ein klein wenig weniger reizen?«

Ich hörte das sanfte Lachen in seiner Stimme, aber auch den inneren Zwiespalt. Mit vorsichtigem Blick wandte ich mich ihm zu. Es lag so viel Zärtlichkeit und Wärme in seinem Blick. »War es eng?«, fragte er.

»Du meinst, ob ich dabei war … dich anzufallen?« Bedächtig nickend atmete er tief aus. »Na ja, es war knapp«, sagte ich ernst. Alarmiert sah er auf. »Du meinst, es hätte schiefgehen können. Ich bin so ein *Idiot*! Es ist einfach viel zu gefährlich.« Ernsthaft betroffen und zerknirscht sah er an mir vorbei. Ich musste mir ein Schmunzeln verkneifen. »Ich hätte dich fast angefallen … aber … nicht so, wie du denkst …«

Er sah mich entrückt an und dachte einen Moment darüber

nach, bis sich sein Gesicht aufhellte. »Du bist ein *Biest …*« Nun musste ich prustend loslachen und er stürzte sich auf mich, um mich durchzukitzeln. Kreischend wehrte ich mich gegen die Attacke, bis ich durch ein Klopfen an der Tür zusammenfuhr und unsere Bewegungen erstarrten. »Hast du abgeschlossen?«, fragte ich leise.

»Natürlich«, erwiderte er konsterniert, als der Türknauf sich drehte und die Tür auch schon aufschwang.

»Nein, wirklich…«, sagte ich ironisch.

Ben stolzierte wie selbstverständlich mit Olivia im Kielsog ins Zimmer. Ich starrte ihn peinlich berührt an und zog mir mein Handtuch höher.

»Ich könnte schwören, ich habe abgeschlossen«, knurrte Lennox vor sich hin und zog die Decke höher.

»Hattest du auch. Aber unsere Olivia hat es echt drauf, so einfache Schlösser im Handumdrehen zu öffnen. Ich hatte aber *angeklopft.*« Breit grinsend trat er in den Raum und war sich anscheinend keiner Schuld bewusst. Als er meinen zornigen Blick auffing, zuckte er zusammen und wich ihm aus. Ich kam nicht umhin, die leichte Röte zu bemerken, die sich langsam, aber sicher in seinem Gesicht ausbreitete.

Olivia war vollbepackt mit Klamotten und sie rannte, blind von all dem, was sie auf dem Arm trug, einen Stuhl um. Sie hatte ein Strahlen im Gesicht, wie ein Kind in der Spielzeugabteilung, was ihrer sonst recht kühlen Ausstrahlung einen gewissen Liebreiz verlieh. Umständlich entlud und sortierte sie die Sachen und reichte Lennox Jeans, Shirt, Pullover und alles, was dazugehörte. Behäbig stand er auf und verschwand, mit einem letzten Zwinkern zu mir, mit den Sachen im Bad. Unaufgefordert setzte sich Ben zu mir aufs Bett. Überrascht rückte ich ein Stück ab.

Olivia breitete so edle Kleider, Strumpf- und Tuchhosen vor mir aus, dass mir ein Aufstöhnen entrann. »Du meine Güte, Olive, wir gehen auf keine Party! Wie soll ich denn in dem Fummel überleben?«, murrte ich missmutig. Sie runzelte die Stirn und sah mich einen Augenblick verwundert an. »Die sind nicht für dich, das sind alles *meine* Klamotten. *Ben* hat für *dich* eingekauft.«

Verwirrt sah ich ihm nach, während er aufstand und mit einer

Tüte wieder zu mir zurückkam, die er mir entgegenhielt. »Zwei Bluejeans, zwei schwarze T-Shirts, zwei Pullover, Strümpfe und Unterwäsche.« Jedes Teil kramte er jetzt einzeln heraus, hielt es mir entgegen und sah mich dabei aufmerksam an. Ich zog die Decke bis zum Kinn. Die Unterwäsche war schön, schlicht und schwarz, nicht so aufreizendes Zeug, wie Olive es für sich mitgebracht hatte. Ich verspürte einen Anflug von Dankbarkeit für diese einfachen, praktischen, aber schicken Sachen, die auch noch zu mir passten. Zaghaft lächelte ich ihn an und nahm die Klamotten entgegen. Ein kleines Funkeln trat in seine Augen und er fragte gewitzt: »Soll ich dir helfen?«

Völlig perplex ließ ich diese Worte noch einmal durch meinen Kopf gehen. Sein Blick drang tief in meinen und ich hielt für einige Sekunden den Atem an, bis ich mich von ihm loseiste und nachdrücklich mit dem Kopf schüttelte. Eilig floh ich vor ihm und schluckte trocken. Was hatte er nur an sich?

»Ich meine, ich könnte dir die Kleider abnehmen, damit du aufstehen kannst.« Ich sah zu ihm herüber, sein Lächeln wurde breiter und ich musste nervös blinzeln.

Lennox kam fertig angezogen zurück und bedachte Ben eines eisigen Blickes, bevor er mich aufforderte, ins Bad zu gehen. Ich rollte mich aus dem Bett, angestrengt damit beschäftigt, die Kleider und das Handtuch nicht zu verlieren, und begab ich mich ins Badezimmer.

Pässe

Wir machten uns, in dicke Jacken gehüllt, auf den Weg zu der Adresse, die Magnus uns gegeben hatte. Der Herbstregen trommelte unaufhörlich auf uns hinab und ich verzog angewidert mein Gesicht über die klamme Kälte, die mir bis in die Knochen zu dringen schien.

Als wir in eine gottverlassene Straße einbogen, schauderte ich. Die zweistöckigen Häuser hatten alle schon wesentlich bessere Zeiten erlebt. Alle schmal und leicht windschief, als würden sie sich wegen des prasselnden Regens neigen, erhoben sie sich düster und trostlos in den Himmel. Ihre Farben waren schal und abgeblättert. Einige Gebäude hatten Geschäfte im Erdgeschoss, ein Tattooladen, ein Kiosk und eine schmuddelig aussehende Bar mit schwarz angemalten Fenstern, die unser Ziel sein sollte. Es waren kaum Menschen hier unterwegs. Ein schmierig aussehender Typ in einem langen Ledermantel fiel mir auf, er schlenderte fröhlich pfeifend auf der anderen Straßenseite entlang. Das heitere Pfeifen klang falsch in meinen Ohren, es passte nicht zu diesem Ort und zu diesem Wetter. Lennox legte seinen Arm um meine Taille und schob mich zu der unerfreulich aussehenden Bar. Ich unterdrückte ein Brummen, als wir eintraten. Olivia stöhnte unbeeindruckt ein *Mein Gott, hier stinkt es wie im Zoo!* hervor. Erschrocken riss ich die Augen auf und schaute vorsichtig zu den Männern an der Bar, um ihre Reaktion auf diese Beleidigung zu erhaschen. Einer drehte sich kurz um und musterte Olive eingehend. So, wie es schien, war er zufrieden mit dem, was er sah, denn es machte sich prompt ein anzügliches Lächeln auf seinem aufgedunsenen Trinkergesicht breit.

»Hallo, meine Schöne! Setz dich zu uns, ich gebe dir einen aus«, lallte er ihr entgegen. »Von mir kannst du alles haben, was du willst.« Sein Grinsen wurde breiter, seine Stirn glänzte schweißnass und eine Knollnase leuchtete rötlich in seinem aschfahlen Gesicht.

Überheblich setzte Olivia eine kühle Maske auf und lächelte zuckersüß zurück. »Nein, danke, mir ist der Appetit vergangen.«

Ihre Mandelaugen blitzten mordlustig auf und der Mann zuckte kurz irritiert zusammen, bevor er sich wieder abwandte. Mit einem pikierten Gesichtsausdruck wandte er sich wieder seinen Saufkumpanen zu.

Es war gerade mal früher Nachmittag, doch diese drei Männer an der Bar hatten sich schon hemmungslos betrunken und verströmten einen Geruchscocktail aus Alkoholdunst und Schweiß, der einem in den Augen brannte. Lennox wandte sich dem mitleiderregenden Menschen zu, der hinter der Bar stand und fragte nach Antony. Missgestimmt wurde er an einen Platz verwiesen, an dem wir warten sollten, bis wir geholt würden.

Wir wurden jedoch nicht abgeholt, sondern Antony kam zu uns an den Tisch und setzte sich mit einem arroganten Mienenspiel, das so gar nicht zu seinem banalen Kleidungsstil passte, zu uns. Lässig hängte er sich auf einen Stuhl und musterte uns kaugummikauend – ein Macho, wie er im Buche steht. Schmierig lächelnd sah er uns Frauen an, wie Vieh auf einer Auktion, was Lennox ein unwilliges Aufschnauben entlockte. Uns weiterhin anzüglich beäugend, zündete er sich eine Zigarette an. Er war ein einfacher Mensch, was sogar für mich vollkommen ersichtlich war. Seine weniger als durchschnittliche Art und der Charme eines Kleinkriminellen wehten uns entgegen. Seinen Namen, Antony, in Einklang mit seiner Herkunft zu bringen, war genauso schwierig, wie sich vorzustellen, dass dieser abstoßende Typ uns brauchbare Pässe liefern konnte, zumal er sich, was dieses Thema anging, erst einmal dumm stellte, bis Lennox ihm zweitausend Euro in bar über den Tisch zuschob.

Er grinste dümmlich und zählte die Scheine. »Habt ihr denn biometrische Passbilder?«, fragte er, nun doch wesentlich kooperativer. Ben schob ihm nüchtern jeweils vier Bilder von uns herüber, die wir zuvor hatten machen lassen.

»Das macht aber morgen früh bei Abholung noch mal zwei Mille.« Er kniff in dem Versuch, einschüchternd zu wirken, die Augen zusammen, was allerdings eher lächerlich wirkte und mich dazu veranlasste, den Blick hastig abzuwenden, befürchtete ich doch, mein Grinsen nicht länger unterdrücken zu können.

Lennox sah ihm unbeeindruckt und völlig aufgeräumt in sein

hageres Gesicht. »Wir sind morgen pünktlich da und machen Sie keinen Fehler.« Seine Stimme klang über alle Maßen freundlich, dennoch war die unterschwellige Drohung, die darin mitschwang, beinahe zum Greifen. Antonys Zigarette hing ihm plötzlich schief aus dem Mund und er beeilte sich, sie nicht zu verlieren. Lennox ergriff meine Hand und stand ungerührt auf. Ben und Olivia taten es ihm gleich. Wir verabschiedeten uns mit einem Nicken und verließen eilig die muffige Bar.

Draußen musste ich erstmal tief durchatmen. Ich versuchte, die schwere stickige Luft aus der Bar abzuschütteln und sah mich auf der Straße um.

Hinter mir schob sich Olivia energisch auf die Straße, sie konnte es gar nicht abwarten, endlich aus diesem Loch herauszukommen. Es hatte aufgehört zu regnen und ich trat auf den Gehweg. Die Straßen glänzten noch vom Wasser und ich versuchte, so gut es ging, den Pfützen auszuweichen, als wir vier hoffnungsfroh nebeneinander hergingen. Wir waren guter Dinge, dass wir unbehelligt aus dieser Stadt und aus diesem Land wegkommen würden. Olivia tänzelte mit Ben an der Hand voraus und drehte sich lächelnd in ihrer unverkennbaren Weise zu uns um. Als wir diese bedrückende Straße verlassen hatten, kamen wir auf dem Weg zu unserer Pension an einem Supermarkt vorbei. Es war bald Abend und mein Magen gab vor Hunger ein protestierendes Knurren von sich. Ben drehte sich zu mir um und grinste breit. »Wer hat die Löwen freigelassen?« Ein wenig peinlich berührt über das undamenhafte Magenknurren grinste ich verlegen zurück und bekam Lust aufs Einkaufen.

»Wir sollten ein paar Lebensmittel besorgen gehen.« Lennox zog mich mit sich zum Eingang des Marktes und ich schlenderte mit einiger Vorfreude auf die ganzen leckeren Sachen gemütlich durch die Regale. Hungrig packte ich alles in den Wagen, was mir gefiel. Und mir gefiel einiges. Einkaufen zu gehen, wenn man hungrig ist, war noch nie besonders clever, da man unweigerlich viel zu viel und unsinnige Sachen einkauft, die man nicht wirklich alle verzehren kann. Lennox und Ben waren zu den Getränken verschwunden und Olivia hatte ich auf Höhe der Schminkutensilien verloren. Ich durchstöberte gerade die Süßigkeitenregale, als ich etwas hinter mir hörte. Langsam drehte ich mich um und entspannte mich, als ich ein Mädchen von etwa elf Jahren hinter mir entdeckte, das mich still beobachtete. Sie sah mich an und pulte unsicher an ihrer Hand herum. Ich verstaute meine Haribotüten im Einkaufswagen und wartete ab.

»Kannst du mir die Tüte da ganz oben geben … vielleicht?«, sprach sie mich schüchtern an. Ihre Haltung und ihr lockiges Haar erinnerten mich plötzlich an Maike und an die Situation, als wir uns mit dreizehn das erste Mal auf dem Schulhof begegneten. Damals war ich noch ziemlich neu in der Schule und hatte unheimliche Angst vor den anderen Kindern gehabt. Ein Junge namens Benedikt hatte es auf mich abgesehen und für unheimlich spaßig befunden, um mich herumzutanzen und irgendwelche Reime zu singen. *Schneewittchen, Schneewittchen, ohne Arsch und ohne Tittchen* war sein Lieblingslied gewesen. Er hatte mir unablässig an meinen beiden Zöpfen gezogen, während er die Kreise immer kleiner hatte werden lassen. Ich hatte schon beinahe zu hyperventilieren angefangen, als Maike beherzt um die Ecke kam und Benedikt einen saftigen Schubs verpasste, der ihn in den Dreck befördert hatte. Maike hatte den Jungen angebrüllt und anschließend meine Hand genommen und hinter sich hergezogen. Ich hörte wie damals ihre Stimme in meinem Geist, wie sich mich tröstete. »Das ist mein Idioten-Cousin Benedikt«, hatte sie gesagt.

»Nett…«, war alles gewesen, was ich atemlos herausgebracht hatte.

»In dem Fall ist *Nett* dann die kleine Schwester von *Scheiße*, mh?« Ihr glockenklares Lachen war für mich wie eine Befreiung. Sie hatte mich gerettet.

Ein schmerzhafter Stich durchfuhr mich. Ich hatte lange nicht mehr an sie gedacht und wusste nicht einmal, ob sie noch lebte. Was war ich nur für ein Mensch, wie konnte ich es so lange von mir fernhalten?

Wir hatten eine Banshee an diesem Abend gesehen. Es war möglich, dass in der Nacht jemand gestorben war, den wir kannten, vielleicht sogar meine Freundin Maike.

Das Mädchen starrte mir unsicher entgegen, ich war in meiner Bewegung eingefroren und sah gedankenverloren auf den Boden.

»Ist schon in Ordnung, ich kann auch jemand anderen fragen«, sagte sie jetzt leichthin. »Nein, nein. Ich mach das schon. Diese hier?«, beeilte ich mich zu sagen und ihrer Aufforderung nachzukommen. Sie nickte und schenkte mir ein zaghaftes Lächeln. Fröhlich drehte sie sich um und verschwand langsam aus meinem Blickfeld. Lange sah ich ihr nach. Mein Herz klopfte hart und schmerzhaft. Mühsam versuchte ich, meine Tränen herunterzuwürgen. Beklommen schluckte ich trocken, und schluckte, und schluckte. Ein Film aus Bildern von Maike lief vor meinen Augen ab. Ihr Lachen, ihre leuchtenden Augen, wenn sie etwas erzählte, die Grübchen in ihren Wangen, wenn sie ein Grinsen unterdrücken wollte. Ich hatte das Gefühl, an meinen Schuldgefühlen zu ersticken und meine Eingeweide zogen sich unbehaglich zusammen. Ich fühlte mich schlecht, Unheil bringend wie ein Monster! Dann schlich sich ein anderes Bild in meinen Geist: Henry. Und meine Tränen brachen sich ihren Weg frei.

Weiter entfernt hörte ich Lennox nach mir rufen, aber ich wollte nicht antworten. Wut keimte in mir auf. Langsam, aber unaufhörlich, wurde sie durch meine Venen getrieben, bis das Rauschen in meinem Körper zunahm und schrill wurde. Unwillkürlich ballte ich die Fäuste und spürte ein Zittern in mir aufleben. Ich wollte mein Leben zurück! Ein Schluchzen kam über meine Lippen, bevor sich die Wut wie eine Explosion entlud und ich auf das Regal zusprang und mit meiner ganzen Kraft an ihm rüttelte. Zuerst schwankte es nur leicht, doch plötzlich begann es zu kippen, um sich anschließend ächzend aus seiner Verankerung zu lösen. Ungläubig sah ich auf das schwankende Ungetüm, das sich langsam, aber sicher neigte. Auf der anderen Seite kippten Dosen und Flaschen heraus. Fassungslos sah ich zu, wie es zu kippen begann und in die andere Richtung stürzen wollte, als blitzartig, mit einem starken Flimmern, alles zum Stillstand kam. Lennox ergriff mich von hinten. »Was zum Teufel machst du da, willst du jemanden umbringen?«, brüllte er mich wütend an und schüttelte mich so stark, dass meine Zähne aufeinanderschlugen.

Ich schmeckte Blut auf meiner Zunge. Erst jetzt erwachte ich aus meiner Starre und nahm das Ausmaß dessen wahr, was ich da gerade anrichtete. Olivia sprintete hinter das kippende Regal und brachte ein kleines Mädchen mit geflochtenen Haaren in Sicherheit, das mit angsterfüllten Augen auf das kippende Regal blickte. Als Nächstes stemmte sie sich hastig dem Regal entgegen. Lennox ließ mich unsanft los und half ihr, es zu stabilisieren. Ben stand fassungslos ein paar Meter hinter mir, als die Zeit losschnellte und durch das laute Poltern einiger Flaschen und Dosen, die nicht mehr gerettet werden konnten, wieder zum Leben erweckt wurde.

Im nächsten Moment war Ben an meiner Seite und nahm mich in den Arm. Ich drückte mein tränennasses Gesicht an seine Schulter und versuchte, das Schluchzen zu unterdrücken. Er streichelte mir übers Haar und raunte mir beruhigende Worte zu, die ich nicht verstand. In meinem Kopf dröhnte es. Behutsam strichen seine Hände über meinen Rücken und verhinderten ein unkontrolliertes Beben meiner Glieder. Langsam kam ich wieder zur Ruhe.

Auf der anderen Seite war währenddessen ein ganz schöner Tumult im Gange. Das kleine Mädchen mit den Zöpfen weinte laut und die hysterische Mutter brüllte nach der Geschäftsleitung, weil eine Vielzahl von Artikeln *einfach so* aus dem Regal gekippt waren. Lennox und Olivia kamen eilig um die Ecke. Einige Angestellte kamen an unserem Gang vorbei und musterten uns misstrauisch. Olivia grinste wie immer amüsiert vor sich hin und Lennox funkelte mich wütend an. Seine Hand schloss sich hart um mein Handgelenk, als er mich von Ben wegzog. Ich sog scharf die Luft ein und sah ihm erschrocken ins Gesicht.

Er war wirklich wütend auf mich. »Was denkst du dir nur, du hättest ernsthaften Schaden anrichten können! Wie dumm bist du?«, zischte er mir hart entgegen. Sein kalter Blick bohrte sich in meinen und schmerzte mehr, als Worte es hätten tun können. Ich wand mich unter ihm, meine Unterlippe bebte verdächtig und ich versuchte, mich loszumachen.

»Sieh mich an!«, knurrte er mir entgegen. Ich spürte Hitze in meine Wangen schießen, vor Scham über meine Dummheit, Wut wegen seines fehlenden Verständnisses und wegen der Härte, mit der er mich anging. Verzweifelt versuchte ich, mich aus seinem eisernen Griff zu befreien, den er wütend verstärkte.

»Lass sie!«, zischte Ben ihm drohend zu.

Mit einem Ruck gab er mich frei, drehte sich, ohne mich noch einmal anzusehen, um und ging mit den Einkäufen zur Kasse. Olivia schien sich über die aufreibende Szene zu freuen und griente still in sich hinein. Ich hasste Olivia in dem Moment zum zweiten Mal aus tiefstem Herzen und versuchte, das Zittern meiner Glieder unter Kontrolle zu bringen. Krampfhaft um Haltung bemüht, wischte ich mir hastig die restlichen Tränen weg.

Ben legte schweigend seinen Arm an meinen Rücken und schob mich sacht den anderen hinterher. Verletzt ging ich durch die Kassen hindurch, ohne zurückzuschauen. Ich wartete nicht auf die anderen, die noch mit den Einkäufen beschäftigt waren, sondern stolperte hinaus auf den Gehweg. Ben folgte mir still. Mit jedem Schritt, den ich tat, kam wieder mehr Leben in meine Glieder und meine Fassung kam langsam, aber stetig zurück. Meine Beine hatten sich von dem Schrecken taub angefühlt und kribbelten jetzt wie kleine Nadelstiche bei jedem Schritt. Trotzdem wirkte die Bewegung Wunder und ich erholte mich.

Wir machten uns auf den Rückweg zur Zimmervermietung.

»Ich wollte das nicht«, flüsterte ich und ließ einen Stein über den Gehweg springen. »Ich weiß ... alle wissen das.« Ben legte seine Hand tröstend auf meine Schulter. »Du musst bedenken, dass deine Körperkraft nach und nach zunimmt mit der Reifung des Dämons. Das hält nicht jedes Regal aus. Und jetzt lächle wieder.« Er drückte mich, während er neben mir herging, sanft an sich und gab mir mit seiner Hüfte einen spielerischen Schubs.

Ich zuckte nur mit den Achseln, sah stur auf den Boden und ließ erneut einen Kiesel über den Boden springen.

»Für mich«, bettelte er und zog einen Schmollmund, als ich ihn von unten schief ansah. Meine Mundwinkel zuckten leicht und ich sah ihn mit geneigtem Kopf weiter an. Seine Augen strahlten mich intensiv an und ich wandte den Blick hastig ab, als wäre ich geblendet worden.

»Wie hältst du es nur aus, dieses Leben? Mit den Zeitwandlern und so.« Ich machte eine unwirsche Handbewegung.

»Es hat Vorteile, so wie wir zu sein. Lass dein altes Leben los, Hanna«, sagte er sanft, aber eindringlich. »Du kannst es nicht mehr zurückbekommen. Es wird dir nur wehtun, wenn du es nicht akzeptierst.« In seiner Stimme lag so viel Mitgefühl, dass ich mich einfach umdrehen musste, um ihm gerade ins Gesicht zu sehen. Für einen Moment wollte ich mich in seine Arme werfen und einfach nur trösten lassen.

»Und wenn ich es nicht kann? Meine Freundin Maike, ich weiß nicht, was aus ihr geworden ist, ob sie noch lebt. Seit dem Überfall in Jork habe ich nichts von ihr gehört. Ich fühle mich schlecht deswegen.« Tränen verschleierten meine Sicht, als sich Bens Arm wieder um meine Schulter legte, mich weiter vorwärtsschob und wir weitergingen. Ich fragte mich kurz, ob es richtig war, dass Ben hier neben mir ging und mir Trost spendete, und nicht Lennox. Ärgerlich verdrängte ich den Gedanken und wandte mich mit einer Frage an Ben: »Kennst du meinen Vater?« Ich spürte ihn neben mir erstarren, bevor er langsam weiterging. »Ja, ich habe ihn bei meiner Ermächtigung kennengelernt«, antwortete er schlicht.

»Wie ist er so?« Achtsam sah ich ihn an. Alle reagierten so geheimnisvoll, wenn es um meinen Vater ging. Keiner sagte so etwas wie *Der ist klasse, ein dufter Typ* oder *Ein netter Kerl, dein Vater.*

»Er ist … beängstigend …« Jetzt schnürte sich meine Kehle zu und Betroffenheit machte sich in mir breit. Was für eine Aussage! Ben sah mir ernst ins Gesicht. »Er ist sehr mächtig, Ratsmitglied, und er verkörpert viele Eigenschaften der Dämonen. Es heißt, er ist genauso Nachtalb wie Blutsauger, mit vielen Eigenschaften eines Chamäleons.« Ben räusperte sich verlegen. »Du solltest ihn besser selbst kennenlernen.«

»Das habe ich schon einmal gehört. Ich biss mir auf die Unterlippe und überlegte, ob ich weiterbohren sollte. Ich verwarf den Gedanken und wir schlichen schweigend nebeneinander her.

Wir kamen in den Eingangsbereich der Pension und stiegen die Treppe zu den Zimmern hinauf. Vor dem Zimmer von Lennox und mir verabschiedeten wir uns. Ich schloss die Tür auf und drehte mich noch einmal zu Ben um. Sichtlich angespannt stand er vor mir, als würde er noch etwas loswerden wollen, fuhr sich mit einer Hand durch sein dichtes Haar und lächelte verhalten. Seine Hand hob sich kurz an meine Wange und senkte sich schnell wieder. Er verströmte eine unruhige, fast fiebrige Energie. Sein Mund öffnete sich, er senkte den Blick und schüttelte leicht den Kopf. Ich stutzte.

Im Gehen sah er noch einmal zurück und sagte tonlos: »Bis später, Hanna.«

Benommen schloss ich die Tür hinter mir und legte mich müde aufs Bett. In Gedanken versunken betrachtete ich die vergilbte Tapete und verfolgte ihr Muster, als es wenige Minuten später stürmisch klopfte. Langsam quälte ich mich aus dem Bett und schlurfte zur Tür. Ich hatte gerade die Klinke gedrückt, als die Tür mir auch schon mit Schwung entgegengedrückt wurde. Mit einem schnellen Schritt rückwärts rettete ich mich vor Lennox, der sichtlich unentspannt mit einer Einkaufstüte hereinstampfte. Sehr unterkühlt schob er sich an mir vorbei, bevor er die Tüte auf einem der Sessel abstellte. Ich erwog meine Möglichkeiten, unbemerkt aus dem Zimmer zu schlüpfen, tat einen Schritt auf den Ausgang zu, als Lennox meine Gedanken erriet. »Tu es nicht!« Er betonte jedes Wort einzeln mit einem leichten Beben in der Stimme, das mich dann doch die Tür schließen ließ. Völlig aufgebracht sah er mich an. Halb zornig, halb zerknirscht trat er auf mich zu und nahm meine Hand. Sein Kiefer mahlte vor Anspannung und er senkte den Blick auf den Boden.

»Warum hast du das getan!? Und warum bist du dann einfach mit diesem …« Er unterbrach und fasste sich wütend in seine dichten Haare, drehte sich kurz von mir fort und atmete schwer aus. »Ben … einfach abgehauen?«, beendete er den Satz und ballte seine Hände zu Fäusten. Fassungslos schüttelte ich den Kopf. Mein Mund öffnete sich, fand aber keine Worte. Ich schnappte nach Luft und kramte angestrengt nach Sätzen, die ich ihm an den Kopf werfen wollte. »Warum hast du mich so *angefahren*? Warum bist du mir nicht nachgelaufen und hast mich *gefragt,* was passiert ist, warum ich so etwas *Dummes* tun konnte? Es interessiert dich nicht, stimmt's!?«, brüllte ich ihm jetzt zornig entgegen. Ich drehte mich um und wollte gehen, als er meinen Arm packte. »Du wirst jetzt nirgendwohin gehen!«, zischte er mir bestimmt zu.

»Du bist nicht mein… Erziehungsberechtigter!«, fauchte ich

und widersetzte mich, indem ich meinen Arm zu befreien versuchte.

»Ein Glück, sonst wären ein paar unschöne erzieherische Maßnahmen vonnöten.« Seine Augen blitzten gefährlich, sein Mund war zu einem Strich zusammengepresst.

Adrenalin und Wut jagten durch mich hindurch und ich holte aus, um ihn zu schlagen. Er wich mir aus und ich traf ihn hart an der Schulter. Mit Knurren und einem versteinerten Gesicht fuhr er herum. Mit verengtem Blick sah er mich durchdringend an. Mir stockte der Atem, mein Herzschlag verlangsamte sich. Schwere legte sich immens zügig über meine Glieder, bleiern zog sie an mir. Ich wusste nicht, wie mir geschah, als seine dunklen Augen aufzulodern schienen und ich unendlich müde wurde. Ich konnte nichts mehr sehen als seine dunklen Augen, die nun ruhiger auf mir ruhten. Meine Lider drohten zuzufallen. Ich nahm meine Kraft zusammen. »Wage es ja nicht, du verdammtes Scheusal!«, flüsterte ich, mit dem Schlaf ringend.

Gequält fluchte er auf, nahm wütend einen der Stühle und schleuderte ihn voller Zorn und Verzweiflung an die nächstgelegene Wand. Die Müdigkeit war mit einem Schlag von mir gewichen, was definitiv nichts mit dem Bersten des Stuhles zu tun hatte.

Bevor ich auch nur nach Luft schnappen konnte, stürzte er sich auf mich, packte mich und warf mich aufs Bett. Schwer atmend vor Schreck lag ich da, mit über dem Kopf gehaltenen Armen. Lennox' Atem ging stoßweise, er drückte mich mit seinem Gewicht nieder und blickt mich in stummer Verzweiflung an. »Es tut mir leid«, flüsterte er eindringlich, sein schönes Gesicht direkt über mir. Ich sah einen erbitterten Kampf in ihm toben, als ein leises Knurren aus seiner Kehle erklang. Der Griff um meine Arme verstärkte sich beinahe schmerzhaft und mir entwich ein leises Wimmern. Unbeeindruckt dessen schnellte er vor und senkte seine heißen Lippen auf meine, bettete sein ganzes Gewicht auf mich. Sein Kuss war nicht zärtlich, in seiner Wildheit lag eine unbekannte Mischung aus Verzweiflung und Zerrissenheit. Hitze wallte in mir auf und ich begann, diesen Kuss zu erwidern, mich ihm auszuliefern. Meine Gegenwehr erstarb vollends, es war unerträglich – unerträglich schön. Sein Winterduft hüllte mich ein und ich drückte mich ihm entgegen. Jede Faser meines Körpers erwachte zum Leben.

Mein Puls flog und ich wollte ihn, nur ihn. Meine Wut verrauchte, und was blieb, war ein tiefes Verlangen.

Er löste sich kurz von mir, um mich höher aufs Bett zu schieben. Sein Blick lief über meinen Körper, hungrig und ungestüm. Neben mir liegend, schob er seine Hand an meine Taille und zog mich fester an sich heran.

Zitternd seufzte ich auf und bog mich ihm entgegen. Seine Lippen trafen wieder auf meine, zarter diesmal. Seine Hand wanderte hoch, über meine Hüfte, meine Taille hinauf über den Arm. Behutsam streichelte er meine Schulter und ließ die Hand wieder tiefergleiten.

Ich erschauderte. Er schlang mein Bein um seine Hüfte und rollte sich über mich. Mein Herz raste und meine Wangen glühten, als er begann, seine Lippen heftiger auf meinen zu bewegen. Er zwang sie auseinander, als unsere Zungen sich berührten, löste die elektrisierende Spannung zwischen uns ein tiefes Ziehen in mir aus. Ich konnte nicht glauben, wie gut unsere Körper zusammenpassten und wie unglaublich gut sich das alles anfühlte.

Ich bewegte mich sacht unter ihm, er drückte mich tiefer in die Kissen, ein Aufkeuchen unterdrückend. Ein Prickeln durchlief mich bis in die Fingerspitzen. Meine Hände wurden heiß an seinem Rücken.

Als ich die Energiewelle über mich hereinbrechen sah, war es bereits zu spät. Sie explodierte in tausenden Farben vor meinen Augen. In weniger als drei Sekunden flackerten unzählige Bilder vor mir auf. Mir krampfte sich alles zusammen und ich presste mich tief in die Kissen. Eine altertümliche Stadt, die Gerüche von Unrat und verfaultem Gemüse, ein Mann, der einen Stock auf mich niederfahren lässt, ölverschmierte Hände, eine graue alte Fabrikhalle, eine Gerberei vielleicht, beißender Gestank, Kinder, die mit Tüchern vor dem Mund in stinkenden Flüssigkeiten mit einem Haken herumrührten. Die Eindrücke entluden sich und wirbelten ungebremst durch meinen Kopf. Das Bild einer toten Ratte, die von Maden zerfressen in einer Ecke lag. Gefühle, die nicht meine waren, brachen über mich herein. Angst, Übelkeit, Hunger, Schmerz.

Lennox riss sich keuchend von mir los und sah mich geschockt an. »Hanna, alles in Ordnung?«, fragte er panisch, eine Hand zur Faust geballt, die andere hilflos nach mir ausgestreckt. Ich blinzelte verwirrt und schnappte nach Luft. » Es tut mir leid …«, stammelte ich heiser.

Doch er zog mich an sich und strich mir liebevoll über den Rücken. Er zitterte leicht. »Es tut *mir* leid. Ich kann nicht fassen, dass ich das getan habe. Ich habe dein Leben riskiert. Es wird nie wieder so weit kommen«, sagte er bitter. Ich wusste nicht, was er damit meinte, aber seine Worte machten mich unglücklich. Schwermütig sah er mich an. »Es ist nichts passiert«, hauchte ich, immer noch außer Atem.

»Es hätte nicht so weit kommen sollen. Und es ist *schon* was passiert. Du hast mich bestohlen, und hast nicht *nur* mein Herz genommen.« Er sah mich traurig an und legte seine Stirn an meine. Ich hatte sein Herz? Der Satz hallte sanft in mir nach und ein warmes Gefühl ließ mich ganz weich werden.

»Ich habe dir Energie genommen, nicht wahr?« Benommen versuchte ich, die Eindrücke zu sortieren. »Ich habe Bilder gesehen, aus einer anderen Zeit, eine Fabrik oder Ähnliches.« Ich stockte. Betroffen zog Lennox mich an seine Brust. »Als du mich angegriffen hast, hat sich eine Tür zwischen uns geöffnet, du hast Erinnerungen meiner Kindheit gesehen. Das passiert, wenn sich die Seelen nahekommen. Die Dämonen können sich dadurch aber auch gegenseitig nahekommen ... gefährlich nah«, flüsterte er mir zu.

»Aber es ist nichts geschehen?«, stutzte ich und machte mich aus seiner Umarmung frei, um ihn anzusehen.

Er lächelte ein klein wenig stolz. »Ich habe meinen Dämon zurückgehalten.« Sein Gesichtsausdruck verdunkelte sich rasch wieder, sodass ich gar nicht hinterherkam mit meinen Empfindungen.

»Ich weiß nicht, wie lange ich es noch geschafft hätte. Es ist schwer, sich zu konzentrieren. Wir Zeitwandler sind sehr leicht abzulenken.«

Lennox hielt die Luft an, um sie dann langsam entweichen zu lassen.

»Schöne Dinge, Leidenschaften stören unsere Konzentration. Wir sind sehr instinktiv, das macht es schwer, sich zu beherrschen.« Er ließ einen entrückten Blick über mich gleiten und legte sich aufs Bett, zog an der Taille meinen Rücken zu sich heran. Ich spürte seinen Atem in meinem Nacken, er schob seine Hand unter mein T-Shirt an meinen nackten Bauch und hielt mich fest.

»Was waren das für Bilder, die ich gesehen habe?« Ich versuchte, mich nach ihm umzudrehen, aber er ließ mich nicht, hielt mich weiterhin fest an sich gezogen. »Da habe ich gearbeitet, mit zwölf «, antwortete er tonlos.

Ich schauderte. Es muss schrecklich gewesen sein, kaum vorstellbar. Ich spürte, dass er nicht gerne daran erinnert wurde, also schwieg ich.

Es war fast dunkel geworden. Ich wusste, er würde heute Nacht jagen gehen und mich alleinlassen. Sacht umfasste ich seine Hand und spielte mit seinem kleinen Finger. »Hanna …«, seufzte er, sein Atem streifte meinen Nacken und eine Gänsehaut lief mir über den Arm.

Nachdem wir über den Vorfall im Supermarkt gesprochen hatten, ließen wir uns in den Schlaf treiben. Ich wusste nicht, ob er auch einschlafen würde, aber sein Atem ging so ruhig und gleichmäßig, dass ich es annahm.

Stunden später wachte ich noch schläfrig auf und sah mich nach dem Wecker um. Er zeigte vier Uhr morgens an und ich drehte mich murrend auf den Rücken. Ich war in der Jeans eingeschlafen und jetzt taten mir die Beine dort weh, wo der Stoff sich eingeschnitten hatte. Mühsam pulte ich mich aus der Hose und legte mich unter die Bettdecke. Schlaftrunken rollte ich mich wie eine Katze zusammen und versuchte, wieder wegzudämmern. Ich dachte an Lennox und ein Lächeln stahl sich dabei auf meine Lippen. Einer Sache war ich mir ganz sicher: Ich liebte ihn, unwiderruflich und leidenschaftlich, wie Catherine Heathcliff geliebt hatte, Isolde ihren Tristan oder Julia Romeo.

Langsam sank ich tiefer in die Kissen, als ich plötzlich ein

Geräusch wahrnahm, das hier im Augenblick nicht hingehörte. Beunruhigt riss ich die Augen auf, starrte in die Dunkelheit und hielt den Atem an. Lauschend, meinen wilden Herzschlag ignorierend, drehte ich mich langsam um und zwang mich, etwas in der Dunkelheit auszumachen. Ich erkannte die Umrisse einer Person und versteifte mich. Ich durchwühlte meine Gedanken nach einem Fluchtplan – oder sollte ich einfach angreifen? Noch bevor ich den Mut fand, mich aufzusetzen und loszusprinten, hörte ich eine Stimme: »Hanna, bist du wach?«, flüsterte sie erheitert.

Ruckartig setzte ich mich auf, ließ meine Hand zur Lampe jagen und knipste das Licht an. Im Sessel am Fenster saß Olivia und blinzelte nun geblendet ins Licht.

»Wusste ich es doch«, flachste sie und strich sich eine schwarze Strähne aus ihrem Gesicht. Entnervt verdrehte ich die Augen und überlegte mir kurz einige Möglichkeiten, wie sie durch einen scheinbaren Unfall aus dem Leben scheiden könnte. Es gab vielleicht Gelegenheiten, wie ich so etwas arrangieren könnte, auch für eine Zeitwandlerin.

Sie interpretierte meinen Gesichtsausdruck richtig und trällerte heiter: »Na, na … wer wird denn gleich so negativ reagieren. Dein Lennox hat mich gebeten, ein wenig auf dich achtzugeben, während er jagen ist. Und ich dachte, es wäre dir lieber, wenn ich deinen süßen Schlaf bewache und nicht Ben.« Fragend zog sie die feinlinigen Augenbrauen hoch und sah mich aufmerksam an. »Wenn ich damit falschlag, tut es mir leid … « Sie stand auf, ohne mich aus den Augen zu lassen. »Ich gehe Ben gleich holen.«

»Nein«, platzte es aus mir heraus und sie setzte sich triumphierend wieder in den Sessel. Ich war jetzt hellwach.

»Tja, Mädelsabend?« Dabei hielt sie mir eine geöffnete Weinflasche entgegen und lächelte schief. Sie schenkte sich Wein nach und füllte ein zweites Glas, das sie mir in die Hand drückte. »Cheers, auf uns Frauen, die den Männern den Verstand rauben und sonst noch so einiges.«

Ich runzelte die Stirn und nahm einen großen Schluck. Der Wein rann warm und lieblich meine Kehle herunter und wärmte mich von innen. Ich machte es mir gemütlich und setzte mich an die Rückwand des Bettes, um sie besser sehen zu können. Olivia musterte mich. »Willst du mir *jetzt* vielleicht erzählen, was da zwischen dir und Lennox ist?« Sie legte den Kopf schief und klimperte mit ihren Wimpern.

»Hör zu, Olivia, ich weiß, dass du mich nicht besonders magst, aber …« Sie unterbrach mich mit einem Schnauben. »Ich hab nichts gegen dich. Ich habe etwas gegen die widrigen Umstände, in denen wir uns befinden. Sie sind ziemlich *unbequem.*«

»Aber du stichelst die ganze Zeit herum und lachst mich aus … und ...« Ich verstummte, weil mir die Worte fehlten. Olivia legte ihren hübschen Kopf in den Nacken und lachte tonlos auf. »Ich habe wirklich nichts gegen dich. Ich amüsiere mich halt gerne. Und auf deine Kosten kann man sich einfach köstlich amüsieren.«

Ich war durcheinander, wusste nicht, worauf sie hinauswollte. Ich wusste nicht, ob ich jetzt wütend werden sollte. War ich so lächerlich?

»Ich finde, du schlägst dich ganz gut zwischen den Fronten. Und was ist jetzt, erzählst du es? Mich würde interessieren, ob er dir Träume stiehlt oder mit dir schläft, gegen jede Regel der Vernunft. Man weiß ja, wie gefährlich das werden kann in eurem besonderen Fall, nicht wahr? Das könnte ein böses Ende haben!« Sie sah mich eindringlich an, ich stierte zurück und verengte misstrauisch meine Augen.

»Lennox hat dir doch erzählt, dass er gefährlich für dich ist? Zumindest eine gewisse Zeit ...« Ich sah sie fragend an. Wollte sie mich etwa schützen? Das konnte ich nun gar nicht glauben. Mein Schweigen interpretierte sie als ein *Nein* und Zorn schlich über ihr Gesicht. Ungläubig beobachtete ich ihre Regung. »Also hat er es dir nicht gesagt?«

»Doch doch, hat er. Und wir schlafen nicht miteinander«, beeilte ich mich, die Situation klarzustellen.

Erleichterung huschte über Olivias Züge, bis sie ihre kühle ironische Maske wiederhatte. »Also bist du immer noch Jungfrau«, sinnierte sie.

»Wie bitte …?«, gab ich perplex zurück.

»Nichts, nicht wichtig.« Sie kam auf mich zu und setzte sich ins Bett. Wir redeten allerlei unverfängliches Zeug und zwischen den Zeilen las man den Anflug von Herzlichkeit in Olivias Sätzen.

Gegen sechs Uhr kam Lennox, frisch wie der Frühling, von seinem Streifzug zurück. Wir hatten noch zwei Stunden, bis wir die Pension verlassen und die Pässe holen würden. Dann würde die Reise losgehen.

Als wir uns Punkt acht Uhr auf den Weg machten, nahm Olivia tatsächlich meine Hand und tänzelte anmutig neben mir her, nicht mehr wie sonst neben Ben. Lennox warf mir einen erstaunten Blick zu und ich zuckte nur unauffällig mit den Achseln. Ihr Vanillegeruch kitzelte mir in der Nase und ich unterdrückte ein Niesen. Ich konnte nie ganz verstehen, warum manche Frauen gern wie eine Nachspeise riechen wollen.

Mir erschien die Verwendung von Parfüm im Augenblick so unwichtig wie Seifenblasen und Luftballons auf einer Parlamentssitzung. Obwohl – wer wusste schon so genau, wozu das gut sein konnte.

Wir traten in die unerfreuliche Straße mit der kleinen Bar. Es waren heute mehr Menschen unterwegs, was vermutlich daran lag, dass die Herbstsonne schien und man keine Angst haben brauchte, einem würde der Himmel auf den Kopf fallen. Eine Gruppe Teens stand auf der anderen Straßenseite am Kiosk und grölte herum, verstummte kurz, als sie uns bemerkte und setzte ihre Unterhaltung anschließend doppelt so laut fort.

Lennox erinnerte uns daran, nicht unsere echten Namen preiszugeben. Wie beim letzten Mal, sollten wir uns nach Möglichkeit nicht mit Namen anreden. Es brauchte keiner zu wissen, dass wir uns in der Stadt aufhielten und uns Pässe machen ließen. Es war zwar für Zeitwandler und Hexer selbstverständlich, mit falschen Identitäten herumzulaufen, dennoch wollten wir keine Aufmerksamkeit erregen.

Wir traten, Lennox voraus, in die dunkle rauchige, nach abgestandenem Alkohol riechende Bar. Es war keiner zu sehen. Der Laden wirkte fast wie aus einer Geisterstadt. Kein Licht brannte, alte Zigarettenrauchschwaden hingen in der Luft und Staubkörner tanzten im Tageslicht, das durch die Tür hereingeworfen wurde.

Ich fühlte stechendes Unbehagen und umfasste Olivias Hand fester. Ben schritt durch den Raum und räusperte sich, um auf uns aufmerksam zu machen. Nur Stille dröhnte uns laut entgegen. Lennox füllte gerade seine Lungen mit Luft, um zu rufen, als unvermittelt eine Tür aufschwang und Antony uns zuwinkte.

Er grinste uns mit schiefem Gesicht entgegen und lotste uns einen düsteren Korridor entlang auf eine weitere Tür zu, die aussah wie eine Zellentür. Hinter dieser lag ein erstaunlich großzügiges Büro. Auffallend war das orientalische Flair dieses Raumes. Große Teppiche an den Wänden und auf dem Boden. Viele Kissen auf einem verschnörkelten Sofa, mehrere Malereien, ein riesiger Spiegel mit Bemalung am Rahmen. Es roch nach Gewürzen und Nelken. Meine Nase kribbelte und neben mir hörte ich Olivia niesen. Es gab kein Fenster, nur helle Lampen an der Decke, die tageslichtähnliches Licht verströmten.

Antony setzte sich an einen klobigen Schreibtisch und legte die Füße mit einem lauten Schnaufen auf dem Möbelstück ab. Lennox schloss die Tür hinter uns. Das Klicken der Klinke hallte viel zu laut in mir wider. Ich ballte meine Hände zu Fäusten und sah mit Unbehagen wieder Lennox an. Er hatte eine kühle Maske aufgesetzt, Ben stand mit verschränkten Armen neben ihm. Sie bildeten eine Einheit aus Kraft und blickten gekonnt gleichmütig in Antonys Gesicht.

»Habt ihr die Kohle?«, brachte Antony, während er sich eine Zigarette anzündete, stockend, aber nicht minder selbstgefällig hervor.

»Erst die Pässe«, erwiderte Ben gelassen.

Antony maß ihn mit einem überheblichen Lächeln und kramte in einer Schublade. Vier Pässe schob er über den Schreibtisch in unsere Richtung. Lennox trat auf ihn zu und nahm sie in Augenschein. Ein zufriedener Ausdruck trat auf sein Gesicht und er griff nach dem Geldbündel in seiner Jacke. Die Tür in meinem Rücken knarrte und schwang auf. Auf Antonys Gesicht zeigte sich Unruhe. Gleichzeitig drehten wir vier uns alarmiert um. Ein auffallend selbstsicherer junger Mann in Lederklamotten stand in der Tür. Er hatte seine blonde Mähne zu einem Zopf im Nacken zusammengebunden, eine Tätowierung am Hals kam aus einem schwarzen Shirt zum Vorschein. Er tat überrascht: »Oh … du hast Kundschaft.« Seine eisblauen Augen weiteten sich unter seiner markanten hohen Stirn und er tat entschuldigend. Sein Raubtierlächeln steigerte mein Unbehagen. Ich war mir sicher, hier einen weiteren Zeitwandler vor mir zu haben. Aber welcher Art konnte ich nicht sagen. Seine Aura flackerte dann und wann anthrazitfarben.

»Was willst du, man?«, fragte Antony angespannt. Er schien diesen Typen zu fürchten und rutsche nervös auf seinem Sessel herum.

»Hanna, richtig?«, fragte der Fremde plötzlich in die neuentstandene Stille. Ohne zu zögern wandte ich mich dem Fremden zu, auf dessen Gesicht sich ein triumphierender Ausdruck breitmachte. Das Erkennen meines Fehlers kroch mir im gleichen Augenblick eiskalt ins Bewusstsein. Ich hatte mich soeben verraten. Das berechnende Lächeln steigerte sich zu einem kalten Grinsen, das aussah, als würde er die viel zu weißen Zähne fletschen. Lennox trat zu mir und schob mich hinter sich. »Ein Trickster«, stöhnte Olivia an meiner Seite voller Unbehagen auf.

»So so. Ein Alb, eine Blutsaugerin und das im Augenblick wertvollste Halbblut der Geschichte, hier in meinem Stammlokal. Was für eine unglaublich angenehme Fügung.« Er taxierte mich kalt mit seinen Blicken. Ben war für ihn anscheinend nicht wichtig.

»Was soll der Scheiß, René, das sind meine Kunden.« Antony hatte die Füße von seinem Schreibtisch genommen und sich dahinter unsicher aufgestellt.

Lennox schob mich weiter hinter sich und zog an Olive, die sich katzenhaft an seine Seite heftete.

»Ihr könnt gehen, das Mädchen bleibt hier.« Die Augen des Typen, der sich *René* schimpfte, blitzten kalt auf und glitten über Lennox, Olive und Ben. Sein Lächeln war verschwunden, er winkte zwei bullig aussehende Typen herein. Ein Keuchen entrann meiner Kehle, als ich die Waffen in ihren riesigen Pranken sah. Eiswasser kroch mir die Beine hoch und ich unterdrückte ein Zittern. Der eine war unverkennbar auch ein Zeitwandler, der andere ein Mensch. Bens Miene verfinsterte sich und er hielt stumme Zwiesprache mit Olivia.

Die Typen traten mit den Waffen auf Lennox und Olivia zu und zwangen sie zur Seite. Einer hielt Lennox ein Messer an den Hals, der Zweite schwang ein Ungetüm von Schlagstock vor sich her. Wir wussten alle, wenn sie schwer etwas abbekommen würden, wären sie für längere Zeit außer Gefecht und wir wären geliefert. René trat auf mich zu und packte mich grob am Kinn, um meinen Kopf in den Nacken zu zwingen.

Seine eisblauen Augen auf mich gerichtet, musterte er mich mit süffisantem Lächeln. »Wir werden viel Spaß miteinander haben, bevor du mich reich machst.« Er trat einen Schritt zurück und umkreiste mich wie ein Museumsbesucher einen interessanten Kunstgegenstand.

Mein Blick bohrte sich zornig in seinen. Lennox knurrte wütend hinter mir auf: »Lass deine Finger von ihr, oder ich reiße dich in Stücke und verbrenne deine kümmerlichen Überreste!« Seine Stimme bebte vor unterdrücktem Zorn und Hilflosigkeit.

»Du hattest lange genug deinen Spaß, Nachtalb«, lachte er erheitert auf. Die Männer trieben Lennox und Olive weiter zurück. Antony hatte sich ergeben wieder hinter seinen Schreibtisch gesetzt. Nun verfolgte er die ganze Angelegenheit überrascht.

René ergriff blitzschnell meinen Arm und zog mich ruckartig an sich, was mir ein Keuchen abrang. Ich hatte es so satt, dass mich ständig jemand am Arm packte und mich herumzog oder schubste. Wut flammte in mir auf und ich trat mit so viel Kraft wie möglich auf meinen Angreifer ein. Empfindlich getroffen, verstärkte der seinen Griff und schleuderte mich mit nur einer Drehung seines Armes herum. Dann hörte ich, wie mein Rücken und mein Kopf in einen großen Wandspiegel krachten, wie das Glas klirrend zerbarst und auf den Boden regnete. Ich war von dem Aufprall zu betäubt, um große Schmerzen zu empfinden, und das Atmen fiel mir schwer. Mein Angreifer holte zu einem Schlag aus. Ich sah seine Hand auf mich zuschnellen und schrie unwillkürlich auf, bevor sie mich mit voller Wucht im Gesicht traf.

Anschließend geschahen drei Dinge gleichzeitig: Erstens ließ

Ben eine ungeheure Druckwelle auf die Angreifer los. René fluchte und erkannte den Hexer in ihm. Zweitens wurde René zurückgerissen und ließ die Zeit erstarren. Ich fiel, in dem Versuch, gerade aufzustehen, erneut zu Boden, mit der rechten Hand voran in eine spitze Scherbe. Der Schmerz durchzuckte mich scharf und riss mich aus meiner Benommenheit. Drittens brach ein wahres Durcheinander aus Handgemenge, Olivias Schreien und aufblitzenden Messern zu mir durch. Ich rappelte mich auf. Angst schnürte mir die Kehle zu. Die Zeit schnellte wieder vorwärts und mir wurde schwindelig. Lennox tauchte neben mir auf, riss mich zur Seite, Ben ließ eine erneute Druckwelle auf die Angreifer los, sodass die bulligen Typen bewusstlos zu Boden gerissen wurden. Ein Wurfstern, den einer der Männer nach uns warf, schlug direkt in Antonys Stirn ein und ließ ihn mit weitaufgerissenen Augen tot in seinen Sessel zurücksinken. Olive stürzte zum Schreibtisch, schnappte sich hastig die Ausweise und zog mich mit sich, in dem Moment, als Lennox seine Fäuste auf René niederfahren ließ. Olive und ich stürzten aus dem Zimmer, dicht gefolgt von Ben, der uns vorwärtsdrängte.

Ich stolperte benommen durch die immer noch leere Bar. Meine Hand blutete stark und mir war kotzübel. Dunkelheit griff nach und nach um sich und ich versuchte, sie verzweifelt zurückzudrücken. Adrenalin jagte durch meine Adern, ließ mich keinen Schmerz spüren und peitschte mich auf. Ben ergriff meine gesunde Hand und zerrte mich unbeirrt weiter. Ich sah zurück, Lennox fehlte. Kurzentschlossen stemmte ich die Fersen in den Boden und blieb stehen. »Lennox«, brachte ich atemlos hervor. Ben verdrehte die Augen. Sein gehetzter Blick bohrte sich in meinen. »Wirst du weiterlaufen, wenn ich dich darum bitte?«, sagte er gepresst.

»*Wir können ihn nicht zurücklassen!*«, brüllte ich jetzt außer mir. Olive drehte sich alarmiert um und packte meine Hand.

»Ich gehe zurück und hole ihn, ihr geht zur U-Bahn-Station, ihr wisst schon! Dort treffen wir uns wieder.« Voll innerer Zerrissenheit wandte sich Ben um und stürmte zurück in den Korridor.

Olive und ich brachen aus der Bar heraus. Ohne uns weiter umzusehen, rannten wir über die Straße. Ein Bus hielt geradewegs auf uns zu, nur einige Meter entfernt, als er auch schon flimmernd erstarrte. Ich schrie schrill auf. Glücklicherweise konnte ich mich fast schon genauso zügig bewegen wie die anderen Zeitwandler in dieser Phase der Starre, es strengte mich lediglich mehr an.

Auf der anderen Straßenseite angekommen, vernahm ich das Geräusch quietschender Busreifen, das durch ein Bremsmanöver verursacht wurde. Gleich darauf brummte der Bus auch schon wieder weiter.

Olive wurde langsamer, nahm ihren Rucksack ab und wühlte, ohne sich nach mir umzusehen, ein T-Shirt aus ihrem Rucksack und reichte es mir.

»Wickel das um deine Wunde, es erregt zu viel Aufmerksamkeit, wenn du hier eine rote Spur hinterlässt. Außerdem macht es mich hungrig.« Hastig schlang ich es um meine verletzte Hand, Olive nahm wieder meine andere und ihr altvertrautes Grinsen huschte über ihre Züge. Ich hatte das Gefühl, jeder, der uns passierte, starrte uns an. Dem war wahrscheinlich nicht so, aber ich war immer noch zu aufgewühlt, um die Welt um mich herum als weniger bedrohlich wahrzunehmen.

In der U-Bahn-Station setzten wir uns auf eine Bank. Ich nahm meinen Kopf zwischen die Beine, um den aufkeimenden Schmerz in meiner Hand und die Angst um Lennox und Ben besser ertragen zu können.

»Zeig mal her!« Olive nahm das Shirt von der Wunde. »Das sieht gut aus, es wird gleich verheilt sein und nicht mehr wehtun.« Sie runzelte die Stirn und sah mich erstaunt an. »Es heilt schon echt schnell bei dir.« Sie sah mir viel zu distanziert ins Gesicht. »*Wir* haben es schon mal geschafft. Und ich habe die Pässe, selbst wenn die anderen nicht mehr auftauchen sollten, wir können weiter.« Jetzt war mir schlecht, ich schmeckte Galle und verzog das Gesicht. Angestrengt biss ich die Zähne zusammen und sah Olive fest in die Augen. *Bloß nicht kotzen*! wiederholte ich in meinem Geist.

»Wir fahren nirgendwo hin, wenn sie nicht kommen.« Um Haltung bemüht, richtete ich mich ein Stück auf und wurde deutlicher: »Wenn sie nicht in fünf Minuten hier auftauchen, gehen wir zurück«, stellte ich bestimmt klar.

»Dann lieferst du dich denen aus. Ist dir das klar?« Sie runzelte ungläubig die Stirn.

»Es ist ja nun mal so, dass die *mich* wollten, oder? Außerdem, hast du schon einmal etwas von *Zusammenhalt* gehört?«, raunte ich ihr jetzt noch gereizter entgegen. Sie fing an zu lachen. »Hanna, wir sind Dämonen, bei uns gibt es kein *Einer für alle und alle für einen*. Das liegt nicht in unserer Natur. Es ist ein Wunder, wie lange wir jetzt schon *gemeinschaftlich* unterwegs sind.« Sie malte Gänsefüsschen in die Luft.

Ich schnaufte wütend auf und Olivias hübsches Gesicht verzog sich zu einer Grimasse. »Jeder kann seine Natur selber bestimmen«, zischte ich ihr zornig zu und richtete meinen Blick in die Ferne, weil ich sie gerade nicht mehr ertragen konnte. Olivia verstummte und tat es mir gleich. Die Sekunden verstrichen unendlich langsam. Dieses Warten war wahrlich schmerzvoll und laut in meinem Herzen. Ich versuchte, tief durchzuatmen, meine Unruhe in den Griff zu bekommen und senkte mein Gesicht in meine Hände. Olivia legte sanft ihre Hand auf meine Schulter. Ich wand mich ihr zu und entdeckte verwundert einen fast schon zärtlichen und freundschaftlichen Ausdruck in ihren Augen. Noch mehr überraschte mich das, was sie anschließend sagte: »Hab keine Angst, Hanna. Ich passe auf dich auf und wir werden die Jungs auch raushauen, wenn es nötig wird«, flüsterte sie sanft. Mein Blick verschleierte sich und Tränen der Erleichterung rannen über meine Wangen. Olive setzt ihr kühles Lächeln wieder auf und sah einer U-Bahn nach. »Und nun hör auf zu flennen, das macht dich ganz schön hässlich.«

Jetzt schüttelte mich ein Lachen und sie stimmte mit ein.

Ben jagte den Korridor entlang auf das Büro zu. Den Tumult und das Krachen hörte er schon von Weitem. Der Trickster hatte Lennox unter sich begraben. Der wehrte sich verzweifelt, um sich schlagend und ächzend. Ben stürzte ins Büro und zerrte an dem Trickster. Einer der bulligen Typen kam mit einem Benzinkanister und einem aufgeschnappten Feuerzeug aus dem Flur auf das Büro zu. Bens Magen krampfte sich vor Schrecken zusammen. Er wirbelte herum zum Eingang, sah das Aufflammen des Feuerzeuges und das Benzin, das in seine Richtung gekippt wurde. Schnell ließ Ben eine Druckwelle los, die in alle Richtungen davonjagte. Er stieß einen Fluch aus, als alle um ihn herum davon erwischt wurden und es ihn selbst von den Beinen riss. Der Typ vor dem Büro wurde in den Flur geschleudert, das Feuerzeug flog durch die Luft. Wie aus der *Büchse der Pandora* stürmte das Unheil in Form eines heißen Feuers ihm entgegen. Die Hölle war losgelassen, erfasste zuerst den Brandstifter und ließ den Flur mit einem lauten Knall in Flammen aufgehen. Ben rappelte sich auf und sah zu Lennox. Nicht weit von dem wälzte sich der Trickster auf die Seite und fixierte ihn in wilder Raserei. Lennox sprang wie eine Raubkatze auf und stürzte auf ihn. Ben wollte zu Hilfe eilen. Mit einem Mal war die Szene eine ganz andere. Lennox und der Trickster am anderen Ende des Raumes. Ben blinzelte. Die Zeit wurde wieder gehalten. Der Rauch in dem Zimmer wurde dichter und der Sauerstoff knapp. Lennox winkte Ben zu, er solle verschwinden. Unschlüssig blieb er stehen. Der Trickster verpasste Lennox einen gezielten Tritt in den Bauch. Ächzend krachte dieser hinter den Schreibtisch und riss den toten Antony mit sich. Die starren Augen des Toten sahen Ben an, er schauderte. Eine Lichtreflektion ließ ihn zu Antonys Hosenbund sehen. Ein Messer! Ben schnellte vor.

Dann war wieder alles weg und der Trickster starrte ungläubig auf das Messer in seiner Brust. Lennox zog es schmatzend aus der Wunde. Der brodelnde Blick des Tricksters wurde trüb, als er bewusstlos vornüber kippte. Lennox packte ihn, zog ihn an Ben vorbei, der zurücktaumelte, auf den Flur zu und warf ihn in die Flammen. Er sah zurück zu Ben und herrschte ihn an, ihm zu folgen. Ben zögerte noch, als Lennox schon mit einem gekonnten Satz über die zuckenden Flammen sprang. Wenn er noch länger warten würde, könnten die Flammen ihn in diesem Büro einsperren.

Schweißperlen bildeten sich auf seiner makellosen Haut und seine Hände zitterten unter großer Anstrengung. Mit einer tosenden Druckwelle zwang er die alles verschlingenden Flammen zurück und sprang an ihnen vorbei, Lennox hinterher. Eilig kehrten Lennox und Ben der Hölle den Rücken zu und rannten durch den Korridor in die Bar. Von draußen hörten sie bereits Sirenen und laute Stimmen, die vom Eingang zu ihnen hereindrangen. Lennox stoppte ruckartig und hielt Ben zurück. Erschrocken sah er ihn schwer atmend an. Lennox fluchte wild auf. Hinter ihnen hörte Ben das Knistern und Ächzen der Flammen. Stürmisch und ohne ein Wort drehten sie ab und stoben zurück in den Korridor. Ben öffnete jede beliebige Tür, dahinter nur fensterlose Zimmer. Eine Tür nahe des bereits brennenden Büros ließ sich öffnen. Endlich ein Raum mit Fenster. Erleichtert wollten sie darauf losstürzen, aber schon im nächsten Moment bog draußen ein Feuerwehrmann um die Ecke. Ben stöhnte verzweifelt auf und griff sich ins Haar.

»War da hinten nicht eine Treppe, am Ende des Korridors?« Lennox' Stimme klang gepresst.

Ben nickte und sie eilten aus dem Zimmer rechtsherum, an den Flammen vorbei zur Treppe. »Nach oben oder unten?«, fragte Ben angespannt und ratlos.

»In diesen Häusern müsste es Kellertüren zum Hof geben.«

Lennox zögerte kurz und sprang dann entschlossen die Treppenstufen abwärts in den dunklen Keller. Im selben Moment gab es eine Explosion und sie stürzten mehr nach unten, als dass sie liefen. Von hinten presste sich ihnen heiße Luft entgegen und drückte sie weiter vorwärts.

»Was zum Teufel war *das* denn?« Entsetzt sahen sie sich an und beschleunigten ihre Schritte. Panik flackerte in Lennox' Augen auf, als er die erste Kellertür verschlossen vorfand. *»Was ist, wenn die Kellertür nach draußen auch verschlossen ist!?«*, brüllte Ben. Lennox zuckte die Achsel und machte sich knurrend an die nächste Tür, die sich sofort öffnen ließ. Erleichtert stieß er die angestaute Luft aus und durchschritt eilig den Raum, den Blick fest auf die Außentür gerichtet. Er griff nach der Klinke und drückte sie nach unten – einmal, zweimal und wieder. Wütend trat er gegen die Tür und brüllte dabei voller Verzweiflung auf. Gehetzt ließ er seinen Blick durch den Keller rasen.

»Das Fenster dort, hilf mir mal! Ich brauche irgendetwas, das ich als Hebel benutzen kann.« Ben trat an ihm vorbei und machte sich eifrig daran, das Kellerfenster zu kippen. Sie mussten es nur noch aufhebeln, dann könnten sie entkommen. Lennox sah sich im Halbdunkel des Kellers weitersuchend um. Es wurde langsam unerträglich heiß und stickig. Rauch drang von oben zu ihnen herunter.

Eilig wühlte Lennox in einem der Regale, riss alles, was er nicht gebrauchen konnte, mit lautem Gepolter herunter und fand endlich eine Eisenstange, die er als Brechstange benutzen konnte. Er hörte Ben wie wild an dem Fenster reißen, es löste sich bereits ein wenig aus seiner Verankerung. Kurz bevor er Ben fast erreicht hatte, hörte er ein Wimmern aus einer dunklen Ecke, was ihn herumfahren ließ. Mit zusammengekniffenen Augen und geduckter Haltung schritt er in die Richtung des Geräusches und blieb irritiert stehen. Keine zwei Meter von ihm stand eine Art Käfig. Langsam und vorsichtig näherte er sich und sah auf einem Lager aus Decken ein Mädchen kauern.

»*Lennox, wo bleibst du! Man, hilf mir endlich!*«, schrie Ben ihm ungehalten entgegen.

»Ben ... das ... musst du dir ansehen«, rief Lennox ihm stammelnd zu. »*Mein Gott, jetzt beweg deinen Arsch hierher und hilf!*« Lennox unterbrach ihn. »Sieh dir *das* an!« sagte er bestimmt. Eilig kam Ben an seine Seite und starrte völlig entsetzt auf das Mädchen. »Großer Gott, dieses miese Schwein hält sich hier eine Sklavin oder was?« Bens Stimme brach vor lauter Abscheu. Das Mädchen, das sie beide zuerst mit ihren großen Augen still beobachtet hatte, sprang mit einem Satz auf, rannte an die Gitterstäbe und presste ihr hübsches geschundenes Gesicht dagegen. Ihre dunklen unterlaufenen Augen blickten ihnen hoffnungsvoll entgegen und sie reckte eine zitternde Hand durch die Gitterstäbe. Ben rüttelte an der Tür. »Weißt du, wo der Schlüssel ist?«, fragte er das Mädchen. Sie zeigte stumm auf das Regal hinter Lennox. Er sah sich um und schnappte sich einen herumliegenden Schlüsselbund. Klirrend steckte er es in das Schloss, der falsche, wieder ein neuer, auch nicht passend. Über ihnen bebte der Keller erneut unter einer Explosion und der Putz rieselte auf sie hinab.

»*Wir müssen hier raus!*«, brüllte Ben panisch.

»Kannst du das Schloss nicht einfach aufsprengen, du Hexer? Verdammt!«, fluchte Lennox.

»Ich habe keine Kraft mehr, was glaubst denn du, warum die scheiß Tür da noch *zu* ist, du Vollidiot!«, donnerte er zurück.

Die Augen des Mädchens füllten sich mit Tränen und ihre Lippen bebten, als spräche sie stumme Gebete. Lennox knurrte auf und bedeutete dem Mädchen, zurückzutreten. Er trat auf die Gittertür ein. Ben nahm inzwischen die Stange, rannte zum Kellerfenster und stemmte das Fenster mit einem Scheppern auf.

»Wir können sie nicht hier zurücklassen!« Ben kam zurück und durchwühlte die Regale an der Wand. Mit einem poltern fiel eine alte Geldkassette auf den Boden und sprang auf. Ein Schlüssel! Ben schnappte ihn und lief zur Gittertür, drückte hektisch den Schlüssel in das Schloss und drehte ihn – ein Klacken. Ächzend schwang das Gitter auf. Eine weitere Explosion, die Wände bebten und Ben lief zum Fenster.

Lennox hielt dem Mädchen die Hand entgegen, zog es aus dem Käfig und mit sich hinter Ben her. Der kletterte mühsam ins Freie, seine Kraft erlahmte. Oben angekommen streckte er die Hand erneut in den Keller hinein, um die des Mädchens zu nehmen. Er zog es keuchend ein Stück herauf. Lennox schüttelte ein Hustenanfall und für einen Moment konnte ihn Ben in dem Keller nicht mehr sehen, bis er hinter dem Mädchen wieder auftauchte. Hustend schob er das Mädchen weiter durch das Fenster und machte sich daran, hinterherzuklettern. In Bens Eingeweiden glomm für einen Moment ein kleiner Funke, der ihn verharren ließ, eine winzige Überlegung: Wie wäre es, Lennox den Weg zu versperren? Wie wäre es, ihn einfach zurückzulassen? Seine Hand glitt über das aufgestemmte Fenster, was nach außen hing, wollte wie von selbst das Fenster zudrücken und somit Lennox den Weg versperren. Er schüttelte sich und hielt Lennox verbissen seine Hand entgegen, um ihn herauszuziehen. Draußen angekommen krümmte Lennox sich keuchend und versuchte, zu Atem zu kommen. Ben räusperte sich, spuckte aus, versuchte, das Kratzen im Hals und den rauchigen Kloß in der Kehle loszuwerden. Was ihm viel bitterer auf der Zunge lag war das Gefühl, in seinen inneren Abgrund geblickt zu haben.

Das Mädchen zitterte und sah sich unsicher um. »Wir müssen hier weg«, raunte Ben Lennox nun wieder gefasst zu.

»Und was machen wir mit ihr?«, fragte Lennox, seinen Blick an das Mädchen geheftet, als ihn jäh ein aufgeregtes Beben erfasste. Ohne den Blick von ihr abzuwenden, zog er Ben zu sich heran. Das Mädchen sah sie mit großen Augen bittend an. Ihre Lippen bewegten sich immer noch stumm. »Sieh sie dir mal genau an! Fällt dir was auf?« Seine Stimme klang gepresst, was Ben in eine nagende Unruhe versetzte.

»Das *Mal* an ihrer Stirn … sie ist eine von uns. Dieses Mal kenne ich. Dieses Mal entsteht, wenn der Dämon von dem Menschen getrennt wird, es ist eine Art Narbe. Man hat sie *entmächtigt*, und sie hat es überlebt.« Eine Zornesfalte machte sich auf Bens Stirn breit, kopfschüttelnd presste er hervor: »Wir nehmen sie mit.«

Olivia und mich erfasste quälende Ungeduld, es waren bereits weitere fünfzehn Minuten verstrichen, als wir uns mit finsteren Mienen und Furcht im Herzen auf den Weg zurück zur Bar machten. Wir bemerkten schon von Weitem die Rauchschwaden, die sich hoch über die Häuserblocks erhoben. Ich schluchzte auf und sprintete los. Als ich um die Straßenecke bog, in der das Haus, belagert von Schaulustigen und Feuerwehr, lichterloh brannte, hielt Olive mich zurück. Ich spürte meinen Körper nicht mehr, nur mein Herz, das aus der Brust zu springen drohte. »*Wir müssen sie da rausholen!*« Tobend raufte ich mir die Haare, krümmte mich unter der Last der Ungewissheit und Hilflosigkeit. Stöhnend sah ich zu Olivia, die mich betroffen ansah.

»Sie sind da nicht mehr drin, ich bin mir ganz sicher. Ben und ich haben eine Verbindung zueinander geknüpft. Wenn er stirbt, spüre ich es, wenn ich sterbe, spürt er es. So einfach ist das. Und ich habe nichts gespürt. Also entspann dich ein wenig«, murrte sie mir entgegen. »*Du spürst doch auch sonst nicht viel! Wieso bist du dir so sicher, dass du jetzt etwas spüren würdest?*«, schleuderte ich Olivia voller Zorn entgegen.

»*Nett*, Hanna!« Sie hob eine Augenbraue und sah mich mit einer Mischung aus Belustigung und Zorn an. »*Das* würde ich spüren, glaub mir. Jetzt überleg mal kurz. Wir sollten hier jetzt nicht gesehen werden. Und wenn die anderen uns suchen, können sie uns nicht finden. Wir sollten zurück zum Treffpunkt gehen.« Olive zog mich energisch mit sich. Meine Muskeln waren vor Anstrengung verkrampft und ich hatte Schwierigkeiten, geradeaus zu gehen.

Entmächtigung

Lennox und Ben machten sich daran, mit dem stummen Mädchen unbemerkt aus dem Hinterhof zu entkommen. Sie ging barfuß unsicheren Schrittes in ihrem schmutzigen Sommerkleid hinter ihnen her. Das blumige Muster des Kleides war noch zu erahnen, die verschmutzte Spitze fiel sacht bei jedem Schritt, den sie tat, auf ihre Knie. Sie strich sich ihr braunes Haar aus dem Gesicht, das ihr bis zur Hüfte reichte. Unbeholfen tapste sie an Lennox' Seite und ergriff wie selbstverständlich seine Hand. Stirnrunzelnd sah er auf sie herab, ließ sie gewähren und lief unbeirrt weiter.

»Sie wird ganz schön auffallen.« Ben sah besorgt auf das Mädchen und zog die Augenbrauen hoch. »Wenn wir Hanna und Olive gefunden haben, kann sie sich was anderes anziehen«, stellte Lennox sachlich und ruhig fest.

Bedacht betraten sie den Bürgersteig. Mit dem Mädchen in der Mitte gingen sie zielstrebig Richtung U-Bahn.

Als sie am Treffpunkt ankamen, stürzte sich Hanna aufschluchzend in Lennox' Arme und ließ ihn nicht mehr los. Er lächelte erschöpft, strich sanft über ihr seidiges helles Haar. Das stumme Mädchen verkroch sich schüchtern hinter Ben, den Blick unruhig hin- und herwandernd. Olivias Augen weiteten sich vor Überraschung und Argwohn. »Na, was haben wir denn da?«, fragte sie übertrieben freundlich. Neugierig trat sie um Ben herum und musterte das Mädchen mit den Rehaugen, das barfuß und bleich vor ihr stand. Ihr Lachen blieb Olivia im Halse stecken, als sie das rote Mal auf ihrer Stirn entdeckte. Zischend stieß sie die Luft aus und sah erschrocken zu Ben, der nur langsam mit zusammengekniffenen Lippen nickte. »Ich habe noch nie eine Überlebende gesehen«, flüsterte sie benommen. Olivia sah selten so schockiert aus.

»Oh, mein Gott!«, sprach sie weiter. »Das ist ja schlimmer als der Tod. Das ist doch kein Leben. Ich meine, so ohne … als Mensch, und dann auch noch … Ist sie noch heile hier oben?«

Sie tippte sich an den Kopf. Ihre sonst so kontrollierten

Gesichtszüge waren ihr vollends entglitten.

»Man Olive, halt den Mund!«, blaffte Ben. Entsetzt sah Olivia auf das Mädchen.

»Wer hat ihr das angetan?«, flüsterte sie selbstvergessen und legte schon ihren Rucksack ab, um einen Pullover und eine Hose herauszukramen. Die Passanten musterten das Mädchen schon argwöhnisch. Olivia half, den Pullover über ihr altes Kleid zu ziehen und kramte noch Ballerinas hervor. Die waren zwar ein wenig groß, aber für den Moment würde es gehen.

Hanna drängte sich fest an Lennox. Sie sah aus, als würde sie sich nie wieder von ihm lösen wollen, auch nicht, als die Bahn einfuhr und sie einsteigen mussten – sie hielt seine Hand fest umklammert. Ein Stich durchfuhr Ben und er rückte ein wenig von der Gruppe ab. In der Bahn ließen sie sich erschöpft auf die Sitze fallen. Alles an ihnen roch streng nach Rauch und Furcht. Das Abteil war glücklicherweise nicht sonderlich voll. Stumm blickte das fremde Mädchen aus dem Fenster in das dunkle Nichts des Bahntunnels. Traurigkeit huschte über ihre Augen, sie wirkte verloren.

»Kann sie nicht sprechen?«, fragte Hanna vorsichtig. »Sie ist entmächtigt worden, das siehst du an dem roten Halbmond auf ihrer Stirn. Wir glauben, sie kann nicht sprechen, wissen auch nicht, an was sie sich noch alles vor der Entmächtigung erinnern kann. Sie ist nur ein Schatten ihrer selbst«, flüsterte Lennox ihr traurig zu. »Wir haben sie im Keller dieser Bar gefunden, als wir geflohen sind. Das ist die Handschrift eines Tricksters gewesen, wenn ihr mich fragt.«

Ben saß gegenüber des Mädchens, musterte es, verzog sein Gesicht und sah kurz zu Lennox. »Es könnte sein, dass der Trickster sie da unten gehalten hat wie ein Tier und sich an ihrer menschlichen Energie bedient hat, wenn er wollte. Aber wo hat er sie her? Das ist doch die Frage. Er wird wohl kaum die Entmächtigung selbst vollzogen haben, ohne Artefakte.« Lennox' Blick ging nachdenklich ins Leere. »Wo ist der Trickster, wird er uns folgen?« Hanna unterdrückte ein Zittern und rang ihre Hände.

»Der wird nirgendwo mehr hingehen«, spie Ben hasserfüllt hervor. Das Mädchen sah sie alle an und lächelte schüchtern.

»Wir werden sie mitnehmen, vorerst jedenfalls.« Lennox' Haltung ließ keinen Einwand zu.

»Na toll, und da waren sie zu fünft. Wir könnten ja noch einen Aushang machen, ob vielleicht noch irgendjemand Lust hat, auf eine Reise zu gehen. Irgendein Klotz am Bein wird sich bestimmt noch finden«, zeterte Olivia entrüstet.

Stille kehrte ein. Die Menschen, die an ihnen zum Aussteigen vorüberströmten, warfen ihnen argwöhnische Blicke zu. Ben versuchte, sie zu ignorieren. Hanna schmiegte ihren Kopf an Lennox' Schulter, der die Nähe zu ihr offensichtlich genoss. Ben irritierte es, Lennox so emotional zu erleben. War es möglich, dass er ernsthafte Gefühle für Hanna hegte? *Hanna …* in Gedanken wiederholte er ihren Namen immer wieder, er hallte in ihm nach. Er beobachtete sie, wie sie ihre eine helle Locke hinter ihr rechtes kleines Ohr strich, ihre schönen großen Augen schloss und sich wieder an Lennox schmiegte. Entspannt ruhte ihr kleines ebenmäßiges Puppengesicht an seiner Schulter. Ihre langen Wimpern zuckten einmal kurz, bevor sich ihre Lider wieder beruhigten und sie ganz still dalag. Auch wenn sie an Lennox' Schulter lehnte und nicht an seiner, war er froh, dass es ihr gut ging und sie diesen Zwischenfall gesund überstanden hatte, sie lebte und nicht so zerstört war wie dieses fremde Mädchen, das aus dem Fenster starrte, als gäbe es dort in der Dunkelheit des Tunnels etwas zu entdecken. Aber wer wusste schon, was sie dort sah und wie entrückt ihr Geist tatsächlich war?

Lennox streichelte über Hannas Arm. Sie seufzte leise auf. Ben fragte sich, ob es Lennox bewusst war, wie gefährlich er für Hanna sein konnte. Seit dem stummen Mädchen war *ihm* bewusst, dass Lennox' Dämon eine ähnliche Zerstörungskraft entwickeln konnte, wenn er Hannas menschlichem Geist zu nahe kam – zumindest, bis sie stark genug war.

Kälte breitete sich in Ben aus, während Lennox seinen Kopf an Hannas legte und die Augen schloss.

Am Berliner Hauptbahnhof angekommen, kaufte Lennox Tickets nach Hamburg, wo sie erst spät am Abend ankommen würden. Sie alle teilten sich ein Abteil. Die Stimmung war bedrückt. Hanna und Ben schliefen schon bald ein. Lennox beobachtete Hannas friedliches Gesicht. Ihre vollen Lippen, die leicht geöffnet waren, verschlugen ihm den Atem. Er wandte sich hastig ab und sah aus dem Fenster, verfolgte, wie die Bäume an ihm vorbeiflogen, Wiesen und Felder sich abwechselten. Tief versunken in das Glutrot der Sonne, die hinter den Wolken versank, dachte er über die Situation nach. Es nagte an seiner Seele, dass er Hanna letzte Nacht gefährdet hatte. Er verzehrte sich verzweifelt nach diesem Mädchen. Um sie zu schützen war er fest entschlossen, einen gewissen Abstand zu ihr zu wahren. Ihm war klar geworden, dass er sie nicht nur vor den Gefahren von außen, sondern auch vor ihm selber schützen musste. Sie unterschätzte die Kraft und Bösartigkeit eines Dämons.

Und jetzt gab es noch andere Probleme zu bewältigen. Wo sollte er mit Hanna hin, wenn er weiterhin den Rat nicht erreichen konnte, wohin, wenn wirklich ein Krieg ins Haus stand? Es hatte noch nie einen Krieg zwischen Zeitwandlern und Hexenwesen gegeben. Wer störte jetzt dieses Gleichgewicht so empfindlich, dass es zu kippen drohte? So viele Fragen und unendliche Möglichkeiten. Seit er sich in Hanna verliebt hatte, war alles noch schwieriger geworden. In einer immerwährenden Mitternacht lebend, war er nur für sich da gewesen, jede Nacht zog er in die Welt und raubte sich das, was er brauchte und wollte. So sollte es auch sein! Zeitwandler lebten allesamt für die Nacht und die Dunkelheit. Wie war es also möglich, dass – seitdem Hanna leibhaftig in sein Leben getreten war – für ihn die Sonne aufging? Er lächelte versonnen ob der Absurdität des Ganzen und schloss die Augen.

Als ich wach wurde taten mir sämtliche Knochen weh. Ich bewegte sacht meine Gliedmaßen und zuckte stöhnend zurück, als mein Nacken sich verkrampfte. Steif setzte ich mich auf, ich hatte angelehnt an Lennox geschlafen und musste nun die schlechte Schafposition büßen. Mir gegenüber schlief Ben unruhig mit in Falten gelegter Stirn. Seine Augen gingen lebhaft unter geschlossenen Lidern. Olive sah aus dem Fenster und ich bemerkte, wie sie durch die Spiegelung der Scheibe versuchte, das fremde Mädchen im Blick zu behalten. Lennox rührte sich und lächelte mich matt an. »Schön geträumt?«, raunte er mir zu, nahm meine Hand und hauchte einen Kuss auf meinen Handrücken.

»Du hast das Essen verpasst.« Olive beugte sich lächelnd zu mir rüber und flüsterte mir verschwörerisch zu.

»Mein Gott, kannst du schlafen. Richtig unheimlich. Neben dir hätte man sicherlich eine Bombe zünden können und du hättest nichts gehört. Aber ich hab dir was zu essen aufgehoben.«

Lennox schnaufte auf. »*Du* hast ihr was übrig gelassen?« Ein abgehacktes Lachen. »Sie kann sich jederzeit in der Kantine kaufen, was sie möchte.« Olive ließ den Blick blitzschnell zum stummen Mädchen schweifen und heftete ihn dann auf mich. »Sie hat fast nichts übrig gelassen, aber ich habe dir das Beste in Sicherheit gebracht.«

Ihre feinen Mandelaugen blitzten amüsiert, als sie mir eine Piccoloflasche Prosecco und einen Apfel präsentierte. »Das ist … *toll* … Olive. Davon werde ich ganz bestimmt wieder zu Kräften kommen, danke!« Ich unterdrückte ein Schmunzeln und sah in Lennox' belustigtes Gesicht. »Nicht wahr?«, strahlte sie mich an.

Ich verspeiste den Apfel und spülte ihn mit Prosecco runter, was zur Folge hatte, dass ich einen leichten Schwips bekam und grinsend vor mich hinsah. Lennox beschloss, dass ich mir die Beine vertreten sollte und etwas Anständiges in der Kantine essen musste, also ließen wir die anderen zurück und verließen unser Abteil.

Der Zug zischte laut dahin und ich musste mich bei einem plötzlichen Rütteln des Zuges an Lennox festhalten. Er stützte mich zuvorkommend an meinem Arm und lächelte mich lieb mit schräggeneigtem Kopf an. Mein Herzschlag beschleunigte sich. Ich konnte es nicht fassen, dass ich ihn wiederhatte, war so glücklich, dass es mich berauschte. Um mich herum wurde alles ruhig, meine Hand legte sich an seine Wange. Seine Augen weiteten sich und sein Lächeln wich Unsicherheit, er verkrampfte sich zusehends und senkte seinen Blick. Ich stutzte kurz, er sah mich nicht direkt an. Das machte mich ungeduldig, ich wollte seine Lippen schmecken, seinen Wintergeruch in mich aufnehmen. Fordernd drückte ich mich an ihn und ließ meine Lippen an seinem Hals heraufwandern. Seine Hände schlossen sich völlig unerwartet wie Fesseln um meine Handgelenke und er schob mich bestimmt von sich fort. Durchdringend sah er mich an und schüttelte langsam den Kopf. Ich holte Luft und wollte gerade was sagen, als er mir schon über den Mund fuhr: »Ich habe dir gesagt, dass es nie wieder vorkommen wird.« Entsetzlicherweise wusste ich nur zu gut, was er meinte. Trotzdem wollte ich mich doch dumm stellen, entschied mich dann aber doch dagegen, da es nicht viel gebracht hätte. »Es ist nichts passiert, was du jetzt so furchtbar bereuen müsstest«, zischte ich mit beschädigtem Stolz.

»Es hätte aber ernsthaft gefährlich werden *können.*« Er sah mich bittend an, suchte nach Vernunft in meinen Augen. Ich war einfach nur gekränkt und stürmte den Gang entlang, fort von ihm.

Lennox fluchte und machte sich daran, mir zu folgen. »Kannst du dich einmal nicht verhalten wie ein trotziger Teenager, verdammt noch eins!?«, knurrte er hinter mir her. Er griff meine Hand und schwang mich zu sich rum. Ich nutzte die Chance, um zu bekommen, was ich wollte und senkte meine Lippen auf seine. Überrumpelt erwiderte er kurz meinen Kuss und im Siegestaumel meiner eigenen Gefühle bekam ich erst gar nicht mit, wie mir geschah, als er sich unsanft und wütend von mir befreite. Er sah mich zornig und kalt an. Nur langsam kam ich zur Besinnung und Röte schoss mir ins Gesicht. Scham über die Zurückweisung machte sich unbehaglich in mir breit und zu allem Überfluss bemerkte ich Tränen der Enttäuschung, die mein Sichtfeld einschränkten. Wütend stapfte ich durch den Zug zur Kantine, mit Lennox dicht hinter mir, der leise vor sich hinschimpfte. Beleidigt setzte ich mich im Bordrestaurant an einen der freien Tische. Der Appetit war mir gründlich vergangen und schmollend starrte ich Löcher in die Luft. Lennox brachte mir unaufgefordert ein Tablett mit Brötchen und Saft, stellte es vor mir ab und versuchte, mich versöhnlich anzusehen.

Ich konnte nur seinen schönen Augen ausweichen, zu sehr schmerzte mich noch immer die Zurückweisung. Tief in mir verstand ich die Gründe und achtete Lennox umso mehr dafür, weil er versuchte, mich zu schützen. Aber es nagte auch Zweifel an mir, dass er mich vielleicht einfach nicht so wollte wie ich ihn.

Missmutig knabberte ich an meinem Brötchen herum, trank viel Wasser und Saft, was mir half, den kleinen Schwips verschwinden zu lassen.

Während der ganzen Zugfahrt sprachen Lennox und ich kein Wort mehr miteinander. In Hamburg angekommen, begab er sich auf den Weg, um die Tickets für die Fähre zu besorgen, während wir anderen in einem Hotel am Hafen eincheckten. Olivia fragte, warum wir keinen Flug buchen würden. Lennox war, entgegen der Auffassung der anderen, der Meinung, dass die Kontrollen am Flughafen intensiver ausfallen würden und eventuell gewisse Personen damit rechneten, dass wir uns per Flugzeug absetzen würden.

Wir teilten uns ein Vierbettzimmer und ließen uns erleichtert nieder. Nacheinander gingen wir duschen. Ich war gereizt, missgelaunt und traurig, wirklich niedergeschlagen. Der Streit mit Lennox zerrte an meinen Nerven. Nach meiner Dusche lief ich, nur in Unterwäsche, zu einem der Betten und ließ mich darauf fallen. Meine langen tropfnassen Haare lagen über meiner rechten Schulter und ließen ein kleines Rinnsal an meinem Arm herunterlaufen. Ben saß auf einem Stuhl an einem kleinen Tisch und sah stumm zu mir herüber. Ich erwiderte seinen Blick und sah nicht fort, obwohl er mich mit unangemessener Intensität anstarrte. Ich fragte mich, was er in mir sah. Wachsam musterte ich ihn, bis Olive aus der Dusche kam und Ben von seinem Stuhl aufscheuchte.

Das stumme Mädchen schlief in dem anderen Doppelbett, sie schlief und schlief, schien wirklich sehr erschöpft zu sein. Der ganze Trubel um sie herum beeindruckte sie nicht im Geringsten. Hin und wieder stöhnte sie schwer auf und fing an zu schluchzen. Keiner vermochte zu erahnen, was sie erlebt hatte und was sie jetzt so quälte. Lennox hätte sich in ihre Träume versetzen können, aber er war nicht da und hätte es vermutlich auch nicht getan. Er wollte nur mit ihrem eindeutigen Einverständnis in ihr Bewusstsein eindringen. *So viel Respekt sollten wir ihr zollen*, hatte er klargestellt. Ich war der Ansicht, dass man ihr vielleicht helfen konnte, wenn man mehr über sie wüsste, und sie sprach ja schließlich nicht. Aufgewühlt beobachtete ich sie, ihre Augen, die sich wild unter ihren Lidern bewegten, als Ben sich neben mir aufs Bett setzte. Ich sah nur kurz zu ihm auf und wieder zurück zu dem Mädchen, vertiefte mich in ihr Mienenspiel. Seine Hand glitt so überraschend an meinem nassen Haar herunter, dass ich schauderte und versuchte, ihn abweisend anzusehen. Er zuckte leicht zurück unter meinem kühlen Blick, als hätte er sich verbrannt. »Du wirst ganz nass, vielleicht solltest du ein Handtuch …« Er unterbrach sich und wandte sich ab.

»Ist schon in Ordnung, das macht mir nichts aus.« Irritiert versuchte ich ein Lächeln und knetete meine Hände. Ben saß so nahe neben mir. Ich konnte seinen Ellenbogen an meinem Arm spüren. Kurz überlegte ich abzurücken, verwarf den Gedanken aber sofort wieder, weil es mir zu abweisend vorkam.

»Sie sieht so jung aus für einen Zeitwandler, sind die meisten nicht Mitte zwanzig?«, stellte ich erstaunt fest. »Während der Entmächtigung wird der Zeitwandler zurückversetzt, in den Zustand, in dem seine Wandlung begann. Also in das Alter zwischen siebzehn und neunzehn in der Regel. Ab da altert und zerfällt er wie ein ganz normaler Mensch.« Ich schluckte schwer und war einen Moment neidisch auf sie.

Ben schwieg wieder, ich setzte mich weiter auf, wobei meine Hand seine streifte und wir uns kurz in die Augen sahen. Ein Zucken durchlief mich und ich hielt unvermittelt den Atem an. Seine braunen Augen funkelten mich an. Mein Mund wurde trocken, ich stand umständlich auf, um ins Bad zu flüchten.

Erst jetzt bemerkte ich Olivias Blick, der neugierig auf uns gelastet hatte. Ich zog im Vorübergehen eine Grimasse und verschwand im Badezimmer. Ihr heiseres Lachen klang mir nach und ein Gefühl der Verwirrung machte sich in mir breit.

Eigentlich konnte ich mich ganz gut in Menschen hineinversetzen, aber im Augenblick stand ich ständig auf dem Schlauch. Wieso flirtete Ben mit mir und warum fand Olivia das alles so amüsant? Ich beschloss, vorerst im Bad zu bleiben. Als Lennox endlich eintraf, war es schon weit nach Mitternacht. Die Fähre würde um neun Uhr morgens ablegen, also würde ich mich noch richtig ausschlafen können. Als das fremde Mädchen ins Bad kam, verkrümelte ich mich in eines der Doppelbetten. Es war noch völlig offen, wer sich mit wem das Bett teilen sollte. Zumal wir zu fünft waren und es nur vier Betten gab. Olive schien die Möglichkeiten der Aufteilung zu faszinieren. Ich sah zu Lennox und hoffte, er würde sich zu mir legen, mich in die Arme schließen und endlich wieder alles gut sein lassen. Aber er ignorierte mich. Es verpasste mir einen fiesen Stich in meine Brust und ich gab es auf, seinen Blick zu suchen.

Olive trällerte erheitert: »Wir könnten alle Mädchen in ein Doppelbett legen und die Jungs in eins.« Ben schnaufte halb erheitert, halb genervt auf. Olive sprühte nur so vor Enthusiasmus. »Ich könnte mich auch mit den beiden Jungs in ein Bett verziehen.« Sie blitzte mich verwirrend an. Lennox trat ans Fenster, den Rücken zu mir.

»Ich brauche kein Bett, ich schlafe nicht. Und du in der Regel auch nicht, Olive«, murrte er, seinen Kopf an die Fensterscheibe gelehnt.

»Ich weiß, aber es gibt andere tolle Sachen, die man in so einem Bett anstellen kann.« Sie gab Ben einen unerwarteten Stoß in Richtung des zweiten Bettes. Mit einem Auflachen landete er rücklings auf der Matratze. Er stützte sich auf die Ellenbogen und wollte gerade wieder aufstehen, als Olive mit einem listigen Grinsen auf den Lippen auf seinen Schoß stieg. Sein Lächeln verschwand, seine Augen weiteten sich verblüfft und ihre Lippen senkten sich auf seine. Er befreite sich kurz von ihr und schüttelte lachend den Kopf. »Wir sind hier nicht alleine«, lachte er. Energisch drückte sie ihn in die Kissen zurück, ihre fast schulterlangen schwarzen Haare fielen wie ein seidiger Vorhang vor ihre Gesichter, als sie ihn leidenschaftlich küsste.

Wie gefesselt beobachtete ich ihr Treiben und Unruhe erfasste mich. Die zarte Wildheit, mit der er sie umfasste und zurückküsste, beeindruckte mich. Mit einem Aufseufzen packte er sie und warf sie auf den Rücken, was ihr ein glockenklares Lachen entlockte. Sie warf mir einen berechnenden Blick zu, der mich zurückfahren ließ. Eilig drehte ich mich um, sperrte das Treiben aus. Ben flüsterte ihr leicht wütend etwas zu, das ich nicht verstand, ich hörte ihn aufstehen.

Das stumme Mädchen huschte, in einen von Olivias Pullovern

vergraben, aus dem Bad und legte sich zu ihr ins Bett.

»Na, dann wäre das ja geklärt. Hanna bekommt beide Jungs.« Ich sah sie fragend an und sie lachte mir provozierend ins Gesicht. Mich zusammenrollend zog ich mir die Decke bis zur Nasenspitze und versuchte, müde zu werden. »Willst du sie etwa nicht?«, fragte Olive süffisant. Ermüdet kniff ich die Augen zusammen und sprach ein Stoßgebet gen Himmel, dass die ganze Stichelei für diesen Tag endlich ein Ende finden würde. Ich zog mir die Bettdecke über den Kopf und versuchte, alles um mich herum auszublenden. Eine Zeit lang funktionierte es fast, bis ich eine Bewegung auf der anderen Bettseite spürte. Mein Herz tat einen freudigen Sprung und ich lächelte still in mich hinein. Die Bettdecke wurde sacht zur Seite geschoben, jemand schob sich vorsichtig darunter und streckte sich aus. Ein wunderbarer Geruch strömte zu mir herüber, es roch nach Sonne und Wärme. Unvermittelt riss ich erschrocken die Augen auf, drehte mich aber nicht um. Ich sah Olivia neben dem wieder schlafenden Mädchen auf dem Bett sitzen und in einer Broschüre lesen, als das Licht ausgeknipst wurde.

»Lennox, du hättest mich wenigstens vorwarnen können, bevor du das Licht ausmachst«, murrte Olive und ich konnte nichts anderes denken als: *Du hättest mich vorwarnen können.*

Ben hatte sich ganz auf die andere Seite des Bettes zurückgezogen und atmete in gleichmäßigen Zügen ein und aus. Es war still und ich machte mich schwer. Nur sehr langsam kam der Schlaf zu mir. Ich hätte Lennox bitten können, mich in den Schlaf zu bringen, damit hätte ich allerdings preisgegeben, dass ich Probleme mit der Situation hatte. Also schwieg ich.

Ich war in tiefem Schlaf versunken, als ein markerschütternder Schrei mich ächzend hochriss. Der Schrei schwoll an und wurde abrupt leiser, als jemand versuchte, ihn zu ersticken. Das Licht ging an, Olive presste mit aufgerissenen Augen dem Mädchen die Hand auf den Mund. Das Mädchen schnaufte schwer, bebte am ganzen Körper und Tränen liefen ihr über die geröteten Wangen. Lennox sprang auf, durchmaß das Zimmer und riss Olives Hand zurück. Ben saß kerzengerade neben mir und blinzelte mich verschlafen an. »Was hast du gemacht?«, zischte Lennox Olive zu.

»Gar nichts, sie hat geschlafen und auf einmal angefangen zu brüllen, du dummer Hund!«

Sie blitzte ihn wütend an. »Wenn ich ihr was getan hätte, hätte sie nicht mehr gebrüllt.« Böse maßen sich ihre Blicke. »Na, jedenfalls wissen wir jetzt, dass sie durchaus eine Stimme hat«, gähnte Ben müde. Das Mädchen blinzelte benommen und rollte sich wieder unter der Bettdecke zusammen. Lennox wollte gerade aufstehen, da nahm sie flink seine Hand und hielt sie. »Na toll«, murmelte er leicht genervt. Lennox fehlte mir und ich legte mich gequält zurück in die Kissen. Ich zwang meine Augen zu und zog mir mit Gewalt andere Bilder in den Geist, friedliche und bunte. Unruhig wälzte ich mich hin und her bis zum kommenden Morgen.

In der Frühe machte ich mich als Erste auf den Weg zur Fähre. Da es mir nicht erlaubt war, dies allein zu tun, hatte ich Ben dicht auf den Fersen. Meine Laune war ein wenig besser als gestern, aber immer noch nicht so gut, dass mit mir gut Kirschen essen war. Eine unterschwellige Aggressivität brodelte in mir und Ben schien sich dessen nicht ganz im Klaren zu sein, denn er hatte nichts Besseres zu tun, als mich zu reizen.

»Hanna, wovor läufst du davon? Du rennst, als wäre der Teufel hinter dir her«, flachste er vergnügt und schubste mich sanft.

»Der Teufel hat mir grade einen Schubs verpasst. Hast du es gesehen?«, zischte ich ihm halb giftig, halb erheitert zu. Er fasste mich an der Taille und hielt mich kurz zurück, um neben mir Position zu beziehen. Ein Auflachen – und den Impuls unterdrückend, ihm einen Schlag zu versetzen, lief ich schneller. Ich war mir nicht sicher, ob es bei einem Lachen bleiben oder ob ich ihn vielleicht danach verbal angreifen würde. Wechselhaft wie das Wetter fühlte ich mich, als hätte ich ein nahendes Gewitter in den Eingeweiden.

Entspannt ging er neben mir her, völlig unbeeindruckt von meiner wankelmütigen Gemütslage. Ich fragte mich gerade, ob er sie vielleicht gar nicht wahrnahm, als er mich ansah und an der Schulter zurückhielt. »Du bist echt süß, wenn es in dir brodelt, weißt du das?« Frech grinste er mich an. Mein Mund blieb offen stehen und es verschlug mir die Sprache. Er flirtete tatsächlich mit mir. Seine Hand wanderte von meiner Schulter zu meiner Wange, wo sie warm ruhte. Seine leicht schrägen braunen Augen versanken in meinen und leichte Röte schlich sich auf seine hohen Wangenknochen. Ich bemerkte die Faszination, die in mir wuchs, auch wenn ich versuchte, sie bei der Wurzel zu packen und auszureißen.

»Wir sollten weitergehen«, brachte ich unsicher hervor. Gehetzt beschleunigte ich meine Schritte. Mit einem heiseren Auflachen ließ er sich zurückfallen. Als ich mich umsah, bemerkte ich den amüsierten Zug um seinen Mund. Ich hatte das Gefühl, mich wie ein Idiot aufzuführen und blieb schließlich wieder stehen. Als Ben mich eingeholt hatte, sagte ich: »Okay, noch mal von vorne. Guten Morgen, Ben! Hast du gut geschlafen? Ich auch. Freust du dich schon auf die Bootsfahrt?« Er stimmte in meinen Versuch, unverfängliche Konversation zu treiben, herzlich lachend mit ein.

Als wir die Fähre betraten – mit Lennox und Olive, die das Mädchen hinter sich herzogen – kam ein ordentlicher Sturm auf, der die Fahnen an den Masten laut im Wind flattern ließ. Die Überfahrt sollte eigentlich nicht länger als zwei Stunden dauern, was sich bei zu viel starkem Seegang allerdings rasch ändern konnte. Wir machten uns auf in das Innere des Schiffes, um uns angenehme Plätze zu sichern. Fast alle Passagiere waren im Unterdeck, der Seegang nach Ablegen war nicht zu verachten. Das Schiff hob und senkte sich deutlich. Einige Leute sahen schon ziemlich grün im Gesicht aus und hielten sich lustige Tüten vor den Kopf. Mir drehte sich auch schon langsam der Magen um und ich versuchte, an schöne Dinge zu denken. Dem stummen Mädchen, so hieß es für mich immer noch, wenngleich sie ja nicht wirklich stumm war, sie sprach nur nicht, ging es auch nicht sonderlich gut. Sie starrte mit entsetzten Augen umher. Anfangs wollte sie das Schiff gar nicht erst betreten und hatte allem Anschein nach wahnsinnige Angst vor dem Wasser. Ben hatte sie aufs Schiff getragen, während sie die Augen fest zusammenkniff, was uns letztendlich wieder viele argwöhnische Blicke der anderen Passagiere einbrachte. Mit festem Griff klammerte sie sich nun wieder an Lennox, der angestrengt aus einem der Bullaugen sah. Olive überredete mich, uns ein wenig die Beine zu vertreten. Wir schlichen zwischen den Sitzreihen auf und ab.

»Ich muss dir was erzählen«, raunte sie mir verschwörerisch zu. Ihre Mandelaugen leuchteten und sie zog mich auf eine der Sitzbänke. »Ihr wart schon weg, du und Ben. Ich war ja noch im Bad und als ich rauskam ... du wirst es nicht glauben ...« Sie sprühten vor Sensationslust und ich verspannte mich unwillkürlich auf meinem Sitz. Sie hatte meine volle Aufmerksamkeit. »Also, ich sehe um die Ecke und sehe Lennox, wie er unserem Quälgeist da hinten eine Flasche Wasser zu trinken in die Hand drückt. Ich wollte gerade zu ihnen ins Zimmer gehen, als ich innehalten musste.« Sie hob die Augenbrauen und machte eine erhabene Pause. »Mach's nicht so spannend, Olivia! Was willst du mir sagen?« Nüchtern sah ich sie an. »Das Mädchen stellt sich vor Lennox, schiebt die Träger ihres Kleides herunter … und …« Jetzt blieb mir die Spucke weg und ich blinzelte nervös. »Und *was*, Olivia?«, zischte ich ihr ungehalten entgegen.

»Ich wusste, dass dich das interessiert.« Sie grinste und ich trat ihr sacht, aber bestimmt vors Schienbein. »Schon gut, schon gut. Lennox starrte sie an und rührte sich erst nicht. Ich konnte seinen Gesichtsausdruck nicht sehen, aber er zögerte und schob ihr dann die Träger wieder hoch. Sie sah ihn völlig verdutzt an und umarmte ihn dann stürmisch. Anschließend zog sie sich weiter an.« Mir stand der Mund offen. In mir tobten verschiedenste Gefühle. Zum einen Mitleid mit diesem Mädchen und zum anderen ein wenig Eifersucht.

»Warum erzählst du mir das?«

»Bist du etwa eifersüchtig?« Ich hasste es, das sie mitbekam, wie ich mich abmühte, diese dumme irrationale Eifersucht abzuschütteln. Ich hatte nicht übel Lust, Olivia aus dieser Welt ins Jenseits zu befördern. Ich stand auf und ballte meine Hände zu Fäusten. »Denk nicht mal dran, Hanna, ich wollte dich nur wissen lassen, dass die Kleine deinen Lennox ziemlich mag.« Ihre Augen blitzten zugleich angriffslustig und erheitert.

»Nein, du wolltest einfach nur mal wieder zu deiner eigenen Belustigung Gift versprühen und mich kirre machen.« Entspannt lehnte sie sich zurück und lächelte mich unschuldig an. »Sei nicht so *empfindlich,* Hanna. Wir vergiften uns doch alle gegenseitig mit irgendwas, jeder auf seine Weise – oder etwa nicht?«

Jetzt war mir *richtig* schlecht. Ich stand auf und ging, immer weiter, rauf aufs Deck. Es war keine Menschenseele hier draußen. Leichter Sprühregen hatte eingesetzt, der vom peitschenden Wind wild umhergetragen wurde. Angespannt hielt ich mein überhitztes Gesicht in den Regen und versuchte, meine Zweifel an Lennox unter Kontrolle zu bringen. Hatte er vielleicht wirklich über die Versuchung nachgedacht? Warum hatte er gezögert? Das Mädchen hatte anscheinend in der letzten Zeit, an die sie sich erinnert, gelernt, dass sie bezahlen musste, für ihre Nahrung und Unterkunft, in einer Weise, die mir Ekel durch meine Eingeweide jagte.

Und Lennox? Er hatte immer noch kein Wort mit mir geredet. Ich war wütend. Er saß jetzt wieder bei diesem Mädchen und ließ sich die Hand halten.

Noch hinzu kam, dass ich hungrig wurde, entsetzlicherweise nach Energie. Meine Hände fingen immer wieder an zu kribbeln und schmerzten. Leise fluchte ich vor mich hin und biss mir auf die Zunge. Hier waren viele Menschen, aber ich wusste weder, wie ich es anstellen sollte, jemanden zu bestehlen, noch wollte ich es. Ich sah durch ein Fenster ein junges Mädchen, das hinaus aufs Wasser sah. Verträumt drückte sie ihre Stirn gegen die Scheibe, nahm mich gar nicht wahr. Unwillkürlich befeuchtete ich meine Lippen, fühlte mich ertappt und versuchte, an etwas anderes zu denken. Überall sah ich die glänzende Lebensenergie der Menschen, wie sie mir nie zuvor aufgefallen war. Sie setzte sich farbig ab, wie eine leichte schimmernde Aura, ähnlich wie die der Zeitwandler, nur weicher und präsent in verschiedenen Farben des Regenbogens. Jeden Menschen umgab sie, sprühend und frisch.

Ich fluchte abermals vor mich hin, als ich eine Hand an meiner

Schulter spürte und zurückfuhr. Ben lächelte mir verhalten entgegen. Unmut flammte in mir auf. Hätte Lennox nicht nach mir suchen sollen?

»Hey, was machst du hier in diesem Scheißwetter?« Fragend sah er mich mit hochgezogenen Augenbrauen an und vergrub seine Hände in den Hosentaschen.

»*Was ist eigentlich los mit euch? Kann man nicht einmal kurz alleine sein!?*«, schrie ich ihm entgegen. Mit Verblüffung über meinen Ausbruch trat er einen Schritt zurück.

»Die anderen meinten, du solltest nicht alleine sein. Zu gefährlich. Hier sind zwar sonst keine Zeitwandler oder ähnliches, aber man weiß ja nie«, grinste er und hob beschwichtigend die Arme.

Stumm starrte ich auf meine sich ringenden Hände. Ich spürte seine Ungeduld, als er seine Hand an mein Kinn legte und meinen Kopf anhob, um in meinem Gesicht zu forschen. Seine dichten braunen Haare kräuselten sich in dem Sprühregen bereits zu Locken. »Was ist los, Hanna?«

Er sprach meinen Namen mit so viel Zärtlichkeit aus, dass ich das Gefühl hatte, ich könnte ihm alles sagen und ich bekam ein schlechtes Gewissen, weil ich ihn so angebrüllt hatte. Ich versuchte, den Hunger aus meinem Kopf zu verbannen und rieb abermals meine Hände. Er analysierte mich und kam zu dem richtigen Ergebnis.

»Du bist hungrig.« Es war eine klare Feststellung, ich nickte verhalten und starrte aufgewühlt auf die tobende See vor mir. »Warum beraubst du nicht jemanden? Es müsste leicht sein.« Ich schüttelte eilig den Kopf.

»Wie kann es denn überhaupt schon wieder sein? Ich hatte doch vor ein paar Tagen erst von deiner Energie …?« Ich wusste nicht weiter.

»Du hast nicht viel von mir bekommen. Außerdem hängt es auch von der Geschwindigkeit ab, in der du und dein Dämon sich entwickeln.« Ich sah zu den Menschen hinter dem Fenster. »Ich kann das nicht … ich weiß nicht wie und …« Hilflos zuckte ich die Achseln. »Kann ich nicht dich … ich meine … schon gut.« Verzweifelt schluckte ich und schämte mich für meine Schwäche. Er lächelte mich milde an und strich mir eine nasse Haarsträhne aus dem Gesicht. »Du musst es irgendwann lernen und es tun. Es gehört zu dir, du brauchst es, wie der Mensch den Sauerstoff.« Stumm nickend starrte ich weiter aufs Meer, knetete abwesend meine Hände.

»Aber für jetzt … könntest du Energie von mir bekommen.« In seine Stimme mischte sich ein Unterton, der mich aufhorchen ließ und ich sah zu ihm auf. Intensiv musterte er mich, während ich den Hunger eindringlich an mir nagen spürte.

»Aber ich will etwas dafür.« Mir schoss ein Satz durch den Kopf, den Olivia damals sagte: *Niemand stiehlt von Ben, wenn er nicht etwas als Gegenleistung bekommt.* In meinem Hals setzte sich ein Kloß fest. »Was willst du?«, fragte ich leise.

»Einen Kuss.« Er sah mich ernst an und nahm meine Hand in seine, strich sacht darüber. In mir begann sich Nebel auszubreiten und meinen Geist einzuhüllen.

»Du stiehlst doch sowieso durch einen Kuss, habe ich gehört«, flüsterte er mir gleichgültig entgegen. »Oder durch eine Berührung«, wisperte ich zurück. Ich sah auf, Ben schüttelte sacht seinen Kopf, ohne den Blick von meinen Augen abzuwenden, und ich wand mich innerlich vor Qual. Ich wollte seine Energie, ich wollte sogar seinen Kuss, und *das* sollte ich nun wirklich nicht wollen. Vorsichtig beugte er sich näher und zog mich an den Schultern näher zu sich. Meine Hände legten sich an seine Brust und ich trat auf ihn zu. Ich spürte, wie sie heiß wurden, als würden sie brennen. Blitzschnell schnappte er sich meine Handgelenke und drückte sie weg.

»Nicht so … ein Kuss!«, flüsterte er nahe an meinem Hals. Ich roch seinen Duft, der mich an Sonnencreme und Hitze erinnerte und der sich jetzt mit dem Salzgeruch der See mischte. Seine Lippen schwebten so kurz vor meinen, als meine Gegenwehr schwand. Ich konnte nicht reagieren, nicht denken – ich fühlte nur noch. Und jetzt küsste er mich, seine weichen Lippen umschlossen meine. Und verdammt – wie er mich küsste. Nicht ich nahm seine Energie, er gab sie mir. In dem starken Strom floss sie elektrisierend zu mir, hier im Regen, der vom Wind in unsere Gesichter gepeitscht wurde, auf dem Deck eines schwankenden Schiffes.

Seine Arme schlossen sich um meinen Körper und er drückte

mich sanft, aber bestimmt an sich. Ich seufzte auf und wollte mehr. Ein neuer Strom Energie explodierte in mir und ich bog mich ihm entgegen. Meine Lippen öffneten sich und ließen ihn ein. Mit einem leisen Aufstöhnen fuhr er mit seiner Hand von meinem Haaransatz in meinem Nacken und küsste mich noch leidenschaftlicher. Unsere Zungen berührten sich, spielten miteinander. Er zog sich zurück. Ich kribbelte am ganzen Körper, war voll von Energie. Auf meiner Zungenspitze prickelte es. Mein Atem ging rasch. Ich sah fassungslos zu ihm auf. Was war gerade geschehen?

»Jetzt bin ich ein wenig müde … ich werde jetzt runtergehen und mich ausruhen«, flüsterte er und gab mir einen Kuss auf die Stirn.

Als ich ein Applaudieren hinter uns hörte, fuhr ich zusammen, Ben drehte sich um. Olivia stand an der Tür zum Unterdeck und klatschte mit einem süffisanten Lächeln im Gesicht Beifall. »Na, Hanna, wie ist er so? Auch nicht schlecht, stimmt's? Und du brauchst nicht mal Angst haben, dass er dich umbringt. Ist das nicht genial?«, trällerte sie in ihrer unverwechselbaren Art.

Mir wurde mulmig. Warum fühlte ich mich so schuldig, als wäre ich fremdgegangen? Es ging doch einzig und allein um Energie – oder etwa nicht? Mein Blick flog von Olivia zu Ben und wieder zurück. Meine Unterlippe bebte verdächtig. Ich hatte einen Kloß im Hals und versuchte, ihn krampfhaft runterzuschlucken. Ben sah mich mit zusammengepressten Lippen undurchsichtig an. Schmerz huschte über sein Gesicht und verschwand wieder. Beschämt stürzte ich an den beiden vorbei und bog um die nächste Ecke. Von weit weg hörte ich Ben Olivia anschreien.

Eilig ging ich zum Bug des Schiffes und stieg dort die Treppe zum Unterdeck hinunter. Ich musste es Lennox sagen, bevor Olivia es tat. Er saß immer noch am Bullauge, hatte die Stumme neben sich und sah hinaus in die tosenden Wellen. Klatschnass trat ich auf ihn zu. Das Schiff schwankte bedächtig und mir wurde schwindelig. Vielleicht war auch nur ich es, die schwankte. Ich ließ mich stolpernd vor ihm nieder. Überrascht machte er sich von dem Mädchen los und fasste meine Hände. Das Mädchen sah beinahe durch mich hindurch, sie starrte abwesend vor sich hin. Lennox runzelte die Stirn und strich mir das nasse Haar aus dem Gesicht. »Was hast du gemacht?«, fragte er halb verwundert, halb verärgert.

»Ich habe Ben bestohlen, mit einem Kuss«, presste ich ohne weite Umschweife hervor und wappnete mich für das, was ich an Reaktion vermutete. Seine Miene verdunkelte sich fast augenblicklich und er presste die Kiefer fest aufeinander, ich konnte ihn damit mahlen sehen. »Das wird ja immer besser … er ist clever.« Er stand auf und zuckte mit den Achseln, hob die Augenbrauen und schüttelte leicht seinen Kopf, bis er ein kurzes freudloses Auflachen hervorbrachte. Als er sich zum Gehen wandte, sprang ich auf und hielt ihn am Arm zurück.

»Es tut mir leid«, hauchte ich ihm mit bebender Stimme zu.

»Es ist sicher nicht deine Schuld gewesen. Du bist eine Nymphe, du stiehlst eben durch einen Kuss.« Er drehte sich nicht zu mir um, schüttelte meinen Arm ab und ging. Benommen ließ ich mich zurück auf den Sitz fallen und ließ leise die Luft aus meinen Lungen entweichen. Das stumme Mädchen wippte gleichmäßig auf ihrem Sitz auf und ab. Ich hatte das Gefühl, gleich wahnsinnig zu werden und fing zu kichern an.

England und ein Backsteinhaus

In Dover gingen wir erleichtert von Bord. Ich vermied Blickkontakt zu allen Anwesenden und schlenderte unauffällig neben ihnen her, als würde ich nicht dazugehören. Lennox verschwand in einer Wechselstube, um Euro in Britische Pfund zu tauschen, und anschließend in eine Autovermietung.

Kurzerhand fuhren wir mit einem Ford Galaxy in Richtung Blue Bell Hill.

Lennox fuhr, er hatte dafür gesorgt, dass ich neben ihm saß, was mich ungemein beruhigte. Irgendwann nahm er stumm meine Hand und hielt sie die ganze Fahrt über sanft in seiner. Konzentriert sah Lennox auf die Fahrbahn und vermied es, mich anzusehen, strich aber fast ununterbrochen mit seinem Daumen über meine Hand. Meine Haut fühlte sich langsam wund an, aber ich genoss es trotzdem und hätte sie mir im Notfall auch blutigstreicheln lassen. Hauptsache war, er entzog sich mir nicht wieder.

Am späten Nachmittag passierten wir endlich Gillingham und schlugen die Richtung nach Blue Bell Hill ein. Die Landschaft erstreckte sich typisch englisch vor uns: weite Felder, sanfte Hügel und wilde Spinnenlilien, die am Straßenrand wuchsen. »Mmh … endlich wieder zu Hause«, wisperte Lennox mir zu und sah mich das erste Mal seit Stunden wieder an. Mein Herz stolperte beglückt vorwärts und ich entspannte mich auf meinem Sitz.

»Ja …«, hauchte ich benommen und er drückte meine Hand. Mein Blick folgte einem Mäusebussard, der sich über die Felder gleiten ließ, anmutig und frei. Wollte sich nicht jeder manchmal so fühlen wie dieser Vogel hoch in der Luft? Er wusste nichts von Krieg oder den Widrigkeiten, in denen wir uns befanden.

Wir erreichten Blue Bell Hill, auf einer langen Straße fahrend, von der links und rechts dann und wann ein langer Weg abging, an dessen Ende ein Gehöft oder Haus zu finden war. Angestrengt hielten wir nach der Hausnummer Ausschau. Als wir die gesuchte Nummer endlich fanden, bogen wir ab, in einen dieser Wege, die sich endlos zu erstrecken schienen. Wir fuhren über einen kleinen Hügel und passierten eine kleine Rechtskurve, bis das kleine alte rote Backsteinhaus in Sichtweite kam. Rechts von ihm lag ein Wäldchen. Hinter dem Haus erhob sich erneut ein kleiner Hügel. Ringsherum lagen Felder, Wiesen, wunderschöne Natur. Ergriffen ließ ich die romantische Umgebung auf mich wirken und atmete tief ein.

Lennox hielt etwa hundert Meter vor dem Haus und sah sich aufmerksam um. Erleichtert, dass wir uns endlich strecken und die Beine vertreten konnten, stiegen wir aus. Ich musste dringend für kleine Mädchen und hoffte inständig, dass die Bewohner dieser Landschaft schon in der Zivilisation angekommen waren, Kanalanschluss hatten und ich nicht mit einem Plumpsklo vorliebnehmen musste.

Wir überquerten den Hof und kamen an die Haustür, Lennox wie immer voran. Plötzlich schnellte Ben vor, an mir vorbei, und zog Lennox zurück.

»*Was?!*« Lennox drehte sich gereizt um und verzog das Gesicht. Ben deutete auf die Haustür und forderte uns auf, still zu sein. Die Haustür war nur angelehnt. Lennox fluchte leise. Er atmete tief durch, als versuchte er, seine aufkommende Unruhe zu unterdrücken. Unwirsch bedeutete er uns zurückzubleiben, überlegte es sich noch einmal anders und zog mich an die Hausmauer neben der Tür. Vorsichtig stieß er die Tür ein Stück auf. Sie knarrte ohrenbetäubend laut in unserer Stille und Ben verzog sein Gesicht. Olivia war mit dem Mädchen an der Hand ein ganzes Stück zurückgetreten und beobachtete die Situation argwöhnisch. Lennox stieß die Tür mit einem Ruck auf, sodass sie an die Wand prallte und wieder zurückschwang. Wachsam und wie in Zeitlupe betrat er das Haus. Von einem Flur gingen drei Türen ab und eine Treppe nach oben. Zögernd traten wir hinter Lennox ein.

Olive verzog ihr Gesicht angewidert. »Was stinkt hier so?«, fragte sie und zerriss damit die Stille. Ungläubig aufschnaufend wandte sich Lennox zu Olivia. Beschwichtigend hob sie die Hände und schloss mit einem imaginären Schlüssel ihren Mund.

Wir traten von einem dunklen geräumigen Flur in eine kleine urige Küche. Auf dem alten wurmstichigen Holztisch stand eine Tasse und ein benutzter Teller mit Essensresten, die sicher schon mindestens einen Tag darauf warteten, weggeräumt zu werden.

Eine Zeitung lag aufgeschlagen daneben, mit dem Datum von vorgestern. »Sieht so aus, als hätte hier jemand ziemlich plötzlich sein Haus verlassen und sei bislang nicht zurückgekehrt«, sinnierte Ben misstrauisch.

»Oder hier ist jemand besonders schlampig. Schaut euch das mal an. Der Gestank kommt hierher.« Olive hob mit spitzen Fingern angeekelt einen Topf aus der Spüle. Erschrocken fuhr ich zurück und unterdrückte einen Schrei. In dem Topf befand sich verdorbenes Fleisch inklusive sich windender Maden und Würmer. Selten hatte ich so etwas Ekelhaftes gesehen. Der Gestank trieb einem die Tränen in die Augen. Ich unterdrückte krampfhaft ein Würgen und wandte mich hastig ab. Olive ließ den Topf mit einem Scheppern wieder in die Spüle fallen.

»Man, Olive, bist du völlig irre?«, zischte Lennox ihr sauer zu und schlug sich mit der Hand vor den Kopf, was Olive damit quittierte, sich mit gespielt entsetztem Gesichtsausdruck mit der Hand vor den Mund zu schlagen, was wiederum dem stummen Mädchen tatsächlich ein fröhliches Glucksen entlockte. Wir alle fuhren erstaunt herum und sahen sie an, wie sie mit leuchtenden Augen die Situation verfolgte wie eine Sitcom. Allmählich lockerte sich die Stimmung und wir durchforsteten das ganze Haus, um festzustellen, dass Mister Whitkamp tatsächlich ausgeflogen war. Nur das *Warum* und *Wie* und ob freiwillig oder nicht, das blieb ein Geheimnis.

Wir richteten uns provisorisch ein und entfernten den schlechtriechenden Unrat. Es würde bald schon dunkel werden und allgemeine Müdigkeit machte sich breit. In der Küche war es nicht auszuhalten, weil Lennox und Ben sich die meiste Zeit mit eisigen Blicken traktierten. Olive stand mit unserem Mädchen am gusseisernen Herd und versuchte sich an einer Tütensuppe.

Vorsichtig betrat ich das kleine Wohnzimmer mit seinen unzähligen Bücherregalen. Es sah mit seinem Kachelofen, den alten Holzdielen und einem wurmstichigen alten Schrank genauso urig aus wie die Küche. Der Geruch von getrocknetem Flieder, der überall an den Decken baumelte, hing im ganzen Raum. Ehrfürchtig ließ ich meine Finger über die Buchreihen wandern, in der Hoffnung, einen Hinweis auf meine Familie zu finden.

Ich fand ein Buch mit dem Titel *Die Chroniken der Hexenwesen Englands* und zog es heraus, um mich mit dem Wälzer in den Ohrensessel zu setzen. Es schien uralt zu sein. Die Buchstaben sahen anders aus, als ich sie kannte und ich musste mich sehr anstrengen, um die alte Schrift zu entziffern. Es wurden Stammbäume beschrieben, unter anderem auch der der Familie Cherryblossom. Die meisten Namen sagten mir natürlich nichts, bis auf die der Schwestern aus der Legende. Auffallend war, dass es fast nur Hexer gab. Auf jede Hexe kamen mindestens drei Hexer, was mich innerlich belustigte, denn wollten die Hexer eine Hexe zur Braut nehmen, konnten sie weder wählerisch sein, noch hatten sie gute Chancen, wenn sie sich nicht wirklich ins Zeug legten. Die Frauen hatten also einige entscheidende Vorteile auf ihrer Seite.

Meine Augen schmerzten und ich drückte sacht die Finger an meine Lider. Ziemlich schläfrig und entspannt kuschelte ich mich in den Sessel und dachte über Stammbäume und ihren Sinn und Zweck nach, als ich der Müdigkeit und ihrem Frieden die Hand reichte und davontrieb.

Ich befand mich in einem riesigen Festsaal. Die hohen Wände schimmerten in einem strahlenden Weiß und die Decke sah aus, als würde es sich um den freien Himmel einer sternklaren Nacht handeln. Ich sah mich staunend um und betrachtete mehrere Kristalllüster, die über den Köpfen der Anwesenden schwebten und den Saal mit ihrem weichen Licht erhellten.

Die Leute waren alle festlich gekleidet, die Frauen in Ballkleider, die Männer in feine Roben. Sie schritten erhaben an mir vorbei, nickten mir hoheitsvoll zu. Mein Blick glitt an mir hinab und er weitete sich erstaunt, als ich ein cremefarbenes elegantes Kleid an mir entdeckte. Meine Haare waren kunstvoll mit weißen Blüten am Hinterkopf arrangiert. Sanft legten sich kühle Hände von hinten an meine Hüften und zogen mich zurück. Ein unverkennbarer Wintergeruch hüllte mich ein, ich schloss die Augen und sog die Weichheit dieses Duftes ein. Lennox küsste sanft meinen Hals und ich erschauderte unter seinen schmetterlingssanften Berührungen. Verzaubert beobachtete ich die anderen Tänzer und vernahm die wunderschöne Musik eines Orchesters. Lennox' Hände wanderten sacht über mein Satinkleid, hin zu meinem Oberschenkel und wieder herauf.

»Du bist eine wunderschöne Braut, weißt du das?« Braut … hatte er *Braut* gesagt?

Seine Stimme war nicht mehr als ein sanftes Wispern, das mir eine wohlige Gänsehaut über den Rücken laufen ließ. Er küsste meinen Nacken und ich drückte mich ihm sanft entgegen.

»Willst du tanzen, Hanna?« Sanft drehte er mich zu sich um. Er sah umwerfend aus in einem dunklen Smoking, mit einem unwiderstehlichen schiefen Lächeln im Gesicht. Meinen Blick haltend, führte er mich erhaben durch die sich teilende Menge, die sich vor uns verneigte. Es waren unzählige Dämonen unter den Anwesenden. So viele auf einmal hatte ich noch nie gesehen. Eine Gruppe von Männern – es mussten Hexer sein – stand an einem riesigen Champagnerbrunnen und prostete Lennox zu. Er war ein vollendeter Tänzer und führte mich mit meiner Ungeschicklichkeit, als wäre ich eine Feder, getragen vom Wind, die sich ohne Zutun hier und da hingleiten ließ. Wir drehten uns immer wieder im Kreis, ich versunken in seine Augen, bis ich mitten in der Menge jemanden erkannte. Ich versuchte, die Gestalt nicht aus den Augen zu verlieren, während mich Lennox immer wieder im Kreis führte. Mir den Hals verrenkend, versuchte ich zu erkennen, um wen es sich handelte. Mir kam es wichtig vor zu wissen, wer es war.

Jetzt konnte ich es sehen, das stumme Mädchen im geblümten Kleid. Sie stand stocksteif in der Menge, ihre langen braunen Haare wogen um ihr kleines Gesicht, als schwebe sie schwerelos im Raum. Alle anderen tanzten um sie herum, schienen sie nicht wahrzunehmen, machten aber dennoch einen großen Bogen um sie. Ich runzelte die Stirn. Etwas war beunruhigend an ihr, Unheil verkündend. Lennox strich mir sanft über den Rücken. Ich versuchte, mir meinen Pessimismus auszureden, ermutigt von der Vorstellung, dass sie auch ein Gast dieser Veranstaltung sei.

Mit einem Mal verstummte das Orchester. Alles erstarrte, alle Zeitwandleraugen und mein Blick trafen den des Mädchens. Auf mir lastete ein ungeheurer Druck, ich konnte nur noch sie anstarren, alles andere nahm ich nur aus den Augenwinkeln wahr. Keine Bewegung war mir möglich. Sie erhob sich langsam schwebend in die Höhe, ihre Fußspitzen berührten nur noch dann und wann den Boden. Sie füllte ihre Lungen tief mit Luft und schrie. Mit verzerrtem Gesicht und verdrehten Augen bog sie sich nach hinten und schwebte, als wäre sie unter Wasser. Ihre Haare drehten sich unwirklich wie kleine Schlangen um ihren Kopf. Der Schrei war so durchdringend und schmerzhaft, dass ich die Hände auf meine Ohren pressen wollte, ich konnte mich jedoch nicht rühren. Ich tauchte in Eiswasser und mein Herz schlug mir bis zum Hals, als ich ihre Stimme in meinem Kopf vernahm. *Der Krieg beginnt und der Tod klopft an die Tür*, sang sie mir zu, mit einer glockenklaren, fast noch kindlichen Stimme. Der Krach in meinem Kopf schwoll mit unglaublicher Geschwindigkeit an, sodass ich glaubte, es nicht länger aushalten zu können, bis er urplötzlich verklang. Das Mädchen war verschwunden. Alle bewegten sich, als wäre nichts gewesen. Das Orchester spielte und das absurd plötzliche Panikgefühl war ausgelöscht, als hätte es nie existiert. Benommen sah ich mich um.

Lennox zog mich an sich und legte seine Lippen zart an meine Wange, um sich langsam wieder zu lösen.

»Amüsierst du dich?«, fragte eine Stimme, die nicht Lennox gehörte und ich stellte überrascht fest, dass er verschwunden war. Ben tanzte mit mir und drehte mich urplötzlich um sich, sodass ich aus dem Takt kam. Ich blinzelte verwirrt.

»Wo ist Lennox?«, fragte ich, als mein Blick erneut auf die uns zuprostenden Hexer fiel. »Dieses Fest ist für die Hochzeitsgäste.« Er sah mich eindringlich an, in seiner Miene lag etwas Warnendes. Ein Bienenschwarm surrte unangenehm in meinem Bauch auf, ich wich von Ben zurück.

»Wie meinst du das?« Ich kniff die Augen zusammen, blinzelte und wollte mich ihm weiter entziehen, obwohl er trotz allem eine unheimliche Anziehung auf mich ausübte.

Er kam näher und zog mich bestimmend an sich, ich spürte

seine Lippen an meinem Ohr, wie sie sich bewegten. »Du bist *Mein*, wach endlich auf, Hanna«, wisperten sie. »Wach auf, Hanna! Wach auf!!«

Mit einem Ruck schrak ich auf und versuchte in wütender Aufruhr, meine Arme zu befreien, die fest nach unten gedrückt wurden. Ich sah in Bens amüsiertes Gesicht und ließ mich zurücksinken. Haare klebten schweißnass an meiner Stirn und ich konnte sie nicht aus meinem Sichtfeld bekommen. »Warum hältst du mich fest?«, giftete ich ihn nervös an.

»Als ich dich wecken wollte, hast du versucht, mich zu schlagen.« Er lächelte entschuldigend, gab mich aber nicht frei. Misstrauisch blinzelte ich ihn an und schob ihn forsch von mir. Ein kleiner Schmerz huschte über seine schönen Augen. »Ich bin nicht dein *Feind*, Hanna.« Die Freundlichkeit in seiner Stimme tat mir weh und trat eine Lawine von schlechtem Gewissen bei mir frei. Sacht löste er den Griff um meine Handgelenke und zog sich mit gesenktem Blick zurück.

»Du hast etwas an dir … so etwas …«, ich wusste nicht, wie ich es in Worte fassen sollte, was er manchmal mit mir machte. Jetzt hatte ich sein volles Interesse geweckt und seine Augen fingen an zu leuchten. »Irritierendes?«, fragte er mit hochgezogener Augenbraue, bis sich ein vorsichtiges Lächeln zeigte.

»Oder Anziehendes?«, fragte er jetzt etwas zu mutig.

»Eher etwas Verwirrendes.« Ein unbestimmtes Gefühl wärmte mich von innen. Den Augenkontakt unterbrechend, versuchte ich, mich zu sammeln und aus dem Sessel zu quälen. Ben machte mir Platz und richtete sich vor mir auf. Vorsichtig schüttelte ich meine eingeschlafenen Glieder.

»Was wolltest du denn?«, fragte ich in versöhnlicherem Ton. »Wir haben dich gerufen, du hast nicht geantwortet, wir haben nach dir gesucht und sind in alle Richtungen ausgeschwärmt, um dich zu finden. Du hast uns einen Schrecken eingejagt … hier so versteckt in deinem Sessel zu sitzen, das ist nicht lustig.« Er blitzte mich ironisch tadelnd an. Dann hörte ich jemanden die Treppe herunterpoltern und hektisch aufschnaufen. Ben drehte sich zur Tür.

»Hier ist sie!«, rief er und Lennox stürzte mit angespannter Miene in das kleine Wohnzimmer.

»Warum hast du nichts gesagt? Wir haben dich gerufen.« Er schluckte und hatte seine Gesichtszüge wieder unter Kontrolle, trat beherrscht an Ben vorbei und strich mir behutsam eine verschwitzte Haarsträhne aus dem Gesicht. »Ich muss eingeschlafen sein«, flüsterte ich. Wortlos wandte sich Ben zum Gehen und Lennox' Blick fiel auf das Buch in meiner Hand.

»Was ist das?« Ich hielt es ihm entgegen und entspannte meinen Kiefer langsam wieder. Ich hatte gar nicht gemerkt, wie hart ich meine Zähne aufeinandergepresst hatte und kämpfte jetzt mit einem dumpfen Schmerz.

»Das nehmen wir mit in die Küche, Olive hat ein wenig zu essen gemacht. Du bist bestimmt hungrig.« Ich lächelte ihn müde an. Sicher war ich hungrig, hatte aber keinen Appetit und war mir nicht sicher, ob ich etwas essen konnte. Ich tappte ihm also hinterher und setzte mich an den Küchentisch, den Olive ziemlich anheimelnd für uns fünf gedeckt hatte. In sich versunken, leise vor sich hinsingend stand sie am Herd und füllte dampfende Suppe in eine Schüssel, bis sie mich entdeckte.

»Wusste ich es doch, dass du wieder auftauchst«, brachte sie mir mit einem Grinsen süffisant entgegen.

»Hm …«, brummte ich. »Wie es aussieht, wirst du mich nicht so leicht los.«

»Wie wahr, wie wahr.« Sie strahlte und zwinkerte mich an.

»Stell dir vor, ich hab ein Brot gebacken und Ben hat ein Gewächshaus gefunden, voll mit reifen Tomaten und Paprika. Er und unser Anhängsel beschaffen uns gerade was davon zum Abendessen.« Lennox setzte sich neben mich und schlug das schwere Buch auf. Die Tür hinter uns knarrte leise.

»Na endlich, das wurde ja auch Zeit, ihr lahmen Enten«, trällerte Olive jetzt sichtlich vergnügt. Die Sekunden verstrichen laut und ich stutzte – keine Antwort! Olive drehte sich um. Ich sah ihre dunklen Mandelaugen sich vor Schreck weiten und vernahm wie durch Watte das Klirren der Suppenkelle, die Olive aus der Hand gefallen war und gerade auf den Boden schepperte. Ich hatte das Gefühl, eine ganze Horde Ameisen würden in meinem

Nacken krabbeln. Lennox sprang mit einem Satz auf und schob schabend den Stuhl über den Boden. Mein Blick schnellte zur Tür und vor Fassungslosigkeit stiegen mir Tränen in die Augen.

Henry stand wie versteinert in der Tür, seine Augen fest auf mich gerichtet. Ich stand auf und wollte ihm nur noch in die Arme fallen. Ein Schluchzen löste sich aus meiner Kehle und ich wollte auf ihn zulaufen, doch Lennox legte seine Hand hart um mein Handgelenk und schob sich zwischen uns.

»*Nicht!*«, zischte er dabei. Verwirrt hielt ich inne und sah zu ihm auf. Er blieb alarmiert, beinahe kampfbereit vor mir stehen. Ich suchte Olives Blick, der vorsichtig und misstrauisch ausfiel und mich schaudern ließ.

Mein Blick traf wieder auf Henry, der weiter ruhig und gefasst stehenblieb. Als wäre er lediglich ein wenig verspätet zum Essen erschienen, schob er sich seine beschlagene Brille höher auf die Nase und trat unbeeindruckt näher. Ich versuchte, in seinem Blick zu lesen, aber er blieb undurchdringlich. Erst jetzt bemerkte ich die Waffe in seiner Hand und meine Mund klappte auf. Nebel breitete sich in meinem Kopf wie eine trübe Suppe aus und ich konnte nicht mehr denken. Meine Gefühle drohten mich zu überwältigen.

»Henry, schön, Sie lebend anzutreffen!« In Lennox' Stimme lag neben schmeichelnder Freundlichkeit auch Wachsamkeit und Argwohn. Henry blinzelte und löste den Blick nun langsam von mir. Er versuchte ein Lächeln, das einfach nur erschöpft wirkte. In dem trüben Licht der Küche wirkte seine Gesichtsfarbe aschfahl. Seine Schultern verloren die Spannung und sackten ein Stück nach vorn, was ihn älter wirken ließ. Die Haare standen ihm ungepflegt fettig vom Kopf ab.

»Lennox, alter Freund! Ich hätte mir denken können, dass Sie Hanna holen kommen.«

Lennox! Nie hatte ich ihn gefragt, wie viel Henry wusste und ob er ihn kannte. Ich war geschockt. Natürlich kannten sie sich. Warum war mir das nie in den Sinn gekommen?

»Was haben Sie jetzt vor, Professor?«, fragte Lennox nachdrücklich. Ich schob mich energisch an Lennox vorbei und wechselte einen Blick mit ihm. Er hielt mich am Arm zurück.

»Zuerst werde ich die Waffe weglegen und anschließend möchte ich mit meiner Nichte reden, wenn es erlaubt ist.« Henry legte die Waffe auf einer Kommode ab und ging einen Schritt auf mich zu. Ich war noch immer wie versteinert.

»Ich denke, Sie sind uns eine Erklärung schuldig«, stellte Lennox unmissverständlich fest.

»Ich schulde dem Rat gar nichts, mein lieber Freund.« Henry wirkte kalt und unnahbar. »Aber Hanna sind Sie Erklärungen schuldig«, mischte sich jetzt Olivia zischend von weiter hinten ein. Henry trat auf mich zu und streckte mir seine Hand bittend entgegen, ein Flehen trat in seine Augen und eine altvertraute Wärme huschte über sein Gesicht. Ich konnte nichts anderes tun, als mich von Lennox zu befreien und mich in Henrys Arme zu werfen, was Lennox mit einem unwilligen Knurren zuließ. Henry schloss seine Arme fest um mich und küsste mich auf mein Haar. »Ich werde dir alles erklären, mein Schatz«, flüsterte er mir zu.

Ich hörte Schritte im Flur und sah Ben mit erstauntem Gesicht eintreten, dicht gefolgt von dem stummen Mädchen. Sie trug einen Korb voller Tomaten, die sie mit fröhlich glitzernden Augen im Laufen betrachtete. Sie lächelte mir begeistert entgegen. Dann flog ihr Blick von mir zu Henry und ihr Gesichtsausdruck wandelte sich innerhalb von Millisekunden von *vergnügt* zu *völlig entsetzt*. Der Korb fiel auf die Erde, wie in Zeitlupe verfolgte ich, wie er auf dem Boden aufkam. Das Rot der Tomaten verteilte sich auf dem Boden, eine Tomate rollte bis zu meiner Fußspitze und blieb dort liegen. Lennox sog scharf die Luft ein, Ben stolperte zurück und Olivia schlug die Hände vor den Mund. In Henrys Gesicht spiegelte sich das Entsetzen des Mädchens wider. Sie presste ihre zarten Hände an ihren Kopf, schrie aus voller Kraft, sank hinab und wand sich wie unter Schmerzen auf dem Boden. Sie war außer sich, krümmte sich brüllend auf den Dielen und schaukelte hektisch hin und her. Mir wurde schlecht und es legte sich eine kalte Klaue um mein Herz.

»Louisa …«, stieß Henry atemlos hervor.

Olivia eilte zu ihr und nahm sie in den Arm. Das Mädchen zitterte wie Espenlaub und vergrub seinen Kopf in den Schoß. Olivia zog sie grob hoch und brachte das völlig aufgelöste Mädchen fort, in den Flur und die Treppe hinauf. Henry setzte sich ächzend auf einen der Küchenstühle und vergrub sein Gesicht in seinen fahrigen Händen. Ich trat hinter ihn und legte ihm meine Hand auf die Schulter.

»Du brauchst ihn gar nicht versuchen zu trösten, Hanna«, zischte Lennox mir zu. »Er ist alles andere als unschuldig ... so, wie es aussieht.«

Ich schluckte schwer und setzte mich neben Henry, die anderen folgten mir. Wir saßen uns gegenüber – Lennox, Ben, Henry und ich. Einige Minuten vergingen schweigend. Angestrengt forschte ich in den Mienen der anderen. Ich wusste nicht, was ich sagen sollte. Lennox und Ben warfen sich vielsagende Blicke zu und Henry seufzte ununterbrochen wie unter einer schweren Last. So kannte ich ihn gar nicht. Aber was, wenn ich ihn überhaupt nicht wirklich kannte? Angst kroch mir ins Herz.

»So, jetzt mal Klartext, Henry! Sie kennen das Mädchen. Sie haben anscheinend einen bleibenden Eindruck hinterlassen.« Lennox' Hände zuckten ungeduldig, man konnte förmlich spüren, wie er kurz vorm Explodieren stand.

»Louisa, ich war an ihrer Entmächtigung beteiligt.« Er sah stumpf in die Ferne. Mir kroch die Tragweite dieser Enthüllung wie Gift ins Gehirn und ich starrte ihn weiter nur abwartend an. Meine Anspannung nahm deutlich zu, ich vibrierte innerlich.

Henry bemerkte es und nahm sich zusammen. »Hanna, ich liebe dich wirklich, mein Schatz. Ich wusste von jeher, was du bist. Eine Gruppe namens Occulus Videns hat mich eine Woche nach dem Unfall mit deiner Mutter aufgesucht.«

»Unfall?«, fiel ich ihm halblaut ins Wort. Fassungslos schüttelte ich meinen Kopf, der sich hohl anfühlte.

»Du weißt Bescheid, nicht wahr?«, murmelte er. Bevor er weiterredete, holte er tief Luft.

»Das Sehende Auge wollte euch töten, euch Kinder, auch deine Mutter und am liebsten auch mich. Es hatte was mit unserem uralten Hexengeschlecht und der Vereinigung mit dem Dämon zu tun. Ich erforsche schon seit Jahren die vorchristliche Schriftstücke und Volksweisheiten, die Natur der Dämonen. Erkenntnisse, was dich so wichtig und anscheinend beängstigend macht, habe ich dennoch nicht gewonnen. Aber vielleicht sollten wir unseren lieben Lennox fragen. Als einer der obersten Angestellten des uralten Rates und deines Vaters sollte *er* Bescheid wissen.« Sein Blick drückte sich schwer in Lennox' betretenes Gesicht.

»Der weiß es auch nicht. Er wusste nicht einmal, dass sie eine Hexe ist.« Ben lachte laut und freudlos auf und sah Lennox überheblich an, der seine Hand fest auf den Tisch presste, sodass die Sehnen hervortraten.

»Verstehe. Nun, das ändert einiges. Die Occulus Videns stellten mich vor die Wahl. Sie würden uns alle am Leben lassen, wenn ich ihnen mit Forschungen und zwei Artefakten helfen würde, die sie in ihrem Besitz hatten. Durch mein jahrelanges Studium der Geschichte und Archäologie war ich prädestiniert für ihre Arbeit. Außerdem wollten sie die Kontrolle über Hanna. Sie wollten mich zu ihren Zwecken und Bedingungen gebrauchen und ich konnte es wohl kaum ablehnen.« Traurig sah er auf mich herab.

»Du kennst das Mädchen«, stellte ich erschüttert fest. »Ihr habt sie entmächtigt, die Occulus Videns und du.« Mir fröstelte, ich musste es noch einmal laut aussprechen, als wenn es davon besser werden würde.

»Warum hast du ihnen die Artefakte gestohlen, wolltest du mich auch …?«, mir versagte die Stimme.

Henry schüttelte den Kopf und raufte sich das graue Haar.

»Zuerst war das der Plan. Die Occulus Videns bestanden darauf. Aber als immer wieder Zeitwandler bei dem Prozess starben oder so zugrunde gerichtet wurden wie Louisa, habe ich irgendwann die Chance ergriffen und die Artefakte an mich genommen. Ich wollte dich holen, aber es war bereits zu spät. Ich kam nicht mehr an dich heran. Sie lauerten überall auf mich. Die Occulus Videns hetzten sogar einige Zeitwandler auf mich. Üble Gestalten. Ich war auf der Flucht, unwiederbringlich, und konnte nicht zurück.« In Lennox' Miene lag zu gleichen Teilen Erstaunen und Misstrauen. »Sie haben *Zeitwandler* auf dich angesetzt? Wie soll das denn gehen?«

»Sie haben einige Verbündete in euren Reihen, mein unwissender Freund. Wo habt ihr Louisa gefunden?« Diese Frage klirrte wie Eis. In Lennox' Augen schlich sich eine Erkenntnis, die ihn tief erschütterte. »Das ist Hochverrat«, raunte er entgeistert.

»Wenn ich das richtig verstehe, haben die Occulus Videns Verbündete, die sich nicht scheuen, andere Zeitwandler dem Tod oder Schlimmerem auszuliefern und die sich anschließend an der noch bleibenden Energie dieser Opfer bereichern?« Bens Miene war eine versteinerte Maske, sein Mund zu einem Strich verzogen.

»So ungefähr ist es. Die Energie der Entmächtigten ist trotz allem wesentlich stärker als die von gewöhnlichen Menschen. Sie erneuert sich schnell und ist durchzogen von der alten Magie des Dämons. Das ist aber nicht der Punkt. Viel wichtiger ist doch, warum sie die Occulus Videns unterstützen. Und warum sich auch einige Hexenmeister gegen den Rat wenden werden. Diese Dämonen – meist ziemlich bösartiger Natur – erhoffen sich einen Machtwechsel. Die Hexer befürchten ein Ungleichgewicht der Macht im Rat zwischen den Hexern und den Zeitwandlern und sehen auf das Ganze mit Argwohn. Irgendetwas ist im Rat geschehen, das solche Unruhe bringt. Aber auch ich weiß nicht, was es ist.« Henry machte eine Pause und kniff sich in die Nasenwurzel.

»Also könnte es tatsächlich zu einem Krieg kommen.« Meine Stimme war nicht mehr als ein entsetztes Flüstern. Henry nickte. Lennox ließ sich in den Stuhl zurücksinken. »Das gab es noch nie! Warum sollte es jetzt dazu kommen?«

Henry zuckte die Achseln, graue Haarsträhnen fielen ihm vor die Augen und er wischte sie unwirsch zurück.

»Hast du die Artefakte dabei?«, fragte Lennox aufgewühlt. »Wichtiger ist doch die Frage, was Henry hier macht. Ja, was wollten Sie hier, Henry?« Ben sah ihn fiebrig an.

»Ich wollte mehr über unsere Vergangenheit erfahren, um zu verstehen, was Hanna so besonders macht. Ich wusste von Mister Whitkamp und seiner Privatbibliothek.«

»Wie wir ...«, stellte Lennox misstrauisch fest. »Und ja, ich habe die Artefakte und die Chroniken der Cherryblossoms«, setzte Henry noch hinzu.

Er drehte sich zu einer Tasche und zog ein in Leder gebundenes Buch heraus, gefolgt von einem etwa dreißig mal dreißig Zentimeter großen Lederetui. Er legte beides auf den Tisch. Lennox zog das Etui zu sich heran und schlug es auseinander. Ben rückte aufgeregt näher, er zitterte leicht vor Anspannung. Lennox' Finger zogen zwei Gegenstände hervor, einen silbernen vierzackigen Stern mit einem Rubin in der Mitte, kunstvoll verziert. Der Stein war eingefasst in filigrane eingravierte Flammen. Der andere Gegenstand sah ein bisschen aus wie ein gleichschenkliges Kreuz. Es war golden und genauso mit Symbolen verziert wie der Stern. Seine Enden liefen rund aus und kräuselten sich, wie das Haus einer Schnecke. Ben sah ehrfurchtsvoll auf die Gegenstände und räusperte sich gedankenverloren. Lennox' Hand strich vorsichtig über diese beiden Dinge, die so viel Unheil, aber auch so viel Segen versprachen.

»Jetzt sei vorsichtig und bring sie bloß nicht zusammen«, platzte es aus Henry heraus. Lennox sah für einen Moment verwirrt aus und steckte die Artefakte sacht wieder zurück ins Etui. In dem Moment, als die Artefakte aus meinem Sichtfeld verschwanden, breitete sich tiefe Trauer in mir aus.

Abwesend sah ich aus dem Fenster, es war stockdunkel und Regen prasselte an die Scheibe. Ich fühlte mich so leer, das Stimmengewirr wurde dumpf und verzerrt. Ich verfolgte die Regentropfen auf der Fensterscheibe, die sich wie Tränen einen Weg nach unten bahnten.

In meinen Ohren setzte ein Rauschen ein, immer lauter und eindringlicher. Enge machte sich in mir breit, als das Dunkel der Nacht außerhalb des Fensters auf mich übergriff.

Ich blinzelte verwirrt in Lennox' vor Schreck geweitete Augen. Ich lag auf dem Boden und bemerkte erst jetzt, dass meine Lungen krampfhaft nach Luft schrien. Panisch riss ich die Augen auf und sog pfeifend die Luft ein. Und noch einmal und wieder, bis die Leere in meinen Lungen langsam ausgefüllt schien. Husten schüttelte mich und ich krampfte zusammen, zog die Beine an meinen Bauch. Lennox hielt mich an den Schultern und sah mich verbissen an. Ich spürte meine Wangen brennen, der Schmerz bahnte sich langsam einen Weg in mein Bewusstsein.

»Du hast mich geschlagen?«, krächzte ich benommen. »Du

hast einfach aufgehört zu atmen und bist blau angelaufen. Du hast mir richtig Angst gemacht, Hanna.« Bestürzt sah er auf mich herab.

»Ihr Halbwesen seid echt sonderbar.« Ben blickte besorgt hinter Lennox vor, seine Hände hinter dem Kopf verschränkt. »Wenn du ausgereift bist, kannst du das mit dem Luft anhalten noch mal ausprobieren. Das wirst du dann überleben. Aber jetzt hätte es knapp werden können.« Er versuchte zu lächeln, doch er wurde unsanft von Lennox zurückgestoßen. Lennox nahm mich auf und ehe ich protestieren konnte, wurde ich aus der Küche die Treppe hinaufgetragen. Die Stufen unter uns knarrten laut bei jedem Schritt. Ich sah über Lennox' Schulter zu Henry, der mir besorgt hinterherguckte. Oben angekommen steuerte Lennox eine offen stehende Tür an.

Durch eine andere konnte ich einen Blick auf Olivia und Louisa werfen. Die beiden lagen auf einem Bett und dösten.

Lennox verfrachtete mich sanft in ein anderes Zimmer, auf ein Bett mit Blümchentagesdecke. Ein wenig zitterig verkroch ich mich unter die Decke. Lennox saß abwartend auf der Bettkante, streichelte beruhigend meine Hand und sah mich fragend an. Als Henry im Türrahmen erschien, warf Lennox ihm einen schnellen Blick zu. Ich wusste nicht, was in diesem lag, aber Henry trat sofort den Rückzug an. Ich war zu durcheinander, um ihn aufzuhalten und wusste auch nicht, ob ich es wollte.

»Ich war so … die Artefakte, sie haben mich irgendwie …« Ich unterbrach mich wieder und kramte angestrengt nach den passenden Worten, um die Gefühle zu beschreiben. Aber umso heftiger ich suchte, umso mehr verschwanden die Eindrücke, die ich verspürt hatte.

»Die Artefakte locken uns. Uns Zeitwandler und die Hexenwesen auch. Es sind sehr starke Gefühle. Es besteht eine tiefe Verbundenheit zu diesen Gegenständen, das geht uns allen so. Sie ziehen uns an, versprechen sie doch so viel … Aber dass es so bei dir einschlägt, hätte ich nicht für möglich gehalten.«

Er schluckte schwer und echte Angst huschte über seine sonst so gefasste Miene. »Ich war besorgt, du würdest nicht wieder zu dir kommen.« Seine Stimme brach und seine Augen glitzerten kurz, er lächelte zaghaft. Zögernd ließ ich meine Hand zu seinem Arm wandern und zog ihn zu mir herunter, schloss meine Arme um ihn. Er ließ sich neben mir auf dem Bett nieder und rutschte nah an mich heran, ließ sich in meinen Arm sinken und küsste meine Stirn, meine Augenlider und wieder meine Stirn. Seine Lippen wanderten über meine Wange, hinab zu meinem Hals. Zart strich seine Hand meinen Arm hinauf zu meiner Schulter, mein Schlüsselbein entlang. Verzückt schloss ich die Augen und seufzte auf. So plötzlich, wie die Schwäche vorher, übermannte mich nun kribbelnde Lebensfreude.

Lennox' Atem beschleunigte sich und er schimpfte in seiner mir so vertrauten Art leise vor sich hin, bevor seine Lippen sich auf meine senkten. Elektrisiert von den wilden Spielen unserer Zungen stöhnte ich lustvoll auf. Lennox rollte sich über mich, zwang mit seinem Knie meine Beine sacht auseinander und bettete sich auf mich. Das Gewicht seines Körpers drückte mich tief in die Kissen. Schmetterlinge stoben auseinander und ich seufzte auf. Ich hatte meine Arme in seinem Nacken und ein Bein um seines geschlungen. Es fühlte sich … so furchtbar gut an. Sein Gewicht, der Geruch seiner Haut, das Gefühl seiner Haare zwischen meinen Fingern, die immer wieder mit ihnen spielten, sein Mund auf meinem, unser Atem im Einklang. Ich keuchte auf, als er sich stärker an mich presste, und riss sein T-Shirt am Rücken hoch. Ungestüm ließ ich meine Hände über seine glatte Haut auf dem Rücken fahren. Das Blut rauschte laut durch meine Adern und tiefe Hitze brach sich einen Weg durch meinen Körper. Lennox löste sich schwer atmend von mir.

»Ich liebe dich, Hanna«, flüsterte er. Bevor ich etwas erwidern konnte, senkten sich seine heißen Lippen wieder auf meine. Glücklich schloss ich die Augen und die pulsierenden Glücksgefühle wurden weich. Ich spürte Lennox' heißen Atem an meinem Hals, er rollte sich sanft von mir herunter und zog mich gefühlvoll an sich. Bleierne Müdigkeit überschwemmte mich. Er schickte mich in den Schlaf ...

Widerwillig und mit schlechtem Gewissen löste Lennox sich von Hanna. Er hatte sie einschlafen lassen, überfordert von dem berauschenden Gefühlstaumel. Es war kaum mehr auszuhalten gewesen und er konnte sich nur schwer zurückhalten, um Hanna nicht zu gefährden. Zerknirscht und entzückt zugleich sah er auf ihr entspanntes Gesicht, ihre weichen leicht geöffneten Lippen, ihr helles glänzendes Haar, das sie umschmeichelte. Mit echter Angst im Herzen hatte er sie in seinen Armen gehalten. Völlig ungewöhnliche Gefühle waren auf ihn eingestürmt, als sie bewusstlos mit blauen Lippen zusammengebrochen war. Er war sicher gewesen, sie würde nicht mehr zu sich kommen. Es hatte an seinem Herzen gerissen, als die Sekunden wie Stunden verrannen und sie immer bleicher geworden war. Langsam rollte er sich aus dem Bett und deckte sie mit einer Wolldecke zu, ließ sie in einem friedlichen Traum zurück. Auf dem Weg zur Treppe sah er in das andere Schlafzimmer, in dem Olive saß. Er klopfte leicht an die halbgeöffnete Tür und trat ein.

»Olive …?«

»Sie ist eingeschlafen.« Olivia deutete auf die schlafende Louisa. »Kommst du mit runter? Wir müssen einiges besprechen.« Lennox nickte zur Treppe und Olive folgte seiner Aufforderung.

In der Küche angekommen, fanden sie Ben und Henry vor, die sich über die aufgeschlagene Chronik der Cherryblossoms hergemacht hatten.

»Als Henry hier gestern ankam, war Mister Whitkamp auch schon nicht mehr da«, ließ Ben sie wissen.

Die beiden waren so vertieft in das Buch und ihre fachmännische Plänkelei, dass Lennox beschloss, sich mit Olivia im Keller des Hauses einmal gründlich umzusehen.

»Hier, Ben, das ist interessant. Hier gibt es eine Passage über die Entstehung der Hexenwesen.« Henry hielt ein anderes Buch in der Hand und schob es auf den Küchentisch, bevor er sich hastig wieder auf seinen Stuhl setzte. »Hör zu! Es ist ein Auszug aus einem sehr alten ägyptischen Schriftstück. Es heißt, dass ein ägyptischer Gott – allem Anschein nach ein mächtiger Zeitwandler – seine treuesten menschlichen Untergebenen um sich geschart hat und ihnen besondere Fähigkeiten verliehen haben soll. Es wird von langem Leben berichtet, von Hellseherei und von unsichtbarer Kraft. Und in einem anderen Text aus dem Heiligen Land wird von einem Dämon berichtet, der die schönsten und begabtesten Frauen zu Seinesgleichen gemacht hatte. Diese Frauen hatten von vornherein die Gabe des Sehens, also der Wahrsagerei. Es wird von einem heiligen Ritual berichtet, nachdem diese Frauen nicht mehr alterten und ihr Geist unwiderruflich verändert wurde, was sich auf die folgenden Generationen vererbte. Allerdings musste bei jeder neuen Generation der Geist erst wieder neu von einem Dämon erweckt werden. Sie sollten getreue Dienerinnen sein. Es kristallisierte sich aber heraus, dass diese Wesen durch diese Veränderung erstaunliche Fähigkeiten und Macht entwickelten. So viel Macht, dass sie als Dienerinnen unbrauchbar wurden. Lange Zeit wurden die Nachkommen dieses Hexenstammes nicht mehr entfesselt. Erst achthundert nach Christi gibt es wieder die ersten Aufzeichnungen darüber. Es ist nirgendwo belegt, wie es funktioniert, einen einfachen Menschen zu einem Hexenwesen zu machen, wenn er es nicht genetisch in sich trägt.

Es ist denkbar, dass die Cherryblossoms von dieser Linie abstammen. Sie bringen nur weibliche Hexen hervor.« Henry zwinkerte nervös.

Ben runzelte die Stirn und dachte angestrengt nach. »Möglich. Was weißt du über Valerie Cherryblossom?«

Henry sah ihn erstaunt an und lehnte sich in seinem Stuhl zurück.

»Ich kenne die Geschichte über das Feuer, es ist meiner Meinung nach ein Märchen.« Ben klappte das Buch geräuschvoll zu und begann, Olivias Suppe auf zwei Teller auszugeben. Er schob Henry einen davon zu und machte sich hungrig über seinen Teller her.

»Du bist ein Hexer, nicht wahr?« Henry musterte sein Gegenüber eingehend. Ben ließ den Löffel sinken, blickte aufmerksam zurück und nickte.

»Seit wann und durch wen?« Henry verschränkte die Arme vor der Brust. Diese Geste hatte etwas Abweisendes, das sich Ben gerade nicht erklären konnte und das ihn ärgerte. Seine Miene verhärtete sich. »Seit neunzehnhundertdreiundvierzig, durch Dominik Dawn.«

»Hab ich es mir doch gedacht.« Kühl sah Henry an Ben vorbei.

»Sie können Dawn nicht leiden, oder?«

»Was denkst du, er ist für den Untergang meiner Schwester verantwortlich. Sie hätte ein normales Leben führen können. Wir wussten nichts von unserem Blut, sie hat es nie erfahren, was sie eigentlich war, warum sich Dominik für sie interessierte. Mir ist bis heute nicht ganz klar, warum er sie ausgewählt hat, es gibt auch andere Hexen. Und sie hat ihn so sehr geliebt, dass sie zunächst nichts hinterfragte. Es waren sicher keine Liebesakte, die zur Erschaffung der Kinder führten ...« Niedergeschlagen sah Henry aus dem Fenster in die Nacht. »Und, junger Hexer, wo bist du geboren?«

»Amerika, aber meine Mutter ist Deutsche gewesen und hat mich nach dem Tod meines Vaters mit zurück zu ihren Eltern genommen. Ich war drei Jahre alt.« Ben zuckte gleichgültig mit den Achseln.

»Wusste deine Mutter, was du bist? War sie eine Hexe?«

»Mein Vater war der Hexer, er verstarb trotz seiner Kräfte. Mein Vater versuchte, einem Freund zu helfen. Es war die Zeit des wirtschaftlichen Aufschwungs in Amerika und sein Freund wollte ein Geschäft eröffnen. Leider war er schwarz und das zog die Aufmerksamkeit des Ku-Klux-Klan auf sie beide. Der wiederum bemerkte recht schnell, dass bei meinem Vater einiges nicht mit rechten Dingen zugehen konnte. Kurzum, sie töteten ihn, und meine Mutter floh mit mir nach Deutschland. Meine Mutter wusste von seinen Kräften und begann, mich schon mit acht Jahren nach und nach aufzuklären. Sie hatte Angst, ihr könne etwas geschehen, bevor ich alt genug wäre, und dann würde ich nie von meinem *Sein* erfahren. Also beschloss sie, mir erst über Geschichten einiges nahezubringen und mir später im Detail klarzumachen, was ich bin, an wen ich mich wenden musste und auf was ich zu achten hatte.« Ben starrte mit unruhigen Augen ins Leere und fuhr leise fort: »So ist es ja dann auch gekommen. Sie starb, als ich siebzehn war.« Er sah Henry jetzt völlig aufgeräumt an und wartete auf eine Reaktion.

»Wie Sie sehen, Henry, wir verlieren alle dann und wann. Und manchmal finden wir auch.« Henry senkte kurz den Blick und straffte sich. »Da könntest du recht haben, mein Junge.«

»Henry, sagen Sie nicht *mein Junge*. Ich könnte *Ihr* Vater sein, vergessen Sie das nicht.« Nervös blinzelnd sah sich Henry um, sich der gekippten Stimmung schmerzlich bewusst.

»Nun gut, anderes Thema: Was genau haben Sie alle mit meiner Nichte vor?« Henry nahm eine beherrschte Haltung ein und machte damit unmissverständlich klar, was er von Bens Zurechtweisung hielt.

»Wir wollen Hanna nur sicher zu ihrem Vater bringen.« Ben runzelte die Stirn und fixierte Henry erneut mit intensivem Blick. »Denken Sie, dass das die beste Lösung ist, Ben? Sie zu ihrem Vater zu bringen, meine ich.« Henry verschränkte die Arme vor der Brust und lehnte sich in dem knarrenden Stuhl zurück. »Wieso sollte es nicht die beste Lösung sein? Im Krieg wäre sie dort am Sichersten. Außerdem ist er ihr Vater, Lennox hat direkten Befehl, sie zu ihm zu bringen.«

»Mal abgesehen von Lennox' Befehlen, was wäre, wenn Hanna der Grund des Krieges wäre? Ist sie dann wirklich am Sichersten beim Rat?« Henry versteifte sich.

»Sie meinen nicht im Ernst, dass Hanna irgendeinen Grund liefern könnte für so eine Katastrophe.« Ben belächelte Henry süffisant. »Hanna selber nicht, aber Dominik Dawn. Was wäre, wenn Hanna und ihre Schwestern aus einem guten Grund erschaffen worden sind?«

»Was sollte das für ein Grund sein?« Nagendes Unbehagen wuchs in Ben heran und breitete sich in seinen Adern aus. »Das solltet ihr herausfinden. *Bevor* Sie Hanna ihrem Vater und dem Rat ausliefern.« Henrys Blick fiel flehentlich aus. »Sie sehen Gespenster, Henry.« Ben stand auf und räumte das Geschirr fort, erfasst von Zweifeln, die er nicht empfinden wollte.

Lennox und Olivia stiegen die hölzerne Treppe zum Keller hinunter. Sie knarrte und ächzte beängstigend unter ihrem Gewicht. Unten angekommen, drückte Olivia einen alten losen Stromschalter, der eine einsame Glühbirne aufflammen ließ.

»Und es werde Licht«, scherzte sie und schubste Lennox vor sich her. Der Keller roch moderig und war überall von Spinnweben verhangen, jahrzehntealter Staub zog sich über alles, was sich hier unten befand. »Sieh mal, das nenn' ich mal eine Gefriertruhe, die ist ja riesig. Da könnte man bestimmt eine ganze Kuh reinstecken.« Olive ging staunend auf sie zu und strich über den verrosteten Griff. »Olive, komm mal kurz.« Lennox schob ein Regal mit alten Einmachgläsern zur Seite. Olive trat heran und musste scheußlich husten, als eine dicke Staubwolke ihr entgegenwehte. »Findest du es nicht auch seltsam, dass hier auf dem Boden überall Schleifspuren sind, als wenn das Regal hier ständig hin- und herbewegt werden würde?«

»Lass mich erst mal wieder Luft bekommen, dann kann ich vielleicht auch etwas *merkwürdig* finden«, brachte sie zwischen Hustenanfällen hervor. Tränen rannen ihr vor Anstrengung über die Wangen.

Lennox verdrehte die Augen. »Stell dich nicht so an, Olive.« Sie gab Lennox einen Tritt in die Kniekehlen, was ihn vorwärtstaumeln ließ. Lachend stützte er sich hastig an der Wand vor ihm ab und stürzte beinahe eine düstere steile Treppe hinunter, als die Wand urplötzlich zur Seite glitt.

»Na, sieh mal einer an.« Olive sah beeindruckt zu Lennox, der sich wahrscheinlich schon fallen gesehen hatte und sie jetzt mit entsprechend zornigem Blick strafte. »Wir steigen hinab.« Lennox tastete nach einem Lichtschalter, fand aber nichts außer feuchtem Stein. Olive räusperte sich gespielt laut und hielt Lennox eine Fackel entgegen. »Sieh mal, mein Lieber, *ich sehe den Wald vor lauter Bäumen nicht.*«

Sie deutete auf ein Ölbecken rechts neben dem Eingang und schwenkte ein Feuerzeug vor seiner Nase. Lennox blinzelte überrascht und nahm ihr die Fackel aus der Hand, um sie ins Öl zu tauchen. Mit einem Zischen entzündete sich die Fackel und sie machten sich an den Abstieg. Die Treppe ging nicht sehr tief, höchstens zehn Stufen hinab. Olive murrte missmutig hinter Lennox auf. Sie konnte es nicht leiden, tief unter der Erde zu sein. Ende der sechziger Jahre war sie einmal von einer Lawine verschüttet worden. Glücklicherweise war sie damals schon ausgereift gewesen und konnte somit überleben, obwohl der Sauerstoff schon Stunden verbraucht gewesen war, bevor die Lawinenhunde sie fanden.

Sie kämpfte angestrengt mit ihrer Platzangst und unterdrückte den Reflex, panisch wieder an die Oberfläche zu stürmen. »Geht es, Olive?« Lennox drehte sich zu ihr um und sah ihr aufmerksam ins Gesicht, das sie leicht zu einer Grimasse verzogen hatte. Sie nickte und schubste ihn unwirsch vorwärts. Sie hasste es noch mehr, Schwäche zu zeigen, als hier unten zu sein. Ein Gang führte auf eine verschlossene Holztür zu. Lennox entdeckte eine weitere Fackel und entzündete sie. Mit einem Mal war die Tür voll erleuchtet und sie konnten erkennen, dass in ihr der passende Schlüssel steckte. »Ungewöhnlich«, dachte Lennox laut nach.

»Wenn eine Tür einen Schlüssel braucht, weil man sie abschließen will, würde man den Schlüssel dann nicht abziehen, damit niemand hineinkann?«

»Vielleicht soll aber auch einfach nur was drinbleiben«, gab Olive zu bedenken. Lennox drehte langsam den Schlüssel im Schloss, das sich mit einem Klick öffnete.

Leise schwang er die Tür auf. Er stockte und Olivia drängte an ihm vorbei. Der Raum lief rund zu, an den Wänden befanden sich viele Fackeln in Halterungen. Ein steinerner Altar stand in der Mitte und bildete das Zentrum. Ein Regal mit alten Büchern und Glasflaschen mit Elixieren nahm die rechte Seite des Raumes in Anspruch, während aus der linken Wand Ringe herausragten, an denen Ketten mit Handschellen befestigt waren.

»Was zum Teufel …«, Lennox schauderte. »Der gute Mister Whitkamp praktiziert schwarze Magie.« Olivia verzog angewidert das Gesicht. Sie wusste nur allzu gut, wie oft Menschenopfer für solche Zeremonien herhalten mussten.

»Gott, wir sind hier aber auch in wirklich feiner Gesellschaft. Im Haus eines schwarzen Hexers, dann noch ein Handlanger der Occulus Videns. Einfach bezaubernd! Wir können ja mal *Wem traust du, dem ich nicht trau?* spielen, das wäre doch mal was Neues, bestimmt lustig.«

Olive lachte auf und schüttelte den Kopf. »Du traust diesem Henry nicht, oder?«, fragte sie. Lennox sah Olivia eindringlich an. »Nein, ich denke nicht, dass ich ihm traue und er traut mir auch nicht. Deshalb ist es wichtig, dass wir alle zusammenhalten. Er könnte versuchen, Hanna gegen uns aufzubringen.«

Olive beobachtete ihn genau. »Und du glaubst, er könnte Hanna gegen dich aufbringen? Ich glaube, die Kleine ist schwer in dich verliebt. Es müsste schon einiges passieren, dass sie sich gegen dich wendet.« Sie versuchte, ihn zu provozieren. Es musste doch möglich sein, seine wahren Beweggründe zu erfahren, weshalb er Hanna so zugetan war. Lennox ließ sie links liegen und sah sich weiter um. »Hallo, reden Sie noch mit mir, Mister Merryweather?«

»Ich kenne dich und deine widrige Ader, mit den Gefühlen von anderen zu spielen, nur zu gut. Du findest es aufregend und amüsant. Such dir für deine Spielchen bitte ein anderes Opfer.« Er verlieh seiner Stimme einen schmeichelnden Unterton und inspizierte weiter die Umgebung.

Sich immer wieder nach ihr umschauend, trat er zur Mitte des Raumes und stockte abrupt, als auch sie ein kraftvolles Vibrieren unter sich spürte. Unwillkürlich sahen sie zu Boden. Dorthin waren Linien gezeichnet, die Form eines achtzackigen Sterns mit vier spitzen und vier runden Zacken – die Form der zusammengesetzten Artefakte. Fassungslos zog er Olivia zu sich und deutete auf den Boden.

»Hier laufen energetische Kraftfelder. Spürst du sie auch?«, flüsterte Olivia beeindruckt.

»Ich spüre Erdstrahlen und Wasseradern.« Lennox sah sich unbehaglich um und trat den Rückzug an. »Wir sollten den anderen berichten. Vielleicht weiß Ben etwas mehr darüber.« Sie verließen das Kellergewölbe und stiegen hastig die Treppen wieder hinauf.

In der Küche fanden Lennox und Olivia eine eisige Stimmung vor. Ben und Henry schwiegen sich an und versuchten, möglichst wenig Blickkontakt entstehen zu lassen. Olivia seufzte laut auf, setzte sich geräuschvoll an den Tisch und ergriff das Wort.

»Es ist bereits fast wieder früher Morgen, wir sollten unsere Vorgehensweise besprechen.«

»Olive hat recht. Ich würde sagen, wir bleiben nicht länger als noch einen Tag hier. Es könnte sonst zu riskant werden. Wenn wir hier auf Henry treffen, könnten auch andere Leute hier auftauchen. Und damit meine ich nicht Mister Whitkamp.« Lennox sah aufmerksam in die Runde.

»Ich könnte nach Mister Whitkamp suchen, mich ein wenig umhören. Ich weiß, wo sein Arbeitsplatz ist. Außerdem könnte ich mich zusätzlich im Ort umhören, ob weitere Fremde hier aufgetaucht sind, die uns beunruhigen sollen«, schlug Henry vor.

»Das hört sich ganz vernünftig an.« Ben nickte eifrig. Lennox versteifte sich und grübelte. »Ich weiß nicht … vielleicht sollten wir alle zusammenbleiben. Oder es sollte jemand mit Henry mitfahren, nur für den Fall …« Henry fuhr Lennox über den Mund.

»Hab schon verstanden, Lennox, alter Freund, dass du mir nicht traust. Es ist verständlich! Aber denkst du wirklich, dass ich meine Hanna gefährden würde? Sie ist wie mein eigenes Kind.« Lennox hob entschuldigend die Hände, als er Henrys verletzten und müden Blick auffing.

»Wir sollten zusammenarbeiten, um Hannas willen. Sie ist in Gefahr und es wird nicht leicht, sie aus der Schusslinie zu bringen. Was seid ihr alle kompliziert!? Ist es nicht eigentlich ganz einfach? Henry sucht den Hexenmeister, wir planen von hier aus weiter und brechen dann gemeinsam auf.« Olivia tippte bei jedem Wort mit ihren Fingernägeln auf den Holztisch, als würde sie damit die Logik ihrer Worte unterstreichen.

»Also, gut. Irgendwelche Einwände?« Einstimmig schüttelten sie den Kopf.

»Gut, dann wird es so sein.« Lennox sah ernst in die Runde. Er versuchte weiter, über Handy irgendeinen Kontakt zum Rat herzustellen, über alte Kontaktmänner, über sichere Telefonleitungen des Rates, sogar über einen Hexerzirkel in Nordirland – vergebens.

Lennox sah aus dem Fenster. Die Sonne schickte am östlichen Horizont die ersten Strahlen über die Welt, als Henry sich verabschiedete und das Gehöft mit seinem Wagen verließ. Jetzt hieß es: Warten ...

Tiefkühlkost

Ich schlug die Augen auf, bemüht, mich zu orientieren. Nach und nach sickerten mir die letzten Ereignisse dickflüssig ins Gedächtnis. Die ersten Sonnenstrahlen fielen durch das schmale Dachfenster auf das Bett, in dem ich mich zusammengerollt hatte. Henry! Ich musste ihn sprechen. Hektisch richtete ich mich auf und rollte aus dem Bett. Schwankend kam ich zum Stehen. Ich hatte mich eben noch so ausgeruht gefühlt. Jetzt tanzten tausend Sterne vor meinen Augen, die ich zu ignorieren versuchte. Dabei schlich ich vorwärts, in die Richtung, in der ich die Tür vermutete, und rannte prompt gegen ein Hindernis. Ich stöhnte auf, rieb mir das Knie, blieb dann doch erst einmal stehen und wartete auf bessere Sicht.

Die Sterne verschwanden endlich und ich konnte erkennen: Ich stand genau vor einem riesigen Kleiderschrank. Wo ich schon mal davor stand, dachte ich, könnte ich ebenso gut hineinschauen. Gesagt – getan. Vorsichtig zog ich die Tür auf und stürzte erschrocken zurück. Mein Herz schlug mir heftig gegen die Brust, mein Nacken prickelte und mein Mund klappte auf. Zwei hohle Augenhöhlen eines Totenschädels glotzten mir leer entgegen. Der ganze Schrank war vollgestopft mit Knochen, einer größer als der andere. Grässliche Tierschädel aneinandergereiht und dieser menschliche Schädel, der mir starr entgegenstierte, als würde er mich kennen. Ich kam ins Straucheln, als ich rückwärts ging. Haltsuchend griff ich nach vorn, erwischte einen alten Mantel, der an einer Kleiderstange hing und zog ihn mitsamt der Kleiderstange mit. Unsanft schlug ich mit weitaufgerissenen Augen rücklings auf dem Fußboden auf, als sich der Kleiderschrank ein Stück neigte durch die Wucht, mit der ich die Kleiderstange aus seinem Inneren gerissen hatte. Ich hielt den Atem an, starr vor Schrecken sah ich zu, wie einige der Knochen und Schädel sich von ihrem angestammten Platz lösten und auf mich zurasten. Panisch füllte ich meine Lunge mit Luft und stieß einen durchdringenden Schrei aus, der mir in den Ohren klingelte.

Krachend kamen die Knochen auf dem Boden auf, ein Schädel

rollte bis zu meinem Fuß. Jetzt erst kam Bewegung in meine Glieder. Angeekelt und panisch trat ich ihn und seine Freunde hektisch von mir fort und wimmerte vor mich hin, als jemand ins Zimmer hereinstürzte. Ben packte mich kräftig an den Armen und zog mich auf die Beine. Ich vergrub mein Gesicht an seiner Schulter und versuchte, meinen rennenden Herzschlag wieder unter Kontrolle zu bringen. In meinem Körper pulsierte es vom plötzlichen Adrenalinrausch. Ungläubig drehte ich meinen Kopf vorsichtig zum Kleiderschrank. Mit mehr Ruhe an Bens Seite sah ich genauer hin. Halb in der Erwartung, noch irgendwelche verwesenden Leichen zu entdecken, kniff ich die Augen zusammen und hielt mich fest an Bens Arme geklammert.

»Alles in Ordnung?« Ich machte einen kleinen Systemcheck. Alles in Ordnung! So langsam sollte ich mich an diese Schocksituationen gewöhnen. Einige mottenzerfressene Kleidungsstücke lagen vor und auf dem Boden und in dem Schrank lag eine große Glaskugel in eines der unteren Regale. Ich sah auf in Bens Gesicht. Er hatte den Blick die ganze Zeit aufmerksam auf mich gerichtet, als hätte er befürchtet, dass ich einen Nervenzusammenbruch erlitten hätte.

»Was ist hier los?« Lennox kam ins Zimmer gestürzt und wirkte misstrauisch. Mit plötzlichem Unbehagen löste ich mich von Ben. Lennox bemerkte das Durcheinander und die Knochen auf dem Boden. »Hanna hat einige Zauberutensilien unseres Hexenmeisters gefunden.«

Ben warf Lennox einen langen maliziösen Blick zu und hielt meine Hand ein wenig zu fest in seiner. Der wiederum winkte mich ein wenig zu herrisch an seine Seite. Ich blieb stur stehen.

»Hanna, kommst du?« Er hielt mir die Hand weiter entgegen und sein Blick intensivierte sich, wurde bestimmt. Ich löste mich von Ben und trat auf ihn zu. Er nahm meine Hand, wie mir schien auch ein wenig zu forsch, und zog mich energisch hinter sich her, aus dem Zimmer. Überrumpelt stolperte ich mit, was mich im gleich Moment ziemlich ärgerte.

»Ach bitte, komm schon, wie peinlich willst du denn noch werden?«, zischte Ben Lennox abfällig hinterher.

Lennox' Lippen waren weiß, so fest presste er sie aufeinander, während er mich die Treppe hinabzog. Jetzt wurde mir das Ganze zu viel und ich wurde sauer. Sauer über die Knochen, sauer über die seltsame Art, mit der Ben und Lennox mich verwirrten und einen offensichtlichen Machtkampf ausführten. Sauer über meine Situation. Sauer darüber, dass Lennox mich gestern einfach so in den Schlaf geschickt hatte, über seine dominante Art mir gegenüber. Ungeduldig machte ich meine Hand los, doch Lennox beachtete es gar nicht, verkniff sich lediglich ein Aufschnaufen. Das nervte – und zwar gewaltig. In der Küche stellte ich fest, dass Henry gegangen war, ohne sich von mir zu verabschieden, was mich noch mehr in Rage brachte. Auch wenn er schon sehr bald wieder zurückerwartet wurde, kochte langsam, aber sicher Wut in mir hoch. Derweil sahen sich oben Ben und Olivia meine Fundstücke genauer an. Lennox bereitete mir völlig aufgeräumt etwas zu essen zu. Er hatte sich total im Griff, was ich von mir nicht behaupten konnte.

»Was sollte das gestern?«, fragte ich schnippisch. »Was meinst du?«

»Du hast mich in den Schlaf geschickt. Tu nicht so, als wüsstest du von nichts.« Ich sah ihn herausfordernd an und reckte mein Kinn trotzig vor. Ich wusste, dass ich mich kindisch benahm. Aber ich hatte das Gefühl, als hätte ich nur die Wahl zwischen *Heulen wie ein Baby*, *hysterisch Herumbrüllen* oder *Streit suchen und mich abreagieren*. Vielleicht hätte ich auch joggen gehen können, aber diese Option drang nicht ganz zu mir durch.

»Was hätte ich sonst tun sollen?«, fragte er mit aufreizender Gelassenheit. »Vielleicht mit mir reden und nicht einfach alles alleine bestimmen. Das hab ich nämlich satt!« Jetzt hatte ich seine Aufmerksamkeit und er schoss auf mich zu. Erschrocken wich ich zurück, als er mich wütend an den Schultern griff.

»Du weißt also, was richtig für dich ist? Willst riskieren, dass ich dir etwas antue, ohne Rücksicht darauf, was das für *mich* bedeuten würde? Du bist ein egoistisches kleines Mädchen, Hanna!« Er verstärkte den Griff um meine Schultern. Nicht das schmerzte, sondern die Worte und die Art, wie er sie mir entgegenschleuderte. Ich versuchte, mich zu befreien und fühlte mich schlecht.

Schmerz huschte über sein Gesicht und er drückte noch einmal fester zu, um sich dann zurückzuziehen. Ich rieb mir meine Arme. Es würden definitiv blaue Flecken entstehen. »*Spinnst du?!*« , brüllte ich ihm voller Zorn und Verletztheit entgegen und lief hinter ihm her. Ich kniff ihn, so fest ich konnte, in seinen Oberarm. Er schnellte zurück, packte mich grob und keilte mich zwischen sich und der Küchenzeile ein. Ich hob meine Arme und prügelte auf seine Brust ein, in Sekunden hatte er meine Fäuste unter Kontrolle und drückte sie mit ausdrucksloser Miene nieder. Ich spürte, wie sich Tränen in meinen Augen sammelten, als ich Schritte hörte. Lennox gab mich blitzschnell frei und drehte sich fort. Enttäuschung breitete sich wegen der ungeklärten Situation in mir aus und zog schwer an mir.

»Idiot«, zischte ich ihm hinterher, als Ben und Olivia in die Küche eintraten. Eilig drückte ich mich auf dem Weg ins Wohnzimmer an ihnen vorbei. Ich hätte schwören können, diebische Freude in Bens Blick erkannt zu haben, was mich noch wütender machte.

Als ich in das kleine Wohnzimmer kam, bemerkte ich Louisa, wie sie an der Fensterbank stand und in den Herbstwind hinaussah. Eine knorrige alte Eiche ragte direkt vor dem Haus in die Höhe. Sie war mir schon aufgefallen, als wir gestern hier ankamen. Der Baum wand sich verschnörkelt in Richtung Himmel, dann und wann ging ein Ast völlig waagerecht zur Seite, was aussah, als würden diese Äste zu einem anderen Baum gehören. Louisa sah mich mit ihren Pfefferkuchenaugen an und lächelte mir überschwänglich zu.

»Hast du Lust, hinauszugehen?«, fragte ich sie leise. Ihre Augen leuchteten, sie verstand tatsächlich alles, was sie hörte, und ich freute mich. Ich wandte mich in Richtung Flur und Louisa kam mir nach. Wir packten uns die Jacken und ich rief kurz in die Küche, dass wir uns draußen die Beine vertreten würden, als Lennox mir hinterherkam. Louisa drehte sich um und ging dann voraus durch die Haustür, ließ mich mit Lennox allein im Flur zurück. Zerknirscht sah er mich an und ließ seine Hand sacht über meine Wange gleiten. »Es tut mir leid.« Seine Stimme war leise und bittend. Meine Wut verrauchte. Meine Gedanken zerflossen und ich wollte mich nur in seine Arme lehnen. Ich war allerdings auch ernsthaft bestrebt, es ihm nicht so leicht zu machen und versuchte angestrengt, meine Pläne und Gedanken zusammenzuhalten. Sanft, mit seinem schiefen Lächeln im Gesicht, das ich so liebte, zog er mich an sich. Meine Gedanken lösten sich in einem wirbelnden Nichts auf und ich ließ mich seufzend in seine Arme fallen, benebelt von seinem unglaublichen Winterduft.

»Ich will dich einfach zu sehr.« Er küsste mich auf den Mund. Seine Worte gingen mir im Kopf herum. Er wollte mich! Und er war alles, was ich wollte, alles, was ich jemals wollen würde. Ich kniff die Augen zu und hörte auf zu denken, ließ mich einfach gehen. Er küsste meinen Hals und strich mir mit seiner Hand den Rücken hinab. »Du kostest mich meinen Verstand, weißt du das?«, raunte er in mein Haar.

»Hm …« war alles, was ich erwidern konnte, er hatte gerade alle mein Gedanken in *Nichts* aufgelöst. Wir standen einige Zeit einfach so da und lagen uns in den Armen.

Als wir uns voneinander lösten, fühlte ich mich glücklich und zuversichtlich und trat hinaus in den Herbstwind, in dem Louisa mit wehendem Haar auf mich wartete. Ich zog meine Jacke fester um mich und ging ihr entgegen. Der Wind trieb Wirbel mit buntem Laub vor sich her, aber es war nicht sehr kalt. Die Sonne schien durch die hohen Bäume des kleinen Waldes östlich des Hauses und ließ den Hof in goldenen Tönen erstrahlen. Ein Lächeln huschte mir übers Gesicht, wegen der Schönheit der Natur. Große Sonnenblumen neigten sich dem Wind und die Ähren eines nicht gemähten, schon fast braunen Kornfeldes wogen in den Böen unablässig hin und her. Ich lief über eine Wiese, einen Hügel hinauf. Das Gras kitzelte meine Hände, mit denen ich es beim Laufen berühren konnte. Es stand kniehoch. Nach einigen hundert Metern sah ich zurück. Es war ein malerischer Anblick, wie sich das kleine Tal mit dem Kornfeld, dem urigen

Backsteinhaus und dem kleinen Wäldchen vor mir erstreckten. Himmlisch! Das Licht ließ alles so weich erscheinen, wie in einem Traum.

Ich sah mich weiter um und überlegte. Was suchte ich? Ich entdeckte einen großen kahlen Baum, nicht weit hinter mir. Der Wind ließ seine Äste, die ähnlich nasser Pinselspitzen in den Himmel ragten, vor- und zurückwiegen. Ein Gefühl, ähnlich einer Erinnerung, streifte mich. Dieser Baum … hatte ich ihn schon einmal gesehen? Er kam mir vertraut vor. Der Wind frischte auf, ich fröstelte und zog die Jacke fester. Ich sah Louisa mir zuwinken und setzte mich in Bewegung, wieder hinunter zum Haus. Mein Weg führte vorbei an dem kleinen Wäldchen und ich nahm den Duft der Tannen in mich auf. Das Rauschen der Bäume hüllte mich ein in seine Sinfonie aus leisem beständigem Singsang und ich atmete die Frische der Luft tief ein. Es tat gut, hier draußen zu sein.

Louisa nahm meine Hand und zog mich mit um die Häuserecke zum Gewächshaus, das sie und Ben gestern entdeckt hatten. Wenn man es genau betrachtete, hatte Louisa eine unheimlich liebenswerte Art an sich. Ihr Lächeln war immer warm und ehrlich, sie war zurückhaltend und versprühte eine entwaffnende Lebensfreude. Ich konnte nicht anders und begann, sie gern zu haben. Wir pflückten ein paar frische Tomaten, als sie freudig aufquietschte und mich am Ärmel zog. Sie hatte einen der letzten Marienkäfer gefunden und ließ ihren gepunkteten Freund über ihren Handrücken krabbeln. Fasziniert und völlig in sich versunken beobachtete sie dieses kleine Insekt. Ich musterte neugierig ihr feines Gesicht, in dem sich so viele Gefühlsregungen auf einmal zeigten.

Louisa hüpfte von Bein zu Bein, mit den Händen voller Tomaten, zurück in Richtung Haus mit mir im Kielsog. Es hatte begonnen zu donnern und es zog ein Unwetter auf, von Weitem konnte man es blitzen sehen. Hastig zog ich die Haustür hinter mir ins Schloss, bevor der Wind sie mir aus der Hand reißen konnte. Louisa aus der Jacke helfend, die immer noch mit den Tomaten jonglierte, verkündete ich unsere Rückkehr lauthals in die Küche.

Nachdem ich mich aus meiner Jacke geschält hatte, nahm ich Louisa einige Tomaten ab und schlenderte in die Küche.

Dort herrschte eine angespannte Stimmung.

»Also gut, was ist los?« Ich sah in drei betretene Gesichter und setzte mich vorsichtshalber auf einen der übrigen Stühle. Louisa legte die Tomaten ab und verschwand in das Wohnzimmer. Ich nahm an, ihr war die Stimmung hier nicht schmackhaft.

»Hanna, wir müssen da was mit dir besprechen.« Lennox sprach bedacht und sanft. Unruhe erfasste mich, das konnte nichts Gutes sein. Ich sah wie ein dummes Schaf in die Gesichter der anderen und sagte gar nichts.

Ben ergriff die Initiative. »Wir sind einstimmig der Meinung, dass wir versuchen sollten, deine Hexenkräfte zu entfesseln. Wir hätten erstaunlicherweise alle Möglichkeiten dazu …« Ich unterbrach ihn unwirsch. »Und wenn ich das nicht will?«

Olive lachte auf, Ben sah mich verdutzt an und wirkte, als würde er die Welt nicht mehr verstehen. »Hab ich es gesagt?«, trällerte Olive vergnügt dazwischen, lehnte sich anmutig auf ihrem Stuhl zurück und schlug ihre schlanken Beine übereinander.

»Es soll zu deinem eigenen Schutz sein, Hanna«, erwiderte Lennox sanft und beharrlich. Er nahm über den Tisch hinweg meine Hand.

»Aber ... das geht doch alles gar nicht so einfach, oder? Man muss doch ein bestimmtes Ritual durchführen. Brauchen wir nicht den Rat dazu?« Meine Stimme versagte immer wieder vor lauter Unbehagen und Unsicherheit.

Ben sah mich eifrig an. »Wir haben alles, was wir brauchen. Wir haben die Artefakte, zwei Dämonen, die sie erwecken können und die Energiefelder im Keller. Das Wissen über das Ritual und seine Worte kenne ich bestens.« Ben ließ ein überhebliches Lächeln aufblitzen und lehnte sich auf seinem Stuhl zurück. Ich schüttelte mechanisch den Kopf, als würde ich ihn damit wieder freibekommen, um klar denken zu können. »Nein, warum ausgerechnet jetzt?« Ich hoffte inständig, dass sie es einfach gut sein lassen würden. Als ich Lennox' bittenden Blick einfing, sah ich meine Hoffnung schwinden.

»Was müsste ich tun?«, fragte ich tonlos, mich der Übermacht ergebend. »Gar nicht viel, nur an der Zeremonie teilnehmen, alles andere machen Ben und das Artefakt.« Lennox straffte sich und zog mich näher zu sich heran. »Hab keine Angst, dir kann nichts geschehen«, raunte er mir ermutigend und zuversichtlich zu.

»Ich hab keine Angst«, erwiderte ich viel zu schnell, was meine Aussage Lügen strafte. Ich hatte eine scheiß Angst, weil ich weder wusste, was auf mich zukam, noch, ob ich das alles wollte. Ich versuchte gerade erst, mich an das Dasein als Zeitwandler mit einem Dämon zu gewöhnen, daran, dass mein ganzes Universum aus den Angeln gehoben worden war. Und jetzt sollte ich mich noch anderen mächtigen Dingen stellen, weiter dazulernen in einer Geschwindigkeit, die meine Fähigkeiten zu überschreiten schien.

»Hanna, du wirst diese Kräfte gebrauchen können, wenn der Krieg ausbrechen sollte. Wir wissen überhaupt nichts mit Sicherheit, wissen nicht, wer auf wessen Seite steht …« Lennox unterbrach sich und zuckte hilflos mit den Achseln.

»Aber ich will warten, bis Henry wieder hier ist.« Meine Bedingung schmeckte den Anwesenden nicht besonders, dennoch nahmen sie sie ohne zu murren hin. Olive stand auf, fing an, vor sich hinzupfeifen und durchsuchte laut die Schränke.

»War's das jetzt schon?« Ich sah fassungslos in die übriggebliebene Runde. »Würde mir vielleicht mal jemand erzählen, weshalb in dem Kleiderschrank, neben dem ich geschlafen habe, ein Dutzend Knochen und Schädel herumliegen? Werde ich in Zukunft auch so was oder andere skurrile Dinge in meiner Bude rumliegen haben?«

Langsam kam meine Gereiztheit zurück. Man erzählte mir nur, was ich tun sollte, hielt es aber nicht für notwendig, mir die Dinge zu erklären, die damit in Verbindung standen. Ich fühlte mich wie ein Kind, dem man nur das Nötigste anvertraute. Aber vielleicht war ich das für sie auch? Allerdings fand ich, dass sie sich auch nicht immer wirklich reif verhielten. Das könnte natürlich an den mir schon erklärten sozialen Inkompetenzen der Zeitwandler liegen.

Lennox beeilte sich, meinen Aufruhr zu entschärfen. »Nein, du wirst keine skurrilen Dinge brauchen. Der Hexer, der hier wohnt, ist …«, er sah angestrengt durch mich hindurch, nach den richtigen Worten suchend.

»Er ist kein sehr … angenehmer Zeitgenosse«, ergänzte Ben ernst. Lennox verdrehte die Augen und warf ihm einen feindseligen Blick zu, den Ben mit einem süffisanten Grinsen erwiderte.

»Dieser Whitkamp ist ein schwarzer Hexer. Deshalb die Knochen von Opfern, sie verleihen ihm mehr Energie und dadurch mehr Macht. Im Keller haben wir einen Gang gefunden, der in einen Altarraum führt. Dort sind sicher sehr, sehr unschöne Dinge geschehen.« Begriffsstutzig sah ich von einem zum anderen und versuchte zu enträtseln, was mein Verstand nicht wahrhaben wollte. »Ihr meint, er hat Menschen geopfert, da unten in dem Keller.« Meine Stimme hörte sich leicht schrill an in meinen Ohren und Lennox legte den Kopf schräg und nickte bestätigend. »Mein Gott«, stieß ich aus.

»Gott gibt es in diesem Haus nicht«, entgegnete Olive überheblich in meine Richtung und kramte laut in den Schränken. »Und was es hier auch nicht gibt, ist etwas Anständiges zu essen, zumindest nichts Frisches. Ich könnte mal ein paar Proteine gebrauchen.«

Sie zog einen Schmollmund und steckte sich ihre Haare zu einem Knoten hoch.

»Im Keller gab es doch eine Gefriertruhe, vielleicht sollte mal jemand schauen, ob es dort etwas Brauchbares gibt.« Sie sah die Jungs an, die sich aber keinen Millimeter bequemten und ihren Blick weiter auf mich richteten wie eine hypnotisierende Schlange. Ich biss die Zähne zusammen und schob den Stuhl zurück.

»Was machst du?« Lennox sah auf, als ich mich von seiner Hand befreite. »Ich muss kurz alleine sein und ich gehe in die Gefriertruhe schauen.« Angestrengt versuchte ich, die beiden anzulächeln und entkam durch die Tür in den Flur. Ich atmete einmal durch und ging zur Treppe. Sie führte steil und dunkel hinab. Kurzentschlossen machte ich auf dem Absatz kehrt und beschloss, Louisa mit nach unten zu nehmen. Vier Augen sehen mehr als zwei.

Louisa kam sofort mit, als ich ihr lächelnd zuwinkte. Sie lief bereitwillig hinter mir her und ich war dankbar, nicht allein in den Keller zu müssen. Ich hatte Angst vor Kellern oder Dunkelheit, aber war bestrebt, mich meiner Furcht zu stellen. Wir stiegen die knarrende Treppe hinab, Louisa dicht hinter mir. Unten drückte ich einen Schalter und Licht flackerte zuerst unbeständig, dann aber doch zuverlässig auf. Es war furchtbar schmutzig hier unten. Zur weiteren Orientierung drehte ich mich einmal um die eigene Achse.

»Siehst du hier irgendwo eine Gefriertruhe?«, fragte ich in die Stille hinein. Meine Stimme wurde von den Wänden fast geschluckt, was mich erschauern ließ. Wenn ich schreien würde, würde man es oben hören?

Louisa zog mich am Ärmel in eine Ecke auf der rechten Seite. Dort stand sie, die Truhe. Ich zog an dem Metallbügel, um sie zu öffnen – nichts. Es klemmte oder war zu vereist. Louisa fasste mit an und stöhnte unter der Anstrengung auf, als der Deckel viel zu ruckartig nach oben flog. Ich verlor das Gleichgewicht und stürzte ächzend nach hinten. Es war einfach zu blöd, wie konnte man nur so tollpatschig sein! Still lachte ich in mich hinein, hob meinen Blick zu Louisa und erwartete ihr Lächeln. Sie stand stocksteif vor der Truhe, den Deckel noch erhoben. Ihr Mienenspiel wechselte von *überrascht* zu *angewidert*. Hatte sie irgendwas entdeckt, was sie nicht leiden konnte? War die Truhe randvoll mit Spinat gefüllt? Da konnte ich mir was Schlimmeres vorstellen. Ich dachte, sie mochte Gemüse. Sie aß doch auch Tomaten. Langsam rappelte ich mich auf und ging auf sie zu. Sie drehte sich hastig zu mir und ließ den Deckel mit einem Krachen wieder zufallen. Jetzt kam Ärger in mir auf, nun würde er sich wieder schwer öffnen lassen. Sie sah mich an und schüttelte behäbig den Kopf.

Ich wusste nicht, was mit ihr los war und ich hatte auch keine Lust, mich damit zu befassen. Stattdessen machte ich mich am Deckel zu schaffen und wollte ihn wieder hochziehen. Es war sehr anstrengend und Louisa half mir immer noch nicht. Nicht einmal, als ich sie abermals aufforderte. Sie presste nur die Lippen aufeinander und schüttelte diesmal heftig den Kopf, sodass ihre langen Haare nur so um sie herumwirbelten. »Wenn du nicht magst, was da drin ist, musst du es ja nicht essen«, versuchte ich zu beschwichtigen. »Nun hilf mir doch bitte!«

Endlich ließ sie sich erweichen. Sie trat schnell neben mich und gemeinsam zogen wir mit festem Griff den Deckel hoch.

Kalter Nebel strömte aus dem alten röhrenden Ding auf uns zu. Der Nebel lichtete sich und ich sah in ein mit Eisblumen überzogenes Gesicht. Ich sog den Atem zischend ein, mein Magen sackte tiefer und ich spürte augenblicklich den bitteren Geschmack von Galle auf der Zunge. Die toten Augen des Mannes waren blicklos ins Nichts gerichtet. Seine Zunge hing bläulich aus dem halbgeöffneten Mund und auf seiner Stirn prangte ein dunkles verkrustetes Einschussloch.

Benommen ließ ich den Deckel zuknallen, wandte mich ab und schwankte wie eine Betrunkene von der Truhe fort. Vom Hals abwärts spürte ich meinen Körper kaum noch, als ich mich auf allen Vieren wiederfand und mich in einer Ecke voller Spinnenweben übergab. Louisa legte sanft ihre kühlen Hände an meine Stirn und hielt mein Haar zurück. Es dauerte seine Zeit, bis mein Magen sich nicht mehr in Krämpfen wand und ich mich mühsam vom Boden hochstemmte. Louisas Blick lag wissend auf mir und sie ging, sich immer wieder umblickend, in Richtung Treppe. Ich stand unsicher auf meinen Beinen und sie blieb stehen, um mich fragend anzusehen.

»Ja, ich weiß. Du hast gesagt, dass ich nicht reinschauen soll … irgendwie … jedenfalls.« Ich wischte mir noch einmal über den Mund und torkelte auf sie zu. Sie nahm meine Hand und zog mich die Treppe hoch. In der Küche stützte ich mich benommen am Türrahmen und Louisa trat nervös von einem Bein auf das andere.

»Und? Was gibt's zu essen?« Olivia drehte sich süß lächelnd zu uns um, bis sie argwöhnte: »Was ist los? Muss die mal aufs Klo, oder was tänzelt sie so?« Sie deutete mit einem Nicken auf Louisa. »Und warum siehst du so … grün … aus?« Sie zog ihre feinen Augenbrauen zusammen und holte tief Luft, um dann nach Ben und Lennox zu rufen, die sofort reagierten und hinter mir auftauchten. Mühsam kämpfte ich mich zu einem der Stühle und ließ mich auf ihm nieder. Mir war immer noch schlecht. Ich wollte von der Leiche in der Tiefkühltruhe erzählen, konnte aber nicht.

»Ist was passiert?« Lennox sah mich besorgt an und eilte an meine Seite.

»Es sollte vielleicht einer in den Keller gehen, in der Gefriertruhe …« Weiter kam ich nicht, weil mein Magen sich wieder zusammenkrampfte und versuchte, das letzte Bisschen, was noch drin sein konnte, herauszubefördern. Hektisch presste ich mir die Hand auf den Mund und stürzte zum Bad, an den völlig perplexen Blicken der Jungs vorbei. Das Letzte, was ich noch hinter mir hörte, war die Frage, ob Lennox mich vielleicht geschwängert hätte, inklusive einer Tirade an haltlosen Vorwürfen, bevor es in meinem Würgen unterging.

Ich blieb mit der kühlenden Kloschüssel im Arm eine Zeit liegen, bis es an der Tür zaghaft klopfte. Lennox sah herein und blickte mich fragend an. Ich hielt ihm meine Hand hin und er zog mich sacht hoch. Er nahm mich wortlos in den Arm. Gequält stöhnte ich auf. »Jetzt findest du mich nicht mehr sexy, stimmt's?«

Er legte seinen Kopf in den Nacken, stieß ein heiseres Lachen aus und zog mich fester an sich. »Immer noch genauso wie sonst auch.« Seine Finger spielten mit meinem Haar und strichen meinen Nacken entlang.

»Komm.« Er drehte den Wasserhahn auf und ich spülte mir ausgiebig den Mund aus.

»Wir haben den Grund deiner Übelkeit gefunden.« Betroffenheit lag in seinem Gesicht und ich verdrehte die Augen, als eine neue Welle der Übelkeit über mich hinwegschwappte. Ich atmete tief und stützte mich an der Wand ab. »Wer ist das und wer hat … ihn erledigt?«

»Bedauerlicherweise ist das unser Herr Whitkamp. Wir haben ihn mit vereinten Kräften kurzzeitig aus der Truhe befreit. Er hatte eine Geldbörse in der Hosentasche und sein Ausweisbild weist eine nicht zu leugnende Ähnlichkeit mit seinem Gesicht auf ... wenn man von der ungesunden Gesichtsfarbe und der Blaufärbung absieht.« Er zog eine Grimasse und stützte mich. Ich zwang die Übelkeit zurück, denn ich hatte definitiv keine Lust mehr zu kotzen. »Man Lennox, echt! Wie kannst du so ruhig bleiben!?« Mir war schummrig.

»Bedauerlicherweise war es nicht meine erste Leiche. Aber wenn es dich beruhigt, bei meiner ersten habe ich ähnlich reagiert wie du. Es wird besser bei jeder weiteren.« Er sah mich amüsiert an. Scherzend drückte er mich kurz an sich. »Das ist nicht witzig. Wirklich!« Konzentriert versuchte ich, mich zu sammeln, was gar nicht so leicht war. Ich hatte das Gefühl, dass ich in unzählige gefühlsmäßige Einzelteile zerfallen war, die ich jetzt mühsam wieder aufsammeln und zusammenfügen musste.

»Was habt ihr mit ihm gemacht?« Lennox sah konsterniert in den Flur und rieb sich den Nacken. »Wir haben ihn wieder zurückgesteckt, in die Truhe.«

Verlegen lächelte er mich an, was mir sagte, dass er sich nicht sicher war, ob er mich damit weiter aus der Fassung brachte. Vorsichtig schüttelte ich den Kopf, um die Übelkeit nicht neu zu entfachen.

In der Küche stellte mir Olivia eine Schüssel mit Brühe und ein Stück Brot hin. Angewidert verzog ich das Gesicht, was Olive ignorierte. Sie zwang mich auf einen Stuhl.

»Es wird dir besser gehen, wenn du ein wenig zu dir genommen hast. Du hast zu lange nichts gegessen.« Sie ließ keinen Zweifel daran, dass sie es nicht tolerieren würde, wenn ich ablehnte. Mit würdevoller Autorität setzte sie sich mir gegenüber und gab mir den Löffel in die Hand. Nach den ersten zwei Löffeln Suppe, die sich warm in meinem Magen ausbreiteten, ging es mir tatsächlich langsam besser und die Suppe fing an, köstlich zu schmecken. Bedächtig verspeiste ich den ganzen Inhalt der Schüssel mitsamt dem Brot und lehnte mich satt zurück.

»Fühlst du dich ein wenig besser?«, fragte Ben vorsichtig. Ich nickte stumm.

»Können wir über Unangenehmes sprechen?« Ich seufzte auf und nickte abermals. Louisa saß auf dem Küchenboden und malte vertieft auf einem Blatt Papier herum. In dem Moment wäre ich auch gerne so außen vor gewesen wie sie.

»Hanna, wir müssen dir was sagen.« Ben sah mich an, aber sein Blick flog zwischen mir, Lennox und Olivia hin und her.

»Na dann los, ich hab grade gegessen. Vielleicht kann ich ja wieder kotzen gehen.« Frech grinste ich ihn an und wartete auf eine Reaktion. Ein Lächeln zuckte in seinem Mundwinkel und er wechselte einen weiteren Blick mit Lennox. Langsam, aber sicher wuchs Ungeduld in mir heran. »Was jetzt? Schlimmer kann es doch vorerst nicht kommen, oder?« Ich lächelte ihm aufmunternd zu. Stirnrunzelnd zuckte er die Achseln. »Es wäre möglich, dass Henry unseren Hexenmeister ins Jenseits befördert hat. Es könnte seine Waffe gewesen sein.« Er machte eine Pause und forschte in meinem Gesicht. Ich rührte mich nicht, versuchte, ihm nicht an den Hals zu springen für das, was er da in den Raum stellte.

»Er ist mein Onkel, Ben«, antwortete ich leise, aber drohend.

»Es gibt keinen Beweis, jedoch müssen wir auch diese Möglichkeit in Betracht ziehen, auch wenn sie dir absurd erscheint. Wenn er es gewesen sein sollte und er jetzt unterwegs ist, um eine Person zu suchen und hierherzubringen, von der er weiß, dass sie schon hier ist, nur anders, als wir ihn uns hier wünschen würden, müssen wir uns da nicht zwangsläufig fragen, was er vorhat?« Lennox nahm vorsichtig meine Hand. »Wir wollen deinen Onkel nicht schlechtreden, aber es sieht alles erdrückend aus. Und wir sollten hier so schnell wie möglich verschwinden.«

Ben machte eine bittende Geste, appellierend an meine Vernunft. Ungehalten schlug ich die Hände vor mein Gesicht und stand knurrend auf. Ich hatte auf einmal unglaubliche Lust, irgendetwas kaputt zu machen und griff nach der Schüssel auf dem Tisch. Sie flog mit einem Surren durch die Luft und zerschlug mit lautem Scheppern an der gegenüberliegenden Wand. Olive zuckte zusammen und sah mich irritiert an. Alle sahen mich an, stumm und erstaunlich geduldig.

Ich erwog die Möglichkeit, dass Henry vielleicht ein Mörder war. Was wusste ich schon von ihm, und wie viel wusste ich nicht! Er hatte mich jahrelang belogen, was konnte noch Lüge sein!? Ich wusste nicht, was ich glauben sollte. Ein weiteres Stück meines alten Lebens zerbarst wie die Suppenschüssel in viele kleine Scherben. Im Anschluss nahm ich Lennox' Glas und warf es wütend hinter der Schüssel her. Louisa stand hinter mir und sah mich aufmerksam an. Mit einem Mal sprang sie zum Schrank und kramte Teller heraus, die sie mir vor die Nase stellte, mit einem zaghaften Lächeln auf den Lippen und großen Augen. Ich nahm einen und ließ ihn an die Wand krachen. Olive brachte sich grinsend in Sicherheit und musterte mich mit leisem Spott. Ich griff einen nach dem anderen. Dann ließ ich mich zurück auf den Stuhl fallen und schnaufte auf. Besser! Oh, ja. Viel besser!

»So, und weiter, was machen wir jetzt?«, fragte ich ruhig. Die Jungs lächelten sich verhalten an und beugten sich gleichzeitig verschwörerisch zu mir vor. »Wir müssen möglichst schnell deine Kraft entfesseln und hier weg.«

»Okay, fangen wir an?«

Entschlossen stand ich auf und sah alle auffordernd an. Ich wollte diesen Ort schnellstmöglichst verlassen.

Ben und Lennox standen hastig auf und blickten erstaunt. »Wir müssen nur ein wenig vorbereiten und dann geht's los.« Ben zwinkerte mir zu, die Freude darüber, dass ich mich so leicht dazu durchgerungen hatte, war ihm deutlich anzusehen.

Lennox wirkte ein wenig zurückhaltender. »Olive kann ja schon mal alles verstauen, was wir nicht mehr brauchen. Ich gehe mich oben frisch machen. Ihr könnt mich ja rufen, wenn ihr soweit seid.«

Olive runzelte die Stirn und sah irgendwie unerfreut aus. Unwirsch strich sie ihre Haare hinter die Ohren. »Seit wann gibt *sie* hier die Kommandos?«

Ich erklomm die Treppe nach oben und nahm mir meinen Rucksack. Bewaffnet mit Zahnbürste und Zahnpasta ging ich ins obere Badezimmer, schloss die Tür und machte mich auf die Suche nach einem Handtuch. Erleichtert über eine erfolgreiche Suche drehte ich den Wasserhahn voll auf und putzte mir zuerst einmal gründlich die Zähne. Das Bild des Hexers in der Tiefkühltruhe schlich sich immer mal wieder in meine Gedanken, verursachte aber keinen Würgreiz mehr. Ich duschte mich kurz in einer altertümlich aussehenden Wanne und trocknete mich eilig ab. Es war furchtbar kalt und zugig, ich fing schon an zu schlottern. Langsam fühlte ich mich wieder bei vollen Kräften und neuer Tatendrang erfasste mich.

Die Perlmuttfarbe

Unten wieder angekommen, nahmen mich Olivia und Ben feierlich und sichtlich aufgeregt in Empfang. Bens Augen sprühten vor unterdrücktem Aufruhr, mit eines der alten Bücher unter seinem Arm schritt er zur Treppe. Aufgekratzt folgte ich ihm, dicht hinter mir Olivia und Louisa. Ich schluckte schwer und wappnete mich für das, was mich jetzt erwarten sollte.

Meine Hände zu Fäusten geballt, stieg ich hinab in den Keller, vorbei am tiefgekühlten Mister Whitkamp, auf einen in den Stein geschlagenen, von Fackeln erhellten Tunnel zu. Ben betrat den Tunnel ganz selbstverständlich und fing an, ein Lied zu summen, was ich so gar nicht mit der düsteren Stimmung in diesem Tunnel vereinbaren konnte. Mir kam das alles unheimlich und grotesk vor, wie einem Horrorfilm entsprungen. Ich drehte mich um und sah in Olives angespanntes Gesicht. Unwillkürlich erfasste mich fast gleichzeitig ein Anflug von Panik.

»Es ist alles okay, Hanna. Sie mag nur nicht hier unten sein.« Ben sah zu mir zurück. Er hatte meinen Blick zu Olivia und meine unmittelbar aufkeimende Furcht erfasst und sah mir aufmunternd ins Gesicht. »Sie hat einmal in einem engen Raum schlechte Erfahrungen gemacht. Im Erdloch von Magnus Gutenberg hat sie doch auch schon rumgezetert, wenn du dich erinnerst.«

Wir drei folgten Ben durch eine alte massive Holztür in einen runden Raum. Als ich die Ketten an der Wand sah, musste ich an die Knochen im Kleiderschrank denken und ich erschauderte. Lennox hockte auf dem Boden und malte mit Kreide einen Stern auf dem Boden nach. Er sah ein wenig aus wie die Artefakte selbst. In der Mitte war ein kleinerer Stern eingezeichnet, der leicht hervorstach. Auf einem Altar im Zentrum des Raumes lag ein Buch, aufgeschlagen mit dem Buchrücken nach oben. Lennox drehte sich um, als er uns hörte, stand auf, klopfte sich Kreidereste und Schmutz von den Händen und lächelte mir zu. Ich versuchte, es zu erwidern, was mir anscheinend gründlich misslang. Denn sein Blick verdüsterte sich und er beeilte sich, an mich heranzutreten. Er küsste mich überraschend intensiv auf meine

Lippen. Wärme lief mir augenblicklich durch meine Venen und ich fühlte Zuversicht in mir wachsen. Ich würde das schaffen!

»Wird das, was wir hier vorhaben, unangenehm oder gefährlich?«, fragte ich gefasst.

»Es ist nicht gefährlich. Ich weiß, was ich tue. Dir wird in dem Moment, wenn deine Kraft befreit wird, warm werden, du wirst etwas in dir finden, was du vorher nicht ganz wahrgenommen hast. Es ist, als würde dich neue warme Kraft durchdringen. In dem Moment, in dem du im Zentrum des Sternes stehst und die Artefakte belebt werden, wirst du nichts anderes wollen. Du verfällst in eine Art Rausch …« Bens sprach mit einem versonnenen Lächeln. Zweifellos dachte er an seine eigene Magie-Entfesselung. Als ich ihn so verzückt sah, huschte auch mir ein Lächeln übers Gesicht.

Ich schritt durch den Raum, über die eingezeichneten Linien, und sah mich in dieser Gruft um. Es roch stickig, nach Moder, Öl und dem Rauch der Fackeln. Schatten tanzten an den Wänden und bildeten grausame Fratzen. Langsam und bedächtig setzte ich einen Fuß vor den anderen und sah mich neugierig um. Unter mir spürte ich plötzlich etwas, eine Art Sog, pulsierend und stark.

»Was ist *das*?« Erstaunt und unsicher sah ich suchend auf den Boden. Lennox kam mit zusammengezogenen Augenbrauen zügig auf mich zu und folgte meinem Blick nach unten, als seine Züge sich auch schon wieder entspannten. »Das sind die Energiefelder. Sie sind notwendig für die Zeremonie. Du kannst sie spüren?« Überrascht sah er mich an und legte dann seinen Arm um mich. Ich nickte verhalten und strich mein Haar aus dem Gesicht.

»Es sind Erdstrahlen und Wasseradern, sie leiten den Energiefluss.« Lennox zog mich näher an sich und stellte mich in die Mitte des Sterns. Ich sah in seine schönen Augen auf. Meine Aufregung wuchs mit jedem Atemzug, ich versuchte, sie zurückzudrängen. Lennox bemerkte meinen Gemütszustand nur allzu gut. Er lächelte schief und zog seine Augenbrauen hoch. »Was …?«, hauchte ich atemlos. Ein freches Grinsen schlich sich auf sein Gesicht. »Würde es dir helfen und dich ablenken, wenn ich dich küsse?« Seine Augen blitzten mich an, als er mich auch schon zu sich heranzog.

Mein Herz stolperte und alles andere um mich herum verschwand. »Ich dachte, es ist zu gefährlich?« Ich zog eine Augenbraue hoch und versuchte, ihn provokativ anzusehen. Versunken in seine dunklen geheimnisvollen Augen wankte ich leicht vor und zurück, es verschlug mir den Atem.

»Küss mich …«, flüsterte er. Meine Lider schlossen sich von selbst, als ich mich auf die Zehenspitzen stellte und mich ihm entgegenreckte. Unsere Münder trafen aufeinander und ich spürte meine Knie weich werden. Seine Lippen bewegten sich sacht und liebevoll auf meinen. Ich zog ihn näher an mich und spürte, wie mein Puls anfing zu fliegen. Und wie mich das ablenkte!

Viel zu früh löste er sich sacht, aber bestimmt von mir. Entrückt sah ich ihn an. Er hatte recht, ich hatte meine Angst vor der Zeremonie vergessen und konnte nur noch daran denken, dass ich mehr wollte. Mehr von ihm, mehr von seinen Küssen, seinem Geruch, seinem Körper. Ich war geradezu in Aufruhr und Gier verfallen. Mit einem triumphierenden Lächelnd schob er mich zurück in meine Ausgangsposition, in die Mitte des Sterns, und bedeutete mir, mich nicht zu bewegen.

Ben hatte sich abgewandt und las in einem der Bücher. Olivia und Louisa standen in der Nähe der Tür und warteten. Man konnte ihr Unbehagen beinahe greifen, so präsent spiegelte es sich in ihren Gesichtern. Jetzt trat Ben an den Stern heran und sah mich ernst an.

»Bereit?« Olive klatschte in die Hände. Sie war aufgeregt wie ein Kind und zog eine Grimasse, die vielleicht etwas Aufmunterndes haben sollte. Ich nickte und sah wieder aufmerksam zu Ben. Unsicher trat ich von einem Bein aufs andere, um sicher zu stehen, und schloss die Hände zu Fäusten. Lennox trat an den Altar, legte das Etui mit den Artefakten darauf ab und zog sie ehrfürchtig heraus. Ein fasziniertes Glühen trat in seine Augen, er wirkte wie gebannt von diesen Objekten. Konzentriert zog er einen Dolch hervor und schnitt sich mit einer flüssigen Bewegung einmal quer über die Handfläche. Ein kleiner Schrei drang mir über die Lippen, als ich das Blut hervorquellen sah.

Ben begann leise, aber beständig Beschwörungsformeln vor sich hinzumurmeln. Lennox setzte das Artefakt mit seiner Hilfe zusammen und eine Energiewelle pulsierte mit einem Ruck durch den Raum, der mich kurz taumeln ließ. Olivia sah mit verträumter und zugleich angespannter Miene auf das, was sich vor ihr abspielte. Louisa hatte sich inzwischen zurückgezogen. Ich wünschte, dass ich es ihr gleichtun konnte.

Die Kraft des Artefaktes drang leicht vibrierend in jede Faser meines Körpers und spannte ihn an. Lennox hob den Stern erst beschwörend über seinen Kopf und ließ, mir zugewandt, sein Blut über eine winzige Nadel an einem der spitz zulaufenden Zacken in den Stern laufen. Gierig sog der Stern sich voll und begann zu schimmern.

Bens Beschwörungen nahmen an Intensität zu. Schweißperlen bildeten sich auf seiner Stirn, seine Muskeln und Adern an seinem Hals traten vor Anstrengung hervor und er atmete schwerer. Nun hob Lennox das Artefakt zu den Markierungen, in deren Mitte ich stand. Es surrte plötzlich mit gleißendem Licht hoch und kam über meinem Kopf rotierend zum Stehen. Ich spürte den Luftsog, der über mir zu entstehen schien. Mit vor Schreck geweiteten Augen japste ich auf. Ich wollte mich ducken, ihm ausweichen, konnte mich aber keinen Millimeter mehr rühren. Wie gefesselt von einer fremden Macht, hatte ich keine Kontrolle mehr über meinen Körper. Hitze breitete sich in mir aus. Es blieb das Gefühl, jeden Moment zu fallen. Ich bereitete mich vor, suchte mir einen Fixpunkt, den ich in Lennox fand und versuchte, mich zu entspannen. Mein Atem ging rascher. Ich öffnete und schloss meine Augen immer wieder in einem ruhigen Rhythmus. Meine Arme spreizten sich von allein von meinem Körper ab, hoben sich seitlich in die Luft, ohne irgendein Zutun meinerseits.

Ben murmelte laut vor sich hin und Lennox sah mir fest entgegen. Das Licht wurde heller, flimmernder, unangenehm. Mein Magen sackte tiefer, ich keuchte auf und kämpfte verbissen um jeden Atemzug. Es war, als würde eine enorme Last auf meiner Lunge liegen. Meine Füße verloren den Bodenkontakt und ich hatte das Gefühl, von Wasser eingehüllt zu werden, von heißem Wasser. Es füllte sich drängend um mich, drückte mich zusammen. Überrascht keuchte ich abermals auf. Ich fühlte mich überschwemmt von Energie, viel zu voll, wie ein bis zum Rand gefülltes Gefäß. Es war unangenehm, fast schmerzhaft, diese fiebrige Unruhe, die in mir wuchs. Diese Kraft schien viel zu viel für mich zu sein. Nicht für mich gemacht! Der Drang zu schreien, um diesen Druck loszuwerden, wuchs unaufhörlich in mir heran. Ich sah in Lennox' Augen, in der Hoffnung, Mut aus ihnen zu ziehen. Er schien beunruhigt, sein Blick zuckte angespannt zwischen Ben und mir hin und her.

Die Hitze in mir wurde unerträglich. Schmerz flammte auf und wurde unaufhaltsam durch meine Adern getrieben. Ich versuchte, mich zu bewegen, mich zu befreien, und nahm dabei wahr, dass ich nach hinten gebogen wurde. Mein Atem kam nur noch flach und stoßweise. Der Schmerz schwoll an und ich schrie mit der wenigen verbliebenen Luft auf, verlor dann jegliche Kontrolle. Meine Haare wogen um mein Haupt, meine Finger sprühten Funken.

Wie durch einen Schleier nahm ich wahr, wie Lennox auf mich zustürzte, sich im selben Moment Ben auf ihn warf und zu Boden drückte.

»*Du kannst die Zeremonie nicht unterbrechen, das kann sie umbringen!*«, schrie Ben ihn aufgebracht an und hielt ihn am Boden. Ich verstand jedes Wort ganz klar und fragte mich, ob es mich nicht eher umbringt, wenn keiner eingreift. Jetzt erfasste mich Panik. Ich wollte leben, unbedingt! Auf Lennox' Gesicht spiegelte sich mein Schmerz und er befreite sich grob von Ben, stand vor dem energetischen Stern und sah hilflos zu mir herüber.

Die Kraft durchzog meine Venen wie glühende Lava. Jetzt konnte ich wieder atmen, sog gierig die Luft ein und schrie, mich windend, erneut auf. Die Kontrolle über meinen Körper kehrte zurück, trotzdem war ich immer noch eine Gefangene.

»Es brennt!«, keuchte ich auf und wurde noch ein Stück in die Höhe gerissen. Ich schmeckte Asche auf meiner Zunge und begann, mich zu drehen. Ohne mein Zutun wurde ich um meine eigene Achse herumgerissen, schneller und schneller. Ich konnte alles nur noch verschwommen sehen. Ich sah Olivias Entsetzen, Bens Unglauben und Lennox' Angst. Alles schien zu vibrieren. Ein Grollen erschütterte unerwartet die Kellerwände und Olive duckte sich panisch. Der Schmerz des Feuers verebbte und machte einem anderen Platz. Dunkles kaltes Eis wurde durch meinen Körper gepresst, ich stöhnte auf und warf den Kopf in den Nacken. Würde ich sterben, so sei es! Ich wollte nur noch, dass der Schmerz verging. Der wurde heftiger, drängender, brach mit einer riesigen Wucht über mich herein. Gepeinigt schrie ich auf und Tränen rannen mir übers Gesicht.

»Was hast du getan, Hexer!«, knurrte Lennox außer sich und packte Ben mit wutverzerrtem Gesicht. Olive eilte zu den beiden und zog sie auseinander.

»Was geschieht mit ihr? Das ist doch nicht ... *normal*!«, zischte Olivia zwischen zusammengepressten Zähnen, unter der Anstrengung, die beiden auseinanderzuhalten.

»Ich hab alles richtig gemacht ... ich bin mir hundertprozentig sicher ... *verdammt*! Vielleicht stimmte hier mit der Energie etwas nicht.« Ben sah hektisch zu mir herüber. »Kannst du es nicht aufhalten?«, fragte Olivia hektisch, schüttelte ihn am Kragen und wandte sich wieder blinzelnd dem gleißenden Licht zu.

»Ich bring dich um, wenn sie das nicht überlebt!« In Lennox' Stimme lag ein eiskaltes Versprechen. Das Gleißen des Lichts wurde schwächer, der Schmerz verschwand und ich stürzte, noch geblendet, unsanft auf den Boden. Ich konnte meinen Körper unglaublich intensiv spüren. Keuchend rang ich nach Luft, während ich auf dem kalten feuchten Kellerboden lag. Die Artefakte surrten leise zu Boden und kamen hinter mir auf, als es mit einem Mal dunkel wurde. Das helle Licht war erloschen, zurück blieb nur das schwache Flackern der Fackeln an den Wänden. Ich sah nur noch helle Punkte vor meinen Augen tanzen, so sehr war ich geblendet, als wenn man direkt in die Sonne gesehen hatte und danach in einen dunklen Raum eintritt.

Lennox stürzte auf mich zu. Er murmelte beständig etwas vor sich hin, was ich nicht verstand. Sanft zog er mich in seine Arme und erst, als sein Mund dicht an meinem Ohr war, verstand ich, was er die ganze Zeit sagte – meinen Namen, immer und immer wieder meinen Namen. Er zitterte vor Anspannung und ich konnte seinen jagenden Herzschlag spüren. Ich verspürte keinerlei Schmerzen mehr und es ging mir, so weit ich es in diesem Moment beurteilen konnte, gut. Ich fühlte mich beinahe ausgeruht, wenngleich mir klar war, dass meine Kleidung und meine Haare mir schweißnass am Körper klebten und ich immer noch den Aschegeschmack im Mund hatte. Meine Wahrnehmung war seltsam klar. Es schien, als würde ich klarer hören und intensiver fühlen, aber ich war immer noch geblendet. Eine leise Wut keimte in mir auf, weil mich keiner auf diesen Schmerz während der Prozedur vorbereitet hatte.

Lennox streichelte meinen Rücken und ich bettete mich an seinem Schlüsselbein. Ich spürte mehr, als ich sah, dass sich die anderen auch um mich versammelt hatten. Langsam konnte ich blinzelnd ihre Gesichter erkennen. Sie starrten mich stumm, mit großen Augen und offenen Mündern an, bis Olivia sich langsam sammelte und sich ihr vertrautes Grinsen zurechtrückte. Ihre Hand strich über meine Wange.

»Hanna, du bist wunderschön!« Ich war froh, ihre glasklare Stimme zu hören, obwohl ich den Sinn ihrer Worte noch nicht ganz erfasste. Unsicher lächelte ich schwach und drückte mich weiter in die Geborgenheit von Lennox' Armen, die mich fest umschlossen.

Ben sah mich an, als wäre ich ein seltenes Tier und strich sich dabei seine braunen Haare aus dem Gesicht. Sie kräuselten sich rebellisch auf seiner Stirn und er kämpfte sie angestrengt zurück, da sie immer wieder nach vorn fielen.

»Wie fühlst du dich?«, fragte er, halb unsicher, halb ehrfürchtig. »Ganz gut, glaube ich.« Probehalber bewegte ich mich vorsichtig, spannte meine Muskeln an und machte einen Systemcheck, als mein Blick an meinem nackten Arm hängen blieb. Erstaunt sog ich die Luft scharf ein und schüttelte ihn. Meine Haut war um einiges heller als eh schon, und sie schimmerte. Ich konnte es nicht fassen und ließ meinen Blick am Arm hinab bis zur Hand gleiten. Drehte sie vor meinen Augen hin und her, schwenkte sie rauf und runter, setze mich auf und zog mein T-Shirt hoch. Überall, wo ich meine Haut betrachtete, schimmerte sie *perlmuttfarben*.

»Oh, nein … was ist … *das*?« Ich verzog entsetzt das Gesicht und sah Ben vorwurfsvoll an. Achselzuckend lächelte er mich an. »Es wird vielleicht nicht so bleiben«, brachte er verlegen hervor.

»Das wäre aber wirklich schade, du musst erstmal deine Haare sehen.« Olivia sah mich mit großen Augen an und griff mir in meine langen Haare. Ich stutzte, als ich sie selber sah. Sie waren fast weiß, von einem hellen lichtblond. Und sie glänzten. Unsicher darüber, ob ich es gut finden sollte oder nicht, drückte ich mich aufseufzend zurück in Lennox' Arm, der ein Geräusch von sich gab, als würde er gleich ersticken. Irritiert sah ich auf, um festzustellen, dass er lachte. Er strahlte mich erleichtert an und ich musste lachen.

Ben stand auf und hob das Artefakt auf, um es Lennox zu geben, drückte Olive die zwei Bücher in die Hand und löschte die erste Fackel. Das war unser Startzeichen, um diesen düsteren Ort und den Schmerz, den ich hier erlebt hatte, hinter uns zu lassen.

Lennox nahm das Artefakt vorsichtig entgegen und zog es auseinander. Das Blut, das durch seine feinen Adern geflossen war, war vollkommen aufgebraucht worden. Man konnte nicht mal mehr erahnen, dass in dem Artefakt überhaupt Blut geflossen war. Sorgfältig verstaute er es in dem Etui und stand auf. Behutsam zog er mich danach auf die Beine. Ich hatte keinerlei Anzeichen von Schwäche und verließ auf eigenen Füßen hinter Olivia und Ben, mit Lennox an meiner Hand, das Gewölbe. Wir löschten nacheinander die restlichen Fackeln und verließen den Keller, traten vorbei an Mister Whitkamp in der Tiefkühltruhe und stiegen die Treppe empor. Ich genoss die viel bessere Luft, als wir auf dem Weg nach oben waren.

Louisa saß oben am Ende der Treppe und sah uns besorgt entgegen. Sie rang unaufhörlich die Hände und ihre Lippen bewegten sich stumm. Erst jetzt hörte ich das Heulen des Windes, wie er um das kleine Haus zischte. Wir beschleunigten unsere Schritte. Louisa sprang auf und sah uns unruhig entgegen. Draußen war die Hölle losgebrochen. Die alten Fensterläden schlugen krachend hin und her, vor den Fenstern wurden immer wieder Äste und andere Dinge vorbeigeschleudert. Die Haustür klapperte unter dem Druck des Sturmes. Obwohl erst früher Nachmittag, war es beinahe dunkel draußen. Aufwirbelnder Sand erschwerte die Sicht nach draußen noch zusätzlich. Jetzt kam Bewegung in unsere Gruppe. Hastig machten sich die Jungs daran, die Fenster unter großer Anstrengung zu öffnen, um die Fensterläden zu schließen und zu sichern. Ein Schwall Laub wurde von einer wütenden Windböe hereingeweht.

Als alle Fensterläden fest verschlossen waren, setzten wir uns gemeinsam in das kleine Wohnzimmer. Ben entzündete ein paar Kerzen und ich zog Lennox mit mir auf die Couch.

Ich befand mich in einem aphrodisierten Zustand überschäumender Rastlosigkeit. Unaufhörlich musste ich mich bewegen. Was aber für mich viel anstrengender war, das war der Umstand, dass ich mein Verlangen Lennox gegenüber nicht im Griff zu haben schien. Ich drückte mich fest in seinen Arm, und in mir schien der Sturm genauso verheerend zu toben wie vor den Fenstern.

»Hat das Wetter irgendetwas mit dem Ritual zu tun?«, fragte Olivia in das Geheul des Windes und das Geknarre der Fenster und Türen hinein.

»Nein, ich denke nicht.« Ben hob resignierend die Arme. »Warum ist das so *anders* abgelaufen, Ben? Du hast gesagt, du wüsstest, was du tust.« Lennox' Miene war undurchdringlich.

Herausfordernd reckte Ben sein Kinn vor und straffte sich. »Ich weiß es nicht. Ich habe keinen Fehler gemacht ... du Arsch.« Ben starrte wütend zu ihm herüber und Lennox zuckte kurz neben mir. Besitzergreifend hielt ich seinen Arm fest und war nicht im Geringsten bereit, ihn freizugeben.

»Ihr meint, es ist nicht normal verlaufen?«, fragte ich verwirrt und fing an, unruhig an meinen Fingern zu kneten.

»Es war nicht ganz typisch, sagen wir mal so.« Ben senkte kurz den Blick, um mir anschließend verhalten in die Augen zu schauen.

»Wie fühlst du dich? Ich meine, kannst du die Kraftquelle in deiner Mitte ausmachen?«

Ich horchte in mich hinein, aber ich konnte nichts finden. Zumindest nichts, von dem ich annahm, dass er es meinen könnte. Ich fühlte mich beschwingt und aufgekratzt, wurde aber ständig von Lennox' Anziehungskraft abgelenkt. Seine Lippen, wenn er sprach, sein Geruch und sein warmer kräftiger Körper wirkten so einladend auf mich, dass ich das Gefühl nicht loswurde, ich müsste mich ihm ergeben, ihn küssen, als würde mein Leben davon abhängen. Leise seufzend schmiegte ich mich dichter an ihn heran. Mir war zwar bewusst, dass es im Augenblick unangebracht schien, ich konnte aber der Dringlichkeit, die mein Körper mir suggerierte, nicht widerstehen.

Lennox lachte leise auf und zog mich näher, hauchte mir einen Kuss auf die Stirn. Ich war wie hypnotisiert von seinen Augen. Er zog die Augenbrauen hoch und sah mich an. Plötzlich rückte er ein Stück ab, um mich besser sehen zu können, was bei mir einen körperlichen Schmerz auslöste, dass ich leise aufstöhnte. Meine Hand wanderte zu seinem Kinn und strich sanft darüber, als Ben sich räusperte. Ich riss meinen Blick von Lennox' Lippen und sah in Bens amüsiertes Gesicht. Olivia lachte jetzt schallend auf, was mich zusammenzucken ließ. Verunsichert rückte ich von Lennox ab, der mich jetzt auch schief anschmunzelte. Allem Anschein nach hatte ich irgendeine Pointe verpasst.

»Ist es das, was ich denke?«, brachte Olivia kichernd hervor. »Das ist ja so was von *tragisch.*« Ihr liefen vor Lachen Tränen aus den Augen, die ihr Make-up verschmierten.

Verwirrt sah ich mich um. Worüber sprachen sie? »Würde mir jemand den Witz erklären?« Ich versuchte, auch zu lächeln, fühlte mich aber viel zu verspottet, als dass es mir gelingen wollte. Ben räusperte sich verlegen und atmete tief ein, um dann doch wieder zu stocken.

»Erkläre du es ihr«, gab er den schwarzen Peter an Lennox weiter. Ich konnte nicht anders, legte meinen Kopf wieder an seine Brust und sah zu ihm auf. Er zog mich fester an sich und verkniff sich ein Lachen. »Junge Hexen werden durch das Ritual meist nicht nur entfesselt.« Er machte unsicher eine Pause und suchte nach den richtigen Worten. »Wenn sie jungfräulich sind, ist in der Regel ihr ausgewählter Bräutigam auch anwesend und sie werden gleichzeitig vermählt. Das, was du jetzt verspürst, soll die Vereinigung der Partner begünstigen.« Langsam, ganz langsam sickerte es in meinen Verstand – abgelenkt von Olivias Lachen und Lennox' sinnlichen Lippen.

»Die Vereinigung der Hexenwesen, Lennox. Du hast was Entscheidendes unterschlagen. Es geht hierbei in der Regel um die

Vereinigung zwischen Hexe und Hexer.« Er klang süffisant und arrogant, unterschwellig zornig vielleicht sogar, und ich wandte mich ihm zu. Seine Haltung, was Lennox und mich anging, war klar.

Ben missbilligte meine Gefühle gegenüber Lennox. Das hatte er von Anfang an durchblicken lassen. Und mir wurde bewusst, dass ich mich gerade wie eine rollige Katze fühlte. Das Blut schoss mir in die Wangen und ich befreite mich von Lennox. Er lächelte mich weiter lieb an und legte den Kopf schief. »Es ist okay …« Sanft strich er mir eine Haarsträhne hinters Ohr und eine neue Welle elektrisierender Energie schoss durch meinen Körper. Ich stöhnte gequält auf, riss die Arme abwehrend hoch und rückte von ihm ab. »*Gar nichts* ist okay! Keinen Körperkontakt mehr, bis ... *das hier* ... wieder vorbei ist.« Entrüstet sah ich in Lennox' Gesicht, der beschwichtigend die Hände hob.

Ich spürte Bens forschenden Blick auf mir lasten und drehte mich hastig ihm zu. Böse kniff ich die Augen zusammen und sah, wie sich sein Körper anspannte. »Und du? Hast du das vorher gewusst?«, fragte ich ihn gereizt. »Woher hätte ich wissen sollen, dass du unberührt bist?«, antwortete er sachlich, aber mit einem hintergründigen Lächeln.

»Du wusstest es aber«, warf Olivia klar ein. Bens Miene veränderte sich schlagartig und wurde kalt. »Wie dem auch sei ... Ich wusste nicht, dass das so verlaufen würde.« Er straffte die Schultern und blickte überheblich in die Runde. Diese Geste trat eine Lawine von Zorn in mir los. »Dafür hast du aber gründlich so getan, als ob du bestens informiert wärst und gar nichts passieren könnte. Sollte ich jemals dahinterkommen, dass du mit meinem Leben gespielt hast, werde ich dir persönlich die Augen auskratzen.« Ich war ernsthaft wütend und in mir pulsierte etwas, das neu war. Ich horchte auf, in mich hinein – und es ebbte wieder ab. Einen Moment sah ich Enttäuschung auf seinen Zügen, bevor er mich distanziert ansah.

»Der Einzige, der mit deinem Leben spielt, ist dein feiner Freund, wenn er dich demnächst entjungfert.« Er deutete auf Lennox.

Die Abscheu in Bens Blick traf mich dabei wie eine Ohrfeige

und ich zuckte zusammen. Lennox versteifte sich neben mir und knurrte leise vor sich hin. Ich sah ihn mit offenem Mund überrascht an, bis Lennox neben mir das Wort ergriff. »Es reicht … pass auf, was du sagst«, raunte er Ben gefährlich zu. Seine Stimme war fast ein leiser Singsang, aber die deutliche Kampfansage klang scharf in meinen Ohren.

Ben stand eilig auf, verließ das Zimmer und ließ die Tür knallen. Ich sah stumm auf meine Hände, ich fühlte mich bedrückt und gekränkt, aber auch schuldig, weil ich übers Ziel hinausgeschossen war.

»Vielleicht solltet ihr ein wenig dankbarer sein. Immerhin versucht er seit geraumer Zeit, unseren Engel hier zu schützen und zu stärken. Und das Leben hat er ihr auch schon mal gerettet, wenn ich mich recht erinnere.« Olivia deutete auf mich, stand erhaben auf und ging Ben nach.

»Olivia, warte! Es tut mir leid.« Ich beeilte mich, ihr in die Küche zu folgen, Lennox blieb wütend sitzen.

Ich stockte in der Tür, als ich Ben am Küchentisch sitzen sah. Den Kopf müde auf seinen Arm gebettet, schaute er aus dem Fenster. Olive betrat die Küche.

»Verzieh dich, Olive«, raunte er ihr unfreundlich entgegen.

Sie lachte einmal hektisch auf und drehte sich mir zu. »Okay, soll ich Hanna auch mitnehmen?«

Provozierend grinste sie mich an und trat an mir vorbei auf den Flur. Hastig hob Ben den Kopf und versuchte, seinen Gesichtsausdruck eilig in Ordnung zu bringen. Er schien verlegen zu sein. Das passte nicht zu ihm. Zerknirscht trat ich von einem Bein aufs andere. »Es tut mir leid«, presste ich angestrengt hervor und senkte den Blick.

»Aber was du gesagt hast, war auch …«, er unterbrach mich und winkte mich zu sich. »Mir auch … ich würde nie mit deinem Leben spielen … ich ... du bist mir viel zu wichtig.« Er sah still an mir vorbei. »Wollen wir es einfach vergessen?«, schlug ich zaghaft vor.

»Gute Idee.« Er nickte und lächelte mich süß an. Seine Hand legte sich sanft auf meine und ein Kribbeln durchlief mich dabei viel zu intensiv. Unwillkürlich schloss ich die Augen und legte meinen Kopf leicht in den Nacken. Seine Hand strich sacht meinen Arm hinauf. Er hielt die Luft an und ich spürte seinen forschenden Blick genau auf mir. Ich riss mich aus der Woge von verwirrenden Empfindungen und öffnete die Augen. Er sah mich interessiert an und ein Lächeln zuckte in seinem Mundwinkel. Ich blinzelte unsicher und entzog mich.

»Es wirkt anscheinend auch bei mir«, flüsterte er zärtlich. Verblüfft schob ich den Stuhl zurück und stand auf.

»Wir sollten üben, wie du an deine Kraft kommst. So, wie es aussieht, sitzen wir hier noch ein wenig fest«, bemerkte er sachlich und war wieder ganz der Alte.

Der Sturm hatte sich immer noch nicht gelegt, es donnerte und blitzte unentwegt. Wir gingen zurück ins Wohnzimmer. Louisa schlief schon wieder auf einem Sessel und schnarchte leise vor sich hin. Lennox und Olivia lasen in einer der Hexenchroniken und sahen nur kurz auf, um sich anschließend wieder dem Buch zu widmen.

Ben forderte mich auf, mich vor ihm auf den Boden zu setzen. Ich tat, wie mir geheißen und er setzte sich etwa einen Meter von mir entfernt vor mich.

»Du musst dich konzentrieren. Schließ die Augen und sammle dich, suche deine Mitte.« Er beobachtete mich, was es nicht gerade einfacher machte, mich zu sammeln. *Suche deine Mitte!* Sehr lustig. Wo sollte die sein? Da, wo der Bauchnabel saß, oder in der Brust? Vielleicht auch im Kopf? Leise seufzte ich auf. Vorsichtig blinzelte ich durch meine Wimpern hindurch und fing Bens tadelnden Blick auf. Ich kniff die Augen wieder fest zusammen, atmete ruhig ein und aus, wieder ein und aus, und so weiter. Versuchte, alle Geräusche um mich herum auszublenden. Es gelang mir ganz gut, ich spürte meinen Herzschlag langsamer werden. Ich spürte tief in mich hinein, suchte nach irgendetwas Ungewöhnlichem, etwas Neuem – außer dem ungewöhnlichen hormonellen Zustand. Ich glaubte, etwas zu finden, als mein Magen unerbittlich knurrte. Peinlich berührt schnellte ich zurück an die Oberfläche und sah in Bens amüsiertes Gesicht.

»Ich nehme an, Hunger gehört nicht zu dem, was ich suchen sollte?«, fragte ich zaghaft. Ich musste mir ein Lachen verkneifen, stand auf und ging in die Küche, um mir ein Stück Brot zu holen. Glücklicherweise war auch noch genügend da, und ein Glas mit Honig stand auch daneben. Gierig schmierte ich mir eines der Brote und biss herzhaft hinein. Während ich im Schrank nach einem Glas kramte, trat Olivia hinter mich.

»Kannst du oder willst du deine Kraft nicht finden?«, fragte sie blasiert und musterte mich von oben bis unten. Ich schluckte schwer an meinem zu trockenen Brot und hielt das Glas unter den Wasserhahn.

»Ich meine, selbst ich kann deine Energie in dir lodern spüren, du bist wirklich sehr appetitlich.« Sie kam mir mit einem Mal etwas zu nah. Ich spürte ihren Atem in meinem Nacken und fühlte ihre Hand mein Haar zur Seite streifen. Erschrocken sah ich zu ihr auf, wandte mich ihr hastig zu und brachte einen Sicherheitsabstand von circa einem Meter zwischen uns. Ihre Mandelaugen glitzerten amüsiert, ihre Zähne glänzten in unnatürlichem Weiß und sie beugte sich mir entgegen.

»Du brauchst keine Angst vor mir zu haben … aber vor den *Jungs* da draußen solltest du dich hüten.« Sie zwinkerte mir zu und wandte sich zum Gehen. Ich würgte mein Brot durch meinen zu trockenen Hals, schluckte eifrig Wasser hinterher und betrachtete angestrengt ein altes Bild an der Wand, um wieder ruhiger zu werden. Es war eine alte Luftaufnahme des Gebäudes, schwarzweiß und von neunzehnhundertzweiundfünfzig. Olivia brachte mich mit ihrer Art manchmal wirklich durcheinander. Ich fragte mich gerade, ob ich mich irgendwann an ihren kalten sarkastischen Charakter gewöhnen würde, als ein lautes Krachen meine Aufmerksamkeit forderte. Gerade sah ich noch, wie ein großer Baum vor dem Küchenfenster sich ächzend und beängstigend im Sturm neigte, als schon ein dicker Ast mit einem ohrenbetäubenden Klirren durch das Küchenfenster fuhr. Erschrocken riss ich die Arme, mich vor dem Scherbenregen schützend, hoch und wich stolpernd mit angehaltenem Atem zurück, als der Küchentisch schon brüllend auf mich zugeschoben wurde. Ich konnte nicht einmal schreien, so schnell ging alles. Mit einer Wucht, die mir sämtliche Luft raubte, erwischte mich der Tisch, geschoben von dem hereinbrechenden Baum und drohte, mich an der Wand zu zerquetschen. In mir explodierte es. Ein Druck brach aus mir heraus, der mich an die Wand knallen und den Tisch zerbersten ließ. Der Ast wurde nach oben katapultiert.

Ein Flimmern stahl mir die Sicht und ich wurde mit einem kräftigen Ruck zur Seite gerissen. Olive zog mich aus der Küchentür in den Flur, als die Überreste des Tisches und der Ast mit einem Krachen und Splittern an der Wand zerbarsten. Das Bild von der Wand fiel polternd auf die Bruchstücke. Zitternd starrte ich auf die Verwüstung und auf mein Brot mit Honig, das ich immer noch fest in der Hand hielt. Der Wind heulte durch das zerschlagene Fenster und brachte Laub und Staub mit sich. Meine Haare flogen nur so um meinen Kopf und versperrten mir die Sicht.

»Na, da wäre das Essen ja gerettet«, trällerte Olivia fröhlich, ließ mich unvermittelt los und sprang auf, sodass ich einen Augenblick wie ein Maikäfer auf dem Rücken lag. Ich sinnierte noch über die Zweideutigkeit ihres Satzes, als die anderen schon alarmiert um die Ecke bogen. Lennox zog mich bleich in seinen Arm und half mir hoch. »Bist du verletzt?« Benommen schüttelte ich den Kopf und musste auf einmal so heftig anfangen zu lachen, dass ich mich vornüber krümmte und bebend meinen Bauch hielt. Ich fragte mich, ob man vom Adrenalin süchtig werden konnte. Ich meinte, mal so etwas gehört zu haben. Als ich mich wieder im Griff hatte, ließ ich mich von Lennox ins Wohnzimmer bringen und biss von meinem Honigbrot ab. Auf Lennox' Stirn machte sich eine Sorgenfalte breit. Ich strich ihm wortlos mit meiner Hand darüber.

»Ist wirklich alles in Ordnung?« Ich nahm einen herzhaften Bissen und nickte ihm mit vollem Mund zu, lächelte, so gut es ging. Erleichtert atmete er auf und fing auch an zu lachen. »Ich lass dich jetzt nicht mehr aus den Augen«, lachte er mir heiser entgegen.

Olivia und Ben verbarrikadierten die Küchentür, die jetzt rappelnd dem Sturm ausgeliefert war und unter dessen Kraft ächzte. Louisa saß wie eine aufgeschreckte Katze auf ihrem Sessel und blinzelte müde vor sich hin, während Olivia es sich nun auf dem Rand des Sessels bequem machte und ihr beruhigend durchs Haar fuhr. Sie beobachtete mich viel zu genau. Mir lief kurz ein Schauer über den Rücken. Langsam begann sie, mich nervös zu machen.

»Was war das eben? In der Küche, bevor ich die Zeit gehalten habe. War das eine Druckwelle?«, fragte Olivia mich. Jetzt musste ich nachdenken. Es ging alles so schnell. Ich war mir nicht sicher, was geschehen war. Ich konnte mich an den Schrecken erinnern, aber auch an etwas Neues, eine Wucht, die aus mir zu dringen schien und den Tisch zurückgehalten hatte.

»Hanna hat eine Druckwelle erzeugt?« Ben klatschte in die Hände und nickte mir anerkennend zu.

»Ich bin mir nicht sicher.« Es konnte durchaus so etwas gewesen sein. »Bevor ich sie aus der Küche holen konnte, hat sie den Tisch und den Baum, der sie zerquetschen wollte, von sich gestoßen. Es wirkte wie eine Druckwelle. Es roch auf einmal ziemlich verbrannt, Hanna hatte die Augen fest zusammengepresst, als ich die Zeit hielt und ich konnte es nicht genau ausmachen, was es war. Ich dachte immer, dass die visuelle Fixierung des Gegenstandes unabdingbar ist, wenn ein Hexenwesen es mit einer Druckwelle bewegen will?« Olive runzelte die Stirn und sah Ben fragend an.

»Im Grunde schon. Aber … wo sollte die Druckwelle oder die Energie hergekommen sein, die den Baum und den Tisch aufhielt, wenn nicht von Hanna? Ich werte das positiv«, stellte Ben fest.

Nachdem ich zu Ende gegessen hatte, quälte mich Ben mit Übungen, mit deren Hilfe ich meine Mitte finden sollte, und meine Kraft natürlich. Ich saß auf den Bodendielen und schwankte mit dem Hintern von einer Seite auf die andere, damit er nicht einschlief.

»Konzentrier dich und atmete tief«, befahl er mir in einem Ton, der mir unglaublich missfiel. »Mach ich doch«, zischte ich genervt. Er verdrehte die Augen. »Nein, machst du nicht. Du hörst auf alles und reagierst auf alles, was sich hier in diesen vier Wänden abspielt. Das ist doch nicht so schwer. Also, von vorne und diesmal ein wenig mehr Körperspannung.« Sein Tonfall war für meinen Geschmack viel zu herrisch. Er reizte mich ungemein, ich zog eine Grimasse und zeigte ihm innerlich den Stinkefinger. Ich war wirklich bemüht, mich von allem freizumachen und schwebte mental schon mindestens drei Zentimeter über dem Boden, als Louisa aufsprang und an mir vorbeilief. Wieder aus dem Konzept gebracht, riss ich die Augen auf und sah ihr nach.

»Hanna, jetzt versuch es doch endlich mal ernsthaft. Jetzt schließe die Augen und taste nach deiner Energie«, kommandierte Ben erneut und ich hörte Lennox hinter mir lachen.

»Ich taste ja. Ich *wühle* sogar, aber da ist nichts. Nichts! Hörst du!? *Gar nichts*!«, zischte ich zornig zwischen zusammengebissenen Zähnen hervor. Ich hatte keine Lust mehr.

»Vielleicht hat das Ritual ja nicht so funktioniert, wie es sollte?« Ich musterte ihn fragend und zog die Augenbrauen hoch. Provozierend funkelte ich ihn an und zu meiner Überraschung zuckten seine Mundwinkel belustigt auf. Ich überlegte kurz, was er jetzt komisch finden konnte, während ich ihm gerade vermittelte, dass ich seine Fähigkeiten anzweifelte. Erstaunlich schnell hatte er sich wieder unter Kontrolle und räusperte sich.

»Mit dem Ritual war alles in Ordnung. Olive, kannst du ihr bitte sagen, dass sich ihre Energie bereits verändert hat? Dass sie es lediglich nicht hinbekommt, auf sie zuzugreifen?« Er blitzte mich überheblich an und ich kniff kurz die Augen zusammen, um dem unterschwelligen Angriff standzuhalten und mich nicht wie eine Furie auf ihn zu stürzen. Lennox beobachtete das Ganze argwöhnisch aus den Augenwinkeln, wenn er meinte, es bekäme keiner mit.

»Das hab ich schon«, antwortete Olivia mit einer Mischung aus Langeweile und Gereiztheit.

»Vielleicht solltet ihr sie einfach mal in Ruhe lassen.«

Lennox stand auf und ließ sich hinter mir nieder. Seine Beine schoben sich links und rechts neben mich und er zog mich zurück, dichter an sich. Seine Hände ruhten an meiner Hüfte und er pustete mir sacht in den Nacken. Ein Kribbeln bahnte sich sogleich einen Weg von meinem Bauch in sämtliche andere Gliedmaßen und mir wurde augenblicklich warm. Ich sah auf, in Bens Gesicht, und sah den enttäuschten Ausdruck in seinen Augen, der jedoch sogleich wieder verschwand. Verlegen blickte ich zu Boden und versuchte, mich freizumachen, was mir allerdings nicht gelingen wollte. Lennox strich mir meine Haare zur Seite und küsste meinen Nacken. Elektrisierend breitete sich Hitze in mir aus, strömte beständig und immer schneller durch meine Adern. Ich dachte darüber nach, was wir gesagt hatten. Dass wir keinen Körperkontakt haben wollten, bis die Wirkung des Rituals nachließ. Und jetzt konnte ich mich kaum wehren. Fast automatisch schloss ich die Augen und lehnte mich zurück, ihm entgegen, und war bereit, mich in den atemberaubenden Gefühlstaumel hineinfallen zu lassen.

Als er leicht die Kuhle unterhalb meines Ohres mit seinen Lippen liebkoste, unterdrückte ich ein Aufseufzen.

Ben stand so abrupt auf, dass die Dielen sich leicht bewegten und ich wurde ein Stück zurück in die Realität gezogen. Lennox hielt mich fester, seine Hand wanderte über meine Hüfte zu meinem Bein und wieder zurück. »Du musst das jetzt nicht alles sofort lernen«, sagte Lennox leichthin.

»Findest du es richtig, ihren Zustand so auszunutzen?!« Bens Stimme fiel schneidend wie ein Peitschenhieb aus. Außerdem klang es nicht wie eine Frage, sondern eher wie ein Vorwurf. Lennox' Bewegungen froren ein und ich kam zu mir. Ich schüttelte mich und machte mich frei, was Lennox mit einem theatralischen Seufzen quittierte.

Louisa war an das Fenster getreten und versuchte, durch den kleinen Spalt der Fensterläden etwas von draußen zu erhaschen. Ich gesellte mich schweigend zu ihr, flüchtend vor den beiden Kampfhähnen und meiner hormonell-misslichen Lage, bei der ich mir selbst nicht zu hundert Prozent sicher war, welche Gefühle genau dafür verantwortlich waren.

Erst jetzt fiel mir auf, dass das Geheule von draußen stiller geworden war. Es wehte nur noch, nicht wenig, aber keinesfalls so zornig und zerstörerisch wie zuvor.

»Hilf mir mal«, flüsterte ich Louisa zu und entriegelte das Fenster mit ihrer Hilfe. Der Wind wehte mir kühl durch die Ritze der Fensterläden entgegen. Ich stieß die Läden auf und befestigte sie außen. Es dämmerte bereits und die Umgebung mir ihren sich biegenden Bäumen und Feldern wurde in ein sanftes Muschelrot getaucht.

Der Wind war noch böig und ließ mein helles Haar hochwehen. Die Wolkendecke riss bereits an einigen Stellen auf und das Glutrot der Sonne kam zum Vorschein. Louisa staunte über die schönen Farben und hielt ihren Kopf in den Wind, bevor Ben hinter uns erschien, uns zur Seite schob und das Fenster schloss. Erstaunt sah ich ihn an.

»Was soll das denn jetzt?«, fragte ich ihn. Er ignorierte mich und packte seinen Rucksack. »Ich denke, wir können gleich fahren?« Ben sah fragend in die Runde.

»Wohin wollen wir denn überhaupt?« Ich sah ihn neugierig und unsicher an. Es behagte mir immer noch nicht, dass wir nicht auf Henry warten sollten und ihn einfach vorverurteilt zurücklassen würden. Er würde schließlich jeden Moment hier wieder einkehren. Dann hätte er wenigstens eine faire Chance und könnte sich verteidigen oder erklären.

»Wir werden nach Irland fahren, dort wohnt meine Schwester. Ihr können wir vertrauen.« Olivia sah mich freundlich und bestätigend an. »Wenn die genauso herzerfrischend ist wie du, kann ja nichts schiefgehen«, frotzelte ich und setzte mein lieblichstes Lächeln auf. Olivias Augen weiteten sich erstaunt und sie überspielte es mit einer theaterreifen Darstellung von Entrüstung. »Sie wird frech …«, trällerte sie affektiert und sah mit offenem Mund in die Runde.

Lennox lachte auf und kam langsam mit einem listigen Funkeln in den Augen auf mich zu. Als er auf einen Meter herangekommen war, hielt ich ihm meinen ausgestreckten Arm entgegen, um ihn auf Abstand zu halten. Gewappnet sah ich auf den Boden, wollte damit vermeiden, mich von seinem Blick gefangen nehmen zu lassen.

»Was ist denn, meine Schöne?« Ich vernahm sehr wohl sein schelmisches Lächeln hinter seiner Stimme und wie er um mich herumschlich, um mir wieder näherzukommen.

»Bl... bleib, w... w... wo du bist. Das ist nicht witzig!« Ich stotterte leicht und musste mich sehr anstrengen, um die Entfernung zu ihm nicht von alleine zu überbrücken. Sein Blick lockte mich so intensiv, dass ich mich nervös lächelnd abwandte. »Doch, das ist es.« Er grinste schief in sich hinein und ließ mich nicht entwischen.

»Könnt ihr jetzt mal aufhören mit eurer Spielerei?« Olivia klang tatsächlich genervt und ging eilig in den Flur. Angestrengt versuchte er, sein Lachen zu unterdrücken, als ich abermals mit schiefgelegtem Kopf zurückwich.

»Lass das! Du weißt genau, was du mit mir machst. Keinen Körperkontakt mehr«, flüsterte ich ihm halb belustigt, halb verärgert zu.

Er hob die Augenbrauen und stellte sich dumm. »Ich mach doch grade gar nichts. Obwohl ich mir so viele schöne körperliche Dinge vorstellen kann, die ich mit dir machen könnte.« Sein Blick funkelte schelmisch und er trat näher an mich heran. Ich musste kichern vor lauter Nervosität, er stimmte mit ein und ich gab ihn einen Schubs, um mich an ihm vorbeizuschieben.

Ben und Louisa packten zwei unserer Rucksäcke weiter zusammen und ich bückte mich gerade nach meinem, als ein lauter Knall unsere heitere Stimmung zerriss. Ich zuckte erschrocken zusammen und sah in die alarmierten Gesichter der Jungs. Sofort stürmte ich voran in den Flur, als Lennox grob nach meinem Arm griff, mich zurückzog und sich an mir vorbeizwängte.

Feuer

Im schmalen Flur angekommen, sah ich an Lennox' Schulter vorbei. Zuerst erkannte ich Henry, der in der Eingangstür stand. Hinter ihm schimmerten die restlichen muschelroten Lichtstrahlen der Abendsonne, die im Begriff waren, der Dämmerung zu weichen. Sein Blick war leer und kalt, er sah anders aus. Nicht richtig.

Dann fiel mein Blick auf Olivia. Ich begriff erst nicht, warum sich der Flur auf einmal drehte und warum das laute Rauschen in meinen Ohren einsetzte. Mein Kopf arbeitete auf Hochtouren, ohne zu verstehen, was hier vor sich ging.

Olivia lag ausgestreckt auf ihrem Bauch im Flur. Ihr schwarzes Haar legte sich wie ein Fächer um ihren Kopf, eine Gesichtshälfte auf den alten Dielen, Blut quoll aus einer Schusswunde in ihrem Hinterkopf pulsierend hervor. Ich ließ meinen Kopf wieder zu Henry schnellen und sah in die Mündung einer Waffe, die er auf mich richtete. Mein Herz flatterte wie der Flügelschlag eines Kolibris. Mein Brustkorb zog sich zusammen und ich krümmte mich innerlich. Der Verrat machte sich in meinem Körper wie heiße Lava breit, er wurde durch meine Adern getrieben wie ein lähmendes Gift.

Lennox schob mich weiter hinter sich. Henrys Augen verengten sich zu Schlitzen. »Wenn ich auch nur einen Anflug von Müdigkeit verspüre, Nachtalb, dann drücke ich ab.« Henry trat bedacht auf mich und Lennox zu, der sich vor mir verkrampfte.

»Hanna, es ist besser so. Du wirst jetzt mitkommen. Du wirst es verstehen.« Henrys Stimme war schneidend kalt wie Eis.

Mechanisch schüttelte ich den Kopf. »Was hast du getan! Du bist ein Mörder.« Meine Stimme brach.

Henry sah unbeteiligt auf Olivia, die reglos und noch immer blutend am Boden lag.

»Die wird wieder ganz gesund.«

»Und was ist mit Mister Whitkamp?«, fragte Lennox gefasst.

»Nun, der nicht.« Henry zuckte gleichgültig die Achseln. Mein Mund war trocken und ich spürte nagenden Schmerz unter der

Gewissheit, dass Henry den Hexer tatsächlich ermordet hatte, als Lennox die Zeit mit einem Flimmern zum Stehen brachte. Er stürzte zu Henry und wollte ihm die Waffe entreißen, als hinter diesem zwei große mächtige Gestalten in den Flur drangen und er zurücktaumelte. Ich schrie auf und sah mich panisch um. Ben stand erstarrt hinter mir, mit Louisa im Arm, Henry immer noch mit der Waffe vor uns, und Lennox wich langsam und bedacht weiter zurück, vor mir Stellung beziehend. Die Zeitwandler, die ins Haus drangen, grinsten uns überlegen entgegen. Angsteinflößend bauten sich die fast zwei Meter großen Kreaturen auf. Ein Kahlköpfiger mit blutunterlaufenen Augen zog klirrend ein Schwert hinter seinem muskulösen Rücken aus einer Scheide hervor und grinste Lennox abstoßend an.

»Was wollt ihr?«, fragte Lennox beherrscht, jeden Muskel gespannt, als warte er nur auf ein Signal, um in den Kampf zu springen. Die Augen des einen Wendigos funkelten hart und berechnend wie die einer Raubkatze. Als seine Pupillen sich zu Schlitzen verengten, entrann meiner Kehle ein Keuchen, was ihn heiser und kalt auflachen ließ.

»*Sie* wollen wir.« Der mit den Katzenaugen deutete auf mich und ich wich, unwillkürlich stolpernd, mit Panik im Herzen zurück. Es kam mir vor, als wäre mein Körper nicht mit mir verbunden, ich spürte meine Beine kaum. Mein Blick war immer noch auf das Monster vor mir gerichtet, das mit bedächtigen federnden Schritten auf mich zukam. Die Haut dieses Typen schimmerte bläulich und als er bösartig lächelte, entblößte er eine weiße Reihe von spitzen Raubtierzähnen. Ich runzelte die Stirn und kniff die Augen zusammen, weil ich nicht glaubte, was ich da sah. Die Zeit ruckte vorwärts und es kam wieder Leben in meinen Onkel. Ein Klingeln ertönte, wie von einem Wecker. Blinzelnd zog er ein Amulett unter seinem Hemd hervor und hielt es bedeutungsvoll in die Höhe. Es war der gleiche kleine Kompass, den ich auch besaß.

»Wisst ihr, meine Lieben, was das hier ist? Dieser kleine Kompass zeigt nicht die Himmelsrichtungen an. Nein, er zeigt, wenn der Zeitfluss gestört wird. Kleinste elektromagnetische Teilchen geraten in der Luft durcheinander und die Nadel fängt an, sich zu drehen. Selbst noch einige Zeit danach. Es ist faszinierend.« Er besah und drehte ihn ehrfurchtsvoll in der Hand. Wie er dastand, wirkte er mehr und mehr wie ein Geistesgestörter.

»So kann man zuverlässig feststellen, wann man beraubt oder manipuliert worden ist. Sehr nützlich, dieses kleine Schmuckstück.« Er betrachtete den Kompass weiter. »Einige dieser Dinger lösen sogar einen Alarm aus, wie dieser hier.« Henry musterte Lennox' angespanntes Gesicht und trat auf mich zu. Ben tauchte plötzlich hinter mir auf und zog mich ruckartig zurück durch die Wohnzimmertür. Ich stolperte ihm hinterher.

Dann geschah alles ganz schnell. Lennox drehte sich für den Bruchteil einer Sekunde zu mir um und unsere Blicke trafen sich. Panisch schrie ich auf, als ich sah, wie das eine Monster sein Schwert auf Lennox niedersausen ließ. Lennox hob blitzschnell einen Rucksack, der im Flur in Reichweite stand, parierte den Angriff damit und tauchte unter dem Angreifer hindurch. Der zweite zog ein Messer und hob den Arm, um es in Lennox' Rücken zu versenken. Der wich geschickt aus und trat dem Angreifer mit einem gezielten Tritt in den Bauch. Er flog einige Meter zurück zur Haustür und rappelte sich viel zu schnell wieder auf.

»*Lauf!*«, schrie Lennox mir gehetzt zu. Ben packte meine Hand, wir liefen in das kleine Wohnzimmer. Louisa zog gerade das Fenster auf, als ich ein viel zu lautes Klicken in meinen Ohren wahrnahm. Zitternd atmete ich aus und drehte mich zu Henry um. Ich sah in den Lauf der Pistole, die abwechselnd auf mich und Ben gerichtet war. Ben hielt mich noch immer fest und wollte mich schützend an sich ziehen, doch ich versteifte mich. Louisa sah wie versteinert auf Henry und rührte sich genauso wenig.

»Eine falsche Entscheidung, Hexer, und ich drücke ab, noch ehe du irgendeinen Zauber anwenden kannst.« Henrys Stimme klang schneidend. Tränen traten mir in die Augen und meine Unterlippe bebte.

»Wenn du nicht machst, was ich dir sage, Hanna, werde ich erst den Hexer und dann das Mädchen erschießen.«

Ich konnte es nicht fassen, was er da sagte, aber ich glaubte ihm jedes verdammte Wort und trat mit gehobenen Händen auf meinen Onkel zu. Leise wimmerte Louisa vor sich hin. Bens Hand zuckte hinter mir nur ganz leicht einmal in meine Richtung. Im selben Moment drückte Henry ab. Der Schuss hallte laut in mir wider und zerriss mich innerlich. Hart packte mich Henry am Arm. Ich warf mich zurück, sah zu Ben, der mit schmerzverzerrtem Gesicht zu Boden sank. Er hielt sich eine blutende Wunde an der Schulter und wurde bleich, trotzdem löste er seinen Blick nicht von mir. Louisa sprang zu ihm, um ihn zu stützen. Henry riss hart an mir und zog mich unbeirrt weiter.

»Henry! Wie kannst du nur, ich habe dir vertraut. Du bist … warst mein Zuhause.« Meine Worte klangen zittrig und schwach. »Ich versuche nur, dich zu schützen, Hanna. Das ist alles zu deinem Besten. Du musst jetzt einfach mit mir mitkommen.« Henry sah mich gehetzt an und zog mich mit sich, völlig unbeeindruckt von den Tränen und meiner Angst. Schweißperlen standen auf seiner Stirn und seine Brille war leicht beschlagen.

»*Henry, das bist doch nicht du! Tu das nicht!*« Noch einmal stemmte ich mich gegen seinen Griff, als er mich aus dem Zimmer zog. Ich schrie auf, als wir den Flur erreichten.

Lennox lag auf dem Boden. Er krümmte sich vor Schmerzen, während einer der Zeitwandler grinsend sein Schwert in Lennox' Bauch versenkte und ihn niederhielt. Überall sah ich sein Blut, wie es sich ausbreitete. Ich versuchte, mich loszureißen und kreischte panisch, meinte, mein Kopf müsse explodieren. Es tat so weh, ihn so zu sehen, seinen Schmerz. Meine Welt drehte sich immer schneller. Ich schrie abermals auf und riss mich dann mit einem Ruck aus Henrys Griff los, tauchte unter den nachgreifenden Händen hindurch und stürzte zu Lennox. Das Monster zog das Schwert mit einem widerlichen Schmatzen aus der Wunde und trat einen Schritt zurück.

Lennox wand sich mit schmerzverzerrtem Gesicht und krümmte sich auf die Seite. Meine zitternden Hände glitten sanft über sein Haar, ich schluchzte tief auf und Tränen verschleierten meine Sicht. Ich wusste nicht, was ich tun sollte. Lennox griff meine Hand und sah zu mir auf. *Lauf!*, formten seine farblosen Lippen, als ich auch schon brutal nach oben gerissen wurde. Brüllend vor innerlicher Qual sah ich in das bösartige Gesicht des

Mannes, der Lennox das angetan hatte. Hass auf dieses Monster brannte mir in der Kehle. Seine Raubkatzenaugen funkelten in seinem bläulichen Gesicht, das mit Narben nur so übersäht war. Ich trat um mich und bohrte meine Fingernägel in seinen Arm, bis Blut hervorquoll. Er lachte. Verzweifelt riss ich an seiner Lederkluft und trat um mich, bevor er mich mit einem Ruck an die nächste Wand schleuderte. Mir war nicht klar, wie langsam ich dort herunterrutschte. Alles war dumpf. Ich konnte nicht mehr einatmen und die Dunkelheit griff nach mir. Entschlossen kämpfte ich dagegen an und klammerte mich ans Licht der Flurlampe, die sacht hin- und herschwankte.

Henry trat auf mich zu, Kummer huschte über sein Gesicht, aber er zog mich erbarmungslos hoch.

»Wie kannst du mir das antun?«, krächzte ich heiser und atemlos. In meiner Stimme lagen Schmerz und Enttäuschung angesichts des unglaublichen Verrates.

»Du wirst es irgendwann verstehen« war alles, was er verbissen erwiderte. »Du hast Menschen getötet, du lässt meine Freunde sterben.« Meine Stimme brach erneut unter der Angst, die ich um die anderen hatte.

»Mach es dir nicht so schwer, Hanna, schau nicht zurück und komm mit.«

»Einfach die Augen vor so einem Verbrechen zu verschließen, macht es noch lange nicht ungeschehen.« Meine Stimme war flehentlich und er griff fester nach mir, zog mich aus dem Haus. Ich stolperte und fiel über die Türschwelle. Hinter mir nahm ich einen Schatten wahr, dann einen Ruck an meinem Kopf, als ich barbarisch an den Haaren hochgerissen wurde. Ein raues Lachen erklang und ich bekam einen Stoß. Ein Schluchzen entrann meiner Kehle, als ich vor mir auf dem Hof die Fahrzeuge und eine andere Gruppe von Menschen entdeckte. Mein Körper zitterte so stark, dass meine Zähne aufeinanderschlugen in dem Moment, als ich sie erkannte.

Es waren zwei Männer und eine Frau. Frau Hagedorn trat mir in ihrem dunkelblauen Kostüm reserviert entgegen und stopfte währenddessen eine Haarsträhne zurück in ihren feinsäuberlich gesteckten Dutt. Die kahlrasierten Männer in ihren dunkelblauen

Anzügen standen mit verschränkten Armen vor der Brust einfach nur hinter ihr und starrten mich still an. Aber das war nicht das eigentlich Entsetzliche. Es waren die tätowierten Augen auf der Stirn der Männer. Es waren die Occulus Videns. Dieselben, die meine Schwestern getötet und mich schwer verletzt hatten. Erbarmungslose und kalte Kindermörder, die jetzt mich töten wollten.

Frau Hagedorn trat auf uns zu und lächelte Henry überheblich an. »Danke, Henry, da haben Sie Ihre Sache ja letztendlich doch noch richtig gemacht.« Ohne den Kopf zu drehen, rollten ihre Augen zur Seite, bis sie mich fixierten. Ich straffte mich, wischte mir die Tränen aus dem Gesicht. Ich wollte mich nicht so erbärmlich zeigen.

»Und Sie, Hanna, Sie hätten es auch einfacher haben können. Wären Sie nicht so dumm geflüchtet.«

Abfällig schnaufte ich auf und sah durch sie hindurch. Meine Gedanken waren bei Lennox und den anderen Verletzten. Die Chance, dass Olivia und Lennox wieder ganz gesund werden würden und Ben wahrscheinlich auch, war recht groß. Also sollte ich mich einfach meinem Schicksal ergeben, hocherhobenen Hauptes mit ihnen gehen, was auch immer sie mit mir vorhatten.

»Wieso bringen wir es nicht hinter uns?«, fragte ich so mutig, wie es mir möglich war. Das Zittern meiner Stimme hatte ich fast im Griff. »Was denn genau?« Frau Hagedorn sah mich belustigt an.

»Warum töten Sie mich nicht einfach hier? Dann können die anderen endlich nach Hause gehen und es ist vorbei.« Sie schmunzelte. Ich fühlte tiefe Verachtung für diesen Menschen und spürte Zorn in mir lodern.

»Wer sagt denn, dass wir Sie töten wollen? Nein, Hanna, Sie sind viel zu wichtig in diesem Spiel geworden.« Ihre Augen bohrten sich in meine, als sie auf mich zutrat. *»Das hier alles ist kein Spiel!«*, spie ich angewidert hervor.

Sie nickte zu den beiden Zeitwandlern, die mich wie unter einem stillen Befehl von Henry wegrissen und mitschleiften in Richtung eines Lieferwagens. Henry sah erschrocken zu mir und ich betete leise, er möge etwas tun. Steif stand er da, hob die Hände unentschlossen vor den Mund, bevor er sich an Frau Hagedorn wandte. Ich konnte die Augen nicht von ihm abwenden. Er war immer die vertrauteste Person im meinem Leben gewesen, meine Konstante. Und ich hoffte immer noch auf ihn.

»*Ich* werde mich um meine Nichte kümmern – wie verabredet.« Er trat an Frau Hagedorn vorbei, ging hinter mir her und Hoffnung keimte in mir auf. Dann weiteten sich vor Schreck seine Augen.

»Danke, Dr. Cherryblossom, Sie waren uns sehr hilfreich, aber nun brauchen wir Sie nicht mehr.« Kälte schoss mir durch die Venen und ich bäumte mich gegen den festen Griff der Männer auf, als ich einen Schuss wahrnahm und Henry mit einem Ruck vorgerissen wurde. Mit einem grotesken Lachen feuerte Frau Hagedorn noch einmal die Waffe ab, mitten in sein Herz. Das Rauschen in meinen Ohren übertönte sogar mein Kreischen. »*Sie Monster, Sie verdammtes Miststück!*« Ich glaubte zu ersticken.

Unter Henry verbreitete sich zügig Blut. Es bildeten sich kleine Flüsschen und Seen auf dem sandigen Boden, als mein Blick von dem dunkelroten Strom weggerissen wurde. Frau Hagedorn war auf mich zugetreten, hatte mich grob am Kinn gepackt und mich nun gezwungen, sie anzuschauen. »Ich glaube nicht, dass ich hier das Monster bin«, zischte sie mir zu und kniff mir grob in mein Kinn. Versteinert stand ich da, mit viel zu viel Krach in meinem Kopf. Sie glaubte tatsächlich an ihre Sache, glaubte, dass ich und die anderen die Monster seien, die es auszurotten gilt. Wie im Mittelalter.

»Warum helft ihr diesen Verbrechern? Sie werden sich irgendwann gegen euch richten!« Hilflos wand ich mich im Griff meiner wuchtigen Bewacher, versuchte, an ihre Intelligenz zu appellieren. So dumm konnte man doch nicht sein. Es musste ihnen doch klar sein, dass sie in den Augen der Occulus Videns genauso wenig wert waren wie ich.

Einer der beiden drehte mir erneut schmerzhaft den Arm auf den Rücken und flüsterte mir zu: »Du hast ja keine Ahnung, was für ein Segen du für uns bist. Dank dir wird sich das jahrhundertealte Machtgefüge neu formen. Zu unseren Gunsten, versteht sich.« Er drückte sein Gesicht von hinten an meine Wange. Als er mit seiner Zunge über meine Haut leckte, konnte ich seinen fauligen

Atem riechen. Ich wimmerte vor Ekel auf und versuchte, mich zu befreien. Mit einem heiseren Lachen knickte er mir mit einem Ruck mein Handgelenk um. Zeitgleich spürte ich es brechen, der Schmerz jagte brüllend hoch in meinen Arm. Ich krümmte mich, schrie. Meine Beine gaben nach. Schwindel nahm mir beinahe die Sicht und ich hing im Griff des Monsters, das mich unvermittelt fallenließ. Hart kam ich auf, spürte aber kaum noch etwas vom Sturz. Mein Gesicht auf dem sandigen Boden, ich sah hinüber zu Henrys leblosem Körper. Still liefen mir dir Tränen, sie mengten sich mit dem Sand des Bodens, strömten nur so aus mir heraus. Als ich die Glatzköpfigen mit Benzinkanistern wahrnahm, die hinter einem Wagen hervorkamen und sich nun daran machten, vor und an dem Haus Benzin auszugießen, kam ich langsam wieder zu mir. Klirrend brach das Glas der Fenster, die sie einschlugen, um das Benzin im Inneren zu verteilen. Ich schnappte nach Luft, als mir bewusst wurde, dass sie im Begriff waren, das alte Backsteinhaus anzuzünden, in dem Lennox und Olivia vielleicht noch immer bewusstlos lagen, wenn Ben oder Louisa sie nicht gerettet hatten – falls sie selber überhaupt in der Lage gewesen waren. In mir begann es zu lodern.

Blitzschnell sprang ich auf, tauchte unter den nach mir greifenden Händen durch und rannte zum Haus, als mich doch noch jemand erwischte. Ich wurde herumgerissen und mit einem zielsicheren Faustschlag ins Gesicht niedergestreckt, durch den ich hart auf dem Bauch landete. Blut sammelte sich in meinem Mund. Es ignorierend, robbte ich entschlossen weiter an das Haus heran. Dort war jemand! Ich wartete und erkannte dann Ben, versteckt im Eingang, als ich erneut wuchtvoll hochgerissen wurde. Verzweifelt kämpfte ich um Luft. Die Hagedorn brüllte Befehle, die ich nicht verstand. Die Benzinspur flammte auf. Das Lauffeuer bahnte sich so schnell seinen Weg und griff auf das alte Gebäude über, dass mir kaum Zeit blieb, um es zu begreifen.

Ben sprang aus dem Hauseingang, hob die Hände und eine starke Druckwelle erfasste die Meute – und mich. Ich wurde fortgerissen, dreimal herumgeschleudert und kam am Rande des Kornfeldes ächzend im Sand auf. Meine Beine waren taub, ich konnte sie nicht spüren, mein Blick flog zum brennenden Haus zurück und zu Ben, der mit seiner Magie versuchte, die Angreifer in Schach zu halten, die sich jedoch von der Druckwelle schon wieder erholten und sich erneut zum Haus bewegten, das immer gieriger von den Flammen verschlungen wurde.

Kampfbereit schleuderte Ben erneut eine Druckwelle auf die Zeitwandler, aber hinter ihm kam bereits ein bewaffneter Mensch wieder auf die Beine. Es waren einfach zu viele! Mit überwältigender Intensität ergriff mich überschäumende Wut und Hilflosigkeit. Kalter Zorn preschte durch meine Adern und die Verzweiflung wegen der Ungewissheit über Lennox' Zustand rammte mir ein riesiges Loch in die Brust. Ich holte tief Luft. Immer und immer wieder ließ ich die Luft zischend in meine Lungen fahren. Konzentriert rappelte ich mich mühsam auf meine tauben Beine. Ich bebte am ganzen Körper und kam schwankend zum Stehen. Das Pulsieren in meinen Schläfen wurde stärker, ein Rauschen setzte in meinem Körper ein. Eisschwarz und kalt hüllte es mich ein. Kraft durchströmte mich unkontrollierbar, ich öffnete mich ihr und gab meinen Körper frei, ließ es von diesem Gift in Besitz nehmen. Die Stärke tief in mir brüllte. Ich war nicht mehr ich, nicht länger allein! Da war *sie*, die Präsenz in mir, die mir zuflüsterte und sich uneins war mit der anderen Kraft. Es war ein wenig, als würden sie noch verhandeln, sich vorsichtig abtasten, um einen Pakt einzugehen. Ich gab mich frei. Mein Körper erhob sich, meine Fußspitzen schabten nur noch leicht über den Boden. Mein silbriges Haar wog in peitschenden Bewegungen um meinen Kopf. Meine Augen brannten und schmerzten wie Höllenfeuer. Sie brannten sich in die Flammen und in die Blicke der anderen, die jetzt entsetzt und erstarrt zu mir herübersahen. Die Kraft brach sich einen Weg frei, die Präsenz in mir jubelte.

Ben lag keuchend auf dem Boden, sah in den Lauf der Waffe, die Frau Hagedorn auf ihn richtete. Die Zeitwandler zogen sich Schritt für Schritt zurück, mich nicht aus den Augen lassend, und die anderen Männer blieben wie angewurzelt stehen. Einer bekreuzigte sich.

Dann hob ein anderer seine Waffe in meine Richtung. Ein Schuss löste sich, die Kugel raste auf mich zu. Ich sah das Geschoss direkt vor mir, wie es immer langsamer wurde und glühend zu Boden sackte. Ich schmeckte Asche auf meiner Zunge. Da geschah es: Ich fiel immer weiter, tiefer in diese namenlose Kraft, die ich kaum auszuhalten vermochte. Ich ergab mich ihr und ließ meinen Kopf in den Nacken fallen, ließ sie brennend durch meinen Körper jagen, durch mein ganzes Sein. Mein Kopf ruckte zum brennenden Haus. Das Feuer loderte hoch auf und raste auf mich zu, hüllte mich wütend ein, tobte und nagte an mir, brüllte und schrie in mich hinein. Keuchend holte ich Luft und riss die Arme hoch. Ich begann mich zu drehen, erst langsam um die eigene Achse, dann wilder.

Ergeben schloss ich die Augen, ließ mein Haar wie züngelnde Flammen um meinen Kopf wehen. Sollte geschehen, was geschehen sollte! Die Kraft brach mit aller Gewalt aus meiner Mitte und stürmte heraus. Das Feuer löste sich widerstrebend von mir und raste auf Frau Hagedorn zu, die versuchte, panisch schreiend die Flammen abzuwehren. Sie schlug wie wild um sich, hatte keine Chance, ihnen zu entkommen. Die lodernde Hitze fraß sie bei lebendigem Leibe. Sie schoss mit ihrer Waffe wie eine laufende Fackel wild um sich und traf einen ihrer Partner dabei mitten zwischen die Augen.

Ben sprang auf und rannte zur Seite, als erneut eine Feuerwalze sich ihren unaufhaltsamen Weg über die restlichen Leute und Autos bahnte. Die Menschen und Fahrzeuge wurden wie Spielsachen einfach weggefegt und von dem Feuerschwall verzehrt.

Ich spürte das pulsierende todbringende Gift in meinem Blut und versuchte, es langsam wieder zurückzuzwingen. Ben stand nicht mehr als drei Meter von mir entfernt. Geduckt versuchte er, sich mit einem Schutzschild aus Energie vor der lodernden Hitze, die von mir ausging, zu schützen. Er stemmte sich fest in den Boden, um von der wogenden Gewalt nicht davongerissen zu werden. Beschwörend sah er zu mir auf. Mein brennender Blick glitt zum rauchenden und schwelenden Haus, zu den verkohlten Leichen und zerstörten Fahrzeugen, die noch immer lichterloh brannten. Ich musste aufhören!

Eis bahnte sich den Weg durch mein Herz, wurde durch meine Venen getragen. Meine Brust zog sich rhythmisch schmerzhaft mit jedem Herzschlag zusammen. Schweißperlen liefen mir an den Schläfen herunter, als die Wucht urplötzlich abebbte und ich haltlos auf den Boden stürzte. Ich kam auf meinem fast verheilten Handgelenk auf und hörte es ein zweites Mal mit einem stumpfen Knacken brechen. Schreien konnte ich nicht mehr. Ich war wie betäubt, nur die Angst um Lennox brannte noch in mir. Eilige Schritte, die näherkamen.

Ben ließ sich neben mir auf die Knie fallen, nahm mich unter den Armen und stemmte sich mit mir hoch.

Ich musste mich konzentrieren, um aus diesem Albtraum herauszufinden, und zwang mich auf meine gefühllosen Beine. Allmählich kam der Schmerz der abgrundtiefen Erschöpfung, die meine Glieder überfiel. Dunkelheit griff nach mir und ich nahm alles wie durch Watte wahr. Ben hatte mich fest im Griff und schleppte mich über die Wiese den Hügel hinauf. Vor meinem inneren Auge sah ich das Haus brennen, in dem sich vielleicht noch Lennox befand. Ich wollte zurück, konnte aber nicht reagieren.

Wir waren schon fast auf dem Hügel angekommen. Wind sauste über mich hinweg, trug Ruß und Asche mit sich, meine Haare flogen herum. Unter mir das brennende Tal, in mir Schuldgefühle und Hoffnungslosigkeit. Ich erkannte den weißen Baum mit seinen sonderbaren Ästen, die pinselartig in den Himmel ragten und im orangefarbenen Schein der Flammen aus dem Tal schimmerten. Erschöpft sah ich in Bens verbissenes Gesicht und dann zurück in das Brennen des Tals und zum Haus.

Das ist falsch! Das ist alles vollkommen falsch!, flüsterte eindringlich die Stimme in meinem Kopf. Ich wand mich unter Bens Griff, doch er verstärkte sich. Es war fast wie in meinem Traum, den ich immer und immer wieder gehabt hatte. Und dennoch war er völlig falsch. Der Wind riss an meinem Haar und an meiner Kleidung, ich sah auf und vernahm jetzt erst den Lärm von kreisenden Rotorblättern eines Helikopters. Er senkte sich und ich erkannte sofort meinen Vater, der Ben bedeutete, näher heranzutreten, um mich zu ihm hochzuschieben. Ich wollte zurück zum Haus, ich würde nicht in diesen verdammten Helikopter steigen, bevor ich nicht Lennox gefunden hatte.

»Wir müssen zurück«, brüllte ich Ben über den Lärm des Helikopters hinweg zu und versuchte, mich aus seinem Griff zu winden. Ich rutschte aus, er fing den Sturz ab und zog mich mit ungeheurer Gewalt wieder an sich heran. Er schüttelte verbissen den Kopf. Seine Schusswunde an der Schulter machte ihm schwer zu schaffen, er zog mich wütend mit sich. Seine Hände umklammerten mich mit brutaler Kraft, obwohl ich gar nicht versucht hatte, mich erneut zu befreien. Ich warf wieder einen Blick zurück und konnte nicht fassen, was ich sah. Louisa taumelte aus dem Haus und kam auf uns zugelaufen.

»*Sieh doch! Sieh hin, verdammt!*«, schrie ich Ben entgegen. Als er sich endlich dem Haus noch einmal zuwandte, riss ich mich los und rannte auf das Haus zu, vorbei an Louisa, die mich mit aufgerissenen Augen anstarrte. Ben stürmte hinter mir her, schrie meinen Namen. Ich taumelte und stolperte den Hang hinab, als ich begriff, was sich tat. Ich stoppte panisch und warf meinen Körper in genau dem Moment zurück, in dem das Haus vor mir explodierte. Ich sah die Trümmer, die in die Luft katapultiert wurden und Brocken, die auf mich zurasten. Schreiend versuchte ich noch auszuweichen und mich hastig auf den Bauch zu drehen, als mich etwas hart am Hinterkopf traf und die Schwärze mich verschluckte.

Sicherheit?

In einem dunklen Nichts trieb ich umher, wie ein Schiff auf hoher See. Hin- und hergeworfen von Fetzen meiner Erinnerung, hier und da tauchten Gesichter auf und Stimmen, die meinen Namen riefen. Ich weigerte mich, aus diesem Nichts aufzutauchen, denn ich fürchtete mich vor dem, was mich erwartete und vor der schrecklichen Gewissheit, dass ich ohne Lennox Blue Bell Hill verlassen hatte. Also ließ ich mich wieder sinken, ließ mich weitertreiben und versuchte, unter unangenehmen Gedanken hinwegzutauchen, wie unter zu hohen, sich brechenden Wellen.

Wie durch Nebel spürte ich eine Berührung an meiner Wange, kniff die Augen fester zusammen und versuchte, mich tiefer zu zwingen. Ich bekam lediglich mehr Auftrieb und tauchte immer näher ans Licht des Bewusstseins. Verzweifelt versuchte ich, es zu verhindern, als ich schließlich klar und deutlich die Stimmen vernahm. Ich versuchte, mich tot zu stellen, atmete ruhig und flach weiter. Ich wollte niemanden sehen und hören.

»Hanna, wach auf. Du schläfst schon fast vierundzwanzig Stunden. Du musst etwas trinken und essen.« Es war Ben, der beschwörend auf mich einredete und meine Wange zärtlich streichelte.

Hinter meinen Lidern sammelten sich die Tränen. Wo war Lennox? Ich hatte Angst, nach ihm zu fragen. Krampfhaft hielt ich die Luft an, als sich ein Schluchzen in meiner Kehle festsetzte und mich zu ersticken drohte. Die Tränen liefen aus meinen geschlossenen Lidern und rannen wie Sturzbäche meine Wangen hinab, bis zu meinen Ohren. Ich biss mir auf die Lippe und sah auf. Meine Sicht war verschleiert, doch ich erkannte Ben.

Er zog mich vorsichtig hoch und drückte mich an sich. Ich fing laut an zu weinen und vergrub mein Gesicht an seiner Schulter. Leise raunte er mir beruhigende Worte zu, ich verstand sie nicht. Sanft strich er meinen Rücken hoch und runter. Ein Weinkrampf schüttelte mich heftig und schnürte mir die Lunge zu. Ich dachte, meine Brust würde bersten, so stark war der zerdrückende Schmerz in mir. Ben ließ mich weinen, ruhig und geduldig hielt er mich sanft fest. Irgendwann wurde ich ruhiger, müder vom Weinen. Das Schluchzen verebbte nach und nach. Einige Male schüttelte es mich noch. Ich blieb ruhig an Bens Schulter gebettet liegen und weinte still vor mich hin, bis ich keine Tränen mehr hatte.

Erst jetzt wurde mir klar, dass wir nicht allein waren. Angestrengt horchte ich auf. Da war ein dritter Atemrhythmus. Müde kniff ich die Augen zusammen und öffnete sie erneut. Ohne den Kopf von Bens Schulter zu nehmen, sah ich mir die Umgebung an, in der ich mich befand. Ich sah das Bett, in dem ich lag, mit seiner geblümten Bettwäsche. Das Zimmer war hell eingerichtet, mit einem weißen Kleiderschrank und einem kleinen antikaussehenden Sekretär vor dem Fenster, auf dem ein Strauß Blumen stand – die Art von Blumenstrauß, die Dominik mir immer schickte. Die Person, die noch mit im Raum war, musste sich auf der anderen Seite befinden. Das hieß: Ich musste mich von Ben lösen. Und dazu war ich noch nicht bereit. Schnell klammerte ich mich ein wenig fester an ihn, als er leise aufstöhnte. Ich bemerkte an der Schulter, an der ich lag, einen ungewöhnlichen Stoff. Bis mir dämmerte, dass es sich um einen Verband handelte, vergingen einige Sekunden.

Anscheinend hatte ich mich die ganze Zeit an seine Schussverletzung gedrückt und er hatte nichts gesagt. Langsam sah ich auf in sein Gesicht.

Er versuchte zu lächeln, was ihm aber kläglich misslang. Traurig und liebevoll sah er mir in die Augen und strich mir sanft mit seinen Fingern ein paar restliche Tränen aus dem Gesicht, als sich jemand räusperte.

Ich riss mich von Bens warmen braunen Augen los und wandte mich in die andere Richtung. Mein Vater, den ich nur über Fotos und das Telefon kannte, saß mir mit unergründlicher Miene gegenüber. Ich war wie versteinert. Er musterte mich eingehend, von meinem wirren Haar über mein Gesicht hinab, bis zu meinem Brustansatz und wieder zu meinen Augen.

Ich konnte nicht fassen, wie jung er aussah. Höchstens wie Mitte zwanzig. Wie auf den alten Fotos, die ich kannte, auf denen er mich und Emily als Babys auf dem Arm trug. Er sah gut aus, stolz und erhaben, aber nicht so, wie ich ihn als Vater akzeptieren konnte. Ich schluckte schwer und starrte ihn an. Seine Augen funkelten belustigt, was mich irritierte, hätte ich doch ein wenig mehr Mitgefühl und Sorge erwartet.

»Henry ist tot.« Meine Stimme war nicht mehr als ein wackeliges raues Flüstern und klang fremd in meinen Ohren. »Ich weiß, es musste so kommen. Er hat seine gerechte Strafe bekommen.« Seine Stimme klang viel zu hart und ich erschauderte. »Wie kannst du so etwas sagen?« Meine Stimme gewann an Kraft.

»Beruhige dich jetzt erst mal, mein Fräulein. Iss etwas und komm anschließend bitte zu mir in mein Büro. Unser Ben kann dich begleiten. Oder du klingelst nach einer Zofe.« Er sprach bestimmt und freundlich und zwinkerte mir zu, als er aufstand. Freundschaftlich legte er Ben die Hand auf die Schulter und wandte sich zum Gehen.

Ehrfurchtsvoll und ergeben erwiderte Ben den Blick meines Vaters und ich sah ihn verwirrt an. Die Zimmertür schloss sich hinter ihm und ich ließ mich zurück in die Kissen fallen, als ein plötzlicher Schmerz durch meinen Kopf raste. Ich verzog das Gesicht und jammerte auf.

Bens Augen weiteten sich und er griff besorgt nach meiner Hand. »Du hast eine ziemlich üble Verletzung am Kopf abbekommen. Es wird eine Zeit dauern, bis es völlig abgeklungen ist. Du bist noch nicht so schnell wie andere Zeitwandler.« Er hob die Augenbrauen und ein sanftes Lächeln machte sich auf seinen Zügen breit. »Ich bin so froh, dass du lebst und dass du wieder gesund wirst.« In seinen Augen lag ein Glanz, der mich innehalten ließ. Ich forschte in seinem Gesicht. »Was ist mit Olivia und Lennox?« Diese Frage löste ein Beben in mir aus und alles krampfte zusammen. Sein Blick lastete schwer auf mir und ich fühlte, wie ich schwerer wurde, wie ich sank.

»Wir haben nach ihnen gesucht, haben sie nach der Explosion aber nicht gefunden. Ich nehme an, sie sind tot.« Er sah mir traurig ins Gesicht. »Ich weiß, was du für Lennox empfunden hast und es tut mir leid.«

In mir bahnte sich ein Krampf an. Das Loch in meiner Brust nahm mir den Atem, ich drehte mich langsam auf die Seite und krümmte mich unter der Qual. Ich schrie lautlos, innerlich, schloss die Augen und weinte leise vor mich hin. Ben strich mir über den Kopf und ließ mich mit meinem Schmerz allein.

Etwa zwei Stunden später, es war ungefähr Nachmittag, kam Ben mit einem Teller Suppe zurück. Die Wasserflasche an meinem Bett hatte ich bereits fast auf einen Zug geleert. Jetzt lag ich unter der Bettdecke und besah ihre Muster, die sich – je nach Lichteinfall – veränderten. Die Blümchen schimmerten mal gelb, mal orange und manchmal auch rötlich. Eigentlich wollte ich nicht dabei gestört werden, aber als ich die Suppe roch, schlug ich die Decke zurück und nahm den Teller dankend entgegen.

Ben setzte sich an die Bettkante und sah mir beim Essen zu. Ich aß viel zu hastig und verbrannte mir ein paar Mal ziemlich übel die Zunge. Leise fluchend löffelte ich unbeirrt weiter, was Ben ein belustigtes Lachen entlockte. In meinen Mundwinkeln zuckte ein Lächeln, das aber sofort wieder erstarb, als die Realität sich blitzschnell in mein Bewusstsein schob.

»Was ist mit Louisa?«, fragte ich ihn ernst musternd. »Sie ist wohlauf, sie hat gestern lange hier an deinem Bett gewacht. Sie hat sich neben dich gelegt und dich rührend gestreichelt, als du unruhig warst. Bis Dominik sie in ein eigenes Zimmer gesteckt hat.«

»Warum hat er das getan? Sie hätte doch bei mir bleiben können.«

Ben wich meinem Blick aus. »Ich denke, er wollte, dass du mehr Ruhe hast. Und ich war ja schließlich die ganze Zeit bei dir.« Er sah mich wieder eindringlich an, als würde ich nicht ganz verstehen, was er mir erzählte.

»Du darfst bleiben und sie nicht? Muss ich das verstehen?« Er lächelte zaghaft und sah zum Fenster. »Nein, sicher nicht. Es ist schön draußen. Wollen wir nicht ein wenig spazieren gehen, bevor du zu deinem Vater musst?« Ich schüttelte den Kopf. »Warum ist das Haus explodiert, Ben?« Er zuckt die Achseln.

»Es könnte sein, dass der Hexer Whitkamp einige hochexplosive Chemikalien in seiner Zauberküche im Keller hatte. Das wäre nicht ungewöhnlich.«

»Hat denn jemand noch einmal alles genau untersucht? Ich

meine, vielleicht gibt es ja eine Spur? Lennox und Olivia könnten doch entkommen sein?« Ich wagte es nicht, Ben direkt anzusehen.

»Ich denke, sie hätten versucht, Kontakt mit uns aufzunehmen.« Schweigen.

»Möchtest du noch etwas essen?« Behutsam streichelte er mein Bein, ich schüttelte langsam den Kopf und gab Ben den Teller. »Kannst du ihn bitte wieder mitnehmen?« Ben sah mich irritiert an. »Ja, natürlich.« Er wirkte unentschlossen. Mir war, als würde er nicht gehen wollen, was mir irgendwie missfiel. Ich verspürte das dringende Bedürfnis, in Ruhe und vor allem allein nachzudenken. »Dann hole ich dich in einer Stunde ab und bringe dich zu deinem Vater?« Auch das noch! Das hatte mir gerade noch gefehlt.

»Nein. Ich werde mich heute nicht mit ihm unterhalten«, warf ich ihm bestimmt entgegen.

»Ich weiß nicht, ob das eine gute Idee ist, Hanna. Du solltest …« Ich fuhr ihm aufbrausend über den Mund und rückte gleichzeitig ein Stück von ihm ab. Meine Haut prickelte vor Ungeduld. Ich hatte das Gefühl, im Augenblick einfach niemanden ertragen zu können.

»Ich entscheide selber, was eine gute Idee ist und was nicht! Wenn ich während der Katastrophe gestern auch hätte selber entscheiden können, wären Olive und Lennox vielleicht noch am Leben.« Meine Stimme war eisig und wie eine Waffe traf sie ihr Ziel. Ben schrak zurück und sah mich verletzt an. Es tat mir im selben Moment unendlich leid, aber ich konnte und wollte meine bösartigen Worte nicht zurücknehmen. Die Wut und die Verzweiflung wollten raus und hatten ein Opfer gefunden. Ich schluckte einmal trocken und wandte mich verbohrt ab.

Ben stand hastig auf, der Teller fiel ihm fast aus der Hand und er ging leise aus dem Zimmer. Ich verkroch mich mit offenen Augen wieder unter der Bettdecke und starrte auf das Blümchenmuster. Meine Finger zogen die Formen der Blüten nach, immer und immer wieder. Die Minuten vergingen, ich lauschte auf das Ticken der Uhr, bis die Zimmertür aufgerissen wurde. Überrascht setzte ich mich auf und schlug die Decke zurück, was mit einem heftigen Pochen in meinem Kopf belohnt wurde. Ich kniff die

Augen zusammen und sah zwei Dienstmädchen in Uniform an mein Bett treten. Sie waren beide klein und rundlich, die Röcke der Uniformen waren kurz genug, um die Sicht auf die Kurven ihrer pummeligen Beine freizugeben. Ihre leuchtend roten Haare hatten sie zu Zöpfen gebunden, wobei sich einige wenige Strähnen gelöst hatten, die sich bei der einen an den Schläfen und bei der anderen auf der Stirn zu lustigen Locken kräuselten. Sie lächelten mir viel zu gut gelaunt unter ihren braungrünen Augen entgegen und machten sich geschäftig daran, Wäsche aus dem Kleiderschrank zu räumen.

»Miss Hanna, Sie müssen jetzt aufstehen. Ihr Bad ist eingelassen und Ihre frische Kleidung liegt auch bereit.« Auffordernd sahen sie mich an und warteten. Abweisend schüttelte ich den Kopf und wollte gerade etwas erwidern, als mir das eine Dienstmädchen, offensichtlich das ältere, ins Wort fiel. »Ihr Vater erwartet Sie in fünfzehn Minuten in seinem Büro.«

Jetzt war ich genervt und zeigte das auch. »Da kann der feine Herr Papa lange warten, weil ich heute unpässlich bin.« Die beiden warfen sich einen irritierenden langen Blick zu, bevor sie sich gleichzeitig auf mich stürzten und mich beherzt aus dem Bett zerrten. Ich war im ersten Moment viel zu überrascht, um zu reagieren und schrie nur kurz erschreckt auf. Sie packten mich hart an den Armen und zogen mich mit einem Ruck aus dem Bett.

»Wenn Mister Dawn sagt, Sie sollen pünktlich unten sein, dann sind Sie das auch, Miss Hanna! Keiner widersetzt sich seinen Anweisungen. Und wir haben unsere Anweisungen.« Ich folgte den aufgebrachten Frauen ins Bad, völlig perplex über diese Behandlung. »Ich werde mich über Sie beschweren«, brachte ich erbost hervor.

»Tun Sie das, Miss«, lachte die eine fröhlich auf, legte ihren ovalen Kopf schief und schob mich sanft auf die Badewanne zu. Die Ältere hob ihre kupferfarbenen Augenbrauen, blinzelte unter ihren langen rötlichen Wimpern und griff sich den Saum meines Nachthemds, um es mir in einer fließenden Bewegung über den Kopf zu ziehen. Hinter mir kicherte die andere und zeigte, als ich mich nach ihr umsah, ihre Grübchen in den rosigen, mit Sommersprossen überzogenen Wangen. Beinahe erwartete ich einen

Schmerz in meinem Kopf und griff nach dem Verband.

»Es müsste jetzt gut sein, Miss. Wir werden den Verband jetzt abnehmen. Vier Hände kamen mir flink entgegen, auf dem Weg zu meinem Kopf. Ich wich zurück in dem plötzlichen Bewusstsein, dass ich beinahe nackt vor diesen aufdringlichen Zwillingen stand.

»Ich mach schon, ich … ich kann das alleine«, zischte ich die beiden wütend an und schlug nach ihren Händen. Sie lächelten mir immer noch nett entgegen und zogen sich ein wenig zurück. Ich runzelte überrumpelt die Stirn und machte mich daran, unter den kritischen Blicken der dicken Damen den Verband um meinen Kopf zu lösen. Ich machte einen Test. Und tatsächlich – keine Schmerzen mehr. Es gab kein Blut oder Sonstiges am Kopf zu sehen, nur auf dem Verband. Ich war vollständig geheilt.

»Wir sind in fünf Minuten wieder bei Ihnen, Miss. Ob Sie wollen oder nicht«, trällerte die Jüngere von beiden und kontrollierte beim Hinausgehen den Sitz ihrer roten Zöpfe.

Ich zog mir die Unterwäsche aus und stieg in das warme Wasser der Badewanne. Es tat erstaunlich gut, trotzdem überlegte ich, ob fünf Minuten ausreichen würden, um sich zu ertränken. Ich ließ mich tief in die Wanne sinken und tauchte unter. Meine Haare wogen geisterhaft und silbrig vor meinen Augen hin und her und ich verfolgte die Luftbläschen auf ihrem Weg nach oben. Mein Herzschlag rauschte laut in meinen Ohren, ich verwarf die Idee des Ertränkens vorerst und tauchte aus dem Wasser auf. Ich hatte eindeutig zu viele Fragen und zu viel zu erledigen. Es musste einen Weg geben, um herauszufinden, was wirklich mit Lennox und Olivia geschehen war. Ich brauchte Gewissheit. Tropfend stieg ich aus der Wanne und trocknete mich ab, als die Tür auch schon wieder aufgedrückt wurde. Böse blitzte ich die Dienstmädchen an. »Ich mach ja schon«, zischte ich ihnen gereizt zu.

»Und übrigens, hat man Ihnen erzählt, dass ich eine Hexe bin?« Genervt hob ich die Augenbrauen und versuchte, furchteinflößend zu wirken.

»Ja, Miss. Wir sind im Übrigen auch Hexen.« Sie lachten beide leise auf, sahen sich vielsagend an und zwinkerten mir entwaffnend zu. Mist! Warum unterschieden sich die Auren der Hexenwesen nur so wenig von denen normaler Menschen. Eins zu null für die Hausangestellten. Ich warf die beiden erneut hinaus und schloss die Tür.

Aufgewühlt zog ich mich eilig an. Ob mein Vater Neuigkeiten hatte? Ich heftete meine Finger an die kühle Emaille des Waschbeckens und besah mich eingehend in dem silbernen Prunkspiegel des marmornen Bads. Das weiße Wollkleid ließ mich noch unwirklicher schimmern. Meine Haut hatte immer noch einen zarten Perlmuttglanz und meine Haare waren selbst jetzt, wo sie noch nass zu einem Knoten gedreht waren, sehr hell. Meine goldbraunen Augen standen in totalem Kontrast zu ihnen. Je mehr ich in meiner Spiegelung versank, desto mehr wurde ich das Gefühl nicht los, dass mich mein Spiegelbild beobachtete. Ich kniff die Augen zusammen und trat zurück, versuchte, genauer hinzusehen. Während ich grübelnd eine Hand an meine Wange führte, erstarrte ich – die Spiegelung blieb regungslos. Keine Hand an der Wange. Auch hatte sie nicht – wie ich – die Entfernung verändert. Mein Mund klappte auf, der meines Gegenübers nicht. Ein Lächeln schlich sich auf die Züge des Spiegelbildes, auf meine Züge, die doch nicht meine waren. Ich atmete flach. Der Spiegel fing an zu beschlagen. Konnte das sein? Ich kam näher an den Spiegel heran. Die Lippen meiner Spiegelung bewegten sich! Dann hörte ich sie in meinem Kopf. Laut und klar, die Stimme, die meine sein sollte und die es doch nicht war. Wie ein Hall, der erklang, bevor die eigentlich gesprochenen Worte einsetzten, stoben die Laute in mein Bewusstsein. Siebenundneunzig. Die Zahl wiederholte sich gefühlte hundert Mal und verklang abrupt, als die Spiegelung vom Wasserdampf ausgelöscht wurde. Ich löste die Hände vom Waschbecken, welches ich so fest umklammert hatte, dass sie schmerzten und trat wankend zur Tür. Betäubt stand ich da. Ich weiß nicht, wie lange. Sekunden? Minuten? Es klopfte energisch an der Tür. Ich riss mich vom Spiegel los und ging aus dem Bad. Die Dienstmädchen warteten noch immer im Zimmer und winkten mich hinter sich her. Gedankenversunken folgte ich ihnen in einen großzügigen breiten Flur, an dessen Wänden unzählige Ölgemälde hingen, zu einer herrschaftlichen

Treppe. Sie schritten, eine voraus und eine neben mir her, die Treppe hinab und waren darauf bedacht, dass ich auf den Fuß folgte.

Ich hatte kaum einen Blick für die Eleganz der Räumlichkeiten dieses Schlosses, für die Lüster über unseren Köpfen, die Stuckverzierungen und Wandmalereien. Wir schritten die mit rotem Teppich ausgelegten Treppenstufen hinab. Eines der Dienstmädchen schob mich vorwärts, als ich langsamer wurde. Meine Gedanken kreisten. Was hatte ich da erlebt? Ich war eine Hexe. Das stand fest. Ich hatte Kräfte entfesselt, über die ich noch nichts wusste. Aber was war es, das ich gesehen hatte? Sollte ich mit Ben darüber reden? Ja, das würde ich tun, sobald sich die Gelegenheit ergab, aber jetzt hieß es, den Kopf freizubekommen und sich auf das zu konzentrieren, was vor mir lag.

»Wo sind wir hier?«, murmelte ich beeindruckt vor mich hin und sah mich weiter um. »Wir sind hier im Sommersitz von Sir William Gray.« Das jüngere Dienstmädchen sah mich mit so viel Stolz an, als müsste ich jetzt *Ah!* und *Oh!* sagen. Ungewollt runzelte ich nur die Stirn und folgte ihnen über den Flur, zu einer wuchtigen dunklen Eichentür. Sie klopften an und warteten auf ein Zeichen. Als ein lautes und herrisches *Herein!* ertönte, wurde ich in das Zimmer hineingeschoben. Mit einem Nicken verabschiedeten sich die Dienstmädchen und schlossen die Tür hinter mir. Ich dachte gerade, ich wäre allein in der Höhle des Löwen, als ich Ben entdeckte. Er saß vor dem Schreibtisch, drehte sich um und nickte mir zaghaft zu. Mein Vater stand hinter dem wuchtigen Ungetüm, ragte aber so hochgewachsen mit seinen breiten Schultern über ihm auf, das er kleiner erschien, als er tatsächlich war. Er neigte den Kopf leicht zur Seite, bedeutete mir mit einem knappen Nicken, das seine hellen blonden Haare wippen ließ, mich zu setzen. Er tat das mit soviel Autorität, dass ich mich fast sofort setzen wollte. Doch das ärgerte mich und ich blieb trotzig stehen.

»Hanna, setz dich«, sagte er knapp und nickte mir ernst zu. »Danke, ich bleibe lieber stehen.« Ich reckte aufständisch das Kinn vor und kniff die Augen leicht zusammen.

Leise Wut flüsterte in mir. Wenn er früher gekommen wäre,

um mich zu holen, hätte er das Schlimmste verhindern können.

»Das, was wir zu besprechen haben, könnte dauern und überraschend für dich werden. Ich denke, du wirst froh darüber sein, sitzen zu können.« Seine Stimme war leicht verärgert, während er seinen Stuhl zurechtschob und sich auf ihm niederließ. Man spürte, dass er Widerrede nicht gewohnt war.

»Ich lass es drauf ankommen«, erwiderte ich. Ben sah nervös aus und sah mich von der Seite verwundert an. »Nun gut, junges Fräulein. Wie du willst.«

Mein Vater zog die Augenbrauen zusammen und sah mich an, bevor er sich den Schriftstücken auf seinem Schreibtisch widmete und zu sprechen begann: »Es ist unabdingbar, dich in unsere Gesellschaft einzuführen. Und daraus resultieren noch einige andere Dinge, die noch erfolgen müssen, was unsere existenziellen Regeln angeht. Du hättest noch nicht erweckt werden sollen. Als Hexe, meine ich.«

Missbilligend sah er kurz auf Ben herab, was mich ärgerlicher machte, als ich eh schon war.

»Nun ist es ja schon passiert, also müssen die Konsequenzen gezogen und noch andere Prozeduren eingeleitet werden.«

»Wenn Ben mich nicht erweckt hätte, wären wir jetzt alle vielleicht tot«, zischte ich gepresst meinem Vater entgegen. Irritiert sah er mich an, was ich zum Anlass nahm, weiterzureden. »Ihr wart ja etwas spät dran, nicht wahr?«, stellte ich provozierend fest. »Und bevor ich überhaupt irgendetwas an Prozeduren oder Einführungsgedöns über mich ergehen lasse, will ich, dass ihr nach Lennox und Olivia sucht. Und das bitte mit ein wenig Engagement! Und ich möchte, dass mir erst etwas mehr über mein neues Leben erzählt wird. Es stinkt mir nämlich, dass mir immer nur das Nötigste erklärt wird. Da mach ich nicht mehr mit!« Erschrocken fuhr Ben zu mir herum und schüttelte kaum merklich mit dem Kopf. Noch ehe ich begriff, war mein Vater aufgesprungen und beugte sich über den Tisch mir entgegen. Er war nur etwa einen halben Meter von mir entfernt.

»Das interessiert mich nicht, du wirst als Erstes deinen Pflichten nachkommen! Und du wirst machen, was *ich* dir sage!« Ich zitterte vor Überraschung und mein Magen sackte nach unten. In seiner Stimme lag so viel erbarmungslose Macht und eine unausgesprochene Drohung, dass ich für den Augenblick jeden Widerstand aufgab. Seine Stimme hallte kalt und übermächtig in mir wider. Ich fing an zu begreifen, wer mein Vater war. Ich sah meine Spiegelung in seinen klaren blauen Augen, klein und ohnmächtig. Seine indigofarbene Aura flackerte auf, bevor sie ihn hoheitsvoll umgab.

Langsam setzte ich mich auf den Stuhl, den ich eben noch verweigert hatte, da ich meinen Beinen nicht mehr traute, und starrte ihn mit leicht geöffnetem Mund entgegen.

»Also, meine liebe Tochter, du bist jetzt in der Obhut des Rates und wirst dich unseren Gesetzen beugen.« Er sah mich unverwandt an. Ich nickte mechanisch, blinzelnd und stumm. »Nachdem das geklärt wäre, werde ich dir ein paar Dinge erläutern.«

Jetzt klang er wieder aufgeräumt. Er lächelte mich väterlich an. Ich war immer noch vollkommen irritiert von seinem jungen Erscheinungsbild und der machtvollen Art, die so gar nicht dazu passen wollte. Er hatte etwas an sich, das beinahe furchteinflößend war. Nicht beinahe … er *war* furchteinflößend, auf eine unterschwellige Art und Weise. Am Telefon hatte er zwar immer streng und ernst gewirkt, aber ihm hier gegenüberzusitzen war so vollkommen anders.

»Erstens sind natürlich einige von uns auf der Suche nach Lennox und seiner Freundin. Lennox Merryweather ist ein treuer und jahrelanger Diener des Rates und wertvoll für uns. Zweitens: Da du jetzt ermächtigt worden bist zur Hexe, hast du die Pflicht, deine Kunst zu erlernen. Drittens: Es gibt eine Gesetzgebung, nach der jede weibliche Hexe mit einem Hexer getraut wird. Eigentlich schon während der Entfesselung. Da das nun versäumt wurde, muss es jetzt schleunigst nachgeholt werden.« Er machte eine bedeutungsschwere Pause. Ich fühlte mich, als würde man mich immer weiter an einen tiefen Abgrund herandrängen. Es war so, als spürte ich schon den bröckeligen Rand unter meinen Füßen, der jederzeit nachgeben konnte und mich mit in die Tiefe reißen würde. Ich schluckte schwer und wollte mich zur Wehr setzen, ihm sagen, dass ich niemanden heiraten würde.

»Du wirst nächste Woche in einer angemessenen Zeremonie

Benjamin Wallner ehelichen.« Er sprach mit schneidender Stimme, die keinen Widerspruch duldete. Sein Blick maß mich und Tränen traten in meine Augen, die ich hektisch versuchte wegzublinzeln.

»Benjamin, du wirst sie ab heute unterrichten. Dann könnt ihr euch mit eurer zukünftigen Rolle vertraut machen.« Erst jetzt wurde mir gewahr, wer gemeint war. Ich sollte Ben heiraten!

Erhaben, aber mit einer gewissen Vorsicht sah Benjamin Wallner mich an. Ich rutschte tiefer in meinen Stuhl und starrte stur geradeaus. Das Blut rauschte in meinen Ohren. Dominik schob seinen Stuhl zurück, stand auf und kam mit einem leisen Lächeln auf den Lippen um den Schreibtisch herum auf mich zu. Ich runzelte die Stirn und sah ihm fassungslos ins Gesicht. Er nahm meine Hände und zog mich vom Stuhl hoch. Aus den Augenwinkeln sah ich Ben, der sich auch erhob und sich neben mich stellte.

»Du wirst mich stolz machen, meine Tochter.« Er nahm mein Kinn in seine Hand, drehte es von rechts nach links und wieder zurück und musterte mich eingehend. »Du siehst aus wie deine Mutter«, flüsterte er abwesend.

Dominik strich mir eine gelöste Haarsträhne hinters Ohr, ließ seine Finger über meinen Hals fahren und sah mich mit einem verträumten Ausdruck an. Das wirkte fast menschlich auf mich in diesem Moment. Ich sah ihn tief an, um in seiner Miene zu forschen, zu ergründen, was er für mich empfand, was er in mir sah.

»Warum hast du meine Mutter ausgewählt?«, fragte ich vorsichtig und war auf der Hut.

Seine Miene erstarrte und für eine Millisekunde trat ein Glitzern in seine Augen. Unweigerlich hielt ich die Luft an und wartete. »Was ist das für eine Frage? Ich habe sie geliebt.« Sein Gesicht verwandelte sich in eine Maske. Eine Stimme in mir flüsterte leise und beständig in meinem verwirrten Geist: *Glaub ihm nicht! – Glaub ihm nicht! – Glaub ihm nicht!*

»Ich bin sehr froh, dass ich dich nun endlich bei mir habe und dich kennenlernen kann.« Meine Gefühle fuhren Achterbahn. Jetzt wirkte er wieder anders. Er sah mir fast liebevoll, aber auch ernst in die Augen und drückte mich kurz an sich. Ein Anflug von Wärme machte sich in mir breit, ein Hauch von Geborgenheit. Ich kannte ihn schon mein ganzes Leben. Wir telefonierten jeden Monat miteinander, seitdem ich denken konnte. Auch wenn er nie vorbeikam, nicht zu Schulaufführungen, nicht in den Ferien und nicht zu den Feiertagen. Er war irgendwie doch immer dagewesen, ein beständiger Teil meines Lebens. Als ich älter wurde, hatte ich angefangen, ihn zu verfluchen, weil ich seine Abwesenheit nicht verstand und es mir nicht mehr reichte, ihn am Telefon zu sprechen. Damals wusste ich nicht, weshalb er sich von mir fernhielt, heute war es mir klar. Er veränderte sich nicht und er hätte mich in Gefahr gebracht, hätte er sich zu offiziell zu mir bekannt. Ich war seine heimliche Tochter, damit ich eine unbeschwerte Kindheit haben konnte.

Er räusperte sich und schob mich ein Stück von sich, um mich wieder genauer zu betrachten. Seine Hände ruhten auf meinen Schultern und ich sah zu ihm auf. »Es tut mir unendlich leid, dass unser Neubeginn und dein Start in dein neues Leben so unglücklich verlaufen mussten.« Ernsthaft betroffen sah er mich an, seine Lippen zu einem Strich verzogen. Er streichelte meine Schultern, gab mich auch schon wieder unvermittelt frei und wandte sich Ben zu. Fast stolperte ich zurück, überrascht von dem schnellen Wechsel.

»Ben, gehen Sie bitte jetzt mit meiner Tochter.« Ben kam auf mich zu, nahm mich bei der Hand und zog mich zur Tür. Dort sah ich mich kurz nach meinem Vater um. Er sah nicht mehr zurück, ging zu seinem Schreibtisch. Abwesend setzte er sich und begann, Papiere zu sortieren. Ich war für ihn nicht mehr da. Enttäuschung machte sich in mir breit, er hätte doch nur einmal noch den Blick heben können. Ich trat durch die Tür. Ungläubig starrte ich zurück in das fulminante Büro, bis sich die Tür vor meiner Nase zu schließen drohte. In dem Moment ließ ich meine Hand vorschnellen und hielt sie auf. »Vater, ich kann nicht heiraten.« Ich stockte und sammelte mich. »Ich bin viel zu jung. Ich bin nicht bereit dafür.« Gleichgültig sah er von seinen Papieren auf. »Du wirst in deine Aufgaben hineinwachsen.«

»Ich kann das …«, er unterbrach mich barsch. »Es ist vorerst alles gesagt.« Die schwere Tür schloss sich und sperrte mich aus.

»Alles in Ordnung?« Ben trat besorgt vor mich und wollte

meine Hand greifen, die ich ihm sofort entzog. Ungläubig staunend über die Absurdität dieser ganzen Farce brachte ich keinen Ton heraus und starrte ihm nur schockiert entgegen. Ich sollte Ben heiraten!

Immer noch benommen stolperte ich rückwärts, fort von ihm. Ben raufte sich seine dunklen Haare und sah betroffen zu Boden. Eilig drehte ich ab und rannte über den Marmorflur die prächtige Treppe hinauf. Meine Beine trugen mich von ganz allein, ich flog in Richtung der vier Wände, die mir in den letzten vierundzwanzig Stunden Sicherheit geboten hatten. Flüchtend stürzte ich in mein Zimmer und warf die Tür hinter mir so heftig ins Schloss, dass von der Erschütterung ein Gemälde von der Wand rutschte und polternd auf dem Boden aufschlug. Ich blieb stehen und sah auf das Bild, welches jetzt angelehnt an der Wand auf dem Boden stand.

Blinzelnd trat ich näher und setzte mich im Schneidersitz vor das riesige Gemälde. Es war ein Portrait meiner Mutter. Meine goldenen Augen sahen mir entgegen, ihr weiches Gesicht, eingerahmt von dunkelblondem welligem Haar. Ein liebliches Lächeln auf ihren Lippen, kleine Grübchen, die ich auch hatte. Es war wunderschön. Meine Mutter war wunderschön. Sie musste auf diesem Bild ungefähr in meinem Alter gewesen sein. Ich versank in dieses Gemälde, streckte meine Hände nach ihm aus und zog es zu mir heran. Ein Poltern. Etwas war aus dem Rahmen gerutscht und auf den Boden gefallen. Ich schob das Bild zur Seite und sah nach. Es war ein Buch. Meine Hände griffen wie von selbst danach. Es war klein, in dunkles Leder gebunden, mit eingeprägten Kirschblüten auf der Vorderseite. Zögernd schlug ich es auf. Meine Finger strichen über das vergilbte Papier und ich begann, die altenglische Schrift zu entziffern. Die ersten Seiten enthielten Aufzeichnungen über Heilpflanzen mit filigranen naturgetreuen Kohlezeichnungen. Ich blätterte weiter, vor und zurück. Auf der letzten Seite stand ein Name – Valerie! Mein Gott, konnte das sein? War es das Formelbuch meiner Vorfahren? Ich schlug es in der Mitte auf. Seite dreiundachtzig. Die Überschrift des Kapitels lautete *Die Beherrschung des Windes*. Wow! Jetzt durchzuckte blitzartig eine Zahl meinen Geist, ließ mich flach atmen. *Sieben-*

undneunzig! – Siebenundneunzig. Meine Hände blätterten ohne mein Zutun vor, bis zu der Seitenzahl, die mich beherrschte und in mir schrie. Meine Augen weiteten sich und ich las: *Die Seelen binden. Die Kunst, zwei Geschöpfe miteinander zu verknüpfen und ein Band zu schaffen, das es ermöglicht, die existenziellen Regungen des anderen mitzuempfinden. So können über große Entfernungen starke Emotionen aufgefangen werden, um zum Beispiel den anderen vor einer nahenden Gefahr zu warnen oder den anderen zu Hilfe zu rufen.*

Ich hörte Olivias Stimme in meiner Erinnerung. *Wenn Ben tot wäre, wüsste ich das. Wir haben eine Verbindung geknüpft. Ich würde spüren, wenn er stirbt. Und er würde es spüren, wenn ich sterbe.*

Wenn das so war, hätte er zumindest, was Olivia anging, absolute Sicherheit gehabt, ob sie lebte oder nicht. Warum tat er so, als wüsste er von nichts?

Es klopfte leise an meiner Tür. Ich zuckte zusammen und klappte das Buch zu. Hastig nahm ich das Portrait meiner Mutter und schob das Buch zurück in den hinteren Teil des Rahmens. Das Bild schob ich an die Wand und tat, als wäre ich versunken in seinen Farben und das Antlitz meiner Mutter. Ben steckte seinen Kopf vorsichtig in das Zimmer und ich sah ihn an. »Ich habe geklopft.« Er hob fragend die Augenbrauen.

Ich sah wieder wie hypnotisiert auf das Gemälde.

»Dies war das Zimmer deiner Mutter«, sagte er leise, trat schleichend neben mich und sank auf die Knie.

»Wo sind wir hier?«, fragte ich eindringlich und angespannt. Ich bebte innerlich, wollte mir nichts anmerken lassen.

»Wir sind hier in einem Schloss in Churchill. In der Nähe von Cornwall, dem Geburtsort deiner Mutter.« Ben beobachtete mich von der Seite, ich konnte seine Blicke spüren. »Hat sie hier gelebt?« Ich sah ihm ins Gesicht und unterdrückte meinen Zorn darüber, dass er viel mehr zu wissen schien als ich.

»Eine kurze Zeit, glaube ich. Aber ich weiß, dass dein Vater veranlasst hat, dieses Gemälde hier aufzuhängen. Er muss sie wirklich geliebt haben.«

»Vielleicht«, presste ich hervor und rappelte mich mühsam

vom Boden auf. Ich schlenderte zum Bett und rollte mich darauf zusammen. Ben kam mir vorsichtig nach und setzte sich auf die Bettkante. »Wir müssen reden«, sagte er bestimmt. Müde verzog ich das Gesicht. Der machte mir Spaß, wozu reden, wenn man doch nicht vorhatte, sich alles zu sagen. Also holte ich aus: »Worüber denn reden? Darüber, dass wir zwangsverheiratet werden und es eigentlich nicht wollen? Ich dachte, so etwas wäre langsam, aber sicher aus der Mode. Oder gibt es Neuigkeiten, von denen ich noch nichts weiß?« Ich stieß ein freudloses Lachen aus und sah aufmerksam in Bens Gesicht. Seine Haare kräuselten sich an den Schläfen, wo sie in einen Dreitagebart übergingen. Er strich sich eine widerspenstige Locke aus der Stirn und kam näher.

»Ich will dich aber heiraten.« Er hielt meinem Blick stand. Ich schluckte und mein Nacken prickelte, halb vor Schreck und halb vor erfreuter Aufregung, die ich mir nicht erklären konnte oder wollte.

»War das deine Idee?« Umständlich richtete ich mich auf und wartete, gewappnet für die Antwort.

»Nein!« Überrascht zog er die Augenbrauen zusammen und nahm Abstand von mir. »Du wärst so oder so verheiratet worden. Es hätten auch andere mögliche Verbindungen sein können. Es muss auch nicht für immer sein. Die Verbindung hat den Zweck, neue Hexer und Hexen hervorzubringen.« Er wartete auf eine Reaktion. Ich war aber viel zu perplex, um irgendwas zu entgegnen. Jetzt sollte ich auch noch Kinder bekommen. Mein Magen löste sich in nichts auf und mein Herz schlug mir klagend bis zum Hals. Ben sah an die Zimmerdecke, als würde er von dort aus alles ablesen und sprach unbeirrt weiter. »Aber es ist so, dass ich um deine Hand angehalten habe.« Der Satz kam eilig und gepresst. Angespannt wartete er ab, wie ich reagieren würde.

Mir drehte sich alles und ich ließ mich rücklings in die Kissen sinken. »Hhh« war alles, was mir über die Lippen kam. Er legte sich, auf seinen Ellbogen abgestützt, vorsichtig neben mich und betrachtete mich weiterhin aufmerksam. Ich wandte den Kopf und sah in seine leicht schräg stehenden braunen Augen, die mich unter seinen langen Wimpern ansahen. Sein Blick weitete sich und ich betrachtete seine Gesichtszüge, die leicht gebräunte glatte Haut, die aussah, als wäre er erst kürzlich aus einem Sommerurlaub zurückgekehrt. Er gefiel mir, sehr sogar. Ich versank kurz in seinen Augen, bis sich andere dunkle Augen davorschoben, bis ein anderes Gesicht mich mit einem schiefen Lächeln ansah. Ich schloss die Augen und versuchte, Lennox loszuwerden, bevor mich der Schmerz wieder um den Verstand bringen würde. Ben bemerkte meinen inneren Aufruhr, legte seinen Arm tröstend um mich und zog mich an sich heran.

»Wir müssen nichts tun, was du nicht willst. Ich meine, in unserer … Verbindung. Du weißt schon. Ich werde … gut … zu dir sein«, stammelte er. Seine liebevolle Art rührte mich tief, aber ich war auch zornig auf ihn. Darüber, dass er mich wollte, obwohl er wusste, dass ich Lennox wollte. Meine Finger begannen zu schmerzen. *Hunger*. Überrascht sog ich scharf die Luft ein. Ich schob Ben ein Stück von mir und sah ihm in die Augen. Ich wurde hitzig und eine bedrohliche Anspannung pochte durch meine Adern. Leise Wut kribbelte in mir. Meine Augen verengt, schob ich mich wieder näher an Ben heran. Erstaunt und beunruhigt blickte er mich an.

»Du willst mich also glücklich machen?«, fragte ich schnurrend und schmeichelnd wie eine Katze. Ich erkannte meine eigene Stimme kaum wieder. Sie war berechnend und aufreizend, ich horchte auf die Andersartigkeit, bevor ich meinem Verlangen endgültig nachgab und dem selbstsüchtigen Monster in mir die Oberhand gab. Ich spürte etwas in mir flüstern. Leise, aber nachdrücklich wie ein Teufel im Rücken, der einen vorwärtsschob. Bens Erstaunen wuchs weiter, als ich mich daran machte, sein Hemd aufzuknöpfen und meine Hand über die zarte Haut seiner Brust gleiten zu lassen. Er hielt den Atem an und beobachtete mich genau.

Meine Hand begann zu prickeln, wurde warm und ich zog sanft, aber beständig, an seiner Energie. Leise stöhnte er auf, schloss die Augen und zog mich näher an sich heran. Ein Lächeln huschte mir über die Lippen, als ich die farbige Welle pulsierend in mich eindringen ließ. Ich löste meine Hand behutsam von seiner Brust und die Welle brach ab. Genüsslich seufzte ich auf und wollte mehr. Er sah mir jetzt fest in die Augen und schüttelte – kaum merklich – unsicher den Kopf. Ich war nicht bereit, jetzt aufzuhören. Meine Finger glühten. Ich fühlte, wie mein Selbst dunkler wurde und ich ihm mit Blicken befahl, sich zu ergeben. Zerrissen sah er mich an. Überlegte er, ob er mich gewähren lassen oder abblocken sollte? Meine Hand schnellte vor in seinen Nacken und ich versenkte meine kribbelnden Lippen auf seinen, zwang sie mit meiner Zunge grob auseinander, was ihn aufkeuchen ließ, und drang gierig in ihn hinein. Er ergab sich mir leise seufzend, bevor er mich fest an sich zog und das Spiel meiner Zunge erwiderte. Sein Atem wurde schneller, hektischer, als ich mir erneut seine Energie nahm.

Ich zog sie langsam, fließend und genoss es. Es kribbelte im ganzen Körper, als ich merkte, dass Ben kraftloser wurde. Das Flüstern in mir ebbte ab. Erstaunt löste ich mich von ihm. Blass war er und mich ergriff Unruhe.

Er atmete tief ein und sah mich verzückt lächelnd an. »Du willst mich bestrafen, stimmt's? Du bist ein ganz schönes Miststück, weißt du das?« Erleichtert darüber, dass es ihm ganz gut zu gehen schien, lächelte ich zurück. Er stützte sich höher auf seinen Ellbogen auf und sah auf mich herab. Langsam beugte er sich zu mir, ich schloss die Augen und er küsste mich zart mit seinen weichen Lippen auf die Stirn. Danach bettete er seinen Kopf neben mir auf die Kissen und zog mich näher zu sich heran. Kraftlos hielt er mich. »Ich bin müde«, wisperte er und schloss die Augen.

Das schlechte Gewissen nagte an mir. Ich hatte viel zu viel geraubt und er hatte sich nicht einmal gewehrt. Ich war nicht viel besser als die anderen Zeitwandler. Ich hatte eiskalt geraubt und hätte ihm vielleicht ernsthaften Schaden zufügen können. Ich kaute unglücklich auf meiner Unterlippe herum und horchte auf seinen regelmäßigen Atem. War es nicht so, dass ich mich meinem Schicksal ergeben musste? Würde ich ein Monster werden? Ich betrachtete Ben, wie er so dalag. War es möglich, dass er mich belog?

Dieser Mann würde also mein Ehemann werden. *Absurd!*, schrie es in mir.

Viel zu aufgekratzt, um zu schlafen, starrte ich Löcher in die

Luft. Ben hielt mich in seinem erschöpften Griff und ich wagte es vor lauter Schuldgefühlen nicht, mich ihm zu entziehen. Endlich, nach einigen Stunden, wie mir schien, rührte er sich. Ich rückte ein wenig ab, er schlug schnell die Augen auf und setzte sich auf.

»Guten Morgen«, ich lächelte verhalten. »Oder sollte ich besser sagen: Guten Abend?«

Glücklich schaute er mir entgegen, bis sich seine Miene rasch verdunkelte und er und hektisch auf seine Uhr sah.

»Verdammt, wir hätten vor einer Stunde unten im Ratssaal sein sollen.« Schnell sprang er vom Bett und reichte mir seine Hand. Ich nahm sie ohne Widerstand und ließ mich vom Bett ziehen. »Geht es dir gut?«, fragte ich irritiert. Er sah sich fiebrig zu mir um und schenkte mir ein strahlendes Lächeln. »Mir geht es gut. Immerhin hast du mich nicht umgebracht. Das ist doch schon mal ein gutes Zeichen«, feixte er und zwinkerte mir amüsiert zu. »Aber jetzt müssen wir erst mal sehen, dass wir zu unserem Termin kommen. Die sind hier mit so was sehr eigen beim Rat.« Ben sah mich kurz ernst, aber ermunternd an und zog mich schneller voran. Wir erreichten die Treppe und sprangen eilig die Stufen hinab. Er zog mich durch den Marmorflur nach links zu einer großen Flügeltür, drückte sie auf und trat mit mir an der Hand in einen riesigen, mit Eichenparkett ausgelegten Saal. In der Mitte stand ein wuchtiger, großer runder Tisch mit Platz für mindestens zehn Personen. Über ihm hing ein prächtiger Kerzenlüster und die Decken waren mit prachtvollem Stuck verziert. Ich sah mich staunend um und stolperte ungeschickt hinter Ben her.

Am Tisch saßen mein Vater, zwei weitere Herren in Anzügen, die uns jetzt aufmerksam ansahen und – welch Freude! – Louisa, die mir überschwänglich zuwinkte.

»Es tut mir leid, Sir. Wir haben die Zeit für einen Moment aus den Augen verloren.« Ben verbeugte sich tief vor meinem Vater. Ich dachte nicht im Geringsten daran, auch nur ansatzweise so etwas zu tun. Dominik musterte mich scharf und bedeutete Ben, Platz zu nehmen.

»Es ist in Ordnung. Frisch verlobt vergisst man manches Mal die Zeit, nicht wahr?« Er sah belustigt zu den anderen Männern, die lachten und nickten. *Was für ein Theater*, dachte ich.

»Aber achtet darauf, dass es nicht häufiger vorkommt.« Seine Miene war mit einem Mal kalt und befehligend.

»Ben kennen Sie ja schon, meine Herren. Und das ist meine Tochter Hanna Cherryblossom.« Mit festem Griff um meine Schultern schob er mich vor sich. Ich blinzelte verwirrt und wollte mich zu meinem Vater umdrehen, um in sein Gesicht zu schauen. Doch mit einem bestimmenden Ruck drehte er mich den fremden Männern wieder zu, die mich eingehend zu studieren schienen. Sie betrachteten mich sorgfältig und mit der Faszination, mit der man einen aufgespießten Schmetterling besah. Es gefiel mir nicht, aber ich versuchte tapfer, mir nichts anmerken zu lassen und suchte Louisas Blick. Sie sah mir ruhig und vertraut freundlich entgegen, was mir ein wenig Zuversicht schenkte. Ich holte noch einmal Luft und brachte mich innerlich in Ordnung.

»Das ist Mister Damian Hill, ein Zeitwandler und Mitglied des Rates.« Ich gab dem rothaarigen Mann mit den giftgrünen Augen und dem riesigen Leberfleck auf der rechten Wange die Hand. Er lächelte mich vorsichtig an und drückte sie viel zu fest.

»Und dies hier, meine liebe Hanna, ist Mister William Gray, Hexenmeister des Rates und Besitzer dieses schönen Anwesens, auf das wir uns zurückgezogen haben.«

Ich sah ihm in die Augen und versuchte ein Lächeln. Er lächelte freundlich zurück und reichte mir seinerseits die Hand. Er war groß und schien älter als die anderen, sein weißes Haar hatte er zurückgekämmt. Unter seinen vollen weißen Augenbrauen, die ihm etwas über die graublauen Augen fielen, sah er mich von oben bis unten an. Er kam mir irgendwoher bekannt vor. Ich gab ihm die Hand und schüttelte sie. Ben stand dicht neben mir und begrüßte die Herren ebenfalls.

»Mister Gray wird dir einige Dinge über die Zeremonie nahebringen. Ich und Mister Hill haben noch andere Dinge zu regeln und werden euch gleich in Ruhe arbeiten lassen.« Mein Blick flog zwischen meinem Vater und Mister Gray hin und her. Mister Gray lächelte mich freundlich an, als mein Blick sich in seinem Profil verfing. Ich erstarrte und eine verschwommene Erinnerung drängte sich in mein Bewusstsein. Ich vergaß das Atmen und meine Gesichtszüge entglitten mir. Ich sah das mir bekannte Profil mit den langen weißen Haaren, dann wandte sich mir das Gesicht zu, in meiner Erinnerung vor Wut verzerrt, bevor sich die Hand desjenigen gehoben und meine Mutter mit einer Druckwelle von mir gerissen hatte. Ich erinnerte mich, wie die Person näher an mich herangekommen war und wie schließlich alles ins Dunkel getaucht wurde.

Mister Gray starrte mich an, er lächelte immer noch, aber sein Lächeln erreichte seine Augen nicht mehr.

»Dominik, warten Sie bitte«, sagte er ernst, wandte den Blick aber nicht von mir ab. Mein Herz setzte aus und schlug unregelmäßig weiter. »Hanna, was ist?« Ben nahm fest meine Hand und sah besorgt in mein Gesicht. »Er ist der Hexer, der mir mein Gedächtnis blockiert hatte.« Ich stammelte die Worte angestrengt hervor und sah wie hypnotisiert auf Mister Gray. Ben versteifte sich und sah angespannt zwischen meinem Vater und Mister Gray hin und her.

»Ja, das ist richtig.« Mister Gray sah mich verbissen an, aber es war nicht er, der sprach, sondern mein Vater. Irritiert sah ich zu meinem Vater. Er erwiderte völlig unbeeindruckt meinen Blick, fuhr sich lässig durch sein blondes Haar und rückte seine Anzugjacke zurecht. »Er wird dir alle Fragen beantworten, die du hast. Also setz dich und benimm dich nicht kindisch.«

Bei seinem letzten Satz schnaufte ich fassungslos auf, setzte mich aber, wie mir geheißen, auf einen der Stühle und nahm gerade noch wahr, wie mein Vater Ben an seine Seite dirigierte. »Du wirst dich mit Louisa woanders hinbegeben, damit die beiden ungestört sind.« Ben sah kurz zu mir, bevor er Louisa zu sich winkte und mit ihr den Raum verließ, dicht gefolgt von meinem Vater und Mister Hill. Ich war allein mit einem Mann, den ich fürchtete, der mir jetzt gegenübersaß und mich wieder eingehend studierte. Meine Hand schloss sich fest um die Tischkante und ich versuchte, stark und gefasst diesem Hexer ins Gesicht zu sehen.

»Hanna, es ist schön, Sie endlich kennenzulernen.« Er räusperte sich und versuchte ein Lächeln. Ich konnte nichts erwidern, mein Hals fühlte sich trocken und rau an.

»Ich habe Sie damals vor Ihren Erinnerungen schützen wollen. Ihr Vater hat es so gewünscht.« Unverwandt sah ich ihn weiter an.

»Sie haben meine Mutter von mir weggeschleudert. Sie haben sie verletzt und hätten sie töten können.« Ich wurde zornig und versuchte, wieder Ruhe zu erlangen. Schwermütig lächelte er mich an und fuhr sich durchs Haar. »Ihre Mutter hatte sich mit den Occulus Videns eingelassen. Ich konnte mir nicht sicher sein – in dem Moment, als ich hereinkam – ob sie Ihnen etwas antun würde.«

Seinen Blick ins Leere gerichtet, machte er eine lange Pause und sah mich dann ernst an. »Ich kam gerade noch rechtzeitig, um die Occulus Videns daran zu hindern, ihr Vorhaben bis ins letzte Detail auszuführen. Ich konnte sie in die Flucht schlagen, und was Ihre Mutter anging, wie gesagt, ich konnte mir nicht sicher sein, was sie mit Ihnen vorhatte, als sie Sie in ihren Armen hielt. Was hätten Sie an meiner Stelle getan?« Ich wusste keine Antwort und verzog nur meinen Mund. »Es ist weitgehend ein Wunder, dass Sie es überlebt haben, Hanna.«

Er sah mich mit einem Stirnrunzeln an und sprach weiter. »Danach wurde beschlossen, dass sie so weit wie möglich unerkannt und unbeschwert aufwachsen sollten. Mister Merryweather sollte auf Sie achtgeben, was er ja auch ganz gut getan hat, wie ich hörte.« Ich unterbrach ihn flüsternd, mein Blick verlor jeden Fixpunkt und mein Puls begann zu fliegen. »Lennox«, hauchte ich abwesend.

»Ja, Lennox Merryweather, richtig. Ihr Onkel hatte Ihrem Vater und dem Rat zugesichert, dass er Sie schützen würde. Mister Merryweather hat nur einen entscheidenden Fehler gemacht: Er hat nur *ihre* Träume und *ihr* Unterbewusstsein überwacht, und nicht auch Henrys. Vielleicht hätte man früher erkennen können, in welcher Gefahr Sie sich befinden. Das alles tut uns schrecklich leid.« Er sah mich aufrichtig bestürzt an und ich entspannte mich ein wenig mehr. Die Angst vor diesem Hexer flachte langsam, aber sicher ab. »Sie sind jetzt eine Hexe, wie ich gehört habe und – nebenbei gesagt – auch spüren kann.« Ich rutschte unsicher auf meinem Stuhl herum. »Ich spüre es nicht, ich kann es nicht kontrollieren.« Ich sah ihm, unsicher darüber, wie seine Reaktion ausfallen würde, ins Gesicht.

»Das geht Einigen so am Anfang. Sie sind etwas früh zur Hexe gemacht worden, ich kenne die Umstände. Sie werden es schnell lernen.« Sein Blick glitt durch mich hindurch, als er weitersprach.

»Sie haben doch bestimmt schon außergewöhnliche Fähigkeiten an sich entdeckt?«

Ich dachte angestrengt nach. »Na ja, das mit dem Feuer wissen Sie ja bestimmt.« Seine Augen leuchteten. »Sicher, es ist wirklich unglaublich. Sie haben tatsächlich die Macht über dieses Element. Wie wir es uns erhofft haben.« Ich stutzte. »Wie meinen Sie das, wie *wer* es sich erhofft hat?«

»Als Ihr Vater und Mary Cherryblossom, Ihre Mutter, eine Liaison begannen, hat der Rat gehofft, dass es zu einer Vereinigung zwischen Dämon und Hexenwesen kommen würde. Sie und Ihre Schwestern sollten die Missstimmung zwischen einigen Hexenwesen und den Zeitwandlern beilegen. Sie sollten später als führende Ratsmitglieder einmal die Gesetze kontrollieren.« Er betrachtete mich aufmerksam und ich musste den intensiven Augenkontakt abbrechen. »Haben Sie noch andere Fähigkeiten entdeckt?«, fragte er interessiert weiter. »Ich hatte einen Traum, noch bevor man mich zur Hexe gemacht hatte. Er ist wahr geworden. Nicht ganz so, wie ich ihn im Schlaf erlebt habe, aber ähnlich.« Ich saß angespannt und viel zu gerade auf dem unbequemen Stuhl und starrte den Hexenmeister an. »Das sind Vorahnungen. Nicht viele von uns haben sie. Eine erfreuliche Gabe, wenn Sie verstehen wollen.«

»Ja, ich glaube, ich verstehe. Alles in allem bin ich ein gelungenes Experiment«, flüsterte ich und beugte mich leicht nach vorn über den Tisch, ihm entgegen. »Und ich bin der Grund für den bevorstehenden Krieg?« Angespannt suchte ich in seinem Gesicht nach der Wahrheit. »Nein, das stimmt so nicht. Es gibt viele Faktoren, die eine ausreichende Rolle spielen.« Es war keine zufriedenstellende Antwort und seine Miene war zu undurchdringlich, als dass ich ihm hätte Glauben schenken können.

»Es wird ein Krieg losbrechen, Hanna. Das ist sicher. Da ist einmal die Seite des Rates, der immer gerecht über unsere Welt gewacht hat, dann die Seite der Gesetzlosen, die die Macht gern für sich hätten, inklusive der Artefakte. Die Seite der Hexer des Blutmondes, die gern mehr Einfluss über die Entfesselungen der

Hexenwesen hätten, mehr Unabhängigkeit. Und zu guter Letzt das Sehende Auge, die Occulus Videns, die uns fürchten und ihre eigenen undurchsichtigen Pläne verfolgen. Wir alle müssen vorbereitet sein.« Er setzte sich in seinem Stuhl zurück und faltete die Hände. »Sie müssen schleunigst lernen, sich und andere zu verteidigen.« Seine Aura flackerte ungewöhnlich intensiv auf.

»Wofür werden Sie kämpfen, wenn es dazu kommt? Für was werden Sie in den Kampf ziehen, wenn Sie bereit sind, Hanna?« Seine ganze Aura drückte mich nieder, drang bis in meine Seele.

Mir blieb die Luft fern und mein Brustkorb begann, sich hektischer zu heben und zu senken. »Ich will nicht kämpfen«, flüsterte ich entsetzt.

Er hob die Augenbrauen und sah mich erstaunt an. »Das wollen wir alle nicht, mein Kind, aber es ist unausweichlich.« Seine alten Augen wurden trübe. »Also, forschen Sie in sich. Sie werden etwas finden müssen, aus dem Sie Kraft schöpfen können, Hanna. Etwas, das Sie verteidigen wollen, wofür es sich zu kämpfen lohnt. Etwas, das Ihnen am Herzen liegt. Nur so werden Sie lernen können, Ihre Kraft zu gebrauchen, wie Sie sie brauchen. Sie muss kommen, wenn sie gerufen wird.« Seine Hand legte sich symbolisierend auf sein Herz und er sah mich bittend an, bevor er weitersprach. »Sie wirken im Augenblick wie ein leeres Gefäß, zerfallen, als würde nichts Sie ernsthaft zusammenhalten.«

Er hatte es auf den Punkt gebracht. So fühlte ich mich. Meine Welt war zerfallen, ich selbst war nur lose aus den Scherben zusammengesetzt und jeder Sturm könnte mich in meine Einzelteile zerlegen.

»Wenn Sie für *nichts* kämpfen, kann *alles* Sie besiegen, mein Kind.« Seine Worte hatten eine enormes Gewicht, sie drückten mich zu Boden und ließen den Raum scheinbar schwanken.

Er begann, mir einige Stundenpläne zu erklären. Ich würde Unterricht bekommen, in Schwertkampf und Nahkampf, und ich würde natürlich auch lernen, wie man mit Schusswaffen umgeht. Meine Magie würde ausgiebig geschult werden und viele andere Dinge.

Ich konnte mich nur schwer konzentrieren. Als es zum Thema Hochzeitszeremonie kam, rutschte ich beinahe vom Stuhl und

Mister Gray entließ mich mit einer Schonfrist bis zum nächsten Morgen in mein Zimmer.

Wie ein Schlafwandler tapste ich die Stufen hinauf. Ich fühlte mich taub und benommen und versuchte, klar zu denken, was mir nicht gelingen wollte. Geistig erschöpft trat ich in mein Zimmer und schloss die Tür. Immer wieder hörte ich Lennox' Stimme fragen: *Wofür kämpfst du?* Sie fragte immer eindringlicher und immer lauter. *Für dich würde ich kämpfen* war meine Antwort. *Du hast mich zusammengehalten, als meine Welt sich veränderte.* Ich legte mich, auch wenn ich nicht wirklich müde war, aufs Bett und versuchte einzuschlafen. Vielleicht würde er mich in meinen Träumen finden können, oder ich ihn.

Man erwartete von mir, dass ich ihn hinter mir ließ. Allein der Gedanke vermochte mich zu zerreißen.

Wenn man jemanden wirklich liebt, wie kann man ihn dann einfach vergessen und hinter sich lassen? Selbst, wenn derjenige für tot erklärt werden sollte! Und kann man sich jemandem verweigern, für den man auch empfindet, der einem Trost spendet und Halt gibt in einer Welt, die aus den Fugen gerät? Der einem mehrfach das Leben gerettet hat? – Wie kann man sich aus einer Pflicht winden, die seit Jahrtausenden besteht und unausweichlich eingefordert wird? Einer Pflicht, die so elementar für ein Volk ist, dass es wahrscheinlich mit dem Tode bestraft werden könnte, würde man sich dem Gesetz verweigern?

Ich wusste es nicht.

Ich danke…

Meiner Mutter, Monika Clemens für ihren Zuspruch und der unerschütterlichen Geduld.
Opa Gerd dafür, dass er Oma entbehrt und sich mit Oma zusammen viel um meine Tochter Luna-Marie gekümmert hat, wenn ich einmal mehr einen Schreibflash hatte.
Ich danke auch meiner süßen Luna für ihre Geduld und den Stolz auf ihre Mama.
Mein Schatz, ich lieb dich!
Danke an den Mann an meiner Seite, der es schafft, dass ich einen klaren Kopf behalte und jeden Tag mit einem Lächeln beende.
Außerdem danke ich meinen Freundinnen Sabine Lieske und Silke Forster und meinem Papa Ronald Rensch für das Testlesen und der Autorin Sabine Marya, die mir mit fachmännischem Rat zur Seite stand.
Ich danke Lynn Melerski, die meine Hanna darstellte und für die Fotos posierte und ihrer Freundin Alina Teichert die so schön den vom Wind drangsalierten Reflektor gehalten hat, bis die Arme schmerzten.
Danke auch an Jennifer Feldkirchner von JFGrafix für meine Autoren-Homepage und andere grafische Projekte.
Auch Grüße an meine Kollegin und Coacherin Alexandra Balzer. Thank You!
Zu guter Letzt, vielen Dank an Andrea Wölk und die nette Zusammenarbeit und Betreuung des Oldigor Verlags.

Mina Kamp
im August 2012

Mina Kamp
Die Traumdiebin
Jugendroman
Oldigor